BASTEI LÜBBE

Ann Rule

Wenn du mich wirklich liebhast

Ins Deutsche übertragen
von Richard Wunderer

TRUE CRIME
Der wahre Kriminalfall

BASTEI LÜBBE

BASTEI-LÜBBE-TASCHENBUCH
Band 13 390

Erste Auflage:
Juli 1992

Originaltitel:
If You really loved me
Lektorat:
Dr. Edgar Bracht
Titelfoto: Leslie Rale. Das Foto
zeigt Cinnamon Brown und
Gerichtsreporterin Sandra Wingerd
(vorne).
Satz: KCS GmbH,
2110 Buchholz/Hamburg
Druck und Verarbeitung:
Brodard & Taupin, La Flèche,
Frankreich
Printed in France

ISBN 3-404-13390-0

Dieses Buch ist der Erinnerung an J. D. Newell und C. R. Stackhouse gewidmet, den allerbesten Vätern – die ihre Liebe bedingungslos verschenkten.

Wenn ein Kind mit Kritik lebt, lernt es zu verdammen.
Wenn ein Kind mit Feindseligkeit lebt, lernt es zu kämpfen.
Wenn ein Kind mit Spott lebt, lernt es, listig zu sein.
Wenn ein Kind mit Scham lebt, lernt es, sich schuldig zu fühlen.
Wenn ein Kind mit Toleranz lebt, lernt es, geduldig zu sein.
Wenn ein Kind mit Ermutigung lebt, lernt es, zuversichtlich zu sein.
Wenn ein Kind mit Lob lebt, lernt es, etwas zu schätzen.
Wenn ein Kind mit Fairneß lebt, lernt es Gerechtigkeit.
Wenn ein Kind mit Sicherheit lebt, lernt es, Vertrauen zu entwickeln.
Wenn ein Kind mit Anerkennung lebt, lernt es, sich selbst zu mögen.
Wenn es mit Gunst und Freundschaft lebt, lernt es, Liebe und Wärme zu finden.

– Anonymus, zitiert von Jeoff Robinson
in seinem Schlußplädoyer

Prolog

Der Phönix ist ein mythischer Vogel von unerreichter Schönheit und der Größe eines Adlers, der sich, eine Geste triumphaler Neugeburt, aus der Asche von Niederlage und Zerstörung erhebt. Er kann weder entscheidend geschwächt noch vernichtet werden. Mit seinem Gefieder in leuchtendem Scharlachrot und schimmerndem Gold wurde er in zahlreichen Kulturen zum Symbol von Wiedergeburt und neuem Leben. In Ägypten entdeckte alte Grabstätten waren mit Bildern des Phönix geschmückt, wie er sich aus einem Flammenbett emporschwingt. Ein phönixartiges Wesen durchzieht die orientalische Mythologie und findet sich noch im Familienwappen von King James, Queen Elizabeth I. und Mary, der Königin von Schottland.

Die Wiedergeburt des Phönix symbolisiert die Auferstehung des Menschen. Im Laufe der Zeit hat sich dieser mythische Vogel auch zu einem Bild göttlicher Macht, der Königswürde und des Überlebens gegen eine große Übermacht entwickelt. Wieder und immer wieder bezwingt der prachtvolle Herr der Lüfte seine Feinde und fliegt unversehrt aus der Asche der Zerstörung davon.

Und dennoch ist der Phönix nur ein Traum, ein Mythos, geboren aus Phantasie und Wunschdenken. Er lebt irgendwo zusammen mit dem Einhorn, dem Zentauren, dem Pegasus und all den anderen Urbildern der menschlichen Imagination. Dennoch gibt es Leute, für die das Bild des Phönix ein unsichtbares Wappenschild ist, eine Fluchtmöglichkeit sowie ein sicheres Versprechen, daß ein Mensch, gleich welche Sünden er auch begehen mag, stets seinen Peinigern entfliehen wird.

So war das bei David Arnold Brown . . .

ERSTER TEIL
Das Verbrechen

1

Lange bevor Walt Disney seine Träume im Disneyland verewigte, war das Orange County in Kalifornien bereits eine beliebte Gegend. Stolz und vielleicht sogar ein wenig großspurig hatte es sich vor einem Jahrhundert von Los Angeles abgenabelt. Das Gebiet, das als Santa Anna Valley bekannt ist, wurde zu einem völlig neuen Verwaltungskreis, der mittlerweile der am drittstärksten bevölkerte in Kalifornien ist. Dort blühten Orangenhaine, Weinberge gediehen, und der Reichtum der Natur lockte all jene an, die im Westen ein neues Leben beginnen wollten. Ein nagendes Mißtrauen zwischen Los Angeles County und Orange County blieb jedoch erhalten. Los Angeles ist größer, glitzernder, smoggeplagter, und seine schäbigen Straßen sind statistisch gefährlicher. Die Stars und die Sternchen, die Möchtegern-Größen und die Legenden leben hier und raffen gierig Ruhm und Geld, zumindest in den Augen der Menschen südlich des »Orangenvorhangs«. Im Gegenzug werden die Einwohner von Orange County von etlichen der weltmännischeren Bürger von Los Angeles als selbstgefällig, konservativ und sogar langweilig eingestuft. Richard Nixon wurde in Yorba Linda geboren, im Nordosten des Orange County, und so mancher in L. A. meint, das verrate schon mehr als genug über diese Gegend.

In Wahrheit ist Orange County wohlhabend, industriell auf dem Hightech-Niveau, und seine vorwiegend republikanisch eingestellte Bevölkerung ist so jung, daß sich viele der hier Lebenden gar nicht mehr vorstellen können, wie es hier in jenen

Zeiten ausgesehen haben mag, da sich Zitrushaine und Weingärten endlos ausdehnten. Der wirtschaftliche Aufschwung hatte schon kurz nach 1950 eingesetzt. Anaheim, jetzt Sitz von Disneyland und großen Kongreßzentren, hatte vor vierzig Jahren weniger als fünfzehntausend Einwohner. Heute sind es eine Viertelmillion. In den letzten zwanzig Jahren ist die Gesamtbevölkerung des Orange County auf 2 280 000 angewachsen. Es ist nur noch kostbar wenig echtes »Land« übrig geblieben. Stadtgrenzen schmelzen einfach dahin. Ein und dieselben Straßen verlaufen durch Anaheim und Santa Ana, durch Huntington Beach und Irvine. Nur die wechselnden Farben der Straßenschilder zeigen Stadtgrenzen an.

In Orange County existieren die unterschiedlichsten Lebensstile nebeneinander. Die Armen leben unter und zwischen den Reichen. Von Block zu Block kann sich das soziale Niveau ändern. Winzige Häuser werden abgelöst von hübschen Eigenheimen mit blühenden Gärten, von Patrizierhäusern, die hinter Mauern verborgen sind. Früher war Santa Ana, die Kreishauptstadt, fest in den Händen der oberen Mittelklasse. Heute ist sie ein Schmelztiegel. Junge hispanische Eltern gehen durch Santa Anas Straßen und tragen ihren stolzesten Besitz mit sich herum – schöne Babys und Kinder, buntschillernd eingepackt und geschützt vor den Sonnenstrahlen. Das alte Gerichtsgebäude des Orange County mit seiner roten sonnenversengten Steinfassade ist nur noch ein Museum, das so von den umliegenden Beinahe-Wolkenkratzern auf der Civic Center Plaza buchstäblich in den Schatten gestellt wird. Schöne alte Häuser am Broadway beherbergen Anwaltbüros und eine Bank. Das Gebiet um die Civic Center Plaza zieht die Macher an, die Anwälte und Politiker, aber dieser Platz ist auch Anlaufstelle für Obdachlose, junge Drogensüchtige, Midlife-crisis-geschädigte Aussteiger und bedürftige Alte, die alle von dem milden Klima dieses Landes angelockt wurden. Ihre Einkaufswägelchen, in denen sie ihre gesamten Besitztümer verstauen, haben sie im Schatten des Gerichtsgebäudes, Hausnummer 30, in nachgerade militärischer Ordnung abgestellt.

Schießereien vom fahrenden Wagen aus finden in Santa Ana fast täglich statt, und in den hübschen kleinen Parkanlagen hört man Flüche und Kampfgeräusche bis spät in die Nacht hinein. Im Polizeijargon heißen Selbstbedienungsläden nur noch *stop and rob* – »anhalten und ausrauben«. Viele andere Parkanlagen in Santa Ana sind jedoch sicher und ruhig, und die erstklassigen Einkaufszentren machen allen anderen in Amerika Konkurrenz.

Orange County riecht nach Eukalyptus und staubigen Olivenbäumen, nach Orangenblüten, Jasmin, wilden Pflaumen, mexikanischem Essen, dem Pazifischen Ozean (wenn der Wind richtig steht), Sonnenöl, dem Schweiß von Joggern und den Abgasen der Straßen. Geranien und Springkraut blühen, zusammen mit den roten Lampenputzerbäumen, das ganze Jahr über. Die violetten Kaskaden des Jakarandabaums halten sich monatelang. Auf den Mittelstreifen aller Freeways blühen drei Meter hohe scharlachrote, rosa und weiße Oleanderbüsche. Gelbe Taglilien säumen den Bürgersteig am Orange County Gefängnis, und der Eingang zum Büro des Leichenschauhauses ist wie ein Garten mit federartigen Farnen, Salbei, Lobelien und den majestätischen Stielen von Lauch.

1985 wurden 13 031 Todesfälle vom Büro des Leichenschauhauses des Orange County registriert. Das Büro untersuchte 6047 dieser Todesfälle und entschied, daß 112 davon gewaltsam waren.

Einer dieser gewaltsamen Todesfälle ereignete sich auf dem Ocean Breeze Drive am 19. März in der Stadt Garden Grove.

Der Ocean Breeze Drive ist eine nur einen Block lange Straße, Minuten vom Polizeihauptquartier entfernt; der Straßenname ist ein charmanter Fehlgriff, denn hier weht kein Seewind mehr – es sei denn, ein gewaltiger Sturm zieht auf. Immerhin sind es von dieser Straße noch zwölf Meilen bis zum Pazifischen Ozean. Ocean Breeze ist eine hübsche Straße zwischen Pleasant Place und Jane Street: Sechs Häuser stehen auf jeder Seite, alle in den sechziger Jahren auf großen Grundstücken errichtet. Alle haben Schilfdächer und Ziegelmauern, und viele unterscheiden sich nur in Farbe und Verzierung voneinander. Jedes wäre heute eine Viertelmillion Dollar wert. Die Häuser am

Ocean Breeze Drive werden durch hohe Bäume von der Sonne beschattet und bieten angenehme Abgeschiedenheit. Die Bewohner sind hauptsächlich Geschäftsleute mittleren Alters und ihre Familien. Eine Nachtschicht im März war – zumindest an einem Wochentag – in einer solchen Gegend für die Polizei normalerweise eine ruhige Zeit, besonders wenn es auf den Morgen zuging. Darrow Halligan, Streifenpolizist in Garden Grove, freute sich schon auf das nahe Ende seiner Nachtschicht. Es war der 19. März 1985, 3 Uhr 26. Nach schweren Regenfällen am Tag war das Wetter kühl und klar, etwa fünf bis acht Grad Celsius, und Halligan hatte die Heizung des Wagens eingeschaltet. Er begann schon, sich von seiner achtstündigen Schicht zu entspannen, und fuhr nahe Brookhurst und Lampson Avenue, als er die Funkmeldung hörte, die ihn zu einem möglichen 187 (Mord) in 12 551 Ocean Breeze Drive schickte.

Er kannte diese Straße sehr gut. Das nördliche Ende ging von der Lampson Street ab. Er war nur ein paar Blocks entfernt.

Die Straße besaß keine Beleuchtung, und es war sehr dunkel, als er langsam dahinrollte und seinen Suchscheinwerfer auf die Häuser richtete, um Nummer 12 551 zu finden. Um einige Häuser wuchs das Buschwerk so hoch, daß Halligan nicht einmal die Hausnummern sehen konnte; in einigen Fällen waren die Hausnummern auf die gewölbten Randsteine gemalt, allerdings schon länger nicht mehr nachgezogen worden, so daß die Ziffern ziemlich abgeschabt waren. Endlich entdeckte er 12 551 auf einem grünen, mit Stuck versehenen Ziegelstein-Bungalow auf der Westseite der Straße.

Es herrschte eine Stille, wie sie für Einsätze bei Mordfällen nicht gerade typisch ist. Kein Rufen, kein Schreien, und niemand auf der Straße, der ihn ins Haus winkte. Seltsam. Still genug, daß sich Halligans Nackenmuskeln verspannten. Vielleicht war die Meldung nur ein übler Scherz, aber möglicher 187 war keine Meldung, die irgendein kalifornischer Cop gern hört, besonders nicht um halb vier Uhr morgens und ohne Rückendeckung weit und breit. Halligan war so schnell eingetroffen, daß sich der Täter, falls es überhaupt einen gab, durchaus noch in der Nähe befinden konnte.

Das Funkgerät meldete sich erneut: Das Opfer befinde sich

mit einer Schußwunde im Haus; weitere Informationen oder gar eine Beschreibung eines Tatverdächtigen lägen aber nicht vor.

»Der Tatverdächtige befindet sich nicht im Haus«, verbesserte die Leitstelle. »Ich habe jetzt den Anrufer am Telefon.«

»Gut, dann soll mir der Anrufer am Hauseingang entgegen kommen«, erwiderte Halligan einigermaßen erleichtert.

Die Hausbeleuchtung brannte nicht, aber hinter einem Fenster zur Straße schimmerte Licht. Ein kleiner, untersetzter Mann öffnete die Tür. Vor dem Licht aus dem Wohnraum hob er sich als Silhouette ab.

Halligan trat ein und wagte sich damit allein in eine Situation, über die er verzweifelt wenig Informationen besaß. Der Mann, der ihn hereingelassen hatte, war sichtlich angespannt und geistesabwesend. Sein Gesicht war tränenüberströmt. Gleich neben ihm stand eine junge, blonde Frau mit einem weinenden Baby in den Armen und schluchzte hysterisch. »Ich glaube, meine Frau ist erschossen worden«, brachte der Mann mühsam stammelnd hervor. »Sie liegt im Schlafzimmer. Ich habe Angst nachzusehen, Officer. Könnten Sie das machen?«

Er hatte gar nicht genau *nachgesehen*? Dann bestand die Möglichkeit eines falschen Alarms. Halligan fragte, wo sich das Schlafzimmer befand, und der untersetzte Mann deutete in die südwestliche Ecke des Hauses.

Die junge Frau schluchzte noch lauter, und der Mann wirkte ungeheuer ängstlich. Seine Stimme bebte, als er Halligan bat, nach seiner Frau zu sehen. Der Polizist hatte keine Zeit, ihn zu fragen, wieso er, ohne nachgesehen zu haben, davon ausgehe, daß seine Frau erschossen worden sei. Aus welchem Grund auch immer, der Mann wurde immer aufgeregter.

»Setzen Sie beide sich da auf die Couch«, wies Halligan die beiden an. »Ich kontrolliere das Schlafzimmer.«

Er ging in die Richtung, die der Mann ihm gezeigt hatte, und fand sich in einem Arbeitszimmer oder Büro wieder. Während er tiefer in das Haus vordrang, schaltete er seine Taschenlampe an. Der Korridor hinter dem Arbeitszimmer war sehr dunkel. Halligan ließ den Lichtstrahl seiner Taschenlampe den Korridor entlang wandern, bis er links von dem Arbeitszimmer eine halb geschlossene Tür entdeckte. Er drückte sie mit seiner Schulter auf; da hörte er ein Geräusch, ein Keuchen – nein, ein Gurgeln. Er hütete sich davor, einen Lichtschalter zu berühren, wodurch er nur mögliche Fingerabdrücke leicht unkenntlich gemacht hätte. Er konnte das Bett gegenüber der Tür erkennen: Der Lichtkegel wanderte über eine Gestalt, die dort mit den Füßen zur Tür lag.

Halligan trat rasch näher an das Bett und sah eine Frau mit langen, hellen Haaren; auf ihrer Brust eine große Menge noch nicht geronnenen Bluts. Sie lag auf dem Rücken, ließ den rechten Arm über die Bettkante hängen und hatte die linke Hand an ihr Ohr gehoben.

War sie schon tot? Der Polizist verwarf diesen Gedanken, als er das erstickte Gurgeln in ihrer Kehle hörte, sie rang nach Luft. Halligan legte seine Fingerspitzen an die Halsschlagader. Er konnte nichts fühlen. Keinen Puls.

Er beugte sich über die junge Frau auf den geblümten Laken und brachte sein linkes Ohr nahe an ihre Nase. Er fühlte keinen Atem. Er beobachtete, ob ihre Brüste sich beim Atemholen hoben und senkten.

Sie taten es nicht.

Blut bedeckte die Lippen der Frau und ihr Kinn; höchstwahrscheinlich stammte das Blut aus ihrer Lunge. Halligan stellte fest, daß die blaue Decke, die sie von der Taille abwärts verhüllte, glatt und flach lag. Es konnte also kein Kampf stattgefunden haben. Es war durchaus möglich, daß das Opfer nicht einmal erwacht war und gesehen hatte, wie eine Waffe aus nächster Nähe gegen ihre Brust gehalten wurde. In diesem Augenblick trafen – nahezu zeitgleich – weitere Polizeibeamte von Garden Grove und Sanitäter in dem grünen Bungalow ein. Falls auch nur die geringste Möglichkeit bestand, daß das Opfer noch am Leben war, galt es, sofort zu handeln. Eine Befragung des auf der Couch im Wohnzimmer kauernden Paars mußte warten. Wer die beiden waren, in welchem Verhältnis sie zu dem Opfer standen, konnte später immer noch erfragt werden. Immerhin, der Mann hatte ja schon angegeben, die Verletzte sei seine Frau. Er sah viel älter aus als sie, oder täuschte man sich da, weil er momentan unter gewaltigem Streß stand?

Kummer und Angst können das Aussehen eines Menschen sehr verändern. Officer Scott Davis, Patrol Sergeant Dale Farley, der die Aufsicht über den Tatort übernahm, und Halligan standen hilflos neben dem Bett. Streifenpolizist Alan Day und der in der Ausbildung befindliche Andy Jauch gesellten sich zu ihnen; gemeinsam untersuchten sie das Opfer nach Lebenszeichen und stellten fest: Die Frau war so schwer verletzt, daß niemand außer den Sanitätern sie behandeln durfte.

Die Polizei mußte ein Foto von der Frau auf dem Bett machen. Später vielleicht der einzige Beweis dafür, wie sie das Opfer vorgefunden hatten. Das prompte Fotografieren mochte kaltblütig wirken, aber darum ging es jetzt nicht. Day hatte eine Polaroidkamera mitgebracht, und obwohl die Erinnerung an diesen Moment Sergeant Farley noch heute verfolgt, reichte er die Kamera an Halligan weiter und sagte: »Das Licht ist nicht gut, machen Sie trotzdem so viele Aufnahmen wie möglich, bevor sie bewegt wird.«

Sie wirkte jung und so verletzlich.

Halligan hatte nur Zeit für zwei Aufnahmen. Zwei Polaroidfotos von einer hübschen jungen Frau mit halb offenen Augen, das Gesicht blutverschmiert, aber unheimlich ruhig. Ihre linke Hand war noch immer ans Ohr gehoben, eine Bewegung, die sie wohl schon im Schlaf ausgeführt hatte. Die Polizisten schätzten ihr Alter auf knapp unter oder über zwanzig.

Die Sanitäter Chris Esser und Ruben Ruvalcaba von der Garden Grove Feuerwehr, Wagen 4-1, hasteten in das nach Südwesten gelegene Schlafzimmer. Sie meinten, die Frau nach Luft ringen zu hören. Es war schwer zu sagen. Todesröcheln klingt kaum anders. Sie hoben das komatöse Opfer vom Bett und trugen es zu der nächsten harten Fläche, auf der sie Wiederbelebungsversuche starten konnten – dem Fußboden des Arbeitszimmers/Büros. Sie hatte ein kurzes Nachthemd an – schwarz und weiß und rot mit lachenden Zylinder tragenden Pinguinen, die über die Vorderseite hinweg paradierten, bis sie in dem großen roten Blutfleck verschwanden. Sie legten die Frau auf den braunen Teppich und schnitten das alberne kleine Nachthemdchen auf, so daß sie bis auf ein Paar weicher blauer Nachtsocken nackt war.

Während die Sanitäter eine Atmungskanüle einführten und dann eine Infusion vornahmen, preßten sie die Brust der jungen Frau rhythmisch zusammen, um ihr Herz zu kräftigem Schlagen anzuregen.

Die Wände ringsum waren mit Familienfotos bedeckt: Ein großformatiges Porträt hing über dem Kamin: ein Mann und seine Frau, lächelnd und offensichtlich frisch verliebt. Es war, als sähe dieses Liebespaar ungläubig auf das Geschehen am Fußboden herab. Schwer zu sagen, ob die Frau auf dem Bild und die Frau auf dem Fußboden ein und dieselbe Person waren. Es gab eine deutliche Ähnlichkeit, aber die schluchzende Frau im Wohnzimmer ähnelte ebenfalls dem Porträt. Und ein durch Schüsse verletztes Opfer sieht oft sich selbst kaum noch ähnlich. Die Haut der Frau war blaß, ihre Augen blicklos. Der tragbare Herzmonitor der Sanitäter zeigte unregelmäßige Reaktionen auf ihre Wiederbelebungsversuche, aber keine normale Sinuskurve. Die Frau mußte operiert werden, um eine Überlebenschance zu haben, aber die Sanitäter wagten nicht, sie zu transportieren, bevor sie ihren Zustand stabilisiert hatten.

Es herrschte ein so reges Kommen und Gehen, daß Farley jetzt Jauch an die Haustür beorderte, um die Kontrolle über den Tatort zu behalten. Auf einer Tabelle wurden die Ankunfts- und Abfahrtszeiten aller Personen verzeichnet. Davis und Day erhielten Anweisung, den Mann und das Mädchen im Wohnzimmer voneinander zu trennen – und mit einer ersten Befragung zu beginnen.

Halligan hatte endlich Zeit, sich in dem Schlafzimmer umzusehen, in dem die Verletzte gefunden worden war. Ein Revolver mit einem Zwei-Zoll-Lauf lag auf dem Teppich zwischen der Tür zum Korridor und dem Bett, aber noch wußte niemand, ob es die Mordwaffe war. Er ließ den Revolver für die Vorermittler liegen. Erst jetzt bemerkte er das kleine Badezimmer, das vom Schlafzimmer abging und dessen Tür geschlossen war. Vorsichtig stieß er die Tür auf und erwartete so halb, daß sich jemand da drinnen versteckte.

Da war niemand.

Jeder Polizist weiß Prioritäten zu setzen, und jetzt war die erste Forderung, daß Leben erhalten werden mußte. Erst danach folgten Punkte wie für Ruhe sorgen und den Schuldigen verhaften. In dem Arbeitszimmer schien die Zeit stillzustehen, während die Sanitäter dem Opfer halfen. Endlich wurde die Frau auf einer Trage herausgebracht und mit heulenden Sirenen zum Fountain Valley Community Hospital gefahren. Der Krankenwagen war mit medizinischem Personal voll besetzt. Für Halligan gab's keinen Platz mehr. Farley erteilte ihm die Anweisung, in seinem Streifenwagen zu folgen und bei dem Opfer zu bleiben, während es in der Notaufnahme behandelt wurde.

Dr. Michael Safavian hatte die Morgenschicht in der Notaufnahme. Als die Ambulanz eintraf, sah er mit einem Blick, daß nur heroische Maßnahmen das Opfer zu retten vermochten.

Es war fünf Minuten nach vier Uhr morgens, als Safavian und das Team in der Notaufnahme mit der Behandlung der jungen Frau begannen. In die rechte Lunge konnte keine Luft mehr gelangen. Geronnenes Blut blockierte die Zufuhr. Safavian führte eine Hohlnadel in diesen Lungenflügel ein, um Blut abzulassen, in der Hoffnung, das Organ würde sich wieder mit Luft füllen. Gleichzeitig ordnete er an, daß der Patientin drei Einheiten Blut übertragen wurden.

Keine Reaktion.

Halligan beobachtete, wie der Chirurg in der Notaufnahme noch eine letzte verzweifelte Maßnahme versuchte. Ohne Betäubung – das Opfer brauchte keine – öffnete er die linke Brustseite der jungen Frau und griff hinein, um ihr Herz zu massieren, doch es lag bleiern ruhig in seiner Hand.

Sechsundzwanzig Minuten nach vier wurde sie für tot erklärt. Die Todesursache – oder besser die Todes*art* – war offensichtlich. In ihrer Brust klafften zwei Einschußwunden.

Joe Luckey, ein Leichenbeschauer von Orange County, traf um fünf Uhr im Krankenhaus ein und fand eine Leiche vor, die sich noch warm anfühlte – keine Leichenstarre, keine Leichenblässe.

Luckey listete die Hilfsmittel des Krankenhauses auf: die Infusionsnadeln, einen Tubus in der rechten Brusthälfte, einen vernähten Einschnitt in der linken Brusthälfte, eine Atmungskanüle und EKG-Monitorelektroden. Er sammelte das blutige Nachthemd und die blauen Socken ein, dazu ein Verlobungs-

Ehering-Set und ein Goldarmband und verschloß alles in Papiertüten. Er stülpte Tüten über die Hände des Opfers für den Fall, daß sich an ihnen irgendwelche beweistauglichen Spuren befanden.

Dann wurde die tote Frau, vorerst identifiziert als Linda Marie Brown, dreiundzwanzig Jahre alt, zu der Laderampe hinter dem Büro des Leichenschauhauses in Santa Ana geschafft. Die Waage im Boden gleich hinter der Tür gab ihr Gewicht mit 63,5 kg an.

Weniger als zwei Stunden nach dem Eintreffen des ersten Hilferufs lag Linda Brown auf einem Regal im Kühlraum. Die Obduktion stand kurz bevor.

2

Fred McLean, Ermittler der Garden Grove Mordkommission, schlief kurz vor 4 Uhr 30 am Morgen des 19. März 1985 noch tief und fest. Nach achtzehneinhalb Jahren bei der Polizei war ein schrilles Telefonläuten in der Nacht für ihn nichts Ungewöhnliches mehr: Wie immer war McLean sofort hellwach.

Lieutenant Larry Hodges, diensthabender Leiter, war am Telefon. Er wies McLean an, zum Ocean Breeze Drive zu fahren, um die Vorermittlung in dem Mordfall einer jungen Frau zu übernehmen, die erschossen und soeben in der Notaufnahme für tot erklärt worden war. Streifenpolizisten waren während der letzten Stunde zu dem Haus gerufen worden, hatten erste Befragungen der Hausbewohner durchgeführt und den Tatort abgesperrt.

McLean fuhr am Polizeihauptquartier vorbei, um Detective Steve Sanders und einen Spurensicherungskasten mitzunehmen. Er sah, daß Sergeant John Woods und Detective Bill Bugs Morrissey ebenfalls aus den Betten geholt worden waren und sich auf ihren Einsatz vorbereiteten. Es war noch immer dunkel, als sie vor dem grünen, mit Stuck versehenen Ziegelstein-Bungalow auf dem Ocean Breeze Drive hielten. In der Straße wimmelte es jetzt von Polizeifahrzeugen. Nachdem Andy Jauch ihre Namen und die Ankunftszeit notiert hatte, begaben sich Sanders und McLean in den hell erleuchteten Wohnraum.

Der Raum war zugestellt mit Möbeln, die wie neu aussahen. Man konnte den Eindruck gewinnen, der Hauseigentümer habe gerade ein Einkaufszentrum leergeräumt. Da standen zwei Sofas, bezogen mit einem beige-braunen Blumenmuster, zwei farblich darauf abgestimmte veloursbezogene Sessel, zwei Beistelltische aus Ahornholz, zwei Schaukelstühle – einer davon war offensichtlich für ein Kind bestimmt –, ein Laufstall voller Spielzeug, ein Gewehrkasten mit sechs Gewehren, jedes ordentlich an seinem Platz, einige Lampen, deren Schirme noch in Plastik eingepackt waren, ein großer Fernsehschrank, ein Videorecorder und zahlreiche Fernbedienungen, griffbereit in jedem Winkel des Zimmers. Mit einem Wort: Die Einrichtung war solide, aber einfallslos, teuer, aber ohne Pfiff, und sie drohte das eher schmale Wohnzimmer zu erdrücken.

Darüber hinaus war jede Fläche mit Nippes vollgestellt. Die Messinguhr, die kleine geschliffene Kristallvase wirkten noch recht geschmackvoll, aber andere Teile erinnerten an Jahrmarktpreise: Die Lampenuhr mit Hartplastikgehäuse, mit vibrierenden Metallwedeln und sich ständig verändernden Farben hätte man an einer Wurfbude mit drei Würfen für einen Dollar gewinnen können.

Wände und Tischflächen waren mit Familienfotos und Gemälden von Einhörnern bedeckt. Auf Regalen kehrte das Einhorn dutzendfach in Keramikausführung wieder. Der Wohnraum war überladen und dennoch sauber, der dicke braune Teppich war gesaugt, die Möbel schienen abgestaubt und die Wände frisch gestrichen zu sein. Wer immer diesen Raum eingerichtet hatte, mußte sorgfältig darauf geachtet haben, ein braun-beiges und weiß-gelbes Farbmuster zu kreieren. Den Eindruck einer behäbigen Gemütlichkeit konnte man diesem Wohnzimmer nicht absprechen. Als hätte der Grund für das Erscheinen der Polizei diesen Teil des Hauses nicht berührt. McLean sah sich um und entdeckte ein paar Herrenpantoffel vor einem der Sessel, blaue Frauenschuhe mitten auf dem Fußboden, eine Wolldecke mit Zickzackmuster über dem größeren Schaukelstuhl. Auf einem Lampentisch: ein zu einem Drittel gefülltes Babyfläschchen.

Der Fernseher lief immer noch, aber ohne Ton. McLean bemerkte nebenbei, daß er auf den Musiksenderkanal eingestellt war: The Cars, so belehrte ihn eine Einblendung, trällerten gerade ihr Why Can't I Have You? Der Beamte betrachtete nun das Siebdruckbild über dem erkalteten Kamin – ein Segelschiff in rauhem Wellengang – und faßte in Gedanken den Raum zusammen: Die Leute, die hier lebten, verfügten über genug Geld, um sich alles kaufen zu können, was ihnen gerade in den Sinn kam. Gleichzeitig fragte sich McLean, wieso *alles* brandneu war, als wäre dies ein Heim ohne Vergangenheit, über Nacht entstanden. Wie viele Familien können sich so viele neue Möbel auf einen Schlag leisten? Alle übrigen Räumlichkeiten im Hause untermauerten nur diesen Eindruck: Die Menschen, die hier wohnten, litten keinen Mangel. Jedes einzelne Zimmer in dieser mit drei Schlafzimmern und zwei Bädern ausgestatteten Villa war brandneu eingerichtet. Wo eine Kommode gereicht hätte, standen zwei oder drei. Möbel, Spielzeug und Nippes überall. Als hätten Teenager die Erlaubnis erhalten, alles einzukaufen, was ihr Herz begehrte.

McLean schlenderte durch die Küche in die kleine, hinten gelegene Diele, die gleichzeitig als Waschküche diente. Auf dem Wäschetrockner sah er ein leeres Glas und drei leere Fläschchen für rezeptpflichtige Pillen. Die Fläschchen lagen auf der Seite, ihre Verschlüsse waren ab. Er las die Etiketten, während er die Fläschchen vorsichtig in den Beweismittelbeutel schob und sie kennzeichnete. Das erste hatte Darvocet-N, 100mg enthalten, ausgegeben am 28.11.1984; das zweite Dyazide, ausgegeben am 29.06.1982; und der dritte Behälter ebenfalls Darvocet-N, Nummer 25, ausgegeben am 24.11.1983.

McLean war kein Experte in pharmazeutischen Fragen, aber es sah so aus, als habe jemand eine ganze Menge davon geschluckt. Darüber hinaus wirkten leere Pillenfläschchen in einer Waschküche fehl am Platz.

McLean hob das Trinkglas vorsichtig von dem Wäschetrockner, um es in eine Tüte zu stecken und zu kennzeichnen. Es war noch ein winziger Rest von Flüssigkeit darin, wahrscheinlich

Wasser. Offenbar handelte es sich um eine dieser Zugaben, die Fast-Food-Restaurants verschenken, ein Star-Trek-III-Glas mit einem Bild eines Serienbösewichts darauf – Lord Kruge, ein finster dreinblickender Mann mit glatten dunklen Haaren, hoher Stirn, einem Schnurrbart und einem pockennarbigen Gesicht. Wahrscheinlich war es nur ein sonderbarer Zufall, aber Lord Kruge sah jenem Mann erschreckend ähnlich, den McLean vorhin kettenrauchend auf der Wohnzimmercouch gesehen hatte.

Wieder im Wohnraum, wurde Fred McLean gemeinsam mit Steve Sanders von Sergeant Farley informiert. Es war nicht viel, was der Sergeant bisher in Erfahrung gebracht hatte: Die Frau, die soeben verstorben war, hieß Linda Marie Brown, sie war dreiundzwanzig Jahre alt und die Ehefrau des Mannes, der auf der beige geblümten Couch saß. Sie war offenbar erschossen worden, und zwar irgendwann nach Mitternacht, während sie in ihrem Bett im Schlafzimmer lag. Die Tatwaffe lag noch immer auf dem Fußboden des Schlafzimmers.

»Wer war zu diesem Zeitpunkt hier?« fragte McLean.

Farley deutete auf den nervösen Mann auf der Couch. »Der Ehemann war irgendwo fort und kam erst zurück, nachdem die Schüsse gefallen waren. Er hat die Meldung an uns erstattet. Das blonde Mädchen mit dem Baby ist Patricia Bailey. Sie ist siebzehn.«

»Gehört das Baby ihr?«

Farley schüttelte den Kopf. »Nein, es ist das Kind von ihm – David Brown – und der Toten – Linda Brown.«

»Wohnt noch jemand hier?«

»Cinnamon.«

»*Cinnamon*?« Ein sonderbarer Name, dachte McLean, er bedeutete soviel wie Zimt.

»Cinnamon Brown. Sie ist vierzehn. Browns Tochter aus einer früheren Ehe. Sie glauben, daß sie es getan hat.«

McLean starrte den Sergeant verblüfft an. »*Wer* glaubt das?«

Farley deutete mit einem Kopfnicken in David Browns Richtung. »Er – und die Bailey. Cinnamon ist verschwunden.«

Farley sagte, Patricia Bailey habe Officer Scott Davis erzählt, sie glaube Cinnamon nach den Schüssen gesehen zu haben, ja, nach den Schüssen sei eine Gestalt, die wie Cinnamon aussah, durch die Hintertür hinausgegangen. Davis und Farley hatten daraufhin das Haus durchsucht, anschließend den Garten sowie einen kleinen Wohnwagenanhänger, der neben dem Haus stand, um mögliche Spuren eines Verdächtigen zu entdecken. Auch die Garage und den Hundezwinger dahinter hatten sie mit der Taschenlampe erkundet.

»Wir haben niemanden gefunden.«

McLean ging in das nach Südwesten gelegene Schlafzimmer und ließ sich die neuen Informationen eine Weile durch den Kopf gehen. Er war lange genug bei der Mordkommission, um zu wissen, daß alles möglich war. Und dennoch! Vierzehnjährige Mädchen greifen selten zu Schußwaffen, um irgend etwas zu erreichen. Wenn das Kind – *Cinnamon* – tatsächlich Linda Brown getötet haben sollte, was mochte dann vorher vorgefallen sein? Temperamentsausbrüche und junge Mädchen im Teenageralter, das paßte zusammen. Aber doch nicht so etwas! Was war das für ein gewalttätiges Kind, nach dem sie jetzt suchten?

Oder hatte sich Patricia Bailey getäuscht? Immerhin schien sie jetzt am Rand der Hysterie zu stehen. Es war durchaus möglich, daß sie nicht wußte, wen sie wirklich gesehen hatte, nachdem die Schußwaffe die Stille in dem dunklen Haus zerrissen hatte.

Die Schußwaffe lag da, wo der Schütze sie offenbar hatte fallen lassen. Ein verchromter 38er Smith & Wesson Revolver mit einem Zwei-Zoll-Lauf. Er war mit Silver-Tip-Kugeln geladen, zwei oder drei Kugeln waren abgefeuert worden.

Bill Morrissey sollte den Fall als Tatortermittler bearbeiten – McLean war mehr für den ›menschlichen‹ Anteil zuständig. Morrissey mußte Beweisstücke sammeln und Fotos von allem schießen, was sich innerhalb der gelben Absperrungsbänder befand. Sollte sich herausstellen, daß der Schütze Cinnamon war – oder ein anderes Familienmitglied oder ein regelmäßiger Besucher dieses Hauses –, so erhielt Morrisseys Spurensicherung dadurch mehr Bedeutung als in einem Mordfall unter Fremden. Jeder, der hier lebte, konnte Fingerabdrücke, Haare, Fasern und Körpersekrete hinterlassen haben. Morrisson würde alles einsammeln, was später von Bedeutung sein konnte.

McLean bat Alan Day und Andy Jauch, eine Zeichnung vom Tatort anzufertigen. Darrow Halligan, der inzwischen vom Fountain Valley Hospital zurückgekehrt war, erhielt den Auftrag, den Ocean Breeze Drive abzuklappern und die Nachbarn zu befragen. Vielleicht hatte irgend jemand im Verlauf der Nacht etwas Ungewöhnliches gesehen oder gehört.

Hatte zuvor Chaos geherrscht, so war jetzt eine gewisse Ordnung eingekehrt, so benommen und ungläubig die Überlebenden auch sein mochten. Jedes Mitglied der Garden Grove Mordkommission führte die ihm zugeteilte Aufgabe gewissenhaft aus.

Jetzt bestand kein Grund mehr zu übertriebener Eile.

Die Ermittler wußten, daß zwei Erwachsene, zwei Teenager und ein Baby – ein Mädchen – in diesem Haus bis zu den frühen Morgenstunden miteinander gelebt hatten, offenbar in einer Art Familieneinheit, auch wenn die Verbindungen der einzelnen Personen untereinander noch nicht klar waren. Linda Brown war tot. Cinnamon Brown wurde vermißt. Patricia Bailey saß schluchzend im Speisezimmer und hielt Lindas Baby in ihren Armen. David Brown rauchte eine Zigarette nach der anderen, suchte häufig das Bad auf und ging ruhelos auf und ab; sein Gesicht war nur noch eine Studie in Sorge und Schmerz.

Per Funk gab Officer Scott Davis eine Beschreibung von Cinnamon Brown durch: Sie habe ein Sweatshirt und eine lange Hose getragen. Braune Haare, braune Augen. Etwas über einsfünfzig groß, vielleicht sechzig Kilo schwer. David Brown schien diesem Streß nicht gewachsen zu sein! Er zitterte am ganzen Körper, inhalierte tief und zerstieß eine nur zur Hälfte gerauchte Zigarette, während er in seinem Wohnzimmer darauf wartete, mit Fred McLean zu sprechen. Browns Familie hatte sich aufgelöst. Er hatte seine Frau verloren, und seine Tochter war irgendwo da draußen in der Nacht.

Was war schiefgelaufen?

McLean beobachtete David Brown. Der Mann sah aus wie fünfundvierzig oder fünfzig, doch Day, der eine erste Befragung mit ihm durchgeführt hatte, sagte, er wäre erst zweiunddreißig. McLean fragte Brown persönlich nach seinem Geburtsdatum – nur um sicher zu gehen. »Sechzehnter November 1952.«

Also tatsächlich erst zweiunddreißig Jahre alt. Er war klein, nicht größer als etwa einsfünfundsechzig, sein Bauch wölbte sich unübersehbar vor, und er hatte die Haut und den Muskeltonus eines Mannes, der kaum in die Sonne geht und selten Gymnastik treibt. Browns schütteres Haar war dunkelbraun und dünn, und seine Augen wiesen eine seltsame Farbenmischung auf. Narben von Akne zeichneten seine Haut. Auf seiner Stirn schimmerte Schweiß, und seine Hände zitterten, als er sich die nächste Zigarette ansteckte.

Kein Wunder, die Welt dieses Mannes war soeben mit lautem Getöse explodiert. Wie sollte er denn aussehen? Wie ein Bild von Gesundheit und Kraft?

Auf den ersten Blick wirkte David Arnold Brown wie ein Mann ohne Power, dem die Zügel seiner Existenz entglitten waren. Seine Haltung war schlaff, seine schmalen Schultern hingen unter dem Eindruck des gewaltsamen Todes seiner Frau herunter. Doch wenn er McLeans Fragen beantwortete, ließ seine Stimme aufhorchen. Er hätte auch als Rundfunk- oder Fernsehsprecher durchgehen können. David Brown hatte eine tiefe Bariton-Stimme, und er beantwortete McLeans Fragen mühelos und mit einer gleichsam natürlichen Autorität. Es waren keine vagen Aussagen, die er traf. So schmerzlich es auch war, schien er bereits die Tatsache akzeptiert zu haben, daß seine eigene Tochter die Schüsse abgefeuert hatte. Er wiederholte Fred McLean gegenüber die Abfolge der Ereignisse, wie er sie Day geschildert hatte, fügte hier eine Information und dort eine Spekulation hinzu.

Er schien nicht davon überrascht zu sein, daß Cinnamon etwas so unerklärlich Grausames begangen hatte, nicht im geringsten. Es war fast so, als habe er die Katastrophe heraufziehen gesehen, außerstande, sie abzuwenden. Nun blieb ihm nur der verzweifelte Versuch, die zerfaserten Enden seines Lebens zusammenzuhalten.

»Ich habe fürchterliche Kopfschmerzen«, sagte Brown leise zu McLean.

»Brauchen Sie etwas Aspirin?«

»Nein ... schon gut.«

Fred McLean leitete David Browns Geist und Vorstellungsvermögen noch einmal durch die letzten vierundzwanzig Stunden. Zutage kam, daß Brown ein Mann war, der die meiste Zeit arbeitete und die spärliche Freizeit mit seiner Familie verbrachte, einer Familie, in welcher er als der Kopf fungierte. Er erklärte, daß er mit Linda zusammenlebte, sowie mit Krystal, ihrem acht Monate alten Baby, und Patricia Bailey, siebzehn Jahre, Lindas Schwester. Er fügte hinzu, daß Pattis Mutter eine »chronische Alkoholikerin« sei, aus diesem Grunde hätten er und Linda ihre Schwester bei sich aufgenommen.

»Und Cinnamon?«

»Cinnamons Mutter und ich wurden vor zehn Jahren geschieden. Cinny ist zwischen uns hin und her gewandert. Seit dem letzten Herbst hat sie bei mir gelebt.«

David Brown schilderte sich selbst als geplagten Vater, zerrissen zwischen seiner Ehefrau und seinem kleinen Baby und seiner Tochter im Teenageralter. Das Bild, das er von Cinnamon malte, enthüllte ein zorniges Mädchen, das sich nicht in die Familie einfügte und sich hartnäckig seinen Versuchen widersetzte, Hilfe für sie zu besorgen. »Ich habe mit ihr über eine psychologische Beratung gesprochen, aber sie drohte mit Selbstmord, wenn ich sie dazu zwingen sollte.«

»Ist heute – gestern – etwas Besonderes geschehen, wodurch die Situation eskalierte?«

Brown schüttelte den Kopf, während er nach einer Zigarette griff und versuchte, seine Gedanken zu ordnen. Er erinnerte sich daran, daß seine Eltern, Manuela und Arthur Brown, die in Carson lebten, auf einen Besuch vorbeigekommen waren und den größten Teil des Tages mit ihnen verbracht hatten. Es war ein Montag, aber David Brown hatte seine eigene Firma: Data Recovery. Er hatte einen ›Prozeß‹ gefunden, der es ihm ermöglichte, verlorene Computerdaten zurückzugewinnen. Er habe, so sagte er, für eine Anzahl großer Gesellschaften und sogar für das Pentagon gearbeitet.

»Linda und ich haben mein Geschäft geführt. Die Telefone klingelten den ganzen Tag.«

Immerhin konnte er sich die Arbeitszeit einteilen, wie er wollte, sich mitten in der Woche einen Tag freinehmen und die Arbeit am Wochenende nachholen. Am Montag – also erst gestern – hatten sie alle zu einem Picknick in die Wüste fahren wollen, die heftigen Regenschauer hatten sie zu einer Änderung ihrer Pläne veranlaßt.

McLean bemerkte, daß Brown sich an einige Ereignisse des Vortages präzise erinnerte, an andere jedoch nur vage und wie zerfasert. Die Wirkungen des Schocks. McLean kannte das.

Brown setzte seine Erzählung fort. Sie hatten den Großteil des Montags mit einem Kartenspiel zugebracht: Uno. Das machten sie oft. Es war ein Lieblingsspiel seiner – erweiterten – Familie. Und seine Eltern kamen oft zu Besuch. Aber an diesem Tag hatte sich Linda geweigert, Uno zu spielen.

»Sie war gestern ziemlich gereizt. Cinny hat sich auch nur an einem Spiel beteiligt, und das nicht einmal bis zum Schluß. Dann ist sie wegegangen – vielleicht in ihren Wohnwagen.«

»Wohnwagen?« McLean war recht erstaunt über diese Vermutung.

David Brown erklärte, daß Cinnamon seit etwa drei Wochen in einem kleinen Terry-Wohnwagen im Garten lebte. Es hatte Probleme zwischen Cinnamon und Linda gegeben. Seine Frau hatte ›Cinnamon aus dem Haus geworfen‹ und gesagt, sie müsse in dem Wohnwagen bleiben. »Die beiden sind einfach nicht miteinander ausgekommen«, sagte Brown seufzend. »Ständig hatten sie Probleme miteinander. Vor ungefähr zwei Wochen sprach ich mit ihrer Mutter – meiner ersten Frau Brenda – darüber, daß Cinny wieder zu ihr zurückziehen sollte. Aber wir haben uns auf den Kompromiß geeinigt, daß Cinny im Wohnwagen lebt. Auch in der Schule hatte Cinny Schwierigkeiten. Deshalb habe ich sie aus der Bolsa Grande in Garden Grove genommen; sie hat gerade mit der Loara High-School in Anaheim angefangen.«

Cinnamon weigere sich, im Haushalt mitzuarbeiten, sie habe sich nicht nur mit Linda, sondern auch mit deren jüngerer Schwester Patty überworfen. Obwohl Cinnamon im Wohnwagen schlafe, komme sie für gewöhnlich zum Essen und zum

Fernsehen ins Haus; es sei also nicht so, als wäre sie vollständig verbannt worden.

Auf die Bitte, sich auf den Vorabend zu konzentrieren, bemühte Brown sich um eine genaue Erinnerung. Er hatte einen Termin bei seinem Chiropraktiker gehabt, so zwischen fünf und sechs, und er hatte Cinnamon und Patti mitgenommen. Die drei waren vor Monaten in einen Autounfall verwickelt worden und befanden sich in Behandlung. Auf dem Heimweg hatte Cinnamon wieder angefangen, Ärger zu machen. Sie hatte Patti beschimpft und sie »sehr schlecht« behandelt, wie Brown sich erinnerte.

David Brown war an diesem Tag wohl ein Mann gewesen, der in viele Richtungen gezogen wurde. Seine Eltern hatten sich in seinem Haus am Ocean Breeze Drive aufgehalten, seine Frau war »gereizter Stimmung«, und er fuhr bei strömendem Regen mit zwei streitenden Teenagern nach Hause. Auf einer Raststätte hielt er kurz an, um Fastfood mitzunehmen, mexikanisches Essen für Cinnamon und seinen Vater und Pizza für die anderen, damit alle glücklich wären; gegen halb sieben waren sie in das Haus zurückgekehrt. Sie aßen alle miteinander und beschlossen, noch eine Partie Uno zu spielen.

Brown erinnerte sich auch an Spannungen zwischen seiner Mutter, Manuela, und seiner jungen Frau; es ging um die Art, wie Linda für Krystal sorgte. Manuela gehörte der alten Schule an, bei der sich Babys nicht in den Schlaf weinen durften, Linda hingegen versuchte, Krystal an regelmäßige Schlafenszeiten zu gewöhnen. Linda hatte es verletzt, daß jemand ihre Fürsorge für ihr geliebtes Baby in Frage stellen konnte. Schließlich hatte Manuela die Kleine in den Schlaf gewiegt, was Lindas Zorn endgültig entfachte.

»Meine Eltern müssen gegen neun gegangen sein«, sagte Brown, und er hatte bemerkt, daß Cinnamon bereits ihren Trainingsanzug angezogen hatte, in dem sie normalerweise schlief.

Dann erinnerte Brown sich bedauernd, daß er und Linda einen Streit über, wie er meinte, das gleiche Thema hatten, über das schon Linda und ihre Schwiegermutter aneinandergeraten waren. Er wollte einfach nicht, daß sie Krystal weinen ließ; er wollte, daß sie die Kleine sofort in die Arme nahm. Der Streit habe ihn innerlich sehr aufgewühlt.

David Brown räumte ein, ein sehr sensibler Mann zu sein, und es machte in der Tat den Eindruck, als habe ihn der Streit mit seiner Frau stark mitgenommen. Natürlich mußte ihn das treffen. Es war schließlich der unwiderruflich letzte Abend, den er mit seiner Frau erlebt hatte. »Wir versöhnten uns, und dann gingen wir gemeinsam zu Bett. Aber ich war noch zu aufgewühlt, um einschlafen zu können.«

Browns Gegenmittel bei Schlaflosigkeit, erklärte er McLean, war für gewöhnlich eine Spazierfahrt. Er war aus dem Bett gestiegen, hatte sich angezogen und war zu dem rund um die Uhr geöffneten Supermarkt gefahren, der nicht weit von seinem Haus entfernt lag, und hatte sich einen Apfelkuchen gekauft. »Dann ging ich noch einmal hinein. Ich kaufte drei oder vier Comic-Hefte. Die Angestellte fand es komisch, daß ein Erwachsener Comic-Hefte kauft.«

McLean äußerste sich nicht dazu. Browns Lesegewohnheiten bereiteten ihm keine Sorgen.

Noch immer aufgewühlt von seinem Streit mit Linda, war Brown nach eigenen Worten an eine ruhige Stelle des Strandes gefahren, wo er sich in Ruhe hinsetzen und nachdenken konnte. Anschließend war er auf den Garden Grove Freeway Richtung Westen gefahren, dann nach Süden auf den Newport Freeway abgebogen, der zum Meer führte.

»Ich hielt an Denny's Restaurant in Newport Beach – um auf die Toilette zu gehen. Ich habe nichts zu essen gekauft –, das Lokal steckte voller Hispanos. Aber ich erinnere mich an eine massige Kellnerin mit roten Locken und einer Brille.«

David Brown, den der kleine Streit mit seiner Frau so aufgewühlt hatte, daß er sich unruhig im Bett hin und her wälzte, war lediglich etwa eine Stunde von daheim weg gewesen. Der Ocean Breeze Drive war dunkel und still, als er in dem Honda Prelude in die Einfahrt seines Hauses bog. Er hatte noch etliche Stunden Schlaf vor sich, und der Anblick der Meeresoberfläche und das gleichförmige Geräusch des Wellenschlags hatten ihn wieder beruhigt.

Aber dann fand er in dem dunklen Haus nacktes Entsetzen

vor. Patti Bailey kam ihm mit Krystal auf den Armen entgegen.

»Sie zitterte und weinte und war der Hysterie nahe. Sie sagte, Cinny hätte versucht, sie umzubringen.«

3

David Brown beschrieb seine Tochter als schwierig, starrsinnig und eisern entschlossen, jede Hilfe von einem Psychologen abzuschlagen. Kein Zweifel, er war ein Mann mit gewaltigen Problemen, mit einem Kind gesegnet, das unberechenbar und gefährlich war. Mit jeder Bemerkung, die er machte, verstärkte sich dieses Bild.

Doch der Hausherr war nicht am Platz gewesen, als die tödlichen Schüsse gefallen waren. Folglich war er auch nicht die beste Quelle für die Ereignisse, die stattgefunden hatten, nachdem er das Haus verlassen hatte und an den Strand gefahren war, um nachzudenken.

Patricia Bailey hingegen war im Haus gewesen. Patti hatte sich ausführlich mit Officer Davis und Detective Sanders unterhalten und war bereit, auch mit Fred McLean zu sprechen, obwohl für sie der Schrecken dieser langen Nacht mit jeder neuerlichen Beschreibung realer wurde.

Sie kenne David Brown schon seit ihrer Kindheit, erzählte sie. Später, nachdem David und Linda geheiratet hatten, waren sie alle zusammen nach Yorba Linda gezogen. »Wir kamen gut miteinander aus, und wir hatten keine Probleme in ›unserer Familie‹«, sagte sie. Sie waren mehrfach umgezogen, hatten in Brea und der Branch Lane gewohnt, bevor es sie nach Garden Grove verschlug.

Patti Bailey war siebzehn Jahre alt, und sie war genausosehr mit David und Linda aufgewachsen wie mit ihrer Mutter, Ethel. Auch Cinnamon war für sie wie ein Familienmitglied gewesen, wenngleich sie nicht wirklich miteinander verwandt waren.

Patti war ein blasses, hübsches Mädchen mit glatten aschblonden Haaren, die ihr bis weit auf den Rücken herabfielen. Sie war klein, hatte breite Schultern und Hüften und volle Brüste. Sie sprach leise und scheu, und wenn sie den Kopf senkte, verdeckten ihre Haare teilweise ihr Gesicht. Sie wirkte älter als siebzehn, und sie hielt das Baby ihrer toten Schwester mit einer Leichtigkeit im Arm, mit der die meisten Teenager höchstens ihre Schulbücher balancierten. Ihre Augen waren jetzt vom Weinen rot und verquollen, und sie schauderte unter der Erinnerung an die schrecklichen Ereignisse.

Sie begann damit, daß sie McLean über die ziemlich ungewöhnliche Zusammensetzung des Haushalts aufzuklären versuchte. Cinnamon war ständig bei ihrem Vater ein- und wieder ausgezogen. Patti erinnerte sich, daß Cinnamon bei ihnen in Brea gelebt hatte, jedoch im Juni 1984 zu ihrer Mutter in Anaheim zurückgekehrt war. »Sie ging, weil sie mit Linda und David nicht zurechtkam«, sagte Patti. »Ständig hat sie wegen Arbeiten im Haus und wegen der Hausordnung gestritten. Ich glaube, sie ist auch mit ihrer Mutter nicht ausgekommen. Wahrscheinlich ist sie deshalb wieder zu uns gezogen.«

Diesmal hatte Cinnamon mit »der Familie« zusammengelebt, bis die Schule im Herbst 1984 begann. In Garden Grove hatte Cinnamon kein eigenes Zimmer gehabt. Patti wohnte in dem Schlafzimmer vorne im Haus, und Krystal behielt das mittlere Zimmer. Dann hatte sich Patti einverstanden erklärt, ihr Zimmer mit Cinnamon zu teilen.

»Sie hat nie viel geredet«, erinnerte sich Patti, »was aber eigentlich niemand störte. Doch kurz nach Weihnachten, während der Ferien fing Cinnamon an, sich von der Familie zurückzuziehen, und sie hat sich mit keinem mehr vertragen. Linda hat sich besonders bemüht, nett zu Cinnamon zu sein, aber sie erhielt keine Reaktion darauf.« Patty teilte ferner mit, Cinnamon Brown sei so launisch geworden, daß sie bald mit niemandem mehr in der Familie ein Wort gewechselt habe. »Im Januar hat sie dann angefangen, davon zu reden, daß sie sich umbringen werde. Mit einem Revolver! Ich habe versucht, ihr solche Stimmungen auszureden, indem ich versicherte, wie gern ich sie habe. Und das schien sie auch ein wenig aufzuheitern.«

Der Teenager, den Patti Bailey den Detectives beschrieb,

schien wirklich eine extrem verhaltensgestörte Jugendliche zu sein. Cinnamon hatte einen Vater, der sie liebte, und eine Stiefmutter, die sich ein Bein ausriß, um ein besseres Verhältnis zu ihr zu gewinnen, und Patti versuchte, ihr zu helfen. Aber offenbar drang nichts zu Cinnamon durch.

Im Januar und Februar 1985 war es so schlimm geworden, daß Cinnamon, laut Patti, sich sehr »rebellisch und zynisch« gegenüber Linda und David aufführte. Ende Februar dann hatte Linda, die sonst geduldig und freundlich war, die Nase voll von diesem Theater und warf Cinnamon hinaus, die daraufhin in dem Wohnwagen im Garten hausen mußte. Zum Essen und zum Fernsehen kam das Mädchen noch ins Haus, redete aber mit niemandem.

Cinnamon hatte allerdings am Sonntag, dem 17. März, und am Montag, dem achtzehnten, im Haus geschlafen. »Sie hat mich gefragt, ob es mir was ausmacht, wenn ich Gesellschaft habe, und ob sie auf dieser Pritsche schlafen dürfe, die man unter meinem Bett hervorziehen kann. Ich sagte, mir wäre es recht, und ich dachte, daß Cinnamon über was reden will. Ich habe gefühlt, daß was nicht stimmt, aber sie wollte nicht darüber reden.« Am Morgen des Montags – des letzten Tages in Lindas Leben – frühstückte Cinnamon mit ihnen. Sie alle aßen von Tabletts im Wohnzimmer. »Sie hat nicht mit uns geredet, nur einmal kurz gefragt, ob sie die zwei letzten Wurststücke haben kann, und Linda hat sie ihr gegeben.«

Die Familienmitglieder paßten alle abwechselnd auf Krystal auf. Sie wollten in die Wüste fahren, um Freunde zu besuchen und ein Barbecue zu machen.

»David hat Cinnamon eingeladen, mit uns zu fahren, aber ihr war nicht danach. David hat einfach darauf bestanden. Er sagte, es wäre nett, wenn wir einander wieder näherkämen und wieder eine Familie bilden würden.«

Aber die heftigen Regengüsse machten ihnen einen Strich durch die Rechnung, und als Manuela und Arthur Brown eintrafen, wurde der Ausflug abgesagt. Ja, sie hatten fast den ganzen Tag Uno gespielt, aber Cinnamon war ärgerlich geworden, weil sie verlor. Es war ein ganz gewöhnlicher Tag gewesen. Patti erinnerte sich an den Streit, der darum ging, ob man Krystal auf den Arm nehmen sollte, wenn sie weinte, oder nicht. David hatte sich auf die Seite seiner Eltern geschlagen, später jedoch entschuldigte er sich bei Linda. Das alles war keine große Affäre.

Trotz ihres Kummers und ihrer Angst bewies Patti Bailey ein peinlich genaues Gedächtnis für Details. Sie erinnerte sich, daß Cinnamon sich einen Film mit dem Titel *Wife for Sale* ansah, als Davids Eltern sich verabschiedeten. Linda hatte um neun oder halb zehn geduscht und war dann zu Bett gegangen. Aber eine Stunde später war sie noch einmal in die Küche gekommen, um etwas zu trinken, und sagte: »Cinnamon, denk daran, du mußt morgen zur Schule.«

Cinnamon hatte sarkastisch zurückgeschnappt: »Ich weiß!«

»Wir haben uns in meinem Zimmer hingelegt. David ist in sein und Lindas Zimmer gegangen. Aber Cinnamon wollte noch fernsehen. Irgend etwas stimmte nicht mit ihr, und ich dachte, sie wollte über ihre Probleme reden. Also bin ich mit ihr ins Wohnzimmer gegangen. Es war ungefähr Viertel nach elf, und wir haben uns Musikshows angesehen – aber sie hat noch immer nicht mit mir geredet.« Patti war sehr müde gewesen, und um Viertel vor zwölf hatte sie sich verabschiedet und war aufgestanden, um sich ins Bett zu legen. Und in diesem Moment war Cinnamon mit einer merkwürdigen Bitte herausgerückt. Patti erinnerte sich: »Cinnamon ist mir gefolgt und sagte: ›Ist gut – aber könntest du mir zuerst etwas zeigen?‹«

Patti sagte, sie habe sich zu Cinnamon umgedreht und sei ein wenig erschrocken über den kleinen grauen Revolver in Cinnys Rechter. Sie fragte Patti, wie die Waffe funktionierte.

»Ich habe sie gefragt ›Warum willst du das wissen?‹«

»Nur für den Fall.«

»Für was für einen Fall?« hatte Patti gefragt.

»Für den Fall, daß wer einbricht.«

»Ausgeschlossen – die Alarmanlage funktioniert gut.«

Doch Cinnamon ließ sich nicht überzeugen. Patti dachte, Cinnamon hätte vielleicht vor, in ihrem Wohnwagen zu schlafen, der nicht an das Alarmsystem angeschlossen war. Jedenfalls fürchtete Cinnamon einen »Notfall« und wollte wissen, wie man mit dem Revolver schoß.

Gutschein-Karte
Herbst/Winter-Katalog '92/93
Grossauswahl in aktueller Mode,
Freizeit, alles fürs Heim, Geschenkideen
und Schmuck aus der Goldstadt Pforzheim.
Bitte Katalog anfordern:
Er kommt kostenlos!
Verwenden Sie diese Gutschein-Karte
oder rufen Sie an.
BADER
BADER ... Qualität kaufen ist preiswert kaufen
Fröhliche Mode '92/93

»›Ich weiß nicht genau, wie er funktioniert‹, habe ich zu ihr gesagt. ›Ich habe es nur im Fernsehen gesehen – aber du ziehst einfach den Hahn zurück und drückst den Abzug.‹ Und sie hat gesagt: ›Oh ... in Ordnung!‹ Und dann: ›Gute Nacht.‹«

McLean fragte, ob sie besorgt gewesen sei, Cinnamon mit einer Waffe zu sehen, und Patti schüttelte den Kopf. Sie habe nicht lange darüber nachgedacht. Waffen waren nichts Ungewöhnliches in der Familie. Sie fuhren oft zum Sportschießen in die Wüste hinaus.

»Ungefähr um Mitternacht bin ich schlafen gegangen«, sagte Patti. »Cinnamon war im Wohnzimmer und hat ferngesehen. Ich habe geschlafen und bin von einem Schuß in meinem Zimmer aufgewacht! Er war sehr laut und hat widergehallt. Ich habe zur Tür gesehen, und ich habe Cinnamon neben meinem Bett stehen gesehen, und dann lief sie hinaus.«

Patti hatte instinktiv auf die Uhr neben ihrem Bett gesehen: Es war 2 Uhr 23 gewesen.

Irgendwo im Haus hörte sie das Baby weinen. Keine volle Minute später hörte Patti einen zweiten Schuß. Sie war sicher, daß er innerhalb des Hauses gefallen war. Sie sei vor Entsetzen regelrecht erstarrt.

Und dann habe die Waffe noch einmal gekracht.

Nach dem dritten Schuß, so Patti gegenüber den Detectives, hatte sie etwa eine Minute lang vor Angst gelähmt in ihrem Bett gelegen. Aber sie hörte Krystal in ihrem Bettchen im Kinderzimmer wimmern. »Ich bin ins Kinderzimmer gelaufen und habe das Baby auf den Arm genommen, und dann bin ich in mein Zimmer zurückgelaufen.«

»Haben Sie im Haus nachgesehen, ob vielleicht jemand verletzt worden war, wollten Sie sehen, woher die Schüsse kamen – oder suchten Sie Cinnamon?« fragte McLean.

»Nein. Vor lauter Angst bin ich fast durchgedreht. Ich habe nicht gehört, daß jemand das Haus verlassen hätte. Ich dachte nur: Cinnamon ist noch im Haus und kann mich oder das Baby erschießen! In meinem Zimmer ist kein Telefon, also habe ich mich mit dem Rücken zur Tür auf den Fußboden gesetzt. Das Baby hat geschrien, und ich habe versucht, das Radio einzuschalten, um es zu beruhigen. Ich bin dann auf und ab gegangen. Das Baby hat bis drei oder Viertel nach drei geschrien. Und dann hörte ich ein leises Klopfen an der Haustür. Ich dachte, das wäre Cinnamon, und ich wollte nicht aufmachen. Dann habe ich es noch einmal klopfen gehört, und ich bin ins Wohnzimmer neben der Haustür gegangen und habe gelauscht. Ich hörte einen Schlüssel im Schloß und wußte, daß es David oder Linda sein muß – weil Cinnamon keinen Schlüssel hat.«

Patti preßte das Baby und das Fläschchen an sich und lief zur Tür, von Erleichterung erfüllt, weil jemand kam, um sie zu retten.

Es war David.

»Er hat mich gefragt, was denn los sei, und ich habe ihm erzählt, daß ich Schüsse gehört und Cinnamon mit einer Waffe gesehen habe. Er sagte: ›Gott, nein!‹« Patti Bailey erzählte McLean, daß David Brown sie eingehend darüber befragte, wo sie die Schüsse gehört habe, aber sie war sich nicht sicher gewesen, weil das Geräusch von überall her zu kommen schien. »Er meinte: ›Es ist wichtig, daß du mir das sagst.‹ Aber ich konnte es ihm nicht genauer sagen, ich wußte nur, daß es nahe meinem Schlafzimmer gewesen war, denn es hatte so laut geklungen.«

David hatte daraufhin das ganze Haus überprüft – mit Ausnahme des ehelichen Schlafzimmers. Er war zu Patti zurückgekommen und hatte gemeint, es wäre alles in Ordnung.

»Hast du in Lindas Zimmer nachgesehen?« fragte Patti.

»Nein.«

Patti erzählte McLean, sie habe gefürchtet, Cinnamon könnte zuerst Linda erschossen und dann Selbstmord begangen haben. »Ich bat David, im hinteren Schlafzimmer nachzusehen. Er meinte: ›Sag so was bloß nicht!‹ Er wußte, was ich befürchtet habe, und er konnte das nicht ertragen.«

Für einen Moment verriet Fred McLeans Gesicht Überraschung, und Patti erklärte geradezu nebenbei, daß David Brown kein Blut sehen könne – jeder, der ihn kenne, wisse das.

»Aber ich habe ihn noch einmal gebeten, daß er nachsieht, damit wir wissen, was passiert war.«

David Brown hatte womöglich noch mehr Angst gehabt als die Schwester seiner Frau. Er sagte zu Patti, er könne einfach nicht nachsehen. Er war unfähig, sich dem Anblick zu stellen, der ihn in dem Schlafzimmer erwarten mochte, das er mit seiner Frau teilte.

»Er hat mich nach draußen geschickt, um nach Cinnamon zu suchen«, sagte Patti. Sie sah sich im Garten um, das Baby auf den Armen, aber sie fand Cinnamon nicht, weder im Wohnwagen noch weiter hinten, wo die Dunkelheit das Licht vom Küchenfenster verschluckte. »Als ich ins Haus kam, telefonierte David mit seinem Vater und fragte ihn, was er tun sollte. Er bat seinen Vater, zu ihm zu kommen, weil er Hilfe braucht. Ich glaube, Großpapa Brown hat David gesagt, er soll auflegen und die Polizei anrufen, weil er genau das gemacht hat.«

Patti Bailey erinnerte sich, zweimal leises Klopfen an der Haustür gehört zu haben. David Brown sagte, daß er nie an seiner Haustür anzuklopfen pflegte. Er hatte einen Schlüssel. Er sagte, daß er immer den Alarm einschaltete, der jedoch in dieser Nacht nicht losgegangen war. Der Alarm wurde sowohl mit einem Schlüssel als auch mit einem Code ein- oder ausgeschaltet. Wie war Cinnamon aus dem Haus gelangt, ohne den Alarm auszulösen? Oder, falls Brown vergessen hatte, den Alarm einzuschalten, warum sollte ihm ein solches Versehen unterlaufen sein? Er beteuerte, es sei für ihn geradezu eine »Religion«, den Alarm immer einzuschalten. Aber er war zum Strand gefahren, und seine Frau, seine kleine Tochter Krystal, seine größere Tochter Cinnamon und die siebzehnjährige Patti waren allein in der Dunkelheit zurückgeblieben, möglicherweise ohne den Schutz des Alarmsystems.

McLean dachte über das tragische Zusammentreffen nach, durch das dieses Haus in einem dermaßen wichtigen Moment ungeschützt gewesen war. Der Mann wirkte über den Verlust seiner Frau am Boden zerstört, vermutlich ertränkte er sich geradezu in Selbstvorwürfen wegen der Alarmanlage. Andererseits hatte Brown immer wieder erklärt, wie sehr ihn die Familienzankereien und der Streit mit seiner Frau verwirrt hatten. Das mochte ausgereicht haben, um ihn den Alarm in dieser einen, schrecklich wichtigen Nacht vergessen zu lassen.

Fred McLean dachte über Patti Baileys Rolle nach. Es war klar, daß sie ihr ganzes Vertrauen in David Brown setzte, und es schien sie nicht zu stören, daß David nicht den Mut gefunden hatte, nach ihrer Schwester zu sehen. So war David eben.

Routinemäßig führten Sergeant. John Woods und Bill Morrissey bei David Brown und Patricia Bailey einen Test auf Rückstände eines Schusses durch. Davis fragte Patti, ob sie den kleinen silbernen Revolver berührt hatte, als Cinnamon sie fragte, wie man damit schoß, und sie verneinte.

»Wann haben Sie das letzte Mal eine Waffe abgefeuert?« fragte Officer Davis, während Woods ihre Handflächen, Finger und Handrücken mit einem Q-Tip abtupfte und Morrissey die Abstriche sorgfältig in Plastikbehältern verwahrte.

»Vor über einem Jahr.«

Noch während die Ermittler der Garden Grove Police versuchten, eine Chronologie jener Ereignisse zusammenzustellen, die zur Erschießung von Linda Marie Brown geführt hatten, suchten die Polizeistreifen überall in der Gegend nach Cinnamon Brown. Ihr Vater hatte den Polizisten die Adresse ihrer Mutter gegeben. Er zerbrach sich den Kopf, wohin sie noch gegangen sein mochte. Soviel bekannt war, hatte sie keine Waffe mehr. Aber es hatte auch niemand die geringste Ahnung gehabt, daß sie ihre Stiefmutter genug haßte, um sie zu erschießen. War Cinnamon wirklich so gestört, wie ihr Vater und Patti Bailey sie beschrieben hatten, dann könnte sie jedem, der mit ihr zusammentraf, sehr, sehr gefährlich werden.

Patricia Bailey war zusammen mit Cinnamon auf die Bolsa-Grande-High-School gegangen und gab Polizisten die Namen von ein oder zwei ihrer Freunde, wobei sie betonte, daß Cinnamon mehr zu ihren *eingebildeten* Freunden als zu echten Menschen sprach. Patti legte großen Nachdruck auf diese anderen ›Freunde‹ von Cinnamon Brown. Unsichtbare Freunde. ›Maynard‹ und ›Oscar‹ und ›Tante Bertha‹.

»Manchmal komme ich ins Zimmer, und sie spricht doch tatsächlich mit ihnen.«

Vielleicht war das die Antwort auf das Rätsel eines vierzehnjährigen Mädchens, das seine Stiefmutter im Schlaf erschossen hatte. Vielleicht lebte Cinnamon Brown in ihrer eigenen Phantasiewelt mit eingebildeten Freunden, die für sie realer wirkten als alles andere. Offenbar sprach sie mit ihrer Familie nur, wenn sie dazu gedrängt wurde. Aber sie sprach mit Leuten, die niemand außer ihr sehen konnte. Jugendliche Schizophrenie?

Bisher hatte noch kein Ermittler Cinnamon Brown zu Gesicht bekommen. Sie hatten keine Möglichkeit, ihre Motive zu beurteilen.

Sie konnten nicht einmal sicher sein, daß Cinnamon Brown geschossen hatte. Nach ihrem Wissensstand könnte Cinnamon auch ein Opfer sein. Für Kriminalbeamte gehört es zu ihrer zweiten Natur, alles in Frage zu stellen, was offensichtlich wirkte. In einer Morduntersuchung – mehr als in jeder anderen Polizeiaktion – kann nichts für gesichert angesehen werden. Da waren einige Aspekte, die nicht ganz zusammenpaßten, und der Garten – die ganze Straße – war so dunkel. Cinnamon mochte irgendwo da draußen sein. Tot.

Patti Bailey hatte ihnen die Namen von Cinnamons Freundinnen geliefert – Krista Taber, ›Jamie‹ und ›Joanne‹ –, aber sie hatte gesagt, sie wisse nicht, ob Cinnamon zu ihnen gelaufen wäre.

Detective Steve Sanders erinnerte sich daran, daß er im Oktober 1984 von Cinnamon Brown eine Anzeige wegen eines Exhibitionisten aufgenommen hatte. Er bat die Archivabteilung nachzuprüfen, ob in diesem Protokoll irgendwelche Zeugen namentlich genannt waren. Die Kollegen fanden einen Namen. Ein Mädchen namens Rebecca hatte gehört, wie Cinnamon einen erschrockenen Laut von sich gab, und hatte gesehen, wie sie vor diesem Mann weglief.

Um fünf Uhr morgens klingelten die Telefone in den Wohnungen ihrer Freundinnen. War Cinnamon da? Hatte jemand etwas von ihr gehört? Wo mochte sie stecken?

Keine der befragten Personen hatte auch nur die leiseste Ahnung, wo Cinnamon sich aufhalten könnte. Es wurde schnell klar, daß Cinnamon sehr wenige Freundinnen hatte. Nach Auskunft ihrer besten Freundin, Krista Taber, wurde sie auch nicht gerade dazu ermutigt, neue Kontakte zu knüpfen.

»Sie bekam viel Hausarrest«, sagte Krista bei ihrer Befragung. »Die kleinste Kleinigkeit, und ihr Dad verpaßte ihr Hausarrest. Sie durfte ihre Adresse nicht herausgeben, und die meisten Mädchen kannten nicht mal ihre Telefonnummer. Ich habe seit einer Woche nichts mehr von ihr gehört, weil sie wieder Hausarrest bekommen hat.«

Einige der anderen Mädchen, mit denen Kontakt aufgenommen wurde, gaben an, sie würden Cinnamon Brown nur flüchtig kennen. Sie konnten sich nicht vorstellen, daß Cinny zu ihnen kommen würde, wenn sie in Schwierigkeiten steckte.

Krista, die einzige Freundin, der Cinnamon Geheimnisse anvertraute, stritt heftig ab, daß das vermißte Mädchen einen Freund habe.

Seltsam – weil Patti Bailey etwas früher einen älteren Freund Cinnys erwähnt hatte. Seinen Namen wußte sie jedoch nicht. Sie wußte nur, daß er den Spitznamen Steely Dan hatte.

Die Garden Grove Funkzentrale ließ den Spitznamen durch ihre Computer laufen und stieß auf einen Fall, in dem ein Mädchen der Junior-High-School von einem dreiundzwanzigjährigen Mann belästigt worden war, der als Steely bekannt war. Sein richtiger Name war Jamie Guiterrez*, und er wohnte auf der Juno Avenue in Anaheim, derselben Straße, in der Cinnamons Mutter lebte.

Woods und Sanders fuhren nach Anaheim, um in Guiterrez' Apartment nachzusehen. Diese Geschichte konnte ja stimmen: Ein Mädchen vernarrt in einen Mann, der neun Jahre älter war als sie, wütend, weil sie Hausarrest bekommen hatte. Vielleicht sogar wütend genug zum Töten? Falls sie wirklich ihre Stiefmutter erschossen hatte, konnte sie durchaus zu Guiterrez gelaufen sein.

Die Polizisten, die sich auf dem Ocean Breeze Drive umhörten, hatten mit Zeugen kein Glück. Die einzige Ausnahme war Darrow Halligan, der im Haus der Sugarmans vorsprach, das schräg gegenüber dem Brown-Haus auf der anderen Straßenseite stand. Alvin Sugarman hatte an diesem Morgen irgendwann zwischen drei und halb vier etwas Schweres gegen seine

*Die Namen einiger Personen in diesem Buch wurden geändert. Diese Namen werden mit einem Sternchen (*) gekennzeichnet, wenn sie das erste Mal im Buch auftauchen.

Garage krachen gehört, und der Lärm hatte ihn aus tiefem Schlaf gerissen. Er hatte nachgesehen, jedoch niemanden gefunden, und er hatte keinen Schaden an seinem Eigentum festgestellt. Halligan und Sugarman durchsuchten gemeinsam Haus und Garten mit Taschenlampen, fanden jedoch nichts. Das Krachen an der angebauten Garage hatte sich so angehört, als wäre etwas – oder jemand – gegen die Verkleidung geprallt. Das eröffnete neue Möglichkeiten. Vielleicht gab es doch eine *auswärtige* Macht, die diesen Aufruhr im Brown-Haushalt angerichtet hatte – jemanden, der in der Gegend herumschlich, gesehen hatte, wie David Brown nach Mitternacht weggefahren war, und der das Haus betreten hatte, in dem die jungen Frauen ungeschützt waren.

Oder hatte vielleicht jemand absichtlich gegen die Sugarman-Garage geschlagen, um genau diesen Eindruck zu erwecken.

4

Auch wenn die Nachbarn – oder zumindest die meisten – auf dem Ocean Breeze Drive in der Nacht vom 18. zum 19. März ungestört geschlafen hatten, war Andy Jauchs Liste von Leuten, die das Haus 12 551 Ocean Breeze betreten oder verlassen hatten, ziemlich lang. Arthur Brown, fünfundsechzig, ein kahlköpfiger, nervöser Mann, und seine Frau Manuela, neunundfünfzig, waren von ihrem Heim in Carson, Kalifornien, herbeigeeilt, um ihren Sohn zu trösten. Zwei Sanitäter waren dagewesen, sechs Feuerwehrmänner (für Notfälle als medizinisch-technische Helfer ausgebildet, die durch ihre Nähe fast immer vor den Sanitätern am Einsatzort eintreffen), zwei Ambulanzfahrer und neun Ermittler.

Dennoch, das Schlafzimmer, in dem Linda Brown erschossen worden war, galt als tabu. Nachdem Linda von den Sanitätern abtransportiert worden war, wurde der Tatort abgeschirmt. Die Tatwaffe lag noch immer auf dem goldfarbenen Veloursteppich neben einem braunen Kissen und einem Haufen feuchter Handtücher.

Bill Morrissey, Spezialist der Spurensicherung, markierte jedes erkennbare Beweisstück, wobei er sich ganz bewußt gegen die wie Zigarettenrauch in den Räumen dieses Hauses hängenden schmerzlichen Gefühle abschottete.

Linda Marie Browns Leben war zu einem Fall mit einer Nummer geworden: 85-11 342. Neben den Smith & Wesson Revolver legte Morrissey ein rechteckiges weißes Stück Papier und trug einen Richtungspfeil N ein sowie seine Initialen, das Datum DI, 19.3.85 – und die Seriennummer der Waffe: R304 915.

Er fotografierte das Schlafzimmer aus allen Blickwinkeln. Wenn es einen unabänderlichen Grundsatz bei der Untersuchung eines Tatortes gibt, so ist das die Gewißheit, daß man keine zweite Chance erhält. Der Schauplatz des Mordes wird nie wieder so aussehen wie bei der ersten Spurensicherung. Wenn er dieses Zimmer, dieses Haus verließ, würde er jeden Quadratzentimeter besser kennen als in seinem eigenen Haus.

»Bugs« Morrissey war ein drahtiger Mann, der seinen Humor sorgfältig verborgen hielt. Seine gelegentlichen Scherze überraschten daher viele Leute. Im Augenblick hatte er keinen Grund, irgendwelche Späße zu machen. Als die ersten Strahlen der Morgendämmerung die Straße zu erhellen begannen, arbeitete er immer noch; er konnte jedoch nicht wissen, daß das Tageslicht eingesetzt hatte. In dem Schlafzimmer, in dem er arbeitete, waren sowohl die Jalousien wie auch die Vorhänge heruntergelassen.

Der Raum war gelb, ein heller Ton wie von Narzissen, der das Farbmuster des Hauses weiterführte. Obwohl bereits eine Wand von Einbauschränken mit Schubladen und Fächern vollgestellt war, gestrichen in dem gleichen sonnigen Gelb, hatten die Browns drei große Schubladenschränke hinzugefügt sowie zwei Nachtschränke mit je zwei Schubfächern und eine massive, dazu passende Abstellfläche für das Fernsehen, direkt gegenüber vom Bett. Morrissey stellte fest, daß die Beine der teuren Fernseh-Konsole auf vier großen Dosen Hunt's Chilibohnen standen, damit man vom Bett aus bequem auf den

Bildschirm sehen konnte. David Brown war offensichtlich kein Handwerker – aber eindeutig erfinderisch.

Morrissey betrachtete die Reihen von Videokassetten auf den Regalen unterhalb des Fernsehers. Durchschnittskost wie es schien, nichts Ausgefallenes – zumindest nicht auf den ersten Blick. *Poltergeist*, *Krieg der Sterne*, viele Fantasy- und Geisterfilme. Mit der Kamera in der Hand arbeitete sich der Detective durch den Raum, schoß Bild um Bild, beginnend mit der östlichen Wand. Die Geheimnisse der Menschen können manchmal aus den schlichtesten Gegenständen ihres Lebens hervorgehen.

Sie hatte auf dieser Seite des Betts geschlafen. Das war eindeutig. Auf dem Nachttisch fanden sich die Dinge einer Mutter: das Gerät für die akustische Fernüberwachung des Kinderzimmers, ein Bild eines Neugeborenen in einem Keramikrahmen, eine zierliche zylindrische Lampe aus Milchglas, Zigaretten in einem Behälter – neben einer Broschüre »Wie man das Rauchen aufgibt« –, eine halbleere Dr. Pepper Limonade, ein Telefon mit Lautsprecher. Ein Poster war darüber an die Wand geheftet – ein Regenbogen und ein Gedicht: »Ein Freund ist...«

Eine sentimentale Frau.

Das Bett selbst war groß und teuer, ein verziertes weißes Eisenbett mit Messing, das aussah, als wollte es davonfliegen. Auch neu – wie alles andere. Keine Kratzer. Auf den Laken war kaum Blut zu erkennen. Das Opfer hatte reichlich, aber innerlich geblutet.

Der zweite Nachttisch wies ebenfalls ein Telefon mit Lautsprecher auf, zwei volle Aschenbecher, eine Box mit Kleenex, die Fernbedienungen für Fernseher und Videorecorder. Auf dem Fußboden befanden sich eine Papiertüte, die von Kleenex überquoll, und ein Papierkorb, der mit Garfields grinsendem Gesicht geschmückt war.

Es war ein Haus der Requisiten. Jemand sammelte Einhörner und Regenbogendarstellungen, ein anderer weißköpfige Seeadler und ein dritter teure Puppen.

Garfields Konterfei war allgegenwärtig.

Der Anblick, den die Westseite dieses Zimmers bot, deutete

darauf hin, daß der Herr des Hauses nicht gesund war. Seine Schubladenschränke waren randvoll mit Pillenfläschchen, Elixieren, Hustensirups, Magentabletten, Mitteln gegen Durchfall, Vitaminpillen. Viele Tabletten waren verschrieben worden, und eine Menge von dem frei verkäuflichen Zeug war für Leute mit Bronchitis und Asthma bestimmt. Paradoxerweise gab es auch Zigaretten, Feuerzeuge und Kisten mit importierten Zigarren.

Die Kamera klickte wieder und wieder. Eine Rolex-Uhr, ein massiv goldenes Kreuz an einer Kette, goldene Herrenringe mit großen Diamanten. In dem ovalen viktorianischen Spiegel auf der Kommode steckte der Schnappschuß einer Frau, die auf der Couch im Wohnzimmer saß. Sie trug einen weißen Bademantel und drückte ein Neugeborenes gegen ihre Lippen. Morrissey vermutete, daß es die Tote war, erst vor wenigen Monaten aufgenommen. Sie lächelte strahlend, während sie ihr Baby in den Armen hielt.

Ein voller Notizblock, ein rosa Notizzettel, beschriftet mit »Bitte dringend anrufen«, und auf dem Schubladenschrank zwei Grußkarten: »Für Dich, Daddy« und eine ins Auge springende schwarz-rot-goldene Karte: »Diese Geburtstagskarte darf nur von dem GRÖSSTEN DAD DER WELT geöffnet werden!!«

Während Morrissey mit seiner Kamera in dem gelbgestrichenen Zimmer arbeitete, skizzierten und vermaßen Andy Jauch und Alan Day alle Räume des Hauses – präzise Berechnungen zur Unterstützung der Fotos.

David Brown und Patti Bailey saßen noch immer hölzern im Wohnzimmer und warteten darauf, dieses Haus verlassen und irgendwohin gehen zu dürfen, wo sie Abstand zu dieser Tragödie gewinnen könnten. Manchmal ging Patti geistesabwesend mit Krystal hin und her und beschwichtigte das Kind, das soeben seine Mutter verloren hatte. Endlich brachten Arthur und Manuela Brown das Baby in ihr Haus in Carson.

Draußen in den Straßen von Garden Grove hielten Streifenpolizisten nach einem klein gewachsenen Mädchen in Trainingshose Ausschau – nach einer flüchtigen Mörderin.

Bei der Durchsuchung des Hauses und des Grundstücks waren Dale Farley und Scott Davis auf etliche Hunde gestoßen. In dem blauweißen Wohnwagen, den Cinnamon bewohnt hatte, befand sich ein Welpe irgendeiner Miniaturrasse. Drinnen herrschte ein einziges Durcheinander aus Cinnys Kleidern, Büchern, Schallplatten, Puppen und Decken – und der Boden wurde rapide mit den Ausscheidungen des kleinen Hundes bedeckt.

»Was sollen wir mit dem Welpen in dem Wohnwagen machen, Sergeant?« wandte Davis sich an Farley.

»Stecken wir ihn erst einmal zu den anderen in den Zwinger hinter der Garage.«

Fred McLean begann, das Haus zu umrunden und an Türen und Fenstern nach irgendwelchen Spuren gewaltsamen Eindringens zu suchen. Ohne Erfolg. Er suchte nach Spuren in dem Staub auf den Fensterbrettern. Nichts. Danach überprüfte er den Wohnwagen und die Garage. Auch hier keine Anzeichen darauf, daß irgend jemand versucht hatte, sich gewaltsam Zugang zu verschaffen.

War David Brown beim Verlassen des Hauses so durcheinander gewesen, daß er nicht nur vergessen hatte, die Alarmanlage einzuschalten, sondern auch die Türen abzuschließen? Falls tatsächlich Cinnamon Brown die Schüsse abgefeuert haben sollte, war diese Frage hinfällig. Aber wenn ein Außenstehender in David Browns Haus eingedrungen war, dann könnte das Fehlen jeglicher Anzeichen eines gewaltsamen Eindringens sehr wohl bedeutungsvoll sein.

McLean tastete sich nach hinten zum Garten vor und ging zu dem kleinen Hundezwinger hinüber. Der Tag war jetzt voll angebrochen, der Himmel von Sonnenlicht erfüllt, die Luft noch immer kühl. Der Detective hörte die Autos der Pendler, die zum Freeway fuhren.

Er sah auf seine Uhr: zehn Minuten vor sieben.

McLean betrachtete gelassen die vier bellenden Hunde in dem Zwinger. Zwei blonde Cockerspaniels, ein weißer Spitz und der Welpe aus dem Wohnwagen, der so klein war, daß er sich durch die Türstäbchen zwängen konnte. Sie bellten ihn an und liefen dann zu ihren Hundehütten zurück. Es waren lauter nervöse Rassen, die bestimmt ein Höllenspektakel veranstaltet hätten, wäre in der Nacht zuvor tatsächlich ein Fremder aufgetaucht.

Die Hundehütten waren rostrot gestrichen und standen mit den Rückwänden zur Garage. Hinter ihnen türmte sich ein Stapel Feuerholz auf, und eine leere Wasserschale stand in der Nähe. McLean packte den Welpen zum dritten Mal und stieg über den siebzig Zentimeter hohen Zaun, um den Hund wieder an seinen Platz zu bringen.

Nachdem er schon einmal im Hundezwinger war, blickte McLean zu den Hundehütten und spürte ein Prickeln im Nacken. Die größere Hundehütte war nicht leer. Irgend etwas war da drinnen. Er mußte sich auf den Boden kauern, um besser sehen zu können. Eine Gestalt war in die Hundehütte gezwängt. Es war eine kleine menschliche Gestalt in Fötushaltung, den Kopf gebeugt. Seidiges braunes Haar bildete einen Schleier vor dem Gesicht.

Fast flüsternd fragte McLean: »Cinnamon . . . Cinnamon?«

Er wußte nicht, ob sie noch lebte.

»Cinnamon«, rief er wieder und näherte sich der Hundehütte. Hier war das Tageslicht noch nicht durch die dichten Feigenbäume gedrungen, die den Hundezwinger überdachten.

Plötzlich bewegte sich die Gestalt in der Hundehütte leicht und gab einen Laut von sich, den der Detective nicht verstehen konnte. Immerhin – ein eindeutiges Lebenszeichen.

McLean streckte die Hand aus, und eine kleine Hand ergriff die seine. Ein junges Mädchen kroch unbeholfen und mit von dem langen Verharren in einer Haltung verkrampften Muskeln aus der Hundehütte. Der Detective betrachtete sie im Morgenlicht. Es war tatsächlich Cinnamon Brown. Er hatte Fotos von ihr im Haus gesehen. Sie trug ein Sweatshirt und eine Trainingshose, beides befleckt mit rötlichem Erbrochenem und Urin.

McLean blickte in die Hundehütte, während er das Mädchen mit seinem Arm stützte. Der Boden war mit Erbrochenem bedeckt, und in der rötlichen Pfütze waren vielleicht drei Dutzend orangefarbener Kapseln zu erkennen.

Cinnamon Brown war ein sehr kleines Mädchen mit einer

weichen Polsterung von Babyspeck. Sie klammerte sich an Fred McLean, einen Fremden, als wäre er ihr Retter. Sie sagte nichts. Es war klar, daß sie sich sehr, sehr schlecht fühlte, daß sie fror und benommen war. Sie sah absolut nicht wie das irre, gefährliche Mädchen aus, nach dem die gesamte Polizei von Garden Grove die Straßen durchkämmte.

McLean führte sie an der Hand zu einem Streifenwagen vor dem Haus und befahl Davis, sie sofort ins Polizeihauptquartier zu bringen.

Sie entsprach nicht dem Bild, das er sich vorab von der Verdächtigen gemacht hatte. Andererseits, was hatte er denn erwartet?

Vielleicht eine Gestalt, die größer wäre. Und härter aussähe.

Fred McLean hatte im Laufe der Jahre eine ganze Reihe von Mördern verhaftet. Er wußte nur zu gut, daß bei der Polizeiarbeit, mehr noch als im gewöhnlichen Leben, die Dinge selten das waren, was sie zu sein schienen. Aber dieses kleine Mädchen, das ganz offensichtlich seit Stunden in kalter Dunkelheit in ihrem eigenen Erbrochenen gelegen hatte, war die bemitleidenswerteste mutmaßliche Täterin, der er jemals begegnet war.

Nun selbst nach Erbrochenem riechend, entrollte McLean den rosafarbenen Streifen aus Pappkarton, den Cinnamon in ihrer rechten Hand gehalten hatte, als er sie aus der Hundehütte gezogen hatte. Dabei hatte der Detective praktisch ihre Finger aufbiegen müssen, damit sie den Inhalt überhaupt freigab. Jetzt löste er das Band, das die Rolle umgab. Bei Licht konnte McLean die Druckbuchstaben auf dem Karton entziffern.

»Lieber Gott, bitte verzeih mir. Ich wollte sie nicht verletzen.«

5

Lange bevor Woods und Sanders die Juno Avenue in Anaheim erreichten, hörten sie die Funkmeldung, die ihnen sagte, daß sie ihre Suche nach Cinnamon einstellen konnten.

»Die jugendliche Tatverdächtige befindet sich in Gewahrsam«, kam Davis' Stimme aus ihrem Funkgerät. Anschließend gab er seinen Tachostand durch. »Ich bringe sie zum Revier. Zeitvergleich? Ich habe ... äh ... sieben Uhr sechzehn. Ich verlasse jetzt eins zwei fünf fünf eins Ocean Breeze Drive.« Weibliche Personen werden von männlichen Officers nie ohne Zeitvergleich und Überprüfung der zurückgelegten Meilen transportiert.

Sanders und Woods kehrten um und fuhren zum Revier der Garden Grove Police, wo zur gleichen Zeit auch Davis' Streifenwagen eintraf.

Cinnamon Brown wurde zuerst in den Bereich der Arrestzellen auf der unteren Ebene gebracht.

»Erinnerst du dich an mich?« fragte Steve Sanders.

Das Mädchen blickte hoch und nickte. »Ja.«

»Kannst du mir sagen, woher du dich an mich erinnerst?«

»Vom letzten Herbst – von der Bolsa Grande High-School. Sie sind dorthin gekommen, als ich den Exhibitionisten sah.«

Das Mädchen sah schrecklich aus und roch übel, war jedoch noch so klar bei Sinnen, daß es sich an einen Detective erinnerte, den es vor etwa fünf Monaten gesehen hatte.

»Ich habe schreckliche Kopfschmerzen«, murmelte Cinnamon Brown. »Und ich glaube, ich muß mich übergeben.«

Die Polizisten reichten ihr schnell einen Abfalleimer, und das Mädchen beugte sich darüber und erbrach einen rötlich gefärbten Mageninhalt.

Woods führte bei Cinnamon einen Test auf Rückstände eines Schusses durch, um festzustellen, ob *sie* eine Waffe abgefeuert hatte. Die Abstriche von ihren Händen würden zusammen mit den Tests von Patti Bailey und David Brown ins Labor wandern.

Sanders wandte sich an Halligan und Davis. »Wurde sie schon über ihre Rechte belehrt?«

»Nein, wir haben sie nicht verhört und auch gar nicht mit ihr gesprochen.«

Zwanzig Minuten nach sieben wurde Cinnamon von Sanitätern untersucht. Sie fanden ihren Puls normal, ihren Blutdruck etwas niedrig, doch obwohl ihre Pupillen nur träge auf Licht reagierten, glaubten sie nicht, daß sich das Mädchen in akuter

Gefahr befand. Ihr Zustand war stabil, aber die Sanitäter warnten, dies könne sich jederzeit ändern. Sie hatte offenbar sehr viel erbrochen und sich selbst auf diese Weise der Dinge entledigt, die sie geschluckt hatte.

»Wissen Sie, was sie genommen hat?«

»Nein, McLean hat sie gefunden.«

»Nun, wenn Sie nicht wissen, was sie genommen hat, sollte sie von einem Arzt untersucht werden.«

Die Sanitäter fragten Cinnamon, was sie genommen habe. Sie erklärte, sie habe drei Fläschchen mit Pillen genommen – darunter ein verschreibungspflichtiges Beruhigungsmittel – und dann habe sie sich in der Hundehütte erbrochen.

»Wann hast du die Pillen genommen?«

»Vielleicht um halb drei . . . vielleicht um drei. Ich bin wirklich müde, und mit tut der Kopf weh, und irgendwie fühle ich mich schwindelig«, antwortete Cinnamon. »Geht es meinem Dad gut?«

Sanders blickte scharf auf. Das Mädchen fühlte sich hundeelend, machte sich aber anscheinend mehr Sorgen um ihren Vater als um sich selbst. Er antwortete vorsichtig: »Deinem Vater geht es gut, und Patti geht es gut.«

»Was ist mit Linda? Wie geht es Linda?« wollte Cinny wissen.

Sanders blickte weg und sagte nichts. McLean sollte das Verhör führen.

Fred McLean kam ein paar Minuten später und überreichte den Sanitätern die Liste der Medikamente, die er als Beweismittel sichergestellt hatte. Sie zuckten zusammen, als sie die Liste lasen. Darvocet-N war ein Schmerzmittel. Die Sanitäter sahen in ihrem Handbuch für Arzneien nach. Die 100-mg-Dosierung wurde in großen orangeroten Kapseln verabreicht, die 100 mg Propoxyphen-Napsylat und 650 mg Acetaminophen enthielten. Dyazide war ein harntreibendes Mittel, das für gewöhnlich bei Bluthochdruck verschrieben wurde, um überschüssige Gewebeflüssigkeit auszuscheiden.

McLean nickte, als die Sanitäter fragten, ob die Fläschchen völlig leer gewesen waren.

Falls Cinnamon Brown alle Pillen genommen hatte, die sich ursprünglich in diesen Fläschchen befunden hatten, so würde sie 260 Kapseln geschluckt haben. Hätte sie sich nicht übergeben, wäre sie jetzt wahrscheinlich schon tot gewesen. Aber sie war auf den Beinen und schien recht klar denken zu können. Die Fläschchen konnten nicht ganz voll gewesen sein. Dennoch war sie in ziemlich erbärmlichem Zustand.

Sie würgte ständig, übergab sich und klagte über Kopfschmerzen. Labortechniker wurden angefordert, um Blutproben zu nehmen, die ihnen ein klares Bild von der Konzentration von Propoxyphen und Dyazide in ihrem Blut geben würden. Die Sanitäter standen aufmerksam daneben. Bei dem ersten Anzeichen einer Verschlechterung würden sie das Mädchen ins Krankenhaus schaffen.

Um 7 Uhr 38 an diesem Dienstag morgen bat Steve Sanders die Gefängnisaufseherin Barbara Gordon, Cinnamon Brown in einen Teil des Zellentrakts zu bringen, in dem sie ihre mit Erbrochenem verschmutzten Kleider ausziehen konnte. Cinnamon entledigte sich ihrer Trainingshose und des Trainingshemds, ihrer Unterwäsche, der dünnen Goldkette um ihren Hals mit dem sternförmigen Anhänger und ihrer Ohrringe und übergab sie Barbara Gordon, die jeden einzelnen Gegenstand in einem separaten Beutel verstaute und diesen beschriftete.

Sanders hatte die Gefängnisaufseherin gebeten, Cinnamon sorgfältig nach irgendwelchen Blutergüssen, Abschürfungen oder Kratzern zu untersuchen. Sie tat es, meldete jedoch an Sanders: »An dem Körper des Mädchens befindet sich keine einzige Verletzung.«

Barbara Gordon erwähnte, daß Cinnamon ihre Tage hatte, und brachte ihr frische Tampons und Einlagen. Mit einem sauberen Trainingsanzug des Gefängnisses bekleidet, ging Cinnamon mit Detective Sanders durch den Korridor des Polizeireviers und die Treppe hinauf in das östliche Verhörzimmer im ersten Stock. Sie wirkte schrecklich erschöpft, und ihr Gesicht war völlig ausdruckslos.

Um acht Uhr morgens saß Fred McLean am Tisch dem Mädchen gegenüber, das er aus der Hundehütte geholt hatte. Vor sich sah er ein hübsches Mädchen mit braunem Haar und einem aufgehellten Streifen quer über den Stirnhaaren. Ihre Wangen waren noch etwas kindlich gerundet. Ihre dunkelbraunen Augen hatten jegliches Leuchten verloren. Sie mochte fünfzig – sogar achtzig – sein, wenn er nur in diese Augen blickte. Sie sah ihn stoisch, fast hoffnungslos an.

»Cinnamon«, sagte McLean leise. »Cinnamon?«

»Was?«

»Ich muß jetzt mit dir sprechen.«

Sie starrte ihn schweigend an.

»Ich muß mit dir sprechen. Ich heiße Fred McLean und bin Detective bei der Garden Grove Police, und das hier ist Officer Steve Sanders. Du bist schon einmal mit ihm zusammengetroffen?«

»Ja – in der Schule.«

»Gut. Im Moment befindest du dich auf dem Revier der Garden Grove Police. Ist dir das klar? Weißt du, warum du hier bist?« fragte McLean.

»Weil ich Linda verletzt habe.«

»Weil du Linda verletzt hast«, echote McLean. »Wie hast du Linda verletzt?«

»Ich habe auf sie geschossen.«

»Na schön, Cinnamon. Ich muß dich über deine Rechte belehren.«

»Was meinen Sie damit?«

»Nun, ich werde dir ein paar Dinge erklären, und dann reden wir miteinander. Heute ist der 19. März 1985, es ist der Dienstag morgen, und jetzt ist es genau ... äh ... acht Uhr ... eine Minute. Cinnamon, dein Familienname ist Brown?«

»Ja.«

»Cinnamon Darlene Brown, und du bist vierzehn Jahre alt?«

»Richtig ... ja.«

»Gut. Du bist verhaftet worden, Cinnamon ...«

»Wirklich?« Zum ersten Mal schwang in der Stimme des Mädchens ungläubiges Staunen mit.

»Von mir ... ich habe dich verhaftet wegen der Tat, die du gegen Linda ausgeführt hast. Also, Linda ist tot ...«

»Sie ist tot?« Erneut wirkte Cinnamon Brown ehrlich geschockt.

»Ja.«

»Oh . . . nein!«

»Du bist also wegen Mordes verhaftet worden, und ich will, daß du mir jetzt gut zuhörst.«

McLean unterrichtete Cinnamon rasch über ihre Rechte, indem er von der Standardkarte der Garden Grove Polizei die sogenannte Miranda-Warnung ablas. Sie nickte mehrmals und sagte »Ich glaube schon«, so oft er sie fragte, ob sie verstanden habe. Aber sie schien nur mangelhaft zu verstehen, und McLean erklärte die Miranda-Warnung detaillierter. Und als er Cinnamon erneut fragte, ob sie verstanden habe, erwiderte sie mit einem festen »Ja!« Steve Sanders saß als stiller Beobachter neben ihr.

Es war schwer zu sagen, ob das Mädchen wirklich unter Medikamenteneinfluß stand oder nur von einer schlaflosen Nacht erschöpft war. Sie schien mal voll bei Bewußtsein, dann wieder benebelt zu sein. Wenn McLean ihre Aufmerksamkeit gewinnen konnte, antwortete sie rasch und intelligent. Sie brauchte keine Zeit, um Antworten zu formulieren.

»Wenn du also jetzt an deine Rechte denkst«, sagte er, »bist du bereit, mit mir über die gegen dich erhobenen Vorwürfe zu sprechen, Cinnamon? Hast du verstanden, daß du nicht mit mir sprechen mußt?«

»Ja.«

»Willst du mir erzählen, was letzte Nacht — gestern — passiert ist?«

»Ja.«

»Na schön, Cinnamon — du hast im Haus deines Vaters gewohnt in 12 551 Ocean Breeze?«

»Wir sind auch oft umgezogen.«

»Mhm. Wann bist du zu deinem Vater gezogen?«

»An meinem ersten Tag auf der Schule.« Cinnamon erklärte McLean, daß sie im Herbst 1984 die neunte Klasse an der Loara-High-School besucht hatte.

»Warum hast du nicht bei deiner Mutter gelebt?«

»Ach, weil sie zu viel schreit. Das hat mich nervös gemacht.«

»Warum schreit deine Mutter mit dir?«

»Weil ich ein Rabenbraten bin.«

»Was machst du denn, daß du ein Rabenbraten bist?«
»Ich gehe jeden Tag an den Strand.«
»Was machst du am Strand?«
»Ich lasse mich bräunen.«
»Gehst du zusammen mit jemandem?«
»Mit meiner besten Freundin . . . Krista Taber.«

Bisher konnte McLean nichts von dem rebellischen Teenager erkennen, den er erwartet hatte. Am Strand die Schule zu schwänzen war kaum ein Kapitalverbrechen. Er sah, daß Cinnamon schläfriger wurde und ihm entglitt, und er mußte häufig ihren Namen wiederholen, um sie wieder in das Gespräch zurückzuholen.

»Cinnamon, kannst du mich hören?« fragte McLean.

Sie winkte ungeduldig in seine Richtung, als würde sie eine Fliege verscheuchen.

»Cinnamon? *Cinnamon!*«
»Was?«
»Kannst du mich hören?«
»Ja.«
»Wie oft hast du die Waffe abgefeuert?« Sie antwortete nicht.

»Cinnamon? Die Waffe. Erinnerst du dich daran, wie oft du die Waffe abgefeuert hast?«

»Drei . . . mal. Einmal in Pattis Zimmer . . . und zweimal . . . auf Linda in ihrem Zimmer.«

»Hast du die Schule geschwänzt?« fragte McLean, um sich für den Moment von der Gefahrenzone zurückzuziehen.

»Nur im Sommer. Diese Woche bin ich nicht hingegangen, weil ich mich nicht gut gefühlt habe. Gestern habe ich mich dann besser gefühlt, aber . . .«

»Nun, wir wissen, warum du dich jetzt nicht gut fühlst. Schön, was ist gestern passiert . . . *Cinnamon?*«

»Ich bin da.«

»Okay. Was ist gestern zwischen dir und Linda passiert?«

». . . Ich und mein Vater, wir kommen recht gut miteinander aus – aber Linda hat vor einiger Zeit gesagt, daß sie mich nicht im Haus haben will. Also haben wir meine Sachen in den Wohnwagen hinaus gebracht . . . Es hat noch immer nicht geklappt. Sie wollte, daß ich weit von ihnen weg ziehe. Sie sagte: ›Wenn du nicht aus dem Haus verschwindest, wenn ich wach werde, bringe ich dich um‹, und ... all so was.«

»Linda drohte damit, dich umzubringen?«

»Ja. Ich und sie, wir hatten einen gewaltigen Krach, und ich weiß nicht, warum sie ... warum sie angefangen hat.«

»Du hast keine Ahnung, weshalb es zwischen dir und Linda einen Streit gab – *Cinnamon?*«

»Ich bin da – ich fühle mich nicht gut.«

»Warum wollte Linda, daß du gehst?« McLean fühlte sich gar nicht wohl unter dem Zwang, das Verhör vorantreiben zu müssen – das Kind war hellgrün vor Übelkeit –, aber er hatte auch das Gefühl, daß sie seinen Fragen auswich. Er mußte ein Motiv für ein scheinbar sinnloses Verbrechen finden.

»Linda war mich leid, und sie wollte mich nicht mehr in ihrer Nähe haben. Sie mag mich einfach nicht«, brach es nun aus dem blonden Mädchen heraus.

»Warum nicht?«

»Ich glaube, weil ich die Tochter von meinem Daddy bin – sie ist eifersüchtig. Ich weiß es nicht. Wir sind nie miteinander ausgekommen ... weil, eines Tages fuhr mein Dad mit Patti zum Postamt, und ich war in Pattis Zimmer und habe gezeichnet, und Krystal war am Ersticken, und sie hat nichts anderes gemacht als dazusitzen. Sie hat nicht einmal versucht, ihr zu helfen, und wenn mein Dad nach Hause kommt, umarmt sie ihn nie. Sie sagt nie ›Hallo Liebling!‹ Sie ignoriert ihn einfach. In der letzten Zeit hat sie sich richtig komisch aufgeführt.«

»Als Krystal am Ersticken war, hast du der Kleinen da geholfen?«

»Ich habe es versucht, aber wie Linda mich hineingehen gesehen hat, da hat sie gleich gesagt: ›Das ist mein Baby – darum kümmere ich mich‹, und ich habe gesagt ›Fein!‹«

»Als Krystal am Ersticken war, hast du sie hochgehoben, um ihr zu helfen? *Cinnamon?*«

Was?«

»Hast du Krystal hochgehoben, um ihr zu helfen?«

»Nein ... aber ich wollte es ... Manchmal schlägt Linda die arme Krystal sogar, und das macht mich so wütend, wenn

Daddy nicht zu Hause ist. Einmal hat mein Dad es aber doch gesehen; Linda wußte nicht, daß er zu Hause ist.«

»Es hat dir nicht gefallen, daß sie das Baby schlecht behandelt hat? Cinnamon . . .?«

»Ich bin da.« Und dann murmelte sie kaum hörbar: *»Bitte, lassen Sie sie nicht mit Mord davonkommen.«*

»Nun, dann mußt du meine Fragen beantworten«, sagte McLean sanft. Es verwirrte ihn, daß die Antworten des Mädchens manchmal gar keinen Bezug zu seinen Fragen hatten.

»Ich versuche es – aber ich kann meine Augen nicht offenhalten.«

»Du brauchst deine Augen nicht offenzuhalten, um mit mir zu sprechen. Ich will nur, daß du dich darauf konzentrierst, was du mir sagst. Gestern sagte Linda, daß sie dich umbringen wird, wenn du nicht verschwindest?«

»Ja. Das war das erste Mal, daß sie das gesagt hat. Ich dachte, sie würde mich lieben. Sie sagte, daß sie mich haßt, und ich sagte, ›Ich glaube, ich hasse dich auch.‹ Wir haben zu streiten begonnen.«

»Hat Linda gesagt, warum sie dich haßt?«

»Nein, das hat sie mir nicht verraten.«

Cinnamon schien nicht zu bemerken, daß sie sich soeben selbst widersprochen hatte. McLean mußte die Antworten aus ihr herauspressen, aber sie wiederholte nur, daß Linda sie gehaßt hatte, sie aus dem Haus haben wollte und zu Krystal, dem Baby, grausam war. Sie konnte jedoch keine klaren Antworten geben, wenn McLean fragte, worüber sie und Linda gestritten hatten.

»Nur Kleinigkeiten – ich weiß nicht.«

»Cinnamon, was für Kleinigkeiten?«

»Ha?«

»Cinnamon?«

»Ha? Ich . . . bin da.«

McLean fragte sie nach der Waffe, und das Mädchen erinnerte sich, daß sie diese in einer Schublade im Büro ihres Vaters gefunden hatte. Die Waffe wäre »im Notfall« für jedermann bestimmt gewesen. Cinny versicherte, daß sie niemanden gefragt hatte, wie man die Waffe benutzt. »Ich habe drei Schüsse abgegeben.«

»... Drei Schüsse?«

»Mhm. Einer fiel in dem Zimmer mit Patti, und die zwei anderen fielen bei ... bei Linda.«

»Warum hast du eine Kugel in Pattis Zimmer abgefeuert?«

»Die Waffe ist nicht losgegangen ... irgend etwas darin ... das Ding ist steckengeblieben ... dieses Ding, der Abzug ... das Ding, das man zurückzieht. Ich konnte das Licht nicht einschalten, sonst hätte sie es gesehen.«

»Hast du irgend jemanden gefragt, wie man den Revolver bedient? Cinnamon? *Cinnamon?*«

»Mmmh. Nein. Mmm ...«

»Cinnamon. Cinnamon.«

»Ich bin ja da. Hören Sie doch auf, immer wieder meinen Namen zu sagen.«

McLean erkannte, daß ihm nur noch sehr wenig Zeit mit ihr blieb. Sie war schläfrig, und sie war über seine ständigen Fragen verärgert. Ja, antwortete sie, ja, sie wisse, wie man einen Revolver abfeuert. Sie seien alle zum Schießen in die Wüste hinausgefahren.

»Cinnamon?«

»Ich bin da.«

»Cinnamon?«

»Ich bin da ...«

Aber in Wahrheit war sie es nicht mehr. Sie schwieg eine Weile, dann murmelte sie, daß sie in der Familie kleine Waffen benützten, »weil sie nicht so viel Schaden anrichten.«

»Wo habt ihr mit diesen kleinen Waffen geschossen?«

»Wie meinen Sie das?«

»Diese kleinen Waffen – wo habt ihr damit geschossen?«

»Ich habe ferngesehen, und dann habe ich geschlafen.«

McLean brach die Befragung ab. Er wollte erst eine Aufstellung der Menge der Medikamente im Blut des Mädchens haben, bevor er weitermachte. Er blickte sie an und sah, daß ihr die Augen zufielen.

Sie wirkte auf ihn wie ein sehr kleines Mädchen. Nicht wie eine Vierzehnjährige. Nicht einmal wie eine Zwölfjährige. Und dennoch hatte sie ihm gerade gesagt, daß sie ihre Stiefmutter erschossen hatte.

Dieses eine Mal tat es dem Detective fast leid, daß er einen Mordverdächtigen gefunden hatte.

Es war acht Uhr zwanzig, als Edith Gwinn vom Golden Coast Lab eintraf, um Cinnamon eine Blutprobe abzunehmen. Innerhalb der nächsten acht Minuten wurden drei Phiolen gefüllt. Die eine trug die Kennzeichnung 8015, die zweite das Kennzeichen 8020 und die dritte war zur Bestimmung vorgesehen, falls Cinnamon später eine Transfusion brauchen sollte.

Cinnamon schien während des Blutabzapfens wacher zu werden, aber nur, weil sie Angst hatte. Es war das erste Mal in ihrem Leben, daß ihr Blut abgenommen wurde.

Als McLean um 8 Uhr 40 erneut versuchte, mit ihr zu sprechen, hatte sich ihr Zustand radikal verändert: Sie wiegte den Kopf hin und her, konnte ihre Augen nicht mehr auf einen bestimmten Punkt richten und antwortete auf seine Fragen lediglich mit einem unverständlichen Murmeln.

Der Detective brach das Verhör sofort ab und rief die Sanitäter.

Cinnamons Blutdruck war so tief gesunken, daß er mit der üblichen Luftmanschette nicht gemessen werden konnte und ertastet wurde. Ihr Puls lag bei achtzig. Die Sanitäter schlossen sie an einen Herzmonitor an, legten eine Infusion an und brachten sie auf schnellstem Wege ins Garden Grove Medical Center: Die Polizistin Pamela French saß im Krankenwagen an der Seite von Cinnamon. Das Mädchen schien die ganze Fahrt über zu schlafen oder war bewußtlos, so kam es zu keinem Gespräch. Dennoch blieb Pamela French auch im Krankenzimmer noch von 9.18 Uhr bis Mittag bei dem Mädchen, und in dieser Zeit gab Cinnamon Brown einige Erklärungen ab. Sie klangen jedoch für die Polizistin »seltsam roboterhaft« – fast so, als wären sie im Unterbewußtsein des Teenagers programmiert worden. Cinnamon platzte von Zeit zu Zeit mit einigen Erklärungen heraus, ohne daß sich ein greifbarer Zusammenhang zwischen diesen Bruchstücken entwickelte. Obwohl sie sich fast ständig erbrach, war sie kaum wach.

Einige ihrer Ausführungen aber waren klar genug, um von Pam French verstanden zu werden:

»Habe vierundzwanzig Stunden nicht geschlafen ... hatte einen Unfall ... tötete meine Stiefmutter ... habe es nicht absichtlich gemacht, wollte es nicht.«

Trotz des unzusammenhängenden Gemurmels hingen einige Sätze so klar in der Luft, als wären sie da festgeschrieben.

»Sie hat mir weh getan ... sie haßte mich ... sie wollte mich umbringen ... sie wollte mich aus dem Haus raus haben.«

Pam French hatte Cinnamon nicht befragt und notierte die Worte nur stumm.

»Ich habe die Waffe aus der Schublade des Büros im Haus geholt – ich war sehr wütend auf sie ... sie hat meiner kleinen Schwester weh getan ... ich konnte doch nicht zusehen, wie sie sie ersticken ließ.« Pam French konnte nicht wissen, daß sie fast exakt die gleichen Worte hörte, die Cinnamon schon gegenüber McLean gebraucht hatte. Das Mädchen, das sich neben ihr auf dem Bett hin und her warf, schien todmüde zu sein, obwohl sie sich gegen die Wirkung der Pillen wehrte, die sie genommen hatte, gleichzeitig wirkte sie aber auch klar und geistig rege.

»Sie haßte mich ... wollte mich aus dem Haus haben ... ich war wütend auf sie.«

Endlich konnte Cinnamon Brown sich nicht länger gegen die schleichende Betäubung durch die Medikamente wehren und sank in tiefen Schlaf.

Es schien ein klassischer Fall zu sein. Die Tatverdächtige hatte ein Geständnis abgelegt. Obwohl es ihm das Herz brach, ging auch ihr eigener Vater davon aus, daß sie die Täterin war. Schließlich hatte Cinnamon nur wenige Stunden bevor Linda erschossen wurde, Patti Bailey gebeten, ihr zu zeigen, wie man mit dem .38er schoß. Welche andere Lösung konnte es geben? Ein eifersüchtiger Teenager, wütend auf die Stiefmutter, frustriert von den vielen Regeln, Beschränkungen, Anordnungen für die Arbeiten im Haushalt, glaubt nur noch Objekt von Haß und Zurückweisung zu sein und schlägt zurück.

Mit einer Schußwaffe. Jetzt tat es ihr leid. Es entsetzte sie zu hören, daß Linda tot war.

Doch jetzt war es zu spät.

Wären die Ereignisse vom 19. März 1985 ein Film und nicht tragische Wirklichkeit, so könnte an dieser Stelle der Vorhang fallen. Doch ein Geständnis reicht nie aus, um damit vor Gericht zu gehen. Es ist nur ein Teil vom *Körper des Verbrechens*; das *corpus delicti* ist nicht – wie so viele Leute glauben – der tatsächliche Körper, also die Leiche, sondern besteht vielmehr aus allen Komponenten des jeweiligen Verbrechens.

Inzwischen hatte Bill Morrissey im Haus auf dem Ocean Breeze Drive weiterhin Fotos geschossen, er sammelte Beweisstücke und überwachte die Vermessung jedes einzelnen Raumes. Falls Cinnamon Brown, wie sie mittlerweile zugegeben hatte, Linda erschossen hatte, brauchte er Beweismittel, die ihr Geständnis untermauerten. Sozusagen weitere Teile vom *Körper des Verbrechens.*

McLean hatte Morrissey über Cinnamons Aussage informiert, sie habe die Waffe dreimal abgefeuert – zweimal auf Linda und einmal in Patti Baileys Zimmer. Und Patti hatte ausgesagt, daß sie von einem Schuß erwacht war. Morrissey begab sich in das vordere Schlafzimmer, Pattis Zimmer.

Morrisseys Fotos zeigten, daß dieses Zimmer genau wie der Rest des Hauses mit neuen Möbeln vollgestellt war. Es war ein Zimmer, wie es ein junges Mädchen wohl mögen konnte. Die Wände waren beigefarben, gelb und braun tapeziert, am Fenster hingen frisch gestärkte weiße Gardinen und darüber Spitzenvorhänge. Pattis Möbel bestanden aus schwerem Ahornholz mit Messinggriffen, und ihr Bett war eine kleinere Version des weißen Eisenbetts, in dem ihre Schwester gestorben war. Die Decken waren zurückgeschlagen, als wäre jemand in großer Eile herausgesprungen.

Es gab ein Rollbett in dem Zimmer, das unter Pattis Bett hervorgezogen worden war. Darin hatte niemand geschlafen.

Patti hatte ihre eigene Stereoanlage und ihren eigenen Fernseher. Und sie besaß eine Menge Puppen und Teddybären und Stofftiere. Die Puppen waren »Sammlerstücke«, wie sie den Zuschauern von Shopping-Fernsehkanälen angeboten werden. Jede einzelne mochte hundert Dollar und mehr kosten. Es lagen auch Bücher herum – die einzigen Bücher im Haus, abgesehen von einer *Reader's-Digest*-Serie und einer Bibel auf einem von

David Browns Schränken –, und zwar Liebesromane für Teenager.

David Brown hatte nicht nur die Schwester seiner Frau ins Haus aufgenommen, sondern ihr auch ein Zimmer zur Verfügung gestellt, um das jedes Mädchen sie beneidet hätte. Und sie hielt es in tadellosem Zustand. Alle ihre Schätze waren schön geordnet, alle ihre Möbel waren blank poliert.

Morrissey überprüfte die Wände nach einem Anzeichen, daß hier eine Kugel eingedrungen war. Er sah sich in dem Raum um, wobei er ihn in Abschnitte aufteilte, während seine Kamera leidenschaftslos alles aufnahm. Die Puppen und Teddybären wiesen keinerlei Beschädigung auf, genausowenig wie Pattis große Schmuckschatulle und der Schaukasten in Gold und Kristall darüber. Goldkettchen hingen aus den vollen Schubladen.

Genau über dem Kopfende von Pattis Bett gab es ein kleines Bord mit Teddybären und einem gerahmten Bild, einer Radierung in hellen silbrigen Tönen. Morrissey beugte sich näher. Es war irgendein Vogel, der gerade aufflog. Er hatte ähnliche Vögel in David Browns Büro gesehen. Adler oder – wie hieß das? – ein Vogel Phönix. Wie in diesem alten Film mit Jimmy Stewart und seiner Crew, die in der Wüste abstürzten und ihr zerschelltes Flugzeug wieder herrichteten. *Der Flug der Phönix.*

Morrissey war ein nüchterner Mann, dem es nicht lag, sich Gedanken über die tiefere Bedeutung eines mythischen Vogels zu machen. Seine Augen waren kratzig vom Schlafmangel, und er hatte noch stundenlange Arbeit vor sich, während er methodisch den olivgrünen Bungalow und seinen Inhalt durch Fotos und Vermessen festhielt. Aber in diesem Moment wollte er nichts weiter, als die einzelne fehlende Kugel zu finden, die Patricia Baileys Überzeugung untermauerte, daß Cinnamon in der Tür ihres Zimmers gestanden und bewußt auf sie geschossen hatte.

Und dann sah er es. Er hatte es gesehen, ohne zu begreifen, was es war. Über Patti Baileys Bett gab es einen Wandbehang – ungefähr einen mal anderthalb Meter groß. Es war jene Art von Teppichbildern, wie sie oft an Straßenständen verkauft werden (zusammen mit gegossenen Betonstatuen für den Garten, Vogelbädern und hölzernen Karussells): – Tiger, die mit ihren Jungen auf leuchtend gelber Erde vor grünen Palmen und einem roten Himmel spielten.

Ein Tiger hatte eine Kugel direkt durch sein Wollherz bekommen.

Morrissey vermutete, daß das Geschoß tief in der Wand hinter dem Behang steckte. Das bedeutete, daß die Tapete abgemacht werden mußte, und falls die Kugel nicht direkt dahinter steckte, mußte auch die Wand herausgebrochen werden. Wie das Schicksal es wollte, mußte die Wand sorgfältig in einem großen Rechteck herausgesägt werden, bis Morrissey ein verformtes .38er-Geschoß fand.

Abgesehen von diesem Geschoß enthielt Bill Morrisseys Liste von Beweismitteln, die aus dem Ocean Breeze Drive-Haus am Morgen des 19. März entfernt wurden:

1. Testset für Schußrückstände mit Abstrichen von zwei Testpersonen – David Arnold Brown und Patricia Bailey;
2. Ein Smith & Wesson .38er Revolver, Seriennummer ≠R304 915 vom Fußboden des ehelichen Schlafzimmers;
3. Ein Smith & Wesson, Modell 19-4, .357er Magnumrevolver, Seriennummer ≠6F8K783, mit sechs scharfen Patronen, in Halfter in Plastiktüte, aus dem ehelichen Schlafzimmer;
4. Eine Schachtel Winchester .38er Special Silvertip-Munition – von unterhalb des Betts im ehelichen Schlafzimmer;
5. Eine Schachtel Winchester .357er Magnum Silvertip-Munition – von unterhalb des Betts im ehelichen Schlafzimmer;
6. Blutbeflecktes Bettlaken, Blumenmuster, Kopfkissen und Bezüge, Decke;
7. Ein schwarzes Leder-»Liberty«-Halfter für .38er Smith & Wesson, mit verchromtem Gürtelhalter, in Schublade in ehelichem Schlafzimmer;
8. Trinkglas mit Star Trek-Gestalt;
9. Probe von klarer Flüssigkeit in Glas;
10. Drei leere Fläschchen verschreibungspflichtiger Medikamente;
11. Ein Tiger-Wandbehang, 56,5 Zoll mal 38,5 Zoll.

Jedes dieser Teile konnte ein Hauptbeweisstück in diesem Mordfall werden.

David Brown und Patricia Bailey verließen das Haus um sieben Uhr morgens. Mit nur einem Koffer voller Babysachen flohen sie zu Arthur und Manuela, Davids Eltern. Die Ermittler hatten es schwer gehabt, in Gegenwart der Trauernden zu arbeiten, und waren heilfroh, sie gehen zu sehen.

Alan Day schlug vor, David Brown solle in einer Stunde wiederkommen; dann könnte er ihm schon mehr darüber sagen, wie lange es dauern mochte, bevor sie das Haus wieder bewohnen konnten. Sie durften noch einmal in das Haus zurückkommen, um Spielzeug und Windeln zu holen, womit sie Davids Campingbus beluden.

David sorgte sich um einige Schmuckstücke, die er im ehelichen Schlafzimmer zurückgelassen hatte, und fragte, ob er sie schnell holen dürfe. Day schüttelte verneinend den Kopf, bot jedoch an, die Stücke zu holen, wenn Brown beschreiben konnte, was er wollte.

»Meine Armbanduhr – eine Rolex – und mein Kreuz an einer Kette. Ich habe beides letzte Nacht abgenommen und auf meine Kommode gelegt.«

Day fand die Gegenstände in seinem Schmuckkasten und brachte sie Brown. Anschließend machten David und Patti sich endgültig aus dem Staub.

Ein paar Stunden später verließen auch die Ermittler den Tatort auf dem Ocean Breeze Drive. Sie hatten den ganzen Vormittag über gearbeitet. Ihr nächtlicher Schlaf war unwiederbringlich verloren. Um 12 Uhr 22 war das Haus leer. Die gelben Bänder, die im Märzwind flatterten, sperrten den Schauplatz des Verbrechens ab und verrieten allen Passanten, daß hier etwas Ungewöhnliches passiert war. Nachbarn fanden sich in Grüppchen zusammen, beobachteten und versuchten, sich an irgend etwas zu erinnern, das sie hätte warnen sollen, daß die Dinge im Brown-Haushalt nicht in Ordnung waren.

Aber sie fanden nichts. Niemand hatte David und Linda Brown näher gekannt oder die Teenager, die bei ihnen lebten.

Die Browns hatten wie eine besonders eng zusammengeschmiedete Familie gewirkt, die nur wenig Zeit hatte, um mit den Nachbarn zu sprechen; sie schienen sich selbst zu genügen. Später fanden Nachbarn doch noch einiges, was sie den Reportern des *Orange County Register* und der *Los Angeles Times* mitteilen konnten. Ermutigt und gedrängt, in ihrem Gedächtnis zu forschen, förderten sie nebelhafte Erinnerungen zutage.

Stunden nach Linda Browns Ermordung glaubten die Polizeiermittler zu wissen, wer geschossen hatte. Sie hatten sogar ein plausibles, wenn auch vereinfacht wirkendes Motiv. Dennoch befürchteten sie, niemals die wahren Gründe zu erfahren, warum Cinnamon Brown ihre Stiefmutter getötet hatte. Die mutmaßliche Täterin war in ein Koma verfallen, aus dem sie vielleicht nie wieder erwachen würde.

6

Fred McLean war 1956 dem Marine Corps beigetreten und schnell aufgestiegen. Mit knapp einundzwanzig wurde er Lieutenant und flog Panther Jets und alle anderen beim Marine Corps eingesetzten Flugzeuge. Er war noch nicht dreißig, als er bereits einer der »Alten« war, welche fünftausend junge Marines zusammentrieben, die vor der Schweinebucht während der Kubakrise in Einsatzbereitschaft warteten. »Sie wurden in keinem Kampf eingesetzt. Sie waren zu jung, um das zu schätzen zu wissen. Sie waren so aufgedreht, daß sie beinahe eine ganze Stadt auseinandergenommen hätten.«

McLean lernte im Corps eine Menge über menschliches Verhalten und über Disziplin und Verpflichtungen. Er ging in seiner Arbeit auf. Wenn er sagte: »Das Marine Corps war mein Leben«, wußte man, daß er es ernst meinte, und man fühlte, was es ihn gekostet hatte, das Corps zu verlassen. Aber McLeans erste Frau hatte ihm nach zehn Jahren beim Corps ein Ultimatum gestellt. Er hatte selten Dienst am Wohnort. Sein

Sohn bekam den Vater kaum zu Gesicht. Die Entscheidung war einfach. Das Marine Corps oder die Ehe.

McLean wählte die Ehe.

Polizeiarbeit war der einzige Zivilberuf, der ihm einfiel, und er nahm ihn grollend als zweite Wahl in Angriff. McLeans Frau hegte diesbezüglich ihre Zweifel und vermutete – korrekterweise –, daß der Polizeidienst genauso gefährlich und zeitraubend sein würde wie das Marine Corps. Sie stimmte nur zu, nachdem er versprochen hatte, sich von Los Angeles fernzuhalten und sich bei einer verschlafenen Polizeitruppe des Orange County zu verpflichten.

Garden Grove entsprach dieser Beschreibung, als McLean am 26. August 1966 in den Polizeidienst trat.

Aber nicht lange. Die Ehe scheiterte, aber McLeans Faszination für Polizeiarbeit blühte. Um der ständigen leichten Spannung, die einen Polizisten dauernd begleitet, entgegenzuwirken, lief McLean und spielte Football. Er war fünfundvierzig, als er seine Schulterkissen endgültig an den Nagel hängte. Bis zu seinem fünfundvierzigsten Lebensjahr nahm er mit der Reserve des Marine Corps im Feld an Trainingsmanövern teil. Und um seinen fünfzigsten Geburtstag zu feiern, lief er fünfzig Meilen. Im Lauf der Jahre überlebte McLean Schießereien und riskante Begegnungen, und sein Geschick im Umgang mit Menschen ließ ihn stetig durch die einzelnen Ränge vom Streifendienst zur Kriminalabteilung aufsteigen.

Er hatte seinen Platz im Leben gefunden.

Als Vorermittler im Mordfall Linda Marie Brown war McLean bei ihrer Autopsie anwesend. Die postmortale Untersuchung begann um halb zehn Uhr vormittags, fünf Stunden nachdem die junge Mutter für tot erklärt worden war. Schelmische Pietätlosigkeit und schwarzer Humor, die den ständigen Umgang mit der Tragödie erträglich machten, zeigten sich im Autopsieraum des Leichenbeschauers von Orange County besonders amüsant. Die Lichtschalter hatten die Form von winzigen nackten Cartoonmännchen. Wenn die Lichter eingeschaltet waren, hatten die Männchen eine Erektion.

Dr. Richard I. Fukomoto führte die Autopsie durch, bei der McLean und sein Kollege Steve Sanders als Zeugen teilnahmen sowie Joe Luckey und Bill Lystrup vom Büro des Sheriffs des Orange County, ferner Mary De Guelle, eine Spezialistin für Gerichtsmedizin. Alle hatten schon zahlreichen Autopsien beigewohnt, und sie versammelten sich mit Interesse um den Tisch, aber auch mit einer gefühlsmäßigen Zurückhaltung, die sie über einen langen Zeitraum hinweg erworben hatten. Erfahrung hatte sie gelehrt, Emotionen in diesem Raum auszusetzen.

Manchmal jedoch war diese Distanz zu den Dingen, die sich ihnen präsentierten, schwer einzuhalten. Linda Brown war eine schöne junge Frau mit perfekter Figur gewesen. Ihre Haut war jetzt weiß wie Schnee und von zwei Einschußwunden zwischen ihren vollen Brüsten verunstaltet.

Rob Keister begann die Prozedur, indem er Beweismittel *auf* dem Körper sicherstellte. Der Kriminalist des Orange County legte ein Stück klarer Acetatseide über das gepunktete Muster auf Linda Browns Brust und markierte dann das Muster der Pulverspuren. Er pickte drei unverbrannte Körnchen von ihrer Brust und sicherte sie als Beweismittel.

Auch auf Lindas Händen fanden sich etliche unverbrannte Pulverkörnchen, und diese wurden entfernt, bevor Tests auf Rückstände eines Schusses durchgeführt wurden. Routine – die Position der Wunden und der Waffe machten es praktisch unmöglich, daß Linda sich selbst erschossen hatte, aber sie mochte ihre Hände in einem vergeblichen Versuch, sich zu schützen, erhoben haben. Wahrscheinlicher war, daß sich der Schütze ganz einfach sehr nahe befunden hatte, als die Waffe abgefeuert wurde.

Abstriche von den Fingernägeln wurden eingesammelt, und die Schamhaare des Opfers wurden nach fremden Haaren oder Fasern durchkämmt. Es wurden keine gefunden.

Dr. Fukomoto begann zu diktieren, als er sich seinem Objekt näherte. Pathologen messen präzise, und Fukomoto hielt sich daran, als er die erste Wunde beschrieb: »in der Mitte des oberen Brustbereichs befindlich, 126 cm von der Fußsohle entfernt und 33 cm vom Scheitelpunkt, etwas rechts von der Mittellinie – annähernd 1,3 cm.«

Die zweite Wunde wurde 121 cm von der Fußsohle und 38 cm vom Scheitelpunkt entfernt festgestellt. Es war nicht festzustellen, welche Wunde die erste war. Beide waren dem Opfer innerhalb weniger Minuten zugefügt worden.

Fukomoto drehte die Leiche herum und entdeckte am Rücken einen Bereich starker Blutungen. Mit einer schnellen Bewegung entfernte er ein leicht deformiertes großkalibriges Geschoß unmittelbar unter der Haut nahe der Mittellinie des Rückens. Ein zweites ähnliches Geschoß wurde nahe der rechten Schulter entfernt. Rob Keister übernahm die beiden verformten Geschosse und verpackte sie in Tüten, wobei er vermerkte, daß sich auf keiner der Kugeln eine verwertbare Spur fand.

Fukomoto führte den üblichen Y-förmigen Einschnitt aus – von beiden Schultern schräg herunter zur Mittellinie. Autopsie bedeutet »selbst sehen«, und dieser Vorgang kann unergründliche Geheimnisse offenlegen. Es liegt eine gewisse Ironie in der Erforschung des Toten. So viele Obduktionen enthüllen in Mitleidenschaft gezogene Organe, verhärtete Arterien, Körpersysteme, die eigentlich schon längst zu arbeiten hätten aufhören müssen und dennoch jahrzehntelang bemerkenswert gut funktioniert hatten.

Und bei jungen Menschen, wie bei der Untersuchung von Linda Brown, war der Körper vor kurzem noch eine effiziente Maschine – die Herzarterien rosa und ohne Cholesterinablagerungen, die Lungen hellrosa trotz Lindas ständiger Sorge, weil sie sich das Rauchen nicht abgewöhnen konnte, die Nieren gesund. Alles gesund.

Doch sie war tot.

Eine Kugel hatte ihre rechte Lunge bloß gestreift, jedoch die obere Hohlvene durchschlagen. Die andere war in die rechte Lunge eingedrungen. Die obere Hohlvene ist eine große Vene, die Blut zu dem rechten Herzvorhof zurückleitet. Lebenswichtig. Linda Bailey Brown konnte nicht mehr als fünfzehn Minuten – höchstens – mit einem Loch in der Hohlvene überleben, wenn sie nicht sofort ärztliche Hilfe erhielt.

Linda Brown war verblutet. Sie war nur noch ganz schwach am Leben gewesen, als Officer Darrow Halligan sich über sie gebeugt hatte, um festzustellen, ob sie atmete, und sie war noch klinisch am Leben, als sie das Krankenhaus erreichte. An diesem Punkt war es zu spät gewesen, um mit Sicherheit festzustellen, wie lange sie schon innerlich in heftigen Blutstößen aus ihrer Hohlvene und ihrer Lunge geblutet hatte, bevor Hilfe angefordert wurde.

Ihr Ehemann hatte Angst gehabt, nach ihr zu sehen. In seiner Panik hatte er seinen Vater angerufen und um Rat gefragt, bevor er 911 wählte. Hätte eine andere Reihenfolge seiner Anrufe irgendeinen Unterschied gemacht? Wahrscheinlich nicht. Dafür war Linda zu schrecklich verwundet gewesen.

Dennoch brachte es Fred McLean zum Nachdenken. Er selbst war ein Mann der Tat. Er konnte nicht fassen, daß ein Mann nicht sofort nach der Frau sah, die er liebte, und wie er warten konnte, bis ein Polizist eintraf, um herauszufinden, ob sie tot war oder lebte.

Cinnamon hatte zugegeben, geschossen und »Linda verletzt zu haben«. Es war schwer, ihr nicht zu glauben. Und McLean sah die Zerstörung, die von den Kugeln angerichtet worden war. Verdammt, wahrscheinlich hätte es gar nichts gebracht, wäre Brown in das Zimmer gestürmt und hätte Linda herausgetragen und ins Krankenhaus gefahren, sobald Patti Bailey ihm sagte, sie habe Schüsse im Haus gehört, während er fort war. Menschen verbluten in Krankenhäusern, auch wenn ein Chirurgenteam um sie herumsteht.

Und dennoch . . .

Nach der Obduktion wurden Tests durchgeführt mit Blut und Gewebeproben, Körperflüssigkeiten und befleckter Kleidung. Blut aus der rechten Brusthöhle, Mageninhalt, Lebergewebe, Blasengewebe, Gehirngewebe, Glaskörperflüssigkeit von den Augen. Herzblut wurde aufbewahrt zusammen mit dem Blut, das Joe Luckey vor der Transfusion sichergestellt hatte, Muskel- und Markproben, vaginale, anale und orale Abstriche und Mikroskopproben und das blutbefleckte Nachthemd mit den tanzenden Pinguinen.

Alles säuberlich verpackt und etikettiert.

Und dann wurde Lindas Leiche dem Bestattungsunternehmen überlassen und am 25. März 1985 im Krematorium von Pasadena eingeäschert.

Ihre Asche wurde nicht sofort in einer Urne bestattet. Der Witwer wollte alles »so perfekt für sie, wie ich es nur machen konnte.« Viel später erinnerte sich David Brown, daß er sich den Kopf darüber zerbrochen hatte, wie mit Lindas Asche zu verfahren sei. »Linda und ich, wir glaubten beide an die Einäscherung. Wir waren uns einig, daß der von uns überlebende Teil die Asche des anderen vom Diamond Head in Hawaii verstreuen würde – weil wir dort so glücklich gewesen waren. Aber das war, bevor Linda Mutter wurde. Ich konnte das unserem Kind nicht antun. Ich konnte Krystal nicht einen Ort nehmen, an dem sie ihrer Mutter nahe sein konnte. Ich gab dem Friedhof von Newport Beach die Anweisung, Krystal zu erlauben, Lindas Asche auf den Diamond Head zu bringen, sobald Krystal alt genug für eine solche Entscheidung wäre. Jetzt ruht Linda in einem Brunnen, wo sie vierundzwanzig Stunden am Tag das Wasser plätschern hören kann. Sie befindet sich so hoch oben, daß sie den Ozean sehen kann – wenn es nicht gerade Smog gibt. Ich liebte sie so sehr, daß ich unbedingt wollte, sie solle alles so haben, wie wir das besprochen hatten.«

Angestellte des Friedhofs erinnerten sich an David Brown. Er kaufte *zwei* Nischen und zwei mit Grünspan überzogene Bronzetafeln. Er war mit der ersten Inschrift nicht zufrieden und verlangte, daß sie verbessert wurde. Dabei war er so unnachgiebig und arrogant aufgetreten, daß man sich nicht gern an ihn erinnerte.

Er hatte seine eigenen Gründe, aus denen er diese erste Tafel entfernen und zerstören ließ.

7

Steve Sanders fuhr zum Manchester Building, dem Gebäude des Jugendgerichts von Orange County, Teil eines alten Komplexes, in dem 1985 die Büros des Jugendstaatsanwalts untergebracht waren – zusammen mit dem Jugendgerichtshof, dem Büro des Pflichtverteidigers und der Bewährungsstelle. Die

Jugendabteilung der Staatsanwaltschaft hatte die Büros auf der zweiten Etage belegt. Ein paar hundert Meter nach beiden Seiten entfernt, befinden sich die Medizin-Universität von Kalifornien und ein Kinderheim.

Das Jugendgefängnis ragt hinter dem Jugendgerichtshof auf, überholt wie alle Jugendeinrichtungen der Mittachtziger. Damals wie heute liegt eine Ironie in dieser Ansammlung von Gebäuden. Mißhandelte Kinder rufen und lachen auf dem Spielplatz des Kinderheims nahe dem Jugendgefängnis, in dem straffällig gewordene Teenager durch Gitterstäbe starren.

Sanders wußte, daß es Zeit war für eine Besprechung mit dem Stellvertretenden Staatsanwalt Dick Fredrickson, um ihm eine Zusammenfassung des Falls zu liefern und zu überprüfen, ob gegen Cinnamon Brown Anklage wegen Ermordung ihrer Stiefmutter erhoben werden konnte.

Soweit die Ermittler das beurteilen konnten, war Cinnamons Verbrechen Mord ohne mildernde Umstände. Das entsprechende Gesetz ist in Kalifornien im §187 des Strafgesetzbuches festgehalten. Die Täterin war erst vierzehn Jahre alt, hatte aber gestanden, dreimal den Abzug betätigt zu haben. *Sie* war jugendlich, doch ihr Verbrechen war »erwachsen«.

Dick Fredrickson war kein Anfänger, wenn es um jugendliche Mordverdächtige ging. Ohne es zu beabsichtigen, war Fredrickson der Spezialist des Hauses für Teenagermörder geworden – eine Verbrecherkategorie, die sich im Orange County beunruhigend ausbreitete. Obwohl Fredrickson für gewöhnlich in der Verwaltung arbeitete, hatte er in jüngster Zeit zwei besonders häßliche Mordfälle, in denen es um Teenager gegangen war, angeklagt.

Kathy Sloane* war vierzehn und ihr Freund Sean Conley* sechzehn, als sie Kathys Mutter, Debbie Newton, sechsunddreißig, am 16. Februar 1984 erschlugen und erstachen. Ironischerweise war das Opfer früher Vorsitzende des »Orange County Vereins gegen häusliche Gewalt« gewesen und betrieb ein Heim für weibliche Inzestopfer. Sie hatte Sean Conley erlaubt, in der Garage ihres Hauses in Fullerton zu wohnen – bis sie sich über die sexuelle Hörigkeit ihrer vierzehn Jahre alten Tochter Sorgen machte und versuchte, das Paar zu trennen.

Die verliebten Teenager brachten sie wegen ihrer Einmischung um.

Fredrickson hatte Kathy und Sean wegen eines Mordes angeklagt, der genauso gewalttätig ausgeführt worden war wie von irgendeinem Erwachsenen. Beweise bestätigten, daß jeder von ihnen die Waffe eingesetzt hatte und am Mord beteiligt gewesen war. Kathy war im September 1984 vor einem Obergericht des Mordes ersten Grades für schuldig befunden und zu lebenslänglich verurteilt worden. Sean erhielt das gleiche Urteil, als er zwei Monate später für schuldig befunden wurde.

Fredrickson hatte auch Alan Coates, sechzehn, wegen der sadistischen Ermordung seiner Mutter, die er abgrundtief verachtete, angeklagt. Seine Aufzeichnungen, die sich unter seinen Schulheften in seinem Pult befanden, enthüllten die Tiefe seines Hasses.

Es war ein wachsendes Problem für die Exekutive in ganz Amerika. Wann ist ein Kind *kein* Kind mehr – in den Augen des Gesetzes? Wo befindet sich der Wendepunkt, von dem an ein Teenager vor einem Erwachsenengericht angeklagt werden sollte? Können solche willkürlichen Entscheidungen überhaupt jemals getroffen werden, wenn man es mit menschlichen Wesen zu tun hat?

Nun studierte Fredrickson die Zusammenfassung des Falls Linda Brown, die Sanders ihm übergeben hatte, und reichte sie dann schweigend dem Mann, der ihm am Schreibtisch gegenüber saß. Stellvertretende Staatsanwälte und ihre Ermittler werden als Paare zusammengespannt. Und an diesem Vormittag des 19. März 1985 hatte Dick Fredrickson das Glück, Jay Newell als seinen Ermittler zugeteilt zu bekommen.

Newell, neununddreißig, war ein großer, breitschulteriger Mann, der wie ein Athlet *aussah*. In Wirklichkeit war er ein widerwilliger, wenn auch gewohnheitsmäßiger Läufer. Er war auch Sporttaucher, weil er die Schönheit und das Geheimnisvolle tief unter der Wasseroberfläche genoß. Er spielte nicht Golf, er ging nicht zum Bowling. Nichtsdestoweniger lief er im Challenge Cup mit, einem 120-Meilen-Staffellauf von Baker, Kalifornien, nach Las Vegas, und zwar jedes Jahr, um Spenden für den Fond für Polizeiwitwen und -waisen zu sammeln. »Ich laufe immer meine zwei Meilen in der Dunkelheit«, sagte er. »Wenn es kühler ist.«

Newell hatte als Ermittler des Bezirksstaatsanwalts vierzehn Jahre Berufserfahrung hinter sich. Er besaß eine unglaubliche Menschenkenntnis, konnte an der Art, wie jemand seine Augen abwandte, sich räusperte, atmete, roch, schluckte, rauchte, trank, dessen Ehrlichkeit oder Unehrlichkeit ablesen.

Ein auf rauhe Weise attraktiver Mann mit dunklen Haaren, sanften Augen und einem kräftigen Kinn – Newell konnte wie ein Wanderprediger aussehen, wie ein aalglatter Makler, ein Motorradfahrer oder wie ein harter Cop. Bei Verhören zeigte er eine trügerisch lässige Art, während er auf der Lauer nach einem Fehltritt lag.

Um elf Uhr vormittags an diesem Dienstag im März hörte Jay Newell den Namen Cinnamon Brown zum ersten Mal. Er überflog die Zusammenfassung, notierte sich die Adresse auf dem Ocean Breeze Drive und ging zur Tür hinaus. »Als erstes fahre ich an den Tatort. Ich suche nichts Spezielles – ich möchte nur ein Gefühl für den Ort bekommen.«

Also fuhr Newell zu Browns gemietetem Bungalow. Morrissey und seine Leute sammelten noch immer Beweise ein, als er sich dem seltsam stillen Haus näherte.

Newell ging zuerst auf dem Grundstück umher und bemerkte die drei Fahrzeuge, die noch immer in der Einfahrt standen, nachdem die Browns weggefahren waren. Es gab einen älteren klassischen MG, einen Ford Mustang und einen Chevy Monte Carlo. Er duckte sich unter dem riesigen Ahornbaum hindurch, dessen Stamm von Efeu umwuchert war. Selbst bei voll am Himmel stehender Sonne war der Garten dunkel und schattig. Er fand den Hundezwinger und betrachtete die beiden roten Hundehütten. Die Familie hatte die vier kleinen Hunde zurückgelassen, die jetzt hysterisch kläfften.

Newell wandte sich ab und fragte sich, wie ein vierzehnjähriges Mädchen, dem von einer massiven Überdosis schlecht war, die Nacht in Dunkelheit und Kälte in einer Hundehütte verbringen konnte. Seine älteste Tochter war nicht viel jünger als Cinnamon Brown, und er hatte stets versucht, seine Mädchen vor allem zu bewahren, das sie verletzen oder verängstigen konnte.

Der kleine Wohnwagen, der an einigen Stellen eingebeult war und dessen blaue und weiße Lackierung Rostflecke aufwies, war so in den Garten geschoben worden, daß er an die doppelte Glastür zwischen den beiden hinteren Flügeln des Hauses stieß, nur ein paar Schritte entfernt von der Hintertür, die auf die Gartenveranda führte. Der Wohnwagen war auf Ziegeln und einem Holzbalken aufgebockt. Newell warf einen Blick zur Tür hinein und wich rasch zurück, um dem Gestank zu entfliehen. Der Boden war mit Hundekot übersät.

Der Terry-Wohnwagen war klein, vielleicht vier Meter zwanzig lang, mit eingebautem Herd, Kühlschrank und Stockbetten. Es mußte für Kinder in Sommernächten ein Vergnügen sein, hier draußen zu schlafen, aber im März wirkte es ein wenig trostlos – während der Rest der Brown-Familie im Haus wohnte. Cinnamon war mit einem tragbaren Fernseher, einem Radio und einem Heizofen versorgt worden. Ein großer abgegriffener Teddybär belegte das obere Stockbett, und auf dem unteren lag eine kostbare Puppe.

Newell betrat das Haus und nickte Bill Morrissey und seiner Crew zu. Er schritt durch die Korridore und prägte sich die Lage der Räume ein. Das Haus wirkte normal, als wäre die Familie soeben aufgebrochen, um zur Arbeit und in die Schule zu gehen. Die Küche war sonnig, gemütlich, makellos und einladend.

Wie den anderen Ermittlern fiel auch Newell der Überfluß an neuen teuren Möbeln auf. Der mittlere Raum am südlichen Korridor war die unglaublichste Studie an Überfluß – besonders wenn Newell ihn mit dem schäbigen Wohnwagenanhänger verglich, den er gerade gesehen hatte.

Es war ein Kinderzimmer – aber was für ein Kinderzimmer! Die Möbel waren Spitze, genau wie in dem Rest des Hauses. Es gab genug Spielzeug für ein Dutzend Babys. Bei drei Dutzend hörte Newell auf, die Teddybären zu zählen, von denen die meisten in Regenbogenfarben gemustert waren. Es gab ein halbes Dutzend Mobiles, Figuren aus der Sesamstraße an den Wänden, eine automatische Babyschaukel, einen Autositz und eine kleine Herde von Porzellaneinhörnern. Krystals Name war an eine Wand in riesigen Buchstaben geschrieben.

Krystal Brown war ein höchst erwünschtes Baby gewesen, wenn man das nach irdischen Besitztümern beurteilen konnte.

Und jetzt hatte es keine Mutter mehr.

Newell wandte sich ab.

In der Zusammenfassung der Polizei ergaben die Motive ja durchaus einen Sinn. Vierzehnjähriges Kind aus erster Ehe im Weg. Stiefmutter – und möglicherweise auch Vater – bevorzugen neues Baby. Teenager abgeschoben in schäbigen Wohnwagen.

Aber irgend etwas nagte an Newell. Er blieb stehen und sah zu, wie Morrissey an der Wand von Patricia Baileys Zimmer sägte. Patti Bailey hatte ebenfalls ein hübsches Zimmer. In seinem Geist formte sich eine Frage: Wie paßte Patti Bailey in das Bild, und warum wurde sie offenbar höher in Gunst gehalten als David Browns eigene ältere Tochter?

Jay Newell sprach am nächsten Tag mit Patti Bailey. Sie war ein stilles, fast phlegmatisches Mädchen. Ihre fehlende Lebhaftigkeit ließ sie eher schlicht als hübsch wirken. Sie hatte offenbar geweint, und ihr Gesicht war ausdruckslos, als sie dem Ermittler der Staatsanwaltschaft erklärte, warum sie zu ihrer Schwester und ihrem Schwager gezogen war.

Zu Hause war es hart gewesen, sagte sie, ohne das genauer auszuführen. »Ich besuchte die zwei jedes Wochenende, und dann sagte Linda: ›Wenn du wirklich Ärger hast, macht es mir nichts aus, wenn du bei mir wohnst, bis du mit Mom die Dinge geklärt hast oder bis du achtzehn bist. Ich hätte dich gern bei mir.‹ Und ich sagte: ›fein.‹«

Mit welchen Problemen sie ihn früher auch belastet haben mochte, jetzt kämpfte David Brown, um seine heranwachsende Tochter zu retten. Noch während sie ohne Bewußtsein war, heuerte er einen Anwalt an, der ihre Interessen vertreten sollte.

Al Forgette hatte achtzehn Jahre Erfahrung als Anwalt, fünfzehn Jahre mit Strafrecht. Er war ein im Orange County höchst angesehener Anwalt, sowohl für seine Fairneß bekannt als auch für seine Fachkenntnisse. Er hatte das Gesicht eines freundlichen Preisboxers, breite Schultern und gewellte graue Haare.

Al Forgette hörte sich an, wie David Brown versicherte, er würde alles tun, um für Cinnamon zu sorgen. Der Mann wirkte gramgebeugt. Er verstand nicht, warum die Tragödie passiert war, aber er wollte nicht, daß Cinnamon ins Gefängnis kam.

Forgette war einverstanden, den Fall zu übernehmen, der sein Interesse erregte.

Er suchte sofort im Garden Grove Medical Center seine Klientin auf, doch Cinnamon Brown lag im Koma. Forgette hinterließ seine Karte und bat um Mitteilung, wenn sie das Bewußtsein wiedererlangte.

Dienstag mittag überließ Officer Pamela French ihren Stuhl neben Cinnamon Browns Bett ihrem Kollegen Kurt Roudybush. »Gus« Ortiz übernahm um acht Uhr an diesem Abend die Schicht. Sollte Cinnamon Brown irgend etwas sagen, würden sie es aufschreiben.

Medizinisches Personal kam und ging, und eine Medizinstudentin kümmerte sich um Cinnamon.

Die meisten Behandlungsmethoden waren für Cinnamon höchst unangenehm gewesen und waren es noch immer. Auf dem Weg ins Krankenhaus hatten ihr die Sanitäter intravenös Narcan verabreicht, um wenigstens teilweise die Atmungsdepression rückgängig zu machen, die einer Einnahme von Betäubungsmitteln folgt.

Die Behandlung sollte Brechreiz erzeugen, weshalb sie Brechwurzsirup bekam. Cinnamon erbrach sich ein ums andere Mal – bis die Ärzte sicher waren, daß sich kein Dyazide oder Darvocet mehr in ihrem Magen befand. Sie mußte auch Magnesium zu sich nehmen, um die Darmentleerung zu beschleunigen. Was die Ärzte noch nicht wissen konnten, war, wie viele Arzneistoffe sich bereits in ihrem Kreislauf und ihrer Leber befanden.

Es bestand immer noch die Möglichkeit, daß Cinnamon ihnen unter der Hand weg starb, obwohl das nicht sehr wahrscheinlich schien. Ihre Lebensfunktionen waren fast normal gewesen, als das Verhör mit Fred McLean begann; doch dann hatte sich ihr Zustand schockierend schnell verschlechtert.

Polizisten im Haus der Browns hatten die unappetitliche Aufgabe, die unverdauten Kapseln zu zählen, die in dem Erbrochenen in der Hundehütte zurückgeblieben waren. Sie schätzten vierundzwanzig bis sechsunddreißig intakte Kapseln und rechneten noch einige unverdaute Kapseln mit verzögerter Auflösung hinzu. Hätte Cinnamons Magen nicht gestreikt, würde sie wahrscheinlich nicht mehr leben. Die Kombination von Darvocet und Dyazide war tödlich.

Eine Überdosis Dyazide allein kann tödlich sein, wenn sie das elektrolytische Gleichgewicht des Körpers wegen der übermäßigen Ausscheidung von Flüssigkeit nachhaltig stört. Tiefe Muskelreflexe werden betroffen, der Herzrhythmus wird gestört, und der Tod kann erfolgen. Eine weitere Auswirkung einer Überdosis ist glücklicherweise Übelkeit mit Erbrechen.

Darvocet-N ist ein Schmerzmittel und wirkt beruhigend auf das zentrale Nervensystem. Laut einer Studie über Todesfälle durch eine Überdosis erfolgen zwanzig Prozent der Todesfälle innerhalb *der ersten Stunde nach Einnahme.* Die Atmung erlahmt, es kann zu Zuckungen kommen, und die Lunge füllt sich mit Flüssigkeit. Das Herz verliert seinen normalen Sinusrhythmus, und alle Körpersysteme versagen. Auch hier können Übelkeit und Erbrechen auftreten.

Cinnamon Brown hatte genug Pillen geschluckt, um ein paarmal daran zu sterben, aber ihr Körper hatte sie abgestoßen. Entweder hatte sie es mit ihrem Selbstmordversuch sehr ernst gemeint, oder sie war sich nicht der Giftmenge bewußt gewesen, die sie eingenommen hatte.

Sofern sie das Bewußtsein wiedererlangte, standen ihr noch andere Gefahren bevor. Sie konnte von Flüssigkeit in ihrer Lunge eine Lungenentzündung bekommen, und es bestand die Möglichkeit, daß ihre Leber von dem Übermaß an Chemikalien geschädigt war.

Um halb sechs an diesem langen, langen Dienstag nachmittag erlangte Cinnamon das Bewußtsein wieder und rang nach Luft. Sie bekam Mucomyst mit einer Atemmaske. Auch das war eine qualvolle Behandlung, ein unangenehm riechender Dampf, der ihre Lungen von überschüssigem Schleim reinigen sollte. Sie sollte zwei Tage lang Behandlungen mit Mucomyst bekommen, bis die Ärzte sicher waren, daß ihre Lungen rein waren. Es würde noch länger dauern, bis man feststellen konnte, ob sie einen dauerhaften Leberschaden davongetragen hatte.

Al Forgette kehrte in das Krankenhaus zurück und sprach sehr kurz mit Cinnamon. Er ging betrübt wieder weg. Was immer er von seiner jungen Klientin erfahren würde, ihre Geschichte war eine Tragödie. Er meldete ihrem Vater, daß er ausführlicher mit ihr sprechen würde, sobald sie sich besser fühlte.

Um halb neun an diesem Abend wurde Cinnamon in das University of California Medical Center in Orange verlegt. Mittels einer schriftlichen Verfügung von Richter James Franks wurde Cinnamon in Abwesenheit ins Orange County Jugendgefängnis eingewiesen. Sie sollte vierundzwanzig Stunden unter Bewachung bleiben.

Ihre offizielle Inhaftierung begann am 20. März 1985, fünfzehn Minuten nach Mitternacht.

Cinnamon Darlene Brown, vierzehn, war in das Justizsystem des Staates von Kalifornien, County of Orange, geraten. Sie schlief in dieser Nacht unruhig, ohne zu ahnen, was das für sie bedeuten würde.

8

Schlagzeilen im *Orange County Register* und in der *Los Angeles Times* trompeteten die hervorspringendsten Aspekte von Linda Browns Ermordung heraus:

»Mädchen, 14, wegen Erschießung von Stiefmutter verhaftet.«

Die Nachbarn auf dem Ocean Breeze Drive wurden von Reportern überfallen, die auf Details begierig waren und mehr über Cinnamon Brown und die Frau erfahren wollten, deren Ermordung man ihr vorwarf. Die Presseerklärung der Polizei hatte nur die nackten Fakten enthalten. Größtenteils ging die Presse leer aus oder wurde in vielen Fällen falsch informiert. In

Artikeln wurde David Browns Alter um zwei Jahre zu hoch angegeben, und fälschlicherweise wurde behauptet, Linda Brown habe zwei Schüsse in den Unterleib erhalten – nicht in die Brust. Über Cinnamon Brown wurde berichtet, sie läge mit einer »nicht näher bezeichneten Krankheit« im Hospital.

Die wenigen Nachbarn, die überhaupt irgend etwas mit der Familie Brown zu tun gehabt hatten, konnten sich nicht erklären, was geschehen war. Eine sechzehn Jahre alte Schulkameradin von Patti und Cinnamon erzählte den Journalisten, daß Cinnamon seltsam sei, ein Mädchen, das »unsichtbare Freunde und lauter solches Zeug« hatte. Das Mädchen, das sich wichtig fühlte, weil es überhaupt eine Verbindung zu den Browns gehabt hatte, glaubte, Cinnamon sei zu ihrem Vater gezogen, weil sie mit ihrer Mutter nicht klarkäme. Sie fand es auch »seltsam«, daß Cinnamon und Patti zu Halloween Kostüme angezogen und Unfug getrieben hatten. »Patti war eine Hexe, und Cinnamon war ein alter Mann – ich fand das ziemlich unreif für jemanden in ihrem Alter.«

Die Ausbeute war in der Tat dürftig für Reporter, die nach düsteren Geschichten lechzten.

Eine Nachbarin behauptete, daß Cinnamon das einzige Mitglied der Familie war, »das mit einem redete. Mein Mann und ich gingen zu ihr hinüber und sprachen mit ihr vor zwei Tagen, nachdem sie einen neuen kleinen Zwergdackel bekommen hatte. Sie war freundlich.«

Von Linda dagegen wußte keiner etwas zu sagen. Sie hatte sich mit niemandem angefreundet. »Ich habe sie nur gesehen, wenn sie Rasen gemäht hat«, sagte ein Nachbar.

Die Reporter erkannten, daß sie hier kaum fündig werden konnten. Nachbarn hatten die Browns kommen und gehen gesehen, hatten auch bemerkt, daß sie im Sommer 1984 ein neues Baby bekamen, und das war es. Die Browns ließen sich mit niemandem ein. Sie sprachen nicht über den Zaun hinweg, und sie erzählten ganz sicher nichts von familiären Problemen.

Der avocadogrüne Bungalow stand leer. Gelbe Polizeibänder mit der Aufschrift »Polizeisperre – Betreten verboten« versperrten sämtliche Zugänge zu dem Grundstück, und nicht einmal der Fotograf, der es wagte, eine dieser Sperren zu übersteigen und zu dem Haus vorzudringen, fand etwas für die Linse. Die Fenster waren alle mit Vorhängen verdeckt.

Die Familie war nicht da. Linda war tot, und angesichts der schrecklichen Erinnerungen, die sich mit diesem gemieteten Haus verbanden, waren David, Patti und Krystal vorübergehend zu Arthur und Manuela Brown gezogen. Davids Mutter konnte das Baby pflegen helfen. Patti war nicht zu gebrauchen. Sie schluchzte nur.

Bald schon würde David daran denken müssen, wieder in das Haus zurückzuziehen, in dem Linda gestorben war, und in dem er sein Büro hatte. Sein Beruf war nicht für seine Angehörigen lebenswichtig. Seine Klienten hingen von ihm ab. David mußte sich um das Geschäftliche kümmern. Manche Dinge konnten nicht warten. Er mußte sich auch mit den Versicherungsgesellschaften in Verbindung setzen, die Policen für Linda ausgestellt hatten.

David Brown schlief kaum in diesen ersten paar Tagen. Er konnte ohnehin nie gut schlafen. Wer ihn besser kannte, wußte von seiner Schlaflosigkeit.

Cinnamon, die ihr Bewußtsein wiedererlangt hatte, lag lustlos und blaß in ihrem Krankenhausbett. Sie beobachtete ihre Polizeibewacher, wie sie kamen und gingen, und sprach gelegentlich mit dem medizinischen Personal, das sie versorgte. Ihre Krankengeschichte wurde immer länger.

Obwohl man Cinnamon gesagt hatte, sie sei verhaftet und in das Jugendgefängnis eingeliefert worden – in Abwesenheit –, schien sie nicht zu begreifen, was das wirklich bedeutete. Sie schlief einen Großteil der Zeit und sprach kurz mit ihrem Anwalt, Al Forgette.

In Garden Grove und Anaheim arbeiteten sich Detectives rückwärts durch Cinnamon Browns Leben und versuchten, das Mädchen selbst mit dem Verbrechen, das es gestanden hatte, in Verbindung zu bringen. In diesem mühevollen und oftmals ermüdenden Abschnitt der Ermittlung lernen Detectives der Mordkommission die Opfer und deren Mörder besser kennen als jeder andere. Da sie nicht wissen können, welche Information sich als wichtig herausstellen wird, sammeln sie kleine Details genauso wie die intimsten Geheimnisse von Menschen, von denen sie am Vortag noch nichts gehört haben. Sie werden niemals das Opfer selbst kennenlernen – außer durch die Augen und die Erinnerung anderer. Sie werden den Mörder besser kennenlernen als ihre eigenen Ehefrauen.

Die Toten, selbst wenn sie schon lange begraben sind, leben in den Gedanken der Detectives weiter, die daran arbeiten, den Mord, wenn schon nicht zu rächen, so doch dem Gesetz entsprechend zu ahnden. Die beschuldigten Mörder sind wie Ausmalbilder mit Zahlen, die miteinander verbunden werden müssen. Motiv, Absicht, Gelegenheit – das waren die am leichtesten zu ermittelnden Faktoren. *Warum* jemand wirklich bewußt den gewaltsamen Tod eines anderen menschlichen Wesens herbeiführt, geht allerdings weit über das bloße Motiv hinaus.

Nun begannen Steve Sanders und Fred McLean, das Porträt von Cinnamon Brown auszufüllen.

Wer *war* sie?

Sanders hatte die Namen von drei Mädchen, die mit Cinnamon auf die Loara High-School in Anaheim gegangen waren: Jamie Williams, Lauri Ann Hicks und Krista Taber.

Er traf am 19. März um zwei Uhr nachmittags in der Schule ein und sprach mit dem stellvertretenden Schulleiter. Den konnten Sanders Fragen kaum überraschen. Die Neuigkeit, daß Cinnamon Brown ihre Stiefmutter erschossen hatte, war schon in der ganzen Schule herumgegangen. »Sie kam erst am sechsten März von der Bolsa Grande hierher«, sagte der stellvertretende Schulleiter, nachdem er in seinen Unterlagen nachgesehen hatte. »Und seither war sie die Hälfte der Zeit abwesend – wir kannten sie also kaum. Ich weiß allerdings, daß es über sie keine Meldungen an mein Büro gab.«

Sanders bat darum, Cinnamons Schließfach sehen zu dürfen, erfuhr jedoch, daß sie keines hatte. Sie war noch nicht lange genug auf dieser High-School gewesen, um schon ein Schließfach zugeteilt zu bekommen. Sanders brauchte eine Probe von Cinnamons Handschrift -- um sie mit dem Abschiedsbrief zu vergleichen, den sie in der Hand hielt, als Fred McLean sie in der Hundehütte fand. Ihre Hauswirtschaftslehrerin förderte einen Fragebogen zutage, den einzigen Test, an dem Cinnamon sich in der Loara High-School beteiligt hatte. Darin wurden Fragen nach dem Gebrauch von Fetten beim Kochen gestellt. Wie in dem Abschiedsbrief waren auch ihre Antworten auf dem Fragebogen in Druck- und nicht in Schreibschrift gehalten, und zwar in großen, dicken Buchstaben.

Später besorgte Fred McLean sich einen Durchsuchungsbefehl für das Wohnhaus auf dem Ocean Breeze Drive und den Wohnwagen und verschaffte sich viele Beispiele von Cinnamons Handschrift, zusammen mit einer Handvoll roter Stifte. Die Druckschrift war stets gleich. Cinnamon hatte tatsächlich den Abschiedsbrief geschrieben.

Auf Sanders Bitte wurde Krista Taber in das Büro des stellvertretenden Schulleiters gerufen, und sie sagte sofort: »Ich weiß, warum Sie hier sind. Die Polizei war heute morgen um vier Uhr bei uns zu Hause. Ich weiß nicht, wieso Cinnys Vater dachte, sie wäre bei mir. Ich habe sie seit dem letzten Montag nicht mehr gesehen – dem elften. Sie war seither nicht mehr in der Schule.«

Krista sagte, sie sei seit dem Kindergarten Cinnamons beste Freundin gewesen, und Cinny sei in die erste Klasse der Loara-High-School übergewechselt, damit sie zusammen sein konnten.

»Ist dir aufgefallen, daß Cinnamon in der letzten Zeit verstört war?« fragte Sanders.

Krista schüttelte verblüfft den Kopf. »Nein, sie war wie immer. Vielleicht hat sie sich in der neuen Schule ein wenig unwohl gefühlt, weil sie mitten im Jahr angefangen hat, nachdem sie auf die Bolsa Grande gegangen war. Aber nichts Großes. Sie stand unter Strafe – aber das ist nichts Neues.«

»Wofür?«

»Weil sie am Freitag spät heimgekommen ist – am achten März. Wir haben einen Jungen besucht, den sie in der zehnten Klasse kennt – Len*. Sie ist mit ihm im letzten Sommer gegangen. Wir verlassen die Schule um zwei Uhr zweiunddreißig, und sie soll sofort heimkommen. Sie fährt mit dem Fahrrad zur Schule. Na ja, sie hat um halb vier daheim angerufen und gefragt, ob sie eine Weile länger bleiben kann. Sie hat mit ihrer

Stiefmutter gesprochen, glaube ich. Linda war zornig auf sie und hat ihr gesagt, daß sie sofort heimkommen soll. Cinnamon ist daraufhin sofort losgefahren.«

»Wie oft steht Cinnamon unter Strafe?« fragte Sanders.

Krista rollte seufzend die Augen. »Also, im Moment steht sie für *drei Monate* unter Strafe – für Widerworte. Jedesmal, wenn sie Widerworte gibt, bekommt sie noch eine Strafe. Keine Besuche. Keine Anrufe. Ich weiß nicht, ob sie ihre Fernseherlaubnis verloren hat oder nicht.«

»Würdest du sagen, daß Cinnamon ein Störenfried ist?« fragte Sanders.

»*Cinnamon?*« Krista wirkte ungläubig und suchte in ihrer Erinnerung nach einem rebellischen Akt, den ihre Freundin begangen haben mochte. »Vielleicht ein *klein* wenig – in der Schule«, sagte sie endlich. »Cinny spielt Streiche, nur albernes Zeug. Aber daheim nimmt sie sich wirklich zusammen. Sie kommt – kam – gut mit ihrer Stiefmutter aus, und mit Patti. Was sie daheim in Schwierigkeiten bringt, ist, daß sie mit ihrem Dad über Kleinigkeiten in Streit gerät.«

Krista war von den Gerüchten über ihre beste Freundin verblüfft. Wenn jemand Cinnamon kannte, dann fand sie, daß sie das war. Sie hatten einander sehr vermißt, als Cinnamon im September an der Bolsa Grande High anfing, hatten sich viele Briefe geschrieben, und Cinnamon durfte sie jeweils am Donnerstagabend anrufen und besuchen – bis sie Hausarrest bekam. »Ich schätze, ich habe sie im letzten Monat ungefähr sechsmal gesehen. Sie hat nie irgendwelche Probleme erwähnt. Nur Streitigkeiten mit ihrem Dad.«

»Weißt du, wo sie schlief?«

»Ich glaube, in Pattis Zimmer. Manchmal, wenn sie auf ihren Dad wütend wurde, hat sie draußen in dem Wohnwagen geschlafen. Und wenn sie an Wochenenden Hausarrest hat, sperrt ihr Dad sie in den Garten, wo der Wohnwagen steht. Um den Garten ist ein Cyclone-Zaun.«

»Na schön. Hat Cinnamon jemals darüber gesprochen, sie wollte jemanden mit einer Waffe verletzen – oder töten?« Krista wich zurück. »Nein! Überhaupt niemals. Cinnamon wäre der letzte Mensch, der einem anderen etwas antun könnte. Sie könnte nur jemanden töten, wenn sie sich selbst verteidigt oder wenn sie etwas bedroht. Ich kann nicht glauben, daß Cinnamon es getan hat.«

Die beiden anderen Mädchen, die als Cinnamons Freundinnen bezeichnet worden waren, zeigten sich genauso betroffen wie Krista. Sie hatten bei Cinnamon nie eine Spur von Gewalttätigkeit oder Unzufriedenheit gesehen. Sie alle bestritten, daß Cinnamon jemals Drogen nahm oder Alkohol trank. »Sie ist nicht der Typ dafür.«

Sanders fragte nach diesem jungen Mann, genannt Steely Dan, den Patti erwähnt hatte. Die Mädchen wechselten Blicke.

»Wir wissen, wen Sie meinen«, gab Krista zu. »Cinnamon und ich haben ihn gelegentlich besucht, wenn wir sonst nichts zu tun hatten – aber wir hatten einen Pakt, daß keine von uns allein da hingehen würde.«

»Warum?«

»Wir haben ihm nicht vertraut. Einmal hat er eine ganze Menge Bier gekauft und wollte uns dazu bringen, mit ihm zu trinken. Wir wollten nicht – er glaubte, er könnte bei uns landen.«

»Hat Cinnamon genauso gedacht?«

»Absolut. Danach sind wir da nicht mehr hingegangen. Das war irgendwann im letzten Sommer.

Len Miller, Cinnamons früherer fester Freund, bestätigte, daß sie Ärger bekommen hatte, weil sie ihn nach der Schule daheim besucht hatte. »Es war noch nicht mal halb vier, und sie hat wegen der Erlaubnis angerufen, länger bleiben zu dürfen – sie und Krista und Lauri –, aber es war ihr Vater, mit dem sie gesprochen hat. Ich habe ihn schreien gehört: ›Du schwingst sofort deinen Hintern nach Hause‹, und sie ist sofort weg.« Len beschrieb ein absolut harmloses »Miteinandergehen«, was seine Freundschaft mit Cinny im Sommer 1984 betraf. Er hatte das braunhaarige Mädchen am Schwimmbecken der Schule kennengelernt, und sie hatten sich nur tagsüber getroffen – um nach Disneyland zu fahren oder in die Dairy Queen zu gehen. »Wir haben uns zwei Wochen vor Schulbeginn im letzten Herbst getrennt. Ich habe Cinnamon seither etwa fünfmal gesehen.«

Das allmählich entstehende Bild zeigte einen Teenager, der unter erstickend strengen Regelungen lebte. »Wir konnten sie nicht anrufen«, sagte Jamie. »Sie durfte niemandem ihre Telefonnummer nennen, und wir kannten ihre Adresse nicht. Wir haben sie nur an Wochenenden gesehen, wenn sie Krista besuchte.«

Falls es verborgene Regionen in Cinnamon Browns Leben gab, wußten ihre Freundinnen nichts darüber. Sie hatten nie erlebt, daß sie wütend wurde, sie hatten sie nie bei mehr als einer Verabredung am Nachmittag gesehen, und die einzigen Probleme, die sie jemals zu haben schien, waren die mit ihrem Vater.

»Sie glaubte, daß er sie nicht leiden mochte«, sagte Lauri.

Fred McLean besuchte noch am selben Nachmittag Brenda Sands, Cinnamons Mutter. Verständlicherweise war sie sehr erregt. Der Detective zeigte Geduld mit der kleinen Frau, die Cinnamon so ähnlich sah und sichtlich aufgeregt war.

Brenda sagte, sie habe sich von David Brown vor einem Jahrzehnt scheiden lassen, weil sie zuerst vermutete und später den Beweis erhielt, daß er außereheliche Affären hatte. Cinnamon war das einzige Kind der beiden, und im Lauf der Jahre hatte sie mal bei dem einen, dann bei dem anderen von ihnen gewohnt.

Brenda Sands hatte düstere Erinnerungen an ihre erste Ehe, die nicht lange gehalten und in einer bitteren Scheidung geendet hatte. Selbst jetzt schien sie noch zwischen Vorwürfen und Angst zu schwanken. Sie erzählte McLean von einem Vorfall, bei dem David sie mit einer Waffe bedroht hatte. »Das war kurz, nachdem ich ihn verlassen hatte. Eines Tages kam er in mein Apartment, um sein Gewehr zu holen, das er unter dem Zedernschrank liegengelassen hatte, und meine Ringe. Er wollte sie Lori, seiner neuen Freundin, schenken.« Brenda sagte McLean, sie habe Angst gehabt, David das Gewehr zu überlassen, und sei ihm an den Wagen gefolgt, wo sie darum rangen. »Er war schon im Wagen, und ich hielt es fest. Er hat es am anderen Ende gepackt und ist losgefahren, daß ich gegen einen

Telefonmast geschleudert wurde – und ich mußte das Gewehr loslassen.« Sie hatte noch immer Angst vor ihrem früheren Ehemann. »Ich glaube, Linda hatte auch Angst vor ihm«, überlegte Brenda leise.

Das war neu für McLean. Brown wirkte wie ein völlig sanfter Typ ohne den geringsten Hang zur Gewalttätigkeit. Und er zeigte tiefe Trauer über seine ermordete Frau. Bisher hatten die Polizeiermittler nur gehört, Linda und David Brown wären so verliebt gewesen, daß sie praktisch an der Hüfte zusammengewachsen waren.

»Sie waren gerade hier«, bemerkte Brenda beiläufig.

»*Wer* war gerade hier?« fragte McLean.

»David und Patti. David sagte mir, Cinny hätte eine Überdosis von verschreibungspflichtigen Medikamenten genommen. Er hat mir auch gesagt, daß ich euch Detectives nicht erzählen sollte, daß Cinny immer ein gutes, braves Mädchen war.«

McLeans Antenne ging auch bei dieser Information sofort wieder hoch, und er ärgerte sich, daß David Brown ihm bei Brenda zuvorgekommen war, sagte aber nur: »Ich möchte, daß Sie mir die Wahrheit sagen – und sich von niemandem beeinflussen lassen.«

»Das mache ich. Ich werde Ihnen alles erzählen, was ich weiß.«

Brenda erklärte McLean, sie sei überrascht gewesen, wie ruhig David und Patti die Tragödie aufgenommen hätten. Ihr Exmann könne sehr emotional sein, aber diesmal sei er sehr beherrscht gewesen.

McLean nahm an, daß Brenda nicht wisse, was ein schwerer Schock mit Menschen anrichten kann. Um ihre Beobachtungen zu überprüfen, frage er: »Patti hat nicht geweint, als sie hier war? Davis hat nicht Kette geraucht? Seine Hände haben nicht gezittert?«

Brenda zuckte die Schultern. »David ist nun einmal ein Kettenraucher. Aber er hat nicht gezittert. Er war ziemlich ruhig. Ich habe ihn gefragt, wo denn die Waffe herstammte, aber er sagte, daß er das nicht wisse. Dann sagte er, es müßte Lindas Waffe gewesen sein. Patti war sicher, daß es Lindas Waffe war.«

McLean bat Brenda, den geistigen Zustand ihrer Tochter in

den letzten Monaten einzuschätzen. Sie zeigte sich erstaunt über Cinnamons Handlungen, auch und gerade über den Selbstmordversuch.

»Wir sind uns sehr nahe«, sagte sie. »Sie teilt ihre Gefühle mit mir und ihre Geheimnisse – alles, was sie bedrückt. Ich weiß, Cinnamon glaubte, daß Linda Angst vor David hatte.«

»Hat Cinnamon jemals mit Ihnen über Selbstmordgedanken gesprochen?«

Brenda betrachtete McLean mit ungläubigen Augen und schüttelte den Kopf. »Ach, Sie wissen doch, Teenager können so dramatisch sein. Wenn sie wütend war oder sich in ihren Gefühlen verletzt sah, dann hat sie vielleicht gesagt: ›Ich wünschte, ich wäre tot!‹ Das hat sie nicht ernst gemeint. Das weiß ich.«

»Wann haben Sie Cinnamon zum letzten Mal gesehen?« fragte McLean. »Gestern. Erst gestern. Meine Großmutter Ruby und meine Tante waren aus Salt Lake City hierher zu Besuch gekommen. Wir fuhren zu Davids Haus, damit sie Cinnamon besuchen konnten. David kam sogar heraus – nachdem Cinnamon ihn darum gebeten hatte –, und er tat so, als würde er sich freuen, meine Verwandten zu sehen. *Ich* kenne ihn, und ich wußte, daß er nur so tat, aber meine Angehörigen wußten das nicht. Sie haben ihn charmant gefunden.«

»Und wie war Cinnamon?« unterbrach McLean.

»Es ging ihr gut, aber sie wäre gern mit uns gegangen. Ich konnte sie nicht mitnehmen, weil mein Wagen noch ganz voll mit dem Gepäck war. Ich habe ihr gesagt, daß ich noch einmal zu ihr käme, sobald ich den Wagen ausgepackt hätte. Aber als ich später anrief, war David am Telefon. Er sagte, alle hätten sich schon schlafen gelegt, und er wollte sie nicht mehr wecken.« Brenda starrte auf ihre Hände, in denen sie ein Kleenex zerpflückte. »Das belastet mich so. Hätte ich Platz in dem Wagen geschaffen, oder wäre ich gestern abend noch hingefahren, um sie zu holen, wäre das nicht passiert. Das geht mir immer wieder im Kopf herum.«

Ganz gleich, wie oft McLean sich auch der Frage nach Cinnamon Browns emotionaler Stabilität näherte, er erhielt im Grund immer die gleiche Antwort: ein völlig normaler Teenager, nur niedergeschlagen, wenn sie eine Erkältung hatte oder unter Menstruationskrämpfen litt.

Warum behauptete David Brown dann, Cinnamon sei launisch, selbstmordgefährdet, unberechenbar? Er hatte das behauptet, Patti Bailey ebenfalls, und David hatte sogar Brenda gebeten, Cinnamon so zu beschreiben. Vielleicht versuchte er, seine Tochter zu schützen, indem er ein Image aufbaute, das auf »nicht schuldig, weil vermindert zurechnungsfähig« hinauslief. Wenn ein normales vernünftiges Mädchen einen Mord beging, bekam es womöglich ein härteres Urteil, als wenn es verrückt war.

Brenda versuchte sich an Cinnys Stimmung in den letzten Tagen vor den Schüssen zu erinnern. Das Mädchen hatte vor einigen Tagen an Menstruationskrämpfen gelitten. Ihrer Mutter war nichts davon bekannt, daß Cinny jemals zuvor eine Überdosis an Drogen oder Medikamenten genommen hätte.

»Log Cinnamon?« fragte McLean.

»Ich würde sagen, sie konnte die Wahrheit strecken, aber ich kriege die Tatsachen immer aus ihr heraus.«

»Wie ist das mit Drogen – irgendwelche Probleme damit?«

»Nie. Sie sondert sich immer von Drogensüchtigen ab.«

»Was ist mit der Schule? Wie hat sie sich da entwickelt?«

»Also, sie hat im letzten Frühjahr schlechte Noten bekommen. Deshalb ist sie in die Sommerschule gegangen . . .«

»Sommer 1984?«

Brenda nickte. »Sie bekam ein B in ›Amerikanischer Politik und Geschichte‹, aber sie hatte noch immer ein D in ›Mathematik 8‹ in der Sommerschule. Ich weiß, daß sie ein paar Stunden geschwänzt hat, um an den Strand zu gehen.« Als McLean sie fragte, was sie denn dabei empfunden habe, daß Cinnamon im Haus ihres Vaters lebte, wiederholte sie, was David ihr erklärt hatte: Sie habe gar keine andere Wahl, als Cinny bei ihrem Dad leben zu lassen. »Er sagte, Cinny hätte gedroht wegzulaufen, wenn sie gezwungen würde, wieder bei mir zu leben.«

Brenda erzählte McLean, sie und Cinnamon hätten einen irren Streit gehabt, und sie wäre mehr als froh gewesen, daß ihre Tochter eine Weile bei ihrem Vater lebte. Aber inzwischen seien sie nicht mehr wütend aufeinander. Sie sprächen ständig miteinander.

»Cinnamon wollte hier in Anaheim zur Schule gehen – wieder auf die Loara. Sie fühlte sich nicht mehr wohl an der Bolsa Grande, nicht, nachdem dieser Mann sich vor ihr entblößt hatte, und dann war da diese Schießerei vom fahrenden Wagen aus, ganz in der Nähe der Schule. Sie vermißte ihre Freunde auf der Loara. Cinny hat mir nie etwas gesagt, daß sie an Weglaufen gedacht hätte. Oh, sie hat sich beklagt. Manchmal sagte sie, würde sie sich in Davids Haus wie eine Sklavin fühlen. Sie sagte, sie hätte soviel Arbeit im Haus, und Patti würde ihren Anteil nicht leisten.«

»Das war eigentlich zu erwarten«, meinte McLean.

»Nein, irgend etwas stimmte da nicht. Cinnamon meinte, Linda und David würden nicht miteinander zurechtkommen. Und einmal sagte sie, daß sie, David und Patti heimgekommen wären und gehört hätten, wie Linda mit ihrem Zwillingsbruder Alan darüber sprach, wie sie sich Davids entledigen könnte.«

»Davids entledigen?«

»Das hat sie gesagt. ›Wie sie sich Davids entledigen könnte.‹«

»Wie hat denn David darauf reagiert, als er sie das sagen hörte? Hat Cinnamon das erzählt?«

»Nein. Ich weiß nur, daß Cinnamon erzählt hat, sie drei wären wieder aus dem Haus gegangen, ohne Linda und Alan wissen zu lassen, daß sie das Gespräch gehört hatten.«

»Warum sollten Linda und ihr Bruder sich Davids entledigen wollen?« fragte McLean.

»Ich habe keine Ahnung. Irgend etwas ging da vor sich. Cinnamon erzählte mir, Linda hätte Angst, David könnte sie wegen Patti verlassen, und daß David ihr gesagt hat, er könnte einen Detektiv anheuern, der Linda beobachten sollte.«

McLean fragte sich, ob Cinnamon eine ausschweifende Phantasie hatte. Kaum vorstellbar, daß sich solche Intrigen hinter den nüchternen grünen Mauern des Hauses auf dem Ocean Breeze Drive abgespielt hatten. »Patti ist erst sechzehn oder siebzehn, nicht wahr?« fragte Brenda.

»David mag junge Mädchen. Linda war noch jünger, als er mit ihr was anfing«, sagte Brenda mit einem Anflug von Bitterkeit. »Ich damals auch.«

Auf die Bitte, sich daran zu erinnern, was David Brown ihr

über die Ereignisse erzählte, die zu Lindas Ermordung geführt hatten, wiederholte Brenda fast Wort für Wort die bekannte Story, die die Detectives bereits mehrmals gehört hatten. David hatte seiner Exfrau erzählt, er habe sich über einen Streit mit Linda aufgeregt und sei spazierengefahren, um seine Nerven zu beruhigen, und bei seiner Rückkehr habe er seine Frau erschossen vorgefunden.

»Patti hat mir erzählt, Cinnamon habe auf sie geschossen und sie verfehlt, weil sie, Patti, sich geduckt habe.« Brendas Stimme war voller Unglauben. »Das klingt einfach nicht nach Cinny. Überhaupt nicht!«

»Lassen Sie mich ein paar Namen nennen«, sage McLean. »Sagen Sie mir, ob sie Ihnen bekannt vorkommen.«

»In Ordnung.«

»Oscar . . . Maynard . . . Tante Bertha?«

Brenda brachte zum ersten Mal ein schwaches Lächeln zustande. »Maynard war Cinnamons Phantasiefreund. Kinder haben schon mal so was. Sie hat uns alle damit aufgezogen und gesagt: ›Also, das erzählen wir aber Maynard.‹ Es gab keinen Maynard – sie wußte das, und wir wußten das. David hat Maynard schon lange vor Cinnamons Geburt erfunden. Es gibt auch keine Tante Bertha – Cinnamon hat nur Witze über sie gemacht.«

»Und Oscar?«

»Das ist neu. Von Oscar habe ich noch nie gehört.«

Kurz vor fünf am 19. März kehrte Fred McLean auf das Revier der Polizei von Garden Grove zurück, wo Alan Bailey wartete, um mit ihm zu sprechen. Der drahtige Mann mit den glatten rötlichblonden Haaren und den auffälligen Zahnlücken hatte offenbar geweint. Er stellte sich als »Lindas Zwillingsbruder« vor.

Alan sagte, er habe Linda um den ersten März zum letzten Mal gesehen und vor vier Tagen mit ihr telefoniert. Es sei nichts Ungewöhnliches vorgefallen. Nichts in ihrer Stimme habe ihn alarmiert. Und sie standen einander nahe – wie dies bei Zwillingen oft der Fall ist. Er hätte es wissen müssen, wenn sie ein Verbrechen geplant hätte.

Allerdings räumte Alan ein, daß es eine Veränderung in Cinnamons Haltung Linda gegenüber gegeben habe. »Das schloß auch mich ein. Sie hat mich immer ihren ›Lieblingsonkel‹ genannt. Plötzlich kann sie mich nicht mehr ausstehen.« Alan Bailey hatte den Eindruck gehabt, Cinnamon Brown habe »mehr oder weniger da leben dürfen, wo sie wollte. Wenn sie im Wohnwagen war, dann weil sie darum gebeten hat.« Was die Beziehung zwischen Cinnamon und Patti anging, so waren sie einander nie nahe gewesen. »Patti hat keinen Humor – überhaupt keinen. Sie ist eingeschnappt, wenn Cinnamon Spaß macht mit Oscar und Maynard, ihren eingebildeten Freunden. Patti kann darin nichts Lustiges sehen.«

Alan Bailey zeigte sich über Cinnamons Einstufung als psychisch labiles Mädchen überrascht. Davon hatte er ebensowenig gehört wie von Selbstmorddrohungen ihrerseits. Er meinte, *David* könnte in der Vergangenheit einen Selbstmordversuch begangen haben – als er von Brenda geschieden wurde. Und Alan erinnerte sich, daß Patti »eine Weile sehr gestört war«.

Aber nicht Cinnamon.

Alan meinte, Patti habe für viel Konfliktstoff im Haus der Browns gesorgt, obwohl er nicht die Geschichte glaubte, daß David an Patti interessiert wäre. Er wußte, daß Patti David in der für Teenager üblichen Weise anhimmelte und auf Lindas Stellung im Haushalt und bei David eifersüchtig war.

Alan Bailey hielt David Brown für eine sehr dominierende Persönlichkeit, einen Mann, der den Beschützer spielte, wenn es um seine unmittelbare Familie und deren Privatleben ging. David hatte sich schon oft mit Ethel Bailey, Lindas und Pattis Mutter, angelegt. Alan dachte, daß Patti gern bei David und Linda wohnte, weil sie da mehr Freiheit hatte – und Geld für teure und schöne Dinge.

»Wußten Sie, daß Patti nicht mehr zur Schule ging – daß David für sie einen Hauslehrer einstellte?« fragte McLean.

»Nein . . .«, sagte Alan überrascht. »Das wußte ich nicht.« Alan sagte, daß David angefangen hatte, sich mit Linda zu treffen, als sie ungefähr fünfzehn war, und daß sie heirateten, sich scheiden ließen und wieder heirateten.

»Haben sie gestritten?«

»O ja, aber Linda hat für gewöhnlich nachgegeben. Er hat sie immer davon überzeugt, daß er recht hat. David kann die Dinge mit Worten herumdrehen.«

»Sie mögen ihn nicht?«

Alan Bailey zuckte mit den Schultern. »Wir hatten einen Streit über einen Gehaltsscheck. Ich habe die Sache vor das Arbeitsgericht gebracht. Ich mache jetzt zusammen mit meinem Bruder eine Landschaftsgärtnerei.«

»Haben Sie jemals Davids Leben bedroht?«

»Was?«

McLean sprach lässig, auch wenn die Frage, die er Alan entgegenschleuderte, etwas Unerhörtes war. »Vielleicht waren Sie und Linda wütend auf David? Haben Sie vielleicht im Spaß jemals gesagt, daß Sie sich seiner entledigen wollten?«

»Ausgeschlossen!« Lindas Zwillingsbruder wirkte von der Frage ehrlich überrascht. »Ich mache keine solchen Scherze.« McLean wechselte die Gangart. »Waren Sie der Meinung, Ihre Schwester und David wären glücklich verheiratet?«

»Ja . . . ich denke schon. Besonders seit dem Baby. David ist so stolz auf dieses Baby. Die beiden wirkten glücklich seit Krystals Geburt.«

Bisher hatte, abgesehen von ihrem Vater und Patti Bailey, niemand Cinnamon anders beschrieben als einen normalen, überdisziplinierten, manchmal rebellischen Teenager. Falls sie irgendeinen pathologischen Zug besaß, so hatte sie ihn vor den meisten Menschen gut verborgen. Das war eigentlich nicht die Art, in der eine Morduntersuchung verlaufen sollte. Fast immer erbrachte die Überprüfung des Backgrounds Zeugen, die die Anklage stärkten – nicht die Verteidigung.

Steve Sanders nahm sich als nächstes die Bolsa-Grande-High-School in Garden Grove vor in der Hoffnung, Informationen zu erhalten, die bestätigen oder widerlegen würden, was ihm und McLean über Cinnamon erzählt worden war.

Cinnamon und Patti waren auf die Bolsa-Grande-High-School gegangen, vom September 1984 bis zum 6. März 1985 – zwei Wochen vor dem Mord. Sie waren an der Schule gut bekannt. Der Schulpsychologe Bill Reynolds war genauso verblüfft wie alle anderen über den Mord an Linda Brown. Er hatte nie die Gelegenheit gehabt, Linda kennenzulernen – oder David. Cinnamon und Patti waren gelegentlich in sein Büro gekommen, um »typische Geschwisterprobleme« regeln zu lassen, aber er hatte den Eindruck gehabt, sie würden im Grunde gut miteinander auskommen. Auch wenn Patti genaugenommen Cinnamons Stieftante war, verhielten sie sich mehr wie Schwestern zueinander. Cinnamon hatte Feuer und Temperament – Patti war die Stille.

Der Schulleiter von Bolsa Grande, Don Wise, hatte mit Linda Brown, Patti und Cinnamon ungefähr zwei Wochen bevor sie von der Schule weggingen, gesprochen. Es hatte eigentlich eine Familienbesprechung werden sollen, aber David Brown hatte behauptet, zu beschäftigt zu sein, um in die Schule zu kommen.

Cinnamon und Patti hatten behauptet, ihnen beiden wären Radios aus ihren Schließfächern gestohlen worden, einige Schüler hätten Waffen in der Klasse, einige der Lehrer könnten nicht unterrichten und würden Drogenhandel in der Klasse erlauben. Wise spürte sofort, daß die Mädchen von der Bolsa Grande weg wollten und deshalb ganz einfach unglaubliche Klagen erhoben, um ihre Umschulung zu erreichen.

Rückblickend gewann der Schulleiter den Eindruck, Linda, Cinnamon und Patti wären gut miteinander ausgekommen, er hatte keine Feindseligkeit zwischen ihnen bemerkt. Linda hatte ihr Baby zu der Besprechung mitgebracht. Wenn überhaupt irgend etwas bemerkenswert war, so schien es in Wises Augen das Verhalten des Vaters zu sein, der alle Vorfälle maßlos aufbauschte. David Brown schien der Katalysator in der Gruppe zu sein – selbst wenn er bei der Besprechung nicht physisch anwesend war. Zwei Wochen später erschien David Brown dann doch leibhaftig, um Cinnamon und Patti von der Bolsa-Grande-High-School wegzuholen. Mitarbeiter der Schule erinnerten sich an einen kleinen exaltierten Mann, der extrem feindselig wirkte. Brown hatte geschrien »*Die hier* (auf Patti zeigend) geht nach Nebraska!« und »*Die da* (auf Cinnamon zeigend) geht auf die Loara High-School!« Fauchend und spuckend hatte David Brown ohne Umschweife seine beiden Schützlinge am 6. März 1985 von der Bolsa Grande genommen. Das Schulpersonal war, von seinem Zorn verwirrt, sprachlos zurückgeblieben.

Die Mädchen selbst waren gehorsam und einfach zu behandeln gewesen, und bis zur Besprechung mit Linda vor zwei Wochen gab es keinen Grund für die Annahme, sie wären an der Schule unglücklich. Sanders fand, daß beide eine gute Anwesenheitsliste vorzuweisen hatten, und bei Cinnamon hatte es nur zwei kleinere Vorfälle gegeben, die sie in das Büro des stellvertretenden Schulleiters gebracht hatten: Sie hatte mit ihren Halloween-Späßen »in der Klasse gestört«, und sie hatte zweimal die Schule geschwänzt.

Sanders sprach mit mehreren von Cinnamons Lehrern und wurde dabei mit Ansichten konfrontiert, die so unterschiedlich waren wie die Persönlichkeiten der Lehrer. Cinnamons Lehrerin für Ernährungskunde fand, sie sei »ein süßes Kind, nicht aggressiv, nicht störend, wohlgelitten und nie auf den Mund gefallen ... Wir bekamen ein blindes Mädchen an die Schule, und Cinnamon hat sich überschlagen, um ihr zu helfen.«

Der Mathematiklehrer war nicht so angetan von seiner Schülerin. »Alle wissen, daß man in meiner Unterrichtsstunde – auch nicht mit irgendeiner Entschuldigung – nicht zur Toilette gehen darf. Cinnamon bestand darauf, gehen zu müssen, und verließ das Klassenzimmer. Ich schickte sie zum Direktor. Am nächsten Tag brachte sie von zu Hause eine Notiz, in der stand, sie habe schwache Nieren und müsse oft zur Toilette. Ich glaube, sie tat das nur, um Aufmerksamkeit zu erregen.«

Sanders schüttelte stumm den Kopf. Kaum der Stoff, aus dem bösartige Killer gemacht sind.

Eine Lehrerin allerdings hatte eine klare Veränderung an Cinnamon Browns Verhalten mitten im Jahr festgestellt. Cinnamon war eine gute B-Schülerin gewesen – bis zu den Weihnachtsferien. Irgend etwas oder irgend *jemand* hatte sie dann verändert, denn Cinnamons Leistungen sackten merklich ab. »Sie war im Unterricht nicht mehr aufmerksam, sie redete, sie schrieb immerzu Zettel an die Mitschülerinnen. Ich mußte sie an einen anderen Platz setzen. Im Februar wurde es noch schlimmer mit ihr. Ich habe keine Ahnung, warum sie sich so drastisch verändert hat. Ich habe mich nur gefragt, was bloß daheim während der Weihnachtsferien geschehen sein mochte, um sie im Unterricht so anders werden zu lassen.«

Aber auch diese Lehrerin erwähnte, wie gut Cinnamon mit ihresgleichen ausgekommen war. Was Frechheiten oder vulgäre Sprache anging, meinte die Lehrerin lächelnd: »Das schlimmste Wort, das ich jemals von Cinnamon Brown gehört habe, war *Schafsmist* – was nicht direkt ein Schimpfwort ist.«

Das Schlimmste, was die Lehrer über Cinnamon Brown zu berichten wußten, war, daß sie manchmal mutwillig war, es genoß, im Mittelpunkt der Aufmerksamkeit zu stehen, und sich leicht ablenken ließ.

Sie war eine »Quasselstrippe«, und eine Lehrerin gab zu, Cinnamons ständiges Geplapper habe sie »zum Wahnsinn getrieben«. Die Lehrerin mußte aber lächeln, als sie das sagte, und ihr fiel ein, Cinnamons Zungenfertigkeit einmal bei Patti erwähnt zu haben, die zu diesem Zeitpunkt ihre Helferin war.

»Ich weiß«, hatte Patti zugestimmt. »Mich treibt sie auch zum Wahnsinn! So ist Cinny oft.«

Patti Bailey war ruhiger, schüchterner. War Cinnamon flink, so war Patti langsam und lächelte nur selten. Sie vertraute einer Lehrerin an, daß ihr leiblicher Vater irgendwo in einem Krankenhaus war, daß ihr aber niemand sagen wollte, wo. Später brachte sie eine Adresse in Oregon mit und bat die Lehrerin, ihr zu helfen, einen Brief an ihn aufzusetzen. »Ich verbesserte ihre Rechtschreibfehler und die Interpunktion, aber ich habe nicht nach Pattis Gründen für den Brief gefragt. Ich weiß nicht einmal, ob sie ihn jemals abgeschickt hat.«

Weder Patti noch Cinnamon sprachen jemals in der Schule über ihr häusliches Leben.

Die Detectives fanden heraus, daß die Beziehungen zu anderen Verwandten angespannter waren. Ethel Bailey, Lindas Mutter, und Alan Bailey, Lindas Zwillingsbruder, hielten David für autoritär. Mary Bailey, eine von Lindas Schwägerinnen, mochte ihn nicht, und alle Baileys dachten, daß Patti für David schwärmte. Brenda Sands vertraute ihrem Exmann nicht und dachte, Linda hätte Angst vor ihm gehabt – genau wie sie früher einmal. David dachte, die Baileys und Brenda wären bloß neidisch, weil er viel wohlhabender war als sie.

9

Am 20. März, vierundzwanzig Stunden nach dem Mord, befragte Fred McLean zum zweiten Mal David Brown, der diesmal recht nervös war und wenig geschlafen zu haben schien.

David rekonstruierte noch einmal den Abend vor dem Mord, wobei er zunächst kaum von seinen ersten Aussagen abwich. Seine Eltern seien den ganzen Tag zu Besuch gewesen, und sie hätten sich mit Brettspielen die Zeit vertrieben, sagte er. »Linda und Cinnamon spielten mit. Linda hörte dann auf, um ins Bett zu gehen. Cinnamon hat aus irgendeinem anderen Grund aufgehört.«

Der Streit habe sich darum gedreht, ob man Krystal weinen lassen sollte oder nicht. Linda hatte behauptet, es sei manchmal gut, ein Baby weinen zu lassen, und David hatte widersprochen. Arthur Brown hatte die Angelegenheit zu Lindas Gunsten entschieden.

Jetzt weinte Krystal die ganze Zeit.

David erinnerte sich *genau* an den Ausflug zum Strand. Bis auf das letzte i-Tüpfelchen: das Essen, die Marke des Getränks. Als er nach Hause zurückkehrte und die Haustür mit seinem Schlüssel öffnete, habe er Patti und das Baby direkt hinter der Tür vorgefunden. Patti habe gestammelt und ständig wiederholt, etwas sei nicht in Ordnung, Cinnamon habe versucht, sie umzubringen. »Als ich das Baby nahm und in mein Schlafzimmer ging, packte Patti mich und sagte ›Tu das nicht!‹«

McLeans klare blaue Augen blinzelten erstaunt. Patti hatte gesagt, sie habe David *gebeten*, im ehelichen Schlafzimmer nachzusehen, aber *David* habe das abgelehnt, weil er Angst hatte. Jetzt beschrieb David seine Reaktion auf die Gefahr als männlich und beherrscht. Das genaue Gegenteil von Pattis Version.

Allerdings räumte David ein, nicht weiter als bis zur Schlafzimmertür gegangen zu sein, von wo aus er seine Frau »in einer unnatürlichen Haltung daliegen« gesehen habe, weswegen er zurückgewichen sei.

»Haben Sie Ihre Frau getötet?« fragte McLean plötzlich.

»Nein. Nein, natürlich nicht.«

»Glauben Sie, Patti Bailey hat es getan?«

»Nein ... ich glaube nicht. Ich weiß nicht einmal, warum Cinnamon es getan hat.« David beugte sich vor. »Wissen Sie, Cinny nahm eine Überdosis Aspirin – etwa vor zwei Wochen. Ich habe deswegen ihre Mutter angerufen.«

»Nimmt – *nahm* – Linda irgendwelche Drogen oder verschreibungspflichtige Medikamente?«

»Nein – nur Stuhlzäpfchen, die ihr Dr. Ogden verschrieb.« McLean fragte Brown nach seinem Geschäft, wie sehr seine Frau damit zu tun und welche Versicherungen sie gehabt hatte. David antwortete, Linda sei der einzige Mensch gewesen, der *alles* über sein Geschäft gewußt hatte. Er habe versucht, Alan Bailey in einigen Belangen von Data Recovery auszubilden, habe ihn jedoch gefeuert, weil er unzuverlässig war. »Er hat einmal mein Leben bedroht.« David ließ die Bemerkung fast beiläufig fallen. »Es gab einen Zeugen – Sam, dem der Münzladen Ecke Brookhurst und Ball gehört, bekam mit, wie er es sagte.«

David schien wenig Sympathie für Lindas und Pattis Familie zu empfinden. Er sagte, er habe nie einem der Baileys nahegestanden – nur seiner verstorbenen Frau und deren jüngerer Schwester.

Was die Versicherung anging, so hatte David Schwierigkeiten, sich genau zu erinnern. Ja, er glaube, er habe einmal eine Police auf Linda für eine Million Dollar ausgestellt, aber die habe er irgendwann wieder gelöscht. »Ungefähr vor einem Monat. Ich habe einen neuen – niedrigen – Versicherungsvertrag für sie abgeschlossen.« Befragt, warum er Patti aus der Schule genommen habe, führte David Probleme mit dem Erziehungsprogramm an der Bolsa Grande an. Seiner Meinung nach sei sie mit einem Hauslehrer besser bedient. »Ich habe schon die nötigen Vorbereitungen getroffen.«

McLean fragte David Brown nicht, warum er den Mitarbeitern der Schule erzählt hatte, Patti würde nach Nebraska ziehen.

David Brown regte sich über Zeitungsberichte bezüglich des Mordes an seiner Frau auf. Ein Reporter hatte geschrieben,

Leute wären zu jeder Tages- und Nachtzeit im Haus der Browns ein und aus gegangen, und dies als »verdächtig« hingestellt. Das stimmte nicht, behauptete David. Die erwähnten Aktivitäten hätten sich in dem Haus auf der anderen Straßenseite abgespielt, und er fand, der falsche Bericht werfe ein schlechtes Licht auf ihn. (In der Tat druckte die Zeitung später einen Widerruf zu diesem speziellen Punkt.)

Fred McLean wollte noch einmal mit Patti Bailey sprechen, aber David Brown bat ihn, davon abzusehen. Ein nochmaliges Verhör könne Patti verstören. Ihr Kummer würde sich verstärken, und er wollte nicht, daß sie belästigt wurde. McLean erklärte Brown, daß Patti befragt werden *mußte*, und versprach, so sanft und taktvoll wie möglich zu verfahren. Brown gab endlich widerstrebend nach.

Patti wirkte ein wenig müde – nicht beinahe fröhlich, wie Brenda Sands sie beschrieben hatte, aber auch nicht am Boden zerstört. Sie beantwortete McLeans Fragen ohne Tränen. Ihre nochmalige Schilderung war, wie bei David, im wesentlichen eine Wiederholung ihrer ersten Aussagen unmittelbar nach dem Mord. Sie erinnerte sich jetzt daran, daß sie die Hintertür unverschlossen vorgefunden habe, als David sie nach draußen schickte, um nach Cinnamon zu suchen.

Das allerdings war eine Neuigkeit – die bedeutete, daß David das Haus während seiner Spazierfahrt ohne eingeschalteten Alarm zurückgelassen hatte.

Patti lieferte noch weitere Informationen zu Cinnamons wachsender Feindseligkeit gegenüber der Familie. »Sie war eifersüchtig auf Krystal. Sie stand dem Baby nie nahe, und sie nannte Krystal nur ihre ›kleine Schwester‹, weil David es so wollte.«

Patti behauptete ebenfalls, daß Cinnamon nach einem Streit mit Brenda Sands eine Überdosis Aspirin genommen hatte. »Dann zog sie in den Wohnwagen um, weil sie einen Streit mit Linda und mir hatte.«

McLean schoß die Frage auch auf Patti Bailey ab: »Haben Sie Ihre Schwester getötet?«

»Nein . . . das habe ich nicht.«

Patti zuckte nicht einmal mit der Wimper.

Al Forgette, Cinnamons Anwalt, wollte so bald wie möglich ein psychiatrisches Gutachten über seine Mandantin haben. Er sorgte dafür, daß Dr. Seawright Anderson am 20. März mit Cinnamon sprechen konnte. Anderson, ein Harvard-Absolvent des Jahres 1950 und praktizierender Psychiater seit 1952, hatte in etwa fünfhundert Fällen ausgesagt, meistens als Zeuge der Verteidigung.

Seawright Anderson sah Cinnamon Brown zum ersten Mal in ihrem Krankenhausbett in Orange. Es ging ihr schon viel besser als zuvor, aber ihr Gesundheitszustand wurde trotzdem sorgfältig überwacht.

Dr. Anderson wollte als erstes herausfinden, ob Cinnamon in ihrer jetzigen Verfassung fähig wäre, bei einem eventuell bevorstehenden Gerichtstermin in eigener Sache auszusagen. Er fand, daß sie bei der Schilderung der Mordnacht zusammenhängend und sachdienlich genug sprach. »Ihr Bericht erfolgte spontan und zählte ausführlich auf, was sie getan hatte«, sollte Dr. Anderson später aussagen. »Wenn sie über diese Nacht sprach, ließ sie sich wirklich nicht bremsen.«

Ihre Stiefmutter habe sie gezwungen, draußen im Wohnwagen zu hausen, erzählte sie dem Psychiater. Das sei schlimm gewesen, aber sie habe anderen Leuten gegenüber so getan, als würde es ihr nichts ausmachen – für ihren neuen Welpen sei es ja besser, wenn sie da draußen zusammen wohnten.

Als sie Dr. Anderson das Verbrechen selbst beschrieb, schien Cinnamon nicht auf Fragen antworten zu können, die sie eigentlich zwangen, ihre Gefühle von dem Geschehen zu trennen. »Wenn man das Gespräch auf den Punkt bringt, Stück für Stück, und sie fragte, warum sie es getan hat – was sie dabei *dachte* –, so wußte sie es nicht.«

Cinnamon bestritt, sie habe Linda töten wollen, eine bizarre Antwort, nachdem sie zugegeben hatte, zweimal auf sie geschossen zu haben. Auf die Frage, ob sie meinte, sie gehöre in eine Nervenheilanstalt, schüttelte Cinnamon den Kopf. Nein, das glaube sie nicht. Ihre größte Sorge war, ob ihr Vater sie noch immer liebte. Sie fürchtete, er wollte sie nicht mehr in seiner Nähe haben, weil sie Linda erschossen hatte.

Sie konnte es nicht ertragen, ihren Daddy zu verlieren.

Dr. Anderson suchte nach einer Diagnose. Cinnamon Brown paßte nicht so ohne weiteres in irgendeine Standardklassifikation des *Diagnostic and Statistical Manual.* Sie war zu klar bei Sinnen, um psychotisch zu sein, ihre Trauer, ihre Reue wirkten zu ehrlich, als daß man sie als eine asoziale Persönlichkeit hätte einstufen können. Wenn sie in Wahrheit ein menschliches Wesen ohne jegliches Gewissen sein sollte, so wäre sie eine Spitzenschauspielerin gewesen.

Als sie ihre Lebensgeschichte erzählte – auch wenn es eine kurze Geschichte von nur vierzehn Jahren war –, fragte Dr. Anderson, ob Cinnamon sich daran erinnern konnte, länger als zwei Wochen traurig gewesen zu sein. Sie antwortete: Ja, vielleicht, als ihr Hund starb. Damals sei sie neun Jahre alt gewesen, wahrscheinlich habe sie länger als zwei Wochen geweint. Damals schienen ihre Tränen nicht versiegen zu wollen, und sie hatte schon befürchtet, nie wieder einen Hund liebhaben zu können.

Die Erzählung mochte erlauben, Cinnamon in ein diagnostisches Schubfach zu zwängen – wenn auch nicht sauber einzupassen. Vor fünf Jahren die erste länger dauernde Depression. Und jetzt – wieder eine. Dr. Anderson befand, Cinnamon sei von einer »größeren klinischen Depression« erfaßt, einer *wiederkehrenden* größeren Depression – eine Episode ganz genau wie jene, die sie mit neun durchlitten hatte.

Nachdem Dr. Anderson zwei Stunden mit Cinnamon gesprochen und andere Faktoren in Betracht gezogen hatte, befand er, daß sie zu deprimiert war, um die Natur und die »Qualität« des Mordaktes zu erkennen, den sie begangen hatte. Das bedeutete nach der M'Naughton-Regel, daß Cinnamon zum Zeitpunkt des Mordes den Unterschied zwischen richtig und falsch nicht erkannt hatte.

Das war eine Diagnose, auf die sich ein Verteidiger stützen konnte.

Al Forgette lag etwas an dem Mädchen in dem Krankenhausbett, und eine Diagnose, die es ihm erlaubte, M'Naughton anzuführen, würde möglicherweise dafür sorgen, daß Cinnamon Brown in eine Nervenheilanstalt kam – und nicht ins Gefängnis.

Dennoch hatte Forgette das unbehagliche Gefühl, daß dieser Fall einige Lücken aufwies. Es gab zu viele Dinge, die er nicht wußte. Sich nur auf seinen Instinkt stützend, glaubte der Verteidiger, daß noch jemand außer Cinnamon in Linda Browns Ermordung verwickelt sein mußte. Er wußte nicht wer, und er wußte nicht, warum – aber da war noch etwas anderes im Spiel.

Und es belastete ihn. Forgette sprach mit David Brown und wies ihn darauf hin, daß er Cinnamon – und zwar ausschließlich – vertrat. »Zum Beispiel vertrete ich Sie nicht, Mr. Brown. Sollten unsere Nachforschungen aufzeigen, daß noch jemand verwickelt war, würden wir uns auf diese Person stürzen – selbst wenn Sie es wären.«

Al Forgette, der ungeachtet seines französischen Namens wie ein Ire aussah, saß an seinem Schreibtisch, und seine Footballer-Schultern spannten das Jackett, während er David Brown unverwandt und ernst betrachtete. Er erklärte, daß ein Detective sich immer *alle* Mitglieder der Familie eines Mordopfers ansah. Forgette hatte den Fall mit Fred McLean besprochen und war gut über die Fakten informiert, wie sie sich in der Mordnacht dargestellt hatten.

»Es ist vorstellbar, daß *Sie* wegen Mordes angeklagt werden könnten, Mr. Brown. Sollte das passieren, würde ich dennoch Ihre Tochter und nur Ihre Tochter vertreten. Ist Ihnen das klar? Möchten Sie mich trotzdem als Cinnamons Anwalt behalten?«

David Brown rutschte nervös auf seinem Stuhl hin und her; er wirkte besorgt, sogar betroffen, weil er als Verdächtiger in Frage kam. Er zündete sich eine Zigarette an und ließ sich Forgettes Worte durch den Kopf gehen.

Dann ließ Browns Spannung nach. Als er die beunruhigenden Neuigkeiten verdaut hatte, war er noch immer eisern entschlossen, Cinnamon zu beschützen. Er stimmte mit Forgette vollständig überein. Ganz gleich, wie die Würfel fielen, David Brown wollte Forgette als Cinnamons Anwalt behalten.

Cinnamon hatte erwartet, innerhalb einer oder zwei Wochen wieder daheim bei allen anderen zu sein, und sie hoffte, der Richter würde sie am 26. März bei einem Hafttermin aus dem

»Gefängnis« lassen. Doch Jugendrichterin Betty L. Lamoreaux ordnete ihre Rückkehr ins Jugendgefängnis an. Vielleicht erkannte Cinnamon Brown zum ersten Mal, daß sie nicht so bald heimkehren würde.

Es tröstete sie wenig, daß sie nicht als Erwachsene vor Gericht gestellt werden konnte, weil sie unter sechzehn war. Für sie zählte nur, daß sie allein in einer Welt war, die sie sich niemals auch nur hatte vorstellen können.

David besuchte seine Tochter häufig – zuerst im Krankenhaus und dann im Jugendgefängnis, in das sie verlegt wurde, nachdem sie sich von den Auswirkungen ihres Selbstmordversuchs erholt hatte. Ihr Daddy hatte sie nicht verlassen. Cinnamon hing von ihm und seinem Rat ab. Sie lauschte aufmerksam Davids Stimme und forschte in seinem Gesicht, um zu sehen, wie er die Belastung ertrug.

Und während Cinnamon Brown sich durch ihre Tage in der fremden neuen Welt bewegte, in die sie ausgestoßen worden war, verschloß sich ihr Verstand allen drängenden Fragen. Sie sprach nicht mehr über die Gründe des Mordes an ihrer Stiefmutter oder über den Tathergang.

Als Dr. Seawright Anderson im Juli 1985 Cinnamon zum zweiten Mal untersuchte, stellte er fest, daß seine Patientin ihn nicht erkannte, als wäre er ein völlig Fremder. Darüber hinaus hatte sie alle Erinnerung an den Mord blockiert.

»Beim ersten Mal wußte sie alles, und beim zweiten Mal erinnerte sie sich nicht einmal an meine Wenigkeit. Sie meinte nur: ›Wenn Sie sagen, daß ich Linda umgebracht habe, dann will ich in eine Nervenheilanstalt. Ich würde verrückt werden, wenn ich verurteilt werde. Wenn ich es nicht getan habe, möchte ich nach Hause zu meinem Vater und meiner Schwester.‹«

Dr. Anderson traf jetzt eine neue Diagnose für Cinnamon Brown. Er befand, sie leide unter Amnesie – ein seelisch bedingter Gedächtnisverlust, der seinen Ursprung in ihrem *Verstand* und nicht in einem körperlichen Trauma hatte – und unter dissoziativer Störung sowie wiederkehrender Depression.

Cinnamon beteuerte, sie könne sich einfach nicht mehr erinnern. Sie wußte nur noch, daß sie verzweifelt wieder nach Hause wollte.

Im Frühjahr und im Sommer des Jahres 1985 veränderte sich das »Zuhause«, an das Cinnamon sich erinnerte, gewaltig. Ohne Linda war nichts mehr so wie früher – und würde es auch nie wieder sein. Weder David noch Patti hatten erkannt, wie viel Linda dazu beigetragen hatte, um aus dem Haus ein wirkliches Zuhause zu machen. Ohne sie begann sich alles aufzulösen. Die Woche nach Linda Bailey Browns Tod war wie in einem Nebel verstrichen. Patti Bailey nahm an dem Begräbnis ihrer Schwester teil, »aber ich konnte noch immer nicht glauben, daß sie tot war. Wenn ich mit dem Auto fuhr, hatte ich ständig das Gefühl, sie wäre bei mir.«

Die ganze Zeit über weinte Krystal. Sie war zu jung, um zu begreifen, daß ihre Mutter tot war. Aber alt genug, um eine tiefgreifende Veränderung um sich herum zu fühlen. Sobald Krystal weinte, begann Patti zu schluchzen. Sie wirkte äußerst gramgebeugt. Auch wenn sie nicht akzeptieren wollte, daß Linda tot war, fühlte sie doch tief in ihrem Inneren, daß ihre Schwester nicht mehr war. David erzählte allen, niemand könne Patti helfen, mit ihrem Verlust fertig zu werden. Ethel Bailey war so in ihren eigenen Gram verstrickt, daß sie keine Gefühle mehr für Patti übrig hatte. Alan, Lindas Zwillingsbruder, war untröstlich.

David und Patti fühlten sich von Spukerscheinungen verfolgt. Sie hörten Geräusche in der Nacht, ein seltsames Weinen und Klagen, das sie sich nicht mittels Vernunft erklären konnten. Zuerst hatten sie Angst davor, in das Haus zurückzukehren, in dem Linda erschossen worden war. Es war, als würde Linda sich noch immer in diesen Räumen aufhalten.

Patti und David wandten sich an Freunde und Verwandte, sie sollten doch zusammen mit ihnen in das Haus zurückkehren, damit sie nicht allein mit ihren Einbildungen waren. Eine ihrer Freundinnen war eine hübsche einundzwanzigjährige Frau namens Denise Summers*, die in Riverside wohnte. Denise war ursprünglich eine Freundin von Alan Bailey gewesen, und durch ihn hatte sie Linda und David Brown kennengelernt und war ihnen nahe gekommen, als sie in Yucca Valley wohnten und danach in Brea.

»David erzählte mir von dieser Firma, die er gründen wollte, und daß ich einen Job haben könnte«, erinnerte sich Denise. »Ich hätte über eine sehr große Strecke pendeln müssen – deshalb zog ich zu David und Linda in Brea, ihrer früheren Wohnung.«

1983 war das Haus voll gewesen. In dieser Zeit hatten Patti und Cinnamon und zusätzlich noch Ethel Bailey und Alan dort gelebt. Denise hatte bei den Browns und den Baileys bis drei Monate vor deren Umzug in das Haus auf dem Ocean Breeze Drive gewohnt. Ethel war nicht so lange geblieben.

»Ich würde sagen, daß Linda meine beste Freundin war – und ich war auch mit Patti und Cinnamon befreundet«, erklärte Denise. »Nachdem sie alle nach Garden Grove umgezogen waren, blieb ich mit ihnen in Kontakt – hauptsächlich per Telefon.«

Im Sommer 1984, als Linda mit Krystal schwanger war, hatte sie Denise ihren Verdacht anvertraut, ihr Mann David und ihre sechzehnjährige Schwester Patti hätten »eine Affäre am Laufen«. Als Denise fragte, wie um alles in der Welt sie denn so etwas denken konnte, sagte Linda, David würde mehr Zeit und Aufmerksamkeit Patti widmen – und nur sehr wenig seiner schwangeren Frau.« Einmal erzählte Linda ihrer Freundin, sie wäre vor Wut explodiert und habe David gesagt, er sollte Patti nach Hause nach Riverside schaffen und sie auch dort lassen. Er und Patti verließen das Haus auf dem Ocean Breeze mit Koffern voll mit Pattis Sachen. Doch als David in Riverside eintraf, rief er Linda an und sagte: »Ich komme nicht ohne sie wieder. So läuft das und nicht anders.«

Denise Summers erinnerte sich, daß Linda vergeblich versucht hatte, Patti aus ihrem Haus und ihrer Ehe zu entfernen. Wie stets behielt David die Oberhand. Ihre Freundin wußte, daß Linda sich ihm stets gebeugt, daß er jeden Streit gewonnen hatte. Linda erzählte Denise, sie hätte zugelassen, daß er Patti mit nach Hause bringt, aber sie hätte ihren Mut zusammengekratzt, David zur Rede gestellt und ihn gefragt, ob zwischen ihm und ihrer sechzehnjährigen Schwester etwas »Komisches« am Laufen sei.

»David gestand Linda endlich, daß Patti für ihn schwärmte«, sagte Denise. »Er sagte, er habe es nicht erwähnen wollen – es sei nicht wichtig. Aber Patti habe einen Annäherungsversuch gemacht. Er habe ihr daraufhin einfach gesagt, sie solle es sein lassen, nichts sei passiert, sie sei eben nur ein Kind.«

Linda erzählte Denise, sie habe es dabei bewenden lassen müssen. Sie wollte David glauben. Aber es hatte sie sehr verletzt, daß David sich für Patti entscheiden würde, wenn die Lage sich zuspitzte. Selbst wenn sich nichts abgespielt hatte, fühlte sie sich doch herabgesetzt.

Denise Summers meinte, diese Erkenntnis sei der Beginn einer entscheidenden Veränderung in Linda Brown gewesen. Linda, die stets warm und freundlich gewesen war, wurde distanziert. Es war, als wäre sie für immer desillusioniert worden. Selbst Denise gegenüber war sie kühl. Lindas Entfremdung von ihrer Umgebung verstärkte sich nach den Weihnachtsfeiertagen. Ihre Telefongespräche wirkten kalt und steif.

»Ein Teil des Problems mochte darin liegen, daß David mithörte«, erzählte Denise der Polizei. »Sie hatten diese Telefone mit Lautsprechern überall im Haus, so daß jedes Gespräch von jedem, der sich in der Nähe aufhielt, mitgehört wurde. David hatte viele Konferenzanrufe in seinem Beruf.«

Denise wirkte genauso sprachlos wie alle anderen, als sie erfuhr, daß offenbar Cinnamon den Abzug der Waffe betätigt hatte, mit der Linda getötet worden war. Sie hatte die Familie aus der Nähe gesehen, hatte mit allen ihren Mitgliedern *zusammengelebt,* und sie hatte niemals auch nur das kleinste Problem zwischen Linda und Cinnamon festgestellt.

Denise hatte die Browns das letzte Mal vor der Tragödie im November 1984 gesehen, nach Lindas Geschenkparty zur Geburt des Babys. »Alles schien in Ordnung zu sein.« Ende Februar 1985 hatte Denise das letzte Mal mit jemandem aus dem Brown-Haushalt *gesprochen.* »David rief mich an – nur um sich zu erkundigen, wie es mir ging. Es war ein kurzes Gespräch, weil er in Eile war und weg mußte.«

Denise Summers sprach mit Patti Bailey per Telefon nach dem Mord. Sie berichtete Sergeant John Woods, was Patti ihr über die Nacht vom 18. zum 19. März erzählt hatte. Die Geschichte war fast identisch mit der Version, die die Ermittler bisher gehört hatten – abgesehen davon, daß Patti gegenüber

Denise erklärt hatte, sie habe sich in ihrem Schlafzimmer versteckt, als David Brown heimkam, nicht in der vorderen Diele auf ihn gewartet. Sie sagte, sie habe sich geweigert, aus ihrem Zimmer zu kommen, und mehrmals gerufen: »Da ist irgendwo geschossen worden!«

»Sie sagte, David habe sie gefragt: ›Wer hat geschossen?‹ Sie antwortete, sie wisse es nicht, und dann *befahl* er ihr ganz einfach herauszukommen, und sie sagte, er solle sich zuerst umsehen. Sie sagte, David habe ins Schlafzimmer geblickt und habe Linda aus dem Bett *hängen* gesehen . . . Dann kam David ins Zimmer und ertappte sie am Telefon, und sie konnte das Gespräch mit mir nicht fortsetzen.«

Eine neue Version der Mordnacht. Niemand zwar hatte gesagt, Lindas Körper habe aus dem Bett *gehangen*. Tatsächlich war sie so gefunden worden, als würde sie schlafen, einen Arm nach oben gelegt. Und David hatte immer beschrieben, daß Patti mit dem Baby auf ihren Armen auf ihn in der vorderen Diele gewartet hatte.

Wahrscheinlich hatten die kleinen Abweichungen nichts zu bedeuten.

Denise Summers war am Freitag, 22. März, nach dem Begräbnis mit der Familie in das Haus auf dem Ocean Breeze Drive zurückgekehrt. Sie saß mit David und Patti im ehelichen Schlafzimmer und besprach mit ihnen, daß sie ihnen helfen würde, das Haus zu reinigen und die Dinge zu entfernen, deren Anblick sie kaum noch ertrugen. Sie alle stimmten darin überein, daß es zu schmerzlich wäre, einige von Lindas Sachen täglich zu sehen.

»Patti zeigte auf einen Hausmantel und fragte David, was damit geschehen solle. Es war Davids Hausmantel – aber Patti sagte, Linda habe ihn in der Nacht getragen, in der sie erschossen wurde. Ich hob ihn sehr vorsichtig auf, weil ich Kugellöcher und Blut erwartete – aber er war sauber. Ich vermute, sie hatte ihn nur getragen, bevor sie zu Bett ging. David sagte, er wollte nicht darüber sprechen. Er konnte auch in dieser Nacht nicht dortbleiben. Wir alle fuhren zum Haus seiner Eltern in Carson. Er sagte, er würde später am Abend nach Hause fahren, was er aber nicht tat. Ich sprach mit ihm am nächsten Tag, und er sagte, er würde ganz sicher nach Hause zurückkehren. Ich sagte ihm, er solle mich anrufen, wenn er etwas brauchte.«

David Brown und sein Baby kehrten tatsächlich in das Haus auf dem Ocean Breeze Drive zurück, und Patti kam mit, um für Krystal zu sorgen. Manuela Brown zog vorübergehend ebenfalls ein, um zu helfen.

David konnte nicht in dem Bett schlafen, in dem er seine Frau in der Nacht ihres Todes geliebt hatte. Statt dessen legte er eine Matratze auf den Fußboden seines Büros und versuchte, dort Schlaf zu finden. Manuela legte sich auf der Couch im Wohnzimmer zur Ruhe.

Das ganze Haus war voller Erinnerungen an Linda. Eine schöne Ätzung in Glas, eine Frau darstellend und mit astrologischen Löwe-Symbolen für Linda, lehnte noch immer an der Wand in Krystals Kinderzimmer. Niemand war jetzt da, um sie aufzuhängen. Auf dem Teddybärkalender in der Küche waren bevorstehende Ereignisse in Lindas Handschrift vermerkt. Großer Gott, es gab sogar Speisereste im Kühlschrank, die Linda sorgfältig in kleinen Töpfchen aufgehoben hatte, aber das war fünf Tage her, und eine grüne Schimmelschicht bedeckte das Gemüse. Die kleinen Pflanzen, die sie als Ableger gezogen hatte, vertrockneten jetzt überall in der Küche.

Der Duft von L'Air du Temps, Lindas Lieblingsparfüm – das David ihr in großen Flakons von elegantem Design geschenkt hatte –, schien in der Luft zu hängen.

Staub sammelte sich auf allen Regalen und Kommoden an, Schmutzwäsche stapelte sich, und Manuela und Patti hatten Mühe, der Unordnung Herr zu werden. Daß Patti stets vermutet hatte, Arthur und Manuela Brown würden sie nicht mögen, erleichterte die Aufgabe nicht gerade. David war nicht in der Verfassung, seine Mutter und Patti tatkräftig zu unterstützen. Alle seine physischen Leiden waren unter dem schrecklichen Streß neu aufgeflammt, unter dem er lebte.

Die Hunde, die Cinny so sehr geliebt hatte, wurden in dem feuchten, schattigen Zwinger hinter der Garage von Flöhen und anderen Parasiten befallen – in jenem Zwinger, den das Mädchen mit ihnen für eine Nacht geteilt hatte. Ein Hund nach dem anderen starb infolge der Vernachlässigung.

Und nachts, wenn die Büsche und der mächtige, efeuumrankte Ahornbaum das Mondlicht zurückhielten, hörten David und Patti noch immer jemanden weinen.

Sie konnten es kaum erwarten auszuziehen. Es gab zu viele Erinnerungen und Tränen hier.

David war noch keine vierundzwanzig Stunden in seinem Haus, als er auch schon Denise Summers zu Hilfe rief. »Er rief mich gegen halb zwei Uhr in der Nacht zum Sonntag an und sagte, das Baby und Patti würden weinen.«

Denise wußte, daß David Brown kein Mann war, der direkt mit einem Problem herausrückte und um Hilfe bat. Es war eher seine Art, nur seine Bedürfnisse anzudeuten, damit sie sich schuldig fühlte, wenn sie nicht half. Denise wußte, was er wollte: Sie sollte nach Garden Grove fahren und bei der Babypflege helfen.

»Aber ich hatte gerade eine Beruhigungstablette genommen – wo doch das Begräbnis und alles so hart gewesen war; ich hatte Angst, mit dem Auto zu fahren. Am Sonntag vormittag hat er wieder angerufen und erst um den heißen Brei herumgeredet. Er wollte, daß ich kam und ihnen half. Er sagte, ich könnte Lindas Wagen benützen.«

Typisch für den Hausherrn: Er bot eine Belohnung für einen Gefallen an, den er nie wirklich aussprach.

Denise erklärte ihm, sie könne an diesem Tag unmöglich kommen, versprach aber, am Montag, sobald sie mit der Arbeit fertig war, zu erscheinen und dann auch über Nacht zu bleiben. Sie hielt ihr Versprechen und traf gegen halb neun ein.

Auf dem Fußboden von Davids Büro sah sie eine Matratze. Das Haus war von einer nur schwach unterdrückten ängstlichen Sorge erfüllt – als sollte jeden Augenblick etwas Schreckliches passieren. Die Bewohner schienen alle darauf vorbereitet zu sein, notfalls sofort fliehen zu können.

David Brown hatte zu große Angst, um allein zu Bett zu gehen. Er schlug vor, zusammen mit Patti und Denise auf einer der Matratzen zu ruhen. Er wollte zwischen den Mädchen schlafen. »Ich sagte ihm, daß mir das nicht paßt«, sagte Denise. »Letztlich schliefen wir so, daß Patti in der Mitte lag – neben David.«

Obwohl David Brown ein trauernder Witwer war, verströmte er noch immer sexuelle Energie und gab Zweideutigkeiten von sich. Er brachte es fertig, unverblümt vorzuschlagen, mit beiden Frauen zu schlafen, als sei dies ganz selbstverständlich. Die ihn trösteten, waren fast alles Frauen, genau wie sein Haushalt nur aus Frauen bestand. Offenbar hatte er keine männlichen Freunde.

Denise verbrachte mehrere Nächte mit David, Patti, Manuela und Krystal. An einem Abend kam Pattis Freundin Betsy Stubbs* aus Brea zu Besuch. David und Denise fuhren Betsy am Ende des Abends nach Hause, während Patti bei Krystal blieb. »Auf der Rückfahrt rückte ich direkt damit heraus und sagte zu David, daß meiner Meinung nach Patti in ihn verliebt wäre«, sagte Denise. »Davon wollte er nichts hören. Kaum waren wir zu Hause, fing Patti an, David mit Fragen zu löchern, warum wir so lange weg waren. Sie hat ihm jedesmal den dritten Grad verpaßt, wenn er mit mir zusammen war. Sie gab ihre Eifersucht nie zu – aber da war so ein Ton in ihrer Stimme . . .«

Denise erzählte Sergeant Woods, daß sie tatsächlich *Angst* vor Patti Bailey bekommen habe. Vielleicht lag es nur an der allgemeinen Stimmung in dem Haus – Trauer und Mißtrauen, die seltsamen Geräusche in der Nacht –, aber Patti war Denise so sehr unheimlich, daß diese viel früher als geplant nach Hause zurückkehrte. Es lag ein Ton in Pattis Stimme, bei dem Denise sich fragte, wie weit Patti gehen würde, um sicherzustellen, daß sie bei David Brown bleiben konnte.

»Ich glaube, Patti hat es getan. Ich glaube, Patti hat Linda erschossen«, platzte Denise Summers bei John Woods heraus.

Woods starrte Denise fassungslos an. *»Warum?«*

»Cinnamon ist zu einer solchen Tat nicht fähig. Sie kam gut mit Linda aus. Sie blickte zu Linda als Muttergestalt auf. Patti und Linda hatten dagegen ständig Probleme.« Denise ging noch weiter. Sie sagte, daß Patti begonnen hatte, Linda zu ersetzen – vollständig. »Lindas Sessel ist jetzt ihr Sessel. Patti trägt Lindas Kleider.«

Die Detectives fragten sich, an welchem Punkt eine Teenagerschwärmerei sich in besitzergreifende Eifersucht oder sogar in Mordabsichten verwandeln konnte. Patti Bailey wirkte eher sanft und von dem Tod ihrer Schwester tief gramgebeugt. Darüber hinaus war *Cinnamon* diejenige, die gestanden hatte, und es war Cinnamons Handschrift auf dem Abschiedsbrief, in dem sie den Mord zugab.

Trotz aller Gerüchte und Vermutungen von Leuten, die die Familie kannten, konnte man keinen Fall gegen Patti Bailey eröffnen.

Umgeben von Fremden war Cinnamon im Grunde allein. Sie sprach kaum noch mit dem medizinischen Personal, Al Forgette oder ihren Polizeibewachern. Ihre Welt war sehr klein geworden. Alles, worauf sie zuvor gezählt hatte, war verschwunden. Sie war mehr eine Nummer als ein Mensch: »Garden Grove Polizei Fall 85-11342, Paragraph 187 des Strafgesetzbuchs.«

David Brown konnte es nicht ertragen, allein zu sein. Er schien vierundzwanzig Stunden am Tag Leute um sich herum zu brauchen oder ständig etwas tun zu müssen. Es ärgerte ihn, daß die Polizei und die Ermittler der Staatsanwaltschaft in seinem Leben herumschnüffelten, und so setzte er sich weiterhin mit jedem in Verbindung, von dem er meinte, daß die Schnüffler ihn aufsuchen konnten. Er mußte herausfinden, was seine Familie, seine Freunde und Geschäftspartner den Detectives erzählen mochten. Wenn ihm ihre Erinnerungen ungünstig erschienen, empfahl, drängte oder befahl er eine neue Version. Da die meisten Menschen in seiner Welt ihn entweder bewunderten oder fürchteten, gelang es David, eine Anzahl besorgniserregender Lecks zu stopfen.

Es war nicht so, als habe er wirklich etwas zu verbergen. Es war nur so, daß er stets jedes Eindringen in seine Privatsphäre verabscheut hatte. Er hatte nicht einmal Linda erlaubt, mit ihrer Familie über ihre Privatangelegenheiten zu sprechen, es hatte ihn schrecklich geärgert, daß die Schulleitung versucht hatte, ihn in die Diskussionen über Cinny und Patti hineinzuziehen, und ganz sicher wollte er nicht, daß Schnüffler aus Garden Grove und Orange County so viele Fragen stellten. Er hatte eine Tragödie erlitten, er war kein gesunder Mann, aber sie ließen ihn nicht einmal ungestört trauern.

Es hatte so viel öffentliches Aufsehen direkt nach dem Mord gegeben, daß Abgeschiedenheit fast unmöglich war. Während David es stets genossen hatte, in gewissen Kreisen im Mittelpunkt der Aufmerksamkeit zu stehen und ein begehrter Experte für Datenwiederbeschaffung zu sein, gefiel es ihm gar nicht, in den Straßen von Orange County erkannt zu werden.

David störte sich allerdings nicht daran, in seiner Bank in Garden Grove persönlich gegrüßt zu werden, wo er ein willkommener Kunde mit mehreren Sparkonten war. Sein Girokonto stand stets auf mindestens 100 000 Dollar, viel mehr als bei den Durchschnittskunden der Bank. Ellen Gilbert*, achtzehn, hatte die Browns durch deren zahlreiche Transaktionen an ihrem Schalter kennengelernt. Ellen fand David Browns Verhalten »charmant«, dachte jedoch bei sich, daß er als Ehemann von Linda eigentlich zu alt sei. Linda kam stets mit ihrem Mann auf die Bank, und Ellen fand Gefallen daran, sich mit der schwangeren blonden Frau zu unterhalten. Linda tat ihr allerdings leid, weil sie außerhalb ihrer unmittelbaren Familie keine Freunde und kein gesellschaftliches Leben zu haben schien. Linda unterhielt sich mit Ellen, als wäre sie nach Freundschaft ausgehungert.

Lindas Welt erschien der jungen Bankangestellten eng umgrenzt. Sie tat nichts anderes, als ihrem Ehemann überall hin zu folgen.

Obwohl die Browns drei Konten auf der Bank hatten, wurden fast alle ihre Transaktionen in bar abgewickelt. Als Ellen einmal David nach seinem Geschäft fragte, erklärte er, daß er Daten aus beschädigten Computern für große Firmen und die Regierung der Vereinigten Staaten wiederbeschaffte, und er vertraute ihr an: »Ich bin der einzige in Amerika, der mit diesem Dienst aufwarten kann.« David meinte, sein Geschäft würde so gut gehen, daß er Hilfe gebrauchen würde. »Sie sollten bei der Home Savings kündigen und für mich arbeiten«, bot er an.

Sie lehnte ab.

Manchmal begleiteten andere Familienmitglieder die Browns

bei deren fast täglichen Bankbesuchen: Alan Bailey und Patti Bailey und manchmal ein älteres Paar, das Ellen für Davids Eltern hielt.

Nachdem Krystal im Juli 1984 zur Welt gekommen war, verließ Ellen für einen Moment ihren Posten bei der Bank, um sich den Neuankömmling in dem Autobett in Davids Campingbus anzusehen. Linda wirkte glücklicher und die Ehe gefestigter als je zuvor.

Als der Bankmanager am 19. März alle seine Angestellten informierte, war Ellen Gilbert sprachlos vor Schock. Sie weinte um ihre Bekannte, die ein so stumpfes, dienendes Leben geführt hatte und nur in ihrer Freude über ihr Baby zu neuem Leben erwacht war. Sie war so glücklich gewesen, Krystal zu haben, so stolz. Jetzt würde sie nie mehr eine Chance erhalten, sich freizuschwimmen und ihre Jugend zu genießen. Nie eine Chance haben, ihr Baby heranwachsen zu sehen.

Ellen war überrascht, David ausgerechnet an diesem Tag in die Bank kommen zu sehen. Er erklärte, daß der Geldautomat nicht funktionierte und daß er Geld brauchte, um für Lindas Begräbnis bezahlen zu können. Er kam später wieder und nahm noch eine Abhebung vor. »Er wirkte wie aus Stein gemeißelt«, erinnerte Ellen sich. »Aber in seinen Augen waren Tränen.«

Ellen bot an, sich während des Begräbnisses um Krystal zu kümmern, aber dann starb an diesem Tag unerwartet ihre eigene Großmutter, und sie mußte absagen. Sie schickte eine Beileidskarte an die Familie Brown.

Als der Sommer heraufzog, war David oft in der Home Savings Bank. Er fragte immer nach Ellen und wartete, bis sie frei war, um seine Bankgeschäfte abzuwickeln.

Trotz seiner persönlichen Tragödie stand er in finanzieller Hinsicht besser denn je da. David Brown ließ seinem Konto mehrere Schecks von Versicherungen gutschreiben, und einer lautete auf einen *großen* Betrag – annähernd 350 000 Dollar.

Neugierig, wieso Linda Brown, eine Hausfrau, so hoch versichert gewesen war, erkundigte sich Ellen bei David nach den Gründen. David antwortete, Linda habe alles über sein Datenwiederbeschaffungsverfahren gewußt und wäre dafür sehr wichtig gewesen. Die Versicherungssumme sollte ihm helfen, seinen Mitarbeiterstab neu aufzubauen. Er müsse sich mehrere Leute suchen, um Linda zu ersetzen. Aber er würde nie wieder jemanden finden, der so brillant war.

Ellen hatte Linda stets reizend gefunden – und freundlich. Aber sie hätte sie nie »brillant« genannt oder in ihr eine für eine große Computerfirma unentbehrliche Expertin vermutet.

David war selten allein, wenn er in die Bank kam. Patti Bailey war für gewöhnlich bei ihm – genau, wie ihm einst Linda still überallhin gefolgt war. Patti löste jede Woche Schecks ein, Schecks in der Höhe von 300 bis 500 Dollar und von David unterschrieben.

Die jüngere Schwester ähnelte der Toten so sehr, daß es unheimlich war. Darüber hinaus stellte Ellen fest, daß Patti Kleider und Schmuck trug, die sie einst an Linda gesehen hatte. Patti trug Lindas Baby mit sich herum, als wäre es *ihr* Baby.

Die Bankangestellte war aufrichtig schockiert, als sich David Browns Verhalten ihr gegenüber trotz Pattis ständiger Anwesenheit veränderte: Er begann, vertrauter, manchmal sogar intim mit ihr zu sprechen. Ungläubig erkannte Ellen, daß der untersetzte kleine Mann, der alt genug aussah, um ihr Vater zu sein, sie »anmachte«. Er lud sie sogar ein, ihn nachts in seinem Haus zu besuchen – und sie lehnte rasch ab.

Sie war äußerst erleichtert, als Brown von Garden Grove wegzog und nur noch selten ihre Zweigstelle aufsuchte. Sobald er hereinkam, ging sie in Deckung und bat andere Angestellte, seine Bargeldtransaktionen abzuwickeln.

Viele der privaten Spekulationen über David Brown erreichten lange Zeit weder die Ohren der Garden Grove Polizei noch der Staatsanwaltschaft von Orange County. David Brown schüchterte einige Leute ein und überzeugte andere davon, daß sie bloß Gespenster sahen, wo es keine gab. Allen war gemeinsam, daß sie zögerten, sich in sein Leben einzumischen.

David und Patti verließen gemeinsam mit dem Baby den Ocean Breeze Drive. Davids Lebensmuster, immer nur kurze Zeit an ein und demselben Ort zu verweilen, setzte sich damit fort. Sie zogen in ein gemietetes Haus in 2041 Breckenridge in

Orange. Ein hübsches kleines Haus, hundert Meter vom Freeway entfernt, von Büschen und Bäumen verborgen, genau wie Davids letztes Haus. Sie sollten nicht lange dort leben.

10

Obwohl alle Detectives, die Beweise und Zeugen gegen Cinnamon Brown sammelten, in diesem Fall ein nagendes Unbehagen verspürten – von der kalten Vorahnung geplagt, daß sie ein Kaninchen erlegten, während der Kojote in der Nähe lauerte –, war ihnen bewußt, daß ihre Arbeit niemals von Gefühlen geleitet werden durfte.

Sie hatten einfach nichts Greifbares, das sie anderswo hinführen könnte als zu Cinnamon Brown als Mörderin von Linda Marie Brown.

Ein Detail wirkte allerdings sonderbar. Antimon ist der Zünder in einer Patrone. Wenn eine Waffe abgefeuert wird, setzt die Schießbaumwolle, die die begleitenden Gase erzeugt, *ebenfalls* die Komponente des Zünders frei. Neunzig bis hundert Prozent davon treten durch den Lauf aus. Linda Brown hatte zum Beispiel bedeutende Ablagerungen von Antimon auf ihren Händen. Das war zu erwarten. Sie bekam den vollen Ausstoß des Laufs ab. Ein kleiner Prozentsatz von Antimon kann durch die mechanischen Öffnungen der Waffe entweichen. Ist das der Fall, lagert es sich auf den Händen des Schützen ab.

Kriminalisten wenden zwei Tests an, um das Vorhandensein von Antimon, Barium und Blei festzustellen, beide mit so ausgefallenen Namen, daß sie den Laien verwirren: »Atom-Absorptions-Test« und »Elektronenmikroskop-Raster-Untersuchung« (SCMEDX). Um Antimon richtig nachweisen zu können, müssen zwei aufeinanderfolgende Tests durchgeführt werden – zuerst Sicherung von Rückständen mittels Klebebändern, dann Abstriche. Sergeant John Woods und Tatortermittler Bill Morrissey hatten die Tests korrekt an den lebenden Subjekten durchgeführt – David Brown, Patti Bailey und Cinnamon Brown. Tests auf Rückstände eines Schusses hatten das Vorhandensein von Antimon (wenn auch in geringer Menge) bei David Brown und Patti Bailey bestätigt, waren bei Cinnamon jedoch negativ ausgefallen.

Doch jeder Kriminalist, der sein Handwerk verstand, konnte das in einem Gerichtssaal erklären. Cinnamon hatte die ganze Nacht in Erbrochenem und Urin gelegen. Alle Schußrückstände auf ihren Händen mußten ausgelöscht worden sein. Patti *erinnerte* sich nicht daran, die Waffe berührt zu haben, die Cinnamon ihr hingehalten hatte, um sie ihr zu erklären, aber vielleicht hatte sie im nachträglichen Schock vergessen, daß sie sie doch in der Hand gehabt hatte. Darüber hinaus können auch andere Tätigkeiten – sogar das Rauchen einer Zigarette – Spuren von Antimon hinterlassen.

Es war nicht genug, um ein detailliertes Geständnis aufzuwiegen. Und Cinnamon hatte gegenüber Fred McLean und Pam French ein Geständnis abgelegt. Es gab sogar ein geschriebenes Geständnis, ihren Abschiedsbrief, das ihnen buchstäblich mit einer Schleife umwickelt in den Schoß gefallen war.

Mike Maguire, Stellvertretender Staatsanwalt des Orange County, übernahm die Anklagevertretung gegen Cinnamon Brown – mit Jay Newell als seinem Ermittler. Für Newell würde dies nur ein Fall unter vielen sein. Er würde seine übliche gründliche Untersuchung durchführen und dann den nächsten Mordfall in Angriff nehmen.

Cinnamons Verhandlung sollte vor dem Hauptgericht im Gerichtsgebäude des Orange County in Santa Ana stattfinden. Gebäude 30 in dem neuen Komplex Ecke Flower und Civic Center Drive ist ein Mini-Wolkenkratzer. Palmen und Wacholder wachsen dicht an die runde Auffahrt heran, die vom Civic Center Drive abgeht. Dahinter nähern sich Leute, die etwas im Gerichtsgebäude zu tun haben, dem Haus über einen schattigen Weg, der zum Haupteingang führt. Der flache spiegelnde Teich links neben dem Weg, nur wenige Zentimeter tief, vermittelt die Illusion von Kühle – selbst wenn die glühenden Santa-Ana-Winde blasen.

Nur jene, die das Gerichtsgebäude des Orange County sehr gut kennen, wissen um den verborgenen kleinen Dschungel, der hier gedeiht. Vor den ebenerdigen Fenstern der Staatsanwaltschaft huschen wilde Kaninchen durch die Büsche. Hier gibt es auch wild lebende Katzen mit ihren Jungen. Obwohl die ersteren manchmal Opfer der letzteren werden, kommen die meisten Tiere sehr gut zurecht mit Gaben von weichherzigen Gerichtsangestellten und achtlos weggeworfenem Essen.

Cinnamon sollte in Richter Robert Fitzgeralds Ober-Gerichtssaal angeklagt werden – nicht als Erwachsene, sondern als Jugendliche. *Der Staat von Kalifornien gegen Cinnamon Darlene Brown*, Fall Nummer J-123 914. Sie hatte keine richtige Vorstellung, was da vor sich ging. Sie wartete immer noch darauf, endlich nach Hause gehen zu dürfen.

Und vielleicht würde sie das auch. Die Sache der Staatsanwaltschaft gegen Cinnamon Brown erhielt einen scheinbar tödlichen Schlag, als Al Forgettes Antrag stattgegeben wurde, Cinnamons Geständnisse gegenüber Polizeibeamten vom Verfahren auszuschließen. Forgette argumentierte, Cinnamon habe unter dem Einfluß von Schmerzmitteln und anderen Medikamenten gestanden, als sie so offen mit Fred McLean und später mit Officer Pam French sprach. Da Cinnamon nahezu bewußtlos wurde, bevor McLeans Verhör abgeschlossen werden konnte, und ins Krankenhaus gebracht werden mußte, fand Forgette, daß ihr Zustand für sich selbst sprach.

Und so stand die Sache jetzt: Die einzige wirklich Verdächtige im Mordfall Linda Brown hatte – in den Augen des Gesetzes – kein Geständnis abgelegt. Es gab keinen Beweis, der Cinnamon unwiderruflich mit den Schüssen in Verbindung brachte, und keine Augenzeugen. Cinnamon hatte Aussichten auf Freispruch!

Jay Newell ging die Akte immer und immer wieder durch und suchte nach einem Riß in der Schutzmauer des Verteidigers. Doch selbst während dieser Arbeit waren seine Gefühle ambivalent. Er hatte den Eindruck, daß ihre Ermittlung nur die Patina von dem *wahren* Fall weggekratzt hatte, der darunter verborgen lag. Er wußte, bis er den Schlüssel zu dem Fall im Fall fand, mußte er seine Unterstützung der Anklage in dem *sichtbaren* Fall fortsetzen. Und das bedeutete, Cinnamons Verurteilung zu erreichen. Sollte Cinnamon Brown freigesprochen werden, würde sie unzweifelhaft in das Haus ihres Vaters zurückkehren.

Jay Newell wollte das unbedingt verhindern. Irgend etwas stimmte nicht – aber er konnte noch nicht in Worte fassen, was das war.

Newell saß über den Krankengeschichten vom Garden Grove Medical Center und dann vom University of California Medical Center-Irvine: das klassische Ärztegekritzel, das so beständig unleserlich war, daß er vermutete, es müsse sich um schwarze Kunst handeln, die an Medizinischen Fakultäten gelehrt wurde – Symbole, Medikamente, Uhrzeiten, Daten, Temperaturen, Flüssigkeitsaufnahme und Flüssigkeitsausscheidung. Vor seinen Augen verschwamm alles, während er versuchte, einen Sinn herauszulesen.

Er konnte erkennen, daß Cinnamon Brown ein sehr krankes Kind gewesen war und daß sie noch mehr Zeug zum Schlucken und Inhalieren bekommen hatte, von dem sie sich – zumindest anfangs – noch schlechter fühlte. Während er die Seiten mit dem medizinischen Kauderwelsch umblätterte, sah er, daß ihr Zustand sich stetig verbessert hatte.

Newell legte die medizinischen Berichte des Garden Grove Medical Center beiseite und wandte sich dann der UCI zu. Während er das schimmernde Kopierpapier überflog, stieß er plötzlich auf Abschnitte, die er leicht lesen konnte. Präzise Notizen in einer sorgfältigen Handschrift. Die Notizen gaben fast Wort für Wort das Geständnis wieder, das Cinnamon Brown bei Fred McLean abgelegt hatte. Seltsam. Newell fragte sich, wie ein Teil einer vertraulichen Polizeiakte in einer Krankengeschichte landen konnte.

Er blätterte neugierig weiter und sah die Initialen »K. H.« am Ende der ersten Eintragung, in der Cinnamons Erklärungen aufgeführt waren. Und Jay Newell erkannte zu seiner wachsenden Faszination, daß dies nicht das eigentliche Geständnis war, das Cinnamon bei McLean abgelegt hatte. Er sah weiter in den

Unterlagen nach und fand noch mehr Enthüllungen von Cinnamon gegenüber »K. H.« und endlich den Namen Kimberly Hicks.

Kimberly Hicks, wer immer sie war, mochte soeben die Anklage des Staates gerettet haben.

Newell fuhr zum University of California Medical Center und bat darum, mit Kimberly »Kim« Hicks sprechen zu dürfen. Er fand heraus, daß sie eine Medizinstudentin im dritten Jahr war, die ziemlich viel Zeit mit Cinnamon Brown in der geschlossenen Abteilung des Krankenhauses verbracht hatte. Kim Hicks hatte während der Nachtschicht Dienst getan, als Cinnamon Brown eingeliefert worden war. Cinnamon Brown hatte das Bedürfnis verspürt, zu sprechen – und Kim hatte ihr aufmerksam zugehört.

Als Newell mit der Medizinstudentin sprach, erklärte sie, daß sie versuchte, bei der Führung der Krankengeschichte ihrer Patienten möglichst sorgfältig zu sein. Wenn sie dem behandelnden Arzt berichten mußte, wollte sie dies so genau und gründlich tun wie eben möglich. Ihre Beurteilung hing zum Teil auch davon ab, wie gut sie ihre Aufzeichnungen führte. Und darüber hinaus hatte sie Cinnamon Browns Fall sowohl in medizinischer wie auch in psychologischer Hinsicht in hohem Maße fasziniert.

Kim Hicks hatte zugehört, als Cinnamon sprach, aber sie hatte sich gehütet, ihre eigene Meinung einfließen zu lassen. Und dann hatte Kim zusammen mit Notizen über Cinnamons medizinische Fortschritte *Cinnamons Mordgeständnis aufgeschrieben!*

Die Anklage hatte ihren Fall zurückbekommen.

Cinnamon Brown beging ihren fünfzehnten Geburtstag am 3. Juli 1985 im Jugendgefängnis. Ihr Prozeß wegen Mordes ersten Grades begann am 7. August.

Cinnamon war lange nicht zu Hause gewesen, nicht mehr seit jenem frühen Morgen im März, vor fünf Monaten, als Fred McLean sie aus der Hundehütte herausgeholt hatte. Sie wußte nicht, wo ihr Vater und das Baby jetzt lebten. Sie dachte, daß

Patti wahrscheinlich nach Hause, zur Bailey-Fam side, zurückgekehrt war.

Cinnamon wußte nichts von all den Veränd stattgefunden hatten. Sie vermißte Krystal, und täuscht, daß sie die ersten Schritte des Babys nicht gesehen hatte. Sie vermißte die Freiheit, an den Strand zu fahren und die Surfer zu beobachten. Sie vermißte die schrillen Klänge der New Wave Music.

Sie vermißte ihre Mom und Krista Taber. Sie vermißte Linda, und dann erinnerte sie sich daran, daß man ihr immer wieder sagte, Linda wäre tot. Irgendwie unwirklich. Sie vermißte ihren Dad, und sie verstand nicht, wieso er sie nicht öfter besuchen konnte.

Cinnamon wußte nicht, daß Patti noch immer bei David und dem Baby war und daß die Erinnerungen an Linda systematisch gelöscht wurden – nein, nicht gelöscht, sondern ersetzt. Cinnamon wußte nicht, daß Patti sorgfältig alle Fotos von Linda aus den Rahmen genommen . . . und durch ihre eigenen ersetzt hatte.

Jay Newell eilte zu dem Stellvertretenden Staatsanwalt Mike Maguire, um ihn wissen zu lassen, daß sie etwas im Ärmel ihrer Robe verborgen hatten. Obwohl Cinnamons Originalgeständnis nun ausgeschlossen war, hatte er eine Zeugin für Maguire: Kim Hicks.

Alle Jugendgerichtsprozesse werden in Kalifornien vor einem Richter ohne Geschworene abgehalten. Richter Fitzgerald würde entscheiden, ob Cinnamon schuldig oder unschuldig war. Für den Fall, daß sie für den Tod ihrer Stiefmutter verantwortlich befunden wurde, war Al Forgette drauf vorbereitet anzuführen, Cinnamon sei zum Zeitpunkt des »Vorfalls« geistig nicht zurechnungsfähig gewesen. Forgette hatte angesichts des Wissens, daß Kim Hicks in den Startlöchern stand, um Cinnamons Geständnis zu wiederholen, kaum eine andere Wahl. Cinnamon trat vor Richter Fitzgerald und plädierte für nicht schuldig wegen Unzurechnungsfähigkeit. Sie behauptete nach wie vor, keinerlei Erinnerung an jenen Zeitraum im März zu ıaben, in dem Linda gestorben war. Forgette beantragte den Ausschluß der Öffentlichkeit. Der Antrag wurde abgelehnt.

Weder Forgette noch Mike Maguire gaben eine einleitende Erklärung ab.

Maguire rief seinen ersten Zeugen gegen Cinnamon – Patti Bailey. Cinnamon wirkte benommen, verwirrt. Dies war das Mädchen, das ihre »Schwester« gewesen war.

Patti bezeichnete Cinnamon als ihre Nichte – was sie, formal gesehen, auch war. Sie identifizierte Cinnamon als »das Mädchen in dem hellblauen Shirt«, das am Tisch der Verteidigung saß, und berichtete von den »Mißverständnissen«, die zwischen Cinny und Linda hinsichtlich der Haushaltsarbeiten aufgetreten seien. Diese, so sagte Patti aus, hätten sich weiterentwickelt zu regelrechten Streits. Wenn es Streit gab, verließ ich für gewöhnlich den Raum, weil ich das Gefühl hatte, nicht dabeisein zu dürfen.«

Patti sprach leise, wie verzagt. Sie hatte Schwierigkeiten, sich beim Zuhören zu konzentrieren, und bat Maguire oft, seine Fragen anders auszudrücken. »Ich verstehe nicht, was das heißt«, sagte sie dann.

Maguire kam zum 19. März 1985. Patti Bailey sagte, sie erinnere sich dunkel an diesen Tag. Doch als Maguire sie befragte, schien sie sich sehr genau zu erinnern. Ihre Schilderung der Ereignisse der Mordnacht glich der, die sie schon den Detectives gegeben hatte. Sie sprach mit leiser Stimme und zitterte merklich.

Patti konnte sich nicht mehr erinnern, wann sie den ersten Schuß gehört hatte, frischte jedoch ihr Gedächtnis auf, indem sie Einblick in den Polizeibericht nahm. Ja, jetzt erinnerte sie sich, daß sie auf die Leuchtziffern ihrer Uhr geblickt und 2.23 gesehen habe.

Bei weiterer Befragung stellten sich leichte Veränderungen in Patti Baileys Erinnerung ein. Sie war sich jetzt sicher, daß David heimgekommen, zum ehelichen Schlafzimmer gegangen war und sie gerufen hatte: »David, etwas ist schiefgelaufen« anstatt von »etwas ist passiert«. Was seine Reaktion anging, so erinnerte sie sich jetzt daran, er habe gesagt: »Beruhige dich und setz dich hin. Ich rufe die Polizei an.«

Mike Maguire mußte Patti helfen, sich wieder ins Gedächtnis zu rufen, daß David sie gebeten hatte, nach Cinnamon zu suchen. »Ich versuchte, sie zu finden, aber ich war zu durcheinander ... Ich habe in meinem Schlafzimmer nachgesehen, in den Badezimmern, im ... und dann in der Waschküche ... Ich habe nur an die Tür vom Wohnwagen geklopft, und niemand hat geantwortet. Und ich dachte, entweder schläft sie oder sie ist nicht da.«

Patti sagte weinend aus, daß Cinnamon in den letzten Wochen vor dem Mord »launisch« und »deprimiert« gewesen war. Sie erinnerte sich an heftige Wortwechsel zwischen Linda und Cinnamon, sagte jedoch, sie habe Cinny nie sagen gehört, daß sie Linda hasse. Statt dessen erinnerte sie sich an etliche Gelegenheiten, bei denen Cinny und Linda einander umarmt hatten.

Auf Maguires Fragen hin versuchte Patti, die eigenartige Konstellation der Familie und die vielen Umzüge und das Kommen und Gehen Cinnamons zu erläutern. Ihre Antworten waren kurz, manchmal nur ein dumpfes »Mhm.« Sie sagte, daß sie und Cinnamon zu Linda als ihrer Mutter aufgeblickt hatten – obwohl Linda erst dreiundzwanzig Jahre alt war.

Maguire fragte, ob Linda gegenüber Cinnamon drohend und äußerst wütend sein konnte.

»Wenn Linda in schlechter Stimmung war, wurde sie auf alle wütend, aber wir hatten gelernt, damit umzugehen.«

Patti erinnerte sich, daß »sie beide einverstanden waren (Linda und Cinnamon), daß Cinnamon da hinauszieht (in den Wohnwagen)«, aber sie sagte nicht aus, wann es zu dieser Absprache gekommen war.

Patti Bailey war keine besonders ergiebige Zeugin für den Staat und würde es auch nicht für die Verteidigung sein. Al Forgette entlockte Patti zwar eine nochmalige Beschreibung der Mordnacht, aber sie wirkte in den Details weniger sicher als früher. Die Gestalt, die sie in ihrer Tür gesehen hatte – die Gestalt, von der sie so sicher gewesen war, daß es Cinnamon war –, war jetzt nur eine »Silhouette«. Sie hatte die »Silhouette« mit dem Knall eines Schusses in Verbindung gebracht, aber sie war nicht mehr sicher, daß es Cinnamon gewesen war.

Allerdings war sie sich ganz sicher, daß sie die Waffe nicht berührt hatte, als sie Cinnamon etwas früher gezeigt hatte, wie man damit schoß. Nein, erklärte sie Forgette, daß Cinnamon mit einer Waffe herumging, hatte sie nicht so in Sorge versetzt, daß sie es irgend jemandem erzählt oder jemanden gewarnt hätte. Sie sei zeitig und unbesorgt schlafen gegangen.

Ja, Cinnamon war »verwirrt gewesen, deprimiert, als hätte sie was bedrückt oder so.« Aber Patti sagte aus, daß Cinnamon andererseits seit Januar oder Februar immer schwermütiger geworden war.

Nach einem speziellen Beispiel für Cinnamons Schwermut befragt – sogar nach einem möglichen Drogenmißbrauch –, dachte Patti angestrengt nach.

Nein – keine Drogen, niemals. »Nur Depressionen und durcheinander und so . . . und so, als ob die Welt zusammenbrechen würde. Sie wissen, wie Leute aussehen, wenn sie Drogen oder so was nehmen. Sie sehen dann aus, als hätten sie überhaupt keine Sorgen auf der Welt.«

»Und so ist sie Ihnen erschienen?« fragte Forgette.

Patti schüttelte den Kopf. Sie war sicher, daß Cinnamon sehr, sehr deprimiert gewesen war und *nicht* auf jene für Drogenabhängige typische Art glücklich. Patti Bailey drückte sich seicht aus, war unfähig, ihre *eigenen* Gefühle zu beschreiben. Ja, sie hatte Angst gehabt. Ja, sie hatte sich Sorgen gemacht. Ja, sie war aufgeregt gewesen und hatte geweint. Aber die Beschreibungen und Ausdrücke kamen alle von Forgette, und Patti stimmte nur zu.

In Pattis Erinnerung klang Davids Verhalten in der Mordnacht jetzt mutiger. Er hatte alles im Griff gehabt, rief die Polizei an, beruhigte sie. Sie hatte offenbar seine Panik und seinen flehenden Anruf bei seinem Vater vergessen.

Und jetzt, fünf Monate danach, konnte Maguire auch kaum Patti dadurch aus der Fassung bringen, daß er sie ihre früheren Aussagen lesen ließ, in denen es hieß, sie sei sicher, Cinnamon habe geschossen. »Ich war nicht sicher, daß es Cinnamon war. Ich wußte nicht, wer es war.«

»Versuchen Sie, Cinnamon jetzt zu schützen?«

»Nein.«

Jay Newell saß ganz hinten in dem kleinen Gerichtssaal und beobachtete Patti Bailey bei ihrer Aussage und die Reaktion der Zuschauer im Saal. Es schien fast so zu sein, als wollte sie alles glätten. David Brown stand nun fast schon als mutiger Mann da, und die Schüsse hatte nicht mehr Cinnamon abgegeben – nur eine vage, verschwommene Silhouette. In diesem Augenblick kam die Zeugin, die Newell selbst aufgespürt hatte – Kim Hicks – durch die Tür, bereit, gegen Cinnamon auszusagen. Dennoch hatte Jay Newell ein leeres Gefühl. Warum ertappte er sich immer wieder dabei, daß er zu der kleinen Gestalt hinüberblickte, die zusammengesunken am Tisch der Verteidigung saß, ihr Gesicht eine Maske aus Schmerz und Unglauben?

»Rufen Sie Kim Hicks auf!«

Die junge, schwarze angehende Ärztin erklärte, daß sie sich gut daran erinnerte, am 20. März 1985 in die geschlossene Abteilung gerufen worden zu sein, und zwar um drei Uhr nachts.

Kim Hicks hatte Cinnamon im Bett vorgefunden – an das Bett *gekettet* –, noch immer von Übelkeit geplagt, aber wach und klar. Hicks sagte, sie habe Cinnamon gefragt, warum sie die Tabletten genommen habe. »Sie erklärte zuerst, daß sie geschossen hatte – daß sie jemanden erschossen hatte, okay? Und es wurde gesagt, daß es ihre Stiefmutter war, und daß sie zweimal auf sie geschossen hatte.«

»Sagte sie, was sie machte, nachdem sie auf ihre Stiefmutter geschossen hatte?« fragte Maguire.

»Sie sagte, anschließend sei sie an die Schublade ihres Vaters gegangen und habe Pillen herausgenommen ... und zwar ein ganzes Fläschchen voll, und danach das andere Fläschchen ... Sie fielen ihr hin, und sie nahm ein paar von den Pillen, und irgendwie hatte sie ein Glas Wasser und schluckte sie herunter.« Maguire zeigte Kim Hicks ihre Originalaufzeichnungen, und sie überflog sie und nickte. »Richtig ... okay. Das ist meine Schrift. Sie erklärte, sie hätte etwa achtzig Pillen aus dem einen Fläschchen und eine unbekannte Anzahl Pillen aus zwei anderen Fläschchen genommen.«

Cinnamon hatte der Medizinstudentin erzählt, sie habe ihre Stiefmutter gegen drei Uhr morgens erschossen. Sie schoß einmal auf sie und hörte sie dann rufen: »Helft mir! Das tut weh!« Da war sie in Lindas Zimmer zurückgekehrt und schoß noch einmal auf sie. Dieses Mal kam kein Laut von Linda. Cinnamon erzählte Hicks, sie habe eine halbe Stunde gewartet und sei dann in die Hundehütte hinausgegangen.

Nach Maguires Bitte um eine genauere Beschreibung fügte Hicks hinzu: »Sie ging in die Hundehütte hinaus, und sie war – ihr wurde allmählich schlecht, wissen Sie, und sie begann zu erbrechen. Und sie erinnert sich, in die Hosen uriniert zu haben, und ihr wurde immer schlechter, und sie hörte Sirenen. Niemand kam und fand sie oder sonst etwas. Sie hörte, wie die Sirenen sich entfernten, und sie war noch immer da in der Hundehütte, bis später die Polizei zurückkehrte.«

Innerhalb der nächsten paar Tage hatte Kim Hicks öfter Gelegenheit, mit Cinnamon zu sprechen.

»Deutete Cinnamon während dieser ›Plaudereien‹ irgendeinen Grund an, weshalb sie ihre Stiefmutter erschoß?« fragte Maguire.

»Das tat sie, und sogar in der Nacht ihrer Einlieferung sagte sie uns, warum sie es tat . . . Sie sagte, sie habe nicht gewußt, was sie sonst tun sollte. Ihre Stiefmutter hatte gedroht – hatte ihr gesagt, sie müsse gehen, sie könnte nicht länger dableiben, und sie hatten an diesem Abend gestritten. Ihr Vater hörte den Streit. Er ging weg, sagte, er würde das nicht mehr aushalten. Dann ging er, und sie hörten zu streiten auf. Cinnamon gab mir zu verstehen, daß sie einfach grundsätzlich nicht miteinander ausgekommen wären.« Das meiste an der Geschichte war bekannt. Hicks wiederholte Cinnamons angebliche Angst, Linda würde sich nicht um Krystal kümmern und ihr keine Beachtung schenken, wenn sie schrie. »Sie war verängstigt und besorgt, wirkte aber irgendwie nicht wirklich wütend – mehr verwirrt.«

Aber das war wiederum eine etwas andere Version der Nacht des 19. März. David hatte gesagt, er sei weggefahren, *nachdem* die Mädchen und Linda alle zu Bett gegangen waren. Aber Cinnamon hatte Kim Hicks erzählt, daß David hinausgestürmt war, weil er »es nicht mehr aushielt«, dieses ganze Streiten und Zanken. Wenn David Brown wußte, wie explosiv die Emotionen daheim waren, weshalb war er in die Nacht hinaus gefahren?

Al Forgette befragte Kim Hicks sorgfältig. Warum hatte sie so viel Zeit damit verbracht, Cinnamon zuzuhören und sie über den Mord zu befragen?

»Das gehört zum sozialen Hintergrund.« Kim Hicks erklärte, daß Cinnamon zuerst sehr verängstigt gewirkt habe und Dinge wie »Himmel, was glauben Sie, wird mit mir passieren?« und »Ich hätte es nicht tun sollen!« gemurmelt hatte. Aber sie wurde ruhiger und nach innen gekehrt, als die Tage vergingen. Sie, Kim Hicks, habe versucht, ihre Patientin zu beruhigen. »Ich habe ihr erklärt, daß alles in Ordnung kommt, wissen Sie, und so – das war aufbauend, viel aufbauender . . ..«

Cinnamon saß am Tisch der Verteidigung, und ihr Gesicht war eine ausdruckslose Maske. Es war unmöglich zu erkennen, ob sie sich an Kim Hicks oder irgendeine der Aussagen erinnerte, die die junge Medizinstudentin ihr zuschrieb.

Die Medizinstudentin erklärte, Cinnamon sei für sie ein Mensch, nicht nur eine Patientin gewesen. Ja, sie war jeden Morgen um acht zu ihr gegangen, um Cinnamons Daten aufzunehmen, ihr Herz zu kontrollieren, ihren Blutdruck und ihren Allgemeinzustand, aber sie hatte auch versucht, sie wie ein menschliches Wesen zu behandeln. Sie hatte Angst, und sie war allein. »Ihre Mom und ihr Dad waren nicht da.«

Im Kreuzverhör durch Al Forgette stritt Kim Hicks ab, daß sie versucht hatte, Informationen zu erhalten, die der Polizei oder der Staatsanwaltschaft helfen könnten. Sie sagte, sie habe nach dem ersten Tag nichts mehr gefragt.

»Am ersten Tag müssen wir alle so viel wie möglich herausfinden. Wir nehmen den Patienten auf. Wir müssen alles wissen, was wir überhaupt erfahren können über diesen Patienten, damit wir ihn wirkungsvoll behandeln können.«

Die junge Studentin war die gefährlichste Zeugin für Cinnamon, und Forgette unterzog sie einer erneuten Befragung. Er machte klar, daß Cinnamon sich in einem gesonderten Teil des Krankenhauses befunden hatte, einem Teil, der vom Büro des Sheriffs betrieben wurde.

Vergittert. Verschlossen.

»Die Patientin kann dort nicht hinausgehen«, sagte der Verteidiger. »Aber Sie können dort hinausgehen?«

»Ja.«

»Ein Deputy Sheriff versieht dort Dienst, um sicherzustellen, daß sich niemand schlecht aufführt und daß alle ans Bett gefesselt sind?«

»Das stimmt.«

»Alle Gespräche fanden in diesem Teil des Krankenhauses statt? Ist das richtig?«

»Das ist richtig«, bestätigte Kim Hicks.

Forgette versuchte, den Schaden zu begrenzen, den Kim Hicks der Sache Cinnamon zugefügt hatte. »Die Verteidigung stellt einen Antrag: Wir beantragen, die Aussage der soeben gehörten Zeugin Kim Hicks auszuschließen und aus dem Protokoll zu streichen, da sie sich auf Aussagen bezieht, die die Jugendliche gemacht hat, als sie sich im Gewahrsam in der Häftlingsabteilung der UCI befand. Mein Standpunkt ist, daß diese Dame zwar keine ausgewiesene Polizeibeamtin ist, sondern Angestellte des Krankenhauses – beziehungsweise Studentin – daß aber ihre Tätigkeit . . . sie zu einer Vertreterin der Behörden macht. Die Aufzeichnungen zeigen, daß diese Minderjährige sich . . . in Gewahrsam befand, gefesselt ans Bett. Mein Standpunkt ist, daß durch das Fehlen einer Belehrung über ihre Rechte und eines Verzichtens auf diese Rechte durch die Angeklagte oder Minderjährige diese ihr entlockten Erklärungen unter diesen Umständen einem Verhör unter Haftbedingungen gleichkommen.«

Forgette, dieser freundliche Bär von einem Mann, kämpfte für seine Klientin. Newell mußte ihn bewundern. Cinnamon schien überhaupt nichts zu verstehen.

Maguire argumentierte, daß Kim Hicks lediglich den sozialen Hintergrund aufgenommen habe. In der Tat war Kim Hicks nicht zur Polizei gegangen. Jay Newell hatte sorgfältig Seite für Seite Cinnamons Krankengeschichte erforschen müssen, um dieses dritte Geständnis zu entdecken.

Für einen Moment herrschte atemlose Stille im Gerichtssaal. Cinnamon Browns Zukunft hing an diesem einen lebenswichtigen Antrag.

Und dann sagte Richter Fitzgerald energisch. »Der Antrag der Verteidigung, die Aussage von Kim Hicks zu streichen, wird abgelehnt. Nächster Zeuge.«

11

Während ihres Prozesses blickte Cinnamon gelegentlich zu den Zuschauern. Sie verstand nicht, daß geladene Zeugen ausgeschlossen waren, und fragte sich, wo ihr Vater war. Sie konnte nicht glauben, daß er nicht hier war, um sie zu unterstützen, wie er ihr das immer versprochen hatte. Sie hoffte, er wäre wenigstens draußen auf dem Korridor. Ihr Blick glitt über den großen Mann im Hintergrund des Gerichtssaals. Sie hatte keine Ahnung, wer Jay Newell war, auch nicht, wie sehr ihr und sein Leben sich noch miteinander verschlingen sollten.

Die Zeugen kamen durch die Doppeltüren des Gerichtssaales, betraten den Zeugenstand, sagten aus und gingen wieder. Cinnamon hörte ihrer ältesten Freundin zu, Krista Taber, die so nervös und traurig wirkte, als sie erzählte, wie oft Cinnamon Hausarrest bekommen hatte.

Anschließend sagte Fred McLean aus. Er identifizierte Fotos der Räume des Hauses auf dem Ocean Breeze Drive und Fotos der Hundehütte. Er sprach über Cinnamons Festnahme. McLean erinnerte sich daran, wie und wo er Cinnamon gefunden hatte.

Sie hingegen konnte sich überhaupt nicht mehr an ihn erinnern.

McLean identifizierte den Abschiedsbrief auf rosa Pappe, der mit einem purpurfarbenen Band umwickelt gewesen war, um ihn zu einer Rolle zusammenzuhalten. Mit seiner tiefen Kansas-Stimme las er laut vor: »Lieber Gott, bitte verzeih mir. Ich wollte sie nicht verletzen.«

Das schien ihr schon hundert Jahre her zu sein.

Cinnamon konnte weder der Verhandlung folgen noch den vielen technischen Begriffen des Polizeijargons, geschweige denn der Aussage des Gerichtspathologen Dr. Richard Fukomoto. Die schwierigen Details der Gerichtsmedizin und die Ausführlichkeit eines Pathologen, der sich schon längst an das Grauen gewöhnt hat, können schon für einen erwachsenen Laien unverständlich sein – für ein fünfzehnjähriges Mädchen aber läuft ein Mordprozeß in einer Fremdsprache ab.

Stundenlange Aussagen von Experten für Ballistik, Fingerabdrücke, Schußrückstände, Blutgruppenbestimmung. Cinnamon hatte das Blut nicht gesehen. Das Haus war so dunkel gewesen, das Krachen der Waffe und der Geruch von Schießpulver waren für sie die bestimmenden Elemente des Alptraums. Nun wurde gesagt, daß Linda Blutgruppe B gehabt habe. Dieses Blut fand sich auf den Kissenbezügen. Cinnamon hatte Gruppe 0.

Was machte das schon für einen Unterschied? Cinnamon schloß die Augen und zog die Schultern hoch, die Lippen preßte sie fest aufeinander.

Das alles waren nur ergänzende Aussagen. Cinnamons Schicksal hatte sich von dem Moment an, da Kim Hicks Aussage ins Protokoll genommen wurde, gewunden wie eine Spannbrücke bei einem Erdbeben. Sie konnte nicht verstehen, wo ihr Vater blieb. Patti hatte ausgesagt. Wo war ihr Dad?

David Browns Name fiel im Gerichtssaal, aber er selbst war nicht zugegen. Er schickte der Staatsanwaltschaft die Nachricht, er wäre zu krank, um am Prozeß gegen seine Tochter teilzunehmen. Seine Zeugenaussage wurde in Form einer Stipulation von Mike Maguire verlesen: »Falls David Arnold Brown als Zeuge aufgerufen würde, so würde er aussagen, daß er drei Wochen vor dem 19. März 1985 Cinnamon Brown aus dem Haus geworfen habe und daß damals vereinbart worden sei, Cinnamon solle in dem Wohnwagen im Garten leben ... David Brown würde gleichfalls aussagen, daß Cinnamon Brown und Linda Brown in den Wochen vor dem 19. März 1985 nicht miteinander auskamen ... David Brown würde auch aussagen, daß Cinnamon Brown gesagt wurde, sie müsse entweder in dem Wohnwagen leben oder zu ihrer Mutter, Brenda Sands, zurückkehren.«

»Zu Protokoll genommen.«

Was bedeutet »stipulieren«? Cinnamon verstand noch immer nicht, was da gesagt wurde und daß soeben beide Seiten übereingekommen waren, daß ihr Vater glaubte, sie wäre schuldig.

Am Vormittag des Montags, 12. August, um halb zehn Uhr, ging es weiter. Nur noch zwei Zeugen, bevor Richter Fitzgerald entscheiden würde, ob Mike Maguire seine Anklage gegen Cinnamon über jeden vernünftigen Zweifel erhaben bewiesen hatte. Bill Morrissey und John Woods sagten aus, wie sie Tests auf Schußrückstände durchgeführt hatten.

Cinnamon hingegen sagte nicht aus. Forgette hatte entschieden, daß dies besser für sie sei. Wenn sie sich an nichts erinnerte – und sie versicherte ihm, daß dies der Fall war –, dann hatte es ohnedies keinen Sinn, daß sie in den Zeugenstand trat.

In dem Schlußplädoyer stufte Maguire Cinnamons mutmaßliches Verbrechen als vorbedachten »kaltblütigen Mord« ein, der von einem deprimierten und zornigen Mädchen begangen worden war. Cinnamon rutschte auf ihrem Stuhl noch tiefer, und ihr Gesicht schien immer länger zu werden, während sie Mike Maguire zuhörte. Es klang so häßlich, wie er beschrieb, daß Linda in ihrem Bett schlief, als sie – Cinnamon – sich in der Dunkelheit an sie heranschlich und sie aus nächster Nähe erschoß. Er sprach von »kaltblütigem Mord«, und es war fast so, als würde er über eine andere Person sprechen, als würde seine Stimme aus weiter Ferne kommen. *Kaltblütiger Mord.*

Forgette sprach als nächster, und auch er schien sehr weit von ihr entfernt zu sein, obwohl sie wußte, daß er auf ihrer Seite war. Er sagte, Cinnamon wäre unzurechnungsfähig gewesen, im gesetzlichen Sinn unzurechnungsfähig. Andernfalls hätte sie niemals Linda erschossen.

»Warum sonst sollte eine junge Dame, die viel Zuneigung für ihre Stiefmutter entwickelte, ein Motiv haben, sie zu töten? Am irritierendsten ist doch das völlige Fehlen eines Motivs dieses Kindes für den Mord an der Stiefmutter.« *Unzurechnungsfähig, im gesetzlichen Sinne unzurechnungsfähig.*

Warum hatte sie es tatsächlich getan? Dies war eine Frage, die um eine Antwort bettelte, aber es schien keine zu geben.

Montag, 12. August 1985 war ein langer Tag vor Gericht. Falls möglich, so hoffte Fitzgerald, die Schlußplädoyers zu hören, sein Urteil zu fällen und dann, abhängig von diesem Urteil, vielleicht auch zu den Aussagen in der zweiten Phase – der Phase der Zurechnungsfähigkeit – von Cinnamons Prozeß zu kommen.

Es schien für Cinnamon so, daß man sie immer schneller zutrieb ... worauf?

Nach den Aussagen der Tatortermittler Bill Morrissey und Sergeant Woods ordnete Richter Fitzgerald eine fünfzehnminütige Pause an. Als er zurückkehrte, erklärte er, ein Urteil gefällt zu haben.

»Das Gericht befindet über jeden vernünftigen Zweifel erhaben, daß die Jugendliche namens Cinnamon Brown das Opfer Linda Brown tötete. Sie tat dies mit Überlegung und Absicht und bösem Vorsatz. Das Gericht befindet darüber hinaus, daß dies nachweislich eine vorsätzliche Tötung war, ausgeführt von dieser Jugendlichen, und daß die Jugendliche im besonderen beabsichtigte, das Opfer, Linda Brown, zu töten. Das Gericht befindet darüber hinaus die Jugendliche Cinnamon Brown für schuldig des Mordes ersten Grades ... Ihr Alter zum Zeitpunkt des Mordes war vierzehn Jahre.«

Die Entscheidung war so schnell gefallen. Al Forgette versuchte, Cinnamon zu erklären, was das alles zu bedeuten hatte. Sie war soeben des Mordes ersten Grades für schuldig befunden worden und schüttelte ganz leicht den Kopf und starrte auf ihren Schoß.

Jetzt mußte Forgette dem Richter beweisen, daß Cinnamon Brown vollständig unfähig gewesen war, die Natur und Art ihrer Mordtat zu verstehen. Er mußte Zeugen aufrufen, die ihre labile psychische Verfassung beglaubigten. Es war die einzige Möglichkeit, um ihre Einlieferung ins Gefängnis zu verhindern. Der Mord ergab für Forgette keinen Sinn, und er konnte sich nicht vorstellen, daß es jemand anders sehen könnte.

Er rief zuerst Brenda Sands, Cinnamons Mutter auf, um seine Behauptung zu untermauern, Cinnamon wäre in jener Märznacht von Sinnen gewesen.

Brenda war ein wenig verwirrt, was sie denn sagen solle.

David hatte so sehr darauf gedrängt, sie solle der Polizei erzählen, daß Cinnys Verhalten merkwürdig war. Zwar vertraute sie David nicht sonderlich, aber er konnte so gut reden und die Dinge darstellen, wie sie ihm günstig schienen. Er hatte ihr erzählt, die Polizei wollte Cinny verladen. Mr. Forgette hatte ebenfalls gemeint, es wäre angezeigt, alle emotionalen Ausbrüche zu enthüllen. Es würde Cinnamon helfen. Brenda wußte, das Cinny grundsätzlich ein gutes Kind war. Sie würde alles tun, um ihrem Kind das Gefängnis zu ersparen. Also führte sie alle Kräche an, die sie durchlebt hatten: Mutter-Tochter-Streitigkeiten, und ja, Brenda hatte Cinny zu ihrem Vater und ihrer Stiefmutter geschickt. Cinny war so schnippisch gewesen, daß Brenda sie geohrfeigt hatte, und Cinny habe versucht zurückzuschlagen.

»Wir hatten einen kleinen Mutter-und-Tochter ... Sie wissen schon ... Streit, Sie wissen schon, streiten, sie wissen schon, weil sie lange wegblieb, und es hatte etwas damit zu tun, daß sie, Sie wissen schon, Regeln befolgen mußte ... Nur eine Ohrfeige. Ich habe sie zuerst geschlagen, und dann hat sie nach mir geschlagen, aber ich habe meinen Arm gehoben und habe ihren Schlag abgefangen.«

»Und danach haben Sie sie zu Ihrem Vater zurückgeschickt?« fragte Forgette.

»Ja.« Brenda erklärte hastig, daß sie und Cinnamon oft am Telefon miteinander gesprochen und viele Wochenenden zusammen verbracht hatten. Und ja, sie erinnerte sich, daß Cinny sie ungefähr eine Woche vor Lindas Tod angerufen hätte: »Sie fühlte sich krank. Sie sagte mir, daß sie Schmerzen habe und sich nicht gut fühle. Sie hätte das Gefühl, verrückt zu werden, weil alle in dem Haus dort stritten. Ich sagte nur, also, Sie wissen schon – Sie wissen schon, ich habe nicht verstanden, was da vor sich ging. Und ich sagte ihr, ich weiß nicht, was ich dir sagen soll. Ich kann nicht die Probleme deines Dads lösen.«

Cinnamon hatte nicht darum gebeten, wieder zu ihrer Mutter zu ziehen. Was immer sie bedrückte, es blieb in ihr verschlossen.

Krista Taber sagte aus, Cinnamon habe nicht mehr so unbeschwert gewirkt wie zuvor. Doch sie hatte Schwierigkeiten, sich genau auszudrücken. Das Beste, was Krista tun konnte, war, auf Al Forgettes Frage zu antworten: »Also, wenn du sie fünfmal gesehen hast, wie oft von diesen fünf Malen war sie unglücklich?«

»Einmal.« Und das war gewesen, als Cinny den Befehl erhielt, den Freundeskreis in Len Millers Haus zu verlassen und sofort nach Hause zu kommen.

Krista konnte sich dunkel erinnern, daß Cinnamon ihr einmal erzählt hatte, sie habe vierzehn Aspirin genommen. Sie wußte nicht, warum oder wann. Cinny war nicht einmal schlecht geworden. Es war keine große Sache gewesen.

Patti Bailey sagte erneut aus und betonte, wie seltsam Cinnamon sich in der Nacht des Mordes benommen hatte. Patti durchlebte noch einmal das Entsetzen, als sie versuchte, sich selbst und Krystal vor einer amoklaufenden Cinnamon zu schützen.

Patti unterstrich, wie launisch und deprimiert Cinnamon gewesen war und wie viel Zeit sie damit zugebracht hatte, sich mit ihren Phantasiefreunden zu unterhalten. »Sie sprach mit ihnen und sagte ›Was meinst du dazu, Maynard?‹«

Und dann waren da natürlich noch der unheimliche Oscar und Tante Bertha, alle unsichtbar, Gestalten einer leicht entflammenden Imagination, aber laut Patti für Cinny sehr real.

Manuela Brown trat in den Zeugenstand, um über das bizarre Verhalten ihrer Enkelin auszusagen. Sie hatte sich wochentags um Cinny gekümmert, als ihre Enkelin ungefähr vier war.

»Beschreiben Sie ihr Verhalten, wenn sie bei Ihnen war«, drängte Forgette. »Wenn es Ihnen nichts ausmacht.«

»Sehr still. Sie lächelte sehr selten, wissen Sie, nicht so glücklich wie damals, als die Ehe in Ordnung war, und jedermann . . .«

Forgette schnitt ihr das Wort ab, bevor sie sich in einer Schilderung von Brendas und Davids Scheidung vor einem Jahrzehnt ergehen konnte.

Nach Cinnamons Gemütszustand in jüngster Zeit befragt, schüttelte Manuela den Kopf und seufzte. »Manchmal war sie glücklich, manchmal launisch und oft deprimiert.«

Manuela brachte ebenfalls den allgegenwärtigen Maynard zur Sprache, den unsichtbaren Freund. Einige Zuschauer kicherten verstohlen, als die untersetzte Frau erklärte, wie Cinnamon sie geneckt hatte.

»Sie bat mich, nach oben zu kommen – sie wollte mir ihren Freund vorstellen. Und ich dachte, sie hätte vielleicht einen Hamster oder so was – Kinder haben für gewöhnlich Hamster oder Meerschweinchen oder so was. Als ich nach oben kam, wollte ich mich auf das Bett setzen, und sie sagte ›*Nicht!* Setz dich nicht auf Maynard.‹« Manuela fand das gar nicht lustig. »Wir sind einmal alle in dem Campingbus zum Target Store gefahren, und sie sagte: ›Großmama, paß auf, daß du dich nicht auf Maynard setzt.‹«

Cinnamon hatte sich nicht die Pulsadern aufgeschnitten, sie war nicht nackt auf der Hauptstraße herumgelaufen und sie hatte auch nicht irre geredet. Sie hatte nichts angestellt, was nicht jeder normale Teenager – mit einem gutentwickelten Sinn für Humor – auch fertigbringen konnte. Teenager sind nun einmal launisch und oft niedergeschlagen. So sehr Al Forgette auch darum kämpfte, Cinnamon als gestört darzustellen, er hatte kaum Material, auf das er diese These gründen konnte.

»Rufen Sie Dr. Howell auf!«

Dr. Thomas Patrick Howell, ein Klinikpsychologe im Dienst des Orange County Gesundheitsamtes, Abteilung für Geisteskrankheiten, war der erste Fachmann, der für die Verteidigung aussagte.

Seit fast drei Jahren war Dr. Howell zugelassen, gerichtlich autorisierte psychologische Gutachten zu erstellen, um Diagnosen bei gestörten Jugendlichen zu erarbeiten und bei Kriseninterventionen zu helfen. In dem Monat nach Lindas Ermordung hatte Howell die junge Cinnamon untersucht, und er hatte auch mit David Brown und einigen Angestellten des Jugendgefängnisses gesprochen. Den Fall selbst kannte er nur aus einer kurzen Zusammenfassung, er hatte nicht in die Polizeiakten Einsicht genommen, um gezielt Details zu erforschen.

»Zu welchem Zweck fand das Gespräch mit ihrem leiblichen Vater, Mr. David Brown, statt?« fragte Forgette.

»Um eine Art Entwicklungsgeschichte zu erhalten, eine

Familiengeschichte, und um zu verstehen, was in der Familie vor sich ging, psychosoziale Streßfaktoren, irgendwelche Probleme in der Zusammensetzung der Familie, die das . . .«

»Dann stützten Sie sich also hauptsächlich auf Mr. Brown, was die Familiengeschichte anging?« fiel Forgette ihm ins Wort.

»Ja.«

Was Dr. Howell von Cinnamons Vater erfahren hatte, glich einer puren Goldader – ein Übermaß an geistiger Pathologie. Brown war eine Stunde zu spät zu seinem Termin erschienen, wirkte abgehetzt, mitgenommen – aber *clean*. Er hatte seine zahlreichen Leiden erklärt – Bluthochdruck, Darmgeschwüre, Allergien, Bronchitis, und er war offensichtlich besorgt.

Brown lobte seinen Vater und verdammte seine Mutter und gab ihr die Schuld an den meisten seiner emotionalen Probleme. Obwohl er Dr. Howell nachträglich keine Daten mehr nennen konnte, sprach er von seinen Selbstmordgedanken und drei Krankenhausaufenthalten. Er schob Brenda genausoviel Schuld wie seiner Mutter zu. Was seine Ehe mit Linda anging, so beschrieb er sie als *»perfekt*, eine gute Ehe ohne wirkliche Probleme.«

Der Psychologe berichtete weiter über den Verlauf seines Gesprächs mit Brown. »Mr. Brown lieferte mir eine ausgedehnte Geschichte von körperlicher Mißhandlung, sexueller Mißhandlung, Gewalt und Drogenmißbrauch, die seine eigene Familie und ihn selbst umfaßte.«

»Nun, sind diese Dinge von Bedeutung, wenn es um eine Einschätzung Cinnamons geht?« fragte Forgette.

»Ja, ich denke, daß sie von Bedeutung sind, weil sie eine gewisse Wirkung auf ihren emotionalen Zustand haben mußten – in dem Sinne, daß sie lernte, wie Aggression zu handhaben ist, und lernte, wie man sich in Krisensituationen verhält . . . Ein Punkt, der besonders bedeutend war, bestand darin, daß er (Brown) *dreimal* in psychiatrische Krankenhäuser eingeliefert worden war . . . er deutete an, er habe gedroht, sich selbst und auch Cinnamons Mutter mit einer Schußwaffe umzubringen, und zwar in der Zeit nach ihrer Scheidung. Und daß er sich gern mit Waffen umgab, und auf Verlangen von Freunden und . . . von seinem Therapeuten beschloß, diese Waffen in die Obhut der Orange Polizei zu übergeben. Was die Vorgeschichte angeht, so wurde er mit zahlreichen körperlichen Mißhandlungen großgezogen, in einer Familie, die nur sehr dürftig für seine Bedürfnisse sorgte und ihn zwang, das Haus im Alter von vierzehn zu verlassen, ein sehr junges Alter für jemanden, der auf sich selbst angewiesen ist. Daher genoß er nur eine mangelhafte elterliche Erziehung, wie man sich normal innerhalb der Gesellschaft verhält ... Was auch auf Cinnamon zutrifft; bei ihrem Versuch, Kinder zu erziehen und ihnen Disziplin beizubringen, schöpfen Eltern hauptsächlich aus den Erfahrungen mit ihren eigenen Eltern. Er war wahrscheinlich ein schlechter Vater und hat sogar wahrscheinlich körperlich selbst mißhandelt. Ich mußte einen Bericht über Kindesmißhandlung einreichen aufgrund seiner Aussagen mir gegenüber, daß er seine Tochter schlug, als sie zwölf Jahre alt war. Er zog die Hose herunter und schlug sie mit einem Gürtel in der Absicht, sie zum Weinen zu bringen, was ihm aber nicht gelang. Diese Erfahrung zeigt erneut eine Fortsetzung schlechten elterlichen Verhaltens, das er erlebt hatte, und in der Tat war dies auch in Cinnamons Aussagen mir gegenüber zu finden.«

Dr. Howells Informationen über David Browns familiären Hintergrund sowie über Brenda und die Bailey-Familie stammten alle von David Brown. In gewisser Hinsicht schien Howell dem Computerspezialisten alles geglaubt zu haben. In anderer Hinsicht fand er Browns Aussagen in sich widersprüchlich.

»Ich hatte den Eindruck, der Vater würde seine Tochter für unfähig halten, einen solchen Akt (Mord) auszuführen; seine Behauptung war: ›Cinnamon ist genauso unfähig, anderen weh zu tun, wie ich!‹ Aber meiner Meinung nach ist *er* schon dazu fähig. Seine Vergangenheit belegt das. Es war also eine sonderbare Äußerung, die er da machte.«

Dr. Howell hielt David Brown allerdings nicht für gemeingefährlich. »Könnte Mr. Browns geistiger Zustand oder seine geistige Verfassung nach Ihrer Meinung irgendwelche Auswirkungen auf Cinnamon haben oder darauf, wie sie auf gewisse Situationen reagiert?« fragte Forgette.

Nach einem halben Dutzend Einsprüchen von Mike Maguire und mehreren neu formulierten Fragen von Forgette durfte

Howell antworten. »Grundsätzlich kann man sagen, daß ein Individuum verschiedene Verhaltensweisen zum Vorbild nimmt. Das Kind sieht seinen Vater. Wie geht er mit einem Konflikt um? Wie wird er mit Streß fertig? Wie reagiert er auf die Forderungen der Realität des Lebens? Und man kann auch unangemessenen Zorn sehen – er wird wütend und droht, sich selbst etwas anzutun ... Ich denke, das war ein Teil seines Verhaltensmusters, daß er mir klarmachte, daß er aus einer gestörten Familie kam.«

Nur wenige hätten ihre Hand dafür ins Feuer gelegt, daß Cinnamons Familienleben normal gewesen war. Doch noch wußte niemand, bis zu welchem Grad es gestört gewesen war und welche Auswirkungen es auf Cinnamon hatte.

Dr. Howell hatte eine Reihe psychologischer Tests mit Cinnamon selbst durchgeführt: den Lebensmodelltest des Shipley Institutes, den umfassenden Leistungstest, den Visuellen Gedächtnistest nach Benton, den Handtest, die Minnesota-Multiphasen-Persönlichkeits-Bestandsaufnahme, den Kineteischen Familien-Zeichentest. Sie wurden vorweg durchgeführt, um festzustellen, ob man nach möglichen organischen Gründen für ihren plötzlichen Gewaltausbruch suchen sollte.

Dr. Howell erklärte, er habe keine Psychose und keine audiovisuellen Halluzinationen entdeckt. Ihre intellektuellen Funktionen lagen im durchschnittlichen bis leicht überdurchschnittlichen Bereich.

Dennoch konnte das Mädchen sich an nichts aus jener Zeitspanne erinnern, die mit dem Fernsehschauen im Wohnzimmer am Ocean Breeze Drive begonnen und dem Aufwachen und alles »Doppelt«-und-»Dreifach«-Sehen geendet hatte. Sie stritt Howell gegenüber ab, jemals bei irgend jemandem ein Mordgeständnis abgelegt zu haben.

Sie wehrte sich gegen die psychologischen Tests, von denen Howell sie bat, sie zu vervollständigen, und beim dritten weigerte sie sich endgültig, weiterzumachen, und sagte: »Was wollen Sie denn machen? Mich schlagen?«

»Aber kurz darauf war sie dann doch imstande, sich neu darauf einzustellen«, sagte Howell, »ihren Ärger zu unterdrücken und den Test zu vervollständigen.

Dr. Howell betonte, er habe nie vorgehabt, eine Diagnose zu stellen, ob Cinnamon Brown zum Zeitpunkt des Mordes den Unterschied zwischen richtig und falsch gekannt habe – oder auch nur, ob sie überhaupt den Mord an Linda Brown begangen hatte. Er stellte eine bedingte Diagnose – gültig nur, falls Cinnamon tatsächlich des Mordes an ihrer Stiefmutter für schuldig befunden wurde: »Isolierte explosive Störung.«

Diese Geistesverwirrung wird im *Diagnostic and Statistical Manual of Mental Disorders*, der Bibel der psychologischen Welt beschrieben: als Impulskontrollprobleme, die »sonst nirgendwo einzuordnen sind. Das Hauptmerkmal ist eine einzelne, diskontinuierliche Episode des Mangels an Widerstand gegen einen Impuls, der zu einem einzelnen, gewalttätigen, nach außen gerichteten Akt führt, der eine katastrophale Wirkung auf andere hat und für den die vorhandene Information nicht ausreicht, um die Diagnose Schizophrenie, Antisoziale Persönlichkeitsstörung oder Verhaltensstörung zu rechtfertigen. Ein Beispiel dafür wäre ein Individuum, das ohne erkennbaren Grund plötzlich auf völlig Fremde in einem Wutanfall zu schießen beginnt und sich dann selbst erschießt. In der Vergangenheit wurde diese Störung als ›katathymische Krise‹ bezeichnet.«

Dr. Howell verließ den Zeugenstand. Seine Diagnose taugte genausoviel oder wenig wie alles andere, was die übrigen Zeugen als Erklärung für einen scheinbar unverständlichen Akt mörderischer Gewalt vorgebracht hatten.

Von seinem Beobachtungsposten im Gerichtssaal aus hatte Jay Newell das Gefühl, alle würden versuchen, ein Kreuzworträtsel zu vollenden, ohne zu merken, daß ihre Antworten nicht in die vorgesehenen Kästchen paßten.

Alle? Wem machte er etwas vor? Er tat das gleiche.

Die Parade der Psychologen und Psychiater wurde fortgesetzt. Dr. David Sheffner, ein Gerichtspsychiater, sagte aus, er habe versucht, zu Cinnamon vorzudringen.

»Sie hat mich nicht an sich herangelassen . . . Ich hatte das Gefühl, daß in dieser jungen Frau ein gewaltiger emotionaler Aufruhr tobt, und unter der Voraussetzung, daß sie getan hat, wessen sie angeklagt ist, stellt dies meiner Meinung nach ernste zwischenmenschliche und emotionale Schwierigkeiten dar.«

Sheffner befand sich in der gleichen verzwickten Lage wie Dr. Howell. Cinnamons Verhalten und Reaktionen, ihr Gedächtnisverlust, ihre Weigerung, befragt zu werden, die Tatsache, daß sie soeben des Mordes ersten Grades für schuldig befunden worden war, deuteten darauf hin, daß sie »sehr schwere Mißhandlungen« erlitten hatte, doch er hatte nichts – zumindest nicht in diesem Ausmaß – in ihrer Familie gefunden. Sheffner konnte zu keiner Meinung über Cinnamons Zurechnungsfähigkeit zum Zeitpunkt des Mordes kommen. Er empfahl eine Psychotherapie.

Dr. Kaushal Sharma, ebenfalls Psychiater, war in dem langen Sommer nach Lindas Ermordung dreimal mit Cinnamon zusammengetroffen, erstmals am 31. Mai 1985: »Sie sagte mir, sie könne sich an nichts erinnern, was mit dem Vorfall zu tun habe... Sie erzählte mir wohl, wie ihr Leben am Vortag des Mordes ausgesehen hatte, aber sie verriet mir nichts über die Umstände, die beim Begehen des Verbrechens eine Rolle gespielt haben könnten.«

So konnte es niemanden überraschen, daß Dr. Sharma keine Diagnose über Cinnamons Zurechnungsfähigkeit stellen konnte.

Entweder war Cinnamon Brown sehr, sehr schlau und konnte erfahrene Ärzte verunsichern, oder sie litt tatsächlich unter Gedächtnisverlust. Es schien keine andere Erklärung zu geben.

Als das Gericht am Dienstag, dem 13. August, zur Verkündung des Strafmaßes im Verfahren gegen Cinnamon Brown zusammentrat, wurde noch eine Stipulation bezüglich einer möglichen Zeugenaussage von David Brown angeboten.

»Ich möchte das Gericht darüber in Kenntnis setzen«, sagte Al Forgette, daß der Grund für die Abwesenheit von Cinnamons Vater darin liegt, daß er ziemlich krank ist und von seinem Arzt die Anweisung erhielt, im Bett zu bleiben. Daher kann er nicht vor Gericht erscheinen. Ich habe der Staatsanwaltschaft eine Kopie des Briefs seines Arztes, Dr. Goldstein, zukommen lassen. Am sechsten August wurde er angewiesen, für annähernd zwei Wochen daheim im Bett zu bleiben.«

Jay Newell wußte, daß David Brown über eine ganze Reihe von Leiden klagte. Dennoch wirkte es höchst sonderbar, daß er ausgerechnet an dem Tag, da der Prozeß gegen seine Tochter begann, von Krankheit niedergestreckt wurde.

»Ich habe mich täglich mit Mr. Brown in Verbindung gesetzt in der Hoffnung, er könne doch noch vor Gericht erscheinen«, beteuerte Forgette. »Aber erst gestern abend informierte er mich, daß er dazu nicht in der Lage wäre. Er hielt es für angebracht, die Anweisungen des Arztes zu befolgen. Daher haben wir jetzt dem Gericht eine Stipulation anzubieten. Die Verteidigung möchte zur Stipulation anbieten, daß David Brown, falls er als Zeuge aufgerufen würde, aussagen würde, daß in den annähernd zwei bis drei Wochen vor dem Tod seiner Frau Linda die Jugendliche Cinnamon Brown sehr launisch wirkte und in dieser Zeit mehrfach von Selbstmord sprach.«

»In dieser Form stipuliert«, murmelte Mike Maguire.

»Stipulation zu Protokoll genommen«, echote Richter Fitzgerald.

»Eine zusätzliche Stipulation, Euer Ehren«, bat Forgette, »die sich auf die Zeugin Patricia Bailey bezieht. Wir bieten zur Stipulation an, daß sie in diesem Zeitraum von zwei bis drei Wochen hörte, wie die Jugendliche Cinnamon Brown von Selbstmord mittels einer Feuerwaffe sprach.«

»In dieser Form stipuliert.«

»Zu Protokoll genommen.«

Jay Newell stockte für einen Moment der Atem. Wenn Patti Bailey *gewußt* hatte, daß Cinnamon daran dachte, zwei Wochen vor der Mordnacht mit einer Feuerwaffe Selbstmord zu begehen, wieso hatte sie Cinnamon dann so bereitwillig den Gebrauch der .38er gezeigt und war dann so heiter schlafen gegangen? Er machte sich eine Notiz. Er wußte nicht, wieso er sich die Mühe machte, zu diesem Zeitpunkt noch etwas zu notieren. Sie hatten den Fall bereits gewonnen. Sie waren praktisch schon über der Ziellinie.

Al Forgette rief seinen letzten Zeugen auf, sein schweres Geschütz, den Psychiater Dr. Seawright Anderson. Anderson sagte aus, er habe Cinnamon Brown am 20. März beurteilt, den ersten Tag, an dem sie sich in der geschlossenen Abteilung der

UCI befand, als sie mit einer Infusionsnadel in ihrem Arm an ihr Bett gekettet lag.

Bei der ersten von zwei Konsultationen war Cinnamon gegenüber Dr. Anderson recht offen gewesen. Sie erzählte ihm, sie sei in der neunten Klasse, ihr Notendurchschnitt liege zwischen B und C, in Geschichte und Mathematik habe sie ein F bekommen. Sie erzählte ihm auch, daß sie manchmal mit ihrem Vater arbeitete, einem »Computerwissenschaftler«, verneinte sexuelle Erfahrungen, verneinte Drogengebrauch und hatte noch nie Alkohol getrunken – »ausgenommen ein- oder zweimal zu Silvester.«

Cinnamon sagte, sie hätte vor zwei oder drei Jahren bei einem Autounfall eine Kopfverletzung erlitten, sei aber nicht in ein Koma gefallen. Die einzige ernsthafte Krankheit, die sie jemals hatte, war eine Mandelentzündung, bei der sie auf Penicillin allergisch reagierte und unkontrolliert zu zittern begann.

Cinnamon gab als Hobbys An-den-Strand-gehen und Briefmarkensammeln an. Sie sagte, ihre Mutter sei »nett«, habe aber ein »aufbrausendes Wesen«; zur Zeit arbeitete sie in einer Vitamintablettenfabrik. Cinnamon sagte zu Anderson, daß ihr Vater auch »nett« wäre.

Gefragt, ob sie jemals unter Halluzinationen oder Angst vor Verfolgung gelitten habe, begann sie spontan über Lindas Tod zu sprechen. Sie erzählte Dr. Anderson, daß Linda plötzlich »ausgeflippt ist und gesagt hat, sie würde sie töten, falls sie nicht aus dem Haus verschwand«. Cinnamon sagte, Linda würde sie nicht lieben ... und dann erwähnte die Jugendliche, daß ihr Vater bei jenem Streit im Lehnsessel gesessen habe, bis er aus dem Haus gegangen sei. Und das Opfer schlief ... die Jugendliche lief hinein, holte die Waffe und feuerte die Waffe im Zimmer der Tante ab ... und die Jugendliche sagte, sie habe nicht gewußt, was sie tat. Sie habe wirklich Angst gehabt. Sie lief hinein und schoß zweimal auf ihre ... das heißt – auf das Opfer – warf die Waffe zu Boden, begann sich selbst zu schlagen, ihr wurde übel, sie öffnete die Schublade, fand drei Fläschchen, hörte ihre Stiefmutter rufen: »Helft mir! Helft mir!«; sie nahm alle Pillen, begann zu zittern und ging in die Hundehütte, und dann schrieb sie einen Brief, in dem sie Gott um Verzeihung bat, und daß sie sie nicht habe verletzen wollen.

Als Anderson sie nach ihren Gedanken vor den Schüssen befragte, hatte Cinnamon ihm gesagt, sie könne sich nicht an ihre Gedanken erinnern; das alles sei wie in einem bösen Traum abgelaufen.

Anderson sagte, Cinnamon habe ihm erklärt, sie habe zwei Selbstmordversuche unternommen und sei oft deprimiert gewesen. Sie hatte das Gefühl, ihre Stiefmutter wolle sie töten. »Sie stritt Zwangsvorstellungen und Phobien ab. Als ich sie nach fixen Ideen fragte, erklärte sie, ständig würde sie davon träumen, wie ein Vogel ohne Federn zu fliegen . . .«

»Nach Einsicht in die Polizeiberichte und die psychologische Einschätzung durch Dr. Howell«, fragte Forgette, »und im Licht Ihrer eigenen Untersuchung der Jugendlichen, kamen Sie zu irgendwelchen diagnostischen Schlußfolgerungen?«

»Ja, Sir, ich war . . . Mein Eindruck zu diesem Zeitpunkt war, daß sie unter einer größeren Depression litt, wiederkehrender Art.«

Dr. Anderson war auch der Ansicht, daß diese größere Depression Cinnamon zum Zeitpunkt der Schüsse gepackt hatte und »ihre Fähigkeit störte, die Art ihres Verhaltens zu erkennen und ebenso den Unterschied zwischen richtig und falsch zu erkennen.«

Am 28. Juli hatte der Psychiater noch einmal mit Cinnamon gesprochen – beziehungsweise *versucht*, mit ihr zu sprechen. »Sie erinnerte sich nicht daran, mich schon einmal gesehen zu haben«, sagte er aus. »Sie erinnerte sich nicht daran, mir etwas über den Mord an ihrer Stiefmutter erzählt zu haben . . . Sie ging allerdings mit mir zusammen das Material über ihre persönliche Geschichte durch, stritt jedoch alle Selbstmordversuche ab . . . Mein Eindruck war, sie habe diese psychogenische Amnesie entwickelt, um sich selbst davor zu schützen, in eine noch tiefere Depression zu stürzen oder in einen psychotischen Zustand zu verfallen.«

Dr. Anderson modifizierte – oder besser *erweiterte* -- seine Diagnose für Cinnamon Brown nach dieser zweiten halbstündigen Konsultation. »Ich hatte den Eindruck, daß sie unter einer disassoziativen Störung litt, einer psychogenischen Amnesie. Rückläufig.«

Mike Maguire nahm Dr. Anderson bis in den Nachmittag hinein ins Kreuzverhör. »Ist es nicht eine Tatsache, Doktor, daß eine Depression an sich Menschen nicht dazu bringt, die Einsicht zu verlieren, was richtig oder was falsch ist?«

»Das ist korrekt.«

»Und in diesem Fall haben Sie aufgrund dessen, was Cinnamon Ihnen erzählte, den Eindruck, daß ihre Depression sie dazu brachte, die Einsicht zu verlieren, was richtig und was falsch ist?«

»Aufgrund dessen, was sie mir sagte, bin ich der Überzeugung, daß ihre Depression von solcher Heftigkeit war, daß sie mit ihrer Fähigkeit kollidierte, richtig und falsch zu unterscheiden.«

Sie zerpflückten die Fragen, und weder Zeuge noch Ankläger gaben nach.

In dem folgenden Kreuzverhör und der erneuten direkten Befragung von Seawright Anderson warfen alle Beteiligten mit psychologischen Begriffen nur so um sich. Cinnamon war verwirrter als je zuvor. Sie war bereits als Mörderin verurteilt worden. Jetzt sagte ihr Anwalt, daß sie nach dem Gesetz verrückt war. Der Ankläger dagegen meinte, sie sei es nicht. »Cinnamon ist weder jetzt unzurechnungsfähig, noch war sie es am neunzehnten März, als sie zweimal den Abzug betätigte, um Linda Brown zu erschießen.«

Cinny selbst wußte nicht, was das alles zu bedeuten hatte. Es bedeutete natürlich, falls Richter Fitzgerald mit Forgette übereinstimmte und sie als geisteskrank einstufte, würde Cinnamon eine Behandlung erhalten. Stimmte er mit Mike Maguire überein, würde sie ins Gefängnis wandern.

Richter Fitzgerald entschied gegen Forgette. Seiner Einschätzung nach war Cinnamon Brown in jeder Hinsicht gesund. Er sagte, er würde sie am 13. September verurteilen.

Cinnamon Brown erschien am Freitag, 13. September, zur Verkündung des Strafmaßes. Sie war sehr blaß und zitterte, während sie neben Al Forgette saß. Hatte sie während der beiden bisherigen Phasen ihres Prozesses nur immens traurig gewirkt, so machte sie jetzt einen erschütterten Eindruck. Es war, als wäre sie gegen eine Wand geprallt – eine unerwartete Wand. Mr. Forgette hatte ihr erklärt, was alles passieren konnte, aber damit hatte sie nie gerechnet.

Jay Newell sah sich im Zuschauerraum um, wer denn hier war, um diesen Urteilsspruch zu verfolgen. Im *Orange County Register* hatte es nur eine Story im hinteren Teil gegeben, und in der *Los Angeles Times* stand noch weniger.

Brenda Sands war da und wirkte genau so gepeinigt wie Cinnamon, auch Davids Schwester Susan Salcido und Cinnamons Großvater, Arthur Brown, waren erschienen. Und hinter Brenda sah Newell *endlich* den so schwer zu fassenden David Arnold Brown. Er fragte sich, was wohl der wahre Grund gewesen war, aus dem Brown »zu krank« gewesen war, um zu Cinnamons Prozeß zu kommen. Hatte er Angst vor einer Zeugenaussage gehabt? Besaß er Informationen, die die Aussichten seiner Tochter hätten schlechter aussehen lassen? Jetzt spielte das keine Rolle mehr. Die Verhandlung war vorüber.

Während Newell verstohlen den fülligen dunkelhaarigen Mann betrachtete, sah er, wie Browns Hand plötzlich vorschnellte und seine Exfrau an den Haaren zog. Brenda hob die Hand und verscheuchte ihn wie eine lästige Fliege. Er war wie ein Kind in der Schule, fand Newell, als er sah, daß Brown auch mit seinem Fuß gegen Brendas Stuhl trat. Er war wie ein ungezogenes Kind, das an den Zöpfen eines Mädchens zog, für das er schwärmte, obwohl seine eigene Tochter wegen Mordes zu einer Gefängnisstrafe verurteilt werden sollte.

David Brown lächelte. Es war ein träges, glückliches Lächeln.

Newell war verwirrt – und fasziniert.

Als Brown erneut Brenda necken wollte, beschrieb Richter Fitzgerald die Tötung von Linda Marie Brown als einen Akt der Heimtücke, den er verabscheute. Cinnamon sah Fitzgerald an. Er fragte sie, ob sie die Prozedur ihrer Verurteilung verstand. Sie schüttelte leicht den Kopf, und mit gebrochener Stimme sagte sie: »Ich verstehe es nicht.«

Warum sollte sie verurteilt werden? Warum konnte sie nicht nach Hause gehen?

Tränen quollen aus Cinnamons Augen und rollten über ihre Wangen. Sie stand starr da und wartete.

»Ich verurteile dich zu siebenundzwanzig Jahren bis lebenslänglich . . .«

Cinnamon schwankte. Brenda rang nach Luft.

Keine von beiden hörte, was der Richter noch zu sagen hatte. Es reichte, daß sie soeben gehört hatten, daß Cinnamon, fünfzehn Jahre alt, im Gefängnis bleiben sollte, bis sie mindestens zweiundvierzig Jahre alt war, vielleicht sogar länger.

»Meine Hoffnung ist, daß du dich entwickelst«, sagte Richter Fitzgerald. »Und daß du nicht die Höchststrafe absitzen mußt.« Er empfahl, Cinnamon in dem kalifornischen Jugendgefängnis Ventura School unterzubringen, wo sie psychiatrische Behandlung erhalten konnte und mit Mädchen ihres Alters zusammenleben würde.

Brenda Sands verließ den Gerichtssaal in Tränen.

Mike Maguire erklärte der Presse, daß die »Zielzeit« für jugendliche Straftäter in Kalifornien erfahrungsgemäß sechs Jahre war. Das bedeutete, daß Cinnamon mit zwanzig oder einundzwanzig herauskommen konnte. Aber das stand nicht fest.

Cinnamon hörte diese Erklärung nicht und verstand auch nicht, daß sie wahrscheinlich nicht wirklich für den Rest ihres Lebens im Gefängnis sein mußte. Es hätte wohl auch keine Rolle gespielt. Wenn man fünfzehn ist, erscheinen einem sechs Jahre so lang wie ein ganzes Leben.

Sie sah sich nach ihrem Vater um, aber er war weg.

Die Fallakte im Büro des Staatsanwalts von Orange Country füllte einen dicken Aktenkarton und die Hälfte eines zweiten. Der Brown-Fall war jetzt abgeschlossen und wanderte ins Archiv hinunter. Es gab stets andere Fälle zu bearbeiten, so viele neue Fälle, daß sie sich übereinander türmten. Keine Zeit, um auf diese sonderbare Geschichte von Cinnamon Darlene Brown und ihrer toten Stiefmutter zurückzublicken und darüber nachzudenken.

Mit Cinnamons Verurteilung war der Garden Grove Fall 85-11342 abgeschlossen. Es gab keinen Grund, einen Fall erneut zu bearbeiten, in dem sowohl die Beweise als auch ein Geständnis eine Mörderin überführt hatten. Die Tatsache, daß die Mörderin ein vierzehnjähriges Mädchen mit einem süßen Gesicht war, war tragisch, aber die Mühlen der Gerechtigkeit mahlten in Orange County ohne Unterbrechung weiter.

Cinnamon Brown wurde der Ventura School in Camarillo zugewiesen und unter die Jurisdiktion der kalifornischen Jugendbehörde gestellt. Sie sollte nie wieder eine öffentliche High-School besuchen, und sie würde nicht weiter mit ihren Freundinnen und Freunden heranwachsen. Ein Teil ihres jungen Lebens, ein sehr wichtiger Teil, war amputiert worden. Am 17. Oktober 1985 wurde sie aus dem Orange County Jugendgefängnis geholt und achtzig Meilen nach Norden in die Ventura School in Camarillo gefahren. Cinnamon, die immer den Strand geliebt hatte, würde nahe genug am Pazifischen Ozean sein, um die salzige Gischt zu riechen, wenn der Wind am Nachmittag umschlug, aber sie würde nie am Strand sonnenbaden können.

Ihr Zuhause würde so weit entfernt sein, als wären es zehntausend Meilen. Doch andererseits hatte Cinnamon nie wirklich ein Zuhause gehabt, auf das sie lange hatte zählen können. Sie fühlte sich stets wie ein Anhängsel, egal, bei welcher Familie sie lebte. Wie ein Eindringling. Bei wem sie auch gelebt hatte, bei Brenda oder bei David, sie hatte sich stets zerrissen gefühlt und untreu gegenüber dem abwesenden Elternteil.

Zuerst war sie nur überrascht, sich im Gefängnis wiederzufinden. Daß sie dort war, mußte ein Irrtum sein. Und dann war sie wie betäubt, ungläubig. Und so allein. Sie versuchte, sich selbst davon zu überzeugen, daß sie nicht lange in der Ventura School bleiben würde. Ihr Vater hatte immer versichert, er würde sich um sie kümmern, und sie vertraute seinen Versprechungen.

Nachdem sie in ihr Cottage eingezogen war und sich in die Routine der Ventura School eingefügt hatte, durfte sie jeden zweiten Samstag Besuch empfangen. Sie hoffte, ihr Vater würde zu ihr heraufkommen, damit sie mit ihm sprechen konnte und von ihm in die Arme genommen wurde. Sie hoffte, er würde Krystal mitbringen. Sie hoffte, Brenda könnte sich einen Wagen ausleihen und mit Penelope zu ihr kommen. Sie vermißte ihre beiden kleinen Schwestern.

Sie hatte jetzt eine neue Angst, ganz gleich, wie irrational sie auch sein mochte. Sie hatte Angst, daß alle sie einfach vergessen könnten.

ZWEITER TEIL
Die Ermittlung

12

Einen Mann gab es, der Cinnamon nicht vergessen hatte. Aus irgendeinem Grund konnte Jay Newell sie nicht aus seinen Gedanken verbannen. Er wußte sehr gut, daß die Brown-Akte bereits Staub ansetzte. So lief es nun einmal, diese unabänderliche Abfolge von der Ermittlung zu dem Höhepunkt eines Prozesses und dann zum Vergessen. Doch Newell konnte es einfach nicht auf sich beruhen lassen. Sinnlos, es überhaupt zu versuchen. Er sah seine eigene Arbeitsakte durch und fällte eine Entscheidung. Er legte die abgegriffenen Schnellhefter, die Abschriften, die Tonbandaufzeichnungen und die Videobänder in seine Schreibtischschublade, griffbereit, damit er sie jederzeit hervorholen konnte. Er war nicht damit zufrieden, daß nie die ganze Wahrheit ans Tageslicht gekommen war.

Fred McLean empfand genau so. Hatte es die ganze Zeit getan. Irgend etwas »stank«. Es hatte nur das Gefühl der beiden Detectives verstärkt, es mit einem nicht abgeschlossenen Fall zu tun zu haben, als McLean nach Cinnamons Verurteilung auf dem Parkplatz mit Susan Salcido, David Browns vierunddreißig Jahre alter Schwester, zusammentraf. Brenda Sands war bei ihr und stellte Susan dem Detective vor.

»Ich wäre heute fast nicht gekommen«, sagte Susan. »Ich habe es für Cinnamon getan. Mit David hatte ich lange Zeit nicht viel zu tun – er war wirklich grausam zu einem unserer Brüder. David kann gemein sein. Ich war schließlich diejenige, die sich entschuldigte«, sagte Susan Salcido, und Brenda Sands fügte hinzu: »David entschuldigt sich *nie* bei irgend jemandem.«

»Wissen Sie«, sagte Susan, »das letzte Mal habe ich mit Linda einen Tag nach dem Valentinstag gesprochen – in ihrem Haus am Ocean Breeze. Alan Bailey war an dem Tag auch da, und er war über irgendwas eingeschnappt – ich kann mich nicht erinnern, was es war. Alan ist leicht wegen etwas eingeschnappt. Etwas, das David ihm angetan hatte, oder wovon er glaubte, daß David es ihm angetan hatte. Ich erinnere mich daran, was Linda sagte, wahrscheinlich weil es das letzte Mal war, daß ich sie jemals sah. Linda war nicht glücklich. Sie fühlte sich elend. Sie sagte, sie und David würden viel streiten und hätten schon lange Zeit Schwierigkeiten miteinander, obwohl es eine Zeitlang nach Krystals Geburt besser wurde.«

Susan sagte, sie hätte gefragt, ob die Hauptursache für die Schwierigkeiten war, daß Cinnamon bei der Familie lebte, aber Linda versicherte Susan, daß sie mit Cinnamon gut auskam.

Cinnamon war nicht das Problem.

»Der einzige Grund, aus dem Cinnamon in dem Wohnwagen lebte«, sagte Susan, »war, daß Patti ihr eigenes Zimmer im Haus haben und es nicht mit Cinnamon teilen wollte. Patti hat bei David immer ihren Willen durchgesetzt.« Susan erzählte McLean, Linda hätte sich wirklich Sorgen gemacht, Patti könnte ihrer Ehe gefährlich werden. Als Susan überrascht widersprach, nannte Linda Beispiele. »Linda erzählte mir, daß weder sie noch David Patti erlauben würden, sich um das Baby zu kümmern. Sie hatte Angst, Patti könnte Krystal etwas antun. Linda erzählte mir, Patti hätte irgendwie einen Welpen umgebracht, der Cinnamon gehörte. Ich weiß nicht, wie sich das abgespielt hat, aber sie machte sich große Sorgen wegen Pattis Benehmen. Sie sagte, Patti würde sich seltsam verhalten, und sie dachte, sie wäre vielleicht magersüchtig. Linda dachte, Patti wollte Selbstmord begehen.«

»War das für Sie eine Überraschung?« fragte McLean.

Susan schüttelte den Kopf. »Patti ist irgendwie sonderbar.«

Sie hatte bemerkt, daß Patti sehr zufrieden dreinsah, wenn Cinny Ärger bekam. Sie rivalisierte mit Cinny. Jetzt mußte Patti ihr Zuhause weder mit Linda noch mit Cinnamon teilen.

Zu dritt hatten sie auf dem Parkplatz gegenüber dem Gerichtsgebäude gestanden, und die heiße Augustsonne hatte auf sie heruntergebrannt. Brenda wirkte wie betäubt und konnte noch nicht begreifen, daß ihr Kind soeben zu einem Leben im Gefängnis verurteilt worden war. Sie nickte und stimmte mit ihrer Exschwägerin in der Einschätzung von Patti Bailey überein.

»Seit Lindas Tod sind Patti und David unzertrennlich«, vertraute Susan Salcido Detective McLean an. »Sie lassen das Baby bei meinen Eltern und sind dann den ganzen Tag weg.«

Und dann berichtete Susan Salcido, daß David auch zu ihr nur Stunden nach dem Mord geeilt kam, um sie zu warnen – genau wie er Brenda gewarnt hatte; sie dürfte Cinnamon *nicht* als normal beschreiben, wenn die Polizei fragte. Sie sollte sagen, Cinnamon sei gestört, möglicherweise selbstmordgefährdet.

»Warum?« fragte McLean.

Susan Salcido wußte es nicht – ob nun David hoffte, Unzurechnungsfähigkeit könnte Cinny das Gefängnis ersparen, oder ob er eigene Gründe gehabt hatte. David hatte es schon immer geliebt, Ereignisse zu inszenieren, sie umzuformen und so zu verändern, daß sie ihm paßten.

»Ich weiß nur, daß unsere ganze Familie es sonderbar findet, daß Patti noch immer bei David lebt. Sie gehen überall zusammen hin. Es erscheint nicht richtig, daß sie meiner Mutter die ganze Fürsorge für Krystal überlassen, während sie allein losziehen. Patti ist siebzehn. Sie sollte zu Hause bei ihrer eigenen Familie sein.«

McLean und Newell hatten keine offizielle Stelle, an die sie sich mit ihren Bedenken wegen des Cinnamon-Brown-Falls wenden konnten. Denn das war alles, was sie hatten – Ahnungen. Gefühle. Das Empfinden, daß nicht Gerechtigkeit gewaltet hatte. Doch das Gesetz verlangte Fakten, Beweise, Zeugen, Geständnisse – und Newell und McLean hatten nichts von all dem. Während der Untersuchung hatten sie gemeint, Cinnamon ein wenig kennengelernt zu haben, auch wenn sie weit davon entfernt waren, sie zu verstehen. Die Person, die ihnen völlig zwischen den Fingern durchgeglitten war, war ihr Vater.

Wer war David Arnold Brown?

Er hatte den Ermittlern nur die oberflächlichsten Details seines Lebens erzählt und schien nicht geneigt zu sein, ihnen mehr zu verraten. Sie wußten, daß er wohlhabend war, daß ihm Data Recovery gehörte und daß er behauptete, ein Computergenie zu sein, daß seine Gesundheit brüchig war und daß er sich fast ausschließlich im Kreise seiner Familie bewegte.

Es gab nichts, wodurch man David Brown mit dem Mord an Linda Brown in Verbindung bringen konnte. Es war McLean und Newell ein wenig sonderbar vorgekommen, daß ein Mann, der über einen Streit mit seiner Frau verstört gewesen war, sich so präzise daran erinnerte, wo er überall gewesen war. Ein Skeptiker – oder ein Detective – hätte sogar davon ableiten können, daß Brown bewußt ein Alibi konstruiert hatte. Aber das war nur ein Gefühl, kein solider Beweis. Die Polizei hatte Brown Geschichte überprüft. Er war zur Tatzeit wirklich da gewesen, wo er behauptet hatte, gewesen zu sein. Brown war ein gesetzestreuer Bürger. Er hatte keine Vorstrafen. McLean hatte es überprüft, Newell ebenfalls.

McLean mußte die Sache ruhen lassen, zumindest für den Moment. Er hatte andere Pflichten. Newell konnte sie nicht ruhen lassen, obwohl er nicht einmal wußte, wonach er suchte. Newell war dafür geboren, verborgene Dinge auszugraben, mit keinen einfachen Lösungen zufrieden. Er zerpflückte einen Fall, drehte ihn immer und immer wieder herum und kam darauf zurück, bis er glauben konnte, daß er jede Facette der Wahrheit hervorgeholt hatte.

Jay Newell war nicht in der Familie eines Cops aufgewachsen. Sein Dad war Schulwart in La Habra gewesen, und Jay und seine zwei Schwestern waren mit ihrer Familie von Oklahoma nach Norwalk, Kalifornien gezogen.

Als Newell 1971 aus der Army kam, trat er dem Büro des Sheriffs von Los Angeles County bei. Die erste Tätigkeit für Neulinge direkt von der Academy war die Arbeit in den Gefängnissen, für die meisten Cops nicht gerade die Lieblingsaufgabe. »Wenn man den Einsatz in den Gefängnissen schnell hinter sich bringen will«, erklärte Newell, »wählt man sich das härteste Gefängnis. Genau das habe ich getan. Ich meldete mich für das alte HOJJ – das Hall of Justice Jail in der Downtown von Los Angeles.«

Im HOJJ büßten schwierige Gefangene ihre Haft ab, so auch Charles Manson und seine Anhänger, die dort während ihrer Marathonprozesse untergebracht waren. Newell war verblüfft, was für ein kleiner Mann Manson war und wie er selbst hinter Gittern eine faszinierende Ausstrahlung auf junge Gefangene ausübte. Der Mann, der eigentlich hätte verachtet werden müssen, wurde statt dessen zum Idol erklärt. Das Studium Mansons lehrte Newell eine Menge über charismatische Manipulationskünstler. »Er hatte einen ganzen Zellenblock für sich allein – um ihn isoliert zu halten –, aber andere Gefangene gelangten in seine Nähe, wenn sie verlegt wurden und hereinkamen oder hinausgingen. Sie putzten ihm die Schuhe. Sie machten Bügelfalten in seine Gefängniskleidung – alles, nur um ihm einen Gefallen zu tun«, erinnerte Newell sich kopfschüttelnd. »Er besaß eine unheimliche *Macht*.«

Als nächstes ging Newell auf Streife. Er war erst drei Tage auf der Straße, als er in eine Schießerei verwickelt wurde. Zwei Verdächtige wurden verletzt, aber Newell und sein Partner gingen ohne eine Schramme aus der Sache hervor.

Er liebte Polizeiarbeit, die Vielfalt der Dinge, mit denen sich ein Cop auf der Straße auseinandersetzen muß, und doch war es vor allem die *weiterführende* Untersuchung eines Verbrechens, was ihn wirklich faszinierte. Auf Streife bekam er nur den Beginn eines Falls zu sehen und hatte ihn dann widerstrebend den Detectives für die nachfolgenden Ermittlungen zu überlassen. Er sah nur die Oberfläche, obwohl alles in ihm tiefer graben wollte. In der Hierarchie des Büros des Sheriffs im Los Angeles County kann es lange dauern, bis man in die Einheit der Detectives aufrückt, und Newell wurde des Wartens überdrüssig. Nach acht Jahren im Büro des Sheriffs kündigte er und ging zur Staatsanwaltschaft des Orange County als *Ermittler.*

Newells erste Aufträge waren kaum der Stoff, aus dem Kriminalthriller gemacht werden. Er arbeitete in der Abteilung für Familienberatung und untersuchte dann ein Jahr lang Wohlfahrtsbetrüger. 1981 war er in die Abteilung für Jugendliche übergewechselt, wo er Mordfälle mit Jugendlichen bearbeitete und versuchte, die wachsende Bandenkriminalität einzudämmen. Er untersuchte 47 Bandenmorde. Er hatte voll in die Kriminalermittlung einsteigen wollen, und sein Wunsch war in Erfüllung gegangen. *Crips. Bloods, Skinheads.* Newell spielte eine Schlüsselrolle bei der Produktion von Trainingsfilmen, in denen Cops gezeigt wurde, wie sie mit den Skinheads und den ethnischen Banden umgehen sollen, die überall hochschossen. Er kam mit diesem Phänomen zurecht – soweit das ein Cop überhaupt konnte.

Cinnamon Brown war kein Bandenmitglied. Sie war eine verurteilte jugendliche Mörderin. Warum konnte Newell diesen Fall nicht einfach auf sich beruhen lassen? Es war eine Frage ohne Antwort, lediglich ein instinktbedingtes Nagen. Newells Neugierde, ihren Vater betreffend, war wie ein Juckreiz, der nach Kratzen verlangte.

Nach der Ermordung von Linda Brown erzählte David Arnold Brown jedem, der es hören wollte, daß er ein zerrissener Mann war, gefangen zwischen der Trauer über den Verlust seiner Frau, dem Mitleid mit seinem mutterlosen Baby und der Sorge um sein erstgeborenes Kind. Cinnamon war durch ihr Verbrechen dafür verantwortlich, daß Krystal eine Halbwaise war, sagte er zerknirscht, und diese Tatsache allein würde ihn für den Rest seines Lebens mit qualvollen ambivalenten Gefühlen erfüllen. Wenn er Cinnamon sah, wurde Brown an die Tragödie und ihren Anteil daran erinnert. Aber er konnte seine Tochter nicht einfach im Stich lassen. Sie brauchte ihn jetzt mehr denn je. Er schwor, sie so oft zu besuchen, wie es seine Gesundheit nur zuließ.

Brown hatte Cinnamon stets »Cinny« genannt und bei der Polizei hervorgekehrt, daß ein extrem starkes Band zwischen ihnen existierte, sogar in Zeiten, in denen sie bei ihrer Mutter lebte. Er klagte über ihre starrsinnige Weigerung, sich von ihm zu einer Beratung bringen zu lassen. Sich selbst überhäufte er mit Vorwürfen, weil er nicht energischer versucht hatte, Hilfe für Cinnamon zu besorgen. Aber er akzeptierte die Tatsache, daß seine vierzehnjährige Tochter seine geliebte, perfekte Ehefrau ermordet hatte.

Wenn Jay Newell sich die Zeit von anderen Ermittlungen absparen konnte, begann er, unter der Oberfläche von David Browns Leben zu graben. Er fand eine Reihe von Leuten, die bereit waren, hier ein Stückchen zu liefern und dort eine fehlende Zeitspanne auszugleichen. Er entdeckte, daß David Brown ein Casanova war. Linda war seine fünfte Ehefrau gewesen. Newell stieß auch auf ein Dutzend oder mehr Frauen, mit denen Brown zwischen seinen Ehen Affären hatte. Er war weder groß noch attraktiv, doch das schien ihm bei den Frauen nicht geschadet zu haben. Wie eine von Lindas und Pattis Verwandten sich deutlich ausdrückte: »Er hat immer die Schönheiten gekriegt. Keine von Davids Frauen war Hundefutter.«

Newell fand heraus, daß Davids Existenz von hohen Gipfeln und trostlosen Tälern gezeichnet war. Doch wenn man alles in Betracht zog, war er recht erfolgreich gewesen – bis zu Lindas Ermordung. Er prahlte mit seinem Überlebenstalent und seiner angeborenen Intelligenz sowie seinen erworbenen Fähigkeiten. Die zahlreichen Statuen und Zeichnungen von Vögeln in dem Haus am Ocean Breeze Drive gehörten David. Familienmitglieder erzählten Newell, daß David sich mit dem Phönix identifizierte, dem mythischen Vogel, der sich aus der Asche der Zerstörung erhebt, um sich erneut emporzuschwingen. Er trug sogar einen Anhänger mit diesem Symbol. Sein persönlicher Juwelier hatte das Abbild eines Phönix nach Browns Anordnungen hergestellt, die Schwingen nach unten gesenkt – nicht ausgespreizt – während er sich mühelos von den »Flammen« erhob, die aus gelbem und orangefarbenem Topas bestanden. Das Schmuckstück hatte 1500 Dollar gekostet.

David Brown pflegte zu sagen, daß er am Ende, wie der Phönix, immer siegte.

Niemand hätte bestritten, daß David viel erreicht hatte, daß es ihm gelungen war, aus der Kinderhorde einer Familie mit beschränktem Einkommen auszubrechen. Vielleicht bedeuteten ihm deshalb Prestige und Reichtum so viel. Und vielleicht verabscheute er deshalb Autoritätspersonen. Vielleicht war es eine verspätete Antwort auf die Kontrolle, die seine Mutter in seiner Kindheit über ihn ausgeübt hatte.

Nun, er hatte den letzten Sturm überstanden. Cinny war sicher hinter Gittern, wo sie niemandem Schaden zufügen konnte. Er wollte sie natürlich besuchen, aber Brown hatte sein Geschäft, seine Klienten und seine Angestellten, und dazu noch die volle Fürsorgepflicht für Krystal. Seine Eltern waren selbstverständlich betroffen, und Lindas Familie war am Boden zerstört. Sie warteten auf seine Entscheidungen. Offensichtlich hingen alle Mitglieder der beiden Familien von David und seinen Arbeitsplätzen ab. Er war in der Geschäftswelt viel erfolgreicher gewesen als irgendeiner von ihnen. David gefiel sich selbst in der Rolle des Mannes, der die Dinge in die Hand nehmen konnte.

Doch David Arnold Brown hatte für den Erfolg bezahlt. Er zögerte keinen Moment, zuzugeben, daß der Streß seinen Preis gefordert hatte. Mit zweiunddreißig wurde er ständig für viel älter gehalten. Was in der Branche der Datenwiederbeschaffung nicht unbedingt nachteilig für ihn war. Die Firmen und Behörden, mit denen er zu tun hatte, fühlten sich sicherer, wenn sie meinten, es mit einem älteren Herrn zu tun zu haben.

Trotz seiner Erfolge in der Geschäftswelt und bei Frauen stand es um Davids Gesundheit nicht gut. Er war wegen Bluthochdruck behandelt worden, wegen Herzbeschwerden, Kopfschmerzen, Asthma, Allergien, Schlaflosigkeit, Magenproblemen, Darmgeschwüren, Leberproblemen, Nierenproblemen, Depression und »Nervenleiden«. Die Liste der ihm verschriebenen Medikamente ähnelte denen alter Menschen. Er sprach seine Sorgen laut aus und verkündete, er würde jung sterben, und seine Familie sorgte sich zusammen mit ihm.

Neben seinen Krankheiten war David in eine Anzahl von Autounfällen verwickelt gewesen: siebzehn an der Zahl. Entweder war er ein katastrophal unbeholfener Autofahrer, oder er hatte einfach Pech.

Sein Kalender war vollgeschrieben mit Terminen bei seinem Arzt und seinem Chiropraktiker. Nur um weitermachen zu können, erklärte er, mußte er sich häufigen Wirbelsäulenbehandlungen unterziehen. Sein Lebensstil half nicht gerade.

David rauchte drei oder mehr Päckchen Zigaretten am Tag, aß fast nur »junk food«, und sein einziger Sport bestand darin, daß er von seinem Haus zu seinem Wagen ging – es sei denn, sein nach eigenen Aussagen heftiges Sexualleben zählte als Sport. So schweigsam er sich auf vielen Gebieten seines Lebens gab, über seine sexuellen Freuden sprach er freimütig.

Indem er tiefer und tiefer grub, begann Jay Newell stückweise, eine faszinierende Biographie dieses undurchschaubaren Subjekts zu erstellen – ohne zu wissen, wohin ihn das führen oder was es beweisen würde.

13

David Brown wurde in Phoenix, Arizona, am 16. November 1952 geboren, gegen Ende des Koreakrieges. Er war das sechste von acht Kindern. Sein Vater, der in Kansas geborene Arthur Quentin Brown, zweiunddreißig bei Davids Geburt, war ein Automechaniker, der meistens zwei Jobs hatte, um seine Familie zu unterhalten.

Seine Mutter, Manuela Estrada Brown, war in El Paso, Texas, geboren worden und hatte jung geheiratet. Die Babys kamen bald und regelmäßig. Manuela war erst siebenundzwanzig, als sie ihr sechstes Kind zur Welt brachte – David. Arthur junior war das erste, dann Bob, Shirley, Linda Sue, Susan und David. Nach David kamen Tom und das Baby, Steven. Linda Sue starb als Kleinkind, und die Browns verloren ihren Erstgeborenen, Arthur junior, bei einem Autounfall, als er achtzehn war.

Mit acht Jahren war David Arnold Brown ein gewinnend aussehendes Kind; seine Augen waren groß und klar, seine Vorderzähne zu groß für seinen Mund und leicht hervorstehend. Er war ein kleiner Junge, der so aussah, als müsse man ihn ans Herz drücken.

David sah körperlich seiner Mutter ähnlich und wurde ihr sogar noch ähnlicher, als er heranreifte. Sie hatten beide dunkelbraune Haare (auch wenn Manuela ihrem Haar einen Rotstich einfärbte, damit es kastanienbraun wurde). Manuelas Erbe war hispanisch, aber als er heranwuchs, spielte David seine hispanischen Wurzeln herunter und distanzierte sich von dieser Kultur. Oft drückte er Vorurteile gegen Hispanos aus, genau wie gegen die meisten anderen Minderheiten.

Verärgerte angeheiratete Verwandte beschrieben Manuela später als so übergewichtig, daß vier Stühle unter ihr zusammenbrachen. In Wahrheit wog sie nicht so viel. Sie war lediglich eine kompakte, untersetzte Frau. Mutter und Sohn besaßen die gleiche amorphe Körperstruktur mit molligen Armen und kleinen, sternförmigen Händen.

So sehr er seiner Mutter ähnlich sah, so früh zog er sich doch schon von ihr zurück. Er schien viel mehr Sympathie für seinen Vater zu empfinden, den er als sehr fürsorglichen Menschen erlebte. Arthur Brown, ein schlanker Mann, zögernd, was seine Rolle im Leben anging, versuchte stets, das Richtige zu tun. Doch er hatte wenig Kraft, und er hatte sein Leben lang versucht, alle um ihn herum zufriedenzustellen. Wie seltsam, daß David seinen Vater in der Nacht von Lindas Ermordung noch vor der Polizei angerufen hatte. Sein Vater schien der letzte Mensch zu sein, an den man sich in einer Krise wandte, wenn eine schnelle, entschlossene Entscheidung gefordert war.

Davids Mutter hingegen war eine Frau mit offen ausgesprochenen, klaren Ansichten. Der Sohn verneinte, sie je geliebt zu haben, und beschrieb sie als selbstsüchtig, beherrschend, gierig und gewalttätig. Als er älter wurde, neckte und peinigte er sie mit sadistischen Scherzen, bis sie wütend wurde oder in Tränen ausbrach. (Seine Tochter Cinnamon, die ihren Großpapa mochte, sprach unbewußt von Manuela herabwürdigend, als wäre sie nicht ganz richtig im Kopf – ein Echo der Urteile ihres Vaters.) Dennoch kam Manuela oft zu Besuch und wohnte sogar manchmal in Davids zahlreichen Häusern. Und David hatte sich in einem Streit, den sie nur Stunden vor dem Tod seiner jungen Frau mit Linda ausgefochten hatte, auf Manuelas Seite geschlagen.

In Wahrheit empfand David wahrscheinlich ambivalent für seine Mutter. Obwohl er sie nicht mochte, brauchte er sie vielleicht, um sein oftmals chaotisches Privatleben wieder in

Schwung zu bringen. In schwierigen Zeiten war Manuela Brown die entschlossene Stimme, während Arthur nervös umherflatterte und nicht wußte, was zu tun sei.

Die Brown-Familie blieb bis etwa 1960 in Phoenix. Dann, als David acht war, zog sie nach Needles, Kalifornien. Needles, direkt an der östlichen Grenze Kaliforniens, wird oft auf Wetterkarten aufgeführt, weil es dort die höchsten Temperaturen in Amerika gibt. Eine Stadt, von Wüste umgeben. Danach zog die Familie im Rhythmus von Arthurs wechselnden Jobs um und wohnte in den nächsten dreizehn Jahren in Bakersfield und verschiedenen Städten im Los Angeles County. Arthur arbeitete gelegentlich für Arco. Manuela arbeitete niemals außerhalb der Familie.

Davids Mitteilungen über seine Kindheit waren widersprüchlich. In einem Gespräch mit einem psychologischen Berater schwärmte er davon, zu allen Mitgliedern seiner Familie eine »wundervolle Beziehung« genossen zu haben. Doch die Kindheit, die er anderen gegenüber beschrieb, war entsetzlich: Bizarre, gewalttätige Vorfälle brachen ungewollt aus dem Strom seiner Erinnerungen hervor. Zusätzlich zu seinem angeblich so früh einsetzenden Haß auf seine Mutter erzählte David von einer Anzahl traumatischer Angriffe. Er erinnerte sich daran, von einer Bande jugendlicher Indianer zusammengeschlagen worden zu sein. Er sprach davon, in einem Park sexuell von einem alten Mann belästigt worden zu sein. Im Alter von zehn Jahren wurde er Augenzeuge bei einem Selbstmordversuch eines nahen Verwandten, und er war vor Entsetzen starr, während er zusah, wie das Messer mehrmals in die Pulsadern stach und ein Blutschwall folgte. Obwohl dieser Selbstmordversuch letztlich gescheitert war, blieben diese Momente in seiner Erinnerung eingebrannt.

So hart Arthur auch arbeitete, alle seine Löhne deckten lediglich die Ausgaben für die Grundbedürfnisse seiner großen Familie. David sprach voll Stolz über seine Fähigkeit, sich selbst zu helfen. »Wenn wir etwas für die Schule brauchten – Hefte, Lineale –, mußten wir es uns verdienen. Ich zupfte Unkraut, beschnitt Bäume, mähte Rasen, seit ich elf war. Außerdem habe ich ebenfalls mit elf in einem Café nach der Schule Geschirr gespült«, erinnerte sich der Computerexperte. »Mit elf oder zwölf führte ich ganz allein eine Tankstelle, bis zu sechzehn Stunden am Tag. Ich habe diese Arbeit geliebt. Das war draußen in Mettler, einer kleinen Ansiedlung an einer Straßenkreuzung, ungefähr fünfundzwanzig Meilen südlich von Bakersfield. Ich war ziemlich müde, wenn ich zur Schule mußte, aber das war die einzige Möglichkeit für mich, mir hübsche Klamotten zu leisten.«

Arthur und Davids ältere Brüder arbeiteten ebenfalls in dem Café, aber David war der einzige, der für tüchtig genug erachtet wurde, die Tankstelle zu führen.

Die Familie zog weiter – in ein gelbes stuckverziertes Haus auf der M Street in Wilmington nahe Long Beach.

Es war geradezu unmöglich, Davids verschiedene Erinnerungen an seine frühen Teenagerjahre genau zu überprüfen. Seine Erinnerung schwankte wie ein Radiosignal bei stürmischem Wetter. Seine beständigste Geschichte war, daß er zu Hause körperlich gezüchtigt wurde, und zwar bis zum Grad der Mißhandlung – und daß seine einzige Rettung war, mit vierzehn Jahren von daheim wegzulaufen.

Seine richtige Schulausbildung endete an der Los Angeles Banning High-School, wo er die achte Klasse abschloß. Er war, laut seiner Zusammenfassung, auf sich selbst gestellt, als die meisten Kinder noch immer die Junior High-School besuchten. Angesichts Davids erfindungsreichem, allem Neuen gegenüber aufgeschlossenem Verstand und seinem Talent zum Überleben ist es nicht überraschend, daß er trotz seines Alters ganz gut zurechtkam. Mit fünfzehn hatte David eine feste Freundin: Er hatte Brenda Kurges durch seine Schwester Susan kennengelernt. »Brenda unterrichtete mich in Sachen Sex«, behauptete er später. Brenda war ebenfalls fünfzehn, ein kleines attraktives Mädchen mit ausgeprägten Zügen, olivfarbener Haut, bestrickenden braunen Augen und langen, glatten, fast schwarzen Haaren.

Sie stammte von dem ersten Ehemann ihrer Mutter, der sie verließ, als sie noch klein war. Sie suchte fast ihr ganzes Leben nach ihm, bis sie den Fremden aufspürte, der ihr Vater war. Kein Mann hätte ihrem idealisierten Bild entsprechen können, und ihr leiblicher Vater tat das natürlich auch nicht. Brendas Leben war öde. Ihre Halbgeschwister kamen mit schönster Regelmäßigkeit, und sie schämte sich ein wenig, weil die meisten von ihnen andere Väter hatten. Sie hatte buchstäblich keine Kleider und viel zu viel Verantwortung für eine Fünfzehnjährige.

Daheim war sie verzweifelt unglücklich. »Ich war das älteste von elf Kindern, und ich war die ›Mutter‹. Ich lief zweimal weg. Das erste Mal lief ich mit Davids Schwester Susan weg, und wir gingen nach Lawndale und wurden geschnappt. Beim nächsten Mal wurden wir auch geschnappt.«

David war sich sehr wohl Brendas häuslicher Misere bewußt und ihrer verzweifelten Sehnsucht, sich daraus zu befreien. Er fühlte sich zu der zierlichen Brünetten hingezogen, teilweise, wie er glaubte, weil auch sie in einem Zuhause mit Mißhandlungen lebte. »Sie war sehr einsam ... Ihre Mutter war schlimmer als meine.«

David hatte, ideal für seine Bedürfnisse, jemanden gefunden, der abhängig war, beeinflußbar und gefangen in dem Käfig ihres Lebens. Ihr hübsches Aussehen wurde durch die Last der Armut stumpf. Er erinnerte sich, daß Brenda in »Lumpen« gekleidet war. Er sah sich selbst in der Rolle ihres Erretters.

Was er in der Tat war.

Brenda hatte einen Freund, Andy, der auch ein Freund von David war. »Andy war einfach ein netter Junge. Er war nicht gemein oder fordernd. Kein Sex oder so was«, erinnerte sie sich. »Andy hat mich in den ersten Film mitgenommen, den ich jemals sah. Es war *The Yellow Submarine*.« David fragte Andy, ob er einmal Brenda ausführen dürfe – nur einmal. »Andy sagte okay, und wir gingen aus«, sagte Brenda. »So war das. Von da an war ich mit David zusammen. Er sagte: ›Du bleibst bei mir.‹ Das tat ich.«

Es war nicht so sehr Davids Aussehen, das Brenda ansprach, sondern vielmehr die Tatsache, daß er der erste Mensch in ihrem ganzen Leben war, der sie beschützen wollte. Sie hatte gelernt, nichts zu erwarten, und plötzlich war da jemand, der sich um sie kümmerte. Sie war verletzbar, unschuldig und naiv.

»Er war auch damals schon etwas aufgedunsen – nicht so

schlimm wie später –, aber ein wenig übergewichtig«, erinnerte sich Brenda; es klang, als sei sie selbst darüber verwirrt, einst die Ehefrau dieses David Brown gewesen zu sein. »Er hatte Akne – aber es war nicht so schlimm, doch dann hat er angefangen, daran herumzukratzen, und es hat geblutet.«

David nahm ab, als er anfing, sich mit Brenda zu treffen – so daß sein Kiefer bald schmal und hart wirkte, und auf einigen Fotos aus dieser Zeit in den Mittsechzigern war er ein Elvis-Presley-Typ. Viele Mädchen mochten sich zu diesem David hingezogen gefühlt haben. Tatsächlich bestand eine tiefe sexuelle Anziehung zwischen der hübschen kleinen Brenda und dem Jungen, dessen Stimme und Worte so überzeugend wirkten, obwohl sie es nicht erklären konnte – und es noch immer nicht kann. Er sandte ihr Gedichte, die er nur für sie geschrieben hatte. Seine Poesie war dilettantisch und schwülstig, aber seine Gedanken und Gefühle wirkten so liebevoll.

Brenda bemerkte schon sehr frühzeitig Davids tiefe Depressionen. Eines Tages ging sie zu dem gelben Haus auf der M Street und fand ihn nach der Schule auf der Terrasse. »Er starrte bloß auf seine Füße, und er war so niedergeschlagen. Er sagte ›Niemand liebt mich. Ich habe keine Freunde. Niemandem bedeute ich was.‹ Und ich sagte zu ihm: ›Mir bedeutest du was.‹«

David war von Anfang an auf Brenda besitzergreifend eifersüchtig. Er ließ sie sogar vor Herrentoiletten warten, wenn er drinnen war. »Als würde er denken, jemand könnte daherkommen und mich blitzschnell aufreißen!« sagte Brenda. »Einmal hat uns die Polizei in Redondo aufgegriffen, weil ich vor dem Männerklo gewartet habe und sie nicht glaubten, daß ich auf David warte.« Brenda war auch eifersüchtig auf David. In den frühen Jahren ihrer Beziehung liebte sie ihn total. »Er sagte mir, er wisse, daß ich wieder weglaufen würde und nicht auf mich selbst aufpassen könnte. Deshalb wollte er mit mir gehen und auf mich aufpassen.«

Und das tat er.

Als er kaum sechzehn war, liefen sie zusammen weg – zuerst zu Brendas Großvater, der in einem Hotel in Wilmington wohnte. »Er versuchte, es mir auszureden, und er sagte, ich sollte wieder in die Schule gehen, aber ich hatte beschlossen, mit David zusammenzubleiben.« Sie bekamen einen Job in dem Hotel ihres Großvaters – das Treppenhaus anstreichen –, um für ihr Zimmer zu bezahlen, dann zogen sie weiter, als es keine Arbeit mehr gab. Sie lebten nur von ihren Fähigkeiten und fanden für ein paar Tage pro Woche Arbeit.

David war in der Lage, für sie beide zu sorgen. »Wir nahmen alle möglichen Jobs an, wir kellnerten, machten Gartenarbeit oder halfen in Tankstellen und Fast-Food-Restaurants mit. Wir haben für uns selbst bezahlt«, erinnerte er sich. Und dann wurden sie in *Aunt Sally's Guesthouse* in Lawndale angestellt. Alte Menschen lebten da in einer Ansammlung von Cottages. Brenda kochte, servierte Frühstück und bügelte. David arbeitete als Hausmeister.

Anfänglich war ihr Leben romantisch. Sie hatten ihr eigenes Zimmer, warm und abgeschieden von dem Lärm der Welt. Die Arbeit war nicht annähernd so hart wie Brendas Pflichten daheim. Sie war herrlich verliebt in David und ihm so dankbar, daß er sie gerettet hatte. Sexuell paßten sie *damals* perfekt zusammen, und ihre Flucht von Zuhause hatte ihnen verträumt dahinfließende Tage beschert, einen Honigmond, in dem es nur sie beide gab.

»Der Typ, der *Aunt Sally's* führte, war wirklich großzügig«, erinnerte sich Brenda. »Er hatte nur eine Hand, und er brauchte Hilfe – deshalb hat er nicht einmal unser Alter oder sonstwas überprüft. Wir brauchten keine Miete zu bezahlen, und wir hatten eine Menge zu essen. So viel hatte ich zu Hause nie zu essen bekommen! Wir konnten Eiscreme haben oder was immer wir wollten! Wir hatten Kleidung, und wir hatten Kinogeld. Wir waren Teenager, die eine schöne Zeit erlebten.«

Noch zwanzig Jahre später lag Ehrfurcht in Brenda Kurges Brown Sands' Stimme, wenn sie davon sprach, genug Essen zu haben. *Und Kleidung ... und Filme ...* Und jemanden, der sie liebte und für sie sorgte. David sang zu Neil Diamond Songs, und weil sie ihn liebte, fand Brenda es romantisch, »aber in Wahrheit konnte er nicht so gut singen.«

David zeigte auch Humor. Er neckte Brenda, wenn sie über etwas ernsthaft sprechen wollte, und sagte: »Na, fragen wir doch Maynard.«

»Maynard war nur ein Scherz, den David sich ausgedacht hatte.«

Doch auch in diesem Paradies von *Aunt Sally's Guesthouse* gab es ein rüdes Erwachen. David entdeckte ein sonderbares kleines Schaltbrett hinter dem Brotkasten in der Küche und fand heraus, daß man die Aktivitäten in den einzelnen Zimmern und Cottages belauschen konnte, indem man einen Kippschalter umlegte. Das System war dafür gedacht, das Wohlergehen der alten Gäste zu überwachen, doch David erklärte Brenda, sie würden ausspioniert. Jemand hatte sie belauscht, wenn sie dachten, sie wären allein. Der Tonfall seiner Stimme, die voller Angst war, blieb nicht ohne Wirkung auf sie.

»Wir hatten Angst«, sagte Brenda schaudernd. »Wir begannen zu denken, daß dieser Ort unter einem bösen Fluch stand, daß die Leute uns belauscht und vielleicht auch beobachtet hatten, wenn wir in unserem Zimmer waren. Eines Abends gingen wir händchenhaltend in den Laden, um Ripple-Wein zu kaufen, und wir konnten versteckte Augen auf uns gerichtet fühlen.«

David hatte stets an teuflische Mächte und Geister geglaubt, und je mehr die beiden Teenager darüber sprachen, desto furchtsamer wurden sie. »Endlich sagte David ›Dieser Ort ist böse‹, und wir riefen seine Eltern an, und sie kamen und holten uns und brachten uns in ihr Haus auf der M Street.« Brenda beneidete David um das gelbe Haus und seine Eltern. »David sagte, seine Mutter würde ihn mit dem Rohr ihres Staubsaugers schlagen, und er wäre das schwarze Schaf seiner Familie, aber ich glaubte ihm nicht. Ich kam gut mit seinen Eltern aus. Sie gaben mir zu essen, und sie gaben mir ein Zimmer, in dem ich schlafen konnte. Manuela war gut zu mir. Aber David zog sie auf und nannte sie dumm und sagte, sie hätte von nichts 'ne Ahnung.«

Selbst als Teenager machte David sich Sorgen um seine Gesundheit. Er glaubte oder wollte andere glauben machen, daß er an Krebs starb. Er sagte Brenda, sein Dickdarmkatarrh würde ihn umbringen. Sie wußte nicht, was ein Dickdarmkatarrh war, aber es klang tödlich. »Er hatte ständig Durchfall, schwitzte pausenlos, und ihm wurde so leicht zu heiß.«

Als David die Mandeln herausgenommen wurden – die

Kosten der Operation trug die Versicherung seiner Eltern –, saß Brenda neben ihm, immer in der bangen Erwartung, er würde im Schlaf sterben. Plötzlich erbrach er Blut, schwallweise. Brenda glaubte, das wären seine Todeszuckungen, das blutige Schicksal, das David immer vorhergesagt hatte. Brenda lief und holte die Krankenschwestern.

David hatte lediglich gehustet und dabei die Naht in seinem Hals aufgerissen. Das Pflegepersonal brachte ihn in den Operationssaal zurück, die Wunde wurde schnell behandelt. Doch der Vorfall überzeugte Brenda nur noch mehr davon, daß Davids Leben an einem seidenen Faden hing.

Davids gesundheitliche Probleme wirkten sich nicht auf sein sexuelles Begehren aus. »Er wollte dreimal am Tag Sex«, erinnerte sich seine erste Frau. Gleichzeitig wollte David, daß seine Frau zurückhaltend, geradezu spröde aussähe. »Er ließ mich kein Make-up tragen.«

David, der keinen High-School-Abschluß hatte, fand seine Arbeitsmöglichkeiten beschränkt auf »gute alte Fast-Food-Lokale – *El Taco, Der Wiener Schnitzel* –, was immer nötig war, um mich und sie zu ernähren.« Dann, im Herbst 1969, reisten Brenda und David nach Salt Lake City und blieben bei Brendas Großmutter. David arbeitete für einen ihrer Verwandten, der sich ein Haus baute, und sie verbrachten Thanksgiving und Weihnachten in Utah, genossen den Schnee, erkannten aber auch, daß ihre wirtschaftliche Situation in der Mormonengemeinde nicht viel besser war, als sie in Kalifornien gewesen war.

»Wir kamen mit dem Bus nach Hause, und wir meldeten uns für die Wohlfahrt an«, sagte Brenda. »Mich störte das. Meine Mom lebte von der Wohlfahrt, und ich wollte das nie tun. David haßte es auch.« Aber sie hatten kaum eine Wahl. Brenda war schwanger, ein ungeplantes Ereignis, das ihr dürftiges Budget überforderte. Sie zogen in ein winziges Apartment in Wilmington. So schwerfällig und unbeholfen, wie nur sehr kleine Frauen gegen Ende der Schwangerschaft sein können, half Brenda dennoch, das Nachbarhaus zu streichen, um extra Geld zu verdienen.

David sagte, er habe seine und ihre Familie um die Erlaubnis angefleht, Brenda heiraten zu dürfen. Endlich gaben die Familien nach und unterschrieben die Einwilligung. David und Brenda heirateten in Los Angeles am 13. Mai 1970 und zogen in das Apartment E in 1474 Magnolia Avenue in Long Beach. Brendas Wehen setzten am ersten Juli ein, und sie verbrachte zwei Tage mit schweren Kontraktionen im Krankenhaus von Torrance. David hatte einen schwachen Magen, den Anblick von Blut und Schmerzlaute wollte er sich nicht zumuten, daher war Brenda allein im Krankenhaus.

Das Mädchen kam am 3. Juli 1970 zur Welt. Es wog sechs Pfund und einhundertzwanzig Gramm. Die Eltern waren vier Monate jünger als achtzehn Jahre.

David und Brenda nannten das Mädchen Cinnamon Darlene.

»Sie war hübsch, und wir wollten, daß sie was Besonderes würde«, erinnerte sich Brenda. »Für den Fall, daß sie jemals berühmt werden sollte, würde sie diesen besonderen Namen haben.«

14

David war sehr stolz auf Cinnamon Darlene, und Branda machte unzählige Schnappschüsse von ihm, wie er sein Baby auf den Armen hielt. David und Cinnamon vor einem Weihnachtsbaum. David und Cinnamon in Disneyland. In diesen frühen Tagen waren seine Haare dicht und in einer Tolle nach hinten gekämmt, und er hatte lange Koteletten und trug eine Mischung aus einem höhnischen Grinsen und einem angedeuteten Lächeln zur Schau, ganz ähnlich wie Elvis.

Cinnamon war ein pausbackiges, schönes Baby mit riesengroßen braunen Augen und dunklen Haaren. Sie lachte ständig. Auf einem anderen Foto hielt ihr Daddy sie in ihrem Apartment auf der Magnolia Avenue in den Armen. David stand vor den Vorhängen mit dem Muster aus gelben und avocadofarbenen Gänseblümchen.

Er wurde rasch zum Mittelpunkt von Cinnamons Welt. Er strengte sich gewaltig an, um ihre absolute Zuneigung zu erringen und festzuhalten. Er war der für den Spaß zuständige Elternteil, der sie nach Disneyland mitnahm, der mit ihr um den Block herum auf einem Motorrad jagte, während sie begeistert quietschte, der sie kitzelte und neckte, bis sie kicherte.

Brenda übernahm die »fiesen« Arbeiten, den ermüdenden Teil des Elternseins. Sie kümmerte sich um die Erziehung und ging mit ihrem kranken Baby hin und her. David war der Elternteil mit dem weltentrückten Sinn für Humor, mit dem Witz, den Cinnamon erben sollte. Vom Beginn ihres Lebens an programmierte David Cinnamon auf den Glauben, daß ihr Daddy der wundervollste, lustigste und mächtigste Mann der Welt war.

Sie betete ihn an.

David Arnold Browns Ehrgeiz wuchs. Er und Brenda lebten noch von Lebensmittelmarken und erhielten einen Zuschuß von 235 Dollar im Monat vom Sozialamt des Los Angeles County, Abteilung für Kindergeld.

Er wollte mehr. So viel mehr.

David schrieb sich im WIN ein, dem *Work Incentive Program*, einem Regierungsprogramm, durch das Wohlfahrtsempfänger für den Arbeitsmarkt ausgebildet werden sollten. Im April 1971 machte er rasch seinen High-School-Abschluß.

Nach seinen Prüfungsergebnissen zu urteilen, war er kein himmelstürmendes Genie, aber klüger als die durchschnittlichen High-School-Abgänger. Das WIN-Programm schickte ihn ins Control Data Institute in Los Angeles. Er mußte fast ein Jahr warten, bevor er tatsächlich mit seiner Ausbildung bei Control Data beginnen konnte, und in der Zwischenzeit bewarb er sich um zahlreiche Jobs in der Computerbranche. Die ablehnenden Briefe lauteten alle gleich: »Wir haben keine Ihrer Ausbildung entsprechende freie Stelle.« Obwohl David beharrlich auf seine schlechte Gesundheit hinwies, wurde er bei der Musterung, Kommission 127, im Juli 1971 als 1-A eingestuft. Im August beantragte er eine Anhörung, und was immer er den Leuten auch erzählte, es wirkte. Er brauchte nie beim Militär zu dienen.

Brenda, David und Cinnamon zogen von dem kleinen Apartment auf der Magnolia Avenue in Long Beach in ein größeres in 2162 Canton Street. David hatte einen Teilzeitjob in einer Mohawk-Tankstelle und fuhr mit einem Motorroller zur Arbeit. Später kaufte er für 75 Dollar einen älteren gelben Ford Galaxy von Arthur. Auf einem WIN-Formular gab er seine drei letzten Jobs als Hilfsarbeiter für eine Schaumstoffabrik, Zimmermann/Maurer für einen Bauunternehmer in Lawndale und unbezahlter Datenverarbeiter für eine Computerfirma an.

»Wir fuhren nach Gold Key und kauften Möbel für das Apartment auf der Canton Street«, erinnerte sich Brenda. »Ich war diejenige, die die Raten bezahlen mußte. Ich mochte das Apartment. Später hat sich Davids Mutter die Schlafzimmereinrichtung ausgeliehen, und ich habe nichts mehr davon gesehen, ausgenommen ein Schränkchen, das ich später brauchte.«

Die Ehe war relativ glücklich, obwohl David entschlossen zu sein schien, Brenda keinerlei Selbständigkeit zu gönnen. Sie waren viel glücklicher, wenn sie nur auf ihn vertraute. Er wollte nicht einmal, daß sie einen Führerschein machte.

»Er hielt mich für ein Dummchen«, sagte Brenda. »Ich bat eine Nachbarin, mir das Fahren beizubringen, und David wurde wütend, als ich ihn mit meinem Führerschein überraschte.«

David gebrauchte keine körperliche Gewalt gegen Brenda – mit einer Ausnahme. Während sie auf der Canton Street in Long Beach lebten, schlug er sie. Sie rief ihren Schwiegervater an. »Ich habe es Art erzählt, und Art kam zu uns rüber und sagte David: ›Faß sie noch einmal an, und ich schlage *dich* zusammen!‹«

Arthur Browns Zorn hatte eine gewaltige Wirkung auf David.

Das Ehepaar zog noch einmal um, diesmal in ein Apartment mit zwei Schlafzimmern auf der Juno Avenue in Anaheim. Ihre Ehe sollte allerdings nicht lange währen – die Angaben über die tatsächliche Dauer hingen davon ab, ob Brenda oder David die Geschichte erzählte. Sie erzählte, sie wären ungefähr drei

Jahre verheiratet gewesen, und David erinnerte sich an fünf Jahre, obwohl er einräumte, ein katastrophales Gedächtnis für Daten, Zeiträume und Jahrestage zu haben. Da David 1974 mit einer anderen verheiratet war, stimmte wohl Brendas Erinnerung.

Brenda charakterisierte David als total und ständig von Frauen besessen – allen Frauen. »Er war *oversexed*. Anders kann ich das nicht ausdrücken. Er beugte sich ständig aus dem Wagen oder drehte sich nach Frauen um. Er wußte, daß es mich ärgerte, aber er war besessen. Es spielte keine Rolle, ob sie jung oder alt waren oder sonstwas . . . Ich konnte es nicht ertragen.« Umgekehrt warf David seiner Frau Untreue vor und behauptete, sie wäre gewalttätig und würde ihn auch auf psychologisch sublime Art mißhandeln.

Obwohl sie und David dreimal am Tag Sex hatten, sagte sie, er wäre nicht zufrieden gewesen. »Er wollte noch mehr. Er kam zu mir und sagte, er hätte zu jung geheiratet und nicht genug sexuelle Erfahrungen gesammelt. Er bat mich um meine Erlaubnis, mit einer Frau auszugehen, die er bei der Arbeit bei Cal Comp in Anaheim kennengelernt hatte. Sie war älter und hatte zwei Kinder. Ich versuchte wirklich, ihn zu verstehen, und seine Argumente ergaben auch irgendwie einen Sinn. Also stimmte ich zu.«

Danach kamen Ausflüge, bei denen er über Nacht wegblieb. David erzählte seiner Frau, er würde mit einem Freund auf »Hochwildjagd« gehen. Sie ließ sich nicht täuschen. »Ich wußte, es war eine Frau.«

Zur gleichen Zeit war David noch immer besitzergreifend eifersüchtig auf Brenda. Er verbot ihr, mit Arbeitskollegen zum Mittagessen zu gehen, und wenn sie ihm widersprach, warf er ihr Untreue vor. Brenda erinnerte sich an ihren Schock, als sie 1974 eines Tages im Eingang eines Cafés erstarrte. Ihr Mann saß an einem Tisch, und seine Hände streichelten eine andere Frau. Es war das erste Mal, daß sie ihn tatsächlich mit einer anderen *gesehen* hatte, und es verletzte sie sehr.

Ihr Name war Lori. »Sie war ein schlichtes Mädchen – schlank«, sagte Brenda. »Ich fragte ihn danach, und er sagte, er hätte gearbeitet.« Sie wußte, daß er log.

Bald darauf hatte Brenda in ihrem Bürojob eine Samstagsschicht, und David paßte auf Cinnamon auf. Er brachte das Kind zu ihr ins Büro, setzte es hin und sagte: »Du nimmst sie – ich bin beschäftigt.«

Brenda fragte Cinnamon, was sie beide denn getan hätten. »Sie erzählte mir, sie wäre mit ›Daddy und einem Mädchen‹ auf einem Motorrad gefahren. Ich dachte, sie meinte eine ihrer kleinen Freundinnen, aber sie sagte: ›Nein, ein *großes* Mädchen – für Daddy.‹ Das war Lori.«

Kurz darauf brachte David sogar Lori in das Apartment mit, in dem er mit Brenda wohnte. Er hatte die Scheidungspapiere in der Hand. Er gab sie Brenda und erklärte, er wollte die Vormundschaft über Cinnamon.

»Er stellte mir Lori vor, indem er sagte: ›Das ist die Frau, die ich heiraten werde.‹« Brenda weigerte sich, sich von David scheiden zu lassen, weil sie dachte, er würde Lori bald leid sein.

David erinnerte sich natürlich an einen anderen Hergang. Er behauptete, er habe Lori Carpenter bei der Arbeit bei Century Data kennengelernt. Sie war eine Fließbandarbeiterin, »nur eine Freundin«, die ihn tröstete, wenn Brenda untreu war. »Meine Schwester ertappte sie dabei, wie sie mich betrog. Ich packte nur meine Kleidungsstücke ein und nahm den Wagen und überließ alles andere ihr. Diese Scheidung hat mich wirklich schwer getroffen.«

Welche Version auch immer stimmte, die kurze Ehe lag eindeutig in ihren Todeszuckungen, und irgendwann während der Auflösung ihrer Beziehung bekam Brenda unheimliche Angst vor David. »Ich weiß nicht warum, aber ich hatte diese schreckliche Angst, er würde mich im Schlaf mit dem Kissen ersticken. Er versuchte es nie, aber ich wachte oft auf und bekam keine Luft und hatte wahrscheinlich geträumt, daß er das Kissen auf mein Gesicht gedrückt hatte.« Sie lag noch wach, lange nachdem David eingeschlafen war, beobachtete über die Wände gleitende Schatten und hatte Angst davor, die Augen zu schließen.

Brenda faßte sich endlich ein Herz und verließ David, wobei sie auf die Unterstützung ihres Chefs zurückgriff, der ihr half, ihre Möbel herauszuholen. Als David an jenem Abend heimkam, betrat er ein völlig leeres Apartment. Die Vermieterin war da, und David sagte zu ihr, er müsse im falschen Apartment sein. Sie versicherte ihm, er sei im richtigen Apartment, aber seine Frau und sein Kind seien fortgezogen. »Sie haben alles mitgenommen.«

David war wütend.

»David kam an meine Arbeitsstelle, hielt mir einen Revolver an den Kopf und sagte, wenn er mich nicht haben könne, sollte mich niemand haben«, erinnerte sich Brenda. »Es war mir völlig egal. Ich sagte ihm, na los, erschieß mich, weil er nie damit durchkommen würde. Die Polizei würde ihn für immer einsperren. Ich war es einfach leid, mit ihm zu streiten. Schließlich ließ er die Waffe fallen und ging weg.«

Brenda war in ein kleines Apartment gezogen, ebenfalls auf der Juno Avenue. Dort kam es zu einer kurzen – eine Woche dauernden – Versöhnung. In dieser Zeit ließ sie David bei sich wohnen. Sie kam von der Arbeit nach Hause und ertappte ihn dabei, wie er mit Lori telefonierte. »Das war's. Ich hörte, wie er Lori sagte, daß er sie liebt. Daraufhin warf ich ihn hochkantig wieder hinaus.«

Einen Tag später kam er wieder, um sein Gewehr zu holen. Brenda hatte Angst, es ihm zu überlassen. So kämpften sie regelrecht um das Gewehr.

Brenda hatte nichts gegen Lori und fühlte sich eher erleichtert, als David sie verließ. »Endlich kein ständiges Gerede mehr über Darmkrebs. Keine anderen Frauen mehr.« Aber Brenda hatte schreckliche Angst, David könnte die Vormundschaft über Cinnamon erlangen, weil Loris Vater Anwalt war. »Ich hatte keine Ahnung, wie ich mir einen Anwalt nehmen konnte, und ich hatte kein Geld. Ich suchte den Namen irgendeines Anwalts aus dem Telefonbuch heraus, und ich ging ins California Building auf der Euclid, fuhr mit dem Aufzug hinauf und ging direkt in sein Büro. Ich sagte zu ihm ›Ich brauche Hilfe, und ich habe überhaupt kein Geld.‹ Er sagte, wir könnten Ratenzahlung vereinbaren. Ich wollte keine Alimente. Ich wollte nur Geld für das Kind.«

David war verblüfft. Aus dem vierzehnjährigen Mädchen, das er einst beschützt hatte, war jetzt eine einundzwanzig Jahre alte erwachsene Frau geworden, die für sich selbst sorgte.

Brenda – die *junge* Brenda – war der Prototyp, Davids sexuelles Ideal, und sollte es immer bleiben. Sein Bild vom idealen Sexobjekt veränderte sich mit dem Alter keineswegs. Er blieb auf weibliche Teenager fixiert. Nach seiner ersten Scheidung war er immer noch in seinen frühen Zwanzigern, und zwischen ihm und heranwachsenden Mädchen bestand altersmäßig nur ein geringer Unterschied.

Teenager brachten David mehr Respekt entgegen, lauschten andächtig seinen Erfolgsgeschichten und schätzten seine Geschenke. Ihre Haut war glatt und weich, ihre Brüste und Bäuche ohne Makel und Schwangerschaftsnarben, ihre Beine rank und schlank. Sie zogen sich nur selten geschockt zurück, wenn David ihnen seine sexuellen Vorlieben erklärte. Sie waren noch formbar und aufgeschlossen – anders als erwachsene Frauen.

Brendas und Davids Trennung war ganz sicher keine freundliche Scheidung gewesen, aber die bitteren Gefühle legten sich, nachdem die Scheidung rechtsgültig geworden war. Brenda erhielt die Vormundschaft für Cinnamon und zog sie mit der Hilfe von Babysittern auf. David durfte das Kind an Wochenenden haben. Cinnamon war *Daddy's Girl,* laut David. »Sie war das perfekte Kind. Wohlerzogen . . . höflich. Nach der Scheidung wurde sie scheu, nervös und unruhig.«

Nach seiner Scheidung von Brenda verschärften sich Davids Depressionsanfälle. Sein sexueller Appetit wuchs und schwand – was entweder seine Depressionen auslöste oder von ihnen ausgelöst wurde. Manchmal verspürte er eine gewaltige sexuelle Energie. Dann wieder verlor er zeitweise völlig das Interesse an Sex; die Verringerung seines Verlangens vermittelte ihm ein Gefühl der Leere. Er war ein von Sex verzehrter Mann. In dieser zehnjährigen Periode, in der sein sexueller Appetit sporadisch ausblieb, wurde David dreimal wegen Depressionen und Selbstmordgedanken ins Krankenhaus gebracht.

Aber wie der Phönix raffte er sich immer wieder auf und schwang sich erneut empor. Er hatte jetzt sein technisches Diplom vom Control Data Institute. Wie sehr er auch dazu neigte, seine Lebensgeschichte auszuschmücken und aufzubauschen, eines stand fest: David Brown machte sich bemerkenswert gut in der aufblühenden Computerindustrie.

Nach der Arbeit für Century Data in Anaheim stieg er während der nächsten fünf oder sechs Jahre ständig auf, wobei er bei einem halben Dutzend anderer Computerfirmen arbeitete. »Mein Gehalt verdoppelte sich. In diesem Geschäft überbieten sich die Leute gegenseitig, wenn du gut bist – und ich bin gut.«

Seine Chancen stiegen, Wohlstand und Respekt zu erlangen.

15

Mehr als die meisten Menschen hatte David sein Leben in klar definierten Phasen gelebt, deren Grenzpunkte normalerweise mit dem Beginn und dem Ende seiner Ehen festgelegt waren. Er war zweiunddreißig und hatte fünf Ehen hinter sich – sehr viele in relativ kurzer Zeit. Jede Frau veränderte sein Leben, doch er hatte schon längst die Daten seiner vielen Hochzeiten und Scheidungen vergessen.

Die Unterlagen zeigen, daß David am 4. Oktober 1974 Lori Carpenter in Yorba Linda heiratete und danach in ein Mietshaus auf der Randolph Street in Riverside zog. Es war ein langweiliges Haus, und genauso war die Straße, in der es stand. David konnte sich nicht erinnern, wie alt er oder Lori damals gewesen waren. Er hatte nur noch den Eindruck, daß sie »ein paar Jahre jünger als ich war.« Er war genau zweiundzwanzig, und sie war neunzehn. Lori liebte die vierjährige Cinnamon, und Cinny besuchte die beiden regelmäßig an Wochenenden.

»Mein Dad war lustig«, erinnerte sich Cinnamon. »Er spielte mit mir, kitzelte mich und führte sich albern auf, oder er baute etwas für mich, zum Beispiel eine Eisenbahn. Er beteiligte mich an allem, was er tat . . . oder ließ mich bei genug Dingen mitmachen, daß ich zufrieden war. Das war, als ich ihn an den Wochenenden nach der Scheidung meiner Eltern besuchte. Ich bekam von ihm Aufmerksamkeit, die mir meine Mom nicht gab – nicht geben *konnte* wegen ihrer Arbeit.«

Brenda machte sich Sorgen. An einem Wochenende hatte sie einen Alptraum, Cinnamon wäre ertrunken. »Er war so real, daß ich David anrief und ihn bat, nach Cinny zu sehen. Er wurde nur wütend und sagte, ich wäre dumm.«

Cinnamon erinnerte sich jedoch daran, daß sie tatsächlich beinahe ertrunken wäre. »Es war in dem Pool bei seinem und Loris Haus. An dem Tag spielte mein Vater ›Hai‹ mit mir, und ich erinnere mich, daß ich solche Angst hatte ... Manchmal spielte mein Vater noch weiter, wenn ich schon Angst bekommen hatte.«

Auch wenn Lori begeistert Cinnamon akzeptiert hatte, scheiterte Davids zweite Ehe nach vier Jahren. Sie trennten sich am 13. Oktober 1978. David führte »Unvereinbarkeit« an, er hatte schon längst eine andere Frau gefunden.

David begegnete Linda Bailey zum ersten Mal, als er noch mit Lori zusammenlebte. Er fühlte sich sofort zu ihr hingezogen, ähnlich wie früher zu Brenda. Die Tatsache, daß er älter geworden war, spielte keine Rolle.

Linda Bailey war erst dreizehn oder vierzehn, als sie den Blick des Mannes auf sich zog, der in der Straße zwei Häuser weiter wohnte. Sie war hübsch und blond und süß. Es war, als habe David die junge Brenda wiedergefunden – die Brenda, die vor langer Zeit gedacht hatte, er wäre Gott, und die ihn lachend »King David« genannt hatte. Wie Brenda, so war auch Linda Bailey eines von elf Geschwistern aus einem Zuhause, das nur lose von einer alleinstehenden Mutter zusammengehalten wurde: Ethel Bailey, geborene Ethel Anderson aus Nebraska und jetzt gestrandet in Riverside, Kalifornien, war zweiundvierzig Jahre alt und völlig überfordert von der emotionalen und finanziellen Verantwortung für nahezu ein Dutzend Nachkommen. Wie Brendas Familie, so lebte auch Lindas von der Wohlfahrt.

»In dem Haus waren sieben kleine Kinder und lebten von Nudeln und Reis«, sagte David. »Kein Fleisch. Ethel gab die Wohlfahrtsschecks für Bier und Zigaretten aus. Ich brachte ihnen zu Weihnachten einen Truthahn und einen großen Schinken.« Niemand erinnerte sich genau, wann David Brown begann, die Baileys in Riverside zu besuchen, aber sobald er in ihr Leben getreten war, wurde er zu einem vertrauten Gesicht, und zuerst wirkte er wie ein Gottesgeschenk.

Ethel Bailey sagte, David wäre zu ihr gekommen und habe ihr erklärt, er würde an Darmkrebs sterben. Ob denn ihre heranwachsenden Töchter beim Reinigen seines Hauses helfen könnten – gegen Bezahlung, versteht sich. Die Ärzte hatten ihm gesagt, er würde wahrscheinlich nicht länger als sechs Monate leben. Seine Ehe zerfiel, sein Haus war eine Katastrophe, und er suchte verzweifelt nach Hilfe.

Ethel Bailey vertraute David Brown. Ein kranker Mann, der Hilfe brauchte – der aber auch bereit war, anderen zu helfen. »Wie soll man einem Sterbenden nein sagen? Ich hatte keinen Grund, ihm zu mißtrauen – damals.« Darüber hinaus besaß David die Fähigkeit, fröhlich zu bleiben, trotz seiner grimmigen Aussichten. Er hatte Sinn für Humor und war ein angenehmer Gesellschafter. Es wirkte sehr tapfer von ihm, daß er täglich zur Arbeit ging, wo doch das Todesurteil über seinem Kopf hing.

Ethel Bailey wußte nicht, daß er für mehrere ihrer Töchter den Fagin spielte. Es machte ihm Spaß, ihnen einzureden, es wäre ein »Spaziergang«, wenn sie Werkzeug stahlen, das sorglose Besitzer in ihren Pick-ups hinten liegengelassen hatten. Die Mädchen wurden im Klauen recht geschickt. David machte ein Spiel daraus. Er konnte alles vernünftig und machbar klingen lassen. Später dann drängte er Cinnamon dazu, kleine Dinge zu stehlen.

Die Monate vergingen, und David starb nicht – und es schien ihm auch nicht schlechter zu gehen. Er konnte diesen wundersamen Aufschub nicht erklären. Er klagte noch immer über Schmerzen und rektale Blutungen, aber es sah doch ganz so aus, als würde er nicht so bald sterben.

David traf sich zuerst mit Pam Bailey, einem Mädchen um die fünfzehn, fast zehn Jahre jünger als er. Er wurde zu einer festen Einrichtung im Bailey-Haus, wobei sein Auge auf die dreizehnjährige Linda fixiert blieb. Wenn er vorbeikam und sah, daß die jungen Baileys nur Cornflakes zum Abendessen hatten, fuhr er einfach zu McDonald's oder einer Pizzeria und brachte für alle Essen mit. Oder er steckte zwei oder drei von den Kindern in den Wagen und nahm sie mit. Da sie so bitterarm waren, daß es keinen Ausweg zu geben schien, so *jung* und arm, daß die Witze der Schulkameraden über ihre Kleidung in tiefstem Herzen schmerzten, übte David Brown eine gewaltige Wirkung auf die Bailey-Kinder aus – besonders auf Linda, die bald ihre ältere Schwester als seine besondere Freundin ersetzte. David war der Weihnachtsmann und der Osterhase und ihrer aller Erretter. Ohne Vater im Haus – oder überhaupt einen Kontakt zu ihm – und mit einer Mutter, die ihr Elend in Alkohol ertränkte, wurden die jüngeren Baileys rasch von David abhängig.

Er verdiente mit Computern gutes Geld und gab viel davon für die Baileys aus. »Ich kaufte diesen Kindern die ersten Kleider ihres Lebens, die aus einem Laden stammten. Ich kaufte ihnen Kleider, Spielzeug ... Ich nahm die ganze stinkende Familie nach Disneyland mit und auf den Magic Mountain. Ja ... ich bin ein *schrecklicher* Mann«, sagte er später sarkastisch. »Die älteren Kinder kümmerte es nicht, daß die jüngeren kein Weihnachten hatten.«

Linda Bailey war gerade erst in die Pubertät gekommen, als David sie zum ersten Mal sah, und er war vorsichtig, was seine Vernarrtheit in sie anging. Sie war schlank und hatte ein frisches Gesicht, war dermaßen beeindruckt von allem, was David Brown sagte oder tat. Sie kreiste um ihn herum und blickte mit bewundernden Augen zu ihm auf. Es konnte kaum einen Zweifel geben, daß sie ihn – buchstäblich – bis zum Tod lieben würde.

Linda war das siebte von Ethel Baileys elf Kindern, ein Zwilling. Eines von einem halben Dutzend Kindern, die von einem gewissen Clyde Dalrymple aus Pennsylvania gezeugt wurden – einem Mann, der längst aus ihrem Leben verschwunden war. Sie erzählte David, daß es ihr zu Hause schlecht ging. Er war ein mitfühlender Zuhörer. Linda vertraute David ihre Probleme und Ängste an und war dankbar, sie endlich jemandem erzählen zu können.

Er war ihre erste Hoffnung, da herauszukommen.

Noch immer gesetzlich verheiratet, begann David endlich,

sich mit Linda zu treffen. Sie war damals nicht älter als fünfzehn. Eine reife Fünfzehnjährige, aber noch ein junger Teenager. Er war vierundzwanzig. Dann verkündete David eines Tages, ein Wunder wäre geschehen. Er hatte den Krebs besiegt. Die Ärzte waren vorsichtig, aber es sah so aus, als würde es ihn noch eine Weile länger geben, als sie ursprünglich geschätzt hatten.

Linda ging zur Frau ihres Bruders Rick, Mary, und erklärte, daß sie sexuell aktiv sein wollte. Sie erkundigte sich nach den verschiedenen Methoden der Empfängnisverhütung. Mary versuchte, sie davon abzubringen, doch als sie erkannte, daß Linda entschlossen war, mit David zu schlafen, gab sie ihr den Rat, in die Gratisklinik zu gehen und sich Antibabypillen zu besorgen. Als Ethel Bailey von Lindas Vorhaben erfuhr, war sie wütend. Es kam zum Streit, und weder Mutter noch Tochter gaben nach.

Linda verließ ihr Zuhause und zog zu Rick und Mary. »Sie war ziemlich mit den Nerven runter, als sie zu uns kam«, erinnerte sich Mary. »Die Trennung von der Mutter belastete sie. Sie lebte etwa zwei Jahre bei uns. Dann beschloß sie, David zu heiraten.« Sechs Monate später, als Linda siebzehn war, gab Ethel Bailey endlich ihre Zustimmung, und Linda und David fuhren, begleitet von Ethel und Lindas Zwillingsbruder Alan, nach Las Vegas, wo sie am 21. Juni 1979 heirateten.

David arbeitete als »der jüngste Manager einer weltweiten Kundenserviceabteilung« für Memorex und machte gutes Geld. Zum ersten Mal in ihrem Leben hatte Linda Bailey Brown das Zuhause, nach dem sie sich gesehnt hatte. Der Mann, der sich sexuell so stark zu ihr hingezogen fühlte, war ihr Ehemann, und sie mochte seine Aufmerksamkeiten. Und dennoch endete Davids dritte Ehe noch schneller als die ersten beiden, trotz seiner so oft versicherten Hingabe an seine junge Braut. Vielleicht war Linda zu jung für die Ehe. Nachdem sie nur einen Monat und vierundzwanzig Tage zusammengelebt hatten, trennten sie sich am 14. August 1979. Am 18. September reichte David die Scheidung von Linda ein.

»David warf sie aus seinem Haus und ließ sich von ihr scheiden«, erinnerte sich Mary Bailey. »Sie zog wieder zu uns. Sie ging mit anderen Männern aus, und ich hätte jeden von ihnen David vorgezogen.«

Mary Bailey, eine robuste, tatkräftige Frau, war erleichtert, daß Lindas Ehe geschieden wurde. Sie mochte David Brown nicht, fand ihn »seltsam« und meinte, Linda sollte mit Jungs ausgehen, die altersmäßig besser zu ihr paßten – und nicht mit einem Mann leben, der neun Jahre älter als sie war, bereits zwei Ehefrauen verschlissen hatte und ständig nach anderen Frauen Ausschau hielt. Mary glaubte, ihn durchschaut zu haben. »Linda hatte andere Freunde, eine ganze Menge«, sagte sie. »Es war ja nicht so, als wäre David der einzige gewesen, der sie begehrte. Aber er hielt sie irgendwie in seinem Bann – sie wollte nie wirklich einen anderen außer David. Fragen Sie mich nicht, warum.«

David behauptete, die Ehe wäre wegen Lindas Unreife und wegen ihres Lebensstils gescheitert. »Wir waren verheiratet, ich denke, das waren ein paar Monate. Und ich fand heraus, daß ... äh ... ich bin nicht einmal sicher, ob es Alkohol oder Drogen waren, aber sie wußte, daß ich entschieden gegen beides war, und ... äh ... sie konnte damit nicht aufhören. Also haben wir uns scheiden lassen, und ich widmete mich sofort einem Mädchen, das für mich arbeitete, als ich Manager bei Memorex war. *Cindy*.«

David heiratete fast sofort, zum vierten Mal. Er war siebenundzwanzig und hatte, nach seinen eigenen Worten, einen Rückschlag erlitten. Aber typischerweise konnte er sich nicht an sein oder Cindys Alter erinnern oder an ihr Hochzeitsdatum oder wo sie heirateten. Nach den Unterlagen war das Hochzeitsdatum der 24. Mai 1980. Sie trennten sich am Weihnachtsabend desselben Jahres, und David reichte gegen Cindy am 28. Januar 1981 die Scheidung ein.

David beschrieb Cindy als »sagenhaft« und klang leicht schuldbewußt, wie er seine vierte Frau hintergangen hatte. Er hatte sich nie wirklich von Linda gelöst. »Ich betrog Cindy – Linda und ich trafen uns gelegentlich, während ich mit Cindy verheiratet war.« Doch David beklagte sich auch, daß Cindy zwar schön war, jedoch nur eine »beschränkte intellektuelle Kapazität« besaß, so daß sie zwar eine heiße sexuelle Beziehung hatten, darüber hinaus aber kaum Gemeinsamkeiten. Cindy hatte außerdem zwei Kinder, für die David keine Zuneigung empfand.

Trotz seiner vielen inzwischen eingegangenen Ehen bat David oft seine erste Frau, Brenda, auf Cindys Kinder aufzupassen, und für gewöhnlich war sie einverstanden. »Er sagte mir, er und Cindy könnten wegen der Kinder nie ausgehen.« Brenda verstand sich auch weiterhin gut mit Davids zweiter Frau, Lori. »Lori war gut zu Cinnamon. Selbst nachdem David sich von ihr hatte scheiden lassen, kam sie noch immer und holte Cinnamon ab und kaufte ihr Kleider.«

Cindy, Ehefrau Nummer vier, war von Davids Job beeindruckt gewesen, entpuppte sich jedoch als ein wenig zu kauffreudig für den Geschmack des Bräutigams. »Sie wollte alles – finanziell –, und ich konnte mit ihren Forderungen nicht Schritt halten.« David machte sich gut bei Memorex – 36 000 Dollar im Jahr –, aber er hatte Cindy gegenüber angedeutet, er würde mehr verdienen. Das war einer seiner Fehler, diese ständige Selbstaufwertung.

Was auch immer die wahren Gründe für seine vierte Scheidung gewesen waren, David kehrte zu seiner dritten Frau, seiner Teenager-Liebe, zurück. David sagte, er habe Linda das erste Mal verlassen, weil sie Drogen nahm oder zuviel trank, er konnte sich nicht genau erinnern, was es war. Niemand sonst erinnerte sich, daß Linda während ihrer ersten Ehe mit David ein Problem mit Drogen oder Alkohol gehabt hätte. Jahre später war Davids Erinnerung an Lindas Sturz in die Ungnade präziser. Er sagte, sie hätte Kokain genommen. Eine recht zweifelhafte Information – Linda war da schon tot und konnte nicht dementieren.

Davids Werbung um seine dritte – und demnächst fünfte – Ehefrau beschleunigte sich. Er überschüttete Linda mit Geschenken und überwältigte sie mit Versprechen, daß diesmal alles anders sein würde. Er habe erkannt, daß er sie liebte und immer lieben würde. Ihr Sexualleben war ein mächtiger Teil ihrer Beziehung gewesen, leidenschaftlich und erfindungsreich. Beiden hatte das gefehlt. David prahlte bei jedem, der es hören wollte, daß sie sich mindestens einmal am Tag liebten, und niemals zweimal auf die gleiche Art.

Um Weihnachten 1980 zog Linda bei Mary und Rick Bailey aus und zurück zu David, fast noch bevor sich die Tür hinter Cindy geschlossen hatte. Sie war älter, als sie wieder zu David zog. Diesmal glaubte sie, daß sie ihre Beziehung erfolgreich gestalten konnten.

Es hätte ein Happy-End sein sollen – zwei junge Menschen, die einander so liebten, daß sie nicht getrennt bleiben konnten. Doch Lindas Rückkehr zu David entfremdete sie ihrer Familie. »Wir hielten ihn für einen Meister der Manipulation«, sagte Mary Bailey direkt heraus. »Wir wollten nicht, daß sie zurückgeht. Aber sie hörte auf niemanden ... David konnte Frauen dazu bringen, sich wichtig zu fühlen. Nur durch Reden. Seine Stimme konnte einen überzeugen oder überreden. Er konnte sie einsetzen, wie er wollte.«

Die Entfremdung dauerte nicht lange. Lindas Familie lag zu viel an ihr. Mary erinnerte sich an Linda als einen der freundlichsten Menschen, die sie jemals kennengelernt hatte. »Sie ertrug es nicht, jemanden leiden zu sehen. Einmal sah sie im Winter einen Typ ohne Mantel, und sie ist hingegangen und hat ihm eine hübsche neue Lederjacke gekauft. Ich hatte nicht das Herz, ihr zu sagen, daß er sich wahrscheinlich umdrehen und sie wieder verkaufen wird. So war Linda – sie konnte gar nicht genug tun, um einem zu helfen. Sie hat es nicht ertragen, jemanden frieren zu sehen oder hungrig oder unglücklich.«

Von allen Bailey-Schwestern war Linda diejenige mit dem wärmsten Wesen und der ausgeprägtesten Begeisterungsfähigkeit. Was sie für diesen Mann empfand, der so voll Täuschung und Prahlerei war, blieb ihren Angehörigen ein Rätsel, aber sie liebten Linda und wollten ihr nahe bleiben. Sie hatten gemischte Gefühle, als Linda und David ihre Pläne einer Wiederverheiratung verkündeten. Mary Bailey war natürlich dagegen. Ehrlich, sie dachte, Linda hätte was Besseres finden können. Sie hatte gegen David als Ehemann geredet, bis ihr der Atem ausging – erfolglos. Linda betete den Mann an.

»Ich gab endlich auf und sagte gar nichts mehr. Ich sah ein, daß ich nichts erreichte. Es trieb nur einen Keil zwischen Linda und mich. Doch selbst nach der Versöhnung mit Linda sahen wir sie nicht oft. David wollte nicht, daß sie viel Zeit mit ihrer

Familie verbrachte, wir wurden nicht zu Besuchen ermutigt, und er war wütend, wenn sie jemals irgendwelche Probleme mit uns besprach. Er wollte sie ganz allein für sich.«

Andere in der Bailey-Familie waren froh, David wieder in ihren Reihen zu haben. Er war ein Machertyp, sie glaubten ihm vollständig, wenn er von all den Firmen redete, die er aufmachen wollte. Er war ein Egomane und ein Scheißkerl, aber David Brown mochte außer Linda noch anderen von ihnen einen Ausweg bieten. Er deutete an, daß es Jobs für viele von ihnen geben würde, sobald er seine Unternehmen am Laufen hatte.

Manuela und Arthur Brown waren ein wenig überrascht über die vielen Ehen ihres Sohnes vor dem dreißigsten Lebensjahr und mochten Linda nicht besonders, aber sie waren erleichtert, daß er endlich zur Ruhe gekommen zu sein schien. Alle diese Ehen und Scheidungen konnten für seine Gesundheit nicht gut sein. Die emotionale Belastung so vieler scheiternder Ehen hatte sicherlich zu seinen Geschwüren, seinem Dickdarmkatarrh und seinem Asthma und all den anderen Leiden beigetragen.

Seine bedrohlich schwankende Gesundheit war eines der vielen Paradoxien des David Brown. Er klagte ständig darüber, krank zu sein und wenig Energie zu haben, und dennoch strahlte er eine Selbstsicherheit und Aufrichtigkeit aus. Niemand, mit dem er zu tun hatte, schien je an ihm zu zweifeln. David war kein gesunder Mann und mußte umsorgt werden, aber er war auch ein Gewinner in der Geschäftswelt.

Entweder ganz bewußt oder aus einem angeborenen Instinkt heraus umgab David sich mit Menschen, die ihn als unendlich überlegenen Mann betrachteten. Er war schlauer, hatte mehr Grips, war gebildeter und älter als alle seine Frauen. Er hatte wirklich keine männlichen Freunde – nur Angestellte. Er hatte sich seine eigene Welt geschaffen, in der ihn niemand in Frage stellte oder an ihm zweifelte oder ihn kritisierte. Er war gut zu denen, die er in sein Leben ließ, freigebig mit seinem Geld, und er deutete ständig Belohnungen an, die noch kommen würden.

Den Frauen gab er Schmuck, Geschenke, Versprechungen und holperige Gedichte. Er machte Scherze und brachte seine

Frauen zum Lachen. Er wurde für drei junge Frauen so lebenswichtig wie die Luft, die sie atmeten. Interessanterweise benutzten alle dasselbe Wort, um ihn zu beschreiben: *ihr Lebenserhaltungssystem*.

AUSZÜGE AUS ZWEI GEDICHTEN
VON DAVID ARNOLD BROWN
(AN SEINE FRAU)

Diese innere Sonne ist unsere Hoffnung & Glaube an ein Morgen. Ein gutes, glückliches Morgen kann viele häßliche Gestern wegspülen. Ich bin für Dich da – heute, morgen, ewig.

Leben wird wundervoll sein,
Liebe desgleichen,
Beides hochgeschätzt,
Wenn ich es mit Dir teile.

16

David Brown ließ sich von seiner romantischen Ader nicht in seinen ehrgeizigen Zielen beirren. Der »Prozeß« war sein Durchbruch und machte wahr, was er immer versprochen hatte. Der Prozeß sollte ihm Einnahmen bescheren, die sogar bei weitem überstiegen, was er selbst sich erträumt hatte. Und er würde ihm Prestige und Respekt eintragen, wonach er sich so sehr sehnte. Niemand würde sich mehr an den David Brown erinnern, der von Wohlfahrtsbeträgen gelebt hatte. Er wollte Millionär werden.

Zu dem aufblühenden Computerzeitalter gehörten auch die entsprechenden Alpträume. Jeder, der sich jemals auf einen Computer verlassen muß, lebt in der Furcht, wertvolle Informationen zu verlieren, die auf Disketten verwahrt sind. Geschäftsunterlagen, Kundenkarteien, ausständige Zahlungen, kreative Arbeit – im Handumdrehen kann das alles verschwinden, verschluckt tief im Inneren eines vormals benutzerfreundlichen Superhirns.

Anfang der achtziger Jahre gingen Computerdaten leichter als heute verloren. Feuer, Stürme, Erdbeben, Tornados, Überschwemmungen, Überspannungen und Stromausfälle und menschliche Fehler können eine Computerkatastrophe auslösen. Ein »zusammengebrochenes« System konnte eine Firma finanziell in die Knie zwingen.

David Brown war Spezialist für eine neue Art von Rettungsdienst. Sein Wissen war scheinbar sehr schlicht – aber jedenfalls bestand Nachfrage danach, und er sprach stets nur mit gedämpfter Stimme darüber und verstärkte dadurch den Eindruck, daß er etwas wirklich Großes in der Hand hatte.

David gründete seine eigene Firma, nannte sie Data Recovery und landete 1981 einen großen Coup, als er als Subunternehmer für Randomex Inc. in Signal Hill, Kalifornien, zu arbeiten begann. Randomex hatte ein System entwickelt, um beschädigte Computerdisketten erneut lesen zu können und die darauf enthaltenen lebenswichtigen Informationen auf geradezu wundersame Weise wiederzubeschaffen.

Randomex profitierte von der Tatsache, daß viele Computerbenützer es versäumten, Kopien ihrer Disketten außerhalb ihrer Büros aufzubewahren, oder daß die Reservesysteme versagten. Die Spezialisten bei Randomex hatten ihre Techniken so verfeinert, daß sie Daten von 14-Zoll-Disketten und Festplatten und Floppy Disks wiederbeschaffen konnten. Sie konnten vierzig bis sechzig Prozent der Daten retten, die ihre verzweifelten Kunden verloren hatten. Für kleine Geschäftsleute konnte das über Bankrott und Überleben entscheiden.

David Brown studierte das Randomex-System, während er für die Firma arbeitete. Er lernte, wie er mit dem »Medium« – der Diskette – umzugehen hatte, damit die Köpfe wieder über die beschädigten Zonen glitten, wie er wieder die alten Tourenzahlen fand und die noch guten Daten auf eine andere Diskette oder ein Band kopierte. David rechnete sich aus, daß er eine Goldmine gefunden hatte, wenn es ihm gelang, den Prozentsatz von Randomex zu verbessern.

Was er dann auch tat.

Randomex stellte sämtliche Kontakte zu möglichen Kunden her, und David oder Linda oder irgendein Familienmitglied in Davids Mitarbeiterstab holte die beschädigten Disketten zur Behandlung ab. David sprach nie viel, wenn er selbst kam. Die Mitarbeiter von Randomex hatten nichts gegen ihn, mochten ihn aber auch nicht. Er war einfach »Data Recovery«, ein kleiner Subunternehmer, den man nie richtig persönlich kennenlernte.

David fügte noch ein paar Details hinzu und erhielt, was er den »Prozeß« nannte, der ihm und nur ihm allein gehörte. Er schrieb nichts denen zu, bei denen er gelernt hatte. Seine Verbesserungen waren der eigentliche Schlüssel. Er war bald in der Lage, gute 70 Prozent der Daten auf den beschädigten Disketten zu retten, die man ihm übergab. Davids Spezialgebiet waren die Minidisks, die winzigen harten Disketten, die eine unglaubliche Anzahl an Daten beinhalten.

Vorsichtig bis zur Paranoia, trainierte David nur die Leute, denen er wirklich vertraute oder über die er eine gewisse Macht ausübte, in der Ausführung des »Prozesses«. Nicht einmal später konnte er sich überwinden, Detectives gegenüber irgendwelche Details des »Prozesses« zu beschreiben. Er nannte ihn »mein ureigenstes Projekt – was die Leute ein »Wunderwerk« nennen ... ich würde sagen, es hat etwas mit unseren Fähigkeiten zu tun – sehen Sie, nach all dieser Zeit kann es sonst niemand machen.«

Er flüchtete sich stets in undurchsichtige und bewußt vage Phrasen, wenn er gebeten wurde, den »Prozeß« zu beschreiben. Linda war die erste, die alle Einzelteile seiner Formel erfuhr. David vertraute Linda, weil sie ihn anbetete. »Nun, ich habe den ›Prozeß‹ entwickelt«, erklärte er. »Ich entwickelte Computer und Diskettenlaufwerke und alle diese Sachen. Ich trainierte Leute wie Sperry Univac ... ich trainierte andere Techniker, also habe ich bei Linda ... ich benützte Trainingsmaterial, mit dem ich andere Leute trainiert hatte, um sie, Linda, zu trainieren, Trainingsmaterial, das ich geschrieben und entwickelt hatte.«

Linda hatte keine High-School-Ausbildung, doch der »Prozeß« erforderte keine. Er erforderte sorgfältige, peinlichst genaue Konzentration auf die Arbeit – aber keine besondere Intelligenz oder ein besonderes Talent. Trotz aller Geheimnisse, die Davids »Prozeß« umgaben, erforderte seine Technik wenig mehr als Geduld, Q-Tips, Alkohol und nichtfettende Reinigungsmittel. Manchmal mußten er und Linda die beschädigten Disketten nur einmal den »Prozeß« durchlaufen lassen, manchmal wieder und wieder, aber sie lieferten, was die Kunden wollten, und Randomex belohnte sie mit mehr und mehr Aufträgen.

David Browns Einkommensteuererklärung reflektierte sein wachsendes Geschick in der Datenwiederbeschaffung. 1981 erhielt er von Randomex 11 255 Dollar, 1982 98 143,85 Dollar, 1983 124 905,82 Dollar, 1984 171 141,79 Dollar. Sein Einkommen aus der Datenwiederbeschaffung fiel 1985 auf 114 081,02 Dollar, doch das war verständlich angesichts des Schocks und Grams über den Verlust seiner Frau und Geschäftspartnerin.

Das Randomex-Einkommen war brutto. David mußte davon Löhne und Steuern und Abgaben für seine Angestellten bezahlen. Seine Angestellten gehörten alle zur Familie. Lindas Zwillingsbruder Alan arbeitete eine Zeitlang mit, und manchmal half Davids Vater, Arthur, aus. Gelegentlich gab David Lindas Bruder Larry etwas Arbeit, aber er hatte nur wenig Vertrauen zu Larry und war vorsichtig bei ihm. Larry wurde öfter gefeuert als eingestellt. Später brachte David etwas von dem »Prozeß« Arthur bei.

Dennoch, niemand außer Linda und David kannte den ganzen »Prozeß«.

So war es am besten. Auch wenn es bei weitem nicht so anspruchsvoll war, wie David gern andeutete, benötigte man die richtige Kombination aller Zutaten. Dieses Wissen gehörte allein David Arnold Brown, und er schützte eifersüchtig seine Technik.

Im Verlauf der achtziger Jahre wurden Davids zweite und vierte Ehefrau zu düsterer Vergangenheit. Mit Brenda hielt er nur wegen Cinnamon den Kontakt aufrecht. Er genoß es, daß sie noch immer mit den alten Möbeln hauste, die sie aus ihrem gemeinsamen Apartment weggeschafft hatte. »Sie ist verbittert, weil ich Millionär bin«, erzählte er gern den Leuten.

Er und Linda waren solide. Sein Platz in der Bailey-Familie war unantastbar. Er war der reiche Verwandte. Bisher waren die von ihm bewirkten Veränderungen in ihrem Leben positiv. Selbst diejenigen, die nichts für Davids anmaßende Art übrig hatten, erkannten ihn als Mitglied der Familie an. Sie alle hatten einen niedrigen Lebensstandard, und David Brown besaß die Macht, ihre Existenz mit einem warmen finanziellen Glanz zu überziehen.

Obwohl er sie zuerst kaum wahrnahm, gab es in der Bailey-Familie noch ein Mitglied, das David mit vor blanker Verehrung glasigen Augen anstarrte. Sie war erst ein kleines Mädchen von sieben oder acht Jahren gewesen, als sie scheu in der Ecke saß und dem Mann lauschte, der ihnen Hamburgers brachte. Sie fand ihn ganz wundervoll und liebte es, seiner tiefen Stimme zu lauschen. Er war ein Mann, und sie war ein Kind. Fast sechzehn Jahre klafften zwischen ihnen.

Doch Patti Bailey bewunderte David Brown fast von Anfang an. Er war freundlich zu ihr und dem Rest der Familie, und sie hatte sich immer gewünscht, sich in seinen Schoß zu kuscheln und sich auf ewig sicher fühlen zu können. Patti war noch so jung, als David ihre ältere Schwester zum ersten Mal heiratete, daß sie keine richtige Eifersucht verspürte – nur ein sehnsüchtiges Verlangen. Linda konnte in Davids hübsches Haus ziehen und sich bei David sicher fühlen. Und Patti mußte zurückbleiben.

»Nachdem Linda fort war, war Patti das letzte junge Mädchen im Bailey-Haushalt. Sie hatte niemanden mehr, zu dem sie sich flüchten konnte.« Patti hatte die meiste Zeit Angst. Sie schlief mit einem offenen Auge und war sich leiser männlicher Stimmen und des Geruchs von Schweiß bewußt. Flüstern von Männern in der Dunkelheit, ihre raschen Hände. Patti dachte, wenn sie doch bloß in Davids Haus leben könnte, dann wäre sie im Himmel.

Als Lindas erste Ehe mit David endete, wußte Patti nicht, was sie fühlte. Ganz sicher Traurigkeit darüber, daß David nicht länger ein Mitglied ihrer Familie war, und vielleicht eine gewisse Befriedigung, weil Linda doch nicht so schlau war, wie sie gedacht hatte. Patti klammerte sich an ihren Kleinmädchentraum, daß David eines Tages kommen und sie mit sich nehmen und sie heiraten würde. Er war immer so nett zu ihr, und er blinzelte ihr zu, als würden sie beide Geheimnisse miteinander teilen. Sie fand ihn attraktiv mit seinen schimmernden braunen Haaren und seinem Schnurrbart.

Als Linda und David erneut zusammenzogen, war Patti eifersüchtig und wütend, weil Linda zwei Chancen bekommen hatte und sie selbst keine. Sie war zwölf und würde bald ein Teenager sein. Warum hatte David nicht auf sie gewartet? In gewisser Weise war dies die traurige Lage aller kleinen Schwestern, die unter einer hoffnungslosen Schwärmerei leiden. Doch Patti Bailey hatte reale, finstere Gründe, sich nach Rettung zu sehnen. Sie war so verwundbar wie ein zitterndes Kaninchen auf einer Lichtung, und sie fand David Brown freundlich und gut und sicher.

Linda wußte, wie die Dinge daheim in Riverside standen, und sie lud Patti oft ein, die Wochenenden bei ihr und David in Victorville zu verbringen, wo sie damals wohnten. David kaufte da oben ein kleines Haus und einen Morgen des umliegenden Landes. Victorville war ungefähr fünfundvierzig Meilen nördlich von Riverside, nahe Barstow, am Rand der Mohave-Wüste. Patti gefiel es da oben. Es war eine andere Welt. Sie fürchtete sich davor, am Sonntagabend heimfahren zu müssen. Endlich nahm Linda ihre junge Schwester Patti beiseite und erklärte ihr, sie müsse nicht mehr nach Riverside zurück. Linda und David würden wieder heiraten, und das bedeutete, daß Patti bleiben konnte.

Patti war ekstatisch. Als in diesem Jahr die Weihnachtsferien begannen, zog sie bei ihrer Familie aus und bei David und Linda ein. Sie sollte in die Yucca-Valley-Schule gehen. Patti Bailey wurde aus der Verzweiflung gerissen, sie sah, wie die meisten Wünsche ihres jungen Lebens sich erfüllten. Sie würde in einem sauberen Haus mit neuen Möbeln wohnen. Sie würde so viel zu essen haben, wie sie nur wollte. Sie würde in Kleidern zur Schule gehen, die neu und modisch waren. Sie würde sich einen Farbfernseher und tolle Platten leisten können.

Das beste aber war, daß sie David nahe sein würde.

David hatte sie gerettet, und Linda hatte gesagt, sie könne bei ihnen leben. Ihre Dankbarkeit beiden gegenüber war grenzenlos. Vor allem aber liebte sie David. Er machte sie so glücklich. Jahre später noch erinnerte sie sich an das exakte Datum, wann sie zu David und Linda zog: »19. Dezember 1981. Ich war dreizehn.«

Wieder fuhren David und Linda nach Las Vegas, um zu heiraten. Erst war sie seine dritte Ehefrau gewesen, nun wurde sie seine fünfte. Es sollte das erste Mal seit Jahren sein, daß David zwei aufeinanderfolgende Weihnachtsfeste mit derselben Frau verbrachte. Von diesem Zeitpunkt an war Patti ein integrierter Bestandteil von David Browns Familie. David und Linda und Patti. Und manchmal Cinnamon.

Cinnamon wanderte wie ein Ball zwischen ihren Eltern hin und her. Oft schienen sie das Mädchen mehr als Waffe gegeneinander zu benützen und weniger das Kind zu sehen, das geliebt und umsorgt werden mußte. Wenn Brenda sich über Cinny ärgerte, rief sie David an und verlangte, daß er kommen und Cinnamon abholen sollte. Wenn David die tägliche Sorge für ein kleines Kind zu viel wurde, packte er ihre Sachen und schickte Cinnamon nach Hause.

Cinnamon wohnte bei David und Linda in Victorville, als Patti einzog. Bald darauf zogen sie in ein Haus auf der West Street in Anaheim. Cinnamon ging auf die Patrick-Henry-Volksschule, und sie wohnte bis zum Juli 1983 bei der Familie ihres Vaters. Die Mädchen vertrugen sich und stritten nur gelegentlich, wie Schwestern das nun einmal tun. Sie kannten einander, seit Cinny vier oder fünf war. Cinnamon war zwei Jahre jünger als Patti, und die beiden waren sehr unterschiedlich. Sie waren keine richtigen Schwestern, nicht einmal Cousinen – aber Freundinnen. Auch wenn Cinnamon gelegentlich wieder bei ihrer Mutter lebte, war sie nicht eifersüchtig, weil ihr Vater ein anderes Mädchen in ihrem Alter in seinem Haus ständig wohnen ließ, während sie nur an Wochenenden und in den Ferien zu Besuch kam.

Cinnamons Probezeit mit ihrem Vater und Linda und Patti klappte nicht. Niemand konnte wirklich den Grund erklären. Aber Cinny paßte nicht zu den dreien, und ihr unabhängiger Geist war ein ständiges Ärgernis. Cinnamon war extrovertiert,

Patti ruhig. Cinnamon hatte schon damals Humor, entdeckte schnell die amüsante Seite der Dinge, Patti hingegen war ernst und begriff die witzigen Bemerkungen nicht, mit denen Cinnamon um sich warf. Cinny war leichtsinnig und verabscheute Arbeiten im Haushalt wie Staubsaugen und Geschirrspülen, Patti war ordentlich, vielleicht weil sie so lange in Unordnung gelebt hatte und weil sie ihre neuen Besitztümer so sehr schätzte.

So unterschiedlich die beiden Mädchen waren, Cinny war Teil der Familie. Dieser neuen Familie. Linda und Cinny kamen fast das ganze Jahr, in dem sie unter dem gleichen Dach wohnten, gut miteinander aus, und Cinnamon akzeptierte offenbar ihre Stiefmutter – obwohl Linda erst zwanzig war. Ihr Vater erinnerte sich, daß Cinny zu Brenda zurückgeschickt wurde, »weil sie Linda nicht gehorchte.«

Cinnamon wurde gedemütigt, als David ihr befahl, sich vor der ganzen Familie in ihrer Unterwäsche aufzustellen, während er ihr mit einem Ledergürtel den Hintern versohlte. (Der Vorfall, der Dr. Howell veranlaßte, David nach Lindas Ermordung den Behörden wegen Kindesmißhandlung zu melden.) Trotz der roten Striemen, die Davids Gürtel verursachte, weigerte Cinny sich zu weinen. Sie sah ihn nur abweisend an und sagte: »Ich hasse dich . . . ich kann nicht mehr mit dir leben. Ich hasse dich!«

Cinny kehrte mit gebrochenem Herzen zu Brenda nach Anaheim zurück. In Wahrheit haßte sie ihren Vater nicht. Sie liebte ihn über die Maßen.

Sofern Cinnamon wirklich unverbesserlich war, merkte das außer David niemand. Jeder, der die Familie kannte, hatte sich stets gewundert, wie gut Linda und Cinnamon miteinander auskamen. Cinnamon wurde in den nächsten paar Jahren oft hin und her geschoben. In einem Alter, in dem man eigentlich die Gewißheit braucht, daß man ein wertvoller Mensch mit festem Platz ist, war sie nirgendwo verankert. Sie trieb wie ein Ballon ohne Halteseil dahin. Sie war jedoch ein Kind mit einer bemerkenswerten Einsicht und akzeptierte, anders als die meisten ihresgleichen, die Folgen ihres eigenen Handelns. Sie war offen, was ihre Fehler anging. »Ich habe damals alle total gehaßt«, erinnerte sich Cinnamon. »Ich war stinksauer, und ich war eine große Rotznase.« Bei anderen Gelegenheiten sagte sie, sie wäre ein »Rabenbraten« gewesen. »Ich habe meine Mom zum Wahnsinn getrieben.«

War sie *unverbesserlich?* Nein! Vielleicht machte sie diesen Eindruck auf eine Mutter, die selbst erst dreißig war und versuchte, mit einer neuen Ehe, einem neuen Baby und eigenen Problemen zu jonglieren.

»Das Leben bei meiner Mom war ganz anders als das Leben bei meinem Dad«, sagte Cinnamon. »Wenn ich bei meiner Mom lebte, fühlte ich mich unabhängiger. Ich konnte mit Krista und meinen anderen Freundinnen zusammenkommen, aber ich bekam nicht so viel Aufmerksamkeit, wie ich wollte. Ich habe begriffen, daß meine Mom sehr hart arbeitete und ihr Bestes versuchte. Ich bemühte mich, meiner Mom Freude zu machen. Ich wollte immer eine bessere Kommunikation mit meiner Mom, aber sie schrie oft. Ich bat um eine Erklärung und wurde verhauen. Ich wollte wissen, was ich falsch gemacht hatte – damit ich es nicht wieder machte. Aber sie war so gestreßt und ungeduldig, daß sie sich nicht mehr die Zeit für ein Gespräch nahm.«

Dennoch war Cinnamons dreizehntes Lebensjahr vergleichsweise ihr bestes. Ihr *einziges* Jahr, wo sie wie ein Teenager lebte.

»Krista und ich waren sehr glücklich; ständig haben wir so was gemacht, wie einander auf der Lenkstange meines Fahrrades durch ganz Orange County herumzufahren ... Mit Krista an den Strand zu gehen, war wie ein anderes Leben.«

Cinnamon besuchte weiterhin ihren Vater, und sie lebte bei ihm nach seinen Regeln. Alle taten das. David wollte immer genau wissen, wo wer war, und er erwartete, daß sie rechtzeitig zu Hause waren. David führte das Kommando. Wer sich nicht an Davids Regeln hielt, blieb nicht lange.

»Manchmal bekam ich auch von meinem Dad nicht so viel Aufmerksamkeit«, erinnerte Cinnamon sich an ihre Besuche. »Wegen der Veränderungen seiner Ehen und der Scheidungen ... Ich mußte ihn mit Patti teilen. Ich wurde nicht mehr in Familienangelegenheiten einbezogen – also, nicht mehr so *viel* wie früher. Ich habe keine besonders intensive Zeit mit meinem

Dad verbracht. Natürlich hatten wir noch immer großartige Erinnerungen. Ich mochte den Humor meines Dads, aber ich sah auch seine Selbstsucht ... er wollte immer im Mittelpunkt der Aufmerksamkeit stehen. Er war gierig, was materielle Dinge anging. Das alles ist mir aufgefallen, als ich bei ihm aufwuchs.«

Die Türen in den Häusern, in denen David Brown und seine Mädchen wohnten, öffneten und schlossen sich ständig. Er war gelegentlich sehr großzügig, was Besuche von Lindas und Pattis Familie anging – sofern sie die von ihm gezogenen Grenzen einhielten. Ethel besuchte sie gelegentlich, ebenso Lindas Zwillingsbruder Alan. Sogar Larry übernachtete manchmal bei ihnen.

Von ihrem zwölften Lebensjahr an glaubte Patti Bailey an die Familie, die David geschaffen hatte. Seine Ansichten gruben sich ihr ein, und sie folgte David so ergeben wie ein Sektenmitglied. Jeder, der ihn zusammen mit seiner jungen Schwägerin sah, erkannte, daß Patti für David schwärmte, aber niemand neckte sie deswegen. Linda erwähnte es bei Mary Bailey, und sie lächelten und schüttelten die Köpfe. Sie wußte, daß Patti aus ihren Gefühlen für David herauswachsen würde, sobald sie anfing, sich mit Jungen ihres eigenen Alters zu treffen. Linda sah in Patti noch immer ihre kleine Schwester, ein Kind.

Patti wußte anfangs nicht viel über Davids Arbeit, nur daß sie mit Computern zu tun hatte und sehr wichtig war. Sie zogen oft um, damit er näher bei der Arbeit war, und manchmal auch, weil er und Linda ein schöneres Haus wollten. Aber immer blieben sie im Orange County, und sie blieben immer zusammen, so daß Patti sich an den vielen Umzügen nicht störte. Die Familie bedeutete mehr als irgendwelche Schulfreunde.

Die Familie hatte viel Spaß zusammen. Sie sahen fern, liehen sich Videofilme aus und machten Brettspiele. David war keine Sportskanone, aber er konnte großartig Familientreffen organisieren. »Es ist jetzt nur schwer zu glauben – aber ich war wirklich lustig«, erinnerte David sich viel später. »Ich war immer – wie nennt man das – der Mittelpunkt der Party.«

Als sie in Victorville wohnten, hatte das Haus, das David

kaufte, viel Grünfläche ringsherum, und David und Linda und Patti – und wer sonst bei ihnen lebte oder zu Besuch kam – schossen auf Bierdosen und lachten, wenn die Dosen von Baumstümpfen flogen und sich in der Luft überschlugen. David hatte mehrere Schußwaffen, sowohl »große, als auch kleine.« So unterschied Patti zwischen Gewehren und Handfeuerwaffen.

Sie fuhren oft in die Mojave-Wüste hinter Barstow zu der Geisterstadt Calico. David hatte einen Wohnwagen, und sie nahmen Kühlbehälter voll Essen und Limonade in die Gegend der Calico Mountains mit. Stundenlang jagten sie in den Geländewagen umher, die David ihnen gekauft hatte. David liebte seine »Spielzeuge«, und wenn er sich gut fühlte, spielte er mit ihnen wie ein Kind.

Patti und Linda fanden bald heraus, das David sich rasch mit seinem Besitz langweilte. Er wollte immer von allem das neueste Modell. Larry Bailey fuhr einen von Davids ATVs, als er irgendwo aufprallte und das Auto einbeulte, aber keinen großen Schaden anrichtete. David sah es als eine Chance, nicht als Verlust. »Ich weiß nicht, was für ein Schaden es war«, sagte Patti, »aber ich weiß, er war nur klein. David besprach mit Linda und Larry, daß ... also, he – wenn sie den Wagen nach Calico brachten und von einem Felsen stießen, dann würde er richtig zerschmettert werden. Dann müßte die Versicherung dafür bezahlen.«

Patti und Linda halfen, den Wagen aus der Felsrinne zu ziehen, in der er nach dem »absichtlichen« Unfall lag, und stabilisierten ihn, während Larry und David ihn auf den Anhänger schoben. »David brachte ihn zurück und meldete seinen Anspruch an. Damals bekam ich einen Odyssey anstelle eines ATV«, erinnerte sich Patti.

Obwohl David jedes Jahr sein Einkommen aus der Datenwiederbeschaffung fast verdoppelte, benutzte er häufig Versicherungsgesellschaften, um seine Ausrüstung auf den neuesten Stand zu bringen. Er kassierte für eine Reihe von Autounfällen. Er verklagte einen Supermarkt, indem er behauptete, er habe sich verletzt, als er über ein Verlängerungskabel stolperte. Auf dem Besitz in Victorville stand ein Schuppen, angefüllt mit alten Möbeln und Baumaterial. David wollte nichts mehr davon. Er mietete einen Bulldozer und versuchte, Alan Bailey als Fahrer zu gewinnen. Er wollte, daß Alan den Schuppen mit dem Bulldozer niederwalzte, damit er die Versicherung sowohl für das Gebäude, als auch für dessen Inhalt kassieren konnte. Alan lehnte ab. Er glaubte nicht, daß sie irgend jemanden davon überzeugen könnten, er wäre *zufällig* gegen ein dermaßen großes Gebäude geprallt und so lange weitergefahren, bis dessen Inhalt zermalmt war.

Nachdem sie alle 1984 nach Garden Grove umgezogen waren, entpuppte sich das fahrerische Mißgeschick einer Nachbarin für David als Glücksfall. Eine ältere Dame nebenan verlor in ihrer eigenen Einfahrt die Kontrolle über ihren Wagen, als sie in Panik geriet und anstelle der Bremse das Gaspedal durchtrat. Ihr Wagen übersprang den schmalen Raum zwischen den Häusern und traf das Brown-Haus seitlich unterhalb des Fensters – genau am mittleren Schlafzimmer. Obwohl der Schaden minimal war, sah David eine Chance, seinen Commodore-Computer zu ersetzen. Er wollte einen IBM.

»Er schob seinen Schreibtisch und den alten Computer aus seinem Büro in den Raum, an dem das Haus getroffen worden war, und dann fiel der Computer zu Boden oder so«, erinnerte sich Patti. »Ich war nicht da – ich habe nicht gesehen, wie es passiert ist. Er hat es jedenfalls im Freien schlimmer aussehen lassen, hat noch Schutt und so was dazu getan.« Die Versicherung der Nachbarin zahlte, und David Brown ersetzte seinen Computer mit einem vorzüglichen IBM-Spitzenmodell. Er erklärte Linda und Patti, daß Versicherungen dafür da waren, Leute für ihre Verluste zu entschädigen.

Die ganze Zeit baute David seine Sammlungen aus. Seltene Münzen. Gold und Diamanten. Seine Ringe waren alle eigens für ihn angefertigt worden. Der Phönixanhänger. David ließ auch Geschäftskarten mit einem stilisierten Phönix drucken, der Computeranlagen »bewachte«. Er mochte das Sinnbild. Er rettete und wiederbelebte Daten, die scheinbar hoffnungslos im Feuer verlorengegangen waren.

David Arnold Brown erkannte sich selbst in dem Vogel Phönix wieder.

Mr. Magic.

David beschäftigte nicht nur seine angeheirateten Verwandten, sondern auch seine eigenen Familienmitglieder. Er prahlte damit, daß er einen Bruder und eine Schwester »aus der Töpferei geholt und in die Datenwiederbeschaffung eingearbeitet« habe. Das Geschäft der Datenwiederbeschaffung paßte genau zu Davids Auffassung von Familienleben. Das meiste davon konnte zu Hause erledigt werden.

David behauptete, er habe extrem wichtige Anrufe »von der Regierung oder wichtigen Firmen erhalten. Die Telefone klingelten den ganzen Tag. Es konnte das Pentagon sein oder Coca Cola oder sonstwer.« Er war schnell mit großspurigen Bemerkungen bei der Hand, wie unersetzlich er gewesen sei bei der Rettung von Daten irgendwelcher höchst wichtiger Projekte oder Firmen. Er erzählte jedem, Data Recovery habe die meisten Daten wiederbeschafft, die in dem »Towering Inferno« der First Interstate Bank in Los Angeles verlorengegangen waren. Er liebte es, seine Rolle bei der Rettung Dutzender Menschen vor dem fast sicheren Tod bei dem MGM Grand-Hotel-Feuer am 21. November 1980 zu beschreiben. Da die Hotelcomputer in der Feuersbrunst schwer beschädigt worden waren, sagte David, habe sich das Hotel mit der Bitte um Hilfe an ihn gewandt. Innerhalb von zwei Stunden wäre er imstande gewesen, die Unterlagen zu rekonstruieren. Das wäre lebenswichtig gewesen, erklärte er, weil man nur anhand der Unterlagen wissen konnte, welche Zimmer bewohnt waren und welche leerstanden. »Ich war unentbehrlich bei der Rettung von hundertzwanzig Hotelgästen, indem ich die Hilfsmannschaften in Las Vegas leitete – während ich selbst in Kalifornien war. Sie gingen direkt zu den Zimmern, in denen Menschen waren, und verloren keine Zeit mit leeren Zimmern.« Trotz Davids Heldenrolle bei den Rettungsversuchen kamen achtzig Menschen in dem MGM Grand-Feuer ums Leben.

Als auch die Blutbank von San Diego von einem Feuer getroffen wurde, rekonstruierte David laut eigener Aussage das Computernetz, so daß die Blutbankangestellten in der Lage waren, dringend benötigte Blutkonserven in Krankenhäusern des südlichen Kaliforniens aufzuspüren.

Und dann war da die Coca Cola Company. »Linda und ich

durften nicht zusammen fliegen«, erklärte David. »Die Coca Cola Company erlaubte es nicht. Wären wir beide ums Leben gekommen, so hätte die Firma in größten Schwierigkeiten gesteckt. Sie haben uns sogar Mr. und Mrs. Coca Cola genannt! So wichtig waren wir für die. Aber wir haben uns nicht darum gekümmert, was die sagten. Linda und ich wußten, daß keiner ohne den anderen weitermachen konnte. Wenn wir abstürzten, wollten wir zusammen abstürzen.«

Der Junge, der nie über die achte Klasse hinausgekommen war, prahlte stolz damit, in Zeitschriften wie *People* und *Time* erwähnt worden zu sein. Er sei es doch gewesen, prahlte David, der das tragische Rätsel um die Explosion des *Challenger* Space Shuttle am 28. Januar 1986 entschlüsselt habe. »Ich arbeitete zwei Tage mit der NASA und dem Verteidigungsministerium, um den Grund der Explosion zu finden«, erklärte David mit seiner tiefen Baritonstimme. »Ich konnte beweisen, daß die Mitglieder der Crew auf der Stelle getötet wurden – ich konnte garantieren, daß sie nicht leiden mußten.«

Zumindest diese Behauptung war eine glatte Lüge. Aber nur wenige Leute stellten David Brown und seine Fähigkeiten in Frage. Er hatte eine so überzeugende Art, und er beherrschte die Computer-Fachsprache wie ein Experte. Er machte Geld, und er war in der Datenwiederbeschaffungs-Industrie gefragt. Wer konnte schon sagen, wie viele seiner Geschichten stimmten und wie viele krasse Übertreibungen waren?

Wie die Wahrheit auch immer aussah, 1984 erlebte sein Geschäft einen Boom. Patti und Linda machten Briefe fertig, wechselten sich beim Maschinenschreiben ab. Alle Telefone im Haus waren mit Lautsprechern ausgerüstet, so daß David von jedem Zimmer aus mit seinen zahlreichen Klienten sprechen konnte, ohne nach einem Hörer greifen zu müssen. Auf diese Weise waren alle in der Familie auf dem laufenden, welche Aufträge hereinkamen. Es gab keine geschäftlichen Geheimnisse unter ihnen dreien.

So wirkte es zumindest nach außen.

Wäre Cinnamon Darlene Brown ein eifersüchtiges Kind gewesen, hätte sie wohl guten Grund gehabt, sich im Leben ihrer Eltern als Außenseiterin zu fühlen. Sie wurde ständig hin und her geschoben, und sie hatte kein Gefühl der Beständigkeit. Kam sie auch nur eine halbe Stunde zu spät nach Hause, rief ihre Mutter manchmal ihren Vater an und verlangte, daß er Cinnamon abholte. Sie war ein Unterpfand für Drohungen und Rache.

Cinny liebte beide Elternteile, aber ihr Vater hatte Linda und Patti, und ihre Mutter hatte wieder geheiratet – Tracy Sands, der ein paar Jahre jünger war als sie – und noch eine zweite Tochter zur Welt gebracht. Cinnamons Stiefvater war ein um Erfolg ringender Musiker, und viel Aufmerksamkeit in Brendas Haus in Anaheim galt entweder Tracys Karrierestreben oder Penelope, dem neuen Baby.

Cinnamon liebte jedoch ihre Halbschwester, genau wie sie die Nachricht von Lindas Schwangerschaft mit freudiger Erregung aufnahm. Im Juli 1984 sollte Linda gebären. Für David würden fast genau vierzehn Jahre zwischen den Kindern liegen. Cinnamon war von armen Eltern im Teenageralter in die Welt gesetzt worden. David befand sich jetzt finanziell in der Lage, diesem erwarteten Baby *alles* zu geben. Die Vorbereitungen für die Niederkunft glichen denen für die Geburt königlichen Nachwuchses. 1984 war die Familie in das gemietete Haus am Ocean Breeze Drive in Garden Grove gezogen, und dort gab es Platz für alle – das große Schlafzimmer für David und Linda, das große vordere Schlafzimmer für Patti, das mittlere Zimmer als Kinderzimmer.

Raum für jeden, nur nicht für Cinnamon.

Jede Minute, in der sie nicht mit David arbeitete oder kochte oder putzte, verwendete Linda darauf, das mittlere Schlafzimmer in ein Kinderzimmer zu verwandeln. David ließ sie alles kaufen, was auf ihrer Wunschliste für das Baby stand: das hübscheste Kinderbett, eines von der Art, das man später in ein Jugendbett verwandeln kann, dazu passende Schränke und eine kleine Schaukel, die automatisch schwang, während dazu Musik erklang. Es machte Linda glücklich, daß ihr Baby alles haben würde, was ihr nie vergönnt gewesen war.

Dennoch hingen Wolken über ihrer Freude. Obwohl sie über ihre Schwangerschaft begeistert war, waren die letzten Monate für Linda Brown schwierig. In der Hitze eines kalifornischen Sommers fühlte sie sich fett und unbeholfen. Sie trug Kittel und Shorts mit elastischen Einsätzen, und ihre Füße schwollen an. Ihre Schwester Patti hingegen, die die perfekte Figur einer gut gebauten Sechzehnjährigen hatte, sah in diesem Sommer in ihren Shorts und Tops mit dünnen Trägern phantastisch aus.

Zum ersten Mal nagte Pattis offensichtliche Schwärmerei für David an Lindas Selbstbewußtsein. Patti war kein Kind mehr, und Lindas Geduld hing an einem seidenen Faden. Patti war so leicht zu durchschauen. David konnte in ihren Augen nichts falsch machen, und Linda verspürte einen Schauer der Angst, als sie Pattis jugendliche Versuche beobachtete, verführerisch zu wirken.

Linda war daran gewöhnt, David überallhin zu folgen, und er hatte stets getönt: »Ich würde ohne Linda gar nicht zur Arbeit fahren.« Jetzt gab es Tage, an denen David doch ohne Linda zur Arbeit fuhr. Manchmal nahm er sogar Patti mit. Er bildete auch Alan in dem »Prozeß« aus, da das Baby viel von Lindas Zeit in Anspruch nehmen würde. Sie konnte sich daran nicht stören. Es war ihre Idee gewesen. Dennoch fühlte Linda, wie ihre Nähe zu David gefährdet wurde.

Freunde, die in diesem Juli mit Linda telefonierten, erinnern sich, daß sie deprimiert und unglücklich klang. Ihre Mutter, Ethel, wußte, daß Linda sich wünschte, Patti kehre wieder nach Hause zurück. Linda erwähnte es mehrere Male bei ihr, aber David weigerte sich, Patti gehen zu lassen.

Linda und Patti schienen besser miteinander auszukommen, als Linda am 30. Juli 1984 Krystal Marie zur Welt brachte. Alle liebten dieses Baby und wechselten sich in der Fürsorge ab. Nach Krystals Geburt feierte Linda eine hübsche Geschenkparty. Sogar Brenda nahm daran teil, und Linda wirkte glücklich und von ihrem Baby begeistert.

David war geradezu verrückt nach Krystal und störte sich überhaupt nicht daran, daß er keinen Sohn bekommen hatte. Er spielte mit dem Baby, kitzelte es. Später prahlte er: »Dieses kleine Mädchen liebt mich. Ich habe es von dem Tag seiner

Geburt an zum Lachen gebracht.« Er machte Fotos von Linda und ihrem neugeborenen Baby und hängte sie in seinem Büro auf.

Linda machte für ihre Eifersucht auf Patti die üblichen Schwangerschaftsdepressionen verantwortlich. Jetzt war, soweit das irgend jemand beurteilen konnte, wieder alles bestens in der Familie. Falls Probleme zurückgeblieben waren, erwähnte Linda sie nicht. Nur wenige Wochen vor ihrem Tod war sie nach einem Besuch bei einer Freundin zu Mary und Rick Baileys Haus in Riverside gekommen. Sie hatte sowohl Patti als auch Cinnamon bei sich, und Mary sah nichts als Harmonie.

Brenda Brown Sands jedoch bemerkte Dinge, die ihr Sorge bereiteten. »Ich wollte Cinnamon taufen lassen, aber David sagte nein. Er sagte, er würde sie aus der Kirche schleifen, wenn ich das täte. Ich brauchte ihre Geburtsurkunde, aber die war in Davids Safe. Linda sagte, sie würde sie suchen, während David weg war. Sie sagte ›Ich habe Angst – aber ich mache es.‹ Also, sie hatte den Safe schon offen, und ich hörte, wie sie nach Luft rang und sagte ›O mein Gott, er kommt zur Tür herein!‹ Glauben Sie mir, sie hatte Angst vor ihm!«

Ein paar Wochen später sah Brenda Linda und Patti im Straßenverkehrsamt und bemerkte, wie traurig und müde Linda aussah.

»Ich wollte zu ihr hingehen und ihr sagen ›Verlaß ihn – da ist etwas nicht in Ordnung.‹«

Als die Schule im September 1984 wieder anfing, zog Cinnamon erneut in das Haus ihres Vaters. Linda erklärte Mary Bailey: »Ich habe sie auf die Seite genommen, bevor eine Entscheidung fiel. Ich sagte zu ihr ›Das ist das letzte Mal, Cinnamon. Von jetzt an wird nicht mehr eingezogen und ausgezogen. Wenn du mit uns leben willst, geht das in Ordnung – aber du mußt dich nach den Regeln unserer Familie richten.‹ Sie hat es gut aufgenommen.«

Cinnamon hatte damit keine Probleme. Sie zog rechtzeitig bei David und Linda ein, um an der Bolsa Grande High-School in Garden Grove anzufangen. Sie und Patti gingen gemeinsam dorthin. Und Patti teilte ihr Zimmer mit Cinnamon. Patti hatte das weiße Eisenbett an der Wand, und Cinny schlief auf dem Rollenbett, das man darunter hervorzog.

Keines der Mädchen hatte viele Freunde unter ihresgleichen. Patti sprach manchmal mit einem Mädchen, das auf der anderen Straßenseite wohnte, und sie beide mochten Betsy Stubbs, deren Vater Al der Versicherungsagent Davids war. Betsy war schlicht und nicht das klügste Mädchen der Welt, aber Cinnamon hielt sie für eine Wucht, weil sie manchmal Einfälle äußerte, über die Cinny schallend lachte. »Hübsche Sachen. Zum Beispiel nannte sie Leute ›Schafsköttel‹ oder ›du Pupser‹!« Patti konnte darüber nicht lachen, aber Betsy brachte Cinnamon zum Wiehern. Sie sahen Betsy ziemlich oft, weil David viel mit der Versicherung zu tun hatte, und die Mädchen begleiteten ihn häufig. David kümmerte sich nicht um die meisten ihrer Freundinnen, aber er mochte Betsy.

Dennoch hatte David grundsätzlich nur seine Familie. Nur David und seine vier Frauen – Linda, Patti, Cinnamon und jetzt auch Krystal. Später sollte einer David Browns Lebenssituation »sein eigenes kleines Lehnsgut« nennen. In gewisser Weise paßte die Charakterisierung: »ein Landbesitz, der von einem Herrn vergeben wird unter der Auflage von Ehrerbietung und Dienstleistung.«

Alle tanzten nach Davids Pfeife.

Obwohl alle so eng zusammenlebten, Mahlzeiten teilten, gemeinsam vor dem Fernseher saßen, zusammen Ausflüge in die Berge machten und gemeinsam für Data Recovery arbeiteten, gab es eine Anzahl von Geheimnissen im Brown-Haushalt in Garden Grove. Ende Januar stolperte Cinnamon über eines von ihnen.

Die Familie hielt an einem Markt, um etwas zu kaufen. David, Patti und Cinnamon gingen in den Laden und ließen Linda mit Krystal im Kleinbus. Krystals Windel mußte gewechselt werden, und Linda sagte, David und Patti sollten ohne sie einkaufen. Sie legte eine Decke auf die hintere Ladeklappe, damit sie die Windel wechseln konnte.

Cinny ging zu den Musikkassetten und nahm dunkel wahr,

wie ihr Vater und Patti in die Bekleidungsabteilung verschwanden. Als sie die Kassette fand, die sie suchte, lief sie ihnen nach. Cinnamon bog um einen Ständer mit Kleidern und erstarrte. Eisiger Schock packte sie. Hier, in einer Ecke des weitläufigen Ladens, küßte ihr Vater Patti! Kein freundlicher oder väterlicher, sondern ein intimer, leidenschaftlicher Kuß. Cinnamon stand da, als wäre sie festgefroren, beobachtete und konnte nicht glauben, was sie sah.

»Ich starrte ... ich konnte kaum atmen. Ich hatte einen Schock ... Ich war ganz – o nein, da stimmt was nicht! Sie hielten einander ... ich dachte, ich würde verrückt werden oder so. Dann drehte sich mein Vater schnell um und sah mich an«, erinnerte sich Cinnamon. »Ich lief durch den Laden, und er jagte mich. ›Cinny, Cinny!‹ sagte er. ›Was ist denn? Was ist denn?‹ Und ich sagte ›Ich habe dich gesehen!‹ Und er sagte ›Was hast du gesehen?‹ und ich sagte ›Ich habe gesehen, wie du Patti geküßt hast.‹ Und er sagte ›Tut mir leid, daß du das sehen mußtest. Der Kuß war nur ein Zufall.‹«

Cinnamon schwirrte der Kopf. Wie konnte er Patti zufällig geküßt haben? Sie warf einen Blick zum Parkplatz und war erleichtert, daß sie Linda noch immer bei dem Kleinbus stehen sah. Benommen und verwirrt begann sie zu weinen. »Willst du mich zum Wahnsinn treiben?« fragte sie. »Ich verstehe das nicht.« Ihr Vater bat sie, ihm zu verzeihen, aber sie wollte nicht mit ihm sprechen. Sie lief weg und drängte sich zitternd an eine Verkaufstheke, wo er sie nicht sehen konnte.

Viel später fand Linda sie und war alarmiert, wie verstört Cinnamon wirkte.

»Was ist denn mit dir los?« fragte sie.

»Nichts«, log Cinnamon. »Es geht schon wieder.«

Cinnamon blieb stumm, während sie ihre Einkäufe bezahlten. Sie konnte Linda nicht sagen, was sie gesehen hatte.

»Damals hatte ich Angst vor meinem Vater, sonst wäre ich entschlossener gewesen und hätte es Linda erzählt.«

Linda aber glaubte, Cinnamon habe etwas kaufen wollen und nicht genug Geld gehabt. Linda hatte keine Ahnung, wie schlimm es wirklich war.

»Als wir heimkamen, hielt mein Vater mich bei der Haustür

an und sagte › Sag keinem, was du in dem Laden gesehen hast. Das ist sehr wichtig für mich.‹«

Sie versprach ihm, nichts zu verraten. »Okay, fein. Ich bin dir dankbar«, sagte David.

Cinnamon lief zu dem kleinen Wohnwagen im Garten. Sie wollte kein Abendessen, und sie wollte auf keinen Fall mit ihrem Vater sprechen. »Ich wußte nicht, wie ich mit ihm umgehen sollte.«

Doch David kam hinaus und klopfte an die Tür, bis sie ihn hereinließ. Er versuchte, ihr zu erklären, daß sie nichts Besonderes gesehen hatte. »Manchmal passiert so etwas.«

»Ich will nicht darüber sprechen.«

»Es war nichts, Cinnamon.«

»Ich will nicht darüber sprechen.«

Aber sie *dachte* darüber nach. Den ganzen Abend. Ihr war übel, und sie wollte nichts essen, obwohl Linda kam und an die Tür des Wohnwagens klopfte und versuchte, sie zum Abendessen ins Haus zu locken.

Wie konnte ihr Daddy jemanden, der fast so jung war wie sie, Cinny, so leidenschaftlich entflammt küssen? Wie konnte er das Linda antun? Es war ihr egal, was er sagte. So etwas durfte nicht sein. Und sie glaubte nicht an einen Zufall. Je mehr sie darüber nachdachte, desto mehr wuchs ihre Verwirrung.

Cinnamon schlief schließlich in dem Wohnwagen ein, aber sie hatte Alpträume, in denen sie immer wieder sah, wie ihr Vater und Patti sich küßten.

17

Da Jay Newell die Liste von Verwandten, Exverwandten, Exfrauen und Bekannten, die etwas über David Arnold Brown zu sagen wußten, durchgegangen war, packte er die Sache jetzt von einer anderen Seite an. Wie jeder neugierige Bürger auch es hätte tun können, begann er, Browns Lebensweg anhand öffentlicher Unterlagen zu verfolgen. Es war nicht einfach. Der übliche Papierkram, den Leute bei Umzügen hinterlassen – Postnachsendung, Abmeldung von Gas, Strom und Wasser – half nicht.

Nachdem David Brown aus dem gemieteten Haus auf der Breckenridge Avenue ausgezogen war, verlor Newell die Spur. Alle Rückzahlungen und sämtliche Post waren an Arthur Browns Adresse in Carson geleitet worden. Doch dieses Haus wirkte mit seinen verschlossenen Fensterläden so leer, als wären Davids Eltern fort. Newell war sicher, daß Brown sich noch immer im Orange County aufhielt – aber wo?

Da er einen Verwandten im Maklergeschäft hatte, war Newell erfolgreicher als die meisten anderen, wenn es um die Überprüfung von Eigentumstransfers ging. Er fand etwas, das ihn faszinierte. Drei Wochen nach Cinnamon Browns Verurteilung wegen Mordes hatte David Brown ein neues Haus gekauft. Die Unterlagen für Liegenschaftsverkäufe im Gerichtsgebäude zeigten auf, daß David Arnold Brown am 30. August 1985 ein Haus gekauft hatte. Er erhielt eine Besitzurkunde – *voll bezahlt* – für ein Haus zum Preis von 330 000 Dollar.

Newell machte sich auf die Suche und wurde mühelos fündig. Was für ein Haus! In einer äußerst exklusiven Gegend des Orange County: Anaheim Hills. Brown hatte eines der tollsten Häuser in einem neuen Teilgebiet namens Summit View gekauft. Alle Häuser dort standen an steilen, gewundenen Straßen, deren Namen meistens auf -ridge (Bergrücken) endeten. Der Name paßte. Vom höchsten Punkt der Summitridge Lane war der Ausblick auf den Santiago Cañon atemberaubend.

Das Haus 3823 Summitridge Lane gehörte eindeutig einem reichen Mann, es war die moderne Version eines alten englischen Herrenhauses auf dem Lande; Stein, Verputz und Fachwerk, Satteldach, Bleiglasfenster, ein zurückgebautes Portal mit schweren Doppeltüren.

Ein Traumhaus auf einer Traumstraße.

Jeder Rasen war sorgfältig manikürt und protzte mit einem riesigen Pflanzenbehälter aus Stein oder Ziegeln, passend zur Hausfassade. Die Bauvorschriften verlangten offenbar, daß sogar die *Briefkästen* in Pfeilern aus Stein oder Ziegeln eingeschlossen sein mußten, von denen ebenfalls jeder perfekt zu dem Haus paßte.

Natürlich hatte das Haus auf der Summitridge Lane eine Dreifachgarage. Die Balkone auf der Rückseite von Browns neuem Haus blickten auf den blauen Swimmingpool und den angegliederten Whirlpool. Zwei sechseckige, zweigeschossige Türme grenzten an den Pool. Es gab *zwei* Grillplätze aus verwitterten Ziegeln, und der Zaun um den Garten hinter dem Haus bestand aus Ziegeln und Schmiedeeisen.

Da sich die Gartentür zu einer Steinterrasse öffnete, die direkt zu dem nicht eingezäunten Pool führte, wirkte die Anlage des neuen Hauses ziemlich unsicher für einen Mann, der allein mit einem Baby lebte. Krystal Brown konnte sehr leicht zu dem Pool krabbeln.

Bei seinen häufigen Besuchen auf der Summitridge Lane fand Jay Newell bald den Grund für das leere Haus in Carson heraus. Brown hatte seine Eltern bei sich einziehen lassen. Also konnten Manuela und Arthur ein Auge auf Krystal haben. Und dann sah Jay Newell bei David Brown im Auto Patti Bailey, die beiden fuhren gerade zusammen los. Patti hatte offensichtlich den Umzug auf die Summitridge Lane ebenfalls mitgemacht.

Newell konnte es zu diesem Zeitpunkt und von seinem auswärtigen Standort aus nicht erahnen, aber dies war kein glückliches Haus. Manuela Brown beklagte sich bei ihrem Mann über Pattis Verbleiben in der Familie. Warum kehrte das Mädchen denn jetzt nicht zu seiner eigenen Familie zurück? Patti hatte keinen Grund, noch länger bei David zu bleiben. Arthur stimmte zu. Er hatte das Empfinden, daß Patti einen schlechten Einfluß auf David ausüben könnte. Doch er war nicht der Mann, der jemals seinem Sohn sagte, was er tun sollte.

Das Haus am Ocean Breeze Drive war ein netter, durchschnittlicher Bungalow gewesen. David war danach in ein ähnliches gemietetes Haus auf der Breckenridge Avenue umgezogen und hatte dann einen Satz zu *diesem* Haus getan, das nahezu ein Herrenhaus von ruhiger Eleganz war.

Es war die Art von Haus, in dem David sich selbst stets gesehen hatte, selbst vor Jahren, als er und Brenda von der Hand in den Mund mit Mindestlöhnen und Wohlfahrt gelebt hatten.

Nun, Brenda hätte mehr Vertrauen zu ihm haben sollen. Er würde bald Millionär sein, und Anaheim Hills stand ihm gut zu Gesicht. Er war sicher, daß Brenda neidisch war, und das gefiel ihm.

Trotz der Anspannung, die ihn nie ganz verließ, fand David, daß sich im großen und ganzen die Dinge gut entwickelten. Krystal weinte nur noch selten nach ihrer Mutter. Sie hatte Manuela, die sie hin und her wiegte, und Patti, die sie herumtrug. Die Erinnerung an ihre Mutter verflüchtigte sich sehr schnell aus ihrem Babyverstand. Linda hatte nur acht Monate mit ihrem Baby verbracht.

Diejenigen, die Linda gekannt hatten, vor allen diejenigen, die sie geliebt hatten, durchfuhr es eiskalt, wenn sie Patti in Lindas Sachen sahen. Als würden sie einen Geist sehen. So sehr hatten sich die Schwestern ähnlich gesehen.

Der einzige Unterschied war, daß Patti jünger war.

Am Pool sitzend, ein nichtalkoholisches Getränk neben sich, seine fünfzigste Zigarette des Tages rauchend, so verbrachte David Brown viele Abende mit Rückblicken auf sein Leben. Er hatte seine Welt wieder vollständig unter Kontrolle, und sein Sexualleben war großartig – wenn auch ein wenig schwierig wegen der Anwesenheit seiner Eltern. Nach wie vor gelang es ihm, sein Privatleben unberührt zu halten. Das Leben war da, um gelebt zu werden, und er wollte den letzten Tropfen Saft herauspressen.

Davids Geschäft weitete sich zunehmend aus. Er hatte jetzt nicht mehr Linda, die ihm half. Einzelne Teile des »Prozesses« brachte er neuen Angestellten bei – hauptsächlich Familienmitgliedern. Arthur half aus, Patti ebenfalls.

Alan und David hatten offenbar ihre Differenzen beigelegt, da Lindas Zwillingsbruder wieder auf der Gehaltsliste stand. Larry Bailey, dem David nie vertraut hatte, wurde dennoch ins Geschäft aufgenommen. Seltsam – da David einmal bei Fred McLean angedeutet hatte, Larry könnte sich in sein Haus geschlichen und Linda erschossen haben. Larry war kurz vor ihrer Ermordung im Gefängnis gewesen, und David erzählte McLean, Larry wäre wütend gewesen, weil Linda für ihn nicht die Kaution stellen wollte. Die Polizei hatte diese Theorie überprüft und für wertlos befunden. Es hatte sich wohl nur um einen weiteren Versuch von Brown gehandelt, den Verdacht von Cinnamon abzulenken.

Arthur Brown verstand nicht genau, wie sie Daten von den Computerdisketten wiederbeschafften, und er wollte es auch gar nicht wissen. Sein Sohn war der brillante Geist. Arthur fuhr oft nach Long Beach zu Randomex und holte beschädigte Disketten ab, die er David zur Begutachtung brachte. Wenn David es ihm Schritt für Schritt erklärte, konnte Arthur seine Anweisungen befolgen. Mehr aber auch nicht. Er hätte es nicht einmal ansatzweise auf eigene Faust versuchen können. Alles, was der alte Brown wirklich wußte, war, daß David für die Regierung und für eine Reihe großer, wichtiger Firmen arbeitete. Sein Sohn hatte ihm das erzählt.

Eine von David Browns Lieblingsbehauptungen über sein blühendes Geschäft war, daß er für seine Klienten erreichbar sein mußte, um ihnen persönlich zu versichern, daß er ihre verlorenen Daten retten würde. Er konnte erklären, was passiert war und wie er die beschädigten Disketten wieder zum Leben erwecken würde. Er versicherte seinen Klienten gern, daß sie Glück gehabt hatten, den einzigen Mann in Amerika zu finden, der ihnen helfen konnte.

Es war nicht ganz gelogen. Natürlich verstand David sein Handwerk wirklich. Aber er verklärte seine Fähigkeiten, er war ein Geschäftsmann in einer Sparte mit harter Konkurrenz, und Trommeln belebt bekanntlich das Geschäft.

Leitende Angestellte bei Randomex bestritten, daß David Brown den »Prozeß« erfunden hatte, und behaupteten, daß die Techniken zur Datenwiederbeschaffung, die David benutzte, in Wahrheit von einigen Experten bei Randomex verfeinert worden waren. Und anfangs sprach David selten, falls überhaupt, mit Randomex-Kunden. Im Laufe der Jahre jedoch war David nicht abgeneigt, Randomex-Kunden zu *seinen* Kunden zu machen.

So geschickt war er bei der Diagnose des Problems einer Diskette, daß er das Honorar für die Datenwiederbeschaffung bereits nennen konnte, bevor er sich eingehend mit der Diskette beschäftigte. Normalerweise verlangte er das Geld im voraus, ehe er überhaupt anfing. Bei größeren Firmen konnte er für eine umfangreichere Arbeit einen Kostenvoranschlag erstellen, der meistens bis auf die letzte Kommastelle stimmte.

Lindas Zwillingsbruder Alan war von David beeindruckt und ein guter Zuhörer für seine hochfliegenden Pläne. David versicherte ihm, daß er eines Tages sein eigenes Bürohochhaus bauen und seinen eigenen Firmenjet haben würde. Da Davids Einkommen sich von Jahr zu Jahr sprunghaft vergrößert hatte, zweifelte Alan kaum daran, daß David sein Ziel erreichen würde.

Angesichts seiner neuen geschäftlichen Erfolge und seines Vergnügens in seinem luxuriösen neuen Heim schien David Brown die Trauerzeit für seine ermordete Frau mit bemerkenswerter Leichtigkeit hinter sich zu bringen. Und wenn er niedergeschlagen war, so war er von Menschen umgeben, die sich um ihn sorgten, ihn anbeteten oder fürchteten.

Dabei stellte David Brown in physischer Hinsicht für niemanden eine Bedrohung dar. Er war ein ausgemachter Feigling, der vor jedem Kampf davonlief. Aber er schien über geheimes Wissen zu verfügen, und er deutete ungenannte Gefahren an, die jedermann erwarteten, der ihm in die Quere kam.

David Arnold Brown hatte jedoch schon Probleme, von denen er noch nichts wußte. Wohin er auch ging, er ging nicht allein. Wenn er auf den Straßen und Freeways des Orange County in einem seiner neuen teuren Autos unterwegs war, hatte er einen Begleiter. Jay Newell war oft dicht hinter ihm, und sein Kassettenrecorder und sein Notizbuch füllten sich mit jeder Veränderung in Davids Leben, mit jeder Handlung, jedem Neuerwerb. Newell wußte selbst nicht, wohin alle diese Informationen führen sollten.

Newell hatte per Computer jedes County in Kalifornien überprüft, um festzustellen, welche Liegenschaften David Arnold Brown erworben haben mochte. Es wäre einfacher gewesen, wäre Brown nicht ein Allerweltsname. Newell stieß auf Dutzende von Browns, aber er landete auch so manchen Treffer gegen den Mann, den er fassen wollte. Jedesmal, wenn

David Brown ein Grundstück oder ein Haus kaufte, brachte Newell es in Erfahrung.

Genauso war es mit den Autos. Die Computer spuckten massenhaft Unterlagen über Davids Autokäufe aus. Der Mann gab Geld aus, als habe er eine vergessene Goldmine entdeckt. Vor Lindas Ermordung fuhr David einen Bronco und einen Chevy Monte Carlo. Fast sofort nach ihrem Begräbnis kaufte er einen Nissan 300ZX Turbo, einen schnittigen teuren Sportwagen. Er verlangte persönliche Kennzeichenschilder mit der Aufschrift »Data Rec«.

Zwischen August 1985 und Frühling 1988 wechselte Brown die Autos fast so häufig, wie sich die Jahreszeiten veränderten. Er kaufte:

einen Chevrolet Suburban Station Wagon, 1985;
einen Honda Accord LX, 1985;
einen Dodge D-50 1986er Campingbus;
ein zweitüriges 560-Mercedes-Cabriolet mit den Kennzeichenschildern »Phoenix« (geschätzter Preis: 70 000 Dollar);
einen Mercedes 190E (geschätzter Preis: 25 000 Dollar);
einen Ford Bronco, 1986 oder 1987;
einen Ford Station Wagon, 1986 oder 1987;
zwei identische Nissan Sentras, 1987;
einen dritten Nissan Sentra, 1987 (orange);
einen Ford Bronco, 1988;
einen komplett ausgestatteten Wohnbus, 1988 (geschätzter Preis: 60 000 Dollar);
einen Ford Station Wagon, 1988;
einen Ford Escort, 1988.

Fünfzehn teure Autos in drei Jahren . . .

David hatte den Nissan-Sportwagen noch nicht lange, als er und Patti am 22. November 1985 kurz nach zehn Uhr abends auf der Katella Street in Orange fuhren. Es war ein Dienstag. David hielt seinen neuen 300ZX in der Linksabbiegespur an, als von hinten ein kleiner Renault Alliance auffuhr. Patti schrie und schluchzte und faßte sich ins Genick. Sie wurde sehr schnell hysterisch.

Während ihre Schreie und Schluchzer lauter wurden, erklärte David den eintreffenden Sanitätern, sie habe viele Tragödien in jüngster Zeit durchlebt. »Ihre Schwester wurde erst vor wenigen Monaten ermordet – sie war meine Frau. Ich weiß nicht, was das jetzt bei ihr anrichten wird. Was sollen wir denn noch alles hinnehmen?«

Nicht so sehr viel, wie es schien. Der »Unfall« war kaum mehr als ein leichter Schub von hinten gewesen. Streifenbeamte der Highway Police untersuchten den Vorfall. Der andere Fahrer gab zu, daß es seine Schuld war. »Ich habe gebremst und fuhr noch mit ungefähr zehn Meilen in der Stunde, als mein Fuß vom Bremspedal abrutschte und das Gas traf.« Der Aufprall hatte ausgereicht, um Davids schimmernden schwarzen Wagen nach vorne zu stoßen. Die Polizei stellte fest, daß der Fahrer des Renault Cowboystiefel trug – was für das Abgleiten seines Fußes verantwortlich sein konnte.

Der Renault hatte überhaupt keinen Schaden davongetragen, und es gab nur ein paar kleine Kratzer an der hinteren Stoßstange von David Browns Wagen. Aber Nackenverletzungen – der »Peitschenknalleffekt« – sind hinterhältig und praktisch nicht zu diagnostizieren. Sie sind der Fluch der Versicherungsindustrie. Patti Bailey klagte nun über zunehmende heftige Nackenschmerzen und schreckliche Kopfschmerzen. Sie wurde an Ort und Stelle versorgt und mit einem Krankenwagen ins St. Joseph's Hospital gebracht.

David und Patti hatten beide schon *vor* dem Unfall häufig einen Chiropraktiker aufgesucht, so auch am Nachmittag vor Lindas Tod. Nach diesen neuen Verletzungen ließen sie sich noch öfter von dem Chiropraktiker untersuchen.

David war bei Allstate versichert. Er behauptete, den Unfall sofort seinem Versicherungsagenten gemeldet zu haben, doch die erste Aufzeichnung über den Auffahrunfall, die das Büro in Garden Grove erhielt, wurde erst vier Monate später erstellt, am 3. April 1986, als David seinen Anspruch anmeldete. Das Büro entschied im Zweifel für ihn, überprüfte per Computer Davids Versicherungspolice für den Wagen und stellte fest, daß David auf seiner Police eine mehr als angemessene Deckung für medizinische Kosten hatte – 100 000 Dollar.

Weitere sechs Monate später reichte David einen Stapel medizinischer Rechnungen zur Zahlung ein – fast 25 000 Dollar. Das war schon ein leichter Schock für Allstate. Der Polizeiunfallbericht beschrieb einen kleinen Aufprall. Die meisten Ansprüche wurden wegen »Gewebeverletzungen« gestellt. Patti verlangte 1000 Dollar für Besuche in einer Schmerzklinik. Auf manchen Rechnungen waren mehrere Besuche beim Chiropraktiker am selben Tag aufgeführt. Dennoch, Allstate zahlte David 12 500 Dollar und Patti 10 500 Dollar. Eine Überprüfung bei Farmers Insurance, der Versicherungsgesellschaft des Fahrers des anderen Wagens, ergab, daß Farmers ebenfalls bezahlt hatte – nach dem Haftpflichtgesetz –, und zwar 38 500 Dollar.

Versicherungsdetektive sind von Natur aus mißtrauisch. In diesem Fall begannen sie sofort, sich rückwärts durch David Browns Versicherungsakten zu arbeiten. 61 500 Dollar erschien ihnen eine ungewöhnlich hohe Entschädigungssumme zu sein für einen bei geringer Geschwindigkeit erfolgten Auffahrunfall, der nur ein paar Kratzer ergeben hatte, von denen die meisten, wie Ermittler herausfanden, schon vorhanden gewesen waren, als David den Nissan gekauft hatte. Darüber hinaus zeigte Pattis Nacken keine andauernden Symptome von Gewebe- oder Rückgratschäden.

Allstate hatte noch andere Policen mit David Brown – das Haus auf der Summitridge Lane (und später das Haus auf der Chantilly Street). Er hatte auch versucht, bei Allstate Lindas Schmuck zu versichern, doch der war so wertvoll, daß die Versicherungsgesellschaft abgelehnt hatte.

Eine Überprüfung von Davids Verkehrsakte im Orange County brachte mehrere Geldstrafen wegen Schnellfahrens zutage und zeigte Unfälle 1970, 1972, 1978, zwei 1980 und 1982.

Nachdem Allstate die Zahlung für Davids Forderungen geleistet hatte, erbrachte eine nochmalige Überprüfung ihrer Computer eine schockierende Enthüllung. Obwohl die Versicherungsagenten schworen, ihre erste Computerüberprüfung habe eine Deckung für medizinische Kosten über 100 000 Dollar gezeigt, war davon nichts mehr auf Computerschirmen oder Ausdrucken zu sehen. Es war auch nichts in irgendwelchen schriftlichen Unterlagen über die Autoversicherung eingetragen.

Das konnte auch gar nicht der Fall sein. Allstate bot gar keine Absicherung für medizinische Kosten auf jener Art von Police an, die David hatte. Aber irgendwie hatte der Computerausdruck – für eine gewisse Zeit – bewiesen, daß David Brown versichert gewesen war.

Die einzige logische Schlußfolgerung war, daß jemand illegal in den Computer der Gesellschaft eingedrungen war, die Deckung über 100 000 Dollar in David Browns Police eingefügt und später wieder gelöscht hatte.

Daraufhin überprüfte eine Allstate-Ermittlerin im Zentralregister, in dem alle Ansprüche gegen diese Gesellschaft und sämtliche anderen Gesellschaften aufgeführt werden, einen anderen Anspruch, von dem sie wußte, daß David dafür kassiert hatte. Er mußte in den Computerarchiven aufgeführt sein.

Aber er war verschwunden.

Solche Computerzaubereien konnten nur von jemandem durchgeführt werden, der große Kompetenz und entsprechendes Geschick im Umgang mit Systemen, mit dem Programmieren sowie mit der Dateneingabe und Datenwiederbeschaffung hatte. Von jemandem, der wußte, daß ein illegaler Computerzugriff auf drei Arten erreicht werden kann, die in dem farbigen Computerjargon als »Datenschwindel«, »Trojanisches Pferd« und »Superzapping« bekannt sind.

Es wurde nie Anzeige erstattet, aber aufgrund der Erkenntnis, daß an David Brown und Patti Bailey medizinische Kosten in Höhe von 23 000 Dollar auf eine Police bezahlt worden war, die niemals medizinische Kosten versichert hatte, verbesserte Allstate stillschweigend seine Computersicherheitssysteme.

18

Bei Davids vielen neuen Wagen war es schwierig für Newell, ihm auf der Spur zu bleiben. Es genügte nicht zu wissen, welchen Wagen er fuhr. In der nächsten Woche, am nächsten Tag konnte er schon einen neuen haben. Er war die beiden Mercedes bald leid und verkaufte sie, um das Geld in Fords zu stecken.

Im Zuge der Verfolgung einer anderen Spur füllte Newell gewissenhaft alle Lücken in David Browns Kreditprofil aus. Er entdeckte eine Pfändung von Browns Besitz durch die Bundessteuer im Jahr 1983 und fand heraus, daß die Schulden innerhalb weniger Monate nach Eintragung der Pfändung bezahlt worden waren. Er kannte sogar die Kreditkarten, die Brown bei sich trug, und wußte, daß sie pünktlich bezahlt wurden. Allerdings entdeckte er etliche wackelige Kredite und finanzielle Probleme *vor* Lindas Ermordung sowie wachsenden Reichtum und größere Luxuskäufe *danach*.

»Es war gut, diese Hintergrund-Informationen zu bekommen, so viel über ihn zu wissen, wie überhaupt möglich«, sagte Newell später. »Was mir aber am wichtigsten schien, war, mit David Arnold Brown zu sprechen.«

Es war ärgerlich, daß er dem Mann noch nicht ins Auge geblickt und noch nicht einmal die harmlosesten Worte mit ihm gewechselt hatte. Für Newell, einen Meister im Beurteilen nonverbaler Kommunikation, konnte eine Chance, Cinnamons Vater aus nächster Nähe zu beobachten, sehr wohl die Frage beantworten, die ihn peinigte. War David Brown wirklich der kindische, unsensible Hohlkopf, der scherzhaft seine Exfrau im Gerichtssaal an den Haaren gezogen hatte, obwohl seine Tochter wegen Mordes verurteilt wurde? Oder war er ein brillanter Manipulator, der es irgendwie geschafft hatte, einen Mord durchzuführen, ohne daß auch nur das kleinste Stäubchen eines Beweises an ihm hängen blieb?

Wo kam all dieses Geld her? War Browns Geschäft tatsächlich so erfolgreich, wie er prahlte? Die Ermittler wußten etwas von einer Versicherungszahlung für Linda, doch die mußte schon längst aufgebraucht sein angesichts des Tempos, mit dem David Geld ausgab. Entweder hatte es mehr Policen gegeben, oder Data Recovery sahnte in den Verträgen mit ängstlichen Gesellschaften und Regierungsstellen ganz gewaltig ab. Vielleicht traf beides zu. Newell glaubte, nur von Angesicht zu Angesicht mit Brown zusammentreffen zu müssen, um es herauszufinden.

Es hätte eigentlich nicht so schwierig sein dürfen, einfach mit einem Mann zu *reden*. Doch David war wie Quecksilber. Obwohl Newell zu den unterschiedlichsten Tages- und Nachtzeiten vor dem Haus auf der Summitridge Lane auftauchte, konnte er nie den Schutzwall durchdringen, der David Brown umgab.

Patti oder Manuela oder manchmal sein Vater Arthur kamen an die Tür. Sie erklärten, David wäre beim Arzt oder geschäftlich unterwegs oder im Bad oder zu krank, um mit jemandem zu sprechen. Sie waren höflich, wichen aus, blieben vorsichtig und waren offenbar genau instruiert. Manchmal öffneten sie die Tür nur ein Stück weit und sprachen durch den Spalt. Sie erklärten Newell, die Alarmanlage sei eingeschaltet und sie wüßten nicht, wie sie abzustellen war. Falls sie die Tür öffneten, würde der Alarm losgehen.

Newell wußte, daß David Arnold Brown tatsächlich existierte. Er meinte, den Mann so gut zu kennen, wie das überhaupt möglich war, ohne daß man jemals mit ihm gesprochen hatte. Er hatte die gesamte Fallakte ein paar Dutzend Male gelesen, Browns Aussagen studiert und ihn dieses eine Mal bei Cinnamons Verurteilung aus der Nähe gesehen, und selbst jetzt erhaschte er häufig aus der Ferne einen Blick auf David.

Wenn Brown Newell irritierte, so war das umgekehrt erst recht der Fall. Jay Newell hatte Brown geschockt, weil er es geschafft hatte, der Familie trotz der Umzüge auf der Spur zu bleiben. David gefiel es ganz und gar nicht, wenn jemand an seine Tür kam und nach ihm fragte. Hätte er geahnt, wie oft Newell nur zehn Meter von ihm entfernt gewesen war, er wäre in Panik geraten.

Newell hatte einen Vorteil auf seiner Seite. David wußte nicht, wie Newell aussah. Er kannte allerdings den Namen. Newell hatte genug Visitenkarten hinterlassen, um damit Browns Eingangshalle zu tapezieren – aber das war auch schon alles. Hätte David sich wirklich Sorgen gemacht, hätte er einige Nachforschungen anstellen und ein Foto von Newell finden können. Doch David machte sich nicht die Mühe.

Jay Newell hatte den eindeutigen Eindruck, daß David Brown nicht mit ihm sprechen wollte – niemals. Und es gab keine gesetzliche Möglichkeit, ein solches Gespräch zu erzwingen. Vielleicht war Davids Zögern aus instinktiver Vorsicht geboren. Newell wußte, daß Brown Klienten und Frauen mit seiner Stimme und seiner Schlagfertigkeit bezaubern konnte. Er *mußte* gut sein. Der Mann hatte durch seine Redegewandtheit eine acht Klassen umfassende Schulbildung in ein Millionen-Dollar-Geschäft verwandelt, und obwohl er klein, untersetzt und alles andere als hübsch war, hatte es ihm nie an Frauen gemangelt. Doch ein Polizeidetective konnte vielleicht das ganze Brimborium durchschauen und ihm eine Schlinge um den Hals legen.

Sofern es tatsächlich ein Verbrechen gab, für das man ihm eine Schlinge um den Hals legen konnte.

Obwohl er tief in unzählige Ermittlungen über Bandenaktivitäten verwickelt war, setzte Newell seine stillen Nachforschungen fort.

»Es klingt langweilig«, sagte Newell später. »Aber ich tat gar nichts Dramatisches. Ich beobachtete ihn einfach und folgte ihm und behielt öffentliche Eintragungen im Auge. Ich sah ihn, wenn er das Haus verließ, oftmals mit Patti Bailey, und ich sah ihn nach Hause kommen. Ich wollte wissen, *wer* dieser Mann war – wohin er ging und was er tat. Ich war nie weit hinter ihm, aber ich glaube, daß er das monatelang nicht bemerkte.«

19

Jay Newell wußte viel mehr über Davids Tätigkeiten und Lebensstil als dessen eigene Tochter. Cinnamon hatte weder die Adresse noch die Telefonnummer ihres Vaters. Sie wußte nicht, wo und mit wem zusammen er lebte.

Aber er besuchte sie gelegentlich an den Besuchstagen, die in der Ventura School an jedem zweiten Samstag stattfanden. Er erklärte Cinny, einzig sein sich verschlechternder Gesundheitszustand hindere ihn daran, öfter diese Fahrt auf sich zu nehmen, die er vor allem bei heißem Wetter nicht vertrage. Er könnte dann leicht einen Blutsturz erleiden. Oder ohnmächtig werden.

Sie glaubte ihm jedes Wort.

So oft er sie nach einem Besuch verließ, sorgte Cinnamon sich, sie könnte ihn nie wiedersehen – er könnte wirklich sterben, wie er stets andeutete. Ihre Gefühle für ihren Vater waren gemischt. Lange Zeit war er der einzig wunderbare Mensch in ihrem Leben gewesen. Ihre Mutter sorgte sich immerzu über alltägliche Dinge. Ihr Vater wollte einfach Spaß haben. Hatte sie immer schon gern zum Lachen gebracht. Selbst wenn er krank war, kümmerte er sich um sie. Er war klug, reich, und die Leute respektierten ihn.

Wenn er sie jetzt besuchte, war es immer noch lustig, nur leider waren die Besuche schon vorbei, bevor Cinny überhaupt dazu gekommen war, über die Dinge zu sprechen, die ihr Sorge bereiteten. Es gab gewisse Themen, die ihn verschreckten; entweder ignorierte er ihre Fragen, oder er sagte ihr »Ich arbeite daran. Ich setze mich mit Anwälten in Verbindung – mit Detektiven. Du kommst bald hier heraus.«

Sie glaubte ihm.

Auch wenn David nicht oft zu Besuch kam, versorgte er doch Cinnys Finanzdepot mit Geld, und sie durfte sich per Post Waren bestellen und sie seinem Geschäftskonto in Rechnung stellen.

Cinnamons erster psychologischer Test in der Ventura School fand im November 1985 statt. Die Diagnose war so vage wie überhaupt möglich: »nicht spezifizierte geistige Störung – nicht psychotisch.« Laienhaft ausgedrückt hieß das, daß der untersuchende Psychologe meinte, mit Cinnamon Brown sei wohl etwas nicht in Ordnung, sie sei jedoch nicht verrückt. Sie stelle keine Gefahr für andere dar, möglicherweise aber für sich selbst. Eine Psychotherapie wurde empfohlen.

Eines war klar – Cinnamon wollte nicht, daß irgendein Psychologe oder Psychiater in ihrem Unterbewußtsein herumstocherte und versuchte, Erinnerungen auszugraben. Diese Vorstellung schien sie geradezu zu alarmieren.

Jedes Jahr gegen Weihnachten sollte Cinnamon vor dem Bewährungsausschuß erscheinen. Sie rechnete nicht damit, in diesem ersten Jahr Bewährung zu bekommen. Sie war ja gerade erst inhaftiert worden. Es war eine reine Formalität, als sie am 12. Dezember 1985 vor den Ausschuß trat. Ergebnis: Bewährung abgelehnt. Der »Schützling« sollte im kalifornischen Jugendstrafsystem für weitere Behandlung und Ausbildung festgehalten werden; »psychiatrische und psychologische Untersuchungen und Berichte zu jeder jährlichen Vorführung empfohlen.«

Ihr Bewährungsdatum wurde vorläufig für den September 1992 festgesetzt. Noch sieben Jahre also.

Cinnamon hatte den Ausschußmitgliedern erklärt, sie sei in keiner Weise in die Ermordung ihrer Stiefmutter verwickelt. Sie behauptete auch, sich nicht an die frühen Morgenstunden des 19. März oder die folgenden Tage erinnern zu können.

Den Ausschußmitgliedern ging die Frage nach einer möglichen Verschwörung, die »andere Familienmitglieder« einschloß, durch den Kopf. Sie fanden, Cinnamon sei »kriminell unerfahren« und »emotional unreif«. Welch eine Überraschung! Sie war fünfzehn Jahre alt.

Cinnamon war nur eine von 1100 Jungen und Mädchen, die in Ventura inhaftiert waren. Das Gelände war grün und mit vereinzelten Bäumen bestanden. Cinnamon wohnte in einem »Cottage«, genannt El Toyon. »›E. T.‹«, erklärte sie. »Das ist für die jüngeren Mädchen, vierzehn bis achtzehn. Ich hatte mein eigenes Zimmer am Ende des Korridors. In unserem Cottage waren fünfzig Mädchen untergebracht. Man hat mir vertraut und mich ans Ende verlegt . . . Ich hatte mein Bett mit meinem alten Strandhandtuch darauf. Ich hatte einen Schreibtisch und ein Regal gegenüber von meinem Bett und auch einen hohen, schmalen Schrank und ein Waschbecken und eine Toilette. Ich war immer sehr ordentlich – sauber, pingelig. Ich glaube, alles war durchorganisiert. Ich hatte einen Farbfernseher, einen Walkman und Bärenbilder an der Wand und Bilder von meiner Familie. Ich hatte eine Menge Sachen. Ich habe mein Zimmer genossen. Ich hatte eine gute Zeit allein. Aber das Komische an meinem Zimmer war – meine Sachen sahen wie neu aus, weil ich gut auf sie aufgepaßt habe. Die Aufseher hätten so etwas normalerweise nicht erlaubt, aber weil ich mich gut führte, durfte ich alle diese Sachen haben. Ich hatte auch rosa Vorhänge an meinen Fenstern, um die Gitterstäbe zu verdecken. Acht senkrechte Stäbe und drei Querstäbe. Ich konnte einen Teil des Fensters selbst öffnen. Unsere Türen waren nachts stets aus Sicherheitsgründen verschlossen. Post wurde unter der Tür während der Nacht durchgeschoben.«

Cinnamon machte sich gut in der Schule und in ihrem Cottage. Während ihrer ersten zwei Jahre in Ventura wurde sie der Küche zugeteilt, und sie kochte und servierte den Mädchen im »E. T.«-Cottage das Essen. Frühstück um sieben, Mittagessen um zwölf, Abendessen um fünf. Alle zwei Wochen konnte sie in die Kantine gehen, und zweimal im Monat durfte sie Besuch empfangen. Der Sicherheitsdienst überwachte alle ihre Bewegungen innerhalb der Schule.

Mitarbeiter der Ventura School stellten fest, daß Cinnamon sich mit keiner der Gangs von Ventura einließ. Die weißhäutigen Mädchen drängten sie, sich doch ihrer »White Car« genannten Bande anzuschließen. Sie lehnte ab. Sie war eine Einzelgängerin, die ihre Zeit absaß und wartete. Als würde sie immer noch hoffen, daß bald jemand kommen und sie abholen würde.

Cinnamon blieb in ihrem Verhalten treuherzig, auch etwas naiv, und machte es dem Gefängnispersonal leicht, mit ihr zurechtzukommen. Aber sie konnte – oder *wollte* – sich nicht an die Mordnacht erinnern. Die Gefängnisleitung meinte, daß sie nicht freikommen konnte, solange sie das nicht tat.

In einer Hinsicht schien Cinnamon sich im Gefängnis sicherer zu fühlen als früher in Freiheit. Sie wurde zumindest nicht mehr zwischen ihrer Mutter und ihrem Vater hin und her gestoßen. Sie hatte ihr Zimmer, ihren privaten Freiraum, wenn auch mit einer verschlossenen Tür und einem Fenster mit acht senkrechten und drei Querstäben.

20

Am 19. April 1986 kaufte David Brown ein zweites Anwesen als Investition: Es war ein Haus in 1510 East Lincoln in Anaheim. Er ließ Alan Bailey einziehen – mit einem Schlafsack als einzigem Einrichtungsgegenstand. Alan schlief da, um das Anwesen vor Vandalen und Einbrechern zu schützen. Jay Newell sah sich den Besitz von Zeit zu Zeit an, aber David zog dort nie ein. Das Grundstück lag in einem Gewerbegebiet, und David hatte offenbar die Möglichkeit eines raschen Wiederverkaufs erkannt.

Er sollte recht behalten. Er verkaufte das Lincoln-Anwesen wenige Monate später mit einem Gewinn von 15 000 Dollar.

Im Sommer 1986 bekam Cinnamon Brown, ohne davon auch nur die geringste Ahnung zu haben, eine neue Stiefmutter – Patti Bailey.

»Er bat mich, ihn zu heiraten, weil er wußte, daß er am Sterben war«, erinnerte sich Patti. »Wenn er mal nicht mehr ist, wäre Krystal ganz allein. Wenn sie eine Stiefmutter hätte, würde er sterben, ohne sich um sie Sorgen zu machen. Als seine gesetzliche Ehefrau hätte ich keine Schwierigkeiten, das Sorgerecht für Krystal zu bekommen.«

Das war nicht gerade der romantischste Heiratsantrag in den Annalen der Liebe – aber er hatte Erfolg. Fast jede Art von Heiratsantrag hätte Erfolg gehabt. David war der einzige Mann, den Patti Bailey wirklich jemals gemocht hatte. Sie hatte ihn schon ihr ganzes Leben geliebt, oder so erschien es ihr zumindest. Sie war begeistert, die sechste Mrs. David Arnold Brown zu werden.

Als David nach seiner sechsten Ehe befragt wurde, schnaubte er nur verächtlich über Pattis Erinnerung und behauptete, seine sechste Ehe wäre nicht legal gewesen und hätte es auch nie sein sollen. Seine Argumentation war entweder ein erstklassiges Beispiel für seine Art, die Dinge zu verdrehen, oder – wie er schwor – »die Wahrheit, so wahr mir Gott helfe. Sehen Sie sich doch die Unterlagen an«, sagte er. »Wenn man auf dem Anmeldeformular falsche Angaben macht, dann ist die Lizenz nicht gültig, und die

Ehe ist es auch nicht. Patti und ich logen absichtlich auf dem Anmeldeformular. Wir haben nur geheiratet, um einer Freundin von Patti, die schwanger war, einen Gefallen zu tun. Das Mädchen – Dee Ann* – bat mich, ihrem Freund Tony*, der ein Freund von mir war, den Vorschlag zu machen, wir alle vier sollten doch nach Las Vegas fahren und dort heiraten. Sie machte sich natürlich Sorgen, und sie kam immer wieder zu uns, und sie flehte mich an, es zu tun. Also habe ich den Knaben auf die Seite genommen und mit ihm geredet. Ich hatte *niemals* vor, Patti zu heiraten. Tony und ich bezahlten jeder dreihundert Dollar, um von demselben Anwalt eine voreheliche Vereinbarung zu bekommen. Dieselbe Schriftform und alles. Wir haben nur noch unsere eigenen Daten eingetragen.«

Falls David tatsächlich nie vorgehabt hatte, Patti Bailey legal zu heiraten, hatte er sich ganz sicher großer Mühe unterzogen, um ihre Besitztümer aufzutrennen. Davids Teil der vorehelichen Vereinbarung, von Patti unterschrieben, legte fest, daß David im Fall einer Scheidung erhalten sollte:

1. Liegenschaft in 3823 E. Summitridge Lane, Orange, Kalifornien – mit einem augenblicklichen Wert von annähernd 480 000 Dollar.
2. Das Unternehmen, als Data Recovery bekannt ... und Erträge aus der Mitarbeit des David A. Brown.
3. Girokonten, Sparkonten, Scheckkonten ... mit einem gegenwärtigen Stand von mehr als 150 000 Dollar.
4. Alle Möbel und Einrichtungsgegenstände.
5. 1986er Modell Mercedes-Benz 560SL.
6. 1986er Ford Bronco.
7. 1986er Honda Accord LX.
8. 1985er Honda 500 Shadow Motorrad.
9. Zwei 1985er Honda Odysseys mit Anhänger.
10. Sammlung seltener Münzen und Papiergeld, gegenwärtig geschätzt auf 350 000 Dollar.
11. Dali-Gemälde *Erwachende Frauen*, geschätzt auf 12 000 Dollar.
12. Rockwell-Gemälde *Alter Mann und das Meer*, geschätzt auf 12 000 Dollar.

13. Verschiedene Lithographien und Original-Kunstwerke, geschätzt auf über 10 000 Dollar.
14. Orientalische Elfenbein- und Jadeskulpturen, Schnitzarbeiten und Kunstwerke, geschätzt auf über 30 000 Dollar.
15. Russell-Bronze- und Marmorskulptur betitelt *Es ist nicht Fleisch, bevor es nicht auf dem Tisch ist*, geschätzt auf 500 000 Dollar.
16. Künftige Einnahmen aus persönlich erlittenen Verletzungen aus dem November 1985, Autounfall.

Pattis Liste von Werten war kürzer:

1. 1955er MG.
2. Künftige Einnahmen aus persönlich erlittenen Verletzungen aus dem November 1985, Autounfall.
3. Künftige Einnahmen aus persönlich erlittenen Verletzungen aus dem September 1983, Autounfall.

Dennoch unterzeichnete sie bereitwillig das Dokument.

Es war nicht gerade ein romantischer Ausflug nach Vegas. Die eine Braut war schwanger und fühlte sich übel, und die andere gehorchte ihrem Bräutigam wie ein Roboter und wagte kaum zu atmen aus Angst, David könne es sich noch anders überlegen. Sie fuhren am 1. Juli 1986, Patti Baileys langersehntem Hochzeitstag, nach Nevada ab.

»Wir fuhren also nach Vegas«, erklärte David weiter, »und Patti und ich gaben alles falsch an, was nicht in unseren Führerscheinen stand, damit wir nicht wirklich verheiratet waren. Sehen Sie, es konnte auch keine Ehe nach Gewohnheitsrecht sein, weil Patti meine *Schutzbefohlene* war – nicht meine Frau. Also, auch wenn sie die ganze Zeit bei mir gewohnt hatte, war sie doch nicht wie eine Ehefrau.«

Die beiden Paare stellten sich in der langen Schlange an – was David ein »Fließband« nannte – und wurden in der »We've Only Just Begun«-Hochzeitskapelle (»Wir haben gerade erst begonnen«, Anm. d. Übersetzers) von Reverend George M. Stover getraut, einem geweihten Geistlichen des Abundant Life

Christian Center. Es gab keinen Hochzeitsempfang, keine Benachrichtigung für Freunde oder auch nur die engsten Angehörigen.

»Danach aßen wir im Caesars Palace – oder vielleicht im MGM – Dee Ann war eine von diesen ›Yuppies‹, die chinesisches Essen mit Sushi haben mußten, und Patti wurde schlecht wie einem Hund.«

Damit waren es zwei Bräute, die sich nicht gut fühlten.

Und so heirateten sie – »aber nicht richtig« laut David, der lächelte, als er schilderte, wie Pattis »Hochzeitstag« von einer Lebensmittelvergiftung ruiniert wurde.

Las Vegas war David Browns bevorzugter Hochzeitsort.

»Ich wußte, daß wir nicht verheiratet waren«, sagte David. »Patti mag *gedacht* haben, wir wären verheiratet.« Tatsache ist, daß sie tatsächlich legal verheiratet wurden. Die Hochzeitsurkunde existiert, genau wie die voreheliche Vereinbarung, rein rechtlich gesehen war alles in schönster Ordnung.

Mit dreiunddreißig Jahren hatte David Brown zum sechsten Mal geheiratet, und zwar so heimlich, daß es außer der Braut und dem Bräutigam nur noch die zweite Hälfte ihrer Doppelhochzeit wußte. Patti bekam keinen Ring, keine Hochzeitsreise und auch keine Geschenkeparty. Weder Davids noch Pattis Familie konnten mit diesem Bund einverstanden sein. Darüber hinaus mochten die Leute einen Mann schief ansehen, der seine Schwägerin so bald nach der Ermordung seiner Frau geheiratet hatte – obwohl David eine Trauerzeit von fünfzehn Monaten für mehr als ausreichend hielt.

Wieder daheim auf der Summitridge Lane ging alles weiter wie bisher. Trotz Manuelas und Arthurs Kritik an Patti blieb sie. Patti flehte David um Erlaubnis an, seinen Eltern und ihrer Familie erzählen zu dürfen, daß sie Mann und Frau waren, aber in diesem Punkt war er unbeugsam. Die Leute könnten dumme Schlußfolgerungen ziehen – sie könnten sogar sagen, daß sie beide etwas mit Lindas Ermordung zu tun hatten – »als ob wir das die ganze Zeit geplant hätten.«

Vor allem Cinnamon gegenüber durfte sie nichts verraten. David warnte Patti, daß Cinnamon schon wegen eines Kusses dermaßen aus dem Gleichgewicht geraten war. Niemand konnte vorhersagen, was sie tun würde, wenn sie erfuhr, daß sie tatsächlich verheiratet waren.

Patti erinnerte sich daran, daß Linda sich nach der Geburt Krystals in einem weinerlichen, niedergeschlagenen Zustand befunden hatte. Damals hatte Linda ihrer Schwester das Versprechen abgerungen, daß, sollte ihr jemals etwas zustoßen, Patti sich um Krystal kümmern müsse. Der Gedanke daran jagte Patti Angst ein und stimmte sie traurig.

Jetzt war Linda wirklich etwas zugestoßen. Als hätte sie es geahnt! Patti lebte in der stillen Furcht, daß *David* sterben und sie ganz allein zurücklassen könnte.

Sie liebte ihn so sehr!

Während seiner ersten Besuche in der Besserungsanstalt brachte David nur seine Eltern mit. Er erwähnte Patti nicht, die entweder zu Hause blieb oder in dem neuen Wohnwagen auf dem Parkplatz wartete, weitab von Cinnamons Blickfeld. Großpapa Brown war der einzige, der überhaupt Cinny gegenüber ein paar Andeutungen über ihren neuen Wohnort machte. Arthur Brown liebte Cinnamon von ganzem Herzen, und es brach ihm das Herz, sie für so lange Zeit eingesperrt zu sehen.

Am 18. Dezember 1986 erschien Cinnamon zum zweiten Mal vor dem Bewährungsausschuß. Sie erhielt einen Straferlaß von sechs Monaten für »positive Anpassung an das Programm«. Ihr Benehmen war hervorragend. Sie war nun seit vierzehn Monaten im Gefängnis, ohne jemals Ärger zu machen. Sie paßte sich gut an, abgesehen von der Tatsache, daß ihr Gedächtnis so verschwommen und nebelhaft wie zuvor war.

Cinnamon erwähnte allerdings ihren Prüfern gegenüber, daß sie vor etwa vier Wochen einen Besuch von ihrem Großvater, Arthur Brown, erhalten hatte. Er habe ihr erklärt, er wisse, wer Linda getötet habe, und wenn der richtige Zeitpunkt gekommen sei, würde er sagen, wer in Wahrheit den Mord begangen hatte.

Wegen der Ungereimtheiten in Cinnamons Fallakte, ihrer Amnesie und dieser neuen Information bat am 5. Januar 1987 O. J. Harkey, ein Mitglied des Bewährungsausschusses bei der kalifornischen Jugendbehörde, die Staatsanwaltschaft des Orange County, Arthur Brown zu befragen. Es schien an Cinnamons Fall mehr dran zu sein, als offiziell festgestellt worden war.

Diese Mitteilung war natürlich keine Überraschung für die Staatsanwaltschaft. Sie bestätigte nur die Zweifel, die McLean, Newell und Fredrickson seit nunmehr fast zwei Jahren hegten. In einem Antwortschreiben an Harkey faßte der Stellvertretende Staatsanwalt Dick Frederickson knapp den Standpunkt seines Büros zusammen und bot seine ganze Hilfe an.

»Es ist klar, daß Cinnamon entweder die einzige handelnde Person in der Mordsache war oder als Teil einer Verschwörung handelte. Bei der gegenwärtigen Beweislage ist jedoch Cinnamons Erinnerungsvermögen der Schlüssel zu jeder endgültigen Klärung einer möglichen Verwicklung anderer. Wir betrachten den Fall allerdings nicht als abgeschlossen, sondern setzen unsere Ermittlung fort, soweit Zeit und Personalstand dies ermöglichen.«

Cinnamon war der Schlüssel. Sie war es immer gewesen. Aber sie hatte sich vor langer Zeit ab- und eingeschlossen. Jedesmal, wenn Jay Newell die belastenden Aussagen las, die sie in den wenigen Tagen nach dem Mord gemacht hatte, erkannte er ein Muster. Die Sprache war von Wiederholungen geprägt und gestelzt. Es klang, als habe sie einen Text auswendig gelernt. Und dann erinnerte sie sich plötzlich an gar nichts mehr. Was war geschehen, daß ihr Gedächtnis dermaßen ausgelöscht worden war? Wer hatte mit ihr gesprochen? Er sah sich die Liste ihrer Besucher an: ihr Anwalt; Kim Hicks, die junge Medizinstudentin; ihre Mutter; ihr Vater ...

Der Bewährungsausschuß der kalifornischen Jugendbehörde setzte die nächste Anhörung für Cinnamon nach nur neunzig Tagen fest, in der Hoffnung, daß Jay Newell mehr von Arthur Brown erfahren würde. Wenn Arthur schon so weit gegangen war, Cinnamon zu besuchen und ihr zu sagen, er wisse, wer der wahre Mörder sei, wartete er vielleicht nur auf jemanden, um eine Chance zum Reden zu bekommen. Früher war der alte Mann immer zu nervös und zu ängstlich gewesen, um mit Newell zu sprechen.

Am 28. Januar 1987 versuchte Newell es auf Verlangen des Bewährungsausschusses noch einmal. Er fuhr die lange, gewundene Bergstraße hinauf zur Summitridge Lane. Diesmal zog er es vor, *nicht* mit David Brown zusammenzutreffen. Er ahnte, daß der alte Mann sich wie eine Auster verschließen würde, falls sein Sohn zuhörte.

Die Baulichkeiten auf der Summitridge Lane machten es für Newell schwierig, ganz beiläufig an dem Brown-Haus vorbeizufahren und zu sehen, wer zu Hause war. Der Hang war steil, und die Straße war kein vielbefahrener Durchgangsweg. Fremde fielen auf. Er parkte ein Stück weiter unten auf der anderen Straßenseite, ging zu Fuß weiter und sah sich die Häuser an. Notfalls konnte er sich sofort als Grundstücksmakler ausgeben, von denen es im Orange County nur so wimmelte.

Davids neuester Wagen stand nicht in der Einfahrt. Newell war erleichtert, als er *Arthur* Brown im Garten entdeckte. Vorsichtig stimmte der alte Mann einem Gespräch zu – aber nur für einen Moment oder zwei. Er wollte sich nicht in Newells Auto setzen und rückte ständig nervös von dem Ermittler ab.

Newell erklärte, daß Cinnamon von bestimmten Andeutungen gesprochen habe, die er gemacht hatte.

»Ich weiß nicht, was ich zu ihr gesagt haben könnte«, wehrte Arthur Brown ab, als Newell ihn zu befragen begann. Newell sicherte ihm zu, das Gespräch vertraulich zu behandeln. So verängstigt der alte Herr auch war, es war deutlich zu spüren, daß ihm Cinnamons Schicksal am Herzen lag. »Sie ist ein ganz liebes kleines Mädchen.«

»Sie haben offenbar eine gute Beziehung zu ihr. Spricht sie sich bei Ihnen jemals aus?« fragte der Ermittler.

»Nein – ich bin immer . . . mit David da, ihrem Dad.«

Arthur Brown sagte, er und seine Frau hätten Cinnamon eine ganze Zeit nicht besuchen können, weil Manuela ihren Ausweis verloren hatte und er nicht ohne sie fahren wollte, aber »Cinny rief mich an und sagte, sie wollte mit mir sprechen. Also bin ich allein zu ihr gegangen – und habe meine Frau im Auto sitzen lassen.«

»Was hat sie gesagt?«

»Nur, wie sehr wir einander lieben, und daß sie einen Strafnachlaß von sechs Monaten bekommen hat.«

»Sie würden doch nichts zu ihr sagen, das ihr falsche Hoffnungen macht, oder?«

»Ich bemühe mich, das zu vermeiden.« Der alte Mann war nervös wie eine Katze. »Diese Anstalt ist doch kein Ort für sie. Ich habe nie geglaubt, daß sie etwas damit zu tun hatte. Und ich glaube es noch immer nicht. Ich werde es nie glauben.«

»Nun gut, was haben Sie zu ihr gesagt?«

»Ich sagte zu ihr, ich wäre sicher, daß ich weiß, wer die ganze Sache geplant hat.«

Behutsam deutete Newell an, daß Cinnamon vielleicht nicht die ganze Last der Schuld trug, auch wenn sie dafür verurteilt worden war. Er beobachtete das Gesicht des alten Mannes und fand darin stumme Zustimmung, doch Arthur Brown hatte eindeutig Todesangst, etwas Falsches zu sagen.

»Ich sagte zu Cinny, ich hätte das Gefühl, daß ich weiß, wer das Ganze geplant hat, weil ich sie sagen gehört habe, daß sie etwas tun würde, um David zu retten...«

»*Wen* haben Sie das sagen gehört?«

»Sie...« Arthur Brown blickte über seine Schulter, als erwartete er, daß sich jemand von hinten an ihn heranschlich. »Das kleine Mädchen, um das er sich kümmert – Patti... Ich war bei ihnen an dem Abend, an dem sie behauptete, sie hätte Linda gehört (am Telefon mit ihrem Zwillingsbruder Alan), wie sie einen Plan gemacht hat, David zu erledigen – sein Geschäft zu übernehmen. Und sie sagte, das (der Anschlag auf David) würde nie passieren, und wenn sie es selbst machen müßte... sie würde sie beseitigen.«

Jay Newell fühlte Triumph in sich aufsteigen. Das war der erste Durchbruch – die erste offene Aussage, daß Patti Bailey vielleicht an einer Verschwörung zu Lindas Ermordung beteiligt war. Newell behielt eine ruhige Miene bei und ließ den alten Mann weiterreden.

»Als sie dann umgebracht wurde, habe ich meinen Verstand verloren.«

Newell wartete. »Wie lange vor Lindas Tod haben Sie dieses Gespräch gehört?«

»Könnte zwei Wochen gewesen sein – könnte zwei Tage gewesen sein – ich war mit ihnen allen im Auto. David und Linda und Patti und Cinnamon. Linda stieg aus dem Wagen, und Patti hat sofort den Mund aufgerissen, wie sie das immer tut.«

»Wohin sind Sie mit dem Wagen gefahren?«

»Wir haben einen Platz für ein Picknick gesucht.«

Manuela war mit Krystal zu Hause geblieben. Großpapa Brown hatte im Kleinbus hinten gesessen, aber er hatte eine Menge gehört.

»Sie ist ein Miststück mit einem losen Mundwerk«, sagte er und spuckte auf den Boden, um seine Abneigung gegen Patti zu unterstreichen. »Sie hat darüber geredet, als Linda zum Pipimachen ausgestiegen ist – Linda hatte Probleme mit den Nieren. Patti hat ein sehr böses, großes Maul. Wenn man nur so mit ihr redet, denkt man ›Verdammt – ist die lieb‹, aber sie ist ein Miststück – Verzeihung.«

Arthur Brown behauptete, Patti hätte gesagt, sie würde Linda beseitigen, um David zu retten.

»Und Sie meinen«, fragte Newell, »das könnte auch tatsächlich passiert sein?«

»Ich habe fünf oder sechs Monate gebraucht, um mich an das alles zu erinnern. Eine Weile konnte ich mich nicht einmal an meinen eigenen verdammten Namen erinnern. Ich habe Patti nie gemocht – und ich werde sie nie mögen. Ich muß hier mit David und Patti wohnen, weil ... es ist so, als würde er ihr sein Leben verdanken.«

Dennoch, Arthur Brown konnte sich nicht erinnern, darüber mit Cinnamon gesprochen zu haben. Auf Drängen gab er zu, daß er es vielleicht doch getan hatte. Aber was brachte das schon? Er dachte nicht, daß das vor Gericht standhalten würde.

»Selbst wenn man gegen jemanden keine Anklage erheben kann«, erklärte Newell, »möchten wir alle Einzelheiten wissen. Vielleicht hilft es Cinnamon, vielleicht auch nicht. Wenn Cinnamon für diese Geschichte nicht voll verantwortlich ist, warum sollte sie ...«

»Darauf verwette ich mein Leben«, warf ihr Großvater ein.

»Sie erfinden doch nicht nur etwas, um Patti in Schwierigkeiten zu bringen, nur weil Sie sie nicht mögen, oder?« fragte Newell.

»Auf keinen Fall. Nein, Sir! Wenn es nicht wahr wäre, hätte ich nichts gesagt ... ist schon schlimm genug, daß es passiert ist – sinnlos, daß ich was dazu erfinde. Ich habe gehofft, daß es Cinny helfen könnte, denn für mich ist sie ein ganz liebes Mädchen.«

Der Fall hatte soeben eine volle Wendung erfahren. Sofern Arthur Brown glaubwürdig war – was die Hauptfrage war –, dann war Patti Bailey und nicht Cinnamon eine Mörderin.

Newell hörte einen Automotor den Berg hinter ihm heraufbrummen, drehte sich um und sah David Brown näherkommen. Arthur geriet in Panik.

Leise sagte Newell zu dem alten Mann: »Ich bin ein Grundstücksmakler. Wenn Sie das behaupten, passiert nichts.«

»Okay. Wenn ich mich zu weit vorwage, verliere ich meinen Sohn, meine Enkelin und noch eine Enkeltochter.«

»Wir wollen nicht, daß es soweit kommt – aber wir bemühen uns um die Wahrheit«, betonte Newell. »Da kommt David. Wir können später noch einmal darüber sprechen«, sagte er und fügte lauter hinzu: »Ja, ich habe zwei Häuser in dieser Gegend verkauft.« Newell streckte lächelnd die Hand aus und stellte sich David Brown vor als »Jerry Walker, Grundstücksmakler.«

»Was machen Sie hier?« fragte David Brown.

Einen Moment stockte Newell der Atem, und dann wußte er, daß Brown ihn nicht erkannt hatte. Sein Blick wurde zu einem aus massivem Gold bestehenden Anhänger gezogen, der irgendein Tier darstellte und den David an einer Kette um den Hals trug. Er glitzerte in der Sonne – Gold, und darunter orangefarbene und gelbe Steine. Newell wußte, was das war. Er hatte mit dem Juwelier gesprochen, der diesen Anhänger hergestellt hatte. Aber er wollte Davids Erklärung hören. »Das ist ungewöhnlich«, sagte er. »Was ist das – ein Drache?«

»Ein Phönix.« Mehr sagte David nicht dazu.

Newell erging sich darüber, was für ein Jammer es doch war, daß das benachbarte Haus so schlecht angestrichen war, daß es einen Schandfleck in der Gegend bildete. »Ich habe deswegen direkt ein schlechtes Gefühl, wenn ich jemandem hier oben Häuser zeige.«

Newell lenkte seinen Blick zu dem alten Mann und sah, daß Arthur Brown den Mund fest geschlossen hielt. Er würde ihn nicht verraten.

Es war seltsam. Endlich sprach er mit dem Mann, den er seit fast zwei Jahren verfolgt hatte. David Brown wirkte lebhaft wie schwache Männer, die unbedingt den Macho herauskehren wollen. Er sagte, er sei sehr daran interessiert, noch mehr Geld durch Liegenschaften zu verdienen, obwohl er auch erklärte, er habe damit schon gute Erfolge erzielt. Er wirkte nicht krank, auch wenn er sicher nicht in Form war, und er rauchte wie ein Schlot.

»Die Sachen gehen im Preis rauf«, fuhr Newell so glatt fort, als habe er sein ganzes Leben lang Liegenschaften verkauft. »Alles über dreihunderttausend Dollar verkauft sich gut.«

Davids Miene erhellte sich. Er hatte schon an eine Veränderung gedacht.

»Diese neuen Steuergesetze zwingen die Leute, sich etwas Teureres anzuschaffen, und sind die Abschreibungsobjekte erst mal weg, krallt der alte Uncle Sam sich das Geld«, sagte Newell leichthin. »Ich habe selbst vier Eigentumswohnungen, und ich weiß nicht, ob ich sie halten kann. Aber diese größeren Häuser – die verkaufen sich. Ich habe Freunde, die daran interessiert wären, hier heraufzuziehen.«

Newell nannte eine grotesk hohe Summe, die er für Davids Haus bekommen könnte, und er sah, wie David das Wasser im Mund zusammenlief.

Großpapa Brown, der hinter David stand, wurde nervös. Schweißperlen glänzten auf seiner Stirn. Er hätte nie einen guten Pokerspieler abgegeben.

Newell klopfte gegen seine Brusttasche und murmelte, die Visitenkarten wären ihm ausgegangen, er würde aber wiederkommen. Er drehte sich um und schlenderte die Straße hinunter zu seinem Wagen.

Er hatte eine Menge Karten bei sich, aber auf allen stand »Jay Newell, Staatsanwaltschaft Orange County, Ermittler«.

»Na, dann noch einen schönen Tag, Leute!« rief er.

Newell hatte sich schon oft in heiklen Situationen befunden, die ihn zwangen, sich als ein anderer auszugeben. Drogengeschäfte. Infiltration von Banden. Aber an David Arnold Brown war etwas, das ihm das Blut erstarren ließ. Diese flachen Augen, selbst wenn er lächelte. Aus der Ferne wirkte er wie eine tonnenartige Cartoongestalt. Aus der Nähe wirkte er wie... was? *Teuflisch*. Newell war von seinem eigenen Gedanken überrascht. *Teuflisch* war für gewöhnlich kein Begriff, den er im Munde führte.

Er fragte sich, ob der alte Mann lange schweigen konnte. Er hatte lang und breit über *seine* Krankheiten und Leiden gesprochen. Newell glaubte, daß Arthur Brown die kleine Cinnamon retten wollte, aber er wußte auch, wie schwächlich der alte Knabe war. Immerhin: Er war stark genug, um Patti Bailey anzuschwärzen und anzudeuten, *sie* habe geschossen – nicht Cinnamon –, aber würde er jemals den Mut aufbringen, vor Gericht aufzustehen und seine Meinung sagen. Würde er seinem Sohn jemals seinen Verdacht ins Gesicht schleudern? Großpapa Brown schien zu schrumpfen, sobald er auch nur in Davids Nähe gelangte.

Newell zweifelte mit gutem Grund an Arthur Browns Stärke. Noch bevor der Abend vorüber war, hatte Arthur seinem Sohn gestanden, daß der Mann, mit dem er gesprochen hatte, nicht »Jerry Walker« war, sondern Jay Newell von der Staatsanwaltschaft des Orange County.

David war wütend und schockiert. Er nannte seinen Vater einen Narren und erklärte, er habe die ganze Familie dadurch in Gefahr gebracht, daß er auch nur daran gedacht hatte, mit der Polizei zu sprechen. Es sei nicht Arthurs Sache, Cinnamon zu beschützen. Das sei seine, Davids Aufgabe.

Reuevoll und ängstlich schlich Arthur in sein Zimmer.

Der wütende David stellte Patti zur Rede. Sie wußte nicht, was geschehen war, aber sie gehorchte ihm, als er ihr befahl, ihre Heiratsurkunde und die voreheliche Vereinbarung zu suchen, die sie unterschrieben hatte. Weinend folgte sie seinem Befehl. Er zerriß alles in kleine Stücke, führte Patti dann in den Garten und deutete auf den gemauerten Grillplatz.

»Verbrenn alles!«

»Warum?«

»Ganz egal, warum. Verbrenn alles und bleib hier, bis du sicher bist, daß sich jedes Stück in Asche verwandelt hat.«

Wie immer gehorchte Patti den Befehlen ihres Mannes. Doch während sie die Flammen beobachtete, beschlich sie ein Gefühl, als würde sich auch ihre Ehe in Rauch auflösen. Sie wußte nicht – und David dachte offenbar nicht daran –, daß das Original der Heiratsurkunde registriert und damit jederzeit ersetzbar war. Davids Anwalt hatte eine Kopie der vorehelichen Vereinbarung. Dieses Dokument hatte David schützen sollen – nicht Patti. Doch bald schon konnte es auf ihn zurückfallen und ihn verfolgen.

Patti wußte nur, daß irgend etwas ganz entsetzlich schief gegangen war. Es sollte noch Tage dauern, bevor David aufhörte, mit finsterer Miene herumzulaufen. Und Großpapa Brown huschte auf Zehenspitzen durch das Haus, als würde er jeden Moment vor Schreck aus der Haut fahren.

Auch wenn sie gesetzlich miteinander verheiratet waren, mußten Patti und David zueinander schleichen. Nur wenn sie warteten, bis die beiden Alten schliefen, konnten sie körperlich intim werden. Besser war es, wenn sie allein waren, etwa an den Wochenenden, wenn Arthur und Manuela nach Hause fuhren, um sich um ihr Haus in Carson zu kümmern, das Gras zu mähen und die Hecken zu trimmen.

David war nervös. Er wollte nicht mehr, daß Patti mit ihrer eigenen Familie sprach, auch nicht über Alltägliches.

Patti hatte den Eindruck, daß David immer paranoider wurde und niemandem mehr vertraute – nicht einmal ihr. Seit dem Abend, an dem er sie die Heiratspapiere hatte verbrennen lassen, war David geradezu besessen von der Vorstellung, jeden Augenblick wissen zu müssen, wo sie sich gerade aufhielt. Er stattete sie mit einem *Beeper* aus, um sie stets finden und überprüfen zu können, was sie tat. Sie durfte das Haus nicht ohne David verlassen, und wenn *er* es verließ, rief er sie oft über den *Beeper*, um sich zu vergewissern, daß sie noch im Haus war.

Den Winter und den Frühling des Jahres 1987 verbrachten

David, Patti, Krystal, Manuela und Arthur daher in einer ziemlich unangenehmen Stimmung in dem prächtigen Haus in den Anaheim Hills. Arthurs glühender Wunsch, Patti möge aus dem Haus verschwinden, sollte sich nicht erfüllen.

Arthur sehnte sich zurück nach Carson, ganz gleich, wie toll Davids neues Haus auch war, aber Manuela wollte Patti nicht allein das Baby anvertrauen, und David ließ nicht zu, daß seine Eltern Krystal mit nach Carson nahmen.

»Patti ist so gottverdammt stinkend eifersüchtig, daß sie Krystal von ihrer Großmama fernhält«, klagte Arthur bei jedem, der es hören wollte. Dennoch gingen die beiden Alten nicht. Da David so krank war, wollten seine Eltern ihn nicht allein lassen. Man konnte ja nie wissen, wann er irgendeinen Anfall bekommen würde.

Die Dinge wurden für David im Februar 1987 noch viel kritischer, als Patti ihm eröffnete, sie sei schwanger. Wie viele Krankheiten er auch haben mochte, sie hatten David Browns Sexualleben offenbar nicht beeinträchtigt. Er blieb potent und zeugungsfähig. Doch er war wütend über Pattis Dummheit. Ihre Schwangerschaft konnte eine Katastrophe heraufbeschwören. David bestand auf einer Abtreibung. Ausnahmsweise weigerte sich Patti, ihm zu gehorchen. Ganz gleich, wie heftig er auch argumentierte, sie wollte dieses Baby nicht töten.

In Davids Augen hatte sie ihm einen bösen Streich der Liebe gespielt. Denn sie hatte ihm zu Anfang ihrer Liebesbeziehung gesagt, ihr Arzt habe ihr erklärt, sie könne nie Kinder bekommen. Und er hatte ihr geglaubt und sich daher nie um Empfängnisverhütung gekümmert. Nun ließ Patti ihren Mann in dem Glauben, ihre Schwangerschaft wäre eine seltsame Verirrung des Schicksals; sie gab vor, über ihre Fruchtbarkeit genauso überrascht zu sein wie er. David war schon wütend genug auf sie, ohne daß sie ihm die ganze Wahrheit gestand.

David erklärte, wenn sie schon ihre *Ehe* geheimhalten müßten, so wäre Pattis Schwangerschaft für sie beide doppelt gefährlich. Die Cops schnüffelten weiterhin herum und suchten nach irgendeinem verdammten Motiv, um zu beweisen, daß sie in Lindas Ermordung verwickelt gewesen waren. Es spielte keine Rolle, ob das zutraf oder nicht – den Cops machte es

Spaß, Unschuldigen eine Falle zu stellen, nur damit sie selbst gut dastanden. Außerdem war ein Baby überflüssig. Sie hatten Krystal, um die sie sich kümmern mußten. Reichte Patti das denn nicht?

Patti sperrte sich gegen Davids Drängen auf eine Abtreibung. Sie wollte ihr eigenes Baby. Sie hatte in ihrem ganzen Leben nichts gehabt, das nur ihr gehörte und das sie lieben konnte. Sicher, sie hatte Linda in Davids Leben ersetzt und ihm alles gegeben, was Linda ihm gegeben hatte – *ausgenommen* ein Baby. Sie war überzeugt, er würde seine Ansichten schon ändern, wenn es erst geboren wurde. Er war doch so verrückt nach Krystal. Er würde dieses Baby genauso lieben.

Die Zeit verging, und Pattis anschwellender Bauch konnte nicht mehr übersehen werden. Manuela betrachtete sie scharf und flüsterte mit Arthur. Sie hatten sich selbst stets als mehrere Stufen über der Bailey-Sippe stehend gesehen – auch wenn sie sich grollend mit Linda abgefunden hatten. Pattis Schwangerschaft bestätigte Manuelas Ansicht. Die Baileys waren Abschaum, und Patti war eine von ihnen. Was konnte man da schon erwarten?

Als die Schwangerschaft nicht länger ein Geheimnis war, stritt David ab, der Vater zu sein. Er erzählte seinen Eltern und allen, die Interesse dafür zeigten, daß Patti von einem Kerl schwanger war, der Doug hieß und in der Nähe von Betsy Stubbs wohnte und entweder einen Camaro oder einen Trans-Am fuhr. »Er ist Grieche.«

»Doug« war schlicht eine erfundene Gestalt, ein Mann, den niemand aus Pattis oder Davids Bekanntenkreis jemals gesehen hatte. Da Patti immer mit David zusammen war oder nur einen Beeper entfernt, falls sie doch einmal getrennt waren, wäre es für sie geradezu unmöglich gewesen, sich für eine intime Begegnung mit diesem südländischen Doug wegzuschleichen. Doch die Verwandten hüteten sich, Davids Aussage anzuzweifeln. Wenn er sagte, daß Doug der Vater war, dann verhielt es sich auch so. Um die Story vom griechischen Vater zu untermauern, bestellte David einen großen Blumenstrauß, legte eine Karte mit der Unterschrift »Doug« bei und ließ Patti die Blumen ins Haus bringen.

Jay Newell bemerkte Pattis Schwangerschaft, da er weiterhin David und Patti zusammen beobachtete, wann immer sich eine Gelegenheit dazu ergab. Patti folgte David wie stets gehorsam. Sie sah unglücklich aus, und David wirkte verärgert. Newell meinte, den Vater zu kennen.

Am 29. September 1987 gebar Patti Bailey ein Mädchen, das sie Heather Nicole nannte. David bestand darauf, daß sie ihre Krankenhausrechnung selbst bezahlte – von ihrem Anteil an der Entschädigung für den Unfall aus dem Jahr 1985. In Wahrheit hatte David jetzt drei Töchter: Cinnamon, siebzehn, Krystal, drei, und Heather. Während er Krystal mit Geschenken und Aufmerksamkeit überschüttete, war Heather für ihn nur eine peinliche Gefahrenquelle.

Niemals würde er Heather als sein Kind anerkennen. Es verletzte Patti, daß David das Baby nicht zur Kenntnis nahm. Sie war viel zu schlicht, um zu begreifen, daß ihre Hauptattraktion für David darin bestanden hatte, daß sie jung war und ihr Körper keine Schwangerschaftsnarben aufwies. In ihrem Bemühen, David zu halten, hatte Patti genau das Verkehrte getan.

David mochte pubertierende Teenager. Junge Mütter reizten ihn nicht. Patti war sein Ideal gewesen, als er sie heiratete – wie das die meisten seiner Frauen gewesen waren. Doch das unvermeidliche Verstreichen der Zeit, Reife und/oder Mutterschaft hatten bisher noch immer seine Leidenschaft für eine Frau zerstört.

Jetzt war Patti fast zwanzig – nicht alt in den Augen der meisten Männer, aber *alt* für David –, und sie beschäftigte sich ständig mit Heather. Sie sah Linda dermaßen ähnlich, daß es in gewisser Weise unheimlich wirkte: Pattis Mund war eine Spur voller, ihre Brüste größer, aber ihre Züge waren fast identisch mit denen ihrer Vorgängerin. Wäre seine Ehe mit Linda wirklich so idyllisch gewesen, wie David behauptete, dann hätte die Wiederauferstehung ihres Bildes eigentlich sicherstellen sollen, daß Pattis Hingabe für ihn belohnt wurde.

Laut Aussage zahlloser Beobachter jedoch war Davids Ehe mit Linda überhaupt nicht glücklich gewesen. Und jetzt hatte David die *gereifte* Linda – oder zumindest eine sehr ähnliche

Person – zurückerhalten. Zudem stritt Patti mit seiner Mutter verdammt viel mehr, als Linda das je gewagt hatte.

Patti Bailey Brown war das genaue Gegenteil von dem geworden, was David wollte.

Sie muß das gespürt haben. Von Zeit zu Zeit versuchte sie, sich selbst auszulöschen. Mitleiderregende, wirkungslose Selbstmordversuche, die dünne weiße Narben an ihren Armen hinterließen. Sie war zu Davids Kindheitsalptraum geworden.

Trotz Davids Desinteresse an seiner jüngsten Tochter Heather redete er Patti ein, es wäre leichtsinnig, das Baby nicht zu versichern. Er wandte sich an eine Anzahl Versicherungsagenten wegen einer Versicherung über mehrere hunderttausend Dollar für Heather. Er wurde überall abgelehnt, wo er es versuchte. Kein einziger Versicherungsagent konnte eine so hohe Versicherung für ein neugeborenes Kind rechtfertigen.

21

Im Dezember 1987 hatte Cinnamon wieder eine psychiatrische Untersuchung. Sie kam zu spät zu ihrem Termin und entschuldigte sich damit, verschlafen zu haben. Sie wies darauf hin, daß sie erst vor einem Monat untersucht worden war. Als man ihr sagte, zwei Untersuchungen wären angefordert worden, wirkte sie verwirrt und ein wenig verärgert darüber, daß so viele Ärzte versuchten, ihr Unterbewußtsein zu ergründen. Vor fast einem Jahr hatte sie Hoffnung gehabt – ihr Großvater hatte sie glauben lassen, er könne ihr helfen.

Aber dabei war nichts herausgekommen. Sie war noch immer eingesperrt, und die Besuche ihres Vaters erfolgten noch seltener als zuvor. Falls er einen Detektiv auf ihren Fall angesetzt hatte, wußte sie nichts davon, auch nichts von einem neuen Anwalt. Sie war nicht verbittert.

Wie stets antwortete Cinnamon auf die Fragen des Psychiaters nur sehr allgemein und schwenkte von den Gebieten ab, die zu nahe an die Mordnacht heranführten. Sie war nicht unhöflich. Sie wich lediglich aus. Sie sagte, sie würde sich mit Collegekursen beschäftigen und mit den Weihnachtsfeiertagen. Sie räumte ein, daß es »eine Menge Dinge gibt, die mich wirklich beunruhigen«, aber sie wollte sie nicht erforschen. Sie hatte »tonnenweise Hausarbeiten«, und die kamen zuerst.

Auf Nachfragen versicherte Cinnamon, sie habe das Verbrechen, für das sie eingesperrt war, nicht begangen, und sie habe noch immer keine Erinnerung an Lindas Ermordung.

»Was empfindest du angesichts der Tatsache, daß der Mörder deiner Stiefmutter noch immer auf freiem Fuß sein könnte?«

Sie dachte einen Moment über die Frage nach und antwortete dann unergründlich: »Ich habe Wut in mir, aber ich bin nicht wütend auf diesen *Menschen* – dazu habe ich nicht das Recht. Es war nicht ihre Schuld. Sie hatte die Situation nicht unter Kontrolle.

Ihre Schuld... Es war nicht klar, von wem Cinnamon sprach.

Cinnamon gab offenmütig zu, ja, sie sei wütend, weil sie noch immer im Gefängnis sitze. Sie war auch wütend über das Verbrechen, aber sie haßte »nicht die Person, die das getan hat.«

Cinnamons Psychiater sah sie verblüfft an, und sie sagte, sie könne es nicht vollständig erklären und würde auch gar nicht erwarten, daß irgend jemand versteht, was sie meine. »Niemand sonst hat das durchgemacht wie ich.«

Diese Siebzehnjährige akzeptierte, was geschehen war – auf eine traurige, der Welt überdrüssige Art. Sie sagte, sie vermute, der Bewährungsausschuß glaube ebenfalls, daß sie unschuldig war, sei jedoch ohne neue Informationen nicht imstande, ihr zu helfen. »Was ist, wenn du über dein Bewährungsdatum hinaus eingesperrt bleiben solltest?«

»Na, großartig«, sagte sie tonlos. »Ich habe draußen nichts zu tun, was ich nicht hier drinnen auch erledigen könnte. Vielleicht möchte ich noch mehr Collegekurse belegen, aber was das Draußensein angeht – alles, was ich im Fernsehen sehe, ist Haß.«

Unter Cinnamons spröder, lustloser Fassade saß Angst. Sie zeigte sich nur sporadisch, aber sie war allgegenwärtig. Cinnamon machte versteckte Anspielungen, daß jemand da draußen ihr etwas antun könnte. Hier drinnen war sie in Sicherheit.

Sie hatte an jedem erzieherischen Angebot der Ventura School teilgenommen – nur nicht an der Gruppentherapie. »Es wäre lächerlich, wenn ich da hinginge«, sagte Cinnamon oft. »Wenn alle über ihre Verbrechen sprechen und sich mit ihnen auseinandersetzen – und ich sage, daß ich unschuldig bin. Das hat doch keinen Sinn. Ich würde mich unbehaglich fühlen.«

Cinnamon Brown vermißte ihre kleinen Schwestern – Krystal und Brendas jüngste Tochter Penelope. (Sie wußte nicht, daß sie noch eine kleine Schwester hatte, Heather, zwei Monate alt.) Sie dachte laut darüber nach, warum sie schon so lange in der Anstalt leben mußte – fast schon drei Jahre. Dennoch schien sie sich damit abzufinden, eingesperrt zu bleiben. Ihre größte Sorge war, genug Collegekurse zu finden, um sich sinnvoll zu beschäftigen.

Wenn man das Mädchen ansah, fiel es sogar einem ausgebildeten Psychiater schwer, sie als kaltblütige Mörderin zu betrachten. Dennoch, las man die Details von Linda Browns Ermordung, gab es keine andere Möglichkeit, als in ihr die Täterin zu sehen.

Doch irgend etwas stimmte nicht. Irgend etwas paßte nicht zusammen. Cinnamons Testergebnisse hatten stets sehr geringe Werte beim Feindseligkeitsindex ergeben, und ihre anderen Ergebnisse zeigten an, daß sie eine gestörte Persönlichkeit war. Ihre Gedankengänge und ihr Wortschatz lagen im normalen Bereich.

Cinnamon war jetzt reifer als die sich erbrechende pummelige Vierzehnjährige, die Fred McLean in der Hundehütte gefunden hatte. Sie war schlanker geworden, und sie trainierte mit Gewichten. Sie war ein hübsches Mädchen mit olivbraunen Augen und langen Wimpern. Sie hatte mit einem Teilzeitjob als Angestellte für Reservierungen bei einer großen Fluglinie angefangen (auch wenn sie an ihrem Computer innerhalb der Gefängnismauern arbeitete). Sie machte Kreuzstichstickereien und hübsche Nadelarbeiten, und sie ging zur Schule. Ihre Tage waren ausgefüllt. Sie tat, was immer von ihr verlangt wurde. Sie legte Ehre für die Ventura School ein.

Aber gegenüber ihrem Psychiater blockte sie ab. Auf die Frage, warum sie inhaftiert war, antwortete sie rasch: »Nun, um rehabilitiert zu werden.«

»Rehabilitiert – wofür?«

»Nun, um ein besseres Leben zu führen.« Nagelte man sie darauf fest, gab sie zu, daß der Richter, der sie verurteilt hatte, sie für schuldig des Mordes ersten Grades gehalten hatte. Sie bedauerte es, keine Geschworenenverhandlung gehabt zu haben, obwohl das vor dem Jugendgericht nie zur Wahl gestanden hatte. Sie verneinte, den Mord begangen zu haben.

Es war unmöglich, Cinnamon Brown nicht zu mögen, und fast genauso schwer zu glauben, daß sie des Mordes schuldig war. War sie vielleicht eine gespaltene Persönlichkeit, ein Mädchen, das wirklich nicht wußte, was ihr anderes Ich tat? Verbarg sie die Wahrheit, weil sie Angst vor jemandem außerhalb der Mauern ihres Gefängnisses hatte?

Sie wich aus, das stand fest. Sie versuchte, Zeit zu gewinnen, indem sie fast jede Frage wiederholte und sie auf ihrer Zunge hin und her rollen ließ, während sie eine Antwort formulierte. Wenn eine Frage zu bohrend war, kicherte sie, um Zeit zu schinden. Das Kichern war ein Ablenkungsmanöver, ein fröhliches, leichtes Lachen, das jedoch darauf abzielte, Fragen zu ignorieren.

Cinnamons psychologische Testergebnisse widersprachen der Diagnose einer gespaltenen Persönlichkeit oder Soziopathie oder einer anderen dunklen Persönlichkeitsstörung. Es gab einfach keine passende Schublade für sie. Das schlimmste Vergehen, das sie in der Ventura School begangen hatte, war, daß sie mehrmals vergessen hatte, ihre Bettdecke zu spannen.

Nicht gerade die Bilanz einer kaltblütigen Mörderin.

Doch ihr ausweichendes Benehmen beunruhigte den Psychologen. Mit der Tatsache konfrontiert, daß sie Fragen auswich und Antworten hinauszögerte, antwortete Cinnamon, sie wolle sicher sein, daß sie alles richtig sagte – deshalb müsse sie sich mit den Antworten Zeit lassen.

22

Während Cinnamon sich ihrer zweiten psychiatrischen Untersuchung innerhalb von zwei Monaten unterzog, veränderte ihr Vater erneut seinen Wohnsitz. Er brauchte etwas Größeres, oder genauer: Räumlichkeiten, die es ihm erlaubten, die beiden Hauptfrauen in seinem Leben voneinander zu trennen. Manuela und Patti umkreisten einander nach wie vor mißtrauisch, und so groß das Haus auf der Summitridge Lane auch wirkte, die eigentliche Grundfläche war nicht so riesig.

Es mußte etwas geschehen. Davids Nerven waren verschlissen, und um seine Gesundheit stand es schlechter denn je. Lange würde er das Gezänk nicht mehr aushalten.

Er sah sich nach einem Haus mit einer Einliegerwohnung oder einem separaten Gästehaus um. Manuela und Arthur gehörten ja auch noch zu seinem Haushalt, obwohl sie noch immer ihr eigenes Haus in Carson hatten. Doch Manuela betrachtete Patti und ihr Baby als Eindringlinge, und Patti hielt Manuela für herrisch und gemein.

Endlich fand David ein Haus, das so aussah, als würde es alle seine Probleme lösen: 1166 Chantilly Street. Es war nicht so erstklassig wie die Adresse auf der Summitridge Lane, aber es hatte ein größeres Grundstück und bot mehr Abgeschiedenheit. Es hatte einen Swimmingpool und lag in der Nähe der Hauptstraße.

Es war auch weniger exponiert als seine bisherige Wohnstatt. Manchmal hatte David das Gefühl, jemand würde auf seinen Nacken starren. Doch wenn er sich dann umdrehte, sah er niemanden hinter sich – zumindest keinen Bekannten. Das Haus auf der Chantilly Street aber war von Mauern umgeben.

David belieh das Summitridge-Haus mit 257 000 Dollar, und am 29. Dezember 1987 zahlte er 177 000 Dollar in bar für das Chantilly-Haus. Danach gab er sofort Umbauarbeiten in Auftrag, die noch einmal 100 000 Dollar kosten würden. Sobald er das Summitridge-Haus verkaufte, würde ihm ein riesiges Anwesen gehören, absolut schuldenfrei. Sie würden erst Ende des Frühlings oder im Frühsommer einziehen können, aber zumindest war eine Verbesserung in Sicht.

David war immer sehr gewissenhaft, seine Versicherungen auf den neuesten Stand zu bringen. Als er das Haus 1166 Chantilly Street im Dezember 1987 kaufte, ließ er es sofort für 182 000 Dollar versichern. Am 23. Juni 1988 – nach den umfangreichen Umbauten -- erhöhte er diese Versicherung auf 667 000 Dollar für das Wohnhaus und 500 250 Dollar für persönliche Besitztümer, wofür er natürlich eine saftige Versicherungsprämie bezahlte.

Die persönlichen Besitztümer, die er eintragen ließ, überstiegen bei weitem die Werte, die einer durchschnittlichen Familie im Orange County gehörten. David legte seinem Antragsformular beglaubigte Zertifikate für seinen Schmuck bei. Unter den beschriebenen Schmuckstücken befanden sich: »Ein 14-Karat-Gold-Herrenring, Sonderanfertigung, mit einem tropfenförmigen Diamanten, 5.25 Karat, und zwölf Brillanten, annähernd 10 Karat, alles versenkt gefaßt, handgebürstet – Verkaufswert 36 450,00 Dollar; ein 14-Karat-Gold-Herrenring, Sonderanfertigung, mit einem Diamant mit Smaragdschliff mit acht, annähernd 10-Karat-Brillanten, versenkt gefaßt, zentraler Diamant annähernd 4.92 Karat, Handgravierungen – Verkaufswert 41 000 Dollar; ein 14-Karat-Gold-Damenring, Sonderanfertigung, mit einem Diamant im Marquise-Schliff mit annähernd 2.10 Karat in der Mitte und 16 1.1-Karat-Diamanten mit Baguette-Schliff und 31 annähernd 0.04 Karat-Brillanten, alles versenkt gefaßt – Verkaufswert 28 950 Dollar; ein 14-Karat-Gold-Damenring mit zentralem Diamant, annähernd 1.08 Karat, und versenkt gefaßten Diamanten im Baguette-Schliff – Verkaufswert 18 950 Dollar.«

Trotz seines Reichtums wurde David Arnold Brown vom Pech verfolgt. Der 1986er Dodge Pick-up, den er im September 1986 gekauft und mit siebenundvierzig Raten zu 315,22 Dollar finanziert hatte, wurde im Frühjahr 1988 gestohlen. David meldete den Diebstahl der Polizei von Buena Park, da er sich daran erinnerte, den Kleinlaster im Buena Park Einkaufszentrum geparkt zu haben. Obwohl er erst am 26. April Anzeige erstattete, erklärte David der Polizei von Buena Park, der Pick-up wäre schon am 23. April verschwunden.

Einer der sonderbaren Aspekte des Diebstahls war die

unheimliche Geschwindigkeit, mit welcher der Pick-up gefunden wurde. David meldete den Wagen der Polizei von Buena Park um zwei Uhr nachmittags als gestohlen, und Angehörige der California Highway Patrol fanden das verkohlte Wrack viele Meilen entfernt in der Wüste – *fünfundvierzig Minuten später.* Der 1986er Dodge D-50 mit dem Wohnwagenaufbau war ausgeschlachtet worden, hatte sich überschlagen und war verbrannt, als er von der kalifornischen Highway-Streife in Deep Creek, südlich von Rock Springs, gefunden wurde – nur einen Katzensprung von Victorville entfernt, wo David einst gewohnt hatte. Man konnte nach Victorville nicht einmal von Buena Park aus in fünfundvierzig Minuten *fahren* – noch weniger den Wagen ausschlachten und anzünden. (Später gaben Mitglieder der Bailey-Familie zu, David habe ihnen gesagt, sie sollten den Wagen nehmen – er war es leid, Raten zu zahlen –, und sie könnten alles haben, was sie aus dem Wagen wollten, wenn sie ihn nur später zuschanden fuhren und verbrannten. Bevor der »Dieb« ihn ausschlachten konnte, wurde er von einem Bekannten gestohlen.)

Trotz all seiner Schwierigkeiten mit Allstate bezahlte die Gesellschaft prompt seinen Anspruch für den Pick-up – wegen Totalschadens. Diesmal ging die Zahlung nicht an David selbst, sondern an die Chrysler Credit Union. Allstate bezahlte den Rest seines Darlehens: 7545,28 Dollar, und zwar am 27. Mai 1988.

Niemand wurde jemals wegen des Autodiebstahls angezeigt. Und wieder kam David Brown erhobenen Kopfes aus der Sache heraus. Er brauchte nicht länger die hohen monatlichen Zahlungen für den Dodge zu leisten.

Zu diesem Zeitpunkt lief Data Recovery Incorporated besser als je zuvor, und David erwartete, der Steuer eine Viertelmillion – oder mehr – am Ende des Jahres 1988 melden zu müssen. Nach drei Jahren des Aufruhrs sah es so aus, als würde sein Leben ein wenig zur Ruhe kommen.

Cinnamon war fast achtzehn. Sie war noch immer eingesperrt und von zu Hause abgeschnitten. Sie wußte nichts von dem neuen Haus, von der Hochzeit ihres Vaters mit Patti in Las Vegas oder von ihrer neuen Schwester. Sie hatte nur Gerüchte gehört, Patti wäre schwanger; Cinnamons Information stammte von Großpapa Brown, der gemurmelt hatte, Patti wäre »losgezogen und schwanger geworden.«

Das verwirrte Cinnamon. Sie konnte sich nicht erinnern, daß Patti sich jemals mit einem Fremden getroffen hatte. Und Großpapas letztes Gerücht beunruhigte sie mehr als alles, was sie bisher gehört hatte. Wenn es stimmte, dann fürchtete Cinnamon zu wissen, von *wem* Patti schwanger geworden war.

Der Gedanke war so häßlich, daß sie ihn beiseite schob, so häßlich, daß sie diesbezüglich keine Fragen mehr stellte. Sie wollte nicht, daß ihre Schlußfolgerungen bestätigt wurden.

Cinnamon begann, sich vergessen zu fühlen. Schlimmer noch, sie vermutete, daß sie sehr lange Zeit belogen worden war. Sie sprach mit niemandem darüber. Sie hatte nicht die geringste Ahnung, daß ein Mann namens Jay Newell existierte oder daß er draußen daran arbeitete, genau jene Zweifel zu bestätigen, die sie Tag und Nacht verfolgten.

23

Jay Newell fand, es sei höchste Zeit, daß jemand Cinnamon darüber aufklärte, was zu Hause vor sich ging. Soweit er das beurteilen konnte, erfuhr sie nur von ihrem Großvater etwas, und das gelangte nur in merkwürdigen Bruchstücken zu ihr. Aber da Cinnamon noch minderjährig war, konnte er ohne Erlaubnis ihrer Eltern nicht mit ihr sprechen.

Zum Zeitpunkt ihrer Verhaftung hatte eben jene Person, gegen die Newell ermittelte – David Arnold Brown – die Vormundschaft über Cinnamon besessen. Alles, worauf Newell stieß, verstärkte seinen Verdacht, daß Brown eine Rolle bei dem Mord an seiner fünften Frau gespielt hatte. Er lebte offensichtlich noch immer mit der Person zusammen, die Großpapa Brown als Tatverdächtige bezeichnet hatte. Brown war ein kluger Mann. Er mußte sich der Möglichkeit bewußt sein, daß Patti in die Sache verwickelt war. Warum blieb er dann bei ihr?

David Brown war der letzte Mensch, den Newell aufscheuchen wollte. Er zog es vor, David und Patti ohne deren Wissen zu überwachen. Und ganz sicher wollte er David Brown nicht um seine Erlaubnis bitten, Cinnamon befragen zu dürfen. Er konnte sich auch nicht vorstellen, daß Brown zustimmen würde.

Allerdings konnte Jay Newell der inhaftierten Cinny gewisse Informationen über ihren Bewährungshelfer zukommen lassen. Eine Art Informationsquelle aus zweiter Hand. Es war, als würde man um Mitternacht in trüben Gewässern angeln. Man wußte nicht, was er am Haken haben würde.

Newell besprach mit Carlos Rodriguez, Cinnamons Bewährungshelfer, die Möglichkeit, sie wissen zu lassen, was zu Hause vor sich ging. Er gab Rodriguez die Fotos von den Häusern, in denen David und Patti lebten.

Newell behielt im Auge, wie Cinnamon sich in der Ventura School machte, auch wenn er nie direkt mit ihr sprach. Gelegentlich erhaschte er einen Blick auf sie quer über das Gelände, aber sie sah ihn nicht. Er hatte nie mit Cinnamon gesprochen.

Inzwischen war Jay Newell von dem Fall geradezu besessen. Er holte die Fallakte oft aus der Schublade hervor, las sie durch, zerpflückte den Inhalt, näherte sich ihr von verschiedenen Blickpunkten. Mehr als drei Jahre. Ein Mann mit Verstand hätte schon längst aufgegeben, sagte er sich.

Aber so oft er die mit unzähligen Eselsohren versehene Akte öffnete, fand er irgendein kleines Informationsfragment, das ihn in dem Glauben bestärkte, auf der richtigen Spur zu sein. Er wußte nicht, wer Linda Marie Brown im Schlaf erschossen hatte, aber er war absolut davon überzeugt, daß der Anstoß, der zu ihrer Ermordung geführt hatte, nicht in Cinnamon Browns Kopf entstanden war.

Jemand anderer mußte darin verwickelt sein. Vielleicht war es tatsächlich Patti, wie Großpapa Brown behauptete. Vielleicht war es David. Vielleicht waren es sogar andere Mitglieder der Bailey-Familie, wie David gemeint hatte. Und selbst wenn sich herausstellen sollte, daß Cinnamon doch selbst abgedrückt hatte, wollte Newell einen Weg in die Leere ihres Gedächtnisses finden, um den Grund zu erfahren.

Newell setzte sich mit Brenda Sands in Verbindung, in der Hoffnung, sie könnte ihm dabei helfen, Cinnamon dazu zu bringen, sich zu öffnen. Fred McLean hatte mehrmals mit Brenda ohne Probleme gesprochen. Newell überlebte sein erstes Zusammentreffen mit Cinnamons Mutter nur knapp.

Ihr Zusammentreffen war, als würde ein Falke versuchen, in das Nest eines Zaunkönigweibchens zu hacken. David hatte Brenda davon überzeugt, daß Jay Newell eine Hauptgefahr für ihre Tochter darstellte und einer der Schufte war, die Cinnamon ins Gefängnis gebracht hatten (was er allerdings zugeben mußte). Brenda jagte ihn von ihrer Tür weg, und der großgewachsene Detective suchte Deckung, als sich die zierliche Brünette auf ihn stürzte. Ein im Wagen wartender Freund sah ihn, wie er in wilder Flucht angerast kam, und sagte lachend: »Bist du sicher, daß du diesen Job magst?«

Brenda hielt den Kontakt mit Cinnamon aufrecht und besuchte sie, so oft sie konnte. Dabei fuhr sie einen komischen, alten, buckeligen Station Wagon, den David ihr gegeben hatte, damit sie zur Ventura School fahren konnte. Zum Glück konnte Newell im Lauf der Zeit Brenda überzeugen, daß er noch immer versuchte, die Wahrheit im Fall ihrer Tochter auszugraben. Sie trafen sich, und Brenda erzählte ihm alles, was sie wußte, aber das war sehr wenig. Ja, David war zu ihr und Susan Salcido noch am Tag von Lindas Ermordung geeilt und hatte sie gedrängt, Cinny als launisch und selbstmordgefährdet darzustellen.

Auch Brenda roch den Braten, aber sie befand sich in der gleichen Position wie alle anderen. Sie hatte Bedenken und Zweifel, aber keinen Beweis. Und sie hatte noch immer Angst vor ihrem ersten Mann und scheute sich davor, ihm in die Quere zu kommen.

24

Als der Anruf kam, war Jay Newell völlig verblüfft. Er hatte den Grundstock gelegt, er hatte gehofft, daß es geschehen würde – aber er hatte nie wirklich geglaubt, daß es soweit kommen würde. Rückblickend konnte er sagen, daß es der unsicherste Versuch war, den er je gestartet hatte.

Doch es hatte funktioniert.

Es war der 19. Juli 1988, und der Anrufer war Cinnamons Bewährungshelfer in der Ventura School, Carlos Rodriguez.

»Ich habe hier jemanden, der mit Ihnen sprechen möchte. Sie möchte sich über ihren Fall unterhalten.«

Es war Cinnamon.

Newell rief rasch den Stellvertretenden Staatsanwalt Dick Fredrickson an, damit dieser an einem Nebenapparat mithörte, und die beiden Mitarbeiter der Staatsanwaltschaft des Orange County hörten die dünne Stimme, die über die Leitung von der Ventura School kam. Es war eine behauchte, ein wenig ängstliche Stimme.

»Hallo, Mr. Newell?«

»Cinnamon?« Newell gab sich zu erkennen und vergewisserte sich, daß es tatsächlich Cinnamon Brown war.

Cinnamon Brown wollte – *mußte* – mit jemandem sprechen. Sie wehrte sich nicht dagegen, daß Fredrickson mithörte, aber ihre erste Frage ließ aufhorchen – und war bezeichnend. »Werde ich Schutz erhalten, oder wird mein Vater alles zu hören bekommen?«

»Wer?« fragte Newell überrascht.

»Mein Vater.« Nachdem ihr versichert worden war, David Brown würde nichts davon hören, brach es aus ihr hervor. »Er war mit dem im Unrecht, was er tat, aber ich war zu jung, um das zu erkennen. Ich weiß jetzt, daß es Zeit wird, daß er die Verantwortung für das Verbrechen übernimmt, das passiert ist . . . Ich war ein wenig darin verwickelt, weil ich wußte, was geschehen würde – aber ich habe nicht den eigentlichen Mord begangen.«

Jay Newells Stimme klang zunächst so ruhig und gelassen

wie immer. Doch Erregung und Erleichterung mischten sich in seinen Ton, je länger er mit Cinnamon sprach. Cinny zögerte noch, am Telefon in Details zu gehen, dann fuhr sie fort: »Er sagte, daß Linda ihn umbringen würde, wegen der Versicherung oder sonst was für sie und ihren Zwillingsbruder, und er sagte, *wir* müßten etwas dagegen unternehmen. Ich fragte: ›Was soll ich denn machen?‹ Und er antwortete: ›Wir müssen uns was einfallen lassen.‹ Ich sagte, ich wollte nicht, daß er die Stadt verläßt, und er sagte: ›Dann wirst du mir helfen müssen.‹ Und dann haben wir ein paar Fahrten unternommen, auf denen er und Patricia darüber nachdachten, wie man Linda beseitigen könnte.«

Cinnamon erzählte Newell, wie sie ihren Vater und Patti beim Küssen ertappt hatte.

»Später wurde es noch schlimmer. Er fuhr mit Patricia weg, und manchmal fuhr ich mit ihnen. Zu Banken und so, um Schecks einzulösen. Wir waren stundenlang weg. Nun, er und Patricia haben angefangen, darüber zu reden, wie man Linda beseitigen könnte – zum Beispiel könnten wir sie aus dem Kleinbus werfen, wenn wir auf dem Freeway unterwegs waren ... sie hat vorgeschlagen, ihr einen Schlag auf den Kopf zu versetzen, damit sie ohnmächtig wird ... verschiedene Methoden ... Ich habe nur zugehört ... ich hatte nichts damit zu tun.«

O mein Gott ...

Die so lange zurückgehaltenen Geheimnisse brachen hervor wie eine Flut, die eine Mauer einreißt. Cinnamon erzählte, nach dem Verbrechen hätte ihr Vater ihr zuerst gesagt, sie solle gestehen, daß sie es getan hatte, dann hätte er ihr befohlen, sie solle gar nichts mehr sagen und sich an nichts mehr erinnern. »Das habe ich gemacht, weil ich ihm vertraute.«

Newell befragte Cinnamon nach der Waffe, und sie antwortete, die habe Linda gehört, und Patti hätte sie mit einem Handtuch abgewischt.

Cinnamon sagte, sie hätte seit vier Wochen nicht mehr mit ihrem Vater gesprochen und auch dann nur, weil sie etwas brauchte. Befragt, ob sie jemals ihren Vater mit ihren Gedanken über den Mord an Linda konfrontiert habe, sagte sie, das hätte sie getan, doch ihr Vater würde das Thema immer beiseite schieben und sagen: »Nun, du kommst bald raus.«

»Aus irgendeinem Grund will er gar nicht darüber reden. Er tut so, als würde er mich nicht verstehen.«

Cinnamon sagte, Patti würde sie nie besuchen, nie mit ihr telefonieren, jedoch manchmal mithören, wenn Cinnamon mit David telefonierte.

»Wissen Sie, daß Patti ein Baby bekommen hat?« fragte Cinnamon plötzlich.

»Ja«, antwortete Newell.

»Wissen Sie, daß dieses Baby von meinem Vater ist?«

»Ich weiß alles darüber.«

Das war es also. Cinnamon Brown war auf so viele Arten betrogen worden, aber die Geburt von Pattis Baby, von David Brown gezeugt, hatte ihren unerschütterlichen Glauben an ihren Vater zerstört. Sie erkannte endlich, daß sie einfach weggeworfen worden war.

»Bist du bereit, darüber eine formelle Aussage zu machen . . . und damit die Ermittlung einzuleiten?« fragte Newell.

»Ich könnte Ihnen wahrscheinlich helfen . . . aber ich möchte mich nicht in Gefahr durch meinen Vater bringen.«

»Hast du Angst vor ihm?«

»Ja, ich habe Angst vor ihm. Auf mich wirkt er sehr mächtig.«

Cinnamons Entgegenkommen konnte ihr eventuell zur erhofften Freiheit verhelfen, doch Newell blieb eisern: Diesbezüglich konnte er ihr keine Versicherungen geben. »Ich weiß nicht, in was du uns da hineinführst.«

Immer und immer wieder bat Cinnamon, daß ihr Anruf ihrem Vater gegenüber vertraulich behandelt wurde. Sie bat um Schutz. Newell erklärte ihr, daß sie beschützt werden würde, sollte dies notwendig erscheinen.

Dick Fredrickson schaltete sich in die Leitung ein. Er hatte zwei Fragen. »Du hast gesagt, du hättest deinen Vater wegfahren gehört, bevor du die Schüsse gehört hast?«

»Ja.«

»Hast du jemals diese Waffe bedient?«

»Ich bin mir nicht sicher. Mein Vater hatte so viele Waffen. Ich bin mir nicht einmal sicher, welche es war.«

»Woher weißt du, daß es nicht Patti war, die wegfuhr?« fragte Newell.

»Weil Patti nicht fahren konnte.«

Cinnamon glaubte, sie hätte den Ranchero wegfahren gehört, und das war Davids Wagen. Er machte eine Menge Lärm. Oder vielleicht war es sein Prelude.

Newell erklärte Cinnamon, er müsse in die Ventura School kommen, um mit ihr persönlich zu sprechen. Er bat sie, sich Notizen zu machen, die ihr helfen sollten, sich zu erinnern. Nichts in seiner Stimme verriet, wie er empfand – ob er ihrer Auskunft Glauben schenkte, oder nicht. Er warnte sie eindringlich, sie solle niemandem erzählen, daß sie die Staatsanwaltschaft angerufen hatte – auch nicht einmal ihrer Mutter.

Sie versprach, es nicht zu tun.

Newell und Fredrickson sprachen kurz mit Carlos Rodriguez, und dann war dieser aufregende Anruf vorbei.

Newell lehnte sich ungläubig in seinem Sessel zurück und starrte auf die Lithographie an seiner Wand, ohne sie wahrzunehmen. Es war tatsächlich geschehen – der erste winzige Riß in dieser gewaltigen Mauer des Schweigens. Dann sprang er auf, riß seine Faust triumphierend hoch und schlug durch die Luft wie ein siegreicher Kämpfer. Dick Fredrickson stürmte in Newells Büro, und sie schlugen sich gegenseitig auf die Schultern. Es war der Augenblick der großen Gefühle. Das Unmögliche war geschehen. Cinnamon Brown hatte gesprochen.

Auf den Tag genau drei Jahre und vier Monate nach Linda Browns Ermordung hatte Cinnamon ihr Schweigen gebrochen und sich bereit erklärt, mit Newell persönlich zu sprechen.

Würde er in die Ventura School kommen?

Cinnamons Anruf ließ Newell gleichermaßen begeistert wie skeptisch zurück. Er mußte einen Stellvertretenden Staatsanwalt finden, der die Zeit, die Begeisterung und die Verwegenheit besaß, diesen Fall wiederzueröffnen. Dick Fredrickson stand hinter ihm, doch er hatte zu viele andere Verpflichtungen, um diese Sache durchzuziehen.

Eine geständige Mörderin, seit drei Jahren im Gefängnis, die plötzlich ihre Meinung ändert, war nicht die ideale Zeugin der Anklage. Sie wäre für einen Verteidiger ein gefundenes Fressen gewesen. Die meisten Stellvertretenden Staatsanwälte hätten auf der Stelle kehrt gemacht und wären weggelaufen, wäre Jay Newell mit einem solchen Vorschlag zu ihnen gekommen.

Doch Newell dachte an jemand Bestimmten.

Jeoff Robinson hatte überhaupt keine freie Zeit, aber es hieß, daß er für unmögliche Herausforderungen reif und noch dazu mutig wie der Teufel war. Ein Kämpfer wie Robinson war genau der Stellvertretende Staatsanwalt, der nötig war, um diesen so lange schlummernden Fall neu zu eröffnen.

Robinson war so etwas wie eine Legende im Orange County. Fünfunddreißig Jahre alt, war er ein auffallend attraktiver Mann mit dunklen Haaren und kristallklaren blaugrünen Augen. Einsachtzig groß, 162 Pfund schwer, hatte er die Figur eines Star-Quarterbacks – der er auch an der University of the Pacific gewesen war. »Nun ja«, sagte er lachend, »zumindest in meiner eigenen Vorstellung. Um ehrlich zu sein, wäre ich einsneunzig gewesen, hätte ich zweihundert Pfund gewogen, dann hätte ich wahrscheinlich professionell Football spielen wollen. Aber das war eben nicht der Fall.«

Sein Vater, Mark Robinson senior, war bekannt für seinen bahnbrechenden Erfolg in Produkthaftpflichtklagen. Jeoffs älterer Bruder, Mark junior, errang in Partnerschaft mit seinem Vater einen sensationellen Sieg über die Ford Motor Company in den Prozessen um den leicht entflammbaren Pinto, und sie hatten seither noch viele andere Multi-Millionen-Dollar-Verfahren – sowohl zivil-, als auch strafrechtlich – für ihre Klienten gewonnen.

»Als Kind wurde ich nie befragt«, erinnerte sich Jeoff Robinson. »Von meinem fünften Lebensjahr an wurde ich ins Kreuzverhör genommen. Ich habe das geliebt. Und ich liebte es, meinen Dad vor Gericht zu beobachten. Ich achtete meinen Dad mehr als jeden Mann, den ich jemals kennengelernt habe. Er besitzt eine innere Stärke und Härte, die ich nie bei sonst jemandem gesehen habe. Meine Mutter – nun, meine Mutter ist eine Heilige.«

Mark Robinson senior, ein Pilot der Airforce, wurde im

Zweiten Weltkrieg über Jugoslawien abgeschossen und mehrere Monate lang vermißt, bevor er als Kriegsgefangener wiedergefunden wurde. Seine Braut, Rita, neunzehn, war schwanger, als Mark verschwand. Sein erster Sohn wurde geboren, während er vermißt war, und wurde nach ihm benannt.

Nach dem Krieg ließ sich die Familie in Hancock Park in Los Angeles am Irving Boulevard nieder und wuchs auf acht Kinder an. »Für Kinder war es das Paradies. Ich glaube, wir hatten allein in unserer Straße fünfundsiebzig Kinder«, erinnerte sich Jeoff. »Große ältere Häuser – als die Nachbarschaft in Los Angeles noch ganz anders war – eine Art katholisches Ghetto.«

Als später seine Praxis wuchs, zog Mark Robinson mit seiner Familie auf den Fremont Place um, wo er den Kauf seines Lebens tat – ein großes Haus mit einem Tennisplatz – und einem Aufzug. Doch Jeoff wuchs nicht als reiches Kind auf. Der gewaltige Erfolg seines Vaters erreichte seinen Gipfel, *nachdem* die meisten seiner Kinder herangewachsen waren. Die Tage am Irving Boulevard übten die größte Wirkung auf die acht Robinson-Kinder aus, die dort rauh und wild lebten und durch die Nachbarshäuser in einem Los Angeles tobten, das nicht mehr existiert.

Wie seine Geschwister wurde Robinson zu unfehlbarer Höflichkeit, Frömmigkeit und Fleiß erzogen. Es gab eine an die Kennedy-Familie erinnernde Energie unter den Robinsons.

Jeoff graduierte an der juristischen Fakultät der Southwestern University in Los Angeles, und er wäre in der Familienfirma willkommen gewesen. Doch er wollte auf eigene Faust etwas aufbauen und beweisen, daß er es aus eigener Kraft schaffen konnte, ohne »einer von den Robinsons« zu sein. Hatte er das erst einmal geschafft, würde er sich wahrscheinlich seinem Vater und seinem Bruder anschließen – aber nicht früher.

»Ich wollte ebenfalls Fälle vor Gericht vertreten«, erinnerte er sich. »Die einzige Art, wie ein junger Jurist sofort Fälle vor Gericht vertreten konnte, war, daß er für das Büro des Pflichtverteidigers arbeitete oder für die Staatsanwaltschaft. Ich zog es vor, Verbrecher anzuklagen.

Und genau das tat er. Jeoff Robinson heizte sich selbst für

eine Verhandlung auf, als würde er noch immer Football spielen, und es fehlte nur noch, daß er sich gegen die Wand seines Büros warf wie ein Sportsmann, der das gegnerische Team angreift. Nachts arbeitete er an seinen Argumenten, spielte alle Rollen durch und präparierte sich für jede Überraschung. Er war auch für seine Bereitwilligkeit bekannt, sich zusammen mit den Ermittlern in eine Sache zu stürzen und nach Beweisen zu graben – sowohl im übertragenen als auch im wörtlichen Sinn. Oft arbeitete er sechzig Stunden in der Woche.

Robinson ging vollständig in seinem jeweiligen Fall auf. Er war brillant in seiner Ausdrucksweise, gerade bei den Schlußplädoyers. Seine Techniken in direkten Befragungen und in Kreuzverhören waren einfallsreich und trieben die Verteidigung zum Wahnsinn. Er war emotional im Gerichtssaal, aber es war eine ehrliche Reaktion, in keiner Weise manipuliert. Er trug seine Gefühle nach außen zur Schau. War er wütend, wußten es die Zuschauer. War er amüsiert, hatte er Mühe, es zu verbergen.

Robinson konnte zum Schreckgespenst werden. Er war äußerst kämpferisch. Außer den Verteidigern mochten ihn alle unwahrscheinlich gern. So rasch im Denken er auch war, so besaß er doch eine humorvolle Sicht des Lebens, die ihn den Geschworenen sympathisch machte – wenn auch nicht immer den Richtern. In einem seiner Prozesse kam es zu dreißig Einsprüchen wegen fehlerhafter Prozeßführung und so vielen Besprechungen am Richtertisch, daß Robinson scherzte: »Auf diese Weise könnte ich meine Schuhe durchlaufen, hin und her, hin und her.« Der Richter runzelte finster die Stirn, und der Verteidiger rief den nächsten Einspruch wegen fehlerhafter Prozeßführung.

Im selben Prozeß bezog sich der gegnerische Anwalt immer wieder auf seine Ehefrau und berichtete, wie er den Fall erst am Vorabend mit seiner Frau besprochen habe, wobei er einen Einblick in sein liebevolles, stabiles häusliches Leben gab. Robinson, ein zögernder Junggeselle, warf den Geschworenen einen klagenden Blick zu und sagte: »Hätte ich eine Ehefrau, könnte ich sie auch um Rat fragen.«

Ein Geschworener in der hinteren Reihe ließ sich von Sympathie und dem Wunsch, sich als Ehevermittler zu betätigen, mitreißen, und rief: »Ich habe zwar keine Tochter, aber eine Enkeltochter, die Ihnen gefallen würde!«

Erneut fanden das alle köstlich – ausgenommen der Richter und das Team der Verteidigung.

Jeoff Robinson hatte fünfzig von seinen einundfünfzig Prozessen über Kapitalverbrechen gewonnen. Er war der Stellvertretende Staatsanwalt, den Newell brauchte. Wenn er Jeoff Robinson dazu überreden konnte, den Brown-Fall wiederzueröffnen, dann hatten sie ein Triumvirat, in dem jeder einzelne dafür bekannt war, wie ein Tiger zu kämpfen: Fred McLean, Jay Newell und Jeoff Robinson.

Das Büro der Staatsanwaltschaft des Orange County war riesengroß, sowohl räumlich als auch was das Personal anging. Die Büros breiteten sich wie ein Kaninchenbau im Erdgeschoß und im ersten Stock des Gerichtsgebäudes aus. Niemand außer den Mitarbeitern der Staatsanwaltschaft und den Detektiven, die zur Besprechung ihrer Fälle hierherkamen, fand wieder hinaus. Der Eingang zu den Büros der Staatsanwaltschaft lag im ersten Stock, doch hatte man erst einmal die verschlossene Tür hinter dem Pult an der Anmeldung hinter sich, sah sich der Uneingeweihte einem Netzwerk aus Gängen, Büros, Treppen und versteckten Türen gegenüber.

Die Staatsanwälte für Tötungsdelikte belegten das Erdgeschoß des Gerichtsgebäudes des Orange County. Ihre Büros waren zwei mal drei Meter große Kämmerchen, abseits der großen Korridore. Jeoff Robinsons Büro war – mild ausgedrückt – ein einziges Durcheinander. Immer wieder nahm er sich vor, sein Büro aufzuräumen, aber er steckte auch ständig in einer Verhandlung oder bereitete sich auf eine Verhandlung vor oder wartete auf ein Urteil oder – spielte Basketball, um die Spannung abzubauen. Robinson lief gern, und manchmal lief Newell gelangweilt mit ihm, weil das oftmals die einzige Zeit war, in der sie die Feinheiten eines Falles besprechen konnten.

Akten und Bücher, Zeitungen und Notizzettel bedeckten jede freie Oberfläche in Robinsons Büro. Sein Zettelspießer mit telefonischen Nachrichten enthielt noch immer Botschaften aus dem März 1988 – Anrufe, von denen er gleichwohl behauptete, sie längst beantwortet zu haben. Auf einem Schild an der Wand stand »Ich hasse USC!«, und Karten für ein Jimmy-Buffett-Konzert waren daran geklebt. Eine Sporttasche, vollgestopft mit Joggingkleidung, blockierte den Zugang zu seinem Schreibtisch.

An einer Wand hing ein Foto von Robinson, wie er nach einer vermißten Leiche grub, wobei ihn der unbekannte Fotograf überrascht hatte. Darunter hingen etwa drei Dutzend Aussprüche von Kollegen, die meisten davon obszön. Möglicherweise befand sich irgendwo in diesem Durcheinander tatsächlich ein juristisches Diplom. Es war auch möglich, daß sich irgendwo auf dem Schreibtisch des Stellvertretenden Staatsanwalts ein Telefon befand.

Es spielte wirklich keine Rolle. Robinson befand sich ständig in Bewegung, ein Mann, der wie ein Indianer auf den Fußballen ging. So wanderte er durch die beiden Etagen der Staatsanwaltschaft des Orange County. Die Angestellten an der Anmeldung riefen ihn für gewöhnlich aus, bevor sie überhaupt versuchten, in seinem Büro anzurufen. Sie wußten, daß er nicht dort sein würde.

Sein Name stand nicht an der Tür. Statt dessen klebte dort eine Seite einer Gerichtssaalmitschrift mit der etwas schrägen Entscheidung eines Richters über einen Einspruch: »Ob Mr. Robinson ein Hanswurst ist oder nicht, hat keine Auswirkung auf diesen Fall.«

»Ich habe es nicht dorthin geklebt«, sagte Robinson. »Meine Tür ist als Abladeplatz für Albernheiten bekannt. Ich weiß nie, was als nächstes dort kleben wird.«

1981 versprach Jeoff Robinson, er würde mindestens zwei Jahre bei der Staatsanwaltschaft des Orange County bleiben. Sieben Jahre später war er noch immer da, glücklich in seine Arbeit vergraben.

Sein erster Mordfall war der Alptraum eines jeden Anklägers. Er mußte einen alten Mann anklagen, der seine Frau erschossen hatte, weil sie langsam und unter schrecklichen Schmerzen an einer unheilbaren Krankheit starb. »Wie konnte ich diesen armen alten Mann auf die Anklagebank bekommen und ins Kreuzverhör nehmen?« fragte Robinson. »Ich wollte es nicht machen. *Ich* empfand Mitleid mit ihm. Und jeder Geschworene mit einem halben Herzen würde es ebenfalls tun. Gemeinsam mit dem Verteidiger fanden wir einen Ausweg – nach vielen Stunden der Zusammenarbeit. *Die tote Frau war diejenige, die tatsächlich den Abzug betätigt hatte.* Der Angeklagte half lediglich dem Opfer, den Finger an den Abzug der Waffe zu legen. Es gelang uns, die Anklage auf ›Beihilfe zum Selbstmord‹ zu mildern.«

Jay Newell hatte nie Gelegenheit gehabt, mit Jeoff Robinson zu arbeiten. Aber er wollte das nachholen. »Der Cinnamon-Brown-Fall war faszinierend für jeden, der sich damit befaßte. Ich konnte nicht mehr davon lassen, Fred McLean konnte nicht mehr davon lassen, und ich zählte darauf, daß es Jeoff auf gleiche Weise treffen würde.«

Robinson war schon halb auf den Besuch vorbereitet. Bryan Brown, der Chefankläger der Abteilung für Tötungsdelikte der Staatsanwaltschaft, hatte ihn davor gewarnt, daß ein alter Fall wieder ausgegraben werden könnte – »eine 1985er-Verurteilung.« Brown erwähnte keine Namen.

»Ich war vorsichtig«, räumte Robinson ein. »Ich fragte mich, was das für eine Sache war, in die ich hineingezogen werden wollte.« Als Jay Newell mit seiner Bitte anrückte, wartete Robinson zunächst einmal ab. »Er begann, den Brown-Fall für mich auszubreiten, und ich sah, wieviel Arbeit damit verbunden gewesen wäre; ich fragte mich, warum man etwas wiedereröffnen sollte, das tot und begraben war. Ich hörte Jay zu und dachte: ›Das ist kein Kinderspiel. Damit könnte es Probleme geben.‹« Robinson saß hinter seinem Schreibtisch und hörte Newell fünfzehn Minuten lang zu. Zwanzig Minuten. »Nach etwa einer halben Stunde«, gab er zu, »fing ich an, einen Justizirrtum zu riechen. Und damit hatte er mich.«

Wie Gary Pohlson, ein hoch angesehener Verteidiger und häufiger Gegner, trocken kommentierte: »Robinson klagt einfach *alles* an. Wirf ihm nur irgendeinen Fall hin, und er schnappt danach. Und er gewinnt.«

Das war nicht ganz richtig. Auch wenn er es nicht zugegeben

hätte, so hatte Jeoff Robinson doch eine »Kreuzritter«-Ader in sich. »Ich fing Feuer, während ich Newell zuhörte. Ich würde lieber einen moralisch unangenehmen, dafür aber schwierigen Fall annehmen als eine sichere Sache. Was mich angeht, so könnte ich die nächsten zehn Fälle verlieren, und es würde mich nicht stören. Nicht weil ich gern verliere, sondern weil ich mich an der ›romantischen‹ Seite der Arbeit für das Gute beteiligen will. Das ist das Großartige an diesem Job! Dieser Fall schrie förmlich danach, daß der Ankläger dahergeritten kam und die Unschuldige rettete und die Schuldigen bestrafte.«

Newell umriß seine Überwachung von David Brown und Patti Bailey und das Telefongespräch mit Cinnamon. Wenn das stimmte, was Newell erzählte, war Robinson ideal für diesen Fall.

»Ich möchte die schlimmste Art von Verbrecher anklagen«, erklärte Robinson. »Das mag sonderbar klingen – aber ich habe mehr Respekt vor einem Bankräuber, der hingeht und einem Kassierer seine Waffe vor die Nase hält und Geld verlangt. Der ist auf seine Art *ehrlich* und offen in den Dingen.«

Falls Cinnamon Brown für eine andere Person die Strafe und die lange Einkerkerung auf sich genommen hatte, so war dieser Schimmel ansetzende 1985er-Fall, von dem Jay Newell dermaßen besessen war, für Robinson das gemeinste aller moralischen Verbrechen. *Ja!* Ja, er wollte den Fall übernehmen. Aber er warnte Newell, daß sie im Moment überhaupt nichts hätten. Es war ausgeschlossen, daß er den Fall nur auf Cinnamons Wort hin wieder aufrollte. »Ich sagte ihm, ich würde mehr verlangen – und dann noch mehr – und noch mehr und noch mehr.«

Jay Newell wußte, daß er nicht alle Beinarbeit und alle Ermittlungen ganz allein machen konnte. Fred McLean war nicht mehr der Kriminalpolizei von Garden Grove zugeteilt, und Newell mußte sich einen Weg ausdenken, ihn in das Team zurückholen. Er ging zu McLeans altem Sergeanten, der zu seinem neuen Lieutenant ging. Würden sie McLean von seiner neuen Einheit loseisen? Zum Glück stimmten sie zu. Niemand kannte den 1985er-Fall so gut wie McLean und Newell. Um ihn zu rekonstruieren, waren beide nötig.

Ungeduldig mußten die beiden – und Jeoff Robinson – auf

das grüne Licht aus den oberen Rängen der Staatsanwaltschaft des Orange County warten. Bevor sie das nicht bekamen, waren sie machtlos. Newell konnte nicht einmal zur Ventura School hinauffahren und mit Cinnamon sprechen.

Es waren die längsten drei Wochen in Jay Newells Leben. Dann endlich bekam er die Genehmigung, den Fall weiter zu verfolgen.

25

Am 10. August 1988, kurz nach Sonnenaufgang, waren Jay Newell und Fred McLean auf dem Weg zur Ventura School, um mit Cinnamon zu sprechen. Sie hatten keine Ahnung, was Cinnamon sagen würde, aber sie würden imstande sein, ihr Gesicht beim Sprechen zu beobachten und ihre Körpersprache einzuschätzen.

Es war durchaus möglich, daß sie nur aus dem Gefängnis heraus wollte – aber weder McLean noch Newell glaubten ernsthaft, daß dies der ganze Grund ihres Anrufes gewesen war. Viel wahrscheinlicher war, daß sie die Last der Geheimnisse nicht länger hatte tragen können. Und möglicherweise war sie wütend. Das war gut. Gerechter Zorn bringt fast immer die Wahrheit ans Tageslicht.

Cinnamon schlief noch, als sie eintrafen; ihre Arbeit an der Reservierungsleitung von TWA hatte sie bis spät in die Nacht wachgehalten. Sie warteten, und als sie endlich erschien, waren Newell und McLean äußerst verblüfft über die gewaltige Veränderung in ihrem Aussehen und ihrem Verhalten. Cinnamon hatte sich sorgfältig gekleidet, als würde sie sich um einen Job bewerben und nicht mit Detectives zusammentreffen, um einen lange zurückliegenden Mord zu besprechen. Sie war klein und ein wenig pummelig gewesen. Jetzt war sie sehr schlank. Die rundlichen Wangen waren verschwunden. Die Linien ihres Gesichts waren markanter ausgebildet und durch ein dezentes, geschickt aufgetragenes Make-up unterstrichen.

Besonders McLean hatte Schwierigkeiten, diese junge Frau mit dem verstörten, kranken Kind zu identifizieren, das er vor dreieinhalb Jahren aus der schmutzigen Hundehütte gezogen hatte. *Jene* Cinnamon hatte bei ihm ein Geständnis abgelegt, an das er nie wirklich geglaubt hatte, und dann war sie ihm entglitten. All diese Jahre über hatte er auf dem Sprung gelegen und auf den Rest der Geschichte gewartet. Wie sehr, das wurde ihm erst in diesem Moment bewußt.

Es war 11.37 Uhr an diesem Mittwochvormittag im August, als Newell mit dem ersten Band begann. Er hatte Cinnamon erklärt, sie brauche keinen Anwalt. Sie war bereits wegen des Mordes verurteilt worden, über den sie sprechen wollten. Mit anderen Worten, sie konnte nicht *zweimal* für denselben Mord verurteilt werden.

Erneut betonte Newell, daß weder er noch McLean ihr irgend etwas für die Informationen versprechen konnte, die sie ihnen freiwillig gab. Keine Abmachungen. Keine Hoffnung auf eine frühere Entlassung aus dem Gefängnis.

Cinnamon nickte. Sie verstand, daß sie ohne Netz arbeiten mußte. Es spielte keine Rolle.

Sofern möglich, wollte Newell Cinnamon bildlich gesprochen durch einen Zeittunnel zurückversetzen, um eine vollständige Erinnerung an die Ereignisse zu Beginn des Jahres 1985 zu bewirken. »Zu allererst«, begann er leise, »versetze dich geistig ein paar Jahre zurück bis dahin, wo alles geschah, bis zu einem Punkt, an dem du dich sogar daran erinnern kannst, wie das Wetter war ... es mag so unbedeutend sein, daß du denkst, wir müßten das gar nicht wissen ... Was hast du angehabt, war das Gras gemäht oder nicht, wie roch die Luft ... wie alt warst du?«

Newell breitete drei Beweisblätter mit Fotos des Äußeren des Hauses und des Gartens am Ocean Breeze Drive aus. Cinnamon identifizierte mühelos die kleinen Fotos und tippte mit einem langen, perfekt manikürten Fingernagel darauf. Sie deutete auf den blau-weißen Wohnwagenanhänger. »Da sollte ich wohnen.«

Sie identifizierte jedes Bild korrekt. Das grüne Haus war in ihrem Gedächtnis fest verankert, so sehr sie sich auch bemüht hatte, es zu vergessen.

»Warum fängst du nicht einfach irgendwo an?« schlug Newell vor. »Erzähl uns, woran du dich bezüglich des Vorfalls erinnerst – was dahin geführt hat.«

Cinnamon holte tief Luft. »Also ... Ich war eines Tages im Wohnzimmer mit meinem Vater und Patricia. Patti ging in die Küche – wir hatten ein Eßzimmer, durch das man in die Küche kam – und sie blieb da an der Tür stehen ... Sie machte ›Pssst!‹ Also war ich still. Patti stand wie erstarrt minutenlang da. Als sie ins Wohnzimmer zurückkam, wirkte sie perplex. ›Ich habe gerade etwas Seltsames gehört‹, sagte sie. Sie erzählte Cinnamon und David, daß sie soeben ein Telefongespräch zwischen Linda und ihrem Zwillingsbruder Alan gehört hatte. Sie sagte, es hätte so geklungen, als würden die zwei planen, David zu töten. Cinnamon lachte, aber Patti blieb hart. Sie sagte: ›Nein, ich meine es ernst ... Linda hat mit Alan darüber gesprochen, David zu töten!‹ Mein Dad sagte ›Was hast du in der Küche geraucht?‹ Aber sie sagte ›Ich meine es ernst.‹«

Cinnamon erzählte, David habe geseufzt und Patti gefragt, was sie gehört hatte, aber sie wirkte sehr verstört und meinte, sie könnte darüber nicht im Haus sprechen, weil Linda es mithören könnte. »Und ich sagte ›Sie nimmt dich auf den Arm – sie will Aufmerksamkeit auf sich ziehen.‹ Und nach einer Weile kam Linda dazu, und alles war in Ordnung. Sie sagte, ich sollte mich für das Abendessen fertig machen.«

»Hast du eine Zeitvorstellung?« fragte Newell. »Wie lange vor Lindas Tod war das?«

»Mindestens sieben Monate davor.«

Das Thema wurde für den Abend fallen gelassen, aber David brachte es am nächsten Tag wieder zur Sprache, als er, Patti und Cinnamon zum Chiropraktiker fuhren.

»Patti sagte, Linda wollte meinen Vater aus dem Weg räumen.« Cinnamon sagte, sie hätte das nicht glauben können. Sie hatte Linda später angesehen und gedacht: Linda würde so etwas nicht sagen. »Ich dachte, sie könnte das nicht, wo sie doch so schön war ... Nein, Patti hat Halluzinationen.« Cinnamon hatte versucht, es als Scherz abzutun. »In unserer Familie gibt es ja eine Menge Scherzbolde.« Doch der Schrecken hatte begonnen. David sagte, er *wisse*, daß Linda ihn umbringen wollte. »Mein Vater sagte immer wieder ›Glaub mir. Ich bin dein Vater. Ich weiß, daß sie mich umbringen will.‹«

Von da an hatte David sich in einem »beinahe paranoiden Zustand« befunden, und er war oft zu Cinnamon gekommen und sagte: »Linda wird versuchen, mich umzubringen.«

Cinnamon wußte nicht, wie sie reagieren sollte. Sie scheute sich davor, mit ihrer Mutter über die Ängste ihres Vaters zu sprechen.

In diesem Zeitabschnitt sah Cinnamon, wie ihr Vater in dem Laden Patti küßte. Das verwirrte sie nur noch mehr. Linda war so nett zu ihr und machte sich solche Sorgen um Cinnamons Traurigkeit. Aber Cinnamon konnte Linda ganz sicher nicht erzählen, daß ihr Vater und Patti sich geküßt hatten.

Sie konnte es niemandem erzählen.

»Das nächste, woran ich mich erinnere und was mit dem Fall zu tun hat, ist, wie ich in dem Kleinbus war, zusammen mit meinem Vater und Patti. Mein Vater kam gerade von Randomex zurück, und wir wollten seinen Scheck einlösen... Ich hörte, wie Patti zu meinem Vater sagte ›Wir müssen sie loswerden.‹... Mein Vater meinte ›Ich weiß nicht, wie wir das machen sollen.‹ Ich glitt in den Sitz hinter ihnen, und mein Vater blickte zurück zu mir und sagte ›Was hast du gehört?‹ Und dann sagte er: ›Du hast es wahrscheinlich schon gehört, also bleib da sitzen.‹«

Newell warf einen Blick zu McLean. Die Geschichte war bizarr, aber irgendwie klang sie wahr. Keiner der beiden Männer brauchte mehr als ein oder zwei Worte einzuwerfen, um Cinnys Redefluß auf Touren zu bringen.

»Patti erinnerte mich an den Anruf, den sie belauscht hatte. ›Nun‹, sagte Patti, ›Ich habe die beiden wieder gehört... und sie sagten, sie würden deinen Vater töten... diesmal meinen sie es ernst.‹

Ich war schwer zu überzeugen. Ich erklärte, Patti könne nicht gehört haben, was am anderen Ende der Leitung gesprochen wurde – nicht, wenn die Lautsprecher an den Telefonen ausgeschaltet waren – aber Patti sagte: ›Ich weiß es einfach, und wir müssen sie loswerden, bevor sie deinen Vater tötet... Du kennst Linda nicht. Ich kenne Linda. Sie ist meine Schwester.‹«

Und dann sagte ihr auch David weiterhin, daß er glaubte, Linda würde seine Ermordung planen. »Entweder können wir Linda loswerden – oder ich könnte weggehen.«

»Ich war betroffen. ›Warum solltest du uns verlassen? Wovon redest du da? Warum läßt du dich nicht einfach scheiden?‹«

Cinnamon hatte erbärmlich wenig Stabilität in ihrem jungen Leben gehabt, und ihr Vater wirkte damals auf sie sehr stark, sehr liebevoll, das einzige Beständige, woran sie sich klammern konnte. Er hatte sie in dieser Richtung erzogen. Der Gedanke, er könne sie verlassen, wirkte realer und bedrohlicher als Pattis Geschichte von Mordkomplotten. Er habe sich bereits viermal scheiden lassen, führte sie an. Auf einmal mehr würde es nicht ankommen.

»Nein«, sagte David. »Sie wird mich trotzdem umbringen, wenn ich mich von ihr scheiden lasse . . . Ich lasse euch einfach alles da und gehe weg und fange neu an.«

»Ich sagte: ›Ich will nicht, daß du weggehst, Daddy. Ich will nicht, daß du mich verläßt . . . ‹ Und er sagte: ›Ich muß. Entweder das, oder wir müssen Linda beseitigen.‹ Also sagte ich: ›Wie kann ich dir helfen? Kann ich für dich mit ihr reden?‹ Aber er sagte: ›Nein, sprich nie mit ihr über das, was wir eben besprochen haben.‹ Ich sagte okay. Und da habe ich angefangen, meinem Vater zuzuhören, was er mir eintrichterte. Und ich dachte, es würde stimmen – weil ich meinem Vater alles glaubte.«

Die groteske Unterhaltung setzte sich fort, während sich der Kleinbus Garden Grove näherte. David schlug vor, sie könnten Linda vielleicht wegschicken, ihr vielleicht viel Geld geben und sie wegschicken.

»Patti sagte: ›Nein – das klappt nicht . . . Wir müssen sie beseitigen. Wir müssen sie töten‹«, erzählte Cinnamon Newell und McLean. »Damals wirkte das auf mich nicht real. Patti schien nur einfach so daherzureden. Ich sagte: ›Wie willst du sie denn umbringen?‹ Sie sagte ›Ich habe darüber nachgedacht – vielleicht schlagen wir ihr was auf den Kopf.‹ Und ich sagte: ›*Was* denn?‹ Sie sagte: ›Irgend etwas Hartes.‹ Und ich sagte: ›Würde sie das denn töten?‹ Sie sagte: ›Ich glaube schon.‹ Und mein Vater warf ein: ›Also, wenn sie sie hart genug an der richtigen Stelle trifft, wird sie das töten.‹«

Cinnamon hatte noch immer nicht glauben können, daß sie über Linda sprachen, daß Linda eine Gefahr für irgend jemanden darstellen könnte. Das alles wirkte wie ein schlechter Scherz. Ihr Vater dachte sich manchmal unheimliche Scherze aus. Sie starrte aus dem Fenster.

»Patti sagte: ›Hast du irgendwelche Vorschläge?‹

›Wie man jemanden umbringen könnte?‹ fragte ich zurück und dachte noch immer, es wäre mehr ein Spiel als sonst etwas. ›Im Film habe ich gesehen – in der Badewanne, da wirft man ein Elektrogerät hinein, aber ich weiß nicht, wie gut das wirkt.‹

Patti lachte und sagte: ›Nein, nein, nein. Wir hätten Schwierigkeiten, Linda in die Wanne zu kriegen . . . sie *duscht* immer.‹

Ich entspannte mich. Es war ja doch nur ein Scherz. Ich setzte mich im Kleinbus weiter nach hinten, schaltete mein Radio ein und ignorierte meinen Vater und Patti.«

Newell fragte sie, ob sie auch im Haus darüber gesprochen hätten, Linda umzubringen. Cinnamon verneinte. Sie hätten Angst gehabt, belauscht zu werden. Sie wußte nicht mehr, wie lange es dauerte, bis David wieder darauf zu sprechen kam. Sie erinnerte sich, daß sie im Wagen waren und zum Chiropraktiker fuhren.

»Wer war damals dabei?« fragte Newell.

»Ich, Patti und mein Vater. Mein Vater sagte: ›Cinny, es muß sofort geschehen.‹ Er platzte einfach so damit heraus. ›Wir müssen Linda so bald wie möglich beseitigen. Ich weiß, daß sie mich bald umbringen wird. Wir können es nicht mehr hinausschieben. Es muß sein. Und zwar sofort.‹ Patti sagte: ›Ja, es muß sein.‹ Ich meinte: ›Wie plant ihr es denn?‹ Und er sagte: ›Wir brauchen deine Hilfe.‹«

Cinnamon schloß die Augen, erlebte noch einmal die Fahrt mit Patti und David und wiederholte, was er zu ihr gesagt hatte.

»Er fragte: ›Liebst du mich, Cinnamon?‹ ›Ich liebe dich, sei nicht albern!‹ antwortete ich und schlug ihm gegen den Hinterkopf. ›Liebst du mich?‹ Und ich sagte: ›Natürlich liebe ich dich.‹ ›Wie sehr liebst du mich?‹ Ich sagte: ›Ich liebe dich sehr. Ich liebe dich mehr als alles andere.‹ Und er sagte: ›Würdest du alles für mich tun?‹ Ich sagte: ›Ja, ich würde alles für dich tun.

Ich *liebe* dich.‹ ›Ich will ganz sicher sein, daß du mich genug liebst, um alles für mich zu tun.‹ ›Natürlich. Sei nicht lächerlich.‹ ›Ich bin ganz ernst mit dir‹, sagte er. Und ich sagte: ›Ich bin auch ernst mit dir.‹ Dann wurde ich ganz gerührt. Ich dachte, o nein, er wird mich verlassen. Ich weiß, daß er mich verlassen wird! Er sagte ›Hmmmm, ich denke daran wegzugehen.‹ ›Nein, bitte, geh nicht weg!‹ Und er sagte sofort: ›Nun denn, wie wirst du mir helfen?‹«

Cinnamon erinnerte sich, sie habe sich gefühlt, als wäre sie soeben durch eine Tür gegangen, die sofort hinter ihr zugeschlagen wurde. Und dann versicherte sie sich, daß ihr Vater stets gewußt hatte, was er tat – das er immer alles fest im Griff gehabt hatte.

Sie fuhren lange schweigend weiter, und sie begann sich zu entspannen. Das war wieder irgendein Treuetest.

Plötzlich sprach ihr Vater wieder. »Ich brauche deine Hilfe. Du mußt mir helfen, sie loszuwerden.«

»Willst du, daß *ich* sie töte?« flüsterte Cinnamon.

»Ich will, daß du mir hilfst, ja. Und wenn du meinst, daß du es kannst, dann will ich, daß du es tust.«

Für Cinnamon war das noch immer, als würde sie sich unter Wasser bewegen. Eine fremdartige Umgebung. Ihre eigene Stimme hallte in ihren Ohren. »Ich mag Horrorfilme, aber *das* kann ich nicht. Du kennst mich doch.«

»Ich habe nicht gedacht, daß du es kannst«, sagte David. »Ich kann es auch nicht.«

Cinnamon sah Patti an und fragte: »Kann *sie* es?« David meinte, er und Patti hätten darüber gesprochen.

»Ich weiß gar nicht, wovon ihr zwei redet!« rief Cinnamon. »Ich weiß gar nicht, was euch da eingefallen ist!«

Davids Stimme war sehr tief, sehr ruhig und sehr entschlossen. Cinnamon sah, wie seine Augen im Rückspiegel sich auf sie richteten.

»Wenn du mich liebst, vertraust du mir. Glaube einfach, was ich sage. Ich bin dein Vater. Ich weiß, was das Beste für uns alle ist.«

26

Fred McLean und Jay Newell lauschten mit einer Art entsetzter Faszination. Sie spürten kaum die Hitze, die in den Raum gekrochen war, in dem sie saßen. Wenn das, was Cinnamon Brown sagte, stimmte, war sie Opfer eines der schlimmsten Manipulationen geworden, die sie jemals gehört hatten. Ein vierzehnjähriges Mädchen, das in den Mordplan ihres Vaters hineingezogen wurde!

Um ihre Liebe zu ihm zu beweisen.

Ohne Drängen von Newell beschrieb Cinnamon die nächste Gelegenheit, bei der dieses Thema zur Sprache gekommen war. Die gesamte Familie – einschließlich Arthur und Manuela Brown – war nach Riverside gefahren, um eine Verwandte zu besuchen, die soeben ein Baby bekommen hatte. Linda, Manuela, Patti und David gingen ins Krankenhaus und ließen Cinnamon allein mit Krystal und ihrem Großvater.

»Das Baby und ich waren zu jung und mußten in der Halle bleiben. Großpapa blieb bei uns«, erinnerte sich Cinnamon und schloß die Augen, als könne sie die Ereignisse dieses Tages vor sich sehen.

Arthur fragte Cinnamon nach einem Komplott zwischen Alan und Linda, um David etwas anzutun, und er sagte: »Was weißt du darüber?«

»Gar nichts. Das muß dir mein Vater erzählen.«

Als Patti und David wieder in die Eingangshalle des Krankenhauses kamen, während Manuela und Linda noch das Neugeborene bestaunten, brachte Großpapa Brown das Thema wieder zur Sprache.

»Mein Dad sagte ›Erinnerst du dich daran, daß ich dir kurz erzählt habe, was mit Linda los ist? Diese Drohung, die sie am Telefon gemacht hat?‹«

Arthur wollte mehr wissen, und Patti warf ein: »Also, wir wollen die Sache heute nacht erledigen.«

David nickte. »Ja, wir werden die Sache heute nacht auf dem Freeway erledigen . . . Aber sag nichts zu Mutter, weil Mutter ein großes Mundwerk hat.« David meinte Manuela.

Cinnamon hatte voller Entsetzen zugehört. War das wieder ein Spiel, oder meinten sie es ernst?

»Wir werden den Freeway nehmen«, sagte Patti zu Großpapa Brown. »David wird schnell fahren. Nicht sehr, sehr schnell, damit er die Geschwindigkeitsbeschränkung nicht überschreitet, aber er wird recht schnell fahren. Und wenn Linda in den Wagen steigt, werden wir die Tür nicht ganz schließen. Wir werden da die Glühlampe herausnehmen, damit man im Kleinbus nicht sieht, wann die Tür aufgeht.«

In diesem Moment waren Linda und Manuela in die Halle des Krankenhauses gekommen. Linda lächelte, und sie machte sich auf den Heimweg. Manuela merkte nichts von der in der Luft liegenden Spannung. Sie beschäftigte sich mit Krystal und rückte den Babysitz im Wagen zurecht.

Cinnamon war ein Schauer über den Rücken gelaufen. »Wir waren auf dem Freeway, und ich wartete darauf, daß Patti die Tür öffnete und sie hinausstieß, wie sie es gesagt hatte. Und ich sah nichts, und ich dachte ›Gut. Gut ... Ich liebe Linda, und ich bin nicht für so was bereit. Ich will noch länger mit ihr zusammen sein.‹«

Doch Patti war zwischen den Sitzen des Kleinbusses nach hinten gekommen, wo Cinnamon saß. »Du machst es«, sagte sie zu Cinnamon.

»Bist du verrückt?«

»Du machst es«, flüsterte sie.

»Nein.«

»Warum nicht?«

»Vor allem bin ich nicht stark genug«, wehrte Cinnamon ab. »Nein, ich werde es nicht machen.« Sie sagte, sie hätte gesehen, wie ihr Vater sie im Rückspiegel ansah, wie seine Augen sie gefangennahmen. »Er sah mich an, und ich schüttelte den Kopf.«

»Hat dein Großvater irgend etwas getan?« fragte Newell.

». . . Ich bin nicht sicher, aber er hörte, wie sie darüber sprachen, Linda aus dem Wagen zu stoßen. Und er sagte zu meinem Vater ›Ich halte das nicht für eine gute Idee. Das machst du besser nicht.‹«

Sie waren westlich auf dem Freeway 91 gefahren und hatten

an einem Fast-Food-Restaurant gehalten. Laut Cinnamon war Patti, als sie und Patti zum Kleinbus zurückkehrten, nach hinten gekommen, wo sie saß, und hatte darauf gedrängt, sie solle den Plan ausführen. »Du *mußt* es tun.«

Cinnamon wehrte sich. »Du weißt gar nicht, was ich tun muß.«

»Wenn du deinen Vater liebst, tust du es.«

»Ich liebe meinen Vater, aber ich bin nicht bereit, so etwas zu tun!«

»Du liebst deinen Vater *nicht* – sonst würdest du gar nicht zögern. Du tust es.«

Die ständige Wiederholung, was sie aus Liebe tun sollte, fing an, auf Cinnamon zu wirken. Sie begann, Schuldgefühle zu entwickeln. Zum Glück kam ihr Großvater aus dem Restaurant und setzte sich neben sie.

»Dein Vater ist im Unrecht«, flüsterte er. »Wenn du das machst, ist das falsch. Er ist ein kranker Mann. Ich sage dir, er ist ein kranker Mann.«

Nichts geschah. Trotz der Intrige und der düsteren Pläne für den Freeway waren sie letztlich von einer ereignislosen Fahrt nach Garden Grove zurückgekehrt. Linda hatte nicht die geringste Ahnung, wie nahe sie daran gewesen war, auf dem Freeway zu sterben. Sie trug ihr Baby ins Haus und legte Krystal zum Schlafen hin, ohne etwas von der Gefahr zu wissen.

Sie hatte vielleicht noch einen Monat zu leben.

Cinnamon erzählte Newell und McLean, daß das Thema, Lindas angeblichen Mordplänen zuvorzukommen, nie mehr ganz fallengelassen wurde. Jedesmal, wenn sie mit dem Kleinbus oder dem Pkw irgendwohin fuhren, brachten David oder Patti die Sprache darauf. Und jedesmal klangen ihre Stimmen drängender. David sagte Cinnamon hundertmal und öfter, daß er sie verlassen mußte, um zu überleben. Wenn er das nicht tun sollte, müsse Linda sterben.

Wenn das wahr war, begriffen McLean und Newell, daß Cinnamon allmählich gegen die Unmenschlichkeit des Plans abgehärtet worden war. Was zuerst unbegreiflich gewirkt hatte, wurde fast alltäglich, indem es beständig in ihre Gedanken eingehämmert wurde. Und wenn diese Manipulation von dem Mann ausging, dem sie am meisten auf der ganzen Welt vertraute, mußte das noch schneller funktionieren.

War sie wirklich einer Gehirnwäsche unterzogen worden? Falls ja, so war offensichtlich, daß Cinnamon selbst sich dessen nicht bewußt war.

»Als ihr das nächste Mal darüber gesprochen habt . . .« begann Newell, und die Frage war noch nicht ganz über seine Lippen gekommen, als Cinnamon auch schon antwortete. Sie war so lange geknebelt gewesen, daß ihre Worte und Gedanken wie ein Schwall hervorbrachen.

»Der nächste Vorfall, an den ich mich erinnere . . . wir planten einen Ausflug. Das meiste davon spielte sich im Kleinbus ab. Mein Vater hatte gesagt, wir würden zum Schießen fahren, und auch, daß da oben Geld wäre, das er vor langer Zeit versteckt hatte.«

»Wo oben?« fragte Newell.

»Irgendwo da oben in den Bergen bei Riverside . . . Ich glaube, er hatte vor, mit uns eine lange Fahrt zu machen . . . Er sagte, wir müßten den Erste-Hilfe-Kasten einpacken und die Waffen, Essen, Limonade, die Kühltasche. Der Kleinbus hatte einen Kühlschrank, und den habe ich mit Essen und so was aufgefüllt . . . Linda war nicht so begeistert über diese Fahrt. Sie sagte: ›Ich will das Baby nicht da mit hinaufnehmen.‹ Aber mein Vater erwiderte: ›Wir setzen dich bei deiner Mutter ab, damit du deine Verwandten besuchen kannst.‹«

Cinnamon erinnerte sich, daß sie am Tag vor der geplanten Fahrt den Rasen im Vorgarten gemäht hatte, beim Saubermachen im Haus geholfen und die ganze schwere Ausrüstung in den Kleinbus geladen hatte. David hatte sie gebeten, aus einer sehr schweren Kiste unter seinem Bett Sachen einzuladen. Auch die Waffen!

»Da waren eine Menge Waffen«, sagte Cinnamon. Gewehre und kleinere Waffen . . . ich erinnere mich nicht mehr, ob wir den Bogen und die Pfeile mitnahmen.«

»Eine Armbrust?« fragte McLean. Er hatte keinen Bogen und keine Pfeile gesehen, als er den Tatort untersuchte – und Morrissey hatte auch keine aufgelistet.

»Ich glaube, es hatte Pfeile«, sagte Cinnamon. Sie konnte sich nicht daran erinnern, eine Armbrust in den Kleinbus geladen zu haben. Ihr Vater hatte so viele Waffen. Aber sie erinnerte sich, daß David sie eigens darauf aufmerksam gemacht hatte, auch die Luftgewehre einzupacken.

Sie fuhren in die Berge, doch David hielt nicht an, um Luftgewehrmunition zu kaufen. Er hielt auch nicht an, um Linda bei ihrer Mutter zurückzulassen. Als Cinnamon fragte, warum sie keine Pause machten, sagte ihr Vater, sie solle sich hinsetzen und still sein.

Das Band blieb mit einem Klicken stehen. Newell hob die Hand, um Cinnamon für einem Moment zum Schweigen zu bringen. Er sah auf seine Uhr. Sie zeigte 12.31 Uhr.

Ein neues Band begann zu laufen, und Cinnamon sprach weiter.

»Dann waren wir irgendwo weit drinnen in den Bergen. Ich erinnerte meinen Vater noch einmal an die Luftgewehre. Er sagte: ›Du raubst mir den letzten Nerv. Hock dich auf deinen Hintern.‹ Mein Großpapa sagte ›Mach dir keine Sorgen. Setz dich einfach hin.‹«

»Dann sind also auch dein Großpapa und deine Großmama mitgefahren? Alle sind mitgefahren?«

»Ich kann mich nicht erinnern, ob Großmama mitfuhr.«

Es war schon dunkel gewesen, bevor David endlich an einer Raststätte anhielten ließ. Er war nervös gewesen wie eine Katze, erinnerte sich seine Tochter. Als Cinnamon aus dem Kleinbus sprang und rief »Ich bin hungrig!« hatte er ihr gesagt, sie solle den Mund halten. »Ich sagte ›Ich war die letzten zwei Stunden da hinten ganz still, und jetzt schreist du mich an!‹«

Linda setzte sich für Cinnamon ein und sagte David, er solle sie in Ruhe lassen. Die Spannung zwischen David und Linda war fast mit Händen greifbar, doch dann gab David sanft nach.

Patti sagte nichts und beobachtete sie beide.

Und dann passierte etwas Sonderbares. Sie bestellten ihre Burritos und stiegen sofort wieder in den Kleinbus. Sie waren fast sechs Stunden auf der Straße. Cinnamon »vibrierte noch immer« von dem langen Fahren und bat, sie sollten sich doch in dem Restaurant wenigstens so lange hinsetzen, bis sie gegessen hatten. David weigerte sich glatt.

Linda war ebenfalls nervös. »Ich finde, wir sollten umkehren. Ich finde, wir sollten nach Hause fahren. Es ist spät.«

David sagte: »Warum bleiben wir nicht über Nacht hier?«

»Ich will *sofort* nach Hause fahren«, verlangte Linda.

»Bist du sicher?« fragte David. »Wir sind schon so weit gekommen.«

Doch Linda schrie fast. »Ich will *jetzt* heimfahren!« Sie wirkte verängstigt, nein, *versteinert* bei der Vorstellung, in der dunklen Märznacht in den düsteren Bergen zu campieren.

Und so wendete David den Kleinbus, und sie fuhren den Berg wieder hinunter, holperten und sprangen die Straße entlang. »Wir stiegen in den Wagen. Wir haben gegessen, und ich habe mir bei dem Rütteln den Burrito in mein Gesicht geklatscht, und ich wurde wütend«, erzählte Cinnamon den beiden Detectives. »Ein völlig sinnloser Ausflug.«

Cinnamon hatte nicht den Zweck dieses fehlgeschlagenen Ausflugs verstanden, was für einen Sinn es gehabt hatte, alle diese Waffen und Kugeln und Pfeile und Vorräte einzupacken – nur um in die Berge hinaufzufahren, Burritos zu kaufen und sofort wieder umzukehren und heimzufahren. McLean und Newell glaubten, es zu wissen. Vielleicht hatte Linda, bei all diesen Plänen zu ihrer Beseitigung, nicht lebend von diesem Ausflug zurückkehren sollen. Hatte David den Mut verloren? Was hatte ihn davon abgebracht?

»Am nächsten Tag sagte mir mein Vater, ich sollte das ganze Zeug aus dem Kleinbus holen und alles wieder ins Haus bringen«, fuhr Cinnamon fort. »Ich sagte ›Warum läßt du das nicht Patti machen? Ich habe es eingeräumt – laß sie es ausräumen.‹ Aber er sagte nur, ich sollte nicht widersprechen.«

Cinnamon hatte an jenem Sonntag, dem 17. März, dem St. Patrick's Day, gehorcht. Es kam ihr dumm vor, alles wieder auszupacken. Sie sollten am nächsten Tag zu einem Picknick in die Wüste fahren. Warum denn nicht alles in dem Wagen lassen?

Doch dann regnete es am nächsten Tag.
Und in dieser Nacht wurde Linda ermordet.

Cinnamon schien nervös zu werden. Sie sollte zur Arbeit gehen, erklärte sie. Ob sie denn nicht Ärger mit dem Personal der Ventura School bekam, wenn sie zu spät erschien? Newell versicherte ihr, daß dies nicht der Fall sein würde. Doch er fühlte, daß sie in dieser Erzählung an einen Punkt gekommen waren, der bald einen eisigen Hauch über diesen heißen Raum senken würde. Alle vorangegangenen Details waren für Cinnamon wenn schon nicht leicht, so doch erträglich gewesen.

Jetzt waren sie zu dem Tag von Lindas Tod gekommen.

Newell hatte in diesen zwei Stunden genug über Cinnamon Brown erfahren, um zu wissen, daß sie um so lebhafter und humorvoller wurde, je mehr Angst sie hatte. Sie lächelte jetzt, doch er wußte, daß sie entsetzliche Ängste ausstand.

Cinnamon beschrieb den Montag, 18. März. Ihre Mutter, ihre Tante und ihre Großmutter aus Utah waren auf dem Ocean Breeze Drive vorbeigekommen, um sie zu besuchen. Sie hatten Fotos von ihr gemacht, und sie hatte ihnen ihren neuen Welpen gezeigt. Ihr Vater hatte widerwillig zugestimmt, nach draußen zu kommen und seine ehemaligen angeheirateten Verwandten zu begrüßen. »Er zog für sie eine gute Schau ab, denn er hatte ständig auf mir und dem Rest der Familie herumgehackt.« Cinnamon blieb eine Weile mit ihren Verwandten zusammen. »Etwas später ging ich dann ins Haus. Er fragte: ›Du hast ihnen doch nichts gesagt, nicht wahr?‹ Ich antwortete: ›Nein, ich habe ihnen nichts gesagt. Hör auf, so paranoid zu reagieren.‹ Er sagte: ›Gut.‹ Und das war dann die Nacht, in der Linda getötet wurde.«

»Die Nacht, nachdem deine Großeltern aus Utah zu Besuch kamen?« fragte Newell.

Sie nickte. »Meine Urgroßmutter und meine Tante.«

Cinnamon sagte, ihr Vater hätte Manuela und Arthur so gegen sechs angerufen und zum Abendessen und zum Uno eingeladen.

»Linda hat das Abendessen gekocht. Ich kann mich nicht

erinnern, was es gab, aber es war ein größeres Essen, das eine lange Zeit zur Vorbereitung brauchte. Ich war immer wieder mal in der Küche und habe Käse gerieben und solche Sachen. Meine Großmama hat ihr ein wenig geholfen. Linda hatte Großmama nicht so gern in der Küche, weil sie, also, alles an sich riß.«

Newell und McLean ließen Cinnamon in ihrem eigenen Tempo erzählen.

»Und wir haben Karten gespielt. *Uno.* Mein Großpapa hat auf mich geflucht. Ich habe beim Spielen über ihn gelacht und ihm eine Menge Karten gegeben, die er nicht brauchte. Und dann hat er mich angeschrien ... und ich habe gelacht. Dann sagte Großpapa: ›Ich will nicht mehr bei *ihr* sitzen!‹ Dabei hat er geschrien. Er meinte es *ernst.* ›Schafft sie mir vom Hals.‹ Und ich habe mir das irgendwie zu Herzen genommen, wissen Sie, weil er mich für gewöhnlich nur ausschimpfte, und das hat mir Spaß gemacht.«

Es war eine so heitere Beschreibung eines glücklichen Abends in der Familie – oder wäre es gewesen, hätten Newell und McLean nicht gewußt, was sich anschließend ereignete.

Cinnamon sagte, sie wäre zwischen der Küche und dem Spiel hin und her gelaufen, weil sie von allen Richtungen gerufen wurde. »Am Schluß wurde ich aus dem Spiel rausgeworfen, verstehen Sie?«

»Ach, *buchstäblich?«* fragte Newell.

»Buchstäblich. Ich meine, ich habe verloren, okay? ... Sie haben mich richtig abserviert.«

Cinnamon mußte das Geschirr spülen, den zweiten Abend hintereinander. Als sie sich wehrte, sagte Linda: »Spül einfach das Geschirr. Mach keine Szene, wenn Großmama und Großpapa hier sind.«

Es hatte tatsächlich einen kleinen Streit zwischen Linda und Manuela gegeben, ob man Krystal in den Schlaf wiegen sollte. Manuela hatte sich abgewendet und die Musikvideos auf MTV, ihrem Lieblingssender, eingeschaltet. Endlich übergab Linda Krystal an Manuela und sagte, sie würde duschen. Manuela hat Krystal zum Einschlafen gebracht, indem sie ihr etwas vorsang. Dann waren die alten Browns weggegangen.

Cinnamon holte tief und schnaubend Luft.

»Jetzt waren nur noch ich, Patti und mein Vater im Wohnzimmer . . . Mein Vater hat ständig gesagt ›Wir müssen es tun – wir müssen es tun. *Es muß geschehen!*‹

Ich flüsterte: ›Wie schlimm ist es?‹

›Es ist ganz schlimm. Sie kann mich jetzt jeden Tag umbringen.‹

›Ist es wirklich so dringend?‹ fragte ich zweifelnd.

›*Ja*, Cinny. Sie wird mich umbringen. Willst du, daß sie mich umbringt? Würdest du sie umbringen?‹

›Ja‹, sagte ich, ›aber ich ich glaube nicht, daß ich dafür genug Kraft habe.‹

›Nicht einmal für mich?‹ fragte ihr Vater.

Ich begann zu schluchzen. ›Ich weiß es nicht. Ich weiß es nicht!‹

Patti sah mich an und meinte, ›Du weinst ständig.‹ Sie wurde wütend. Sie schrie mich an. Dann sagte sie: ›Nun, wir sprechen später darüber. Ich habe mir da so ein paar Dinge ausgedacht.‹

Linda war in der Dusche und hörte nichts von dem Gespräch. Ungefähr zehn Minuten später ging sie durch Davids Büro in die Küche, um Apfelsaft zu holen. Sie stand auf dem Korridor, als sie sagte: ›Cinnamon, geh ins Bett. Es ist spät.‹ Und ich sagte: ›Ich gehe jetzt gleich ins Bett.‹ Und sie sagte: ›Okay, ich vertraue dir.‹«

Linda und David verschwanden gemeinsam im ehelichen Schlafzimmer. Dann muß ja alles in Ordnung sein, dachte Cinnamon und betete, es möge wahr sein.

Patti döste auf dem Fußboden, und Cinnamon setzte sich auf die Couch im Wohnzimmer. Sie döste auch ein, friedlich und in dem Glauben, daß Menschen, die für diese Nacht einen Mord planten, nicht fähig wären, so einfach einzuschlafen.

Sie wurde ruckartig wach, als sie auf MTV einen Song hörte, den sie mochte. Dann weckte sie auch Patti und schlug vor, sie sollten zu Bett gehen. Beide Mädchen schliefen in Pattis Zimmer ein.

»Mein Vater weckte mich. Er öffnete die Tür und sagte ›Mädchen, Mädchen, wacht auf! Steht auf, steht auf! Wir müssen es jetzt machen!‹«

Patti wäre aufgesprungen, als habe sie diesen Befehl erwartet, sagte Cinnamon.

Ein paar Tage davor, fuhr Cinnamon fort, hatte ihr Vater ihr befohlen, »einen Brief zu schreiben mit dem Inhalt so ungefähr: ›Ich wollte es nicht tun.‹ Darum habe ich letztlich geschrieben: ›Lieber Gott, bitte verzeih mir. Ich wollte sie nicht verletzen.‹«

»Mhm«, brummte Newell. Cinnamons Worte strömten so schnell hervor, und die Geschichte war unglaublich. Und doch wußten er und McLean, daß alles paßte. Bis jetzt paßte alles zusammen.

Sie beschrieb den Brief genauer. »Ich habe noch meine persönliche Note hinzugefügt ... ich habe ein kleines Band herumgewickelt ... er sagte, ich sollte den Brief im Wohnwagen verstecken.« Patti war an diesem Abend herrisch und unangenehm gewesen, erinnerte Cinnamon sich. »Sie ist mir völlig gleichgültig.« Nachdem er sie beide geweckt hatte, »sagte mein Vater zu mir ›Kommt mit mir.‹ Also ging ich mit ihm, und ich stand an seiner Schlafzimmertür. Linda schlief, und ich hörte ... dieses Babyding von Fisher-Price – sie kann das Baby in ihrem Zimmer hören ... sie hatte es auf volle Lautstärke gestellt. Ich konnte das Baby atmen hören – so laut hatte sie es gestellt.«

Cinnamon fragte Patti, warum Linda den Monitor so laut gestellt hatte, und Patti erklärte, daß Krystal eine Erkältung hatte und daß Linda sicherstellen wollte, daß das Baby nicht erstickte. »Mein Vater hatte Pillenfläschchen herausgebracht ... zwei oder drei Fläschchen, und ich fragte: ›Wofür sind die?‹ Und er sagte: ›Komm mit mir.‹ Ich bin ihm in die Küche gefolgt, und er sagte, ich sollte mir ein Glas Wasser holen.«

»Nimm die da«, befahl ihr Vater.

»Warum?«

»Weil ich möchte, daß es so aussieht, als hättest du versucht, dich selbst umzubringen, für den Fall, daß es heute nacht nicht klappt.«

»Und wenn es heute nacht nicht klappt«, sagte Cinnamon, »wird es so aussehen, als hätte *ich* versucht, mich selbst umzubringen.«

»Es wird klappen. Es wird klappen. Mach dir deshalb keine Sorgen. Ich bin sicher, daß Patti es heute nacht macht.«

»Wird das weh tun?«

Cinnamon hatte Angst. Sie hatte das Gefühl, daß ihr von allen diesen Tabletten wirklich schlecht werden würde. Es waren so viele, und einige davon wirkten auf sie wie »Pferdetabletten«. Aber sie gehorchte ihrem Vater, schluckte alle Pillen und stellte das leere Glas auf den Wäschetrockner.

Ihr Vater hatte den Alarm abgestellt. Er wies sie an, nach draußen zu gehen und in die Hundehütte zu kriechen, wobei er ihr versicherte, daß sie in die große hineinpaßte. Sie ging nach draußen, aber ihr Vater rief sie zurück und sagte, sie sollte den Abschiedsbrief holen.

»Also ging ich in den Wohnwagen. Ich holte den Abschiedsbrief ... Er sagte ›Hast du schon davor irgendwelche Briefe geschrieben – weil du es perfekt machen wolltest oder vielleicht etwas falsch gemacht hattest oder so?‹ Ich sagte ›Ja ... die Blätter sind in meinem Müll.‹ Und er sagte ›Hol sie und verbrenn sie.‹ ›Warum?‹ ›Tu es einfach.‹ Und ich bin hingegangen und habe sie verbrannt.«

»Worin?« fragte Newell.

»In meinem Wohnwagen. Das war in diesem kleinen Mülleimer. Ich habe Feuer gemacht, und die Flammen waren ein wenig hoch für so kleine Stückchen Papier, und es hat Funken gemacht, und ich habe den Mülleimer in die Einfahrt geschafft ... Ich habe gewartet, bis er abgekühlt war, und dann habe ich versucht, ihn in einer Plastiktüte zu den Mülltonnen zu stellen.«

Ihr Vater hatte zufrieden gewirkt und ihr gesagt, sie solle dorthin gehen, wohin er ihr gesagt hatte und sie solle den Abschiedsbrief mitnehmen.

David Brown hatte sich nicht von seiner Tochter verabschiedet, sondern nur gesagt: »Dreh mir jetzt nur nicht durch.« Cinnamon erzählte, sie wäre in den Hundezwinger gegangen. Die Hunde liefen um sie herum und machten sie schwindelig. Ihr war schlecht. Sie sagte, sie wollte nicht wissen, was passieren würde, »weil ich Linda sehr geliebt habe.«

Sie hörte, wie sich eine Autotür öffnete und schloß, und sie spähte nach draußen und sah den Wagen ihres Vaters wegfahren. »Und ich dachte, ob sie etwas gemacht hatten und mich jetzt hier ließen? . . . Ich hörte etwas wie – ich war zuerst nicht sicher, ob es ein Schuß war . . . ich war nicht sicher, ob es aus dem Haus kam oder aus der Nachbarschaft . . . darum ging ich in die Hundehütte, wie er mir gesagt hatte, und ich rollte mich zusammen. Ich war da drinnen und habe gezittert, und ich habe noch zwei gehört. Noch zweimal das gleiche Geräusch. Direkt hintereinander. Zweimal. Und ich habe gezittert, und dann wurde mir schlecht und ich mußte mich wirklich schlimm übergeben, und dann habe ich danach nichts mehr gehört.«

Newell hielt ihr Fotos des Gartens des Ocean-Breeze-Hauses hin, damit Cinnamon ihm zeigen sollte, wo sie gestanden hatte, als sie den ersten Schuß hörte. Sie zeigte auf eine Stelle nahe der Garage. Sie erinnerte sich an sonst nichts mehr, bis sie viel später die Stimme ihres Vaters irgendwo sagen hörte: »Es ist erledigt. Es ist vorüber.«

»Davor hatte er mir gesagt, falls es passieren sollte, sollte ich sagen, daß ich es getan habe . . . weil ich jünger war, und ich würde weniger Gefängnis bekommen . . . Er sagte, daß ich wahrscheinlich gar keine Gefängnisstrafe bekommen würde, daß man mich wahrscheinlich nur zweimal pro Woche zu einem Psychiater schicken würde oder so. Weil sie denken würden, daß ich verrückt bin. Das hat mein Vater mir gesagt, würde man machen, falls ich jemals den Mord begehen sollte.«

Sie wußte nicht, ob seit den Schüssen drei Minuten oder zwei Stunden vergangen waren, als sie meinte, ihr Vater wäre in den Garten gekommen. »Er sagte: ›Wenn sie dich fragen, sag, daß du es getan hast, okay? Denk daran, was ich dir gesagt habe. Du wirst keine Strafe bekommen. Wenn sie dich fragen, dann hast du es getan. *Du* hast es getan!‹«

Er erzählte ihr, daß Patti Linda erschossen habe, aber sie, Cinny, sollte sagen, daß sie es getan hatte – »weil sie (David oder Patti) eine sehr lange Gefängnisstrafe bekommen würden. Und er sagte: ›Wenn du mich liebst, tust du das.‹ Ich sagte ›Ich liebe dich. Ich liebe ich. Ich tue es. Ich tue es.‹ Ich erinnere mich, daß ich sehr langsam gesprochen habe . . . und dann war er, glaube ich, weg, weil ich seine Stimme nicht mehr hörte . . . Das nächste, woran ich mich erinnere, sind ein paar Männer, die gekommen sind und mich geholt haben, aber ich kann mich nicht erinnern, wie sie aussahen oder wer sie waren. Ich kann mich auch nicht an die Fragen erinnern, die sie gestellt haben. Weil ich weggetreten war.«

Cinnamon erinnerte sich, wie sie endlich in dem Krankenhaus zu sich gekommen war. Ihre Mutter besuchte sie als erste. Dann kam ihr Vater und erklärte ihr, daß sie sagen müsse, sie hätte es getan. »Mach es nicht zu kompliziert, das verwirrt dich nur«, sagte er.

»Ich hatte mir schon in meinem Kopf zurechtgelegt . . . allen zu sagen, ich hätte es getan. Das hatte ich schon in meinem Kopf geplant.«

»Aus welchem Grund?« fragte Newell.

»Zum Schutz desjenigen, der es getan hat, zum Schutz meines Vaters oder Patti.«

»Was wolltest du der Polizei erzählen, *warum* du es getan hast? Hattest du vorher darüber nachgedacht?«

»Eigentlich nicht. Was ich der Polizei gesagt habe, ist mir nicht mehr so recht klar . . . Ich erinnere mich, daß ich es vor Gericht auf Tonband gehört habe – aber ich erinnere mich nicht daran, wie ich mit der Polizei gesprochen habe. Ich muß wirklich weggetreten gewesen sein.«

Cinnamon schien sich nicht bewußt zu sein, daß Fred McLean – der neben ihnen saß – der Mann war, der sie aus der Hundehütte hervorgezogen und mit dem sie auf Tonband gesprochen hatte. Er saß schweigend da und gab keinen Hinweis darauf, daß sie einander schon einmal begegnet waren.

»Irgendwann hast du dann behauptet, du könntest dich nicht daran erinnern, was geschehen war«, sagte Newell. »Was hat dich dazu gebracht, es dir zu überlegen?«

»Mein Vater hat mich verwirrt . . . Und Mr. Forgette war mir zu Hilfe gekommen. Ich hatte ihm erzählt, daß ich es getan hatte, und ich vermute, daß mein Vater mit Anwälten gesprochen hat . . . Mein Vater kam herein und sagte: ›Keine Sorge, sag ihnen, daß du dich an *nichts* erinnerst. Sag ihnen, daß du dich an gar nichts erinnerst.‹«

Newell befragte Cinnamon behutsam, um herauszufinden, wessen Idee es gewesen war, sie solle Gedächtnisschwund vortäuschen.

»Mein Vater sagte, daß Mr. Forgette gesagt hatte, es wäre keine gute Idee (sich zu erinnern).«

»Okay«, meinte Newell leichthin, obwohl er wußte, daß dies nicht Forgettes Stil war.

»Mein Vater sagte: ›Erkläre ihnen, du hat es vergessen. Das wird klappen wegen der Medikamente. Erzähl ihnen ganz einfach, daß du dich an gar nichts erinnerst, sonst sagst du am Ende noch etwas, das uns alle in Schwierigkeiten bringt.‹ Ich stimmte ihm zu. Und im Untersuchungsgefängnis hat er mir das auch gesagt ... Während des Prozesses kam Mr. Forgette ins Sprechzimmer und sagte: ›Wenn dein Vater es getan hat oder wenn Patti darin verwickelt ist, sag es mir. Sag es mir sofort. Denn jetzt geht es um alles.‹ Und ich habe daran gedacht, was mein Vater gesagt hatte. ›Erzähl es nie jemandem.‹ Ich hatte Angst vor meinem Vater. Er (Forgette) sagte: ›Wenn du Angst vor deinem Vater hast, werden wir dich schützen.‹ Ich dachte, nein, das kann ich nicht machen. Und ich sagte: ›Nein. Nein. Nicht daß ich wüßte – sie haben nichts mit der Sache zu tun.‹ Und er sagte: ›Du erinnerst dich an gar nichts?‹ Und ich sagte ›Nein.‹ Und er sagte okay, und so gingen wir in den Gerichtssaal und erlebten den letzten Teil des Prozesses.«

Und mit dieser Weigerung, ihren Vater oder Patti Bailey zu verraten, hatte Cinnamon ihrem Anwalt wirkungsvoll die Hände gebunden. Wenn sie Newell und McLean jetzt die Wahrheit erzählte, war ihre Geschichte wirklich tragisch.

»Na schön«, sagte Newell. »Hier in der Ventura School, warst du da in irgendeinem psychiatrischen Workshop, um das zu diskutieren?«

Cinnamon schüttelte den Kopf. Sie hatte ihre vergeßliche Haltung sogar bei den Workshops beibehalten.

Aber jetzt war sie *hier.* Irgend etwas hatte sie dazu gebracht, ihre Ansichten zu ändern.

»Was war es?« fragte Newell. »Weshalb hast du es dir anders überlegt?«

»Nun, während des letzten Jahres haben mir meine Großeltern viel erzählt, was im Haus los war. Das Baby ist ziemlich vernachlässigt worden – Lindas Kind. Krystal hat nicht viel Aufmerksamkeit bekommen. Mein Vater hat es mir nicht erzählt, aber Patti war schwanger.« Cinnamon sagte, sie wisse nicht viel über Pattis Baby, nicht einmal, wie alt das Mädchen war. »Ich weiß nur, daß das Kind Heather heißt.«

»Wie hast du den Namen herausgefunden?«

»Oh, den hat mir mein Vater gesagt. Aber er hat behauptet, sie wäre von einem Jungen in der Straße schwanger geworden. Mein Vater war sehr besitzergreifend, und es ist ausgeschlossen, daß er sie auch nur aus dem Haus gelassen hat, daß sie die Straße hinuntergehen konnte ... um auch nur mit einem Jungen zu *reden*. Also ...« David hatte Cinnamons direkte Beschuldigung, er habe Pattis Baby gezeugt, abgestritten, doch ihr Großvater hatte gesagt, es würde stimmen. »Er sagte mir, ›laß dir von ihm nichts anderes erzählen. Du weißt doch, er läßt dieses Mädchen nicht aus den Augen ... Hör auf gar nichts, was dir dein Vater sagt. Er belügt dich die ganze Zeit.‹«

Cinnamon glaubte nicht mehr, daß ihr Vater so krank war, daß er das Haus nie verließ. Er war nie zu Hause, wenn sie anrief. Arthur Brown hatte ihr gesagt, er und Patti wären zusammen aus. »Ich habe seine Adresse nicht ... Ich schicke (Briefe) an sein Postfach. Er gibt mir seine Adresse nicht, weil er nicht will, daß die Staatsanwaltschaft sie kennt.«

Cinnamon sagte, sie hätte ihrem Vater geantwortet, die Staatsanwaltschaft wisse sicher schon, wo er war, und David war besorgt, nachdem er das gehört hatte. »Glaubst du, daß sie uns überwachen?« fragte er.

»Ich weiß es nicht«, antwortete Cinnamon ihrem Vater. »An deiner Stelle wäre ich vorsichtig.«

Cinnamon berichtete: »Er hat sich wirklich sonderbar aufgeführt. Er kommt nicht mehr hier herauf – seine Besuche werden immer seltener. Ich sehe ihn kaum noch.«

»Du willst also sagen, daß der Grund, aus dem du uns erzählst, woran du dich erinnerst, ist ... das? Weil er und Patti ein Baby haben?«

Cinnamon blickte nach unten und schüttelte den Kopf. Dann hob sie ihre Augen zu Newell. »Nein. Ich habe das Gefühl, daß ich manipuliert wurde, als ich jünger war, und ich habe begonnen, mich damit innerlich auseinanderzusetzen. Und ich habe das Gefühl, daß ich in der ganzen Angelegenheit von meinem

Vater manipuliert wurde – weil er ständig sagte: ›Wenn du mich liebst, tust du das.‹ Und tief in mir wußte ich damals schon, daß es falsch war. Jetzt bin ich davon überzeugt daß es falsch war, und ich finde, ich sollte nicht die ganze Verantwortung für alles tragen, was passiert ist.«

Es gab so viele Komponenten des Verbrechens, von denen Cinnamon nichts gewußt hatte. Sie sagte, der Bewährungsausschuß habe ihr erzählt, daß es bei Lindas Tod um eine Versicherungspolice über eine Million gegangen war, was sie sehr schockiert hatte. »Ich fragte meinen Vater danach, und er sagte, er habe nichts an Versicherung kassiert, weil Linda ermordet worden war ... Ich habe erst vor einem Monat erfahren, daß er doch Geld kassiert hat.«

Cinnamon gab zu, daß sie darauf hoffte, aus dem Gefängnis zu kommen, aber sie wußte, daß es ihr bei dem Bewährungsausschuß nicht half, daß sie mit Jay Newell und Fred McLean sprach. Um freizukommen, mußte es einen neuen Prozeß geben, und diesbezüglich hatte sie wenig Hoffnung.

Sie machte sich gut in der Ventura School. Sie hatte ihren High-School-Abschluß gemacht – schneller, als sie es in Freiheit geschafft hätte. Sie war am College – oder nahm zumindest Collegekurse. Sie arbeitete im TWA-Programm, vier Stunden gegen Bezahlung und vier Stunden als Freiwillige.

Aber sie war nicht frei. Sie war achtzehn Jahre alt, und alles, woran sie jemals geglaubt hatte, hatte sich langsam, aber gründlich aufgelöst. Sie wirkte nicht wütend. Sie wirkte eher sehr, sehr erschöpft von der Anstrengung, eine so gewaltige Bürde so lange Zeit ganz allein geschleppt zu haben.

Fred McLean und Jay Newell verabschiedeten sich von Cinnamon, nachdem sie fast drei Stunden lang ihrem stetigen Strom von Worten gelauscht hatten. Sie blieben ihr gegenüber unverbindlich, versprachen aber, sich noch mal bei ihr zu melden. Zunächst müßten sie mit dem Staatsanwalt sprechen, um festzustellen, ob es einen Präzedenzfall für die Wiederaufnahme ihres Falles gab.

Die beiden Männer sprachen nicht miteinander, bis sie auf

die nach Süden führende Auffahrtsrampe des Freeway Richtung Orange County fuhren. In gewissem Sinn waren beide von Cinnamons Geschichte wie vor den Kopf geschlagen.

»Was denken Sie darüber?« fragte McLean endlich.

»Ich weiß es nicht. Es ist ziemlich wild. Wenn sie die Wahrheit sagt . . .«

»Sie denken, sie sagt sie nicht?«

»Vielleicht einen Teil, vielleicht die ganze Wahrheit. Zumindest genug, daß ihre Geschichte perfekt zu dem paßt, was wir wissen. Ich bin noch immer nicht sicher, wer der Schütze war. Sie hat die Schußfolge genau richtig beschrieben. Konnte sie sie vom Freien aus hören?«

McLean zuckte die Schultern, während er sich an diesen schattigen Garten und das kleine Mädchen in der Hundehütte erinnerte. »Vielleicht, vielleicht auch nicht.«

»Sie behaupten noch immer, er wäre vor den Schüssen weggefahren. Sie könnte ihn noch immer schützen und die Schuld auf Patti schieben. Sie mag Patti nicht.«

»Nein.«

»Seltsam«, überlegte Newell. »Ich habe dieses Bild in meinem Kopf von Cinnamon, die vollständig von den Tabletten weggetreten ist, und von Patti, die sie auf die Beine stellt und ins Haus führt und praktisch für sie den Abzug betätigt. Ich weiß noch immer nicht, ob Cinnamon drinnen oder draußen war.«

Sie fuhren weiter, jeder der Männer in seine eigenen Gedanken vertieft und in die Erinnerung daran, was Cinnamon gesagt hatte. Sie war dem so nahe gekommen, was sie die ganze Zeit für die Wahrheit gehalten hatten. Aber traf sie auch genau ins Schwarze?

Die Details waren korrekt und sogar für Detectives, die den Umgang mit gewaltsamem Tod gewöhnt waren, schwer zu verkraften. Sie dachten an Linda, die friedlich schlief, den Monitor ihres Babys dicht an ihrem Ohr. Sie stellten sich vor, wie David Brown Cinnamon zwang, genug Pillen zu schlucken, um ein paarmal daran zu sterben. Und die ganze Zeit hatte er gesagt: »Vertrau mir – ich bin dein Vater.«

Und immer und immer wieder die wirkungsvolle Manipulation: *»Wenn du mich wirklich liebst, tust du es. Wenn du mich liebst, hilfst du mir. Wie sehr liebst du mich?«*

Als sie den Freeway in Santa Ana verließen, sagte Newell: »Wir spielen es Robinson vor und sehen, wie wir weiterkommen – oder ob wir überhaupt weiterkommen.«

Am nächsten Vormittag trafen sich Newell und McLean mit Jeoff Robinson in seinem Büro. Beide Detectives hatten das Gefühl, endlich den ersten Blick in die *wirkliche* Geschichte hinter Linda Browns Ermordung geworfen zu haben.

Robinson stimmte zu und teilte ihre Erregung. »Aber es reicht nicht, wenn wir das nur von Cinnamon hören«, warnte er. »Wir alle wissen, wie leicht ihre Aussage vor Gericht in Zweifel gezogen werden könnte – falls wir überhaupt jemals so weit kommen sollten. Wir müssen es von David Arnold Brown hören. In seinen Worten, mit seiner Stimme.«

Brown würde niemals irgendeine Schuld an der Ermordung seiner fünften Frau zugeben. Er würde nicht einmal mit ihnen sprechen. Die einzige Möglichkeit, um eine Bestätigung für Cinnamons Behauptungen aus dem Mund ihres Vaters zu erhalten, war, Cinnamon zu »verdrahten«.

Falls sie einen Gerichtsbeschluß erhielten, daß sie an Cinnamon eine Abhöranlage befestigen durften, würde sie stark genug sein, um das durchzuziehen? Sie war in dem Glauben aufgewachsen, daß ihr Vater perfekt war. Jetzt fürchtete sie ihn.

»Sie ist ein sehr natürliches Mädchen«, überlegte Newell. »Sie ist klug, hat eine rasche Auffassungsgabe – aber ich weiß nicht, ob sie den Nerv hat, ihn dazu zu bringen, die Wahrheit zu sagen, wenn sie weiß, daß alles aufgezeichnet wird.«

»Versuchen wir es«, meinte Robinson.

Sylvester Carraway, der Leiter der Ventura School, und Cinnamons Bewährungshelfer, Carlos Rodriguez, waren zur Zusammenarbeit bereit. Falls Cinnamon zustimmte, einen Sender während eines Besuchs ihres Vaters zu tragen, würden sie alles tun, um sie zu unterstützen und den Männern der Staatsanwaltschaft alles zur Verfügung zu stellen, damit sie mithören konnten.

Cinnamon sagte ja.

Sie hatte Angst, aber sie wollte das Abhörgerät tragen. Der Trick würde darin bestehen, David zu einem Besuch zu bringen. Manchmal lagen Monate zwischen den Besuchen ihres

Vaters. Ihr nächster offizieller Besuchstag war schon in zwei Tagen, Samstag, 13. August.

Newell wies Cinnamon an, David anzurufen und ihm zu sagen, daß sie mit ihm über etwas Wichtiges sprechen mußte, und zwar sofort. Sie müsse ihm etwas sagen. Newell vermutete, Brown würde Angst bekommen und Ärger erwarten. Der Mann behauptete, neben seinen tausend Leiden zu Panikanfällen zu neigen.

Na, wunderbar! Sollte Cinnamons Anruf ihn doch ein wenig in Panik versetzen.

David war vorsichtig, als Cinnamon ihn anrief, und er war verärgert, weil sie die Sache, die sie bedrückte, nicht am Telefon besprechen wollte. Er konnte nichts aus ihr herausquetschen, und das war bedenklich. Cinny war für gewöhnlich so durchsichtig. David versprach, er würde sie am Samstag besuchen – mit seinem üblichen Vorbehalt wegen seines unsicheren Gesundheitszustandes.

Am Freitag, 12. August, fuhr Jeoff Robinson hinauf, um sich davon zu überzeugen, daß die Mitarbeiter der Ventura School auf alle Eventualitäten vorbereitet waren. Alles mußte sorgfältig inszeniert werden, um Ausrutscher zu vermeiden.

Gefängnisleiter Carraway wollte einen Raum zur Verfügung stellen, der zu der Besucherzone im Freien gelegen war, so daß Newell und Robinson die Unterhaltung zwischen Cinnamon und ihrem Vater überwachen konnten, sicher waren, daß die Aufnahme gut verständlich war, und auch Fotos von dem Zusammentreffen machen konnten. Mit etwas Glück würden sie nur ungefähr acht Meter entfernt sein – falls Cinnamon David zu dem schattigen Rasen unter den Bäumen steuern konnte.

Cinnamon sollte kurz vor der Besuchszeit in ein Büro gebracht werden, wo sie den Sender und die Drähte angelegt bekam. Armondo Favila, Stellvertretender Sicherheitschef der kalifornischen Jugendbehörde, würde bereitstehen, um Cinnamon irgendwelche Botschaften zu überbringen, falls Newell ihr während des Besuchs ihres Vaters Instruktionen erteilen mußte. Keiner der beiden Männer der Orange County Staatsanwaltschaft durfte sich blicken lassen.

Jeoff Robinson war im Orange County sehr bekannt. David

mochte ihn von einer Medienberichterstattung über andere Fälle her erkennen. Und es gab kaum Zweifel, daß Jay Newell, alias Grundstücksmakler »Jerry Walker«, in Browns Gedächtnis eingebrannt war. Newell hatte seine einzige Chance, inkognito aufzutreten, bereits ausgespielt.

»Ich war auch der ›Techniker‹«, erinnerte sich Robinson. »Meine einzige Aufgabe war es, die richtigen Batterien für den Sender zu beschaffen. Und ich habe es fertiggebracht, Mist zu bauen. Ich habe die falsche Größe mitgebracht. Die Batterien, die ich mitbrachte, waren einen Zentimeter zu kurz. Wir hatten unsererseits eine Panik in letzter Minute, bis unser Tontechniker bei der Staatsanwaltschaft, Greg Gulen, riet, die Silberfolie von Kaugummis abzumachen und zusammenzuballen, damit die Batterien paßten. Es klappte.«

Newell erteilte Cinnamon einfache Anweisungen. »Sprich laut. Sprich über die Mordnacht und sag deinem Vater immer wieder, daß du die Wahrheit wissen mußt. Wir werden mithören. Wenn der Sender nicht mehr arbeiten sollte, schicken wir Armondo zu dir, damit er dir sagt, daß es für heute vorüber ist. Okay?«

Sie nickte. Sie war blaß, aber sie war fest entschlossen.

Alle waren bereit.

27

Am Samstag nachmittag, dem 13. August 1988, trug Cinnamon Bluejeans und ein übergroßes hellblaues Sweatshirt. Es gab kein sichtbares Anzeichen dafür, daß sie mit einer Abhöranlage verdrahtet war, als sie in die Besucherzone eilte – so in ihrer Mission gefangen, daß sie von einem Wächter zurückgerufen werden mußte, um ihren Passierschein zu zeigen. Und dann noch einmal zurückgerufen wurde, um die Coca Cola zu erklären, die sie bei sich trug. Niemand lief in Ventura. Kein »Schützling« wechselte von einer Zone in die andere ohne Passierschein oder eine gute Erklärung.

Dann entdeckte sie ihren Vater. Er trug Jeans, ein graues Sporthemd mit roten und schwarzen Streifen. Das vertraute Päckchen Zigaretten beulte die Tasche aus.

Sie setzte ein Lächeln auf und ging ihm entgegen.

»Hallo.«

»Nicht ›Ich liebe dich‹?« Das war ihr Dad, der mit Wortspielen versuchte, sie vom ersten Moment an aus dem Gleichgewicht zu bringen.

»Ich liebe dich«, sagte sie pflichtschuldigst.

Sie plauderten, während Cinnamon ihren Vater zu einem schattigen Gebiet führte. Das war doch das Einfachste – er haßte die Sonne. Sie hatten noch nicht den Platz unter dem Baum erreicht, als David fragte: »Was hast du mir zu sagen?«

»Es geht darum, daß ich ... verwirrt bin. Ich habe in letzter Zeit die verschiedensten Empfindungen, und ich mußte mit dir darüber sprechen. Weil ich mir so vorkomme, als wäre ich verlorengegangen.«

David sagte zuerst gar nichts, und dann murmelte er etwas, bei dem Cinnamons Herz stehenblieb – und Jay Newells in seinem Versteck ebenfalls. »Sieh mal«, sagte David, »die wissen nicht, daß ich verdrahtet bin.«

Wie konnte er es wissen? Zog er sie auf?

Cinnamon hatte Mühe, ihre Stimme ruhig zu halten. »Weshalb bist du verdrahtet?«

»Wegen meines Rückens. Ich habe überall etwas an mir.«

Natürlich! Er hatte diese kleinen elektrischen Dinge, die ihm der Arzt gab. Irgendwas auf der Haut – um gegen seine Schmerzen anzukämpfen. Cinnamon lachte erleichtert. »Ich auch. Ich bin wegen des Tons verdrahtet.« Ihr Vater grinste. Er dachte, sie würde einen Scherz machen.

Er wußte nichts. Sie begann erneut. »In den letzten zwei Monaten habe ich nachgedacht ... aber ich habe es für mich behalten. Was soll ich denn hier drinnen machen, Daddy? Ich bin so verwirrt. Es hat mir sehr weh getan. Zum Teil, weil Ronny heimgegangen ist. (Ihr ›Freund‹, den sie bei der Arbeit kennengelernt hatte, war auf Bewährung entlassen worden.) Teils, weil ich so lange hier drinnen bin.«

David ließ seinen beachtlich massigen Körper vorsichtig ins

Gras sinken. Er nickte weise. »Ich dachte mir schon, daß dich das bedrückt. Ich weiß, wie das ist, wenn man jemanden liebt und nicht in seiner Nähe sein kann. Du bist der Beweis.«

»Ich bin sehr verwirrt.«

»Worüber denkst du nach?« fragte David. Der Ton kam laut und klar zu Newells und Robinsons verstecktem Beobachtungsposten durch.

»Ich denke über die Dinge nach, dir mir durch den Kopf gehen vor dem Bewährungsausschuß ... Sie sagen mir immer wieder dasselbe.«

»Was ist das?«

»Wir behalten dich hier bis 92 oder 95. Sie brummen mir immer mehr Zeit auf, Daddy.«

»Ich verstehe nicht, warum. Du arbeitest hart, hast deinen Schulabschluß gemacht. Ich weiß, daß du keinem auf den Wecker fällst. Was haben die denn für ein Problem?«

»Das *Verbrechen.*«

Es war, als habe er völlig vergessen, weshalb sie hier war.

»Warum hast du mir gesagt, ich würde nur eine Weile hier sein, und dann würden sie mich heimgehen lassen?«

»Weil ich dachte, daß so das Gesetz wäre. Offensichtlich wußte ich nicht ...«

»Ich habe das Gefühl, daß du mich belogen hast.«

»Nein, ich habe dich nicht belogen. Ich schwöre bei Gott, daß ich es genau so gedacht hatte. Wenn du dich recht erinnerst, Cinny, habe ich dich gebeten, nicht – ich habe dir gesagt, ich würde lieber sterben, weil ich ohnedies zu viele Schmerzen habe. Mein ganzer Körper zerfällt, meine Nerven sind beim Teufel. Ich kann nicht mehr denken. Ich kann keine Geschäfte mehr machen.«

Cinnamon ließ sich nicht abschrecken. Ihr ganzes Leben lang hatte sie ihren Vater gefährliche Krankheiten vortäuschen gehört. Er war wie der Junge, der so tat, als wäre er in den Fluß gefallen und würde ertrinken. Sie war endlich an den Punkt gelangt, an dem sie ihm nicht mehr glaubte.

Ihre Stimme klang wie immer hoch und süß wie die eines kleinen Mädchens. »Was war denn der *Zweck* von dem allen?« fragte sie.

Er sagte nichts.

Cinnamon versuchte es erneut. »Es verwirrt mich ganz teuflisch. Weil ich immer lüge, und ich lüge so viel, daß ich vergesse, was die Lüge davor war . . . Und dann erzähle ich ihnen noch eine Lüge, und sie sagen ›Das ist noch eine Lüge.‹«

»So bearbeiten sie dich«, warnte David. »Ich weiß nur, daß Patti . . . sagte, daß die ganze Idee war, daß Alan – okay, offensichtlich weißt du, daß Linda mit Drogen zu tun hatte . . .«

»Mit was für Drogen?«

»Kokain und noch was. Sie hatte ganz schwer damit zu tun.« David erklärte, daß Lindas Zwillingsbruder Alan noch immer hinter ihm her war. »Ich habe sogar ein neues Haus gekauft, und ich sollte wieder umziehen, aber ich bin nicht gesund genug, um jetzt schon umzuziehen. Und er weiß schon, wo es ist.«

»*Wo* wohnt ihr denn jetzt überhaupt?« fragte Cinnamon.

»In Orange – wir ziehen nach Anaheim . . . aber wie auch immer, nach dem, was Patti sagte, hatten Linda und Alan offensichtlich Beziehungen zu einer Gruppe, mit der Alan Drogengeschäfte machte . . . Ich weiß nicht, ob Linda ihnen Geld schuldete. Aber sie wollten Data Recovery. Sie wollten die Firma unbedingt. Ganz unbedingt. Okay? Sie hatten Larry (Larry Bailey) zwei Wochen lang in einem Haus eingesperrt, an einen Stuhl gefesselt. Das hat uns die Polizei in San Bernadino erzählt. Sie fanden unzählige Tonnen im Keller. Kokain, PCP und alle Sorten von Drogen . . . und sie haben sie auch bei und in Linda gefunden. Sie hat offenbar Unmengen genommen, und ich hatte keine Ahnung.«

Newell und Robinson wechselten ungläubige Blicke. David langte bei den Lügen gewaltig zu.

»Nein, ich wußte nicht, daß sie Drogen nahm«, murmelte Cinnamon.

»Das steht im Autopsiebericht. Daß sie schwer süchtig war, und zwar seit kurzer Zeit.« (In der Tat hatten Toxikologen eine winzige Menge Kokain in Linda Browns Körper nach der Autopsie gefunden, die Spur eines Stoffwechselprodukts der Droge. Es gab viele Möglichkeiten, wie es in ihren Körper gelangt sein könnte.) »Wie auch immer«, fuhr David verschwörerisch fort, »die beiden haben die Anweisung erhalten, mich zu beseitigen, damit Linda das Geschäft vollständig erben könnte und damit sie und Alan es führen könnten unter der Aufsicht dieser Unterweltsgruppe, wer immer das auch ist ... Die Unterwelt versucht noch immer, Larry oder Alan dazu zu bekommen, mich zu beseitigen. Sie wollen Data Recovery. Solange ich lebe, kommen die Regierung und alle anderen zu mir. Ich meine, ich habe für das Pentagon gearbeitet. Ich bin derjenige, der herausgefunden hat, was die Besatzung des *Challenger*-Shuttle getötet hat. Alle diese Sachen. Der Stealth-Bomber – das ist eine kritische Sache für die Vereinigten Staaten. Ich habe diesen ganzen Scheiß gerettet, seit du hier drinnen bist. Die Mafia will das Geschäft führen. Sie will den ›Prozeß‹.«

Newell hörte mit einem leichten Kopfschütteln zu. Man konnte sich leicht vorstellen, daß ein Mann, der dermaßen grandiose Geschichten spann, seine vierzehn Jahre alte Tochter beeinflussen konnte. Doch jetzt war diese Tochter achtzehn und nicht länger ein Kind.

David Browns zuversichtliche Baritonstimme fuhr fort: »Sie (die Mafia) hat ihr Geld versprochen und alle Arten von Drogen für sie und Alan, wenn sie einen Weg finden, mich zu beseitigen. Ich sollte sterben. So lange ich am Leben bin, kann kein anderer Data Recovery bekommen. Sieh mal, ich verlange nicht eine Million Dollar für einen Job, obwohl ich das tun könnte. In der letzten Zeit habe ich ein paar gemacht, für die hätte ich eine Million Dollar verlangen können – zum Beispiel für das Feuer im First Interstate Building. Über tausend Computer stehen da drinnen. Okay, ich habe vielleicht fünftausend Dollar herausgeschlagen. Ich mache es ehrlich. Ich beraube Leute nicht, weil sich das nicht lohnt. Ich berechne einen fairen Preis für meine Dienste ... Jedenfalls, Alan hat sich seit damals entschuldigt ... aber ich kann ihm nicht vertrauen. Er ist noch immer an die Mafia gebunden. Larry ist sogar geschnappt worden, als er mit einer Waffe auf dem Weg war, um mich wieder niederzuschießen ...«

»Aber«, warf Cinnamon ein, »was war der *wirkliche* Zweck hinter dem allen? Was war der wirkliche Grund?«

»Das war der ehrliche, echte Grund.« Und wieder schweifte David ab und beschrieb Lindas und Alans Plan, ihn zu töten, und Pattis Entscheidung, daß sie ihn retten würde. Aber er sprach nicht die Worte *Linda töten* aus.

»Aber was soll ich dem Bewährungshelfer erzählen?«

Im Handumdrehen schwenkte David herum. »Warum erzählst du ihnen nicht, daß die Wahrheit war ... *erinnerst du dich?* Linda wollte dich aus dem Haus haben, und ich wollte das nicht.«

»Linda *wollte* mich nicht aus dem Haus haben – es gab nicht genug Platz im Haus.«

Geduldig erklärte ihr Vater den Handlungsablauf, den Cinnamon wiederholen sollte. »Sie wollte, daß du ausziehst. Und du bist letztendlich in den Wohnwagen gezogen. Und dann wollte sie dich aus dem Wohnwagen raus haben und zu deiner Mom zurückschicken. Und deine Mom wollte dich nicht. Ich sagte ihr (Linda), ich hätte zu viele Jahre darauf gewartet, daß du bei mir bist – wir hatten einfach zu viel Spaß miteinander. Linda wollte dich aus dem Haus raus haben. Dich und Patti. Sie wollte euch beide raus haben ...«

»Linda hat mir nie gesagt, daß sie mich aus dem Haus raus haben wollte.«

»Ich könnte beschwören, daß sie es getan hat. Und sie hat dafür gesorgt, daß ich es wußte. Ich dachte, sie hätte es dir gesagt. Ich dachte, deshalb hättest du einmal mit ihr Streit bekommen und wärst in den Wohnwagen gezogen.«

Cinnamon schüttelte den Kopf und erklärte ihm, sie wäre da hinausgezogen, weil sie nicht ein Zimmer mit Patti teilen wollte.

Und jetzt änderte David unglaublicherweise erneut die Taktik.

»Nun, Patti sagte, wenn es zum Schlimmsten kommt, wird *sie* ein Geständnis ablegen, aber ihr zwei müßt eure Story abstimmen. Sie wird dann deinen Platz einnehmen.«

»Warum kannst du nicht einfach die Wahrheit sagen?« rief Cinnamon.

»Ich sage dir, warum.« Er machte eine Pause, um zu überlegen. »Du kannst ihnen die Wahrheit erzählen, wenn du ihnen nicht die *ganze Wahrheit* erzählst ... okay? Denn wenn es Kenntnis gab – wenn ich, Großmama, Großpapa, Patti – wenn wir alle im vorhinein Kenntnis hatten, was passieren würde, dann würden wir *alle* ins Gefängnis wandern. Jeder. Das ergibt keinen Sinn, weil wir nicht diejenigen waren, die irgend etwas Schlechtes machten. Was mich angeht, hast *du* auch nichts Schlechtes getan ...«

»Was mich angeht, habe ich auch nichts Schlechtes getan«, stimmte Cinnamon bitter zu.

Für Newell und Robinson, die diese bizarre Unterhaltung abhörten, entstand der Eindruck, daß jeder mögliche Verdächtige für den Mord an Linda Brown soeben säuberlich eliminiert worden war. Ausgenommen Alan Bailey. Ausgenommen Larry Bailey. Und keiner von beiden war jemals ernsthaft in Betracht gezogen worden.

»Ich bat dich, es nicht zu tun«, sagte David unklar. »Weil ich nicht über die Rückwirkungen informiert war ...«

»Also, wie empfindet denn Patti wegen dieser Sache? Hat sie nicht irgendwelche Gewissensbisse? Fühlt sie sich nicht schlecht?«

»Es frißt sie auf.«

»Ich höre nichts von ihr«, sagte Cinnamon leise.

David schwor, Patti habe oft geschrieben. Und erneut bot er Patti im Austausch für Cinnamon an. Er erklärte, Patti wäre aus seinem Haus ausgezogen. »Sie kann die Schuld auf sich nehmen, und du bleibst einfach dabei, daß du nie etwas über die Sache gewußt hast. Denn sie hat niemanden. Sie hat nur Heather.

Mein Gott, dachten Newell und Robinson. *Wer ist dieser Mann? Patti steht zur Verfügung. Sie hat auf der Welt niemanden außer ihrem Kind. David Browns Überlegungen waren total auf seinen Eigennutz abgestimmt, was ihm diente.*

Patti sei ausgezogen, versicherte er Cinnamon, aber sie sei jetzt mitgekommen – im Moment sitze sie draußen im Campingbus, weil er einen Begleiter brauchte, der sich um seine Medikamente kümmerte. »Sie ist nicht mehr so mickrig, wie sie einmal war«, erklärte er. »Sie ist ein großes Stück gewachsen. Sie leidet, Cinny. Sie haßt, was geschehen ist. Nicht wegen Linda, sondern wegen dir.«

»*Jetzt* haßt sie, was geschehen ist.«

»Nein – sie hat es gehaßt, seit es geschehen ist. Sie weiß, daß ich hier nicht eine Woche bleiben würde. Ich würde irgendeine Möglichkeit finden, mich umzubringen. Sie weiß, daß du ähnlich fühlen mußt.«

»Ich fühle mich *dumm«*, sagte Cinnamon voller Emotion. »Weil ich so jung war. Und ich habe dich so sehr geliebt. Und ich war leichtgläubig genug, um es zu tun.«

Newell setzte sich kerzengerade auf. Was bedeutete *das* denn? Um *was* zu tun? Sie konnten es nicht sagen. Die Worte, die über die Abhöranlage kamen, taumelten so durcheinander, daß irrige Schlußfolgerungen möglich waren. Das einzige feststehende Grundthema, das sich nie veränderte, war, daß David unangetastet bleiben mußte. Niemand durfte jemals David Brown mit hineinziehen.

»Großpapa hätte es getan, wenn du es nicht getan hättest«, sagte David energisch.

Cinnamon schüttelte den Kopf. »Großpapa hat Linda geliebt. Großpapa würde so was nie tun.«

»Du kennst Großpapa nicht so gut, wie du denkst.«

»Ich kenne niemanden so gut, wie ich dachte.«

»Patti ist bereit, es dir zu beweisen, indem sie deinen Platz einnimmt.«

»Sie wird meinen Platz nicht einnehmen können.«

»Wenn sie ein *Geständnis* ablegt. Es hat keine Geständnisse gegeben – das einzige Geständnis hast du gemacht, als du im Krankenhaus unter Medikamenteneinfluß gestanden hast.«

Davids Gedanken rasten ganz eindeutig. Die Männer der Staatsanwaltschaft sahen, wie er sich gestikulierend zu Cinnamon lehnte. Er erklärte ihr, daß es nichts Handfestes gegen sie gäbe, daß es einfach wäre, sie aus dem Gefängnis zu holen und Patti hineinzuschicken. Cinnamon war diejenige, die er wirklich liebte, das kleine Mädchen, auf das er »seit dem Tag seiner Geburt«, stolz gewesen war. Patti zählte nicht. Patti zog ohnedies aus.

»Ich dachte, du hättest gesagt, sie wäre schon ausgezogen«, hielt Cinnamon ihm vor.

»Sie ist heute hier, um mir zu helfen«, erwiderte David leichthin. Er hätte schon zwei Haushälterinnen, die sich um Krystal kümmerten.

»Was ist mit dem Baby?« fragte Cinnamon plötzlich.

»Mit welchem Baby?«

»Heather.«

»Was ist mir ihr?«

»Was geschieht mit dem Baby? Ich habe dich nie über Pattis Baby reden gehört.«

Newell und Robinson wußten, daß dies der Knackpunkt war, der letzte Betrug, der Cinnamon zu ihnen getrieben hatte. Sie lächelten grimmig, als sie hörten, wie David sich wand in dem Versuch, das Thema Heather zu vermeiden.

»Wer ist der Vater dieses Babys?« fragte Cinnamon direkt heraus.

»Ehrlich?« David nahm einen tiefen Zug aus seiner Zigarette, und sein pfeifender Atem kam laut aus dem Empfänger. »Patti wußte es eine Zeitlang nicht. Sie glaubt, daß es ein Kerl namens Doug ist. Er ist derjenige, der die Verantwortung dafür übernommen hat. Und Patti sagt, er ist ein scheußlicher Kerl. Ein Grieche. Er ist gemein – er hat sie geschlagen. Sie will nichts mit ihm zu tun haben, und sie gibt ihm auch keine Besuchsrechte.«

»Du bist nicht der Vater?«

»Zum Teufel, nein. Ich bin nicht der Vater. Machst du Scherze? Ich war so lange nicht mehr mit einer Frau zusammen, daß ich nicht einmal mehr weiß, ob mir jetzt Männer nicht lieber sind. Manchmal denke ich darüber nach. Du glaubst, ich mache Witze? Ich meine es ernst. Ich glaube nicht, daß ich jemals wieder einer Frau vertrauen kann.«

Newell und Robinson runzelten die Stirn. Es lag etwas Unpassendes, etwas Groteskes in der Art, wie David Brown mit Cinnamon sprach, eine vulgäre Intimität in Angelegenheiten, die die meisten Väter nicht mit ihren Töchtern besprachen.

Cinnamon schien eine solche Unterhaltung gewöhnt zu sein. Sie ignorierte das. Sie ließ sich nicht ablenken. Sie mußte ein Ziel erreichen, und sie stürzte sich auf eine andere Frage, die sie seit Jahren gequält hatte. Die Versicherungszahlung. Sie hatte erst vor dem Bewährungsausschuß davon gehört. »Sie sagten, es ging um eine Lebensversicherung über eine Million Dollar ... Sie haben mich gefragt ›Hat dein Vater sie bekommen?‹ Ich weiß nicht, was ich diesen Leuten sagen soll.«

Davids Stimme verriet nur einen Hauch von Angst. Er stürzte sich in eine lange, gewundene Erklärung. Er selbst konnte sich nicht versichern lassen – seit sie herausgefunden hatten, daß sein Wagen »beschossen worden ist ... Als Linda starb, haben sie alle unsere Policen gelöscht. Ich bin vollständig unversicherbar«, sagte er fast stolz.

»Ich auch.« Cinnamon zuckte die Schultern.

Das Mädchen hatte einen trockenen Humor. Sie war viel wendiger als ihr Vater, viel geistreicher als irgend jemand in der Familie, mit dem Newell bisher gesprochen hatte. Es war kein schlichtes Herumalbern. Sie griff nur sofort Wortspiele auf. Dreieinhalb Jahre an diesem Ort hatten das nicht aus ihr ausgetrieben. Manchmal war sie so schnell, daß ihr Humor völlig an David vorbeiging.

Cinnamon wollte über die *Wahrheit* sprechen. David wollte das eindeutig nicht. Er wurde ungeduldig mit seiner Tochter. Warum konnte sie nicht einfach sein Angebot annehmen, Patti zur Schuldigen zu stempeln, und aufhören, nach der verdammten Wahrheit zu fragen? David glaubte an Patti. Sie würde sich opfern.

Oder, falls Cinnamon diese Geschichte nicht gefiel, so hatte er gerade jetzt einen Detektiv da draußen, der versuchte, Larry mit dem Mord in Verbindung zu bringen. »Jemand brach in das Haus ein, während wir alle weg waren – das Haus in Garden Grove. Die Polizei war da. Sie hatte das Haus abgeschlossen ... okay. Ich habe allen gesagt, daß es *ausgeschlossen* ist, daß du fähig wärst, irgend jemanden zu erschießen – genausowenig wie ich. Okay? Darum bezahle ich noch immer einen Detektiv, der die Sache untersucht.« Oder, Moment – er hatte noch eine Möglichkeit für sie. »Man sagt, du bekommst nur dann eine Reduzierung des Strafmaßes, wenn du ihnen etwas sagst, das sie überzeugt, daß es nicht vorhergeplant war. Daß es eine momentane Handlung war. Wie zum Beispiel ein Kampf.«

Plötzlich fiel ein Schatten über David und Cinnamon, und Lieutenant Favila winkte Cinnamon zu sich und sagte schroff:

»Hast du deinen Passierschein?« Ganz leise flüsterte er: »Du sollst sagen, ›Dad, ich muß denen die Wahrheit sagen.‹ Verstanden?«

Sie nickte und zeigte dem Sicherheitschef ihren Passierschein.

»Was wollte der denn?« fragte David mißtrauisch.

»Ich hatte mich in meinem Block nicht abgemeldet, und sie wußten nicht, wo ich war.«

Er nickte unbekümmert. »Also, wenn du dir etwas ausdenken könntest, das du ihnen erzählst und das sie zufriedenstellt . . .«

»Wie wäre es mit der Wahrheit?«

»Okay. Tu mir einen Gefallen. Okay? Erzähl *mir* die Wahrheit. Okay?«

»Ich habe es nicht getan«, antwortete Cinnamon tonlos.

»Das ist die Wahrheit? . . . Die Wahrheit, so wahr dir Gott helfe? Hat Patti es getan, oder hast du es getan? . . . Du erinnerst dich klar?«

»Ich erinnere mich.«

»Also, du hast gesagt, du hättest eine Menge vergessen.«

»Du hast mich gebeten, das zu sagen, erinnerst du dich?« Cinnamon schluchzte beinahe. »Ich möchte sicherstellen, daß du dich daran erinnerst, worum du mich gebeten hast, was ich sagen soll. Weil du gesagt hast, wenn ich dich liebe . . . Bring mich nicht dazu, daß ich mich fühle, als wäre ich verrückt!«

Er machte einen Rückzieher. Darin war er ein Meister. Wie abstoßend Brown auch war, Newell mußte dem Kerl Pluspunkte für Kontrolle über ein Gespräch einräumen. »Ich versuche nicht, dich dazu zu bringen dich zu fühlen, als wärst du verrückt . . . Ich weiß bis heute ehrlich nicht, ob Patti es getan hat.«

»Also, ich habe es nicht getan. Und ich habe nicht gesehen, daß sie es getan hat.«

»Okay. Jetzt verstehe ich deine Schlußfolgerung. Ich wünschte, du hättest mir das schon vor langer Zeit erzählt.«

»Ausgerechnet *du?«* explodierte Cinnamon.

»Ich sage dir: ›Tu es nicht.‹ Du hast gesagt, du müßtest es tun, weil du mich liebst und nicht zulassen könntest, daß Linda und Alan mir etwas antun.‹«

Cinnamon platzte heraus. »*Du hast gesagt, wenn ich dich liebe* ... und ich würde eine geringere Strafe dafür bekommen. Daß sie mich nicht einmal ins Gefängnis stecken würden ... Ich will nur sichergehen, daß du dich daran erinnerst, was du mir gesagt hast, weil ich hier drinnen bald durchdrehe.«

Jetzt war David alarmiert. Offensichtlich war das Letzte auf der Welt, was er sich wünschte, daß Cinnamon ausflippte.

»Nicht! Nicht durchdrehen. *Patti* hat es getan«, sagte David. »Kein Wunder, daß ich Angst hatte. Jede Nacht, die sie in diesem Haus verbrachte ... Ich dachte nie, Patti wäre fähig zu sagen, daß sie deinen Platz einnehmen würde. Ich konnte das nicht verstehen. Du hast es damals nicht einmal gesehen ... Hätte ich gewußt, daß sie es getan hat, hätte ich sie schon viel früher zu einem Geständnis gebracht. Du hast mir nicht gesagt ...«

»Du hast mir gesagt, was ich sagen soll. Du hast mich nicht gefragt.«

»Laß doch Patti die Schuld auf sich nehmen. Du weißt von gar nichts. Okay?«

»Die werden mich nicht gehen lassen. Ich bin bereits verurteilt worden.«

David erklärte, er könnte es so arrangieren, daß Patti verurteilt wurde. Patti war diejenige, die Spuren von Schießpulver am Arm gehabt hatte. »Die ganze Zeit habe ich gedacht, du hättest es getan, weil du mich liebst«, hauchte er. »Das habe ich nicht gewollt. Ich hätte dich lieber die ganze Zeit zu Hause gehabt.«

»Ich wäre gern zu Hause gewesen.«

»... Sei nicht böse auf mich für etwas, das ich nicht gewußt habe, Cinny ... Alle diese Bücher und das Zeug, das ich gelesen habe. Ich dachte, ich wüßte eine Menge über alles.«

Und so führte David Brown noch immer einen Steptanz um seine austauschbaren Intrigen durch. Kein einziges Mal erwähnte er, daß *er* irgendeiner Mitwisserschaft schuldig war. Newell lag jedesmal eine scharfe Bemerkung auf der Zunge, wenn er David »ehrlich« oder »so wahr mir Gott helfe«, sagen hörte.

David schien angestrengt nachzudenken. Das Beste für Cinnamon war noch immer, sich an nichts zu erinnern – genau wie bisher. Ja, das war noch immer der sicherste Plan. Er gab ihr sorgfältige Anweisungen. »Dann ist deine Wahrheit, daß du nichts weißt. *Du erinnerst dich an gar nichts.* Denn wenn sie zu mir kommen, werde ich ihnen das sagen. Ich weiß gar nichts. Und ich erinnere mich an nichts. Denn wenn *ich* ins Gefängnis komme, überlebe ich das Gefängnis nicht. Besonders bei meinen Problemen mit Herz und Leber und Nieren. Ich kann nicht . . . ich würde mich selbst umbringen, bevor ich eines langsamen und qualvollen Todes in einer Zelle sterbe. Weißt du, für erwachsene Männer ist es im Gefängnis viel schlimmer.«

Lieutenant Favila überprüfte erneut Cinnamons Passierschein, als sie und ihr Vater hineingingen, um sich zu Manuela und Krystal und Arthur zu gesellen. Er flüsterte ihr zu: »Du sollst ihnen sagen, daß sie Patti hereinholen sollen, damit du das Kriegsbeil begraben kannst. Du willst von Patti hören, daß alles vorüber und vorbei ist. Du willst Frieden schließen mit Patti. Sieh zu, ob du ein Geständnis bekommen kannst.«

Doch die Besuchszeit war fast um, und Cinnamon war erschöpft. Ihr Shirt war schweißgetränkt. Es war keine Zeit mehr. Sie kannte Patti, und sie wußte, daß Patti sich nicht innerhalb von fünfzehn Minuten die Wahrheit herauskitzeln lassen würde. Das mußte beim nächsten Mal erfolgen.

Cinnamon umarmte zum Abschied ihren Vater, Großmama, Großpapa und Krystal. Und dann eilte sie in den verborgenen Raum, um sich die Drähte und den Sender abnehmen zu lassen.

»Wie fühlst du dich?« fragte eine Männerstimme auf dem Band.

»Mir ist schlecht.«

»Du kannst da hineingehen und das Zeug abnehmen.«

Erschöpft löste Cinnamon das Gerät von ihren Brüsten. Sie hatte es getan. Sie hatte sich gegen ihren eigenen Vater gestellt. Sie hatte noch immer Angst vor ihm, und plötzlich begannen ihre Beine zu zittern. Sie wollte gern glauben, daß Jay Newell und Jeoff Robinson für ihre Sicherheit sorgen konnten. Ihr Vater mußte sehr zornig werden, wenn er herausfand, was sie ihm angetan hatte.

28

Jay Newell und Jeoff Robinson hatten über ihre versteckte Abhöranlage David gehört – stotternd, prahlend, befehlend und lockend – aber es war schon lange her, daß irgend jemand etwas von Patti Bailey gehört hatte. Da David so fröhlich anbot, Pattis Schuld gegen Cinnamons Freiheit einzutauschen, und Pattis Schuld zugab, stand die Schwester der Toten als nächste auf der Liste der Ermittler.

Cinnamon hatte David gedrängt, Patti zu Besuch mitzubringen, und er war offenbar nervös genug durch die unerwartete Entschlossenheit seiner Tochter und ihre heiklen Fragen, Patti tatsächlich zum nächstmöglichen Besuchstermin mitzubringen.

Es war zwei Uhr nachmittags am 27. August 1988, als Cinnamon flüsterte: »Jay . . . können Sie mich hören? Das hoffe ich, weil ich die Aufnahme nicht verderben will . . . Hallo. Danke.«

Newell konnte sie gut hören, aber er konnte sie nicht sehen. Er befand sich in demselben Raum, in dem er schon einmal seine Geräte aufgestellt hatte, und Cinnamon, Patti und David sollten sich auf der anderen Seite der Anlage aufhalten, hinter dem Wachturm, völlig abgeschirmt. Walt Robbins, Stellvertretender Sicherheitschef der kalifornischen Jugendbehörde, befand sich im Wachturm, weniger als fünf Meter von der Stelle entfernt, an der Cinnamon und ihre Besucher sich aufhalten sollten. Er würde Fotos machen.

Cinnamon war diesmal nicht ganz so nervös. Sie hatte das Schlimmste durchgehalten, das erste Abhören ihres Vaters. Nun sollte sie Patti Bailey gegenübertreten, dem Mädchen – bzw. der Frau, die eine Kindheitsfreundin gewesen war, vielleicht eine Mitverschwörerin in einem Mord.

Cinnamon hatte Patti lange, lange nicht mehr gesehen.

Jetzt sah sie Patti und David, Krystal an der Hand haltend, auf sich zukommen. Patti wirkte älter, etwas schwerer als früher. Sie trug Bluejeans und eine rosa Bluse, und ihre dichten blonden Haare waren zu einem welligen Pferdeschwanz nach hinten gezogen. Ihr Vater trug ein rosa T-Shirt, das sich über seiner massigen Körpermitte spannte, und eine graue lange Hose.

Cinnamon erinnerte sich daran, wie David sie beim letzten Mal ertappt hatte, und Newell grinste, als er David nur »Hi« sagen hörte und Cinnamon rasch antwortete: »Ich liebe dich auch!« Cinnamon kniete sich hin, um mit Krystal auf gleicher Höhe zu sein, und sagte: »Hi! Bist du meine Freundin?«

Es war sonderbar, diese Familie bei dem Besuch innerhalb des Gefängnisses zu belauschen. Und auch ein wenig traurig. Im Hintergrund lachten und weinten Kinder. Krystal wollte einen Krapfen und ließ ihn prompt fallen. Es klang so normal, und dennoch war es alles andere als normal. Cinnamon und ihre beiden Besucher gingen an einen der runden Tische, der durch einen großen weißen Schirm gegen Sonne geschützt war. Aus sechs Metern Entfernung schoß Walt Robbins Fotos. David trank Perrier, während die Mädchen an Cokes nippten.

Die Unterhaltung drehte sich größtenteils um alltägliche Dinge, als würden Cinnamon, Patti und David zögern, über die wahren Gründe zu sprechen, aus denen sie sich endlich wieder zusammengefunden hatten. An einer Stelle blickte David zu den jungen Frauen, die in der Nähe auf dem Sportplatz spielten.

»Großartig«, neckte Cinnamon ihn. »Du willst dir die Leute auf dem Sportplatz ansehen?«

»Meine Tochter kennt mich«, sagte David lachend. »Ich mag das dunkle Fleisch.«

»Du magst *was?«* fragte Cinnamon.

»Das *dunkle* Fleisch.« Er spielte auf die schwarzen Mädchen an, die Ball spielten, und deutete vulgär auf ihre körperlichen Reize.

»Du bist abstoßend«, sagte Cinnamon.

»Ja«, echote Patti.

Er war der Erwachsene, fast sechsundreißig Jahre alt, und dennoch erkannte Newell, daß David sowohl mit seiner Tochter als auch mit Patti umging wie mit Gleichaltrigen. Die Mädchen wirkten allerdings reifer, und David machte nur den Eindruck eines häßlichen, voreingenommenen, in seiner Entwicklung steckengebliebenen Geistes. Er beklagte sich bitter über den Verkehrsstau auf dem Freeway bei der Herfahrt.

»Da haben sie diesen Freeway hier herauf – fünf Spuren – und du kommst in diesen Abschnitt, du weißt schon . . .«

»Nein, ich weiß es nicht«, sagte Cinnamon leise.

»Nun, du kommst aus L. A. heraus und auf diese fünf Spuren . . .«

»Ich verpasse offenbar eine Menge Dinge.«

Er begriff nicht, was sie meinte; schwadronierte indessen weiter über den Verkehr, über die Rechnungen für Cinnamons Schreibwaren. Plötzlich fragte er: »Warum haben sie dich das letzte Mal, als ich hier war, so schikaniert?«

Warum ist er so vorsichtig? fragte sich Newell. Er konnte nicht wissen, daß Cinnamon verdrahtet war. Nicht vor zwei Wochen. Nicht heute. Sie trug das gleiche blaue Shirt. Völlig unverdächtig.

Cinnamon wehrte die Frage ab. »Weil mein Passierschein – die Aufseher wußten nicht, daß ich nicht im Cottage war.«

»Wie hast du einen Passierschein bekommen, wenn sie nicht gewußt haben, daß du vom Cottage weggegangen bist?« Newell hielt den Atem an.

»Sie haben um zwei Uhr Schichtwechsel . . . Und als ich hier drinnen war zwischen der letzten . . . irgendwie haben sie mich aus den Augen verloren.«

»Es war so ärgerlich«, klagte David bei Patti. »Wir saßen nur da auf dem Gras. Das blöde Arschloch kam immer wieder zu uns und hat uns zu Tode erschreckt. (Den Wärter nachmachend) ›Bist du Cinnamon Brown? Ich möchte deinen Passierschein sehen. Dieser Passierschein gilt nicht.‹«

Cinnamon lachte. Er war nicht mißtrauisch. Er haßte lediglich Autoritätspersonen.

Sowohl David als auch Patti erklärten, sie hätten Cinnamon doch ihre neuen Telefonnummern – *Davids* neue Telefonnummern geschickt. Die Briefe mußten verlorengegangen sein. Newell wartete auf etwas, in das er seine Zähne schlagen konnte, doch Cinnamon schien die beiden nicht von allgemeinen Themen weglocken zu können. Und diesmal fragte David nicht, worüber sie sich Sorgen machte.

Patti erklärte, sie habe Betsy Stubbs angestellt, um im Campingbus auf Heather aufzupassen. Es hatte sie 20 Dollar gekostet.

»Wie alt ist Heather jetzt?« fragte Cinnamon plötzlich.

»Sie wird im nächsten Monat ein Jahr«, antwortete Patti und biß sich auf die Lippe.

David wechselte rasch das Thema. »Wo hast du die Krapfen gefunden? Waren sie in den letzten tausend Jahren unter dem Bett?«

»Hundert«, sagte Patti.

»In Mathematik bist du nicht sattelfest«, sagte Cinnamon.

»Meiner ist immer fest«, sagte David. »Wollt ihr gucken?«

Newell schüttelte den Kopf. Der Kerl dachte ständig an Sex. Er badete darin, und er nahm dabei keinerlei Rücksicht auf seine Tochter.

Cinnamon blieb hartnäckig. »Ich wollte dir ein paar Fragen wegen des Babys stellen«, sagte sie zu Patti. »Ich komme nie dazu, mit dir zu sprechen.«

Patti sagte nichts.

»Ich weiß nicht einmal, wie das Kind aussieht.«

»Wie ein Kloß«, antwortete Patti.

»Sieht sie denn gar nicht wie der Vater aus?«

»Sie sieht wie gar niemand aus. Sie sieht wie ein Baby aus. Alle Babys sehen gleich aus.«

»Wer ist der Vater?« fragte Cinnamon.

»Sie hat mir erzählt, daß sie sich mit Doug getroffen hat . . .« warf David ein.

Patti sagte nichts und starrte auf den Tisch.

Wieder wechselte David das Thema, schwenkte zurück zu Betsy Stubbs, die »sagte, sie wäre schwanger, aber dann behauptete sie, eine Fehlgeburt erlitten haben. Sie hätte das Baby ausgebrochen. Ich sagte ihr, wenn das stimmt, dann hast du ein ernstes körperliches Problem . . . So dumm ist sie . . .«

Pattis Miene hellte sich auf. »So wahr mir Gott helfe, ich glaube allmählich, sie ist eine Lesbierin!«

»Ist sie auch«, sagte David. »Sie folgt Patti ins Bad.«

»Ich habe wirklich Angst, mich vor ihr auszuziehen . . .«

»Na, vor irgend jemandem hast du dich auf jeden Fall ausgezogen«, platzte Cinnamon heraus.« Und ich bin neugierig. Das macht mich wahnsinnig. Wer ist der Vater, Patti?«

Patti weigerte sich, über Heathers Herkunft zu sprechen. Es war »zu peinlich«.

David wollte wieder seine Vermutung einwerfen, aber Patti hielt ihn zurück. »Sei vorsichtig. Ich will nicht, daß du ihr das erzählst.«

Patti wandte sich ab und beugte sich zu Krystal, während David redete. »Er wohnt noch immer daheim bei Momma und Daddy und fährt einen Trans-Am oder einen Firebird«, fuhr David fort. »Ich habe ihn einmal gesehen, und er ist ungefähr so intelligent wie eine Pampelmuse. Er hat ganz, ganz lockige Haare, nicht wie irgend jemand, den ich hier sehe. So ein griechisches Aussehen.« Heathers Haare wären rot, sagte David. »Und du und sie«, sagte er und deutete auf Krystal, »ihr habt, weißt du, meine Hautfarbe, und dieses Kind, da kannst du fast bis zu den Knochen durchsehen – genau wie bei ihr (auf Patti zeigend).«

Cinnamon wußte, wer der Vater des Babys war. Sie alle wußten es.

Diesmal ließ Cinnamon David das Thema wechseln. Während der nächsten zwanzig Minuten redeten sie ziellos durcheinander. Newell wartete ungeduldig. Warum hielt Cinny sich zurück? Er interessierte sich nicht für Schallplatten oder Uhren oder Betsy Stubbs' letzte leichte Sünde oder warum David Perrier bevorzugte. David übergab Cinnamon mehr und mehr Geschenke. Er und Patti waren äußerst nett und großzügig.

Sie lachten, und Newell hörte, wie David und Patti sich entspannten, weil sie sicher waren, daß Cinnamon in dieser Sache doch keinen Druck ausüben würde.

Abrupt wandte Cinnamon sich an Patti. »Also – hat Dady mit dir diskutiert, was wir bei seinem letzten Besuch besprochen haben?«

Patti stockte mitten im Lachen und antwortete langsam: »Und darauf habe ich es ihm gesagt, und er hat es dir gesagt.«

»Er hat mir gar nichts gesagt.«

»Daß ich tauschen würde?«

»Ich will wissen, was du darüber denkst«, sagte Cinnamon.

Patti wirkte gleichgültig. »Wenn du das machen willst.«

»Wir könnten durch die *Twillight Zone* gehen«, sagte Cinnamon scharf. Die Idee war lächerlich, doch Patti und ihr Vater schienen zu denken, man könnte Gefangene nach Lust und Laune herumschieben.

»Das einzige«, wies David auf, »was du weiterhin machen müßtest, wäre, was du immer gemacht hast. Du erinnerst dich an nichts, und sie rückt mit ihrer Geschichte heraus und wäscht dich rein.«

»Aber wird sie die *Wahrheit* erzählen?«

»Sie wird denen erzählen, was immer sie denen erzählen will.«

»Wirst du ihnen die Wahrheit erzählen?« fragte Cinnamon.

»Was ist die Wahrheit? Ich bin, ich bin . . .«

David ignorierte Pattis Frage und bekniete Cinnamon. »Der springende Punkt ist, daß du die Wahrheit nicht kennst. Du weißt nicht, was passiert ist. Bleib bei dem, wie du vom ersten Tag an warst, als du hierher kamst. Du erinnerst dich nicht . . .«

»Dann werdet ihr ihnen die Wahrheit erzählen?«

David erklärte, daß Cinnamon sich an nichts erinnern sollte, weil Patti diejenige war, die alles wußte. »Sie hat es getan. Daher weißt du nichts.«

Patti entdeckte einen Fehler. »Dann wird man *mich* fragen, warum *sie* die Pillen genommen hat.«

»Du hast sie ihr gegeben«, wies David sie an.

»Sie hat sie mir aber nicht gegeben«, widersprach Cinnamon.

»Wie immer du es machen willst, so mache ich es«, bot Patti an.

»Erzähl ihnen einfach die Wahrheit«, wiederholte Cinnamon zum zehnten Mal.

Worauf wollte David hinaus? Newell versuchte, dem Hin und Her der Unterhaltung zu folgen. David baute die Vergangenheit um. Und Patti erlaubte ihm, sie auf einen silbernen Tablett zu servieren. *Warum?*

Und dann änderte sich der ganze Plan.

»Keiner von uns kann sich noch an viel erinnern«, meinte David.

Cinnamon war fassungslos. Man hörte es in ihrer Stimme. *Du erinnerst dich nicht mehr an viel, was in dieser Nacht passiert ist? Sogar Großpapa weiß es.«*

Cinnamon begann, ihren Vater und Patti mit Fragen zu löchern.

Wie viele Schüsse?«

Wer feuerte die Waffe ab?

Wer hat mich den Abschiedsbrief schreiben lassen? Warum?

David und Patti wurden plötzlich von einer nebelhaften Amnesie gepackt. Sie mauerten gegen Cinnamon. David dachte, daß vielleicht Larry oder Alan eingebrochen hätten. Patti konnte sich nicht an den Tigerwandbehang in ihrem Zimmer erinnern. »Glaub mir, sollte ich mich wieder erinnern, komme ich her und spreche mit dir.«

Cinnamon starrte ihre Besucher verständnislos an. Sie waren nach Ventura mit ihrem dummen Plan eines Austauschs gekommen, und jetzt plötzlich war ihre Erinnerung gelöscht. Keiner der beiden erinnerte sich an mehr als ihre Namen.

»Ihr erinnert euch an nichts, was im Haus gesprochen wurde oder im Kleinbus? *An gar nichts?«*

»Im Kleinbus?« fragte Patti leer.

»Ach, jetzt wirst du gleich fragen. ›Was für ein Kleinbus?‹ Richtig?«

Auf Cinnamon wirkte es offenbar so lächerlich, daß Newell sie lachen hörte.

»Nein, ich erinnere mich nicht«, sagte Patti. »Ich erinnere mich nur an Sachen, die ich in der Zeitung gelesen habe.«

»Wißt ihr, ich will mich davon überzeugen, daß ich nicht verrückt bin«, sagte Cinnamon. »Deshalb versuche ich ... ein paar Stunden mit euch noch einmal durchzugehen, damit ich ... ich versuche, mich selbst zu finden ...«

»Ich verstehe«, sagte David mit einer Spur satter Zufriedenheit. »Ich habe keine Probleme.«

»Alle diese Lügen und dieses Zeug, das macht mich irre.«

»Irre«, stimmte Patti zu. »Ich habe Halluzinationen, das glaubst du nicht.«

Cinnamon fragte ihren Vater, ob er sich daran erinnerte, daß er ihr sagte, sie solle alle untauglichen Abschiedsbriefe beseitigen.

»Möglich ... ich weiß es nicht. Ich erinnere mich nicht.«

»Seid ihr mit mir *verwandt?«* Cinnamon lachte. »Oder seid ihr Klons von den Menschen, die ich da draußen gekannt habe?«

»Cinny, als meine Leber zum Teufel ging«, jammerte David,

»hat sie meinen ganzen Körper versaut. Ich erinnere mich kaum noch an etwas von Data Recovery.«

»Ich war die ganze Zeit hier«, antwortete Cinnamon. »Das hat mein Leben versaut.«

Newell lauschte Davids verschlungenen Gedankengängen und bestaunte erneut seine einfallsreichen Ausweichmanöver in der Unterhaltung. Er schlug plötzlich die Mitleidstour ein und versuchte, Cinnamon davon zu überzeugen, daß es ihr im Gefängnis viel besser erging als ihm draußen.

»Ich weiß, ich weiß«, sagte David mit müder Stimme. »Ich muß mich auf Dad verlassen . . .«

»Wenn ich stark sein kann«, behauptete seine Tochter, »kannst du es auch sein.«

»Ich versuche es. Ich kämpfe, so gut ich kann, aber das ist meinem Körper zugestoßen. Da kann ich nichts daran ändern. Niemand hat dich darum gebeten, dich um einen Sterbenden zu kümmern.«

Cinnamon wandte sich an Patti, entschlossen, es noch einmal zu versuchen. »Ich habe Daddy das letzte Mal gefragt, warum wir das durchgezogen haben, und er hat mir seine Meinung gesagt . . . Was ist dein Grund, aus dem du das durchgezogen hast?«

»Weil die beiden hinter ihm her waren und du nicht wolltest, daß er weggeht«, platzte Patti heraus.

»Wir sprechen von Linda?« fragte Cinnamon.

Und plötzlich machte Patti einen Rückzieher. Nein, sie erinnerte sich nicht an ein Telefongespräch zwischen Linda und Alan, hatte keine Verschwörung gegen David gehört. Vielleicht hatte David etwas von einer Verschwörung gehört. Sie erinnerte sich an nichts. »Einer von uns hat sie am Telefon belauscht . . .« Patti verstummte.

»Also, Eene Meene Muh, und raus bist du«, sagte Cinnamon sarkastisch.

Jedesmal, wenn sich in Pattis Erinnerung ein winziger Sonnenstrahl zeigte, schnitt David ihr das Wort ab. Er wiederholte für Cinnamon eine »Erinnerung«, an die sie unbedingt denken sollte. »Es ist vorher schon auf mich geschossen worden. Wenn jemand mich töten wollte, sollte er es versuchen. Vielleicht würde er mich verwunden, vielleicht würde er mich verfehlen, aber dann würde er im Gefängnis landen. Sollten sie es doch versuchen. Ich erinnere mich, daß ich euch beiden etwas gesagt habe, und das ist das letzte, woran ich mich erinnere, was ich zu euch gesagt habe, als ich das Haus verließ – ›Macht euch deshalb keine Sorgen. Ich lasse mir jetzt den Kopf klären. Ich fahre an den Strand. Laßt einfach alles, wie es ist. Ihr zwei geht schlafen. Also . . . vergeßt es. Wenn es passiert, passiert es.‹ Ihr habt auch etwas gesagt. Daran *erinnere* ich mich. Ihr habt gesagt ›Alan könnte da draußen auf dich warten. Er weiß, daß du oft an den Strand fährst.‹ Und ihr habt gesagt ›Geh nicht!‹«

Cinnamon schüttelte verwirrt den Kopf. »Daran erinnere ich mich nicht . . . Ich erinnere mich daran, daß du mit mir und Patti im Wohnzimmer gesprochen hast. Du hast gesagt ›Es muß heute nach geschehen.‹ Und daß du weggehen würdest.«

»Daran erinnere ich mich nicht«, sagte David ernsthaft.

Cinnamon lachte. Sie hing da drinnen. Es ging um ihr Leben, und doch schien sie das lückenhafte Gedächtnis ihres Vaters beinahe komisch zu finden. Entweder hatte Cinnamon die ganze Geschichte, die sie Newell und Robinson erzählt hatte, vollständig erfunden, oder David und Patti belogen sie systematisch, um sie bewußt zu verwirren, sie in Schach und vor allem fern von den Behörden zu halten. »Warum stellt ihr zwei es so dar, als wäre ich in dieser Sache allein gewesen – ihr zwei habt . . .« drängte sie. »Ihr ladet die ganze Verantwortung auf mir ab. *Ich* bin diejenige, die hier drinnen ist.« Cinnamon schien die Abhöranlage vergessen zu haben. Ihre Worte schienen aus tiefster Seele zu kommen. *»Spielt es denn wirklich eine Rolle, wer den Abzug betätigt hat?« fragte sie.*

Newell richtete sich kerzengerade auf. Was wollte sie denn damit sagen?

»Ich erinnere mich«, sagte Cinnamon und wandte sich an David, »daß du gesagt hast, du könntest es nicht – du hättest nicht den Mut oder so, im Haus zu bleiben.«

»Und ich sagte, ich hätte keine Nerven für irgend etwas, das passieren würde . . . Als ich heimkam, Cinny, bekam ich einen Schock.« David sagte, seine Erinnerung wäre manchmal auf fünf Minuten beschränkt.

Angewidert wandte Cinnamon sich an Patti. »Was meinst du, wie mir ist, wenn ich daran denke, daß der Vater deines Babys mein Vater ist – wo ich doch gesehen habe, was du und mein Dad in dem Laden gemacht habt?«

»Was ich meine, wie du dich fühlst? Verletzt. Verwirrt. Wütend. Beschissen. Verständnislos.«

»Kannst du mir das erklären?«

»Ich weiß es nicht.«

»Warum hast du es getan?« fragte Cinnamon ihren Vater.

»Das in dem Laden? Wahrscheinlich, weil ich mich unsicher fühlte. Ich war besorgt über alles, was ich bei Linda gesehen und erlebt habe. Ich hatte keine Ahnung, daß sie Drogen nahm . . . Ich fühlte nur einfach, daß zwischen Linda und mir etwas nicht stimmte . . . Es gibt gewisse Dinge in einer Ehe, und man braucht Sicherheit. Also, du brauchst jemanden, der dich festhält, wenn du das Gefühl hast, daß dich jeden Moment die ganze Welt anscheißen wird . . . was immer wir (er und Patti) davor gefühlt haben . . . war sehr irreal.«

»Warum wohnte sie dann noch immer bei dir?«

»Weil wir der Rest der Familie sind, der uns noch geblieben ist. Wer soll denn auf sie aufpassen?« Er deutete mit einem Kopfnicken auf Krystal, die mit ihren vier Jahren glücklich hinter den Vögeln herlief, die in der Nähe warteten, um Krümel von Doughnuts aufzupicken. Großmama und Großpapa könnten nicht auf Krystal aufpassen, sagte David.

»Außerdem«, sagte Patti rasch, als könnte sie es nicht länger zurückhalten. »Er bedeutet mir noch immer etwas . . . Er bedeutet mir etwas, und ich liebe ihn noch immer. Ich werde nicht weggehen, es sei denn, er sagt mir, daß ich weggehen muß. Ich will so für ihn dasein, wie er für mich da war.« Das war ein Versprecher. David hatte Cinnamon versichert, Patti habe sein Haus schon längst verlassen.

Patti bemerkte Davids Ärger und veränderte schrittweise ihre Geschichte. Ja, sie war ausgezogen – um nach Oregon zu gehen und sich selbst zu finden.

Cinnamon wollte noch immer etwas über Heather erfahren, aber sie antworteten ihr nicht.

Nein, David hatte – in dieser Hinsicht – kein Interesse an

Patti. »Ich habe mich mit vielen Frauen getroffen.« Er zählte sie auf, und Pattis Gesicht zeigte puren Schmerz.

»Ich liebe ihn noch immer, und ich werde ihn immer lieben«, sagte sie mit überraschender Heftigkeit. »Und mir gefällt das alles nicht. Weil ich weiß, daß alle anderen nur hinter dem her sind, was er hat, und ich liebe ihn aufrichtig für das, was er ist – nicht dafür, was er mir geben kann. Ich liebe ihn für das, was er ist, aber, sieh mal – damals, ich meine, ich war noch ein unreifer kleiner Rabenbraten, und ich habe nicht zweimal nachgedacht, bevor ich etwas getan habe ... Es tut weh, aber ich meine ... nur weil ich so fühle, heißt das noch lange nicht, daß er auch so fühlt.«

Da war es, zwischen den Zeilen verborgen. Newell hatte kaum Zweifel, daß Patti Bailey Brown die Wahrheit sagte. Aus unerfindlichen Gründen liebte sie David Brown aufrichtig.

»Meine Liebe zu ihr«, sagte David zu Cinnamon über Patti, »unterscheidet sich nicht von meiner Liebe zu dir oder zu Krystal. Da gibt es nichts Körperliches.«

»Dann meinst du, man würde das als Inzest ansehen – was ich dich mit ihr machen gesehen habe?« fragte Cinnamon.

»Küssen?« fragte David.

»Richtig.«

»Was ist Inzest?« fragte Patti.

»Es ist *nicht* Inzest.« David sprach geduldig. »Viele Eltern küssen ihre Kinder auf den Mund ...«

»Aber nicht so«, schleuderte Cinnamon zurück.

»Vielleicht nicht so, und es hat sich damals nicht richtig angefühlt, und es hat sich seither nicht richtig angefühlt.«

»Dann mußt du für sie mehr empfunden haben als für eine Tochter?«

»Ich glaube, ich habe das damals wegen meiner Unsicherheit versucht. Ich könnte es versucht haben ... Väter machen es mit ihren Töchtern. Ich meine, du weißt schon. Das ist nicht ... so ungewöhnlich. Tatsächlich ist es sogar sehr verbreitet. Sie haben Sex mit ihren Töchtern. Das ist für sie so anders ... wer immer verfügbar ist.«

Jay Newell wandte sich ab. David Browns Ansichten über Inzest überraschten ihn nicht. Dennoch war er angewidert.

Das Mädchen hielt sich großartig. Sie stellte die genau richtigen Fragen, aber die Antworten kamen aus der falschen Ecke.

Cinnamon fragte nach der Versicherungszahlung für Linda. Diesmal kam eine neue Antwort. »Krystal hat das Geld von der Versicherung bekommen«, sagte David. »Ich brauche das Versicherungsgeld nicht. Weißt du, wieviel ich verdient habe – seit dem 1. August? Einhundertundfünfundsiebzigtausend Dollar. Wozu sollte ich Geld von der Versicherung brauchen? Cinny, mein Geschäftskonto von Data Recovery hat – ich weiß nicht einmal, wieviel Geld darauf ist. Mein Privatkonto hat immer bei ungefähr siebzigtausend Dollar gestanden ... Cinny, ich kann mit einem Auftrag hunderttausend, zweihunderttausend Dollar verdienen. Ich könnte drei Millionen Dollar mit einem Auftrag verdienen, den wir gerade für die Bank gemacht haben.«

Cinnamon hörte kaum zu, aber Newell machte sich einen Vermerk, noch einmal alle Versicherungspolicen für Linda Brown zu überprüfen. Diese Frage hatte David mehr getroffen als alle anderen. Er wollte nicht mit Versicherungszahlungen in Verbindung gebracht werden.

Cinnamon bat Patti und David, für sie die Nacht des 18. März vor drei Jahren durchzugehen.

Patti erinnerte sich rasch an alles bis zu dem Punkt, an dem sie in ihr Zimmer gegangen war, um zu schlafen. David unterbrach sie, als sie in die gefährliche Zeit danach zu treiben begann. »Ich möchte dich etwas fragen«, sagte er. »Tragt ihr jetzt Gefängnisschuhe? Müßt ihr Gefängnisschuhe während der Besuchszeit tragen?«

Es ergab überhaupt keinen Sinn. Es erinnerte Newell daran, wie David Brenda während der Verkündigung von Cinnamons Urteilsspruch an den Haaren gezogen hatte. Kümmerte es ihn überhaupt nicht – oder wollte er Patti ablenken?

Von Mord zu Schuhen innerhalb einer Sekunde.

Doch Cinnamon drängte ihn zurück zu Mord.

David war jetzt sicher, daß höchstwahrscheinlich Larry Bailey Linda getötet hatte, weil er dachte, es wäre David. »Linda lag auf meiner Seite des Betts. Die Cops haben mir das gesagt. Sie haben Fotos davon gemacht und so ... Sie war auf meiner

Seite des Betts, auf der linken. Sie sagten, das Zimmer war dunkel, und ich glaube, wer immer es getan hat, dachte, er würde mich erwischen.«

In Wahrheit war Linda Brown genau da gefunden worden, wo sie immer schlief, auf der rechten Bettseite.

»Du glaubst, wer immer es getan hat, dachte, er würde dich erschießen?« fragte Cinnamon ungläubig.

»Ja.« David erwärmte sich für die Geschichte. »Zu viele sonderbare Dinge sind passiert, seit das alles passiert ist. Ich weiß, daß jemand hinter mir her ist. Es ist gut möglich, daß meine Leber vergiftet wurde. Jemand hat versucht, mich zu vergiften.«

Patti nickte. »Es passierte (Davids angebliches Leberversagen) knapp zwei Monate danach, und es heißt, daß es eine Zeitlang dauert, bis es da hinkommt (in die Leber).«

»Aber jedenfalls, ja – Linda könnte mich vergiftet haben«, sagte David fast fröhlich. »Das ist noch etwas, was sie mir gesagt haben. Sie könnte mich vergiftet haben. Alan könnte mich vergiftet haben. Aber du fragst, warum sie noch immer hier ist. (Er deutete auf Patti.) Ich habe Todesangst. Jeden Tag habe ich Angst, jemand oder etwas könnte mich töten – jeden Tag wegen Alan . . . Alan hat seine Drohungen aufrecht erhalten. Larry ist noch – jetzt ist er aus Missouri zurückgekommen, und ich zittere wie Espenlaub, und ich wünschte, Betsy würde auf deiner Besucherliste stehen. Sie könnte hereinkommen und dir erzählen, daß ich manchmal sogar dasitze und weine.«

David erklärte, er wäre seit dem Mord bei drei Psychiatern gewesen. Der einzige Grund, aus dem er mit Frauen ausging, war, daß er die ganze Zeit Angst hatte. Er war deprimiert. »Weil ich mir Sorgen um dich hier drinnen mache. Ich will dich daheim haben.«

Die Geschichten gingen noch eine halbe Stunde weiter. Lösungen tauchten in Davids Kopf auf und versprühten wie Wassertropfen von einer Frisbee-Scheibe. Aber »So wahr mir Gott helfe«, David hatte keine Ahnung, wer Linda getötet hatte. Sein Gedächtnis war verschwunden. Er war für das Gefängnis nicht stark genug, aber er würde liebend gern Patti gestehen lassen.

Als Patti und Krystal zur Toilette gingen, wurde Davids Ton mit seiner Tochter vertraulich. »Ich weiß, wie das für dich ist«, sagte er zu Cinnamon.

»Nein . . .« antwortete sie langsam. »Du kannst dir vielleicht vorstellen, wie es für mich ist, aber du weißt nicht, wie es wirklich ist.«

»Cinnamon, du weißt, was ich meine. Ich habe dich immer so geliebt. Ich wollte nie, daß dir etwas Böses zustößt . . . Cinny, wenn du es getan hast, dann hast du es getan, weil du mich genau so liebst wie ich dich.«

»Aber ich habe es nicht getan.«

»Ich glaube dir . . . Du warst immer zu liebenswert, weiß du. Du warst immer lustig und niedlich . . . wie ich.«

»Übertreib nicht.«

»Das warst du. Du warst immer lustig. Du magst Witze, und du machst gern das gleiche wie ich. Du hast nichts in dir, was es dir möglich machen würde, irgend jemanden zu verletzen. Deshalb war ich immer überzeugt, daß es jemand gewesen sein muß, der dachte, es wäre ich. Ich will deine ehrliche Meinung. Nachdem du jetzt mit ihr (Patti) gesprochen hast, könnte sie es getan haben? Ich sitze wie auf glühenden Kohlen, seit du mir das da drüben auf der Wiese gesagt hast«, sagte David. »Du hast mich zu Tode erschreckt. Ich habe Mutter und Dad erzählt, was wir beide besprochen haben, und sie waren zu Tode erschrocken. Sie haben versucht, so lange wie möglich in dem neuen Haus zu bleiben, weil sie Angst haben, sie könnte jetzt versuchen, *mich* zu erledigen. Sie halten sie dazu für fähig. Alle beide.«

Das machte Cinny beinahe schwindelig. Ihr Vater, der ständig die alten Sätze wiederholte. Dieselben alten Verdächtigungen. Dieselben alten Alibis. Und dann widersprach er sich auch noch immer selbst.

Er vertraute Patti. Nein, er hatte »Todesangst«, daß Patti versuchen könnte, ihm umzubringen.

Es war Larry – oder Alan. Nein, er war sich nicht sicher.

Er erinnerte sich an nichts. Er erinnerte sich genau daran, was er ihnen gesagt hatte.

Sein Vater wäre fähig, jemanden umzubringen. Nein, sein Vater und seine Mutter hatten Todesangst vor Patti.

Cinnamon ging mit ihm und Patti und Krystal nach draußen, um Großmama Brown zu sehen. Sie lächelte schwach über den Teddybären, den Manuela ihr schenkte. Beim Abschied zuckte sie zusammen, als ihr Vater sie fest umarmte – so fest, daß sie sich fragte, ob er die Abhöranlage fühlte. Cinnamon hatte eine Kamera auf sie gerichtet gesehen, nur ein Aufblitzen, nur einmal. Sie wußte, daß Walt Robbins in dem Wachturm war. Hatte ihr Vater ihn gesehen? Wenn ja, dann hatte er nichts gesagt.

Sie hoffte, daß Jay Newell genug Informationen erhalten hatte. So viele Worte, so viele Andeutungen.

Als sie in den Raum kam, in dem Jay Newell die Bandaufnahmen überwachte, lächelte sie ihm zu. »Haben Sie gehört, wie ich versucht habe, ihm was zu entlocken? Haben Sie es gehört?«

»Ja. Du hast gute Arbeit geleistet. Die beiden haben sich ziemlich bemüht, ihre Geschichte gut zusammenzubekommen.«

Er wußte noch nicht, ob er genug hatte, bevor er nach Santa Ana zurückkehrte und sich die Bänder mit Robinson anhörte.

Aber er hatte ein gutes Gefühl.

29

Um einen Mordfall aufzubauen – oder in diesem Beispiel *wieder*aufzubauen –, versuchen die Ankläger und die Detectives, die drei großen Ms des Mordes zu beweisen – Motiv, Mittel und MO (modus operandi). Und zwar brauchen sie sowohl Indizienbeweise als auch direkte Beweise, um ihren Fall zu untermauern. Cinnamon war hauptsächlich aufgrund ihres eigenen Geständnisses gegenüber der Medizinstudentin Kim Hicks verurteilt worden.

Jetzt mußten Jeoff Robinson und Jay Newell doppelte Kraft aufbringen, um einen längst toten Fall zu eröffnen. Ihre Hauptzeugin würde eine Mitverschwörerin sein, keine gute Zeugin. Es war gesetzlich riskant, die Aussage eines Mitverschwörers vor Gericht zu verwenden. Um Cinnamons Zeugenaussage zuzulassen – die unerläßlich war, um David Brown und/oder Patti Bailey zu verurteilen – mußte es *unabhängige* Unterstützung für ihre Aussage geben. Das konnte ein physischer Beweis sein – ein Fingerabdruck, ein DNA-Vergleich – aber nicht in diesem Fall. Da die drei vermutlich in der Tat verwickelte Personen in demselben Haus gelebt hatten, waren die üblichen physischen Beweise wertlos.

Immer wieder hörten Robinson und Newell sich die Bänder an. Jedes Abspielen brachte eine neue Nuance zutage. Robinsons Lächeln wurde breiter. Es gab kein Zurück mehr. Völlig unbewußt hatten Patti und David Cinnamons Geschichte unterstützt – selbst als sie sich bemühten, ihre Verwicklung zu verschleiern.

Doch Robinson überstürzte diesen Fall nicht. Er und Newell sprachen ihn durch, bis keiner mehr die Stimme des anderen hören konnte.

»Wie könnten wir es besser machen?« erinnerte sich Newell. »Das haben wir uns immer wieder gefragt. Was könnten wir unserem Fall noch hinzufügen, um ihn zu stärken? Es hatte keinen Sinn mehr, weitere Bandaufnahmen in der Ventura School zu machen. Wir meinten, wir hätten alles von David und Patti, was wir nur bekommen konnten. Letztlich blieb nur eines übrig, nämlich, daß David oder Patti mit dem Finger auf den anderen zeigte, und das würde nur passieren, wenn wir die beiden verhaften und trennen konnten.«

Das Motiv war für David und Patti viel stärker, als es für Cinnamon gewesen war. David hatte Pattis Jugend gewollt, und ihre auf Band aufgenommenen Erklärungen zeigten eindeutig, daß sie ihn lange Zeit begehrt hatte. Es gab kaum einen Zweifel daran, daß sie ein gemeinsames Baby hatten.

Da David bei weitem der nüchternere der beiden Verdächtigen und – um es platt auszudrücken – der gierigere war, paßte auf ihn ein zweites und noch gewichtigeres Motiv. Finanzieller Vorteil. Er hatte immer gesagt, Versicherungen wären dazu da, daß man sie ausnützte, er hatte sie ausgenützt. Entschädigungszahlungen für Autos, Geländefahrzeuge, Computer, medizinische oder emotionale Schäden hatten sein Vermögen vergrößert. Niemand würde jemals wirklich wissen, wieviel er an Entschädigungen eingestrichen hatte, wegen der sonderbaren Löcher, die in seinen Unterlagen in Computern von Versicherungsgesellschaften klafften.

Lust und Gier.

Zwei Motive sind immer besser als eines.

Fred McLean bearbeitete den Gesichtspunkt der Versicherung und suchte die Versicherungsagenten, die David und Linda die Lebensversicherung verkauft hatten, die sich nach Lindas Ermordung so hübsch ausgezahlt hatte.

Er fand heraus, daß zum Zeitpunkt von Linda Browns Tod ihr Leben mit nicht weniger als vier Policen versichert war! Wieso vier? McLean fand heraus, daß Linda Marie Brown, Anfang zwanzig, eine Hausfrau sogar ohne High-School-Ausbildung, niemals von einer Gesellschaft auf, sagen wir, eine Million Dollar versichert worden wäre. Versicherungsgesellschaften überprüfen Versicherungsverträge sehr sorgfältig und empfehlen die Annahme oder Ablehnung aufgrund vieler Faktoren und statistischer Durchschnittswerte. Eine Antragstellerin wie Linda Brown auf eine Million Dollar zu versichern, wäre lächerlich. Sie würde als »überversichert« betrachtet werden.

Überzogene Versicherung läßt bei Versicherungsgesellschaften eine rote Flagge hochgehen. Eine Möglichkeit, das zu umgehen, besteht darin, kleine Versicherungspolicen von mehreren Gesellschaften zu bekommen. Die Versicherungsindustrie hat auch hier eine Sicherung eingebaut. Antragformulare beinhalten Fragen wie »Haben Sie eine Lebensversicherung bei einer anderen Gesellschaft?« Darüber hinaus bestehen zentrale Register, in denen Versicherungsgesellschaften überprüfen können, ob Antragsteller gegenwärtig anderswo versichert sind. Dennoch, nichts ist narrensicher.

McLeans Ermittlung förderte zahlreiche Anträge für Lebensversicherungen sowohl von Linda, als auch von David Brown zutage. Linda war vollkommen gesund gewesen. David hatte gewissenhaft seine zahlreichen Leiden aufgeführt. Es war nicht überraschend, daß Linda akzeptiert wurde (in allen ihren Anträgen stand, daß sie keine andere Versicherung hatte), und

David nur »unter Vorbehalt« akzeptiert wäre. Falls ein Antragsteller einen schlechten Gesundheitszustand aufweist oder schon älter ist, kann er versichert werden – aber mit höheren Kosten. Viele Kunden lehnen Policen ab, die ihnen nur »unter Vorbehalt« mit höheren Prämien angeboten werden.

Das war genau, was David Brown getan hatte. Auf den ersten Blick wirkten er und Linda wie ein junges Paar, das Sicherheit suchte. Bei näherem Hinsehen mochte ein mißtrauischer Detective ableiten, daß David zwar Lindas Leben hoch versichern, jedoch nie eigene Policen haben wollte. Weshalb sonst hätte er praktisch garantiert, daß er abgelehnt oder »unter Vorbehalt« angenommen wurde, indem er seine Gesundheitsprobleme hochspielte? Allerdings mußte es eine vorsichtige Ehefrau beruhigen, wenn sich beide bewarben. McLean fand heraus, daß David Brown förmlich einen Trampelpfad zu Versicherungen gelegt hatte, indem er sich unzählige Male bewarb. Dennoch war er selbst gegenwärtig nicht versichert. Er war der Hauptverdiener, der erklärte Haushaltsvorstand. Hätte er nicht derjenige sein sollen, der versichert war? Offenbar war er wegen Sicherheit nicht so besorgt, wie er wirkte.

Jedenfalls war Linda Marie Brown zur Zeit ihrer Ermordung versichert bei:

American General Life Accident: 100 000 Dollar und
ausgestellt 24. 2. 84 100 000 Dollar bei Unfalltod
New York Life: 100 000 Dollar und
ausgestellt 12. 3. 84 100 000 Dollar bei Unfalltod
Capital Life: 200 000 Dollar und
ausgestellt 21. 1. 85 150. 000 Dollar bei Unfalltod
Liberty Life: 200 000 Dollar und
Antrag 21. 2. 85 200 000 Dollar bei Unfalltod

Die letzte Police wurde nie wirklich bewilligt, aber ein Antrag und eine erste Prämie gingen am 21. Februar 1985 ein, sechsundzwanzig Tage vor Lindas Ermordung.

Innerhalb der dreizehn Monate vor ihrem Tod war Linda Marie Browns Leben viermal versichert worden, alles auf doppelte Entschädigung, alles eingetragen auf David Brown als einzigem Begünstigten. McLean fand heraus, daß Brown schnell kassiert hatte. Kurz nach dem Begräbnis erhielt American General einen handschriftlichen Brief von Brown, in dem er die Zahlung verlangte, und er erhielt einen Scheck über 208 043,60 Dollar.

Capital Life bezahlte an Brown 361 833,08 Dollar am 8. August.

New York Life bezahlte ihm 200 000 Dollar am 9. September.

Die letzte Police hatte sich im Prozeß der Ausstellung befunden, als Linda starb. Liberty Life hatte die Police noch nicht ausgegeben, hatte jedoch die erste Prämie akzeptiert, die mit dem Antrag eingegangen war.

Auch wenn er es Cinnamon gegenüber auf Tonband abgestritten hatte, so hatte David Brown insgesamt 843 626,68 Dollar innerhalb von sechs Monaten nach Lindas Tod kassiert. Wären vor Lindas Ermordung noch ein paar Monate vergangen, wäre Cinnamon an einer Überdosis gestorben, *und* hätte eine Gesellschaft nicht herausgefunden, daß Linda überversichert war, hätte David Brown insgesamt 1 239 876,86 Dollar kassiert. McLean betrachtete die Unterschriften auf Lindas Antrag. Sie wirkten auf ihn unterschiedlich, aber er war zugegebenermaßen kein Experte für Handschriften.

McLean ließ die Unterschriften auf Lindas Anträgen von einem Experten untersuchen. Was er zu hören bekam, war ein wenig enttäuschend. »Sie sind alle von Linda Brown unterschrieben – sie stimmen alle mit der Probe ihrer Handschrift überein. Die Veränderungen zeigen nur unterschiedliche Stimmungen an, ob sie in Eile war oder müde – etwas in dieser Art.«

Damit stand es also fest. Linda Brown hatte ihren Ehemann in dem Jahr vor ihrer Ermordung mindestens viermal begleitet, um einen Antrag auf Versicherung zu stellen. Sie war verzweifelt arm aufgewachsen. Sie wollte, daß für ihr Baby gesorgt war. Wußte sie überhaupt, daß David seine Versicherungen ablehnte oder dafür sorgte, daß sie abgelehnt wurden? Vielleicht nicht.

Dank McLeans Beharrlichkeit hatten Robinson und Newell den Fall gegen David Arnold Brown wesentlich vorangetrieben. Über 800 000 Dollar versüßten die Geschichte. Doch Robinson verlangte mehr, »mehr und noch mehr.«

Der für gewöhnlich lässige Newell sah den Ankläger an und sagte: »Verdammt, Jeoff! Ich liefere Ihnen das auf einem Silbertablett. Jetzt wollen Sie auch noch David Browns Namen darauf eingraviert!«

Robinson hob abwehrend die Hände. »Okay. Vorwärts!«

Die Anklage sollte auf Mord lauten. Strafgesetzbuch von Kalifornien, Paragraph 187.

Und darüber hinaus sollte die Klage »objektive Tatbestände« anführen. Robinson und Newell diskutierten, welche objektiven Tatbestände sie einschließen konnten und wie viele. Er hatte lange auf sich warten lassen, dieser Moment, in dem die Anklage erhoben wurde. Sie gaben sich Mühe mit diesem Dokument.

»Was können wir hineinschreiben?«

»Was noch?«

Sobald die Anklage erst einmal so war, wie sie es wollten, würde Jay Newell alle nötigen Schritte unternehmen, bis er zwei Haftbefehle erhielt. »Hätten wir den üblichen langsamen Ablauf von Schreibtisch zu Schreibtisch und von Abteilung zu Abteilung abgewartet«, sagte Newell, »hätte es eine Weile dauern können – und wir hatten lange genug gewartet. Ich ging damit zum Schriftführer des Stadtgerichts, der mich zu dem Richterzimmer hinaufschickte. Ich informierte den Richter und er unterschrieb die Haftbefehle. Ich behielt bis zuletzt diese Kopien in meiner Hand.«

Und da waren sie, die schönsten Papiere, die Jay Newell je gesehen hatte:

Zu den Akten genommen am tagenden Obergericht des Staates Kalifornien, im und für das
    County of Orange, auf Antrag des Staatsanwalts des
    besagten Orange County,
    am heutigen 2. Februar 1989

GARY L: GRANVILLE, Schriftführer des County
DURCH: ______________________Deputy

AM OBERGERICHT DES STAATES KALIFORNIEN
IM UND FÜR DAS COUNTY OF ORANGE

DAS VOLK DES STAATES KALIFORNIEN,
FALL NR: C-71971

KLÄGER,
gegen

ANKLAGE

DAVID ARNOLD BROWN
Angeklagte(r)

ANKLAGEPUNKT I: Der Staatsanwalt des County of Orange klagt mittels dieser Anklageschrift hiermit DAVID ARNOLD BROWN eines Kapitalverbrechens an wie folgt: Verstoß gegen §187 des Strafgesetzbuchs des Staates Kalifornien (Mord), insofern daß der (die) besagte(n) Angeklagte(n) am oder um den 19. März 1985 im County of Orange, Staat Kalifornien, mit Vorbehalt Linda Brown, ein menschliches Wesen, tötete(n).

ANKLAGEPUNKT II: Daß zwischen dem 19. März 1984 und dem 19. März 1985 im Orange County, Kalifornien, das Kapitalverbrechen begangen wurde wie folgt: Verstoß gegen §182.1 des Strafgesetzbuchs des Staates Kalifornien, begangen durch DAVID ARNOLD BROWN und Patti Bailey, die in besagtem Zeitraum und an besagtem Ort vorsätzlich, unrechtens und mit böser Absicht sich verschworen (untereinander und mit einer anderen Person oder anderen Personen, deren Identität unbekannt ist), das Verbrechen des Mordes zu begehen, Verstoß gegen §187 des Strafgesetzbuchs, ein Kapitalverbrechen; daß in Verfolgung und zum Zweck der Ausführung des Inhalts und der Ziele der besagten Verschwörung die besagten Angeklagten die folgenden objektiven Tatbestände of Orange County begingen:

OBJEKTIVER TATBESTAND NR. 1

Angeklagter DAVID ARNOLD BROWN und Patti Bailey führen Vorgespräche bezüglich der Ermordung von Linda Brown.

OBJEKTIVER TATBESTAND NR. 2

Angeklagter DAVID ARNOLD BROWN rekrutiert Cinnamon als Helferin bei der Mordtat, basierend auf der Theorie, daß Linda Brown plant, ihn zu töten. Falls Cinnamon die Familie zusammenhalten will, muß sie teilnehmen.

OBJEKTIVER TATBESTAND NR. 3

Nachdem Cinnamon Brown den Angeklagten DAVID ARNOLD BROWN und Patti Bailey bei einer Umarmung beobachtet, weist Angeklagter DAVID ARNOLD BROWN Cinnamon Brown an, niemandem von ihren Beobachtungen bezüglich David und Patti Bailey zu erzählen.

OBJEKTIVER TATBESTAND NR: 4

Während der Fahrt im Kleinbus nach Long Beach besprechen beide Angeklagten, DAVID ARNOLD BROWN und Patti Bailey, den Mord. Beide stimmen darin überein, daß sie Linda Brown »beseitigen« müssen. Spezifizierte Pläne des Mordes werden besprochen.

OBJEKTIVER TATBESTAND NR. 5

Angeklagter DAVID ARNOLD BROWN schließt zwei zusätzliche Lebensversicherungspolicen auf das Leben von Linda Brown ab.

OBJEKTIVER TATBESTAND NR. 6

Innerhalb einer Woche vor dem Mord weist Angeklagter DAVID ARNOLD BROWN Cinnamon an, die Schuld für den vorbedachten Mord auf sich zu nehmen. Er erklärt Cinnamon darüber hinaus, daß sie in Anbetracht ihres Alters nur wenig oder gar keine Zeit im Gefängnis verbringen wird.

OBJEKTIVER TATBESTAND NR. 7

Angeklagter DAVID ARNOLD BROWN weist Cinnamon an,

das Schreiben von Abschiedsbriefen zu üben; darüber hinaus erklärt er, dies ließe das Tötungsdelikt wie Mord-Selbstmord erscheinen.

OBJEKTIVER TATBESTAND NR. 8

Angeklagter DAVID ARNOLD BROWN bereitet Cinnamon darauf vor und gibt ihr Anweisungen, eine Mischung von Medikamenten einzunehmen, unmittelbar vor der Ermordung von Linda Brown, in einem weiteren Versuch, einen Selbstmordversuch vorzutäuschen.

OBJEKTIVER TATBESTAND NR. 9

Unmittelbar vor dem Mord weckt Angeklagter DAVID ARNOLD BROWN Patti Bailey und Cinnamon; erteilt letzte Anweisungen; verläßt dann nach ursprünglichem Plan das Grundstück.

OBJEKTIVER TATBESTAND NR. 10

Am 19. März 1985 wird Linda Brown im Schlaf mittels einer Handfeuerwaffe Kaliber 38 getötet.

Es wird ferner vorgebracht, daß die Ermordung von Linda Brown vorsätzlich erfolgte und von dem Angeklagten DAVID ARNOLD BROWN ausgeführt wurde zwecks finanziellen Zugewinns im Sinne von Strafgesetzbuch §190.2(a)(1).

Im Gegensatz zu Form, Kraft und Wirkung des Gesetzes, das für solche Fälle erlassen und in Kraft gesetzt wurde, und gegen den Frieden und die Würde des Volkes des Staates Kalifornien.

DATUM: 2. Februar 1989
CECIL HICKS, STAATSANWALT
COUNTY OF ORANGE, STAAT KALIFORNIEN

DRITTER TEIL
Die Verhaftung und die Todesliste

30

Am Donnerstag, dem 2. September 1988, um 6.39 Uhr, trafen sich Jay Newell und Fred McLean im 7-Eleven Ecke Ball Road und Sunkist mit einem Polizisten und einer Polizistin in Uniform von der Anaheim-Polizei als Rückendeckung. Um sieben Uhr morgens wollten Newell und McLean an die Tür des großen blauen Hauses auf der Chantilly Street klopfen, und sie wollten allen Eventualitäten zuvorkommen. Sie waren so weit gelangt. Jetzt durften sie nicht den geringsten Fehler mehr riskieren.

»Ich legte eine Kassette in den Recorder im Streifenwagen«, erinnerte sich Newell. »Die Polizistin sollte fahren, und wir wollten David und Patti zusammen auf die Rücksitze setzen. Wenn sie etwas sagten, wollte ich es wissen.«

Um sieben Uhr morgens war es in dem blauen Haus still, aber auf dem nahen Orange Freeway dröhnte der Pendlerverkehr. Newell klopfte an die Tür, und er und McLean traten ein wenig zurück und warteten.

Nichts.

Newell klopfte erneut.

Eine Sprechanlage neben der Tür schreckte sie auf, als David Browns Stimme erklang. »Ja?«

»Mr. Brown«, sagte Newell. »Können Sie hierher kommen? Es gibt ein Problem, um das wir uns kümmern müssen.«

Sie mußten noch einmal warten, dann öffnete sich die Tür, und David Brown stand da und murmelte, daß er geschlafen hatte. Er hatte sich erst anziehen müssen. Er trug eine lange weiße Hose und ein weißes T-Shirt. Er war alles andere als gastfreundlich gestimmt, aber in dem Moment, in dem er zurückwich, traten die beiden Detectives und der Polizist ein.

»Sie sind verhaftet, Mr. Brown, wegen der Ermordung von Linda Marie Brown«, sagte Newell ruhig.

Er suchte in Browns Gesicht nach einer Spur einer Emotion und fand keine. David wirkte nicht überrascht oder geschockt. Er starrte einfach Newell mit seinen unergründlichen leeren Augen an.

Diese Heimstatt war wesentlich teurer als das verwinkelte kleine avocadofarbene stuckverzierte Haus am Ocean Breeze Drive. Aber innen herrschte das nackte Chaos. Kartons mit Zeitungen und noch zu erledigender Arbeit standen überall herum. Die Möbel waren dieselben – zumindest sahen sie wie die Sachen aus, die Newell und McLean am Mordtag gesehen hatten. Aber dieses andere Haus hatte den Eindruck gemacht, als würde sich eine Frau liebevoll darum kümmern. Dieses hier wirkte unbewohnt und unordentlich.

Newell ging die Treppe in den ersten Stock hinauf. Er blickte in das erste Schlafzimmer. Patti, im Nachthemd, lag darin mit Krystal im Bett. Die Vierjährige setzte sich im Bett auf und sah ihn an.

»Sie sind verhaftet wegen des Mordes an Linda Marie Brown«, sagte er zu Patti.

Sie sah ihn ausdruckslos an. Sie hatte keine Tränen in den Augen, und sie wirkte nicht überraschter als David.

»Ist das Ihr Zimmer?« fragte Newell, obwohl er wußte, daß es das nicht war.

»Nein, ich schlafe den Korridor hinunter mit Heather«, sagte Patti und deutete in die Richtung.

Newell blickte in das Zimmer und sah Heather in einem Kinderbettchen. Es gab ein Bett, aber das war vollständig mit säuberlich gefalteten und gebügelten Kleidungsstücken bedeckt. Patti hatte hier nicht geschlafen. Er bezweifelte, daß sie jemals hier geschlafen hatte.

David bat, ins Bad gehen zu dürfen, und Newell nickte, erklärte ihm jedoch, er müsse ihn begleiten. Das Hauptbadezimmer war von Davids Schlafzimmer aus zu erreichen, einem großen Raum, der offensichtlich in jüngster Zeit umgebaut worden war. Es besaß einen großen Fernseher und eine teure Stereoanlage.

Das Bett war zerwühlt.

Hinter dem Bett erhob sich der mit Spannteppich belegte Fußboden zu einer anderen Ebene. Dieser Teil schien ein Büro zu sein. Dort gab es einen Kühlschrank. Newell öffnete ihn beiläufig. Die Fächer waren angefüllt mit Dutzenden Flaschen Perrier.

Es gab keinen Streit über das Schließen der Badezimmertür. Es gab gar keine Badezimmertür. Der Raum befand sich noch in den letzten Umbauphasen. Er war groß und luxuriös, mit einem Erkerfenster und einer großen kreisrunden Wanne mit Whirlpool-Düsen.

»Darf ich eine Xanax nehmen?« fragte David und deutete auf ein Fläschchen mit dem schweren Beruhigungsmittel.

Newell öffnete den Behälter, gab David eine Tablette und ließ das Fläschchen stehen, wo es war. Er wollte mit David sprechen und brauchte ihn dafür wach. Er legte seinem Gefangenen Handschellen an und führte ihn die Treppe hinunter.

Im Streifenwagen rief David Brown jämmerlich: »Helft mir, helft mir! Mir wird schlecht! Ich habe Klaustrophobie!

Patti Bailey zog sich rasch eine lange weiße Hose, ein hellblaues Sweatshirt mit Schalkragen und weiße Turnschuhe an. Weder Patti noch David trugen irgendwelchen Schmuck. Newell fand später heraus, daß David ihr befohlen hatte, ihm ihre Ringe zu geben, und er hatte die seinen abgelegt. Er hatte Diamanten im Wert von nahezu hunderttausend Dollar oben auf seinem Medizinschränkchen versteckt, bevor er die Tür öffnete.

Patti hielt schweigend die Hände hin, als ihr Handschellen angelegt wurden.

»Ihre Kinder, Patti . . .« setzte Newell an. Das war der schwierige Teil. Die Kinder hatten niemandem etwas angetan. Sie waren ebenfalls Opfer. Er kämpfte darum, seine Stimme emotionsfrei zu halten. »Ihre Kinder können in das Albert Sitton Home in Orange gebracht werden, oder haben Sie jemanden, den Sie anrufen können und der sich um sie kümmert?«

»Großpapa Brown«, murmelte sie. »Rufen Sie Großpapa Brown an.«

Die Anaheim-Polizistin wartete bei Heather und Krystal, bis Manuela und Arthur herbeigeeilt kamen, um sich der Kinder anzunehmen.

Patti und David sagten wenig. Das Band aus dem Recorder in dem Polizeiwagen erbrachte später nur wenig für die Ermittlung. »Ausgenommen eine Sache«, erinnerte Newell sich. »David fragte Patti ein paarmal nach Heather. Er sagte ›Also, wer ist denn nun wirklich Heathers Vater?‹ Er machte es unseretwegen. Nun ja, warum nicht? Wir glaubten, daß er schon eine Tochter hatte fallen lassen, um zu bekommen, was er wollte. Warum nicht auch Heather fallen lassen? Für ihn war sie nur ein Fehler.«

Indem er Heather verleugnete, das Kind, das für Patti Bailey Brown mittlerweile mehr als das Leben selbst bedeutete, mag David den größten Fehler seines Lebens begangen haben. Patti hätte alles für David getan, bis Heather geboren wurde. Als sie merkte, daß er ihr gemeinsames Kind nicht liebte, schlug ein winziges Samenkorn der Rebellion in Patti Wurzeln.

War es möglich, daß David nicht ihr Retter, ihr großartiger Liebhaber war, der wundervollste Mann, der jemals gelebt hatte?«

31

Verhörzimmer A-224 in der Staatsanwaltschaft des Orange County war kein großer Raum. Vielleicht ganz bewußt. Die in diesem Zimmer verhörten Personen und ihre Befrager waren einander nahe genug, daß ihre Augen einander treffen mußten und daß deutlich zu hören war, wenn jemand nach Luft schnappte.

Jetzt, kurz vor halb acht am Morgen des 22. September 1988,

saß David Arnold Brown schwer auf einem der orangefarbenen und gelben Stühle. Jay Newell saß ihm schräg gegenüber, und Fred McLean nahm sich den Stuhl am nahen Ende des Tisches. David hatte um Perrier gebeten, und er trank aus einem Plastikbecher und steckte sich die erste von vielen, vielen Zigaretten an.

Er wirkte ganz ruhig, sogar zuversichtlich – aber leicht verärgert.

»Erzählen Sie mir in Ihren eigenen Worten, was Sie noch von der Nacht in Erinnerung haben, in der Linda ermordet wurde«, bat Newell.

David schüttelte den Kopf und verneinte. »Ich habe wahrscheinlich den ganzen Tag Anrufe bekommen, vom Pentagon bis hinunter zu ortsansässigen Computerfirmen. Das habe ich für gewöhnlich getan.« Nach jeder Antwort schwenkte David zu seinem persönlichen gefühlsmäßigen Schmerz um. »Ich war bei drei Psychiatern, weil ich mit ihrem Tod nicht fertig werde. Ich möchte sterben. Ich bin selbstmordgefährdet . . .«

»Erinnern Sie sich trotzdem an die Nacht?« Newell schnitt ihm mit einer Frage das Wort ab, wenn David abzuschweifen begann.

Trotz seiner Beteuerungen, er habe keine eigene Erinnerung an »diese Nacht«, drängte Newell, David solle die »Computerspeicher« seines Gehirn absuchen.

»Wir machten Liebe«, sagte David.

»Sie hatten Sex?«

»Wir machten Liebe, ja.«

»Wenn Sie sagen, Sie hätten Liebe gemacht, meinen Sie Geschlechtsverkehr?« fragte Newell.

»Ich erinnere mich nicht spezifisch an diese Nacht. Linda – das ist eines der Dinge, die ich an ihr liebte –, sie hatte Einfälle, wissen Sie. Eines von ihren Dingen war, wann immer es möglich war, das war, daß sie mich verrückt gemacht hat, ich spreche von Herumkriechen und Schreien. Ah, es ist irgendwie schwer, da genauer zu werden.«

»Nun, wir sind alle Erwachsene«, sagte Newell trocken. »Ja, also . . . sie liebte es, mich zu küssen und zu berühren, wissen Sie – Vorspiel –, wie immer Sie es nennen wollen. Manchmal hatte sie nichts dagegen, mit mir Geschlechtsverkehr während ihrer Periode zu haben. Ich bin dabei nicht so besonders erregt gewesen.«

»Erinnern Sie sich an diese Nacht?« drängte Newell erneut.

». . . Ich erinnere mich nicht. Ich weiß, daß sie mich zum Wahnsinn getrieben hat. Wir machten was. Eines von den Dingen, die sie gern gemacht hat, war . . . sie benützte ihre Hände, um wenigstens mich zu befriedigen.«

»Haben Sie in dieser Nacht einen Höhepunkt gehabt?«

»Oh . . . *jede Nacht.* Wir kannten einander und waren schon so lange verliebt. Sie wußte, was ich mochte und wie sie sich um mich kümmern konnte, und ich habe mich um sie gekümmert . . . wir haben uns oft bemüht, nicht dasselbe jede Nacht zu machen. Wir mochten es, das Feuer und die Erregung am laufen zu halten.«

»Waren noch immer alle zum Kartenspielen da?«

»Ich weiß es ehrlich nicht. Es war für sie unwichtig, und sie hatte diese Art, mich so auf Touren zu bringen, daß es auch für mich unwichtig wurde. Ich weiß nicht, ob noch immer alle da waren oder nicht.«

Wie seltsam. Wie *äußerst* seltsam, daß ein Mann ein Verhör wegen des Mordes an seiner geliebten Ehefrau mit einer Beschreibung der intimsten Details aus ihrem gemeinsamen Sexleben begann. Aber wenn Newell und McLean auch nur mit der Wimper zuckten, so geschah das innerlich.

David redete und redete. Er rauchte, bis die Luft in dem kleinen gelben Raum blau war. Und noch immer redete er. So hatte er stets gewonnen. Einfach weiterreden, und die Leute werden schon nachgeben. Während seines Verhörs hatten die verdammten Cops kaum ein Wort einwerfen können, und David meinte, das Gespräch kontrolliert zu haben.

Als Robinson und Newell sich das Drei-Stunden-Band ansahen, waren sie begeistert. Sie hatten ihn. »Bis dahin«, räumt Robinson ein, »hatten wir ein Fallskelett. Wir wollten damit weitermachen, ganz gleich wie. Aber auf diesem langen Band *redete* David Brown. Zuerst war es nicht so sehr, was dabei herauskam. Es war die Tatsache, daß der Mann tatsächlich den Mund aufmachte und *redete* . . . Jay und ich konnten nicht vorhersagen, wie Geschworene dieses Band sehen mochten.«

Für den Moment war David Browns größtes Problem, daß er wesentlich weniger komfortabel untergebracht war, als er gewöhnt war. Er machte sich Sorgen, was denn wohl wäre, wenn er schnellstens ärztliche Hilfe brauchte. Die Gefängnisaufseher versicherten ihm, daß für ihn gesorgt werden würde. Er mußte sich zu einer Leibesvisitation vollständig ausziehen und erhielt einen großen orangefarbenen Overall. David Arnold Brown, Computergenie, Millionär, war jetzt der Orange-
County-Gefangene Nr. 1058076.

Eingesperrt im Untersuchungstrakt des Orange County Jail, dachte David über den plötzlichen Umschwung seines Glücks nach, und er suchte nach Möglichkeiten zum Überleben, bis sein Vater ihn auf Kaution freibekam. Er wußte nicht, was sie gegen ihn hatten. Dieser Newell war ein verschlossener Hurensohn.

Er berührte seinen Hals und tastete automatisch nach seinem Phönix-Anhänger – doch der war nicht da. Er war sicher bei dem anderen Schmuck im Haus, wo sein Dad ihn finden konnte. Es mußte so sein. Diese verdammten Cops klauten doch alles, was sie in die Finger bekamen. Auf seinen Vater konnte er sich verlassen, daß der alles in die Hände nahm.

Dennoch, sein Hals fühlte sich ohne den Phönix nackt an. Er war seine Sicherheit, sein Talisman, das Symbol dessen, was er war.

Um 12 Uhr 44 saß Patti im Verhörraum auf demselben Stuhl wie zuvor David, und während David seine Haltung kaum verändert hatte, wand und drehte sich Patti, schlug ein Bein unter und drehte sich dann und schob den anderen Fuß unter ihre schlanke Hüfte.

Patti Bailey erinnerte sich an nichts. Sie hatte einen »Blackout«. Eine Psychiaterin hatte ihr dabei geholfen, diese Sache abzublocken. Sie konnte sich nicht erinnern, wie lange es schon her war, daß Linda starb. »Sie (die Psychiaterin) hat mich dazu gebracht, mich realistisch damit auseinanderzusetzen. Sehen Sie, ich dachte immer, Linda wäre nur auf Urlaub gegangen, und sie hat mich dazu gebracht zu erkennen, daß sie nicht nur auf Urlaub war und nicht zurückkam. Aber ich erinnere mich nicht an die Details. Alles ist völlig nebelhaft ... Ich glaube, ich will gar nicht, daß es wiederkommt.«

Patti sagte, sie hätte noch immer schreckliche Probleme mit ihrer Erinnerung. Sie konnte sich kaum daran erinnern, was letzte Woche passiert war. Sie sprach nie mit Cinnamon darüber. Sie hatte sie vor einem Monat gesehen, und davor anderthalb Jahre lang nicht. »Ich erinnere mich an die Fahrt da hinauf (zur Ventura School), aber ich erinnere mich nicht an viel, was gesprochen wurde.«

»Was hat Sie dazu gebracht, nach so langer Zeit hinzufahren?« fragte Newell.

»Sie ist meine Schwester – na ja, nicht wirklich, aber wie eine Schwester ... Ich mußte sehen, ob sie noch dort ist – ob es ihr gut geht.«

»Worüber haben Sie gesprochen?«

»Über Krystal.«

»Haben Sie über Lindas Tod gesprochen?«

»Nein.«

»Wenn ich Ihnen nun sage, daß Cinnamon sich erinnert, daß sie mit Ihnen darüber gesprochen hat?«

»Ich erinnere mich nicht.«

»Was für eine Beziehung besteht zwischen Ihnen und David?«

»... Er ist nicht mein leiblicher Vater – aber er ist mein Dad.«

»Wie sind Ihre *Gefühle* für David?«

»Genau die gleichen wie für einen Vater.«

»Lieben Sie ihn?«

»Nein ... im Sinn von ›Dad‹, ja – aber in keinem anderen Sinn.«

»Zwischen Ihnen beiden gibt es nichts Sexuelles?«

»Nein.«

»Hat es jemals etwas Sexuelles gegeben?«

»Nein.«

Newell fragte nach dem schon längst lange zurückliegenden Kuß zwischen David und Patti in dem Laden. Patti sagte, sie könne sich nicht erinnern.

Patti konnte sich kaum daran erinnern, was gestern geschehen war. Sie weinte nicht, sie zeigte keine Emotionen, und sie ließ sich nicht von ihrer Haltung des fast vollständigen Gedächtnisverlusts abbringen. »Manchmal fühle ich mich wie betäubt. Ich will mich nicht erinnern.«

Newell fragte sie nach der Verschwörung zwischen Linda und Alan, die sie belauscht hatte und in der es um Davids Ermordung ging. Sie sah ihn lediglich mit leerer Miene an. Patti entschuldigte sich dafür, daß sie so dumm war. Sie könne nichts für ihren Gedächtnisverlust.

»Träumen Sie jemals von Lindas Tod?« fragte Newell.

»Ich träume davon, daß ich sie an Flughäfen und so abhole, aber das ist alles.«

Newell erklärte Patti, er müsse tief in das Geheimnis um Lindas Ermordung graben und er habe ein Band, das er ihr vorspielen müsse, und plötzlich begann Patti zu schluchzen.

Sie bat Jay Newell, »langsam zu machen – weil es wirklich weh tut. Ich bin gerade erst aufgewacht und habe erkannt, daß sie wirklich nicht mehr unter uns ist. Sie wird nicht wieder nach Hause kommen. Denn bisher bin ich manchmal die Straße auf und ab gefahren, um sie zu suchen. Darum machen Sie langsam. Machen Sie langsam und graben Sie tief, wenn Sie müssen, aber es wird weh tun.«

Newell verließ den Raum, um für Patti Kleenex zu holen, und sie senkte den Kopf und schluchzte. Sie wußte nicht, daß sie gefilmt wurde. Die Tränen waren echt, ob nun für sie selbst, für ihr Baby oder für ihre tote Schwester, die sie beschrieb als »mehr eine Mutter für mich als eine Schwester«.

Patti erwartete, eine Bandaufnahme von der Mordnacht zu hören, und hatte Angst davor. Nein, erklärte Newell, er würde ihr ein Band vorspielen, auf dem David über ihre Verwicklung sprach – ein Band jüngeren Datums.

Patti starrte Newell verständnislos an. Sie beharrte darauf, daß sie und David niemals über Lindas Ermordung gesprochen hatten. Sie sprachen nur über häusliche Angelegenheiten, über Kleidung, die sie für Krystal kaufen mußten. »Er weiß, daß ich nicht begreife, was in der Vergangenheit passiert ist.«

Patti sagte, sie und David würden sich nicht vertragen.

»Warum wohnen Sie dann dort?«

»Weil ich mich um Krystal kümmere, so gut ich kann. Das ist der einzige Schlüssel, den ich noch zu Linda habe. Den will ich nicht verlieren. Bis ich mir meiner selbst sicherer bin, oder bis es jemanden gibt, der sich um Krystal kümmert, bleibe ich ... Ich würde nur gehen, wenn er mir sagt, ich soll aus dem Haus verschwinden und mich zum Teufel scheren.«

Patti bestritt jegliche Verbindung zu David Brown über das Vater-Tochter-Verhältnis hinaus.

Sie konnte – oder wollte – sich an kein Gespräch mit Cinnamon in der Ventura School erinnern, außer daß sie über Krystal gesprochen hatten. Selbst als Newell Stellen mit Davids Stimme auf dem Band vorspielte, an denen er Patti in den Mord hineinzog, sperrte sie sich. Sie erinnerte sich nicht. Sie wollte David ... oder Cinnamon ... oder sich selbst nicht mit Lindas Tod in Verbindung bringen.

»Alle zeigen auf Sie«, erklärte Newell. »Warum?«

»Ich weiß es nicht.«

Pattis Reaktion war schwach. Sie zeigte kaum Wirkung, als Newell den Teil des Bandes abspielte, auf dem David Cinnamon erklärte, er habe »Todesangst«, Patti könne ihn als nächsten »erledigen«.

»Vielleicht will ich mich nicht erinnern ...«

»... Es wäre höchste Zeit, sich zu erinnern ... David zeigte mit Fingern auf Sie und sagt, daß Sie es getan haben.«

»Er kann soviel zeigen, wie er will. Ich habe es nicht getan.«

»Wie sind Sie in Lindas Tod verwickelt?«

»Gar nicht.«

»David sagt ›Patti hat es getan.‹«

»Ich könnte nicht mit mir selbst leben, wenn ich jemandem etwas angetan hätte – ich kann Krystal nicht nein sagen oder sie verhauen. Ich kann meine Mutter nicht anschreien, ohne daß ich sie hinterher anrufe und mich entschuldige«, behauptete Patti.

Gedrängt, sich an etwas, an irgend etwas über die Nacht vom 18. zum 19. Mai 1985 zu erinnern, meinte Patti jetzt, David habe sie und Cinnamon ins Wohnzimmer geholt, aber sie hatte keine Ahnung mehr, warum. Sie hatte keine Erinnerung an die

Nacht. »Das kommt und geht bei mir. Ich habe wirklich keine Ahnung – das ist die Wahrheit.«

Sie wollte nicht sprechen. Selbst als Davids Stimme von dem Band aus der Ventura School erklang, selbst als ihre eigene Stimme von dem Band erklang – wobei sie bestätigte, daß sie irgendwie an der Verschwörung zur Ermordung ihrer Schwester beteiligt war – klammerte Patti sich daran, daß sie sich nicht erinnern könne.

Sie war weiß wie Schnee; sie wirkte verängstigt, und die versteckte Kamera zeichnete ihre Seufzer und ihre Verzweiflung auf, wenn Newell von Zeit zu Zeit den Raum verließ. Und noch immer schützte sie David.

»Also schön, Patti«, sagte Newell, »dann müssen wir Ihrem Gedächtnis noch mehr auf die Sprünge helfen . . . wir werden dieses ganze Band den Geschworenen vorspielen. Sie werden hören, daß Sie mitten in der Nacht aufgestanden sind und besprochen haben, ob Linda nun umgebracht werden sollte oder nicht . . . Sie sollten Ihr Geständnis besser jetzt gleich zum Funktionieren bringen, denn hier handelt sich sich um Mord ersten Grades. Wollen Sie das alles ganz allein auf sich nehmen?«

»Wenn ich es muß.«

Newell sprach über die Medikamente, die Cinnamon erhalten hatte, und behauptete, Patti habe ihr die Pillen gegeben.

»Ich würde ihr nicht einmal Tylenol ohne Erlaubnis ihres Vaters geben.«

»Ach, Mist!« schrie Newell – dieser Mann, der kaum jemals seine Stimme erhob. »Sie haben versucht, sie in jener Nacht zu töten!«

»Das habe ich nicht getan«, zischte Patti und zeigte zum ersten Mal Feindseligkeit.

»Und wir werden es beweisen!«

In dem Moment, in dem Jay Newell seine Stimme erhob, sagte Patti mit zusammengebissenen Zähnen: »Ich will einen Anwalt, wenn Sie gemein werden.«

Das Verhör war vorbei.

Patti Bailey, Orange-County-Gefangene Nr. 1058088, wurde ins Frauengefängnis eingeliefert. Sie trug ein graues Gefängnissweatshirt mit gelben Ziffern darauf, als sie stoisch in die Kamera für Polizeifotos starrte.

Ihr Baby, das einzige, was sie je zum Liebhaben besessen hatte, befand sich in der Obhut von Manuela Brown, einer Frau, die Patti ablehnte. David, der Mann, den sie ein Dutzend Jahre geliebt hatte, hatte sie verraten, um seine eigene Haut zu retten. Linda war tot. Linda war jetzt nur noch Asche.

Alles war nur noch Asche.

Arthur Brown wirkte müde und ausgelaugt, als er um halb drei an diesem langen Donnerstag den kleinen Verhörraum betrat. Jay Newell hatte gehört, daß Großpapa Brown während der Fahrt in die Berge am Abend vor Lindas Ermordung dabeigewesen war.

»War Cinnamon auch da?«

»Ja.«

»Hat Cinnamon sich an der Unterhaltung beteiligt?«

»Nein ...« Art kämpfte darum, sich zu erinnern. »Aber das könnte es sein, was ich ihr (in der Ventura School) erzählt habe, was sie so aufgeregt hat.«

»Hat David sich an der Unterhaltung beteiligt?«

»Er hat kaum ein halbes Dutzend Worte gesagt an diesem ganzen Abend, an dem wir in die Berge gefahren sind.«

»Nur Patti hat ...«

»Es war hauptsächlich Patti, die den Schnabel aufgerissen hat. Ich dachte, das alles wäre nur Gequatsche – und dann kommt das dabei heraus.«

Arthur Brown erinnerte sich nur, daß es kurz vor einem Wochenende gewesen war und daß sie ein Barbecue geplant hatten, das dann durch »ein wirklich böses Gewitter« ausfiel.

Das war die einzige Unterhaltung darüber, Linda zu beseitigen, an die Großpapa Brown sich erinnern konnte. Er hatte Patti gesagt, es gäbe viele bessere Möglichkeiten, mit der Situation fertig zu werden. »Aber das hat nichts genützt. Sie ist so – bei einem Ohr rein und beim anderen raus. Ich habe versucht, sie zu bessern, aber das hat keinen Sinn, weil David immer ihre Partei ergreift.«

Es war klar, daß Art nicht viel für Patti Bailey übrig hatte. Er meinte, dieser ganze luxuriöse Umbau in der Chantilly Street wäre Davids Versuch, Patti zufriedenzustellen. Er war fast froh, daß die zwei verhaftet worden waren. »Das ist das Beste, was David je passiert ist«, sagte er und fragte sich, ob sein Sohn »jetzt umkehren und sich bessern« würde.

Eine vertraute und bemitleidenswerte Blindheit, die Unfähigkeit von Eltern, die Fehler ihrer Nachkommen zu sehen, aber Jay Newell sagte nichts und wartete ab. Es war klar, daß Großpapa Brown Patti als Mörderin sah, als einzige Tatbeteiligte. Wenn das stimmte, bekam er seinen Sohn und seine Lieblingsenkelin in einer Art Happy-End zurück.

»Ich habe gehofft, daß es Cinny hilft, weil was mich angeht, so ist sie ein Püppchen.«

»Nun, die Wahrheit kann ihr nicht schaden – das steht fest«, stimmte Newell zu. »Es dauert schon so viele Jahre, daß niemand die Wahrheit herausfindet. Sie hat viel durchgemacht.«

»Das ist das Problem mit diesen beiden da. Sie sagen eine Lüge, und dann müssen sie sich herumdrehen und wieder eine Lüge sagen, um die erste zu decken ... David war früher gar nicht so. Wenn er einem was gesagt hat, dann war das die Wahrheit.«

Newell erkannte, daß der alte Mann gründlich von dem Genius seine Sohns beeindruckt war. Sogar eingeschüchtert.

Brown sagte, David würde nur selten in das Randomex-Werk in Long Beach fahren. »Früher hat er das gemacht, aber seit er so krank war, kommt er in die Hitze hinaus, und er wird sofort müde. Ein Jahr – vielleicht jetzt anderthalb Jahre. Er fährt gelegentlich hin, aber nicht an einem heißen Tag.«

Brown war nicht ganz sicher, was mit David nicht stimmte. In letzter Zeit war es seine Gallenblase gewesen, doch die Ärzte hatten sich nie auf eine genaue Diagnose festlegen können. Er trank nicht, hatte es nie getan, obwohl ihm Dutzende von dankbaren Kunden zu Weihnachten scharfe Sachen schickten, vor allem Brandy.

»Wer trinkt den ganzen Brandy?«

»Niemand, außer Patti. Er steht einfach da neben dem Bett.«
»Wessen Bett?«
»Davids Bett.«
Newell verzog keine Miene. Er war überzeugt, daß Patti und David zusammenschliefen, aber er war nicht sicher, ob Art Brown das wußte. Oder vielmehr, ob er bereit war zuzugeben, daß sein Sohn mit dem Mädchen schlafen könne, das er soeben eine Mörderin genannte hatte.
Der alte Mann betrachtete eindeutig Patti Bailey als Eindringling. Sie schien große Macht auszuüben. Als wäre sie die Herrin des Hauses, so führte sie sich auf. »Ich will nicht, daß sie stirbt oder so. Ich will sie nur einfach aus dem Haus raushaben.«
Jeoff Robinson kam dazu, um sich auch noch mit Brown zu unterhalten. »War David nicht dabei, hat er nicht mit Patti darüber gesprochen, wie man Linda töten könnte?« fragte er.
»Nein ... er hat kein halbes Dutzend Worte gesagt.«
»Aber Sie waren in dem Wohnmobil dabei auf dem Rückweg von der Ventura School – die beiden waren offenbar verstört bei den letzten beiden Besuchen?« drängte Robinson.
»Wie das Wohnmobil gebaut ist, da muß man schon seinen Kopf zwischen den Sitzen durchstecken, um was zu hören.« Art Brown schüttelte den Kopf.

Alle Finger deuteten auf Patti Bailey, und es sah so aus, als habe sie nicht einen Freund mehr auf der Welt. David hatte seine Eltern fest hinter sich. Sie verteidigten ihn als feinen jungen Mann, der von der bösen Patti auf Abwege geführt worden war. Cinnamon hatte die Unterstützung ihrer Mutter und von Newell, McLean und Robinson, der glaubte, daß sie vom Gesetz schlecht behandelt worden war.
Patti hatte niemanden. Ausgenommen Heather. David hatte sie bei der ersten Gelegenheit den Wölfen vorgeworfen. Sollte sich herausstellen, daß Patti ihre eigene Schwester aus Leidenschaft für Lindas Ehemann getötet hatte, würde ihre eigene Familie sie verlassen? Wahrscheinlich. Sie hatte ihre Familie schon vor langer Zeit verlassen, um zu David zu gehen.

Alle Dinge begannen zusammenzupassen.
Dennoch ... Newell und Robinson hatten ein schlechtes Gefühl. Was fehlte da noch?

Jay Newell setzte sich selten mit Cinnamon in Verbindung. In der Woche vor Halloween 1988 drückten Robinson und Newell einige Zweifel an ihren bisherigen Erkenntnissen. Auf den Bändern von Cinnamons Gesprächen mit der Polizei im Jahre 1985 gab es Abschnitte, die sich nicht mit dem in Einklang bringen ließen, was sie jetzt sagte. Es mochte für sie gute Gründe geben zu vergessen, aber eine Lüge würde der Gegenseite eine Chance bieten, Cinnamon im Zeugenstand auseinanderzunehmen.
Das konnten sie nicht riskieren.
Am 27. Oktober fuhr Newell zur Ventura School und sprach mit Cinnamon Die Vorverhandlung im Dezember kam näher. Dann würde die Entscheidung fallen, ob David oder Patti vor Gericht gestellt wurden. Es war noch nie so wichtig gewesen, daß Cinnamon die absolute Wahrheit sagte. Wenn ihre Zeugenaussage erschüttert wurde, gab es kein Zurück mehr.
Niemals.
Cinnamon hatte noch nie zuvor vor Gericht ausgesagt. Das war ihr in ihrem eigenen Prozeß nicht erlaubt worden. Nun mußte sie sich absolut der Konsequenzen bewußt sein, falls sie der Wahrheit im Zeugenstand auswich. Newell gab Cinnamon eine leichtverständliche Erklärung für Meineid. Es war möglich, daß sie noch eine Anklage erhielt, wenn sie im Zeugenstand log. Wenn sie etwas vor ihm zurückgehalten hatte, mußte sie es ihm sagen, bevor sie vor Gericht gingen.
Newell brachte Kopien von Cinnamons früheren Bändern mit und Abschriften von den Bändern der abgehörten Unterhaltung mit ihrem Vater und mit Patti, und er bat Cinnamon, sich die Bänder anzuhören und die Abschriften zu lesen. »Antworte jetzt nicht. Hör dir die Bänder an. Denk darüber nach. Ich lasse meine Nummer bei deinem Psychologen. Er wird sich immer mit mir in Verbindung setzen können. Wenn irgend etwas, das du mir erzählt hast, nicht wahr ist, laß es mich wissen, ja?«

Sie nickte.

Am nächsten Tag hatte Jay Newell viel zu tun, und er fand keine Gelegenheit, einen Anruf auf seinem Anrufbeantworter zu erwidern. Der Anruf stammte von Cinnamons Psychologen in der Ventura School.

Die Wochenenden im Newell-Haushalt waren Kindern oder Hunden gewidmet – oder beiden. Am 29. Oktober machte Jay Newell sich fertig, um seine Kinder zu einem Halloween-Umzug zu begleiten. Er nickte oder schüttelte den Kopf zu Entscheidungen für Kostümveränderungen in letzter Minute und wich großen gelben Hunden aus, die durch den Freizeitraum galoppierten, und griff nach dem Telefon.

Es dauerte eine Weile, bis Cinnamon an das Telefon im Büro ihres Psychologen geholt wurde. Newell hatte keine Ahnung, was sie ihm zu sagen hatte. Er befürchtete nichts Schlimmes.

Ihre Stimme kam durch, diese kleine, kindhafte Stimme. Wie sie sich anhörte, mochte sie zehn Jahre alt sein.

»Jay?«

»Ja. Was gibt's?«

»Sie sagten, ich sollte anrufen. Was machen Sie?«

»Ich mache mich fertig, um zu der Parade meiner Kinder zu gehen. Was machst du?«

»Ich muß Ihnen etwas sagen.«

». . . Ja?«

»Ich habe mich bisher geschämt – Ihnen die ganze Wahrheit zu sagen. Ich konnte es einfach nicht sagen«, erklärte sie leise.

»Was?«

»Ja . . . Ich habe es getan. Ich war diejenige, die den Abzug betätigt hat . . . Ich habe Sie belogen. Es tut mir leid.«

Newell legte den Hörer auf. Wie fühlte er sich? Er wußte es zuerst nicht, und dann verspürte er eine Woge der Erleichterung. Tief in seinem Innersten wußte er, daß er soeben die endgültige Wahrheit gehört hatte. Sie brauchten sich jetzt keine Sorge mehr zu machen wegen der winzigen Risse in dem Stoff von Cinnamons Geschichte. Jay Newell war ziemlich sicher gewesen, daß David nicht selbst den Abzug betätigt hatte. Der Mann war ein Feigling.

Pattis Rolle in dem allen war noch immer ein Fragezeichen.

Er erinnerte sich an Cinnamons klagende Frage: »Daddy, spielt es denn *wirklich* eine Rolle, wer den Abzug betätigt hat?« In den Augen des Gesetzes spielte es tatsächlich keine Rolle.

Jeoff Robinson erinnerte sich, daß er »total erleichtert« war, als er hörte, daß Cinnamon Brown die Schüsse zugegeben hatte. Robinson und Newell waren nach wir vor davon überzeugt, daß David den ganzen Mordplan in Gang gesetzt und inszeniert, die Fäden gezogen und jemandem anderen den unangenehmen Teil überlassen hatte.

In den Augen des Gesetzes machte ihn das schuldig. Das ist ein Grundsatz im kalifornischen Recht (und in fast allen anderen Staaten): »stellvertretende Verantwortlichkeit« lautet der Fachbegriff. Täter, die ein Verbrechen unterstützen und begünstigen, sind gleichermaßen schuldig. Jedermann, der Mord anstiftet, unterstützt, dazu aufhetzt, ihn fördert oder dazu ermutigt, ist dieses Mordes schuldig, genau so schuldig – in manchen Fällen sogar noch mehr – wie der eigentliche Mörder.

32

Es war Halloween, als Newell nach Norden fuhr, um Cinnamon wieder zu besuchen und diesmal alles von ihr zu hören. Die Luft wurde frisch. Es roch nach Halloween, und er dachte daran, wie aufgeregt seine eigenen Kinder waren.

Obwohl Newell als Detektiv begierig darauf war zu hören, was Cinnamon zu sagen hatte, würde dieser Tag hart werden. Sie sah blaß und verängstigt aus, als sie von ihrem Cottage herüber kam. Newell ließ sich Zeit. Sie gingen zusammen zum Mittagessen und sprachen über einfache Dinge, bis er den Eindruck gewann, daß Cinnamon sich entspannte.

Cinnamon nickte, als er sagte: »Du hast mir gesagt, es wäre nicht wahr gewesen, was du mir darüber erzählt hast, du wärst im Freien gewesen. Also schön. Alles andere, was wir über diesen Tag gesprochen haben – als Detektiv McLean und ich hierher kamen und mit dir am 10. August sprachen – war *das* wahr?«

»Bis zu dem Zeitpunkt ihres Todes – ja.«

Nun mußte Cinnamon mit einer schockierend wahren Version der nächsten Ereignisse fortfahren.

»Linda war bereits in ihrem Zimmer und duschte ... Ich und Patti waren im Wohnzimmer. Mein Vater war kurz da und hat mit uns gesprochen. Er verließ das Wohnzimmer und ging zu Linda hinein. Ich und Patti haben ferngesehen.« Es war ziemlich spät – sie wußte nicht, wie spät, aber sie hatten sich Musikvideos angesehen. »Patti schlief auf dem Fußboden ein. Ich sagte ihr, sie sollte aufstehen und sich auf die Couch setzen ... und dann haben wir uns in Pattis Zimmer zurückgezogen, um uns schlafen zu legen ... Später in der Nacht – ich weiß nicht, wie viel später, aber ich habe geschlafen – kam er herein und weckte uns auf.«

»Okay. Wer kam herein?«

»Mein Vater ... Er kam herein und weckte uns auf und sagte ›Es muß heute nacht erledigt werden.‹ Und er hat gesagt, daß wenn ich ihn liebe, daß ich es für ihn mache.«

Newell mußte Cinnamon bei diesem Gedanken viel mehr helfen als früher. Ihre Worte und Gedanken kamen nicht leicht hervor, sondern stockten. Es war zu häßlich, um daran zu denken. Zu häßlich, um es laut zu auszusprechen.

»Die gleiche Sache, über die er schon früher gesprochen hatte? Richtig?

»Richtig. Es sagte grundsätzlich das gleiche ... und er sagte, daß es heute nacht sein muß. Und ich habe ihn gefragt, *warum?* Wissen Sie, er sagte: ›Andernfalls werde ich morgen nicht mehr hier sein. Linda wird mich umbringen.‹«

»Seid ihr alle drei in dem Zimmer geblieben, oder was?« Nein, Cinnamon erinnerte sich, daß David und Patti leise miteinander sprachen, und dann befahl ihr ihr Vater, mit ihm zu gehen. Er führte sie zur Tür seines Schlafzimmers und sagte, sie solle ruhig sein. »Er ging hinein und holte einige Fläschchen und brachte sie heraus.«

Sie wußte nicht, was es war, nur irgendwelche Fläschchen von rezeptpflichtigen Medikamenten. Dann hatte ihr Vater sie in die Küche geführt und ihr gesagt, sie solle ein Glas Wasser holen.

»Ich nahm sie ...«

»Was?«

»Die Pillen, die er mir gegeben hat.« Sie hatte keine Ahnung, wie viele Pillen es gewesen waren. »Er sagte mir, ich soll sie nehmen. Ich nahm sie. Ich hatte Schwierigkeiten, sie zu schlucken. Er sagte einfach ›Nimm, was du kannst.‹ Ich sagte ihm, das würde sich anfühlen, als käme alles gleich wieder hoch.«

Aber sie hatte weiterhin Pillen geschluckt, eine Handvoll von orangefarbenen Pillen, und andere Pillen aus einem neuen Fläschchen, das ihr Vater öffnete. Als das erledigt war, führte er sie wieder in Pattis Zimmer. David war unnachgiebig.

»Mein Vater redete ständig davon, ›es muß heute nacht geschehen. *Es muß heute nacht* geschehen ... Und eine von euch muß sie erschießen. Das ist die einzige Möglichkeit, die mir einfällt. Das ist die einzige Möglichkeit, wie das klappen kann.‹ Er sagte mir, ich sollte mich selbst anschießen, damit es so aussah, als hätte ich versucht ... als hätte ich es bereut.«

Newells Überraschung zeigte sich in seiner Stimme. »Dich selbst *anschießen?* Was meinst du mit dich selbst anschießen?«

»Er hat mir gesagt, nachdem Linda erschossen wurde, sollte ich mir mit der Waffe selbst in den Kopf schießen.«

»Also ... Na schön. Wie solltest du das machen? Was hast du dazu gesagt?«

»Ich habe ihm gesagt, dazu hätte ich zu große Angst.«

»Wie solltest du dir selbst in den Kopf schießen, Cinnamon, ohne dich zu verletzen? Ich verstehe das nicht.«

»Er sagte, wenn ich mich selbst anschoß – nur so, daß es meinen Kopf streift und daß es so aussieht, als hätte ich versucht, mich selbst umzubringen. Aber ich habe ihm gesagt, nein, ich hätte zu viel Angst. Und er sagte ›Na schön, wenn du das nicht machen willst, dann begnügen wir uns mit den Pillen.‹«

Bis zu diesem Zeitpunkt war noch keine Waffe zu sehen

gewesen, und Cinnamon wußte nicht einmal, ob da überhaupt eine existierte – abgesehen von den großen Waffen in dem abgeschlossenen Gewehrkasten. David erklärte ihr, daß er das Haus verlassen würde, »und wenn er dann zurückkam, wissen Sie, wenn es dann nicht *erledigt* war, dann würde er weggehen . . . mich verlassen. Oder er würde sich selbst umbringen. Oder *irgend etwas* machen. Oder Linda würde ihn umbringen. Er sagte das immer wieder. Und er sagte ›Ihr Mädchen . . .‹ Er sagte uns so ungefähr ›Ihr Mädchen kümmert euch um die Sache, während ich weg bin.‹«

Und dann hatte David Cinnamon ein braunes Rückenkissen von seinem Sessel gegeben.

»Er sagte, ich sollte es über die Waffe halten. Und ich wollte ihn schon fragen, ›Was denn für eine Waffe?‹ Denn ich hatte keine Waffe.« Cinnamon hatte keine Vorstellung, wofür das Kissen gedacht war. »Ich nehme an, es sollte den Lärm unterdrücken oder verhindern, daß das Pulver oder sonstwas fliegt.«

David war noch einmal zurückgegangen, um mit Patti über irgend etwas zu reden, und dann hatte er das Haus verlassen.

»Patti ging zurück in ihr Zimmer, obwohl ich irgendwie weggetreten war . . . Ich ging in das Zimmer, und Patti setzte sich gerade hin, und sie hat angefangen, mit dem Handtuch die Waffe abzuwischen.«

David hatte *Patti* die Waffe gegeben. Und das Handtuch. Newell fragte, wo das Handtuch hergekommen war. Cinnamon wußte es nicht. Es war einfach ein zusammengefaltetes Handtuch mit einer Waffe zwischen den Falten. »Ich weiß, daß sie die Waffe abgewischt hat, aber ich bin nicht sicher, ob sie die Kugeln abgewischt hat oder nicht.«

Und dann hatte Patti Cinnamon die Waffe gegeben und gefragt: »Daddy hat dir gesagt, was du mit dem Kissen machen sollst?«

»Sie gab mir die Waffe«, sagte Cinnamon fast flüsternd. »Ich weiß nicht, ob ich es zurückgezogen habe – das Ding –, oder ob sie es gemacht hat . . . Sie sagte . . . sie sagte mir, ich müßte nur den Abzug drücken . . . Sie sagte mir, ich sollte hineingehen. Daddy hätte mir das befohlen. Und die Waffe abfeuern.«

Dies war offensichtlich schmerzhaft für Cinnamon. Bis zu

diesem Moment, in dem ihre Worte in der Oktoberluft zu neuem Leben erwachten, war nichts davon real gewesen. Sie konnte diese Nacht in ihren Gedanken herumdrehen und mit Schleiern bedecken, damit der schreckliche Teil tief verborgen blieb.

Tränen strömten über ihr Gesicht.

»Nun gut«, sagte Newell ruhig. »Erzähl mir, was du getan hast.«

»Andernfalls wäre Daddy, Sie wissen schon, etwas zugestoßen. Also ging ich ... ich ging hinein. Ich habe die ganze Zeit das Kissen gehalten – zusammen mit der Waffe. Ich ging in Lindas Zimmer. Ich weiß nicht, wo ich in dem Zimmer stand, weil ich zuviel Angst hatte. Ich habe einfach die Waffe abgefeuert.«

Sie konnte sich nicht erinnern, ob sie nahe an Linda oder nahe am Bett war. Ja, sie wußte, wo Linda in dem dunklen Zimmer sein sollte. Sie wußte, auf welcher Seite Linda schlief.

»Ich ging einfach zur Tür hinein. Und ich feuerte die Waffe ab ... Ich habe einfach in diese Richtung gefeuert. Und dann verfing sich die Waffe in dem Kissen. Und ich wußte nicht, ob die Waffe noch funktionierte ... und darum bin ich wieder in Pattis Zimmer gelaufen.«

Patti hatte Krystal in den Armen, wie David ihr aufgetragen hatte, damit sie in Sicherheit war. Die zwei Teenager mit dem Baby zwischen ihnen kämpften mit dem Kissen, um es von dem Hammer zu ziehen, wo es sich verfangen hatte. Der Abzug funktionierte nicht, und Cinnamon war sicher, daß sie die Waffe kaputt gemacht hatte.

Und dann gab es einen Knall, der sie beide für Momente taub machte. »Und irgendwie drückte ich den Abzug ... Ich hatte Angst, ich hätte Krystal getroffen, weil Krystal ganz nahe am Ende von der Waffe war ... ich geriet in Panik.«

Newell schauderte bei der Vorstellung, wie knapp es gewesen sein mußte. Patti und Cinnamon, die hysterisch an dem Kissen und der Waffe zogen, und das Baby zwischen ihnen. Es war ein Wunder, daß sie nicht das Baby erschossen hatten.

»Das Baby sah drein, als wäre es auch über den Lärm erschrocken ... Patti murmelte etwas von ›einem Unfall‹ ... die

Waffe sollte nicht in ihrem Zimmer losgehen. Sie war ziemlich verstört deshalb.«

Als das Klingeln in ihren Ohren aufhörte, vernahmen sie ein anderes Geräusch, Wimmern wie von einem Tier.

Es war Linda. Linda war nicht tot. Mit der Möglichkeit hatte keiner von ihnen gerechnet.

Sie formte keine Worte. Es war ein halbes Weinen und ein halbes Stöhnen. Es klang nicht wie Linda, aber es war sonst niemand im Haus außer ihnen dreien und dem Baby.

Cinnamon hielt Krystal und versuchte, sie nach dem lauten Knall in ihren Ohren zu beruhigen, und Patti hielt die Waffe. Cinnamon beobachtete, wie Patti den Hammer zurückzog. »Sie gab sie mir wieder, und ich gab ihr Krystal. Und sie sagte, ich . . . ich sollte da hineingehen. Und es . . . als ich in das Zimmer kam, hörte ich Linda nicht. Ich hörte gar nichts.«

»Sie sagte nichts, hat auch nicht gestöhnt?« fragte Newell.

»Nein. Ich habe nichts gehört. Und ich habe einfach getan, was man mir gesagt hat. Und ich habe noch einmal geschossen. Und ich war . . . wieder der Lärm . . . meine Ohren haben geklingelt. Und ich konnte mich nicht konzentrieren. Und ich hatte Angst und habe die Waffe fallen gelassen.«

Jetzt war es still im ehelichen Schlafzimmer. Cinnamon konnte nichts sehen. Sie hatte in jener Nacht in dem dunklen Zimmer gar nichts gesehen. Sie hatte einfach die gespannte Waffe abgefeuert, die Patti ihr gegeben hatte.

Zweimal.

Wie ein Roboter führte Cinnamon den restlichen Plan aus. Sie holte den »Abschiedsbrief« aus ihrem Wohnwagen und ging in die Hundehütte.

Cinnamon saß neben Jay Newell und schluchzte, als sie sich endlich selbst erlaubte, vollständig zu diesem 19. März 1985 zurückzukehren.

»Ist dein Vater oder sonst irgend jemand zu der Hundehütte hinaus gekommen, während du da draußen warst?«

»Nein.«

»Also gut, Cinnamon, jetzt muß ich dich fragen . . . als du mir und McLean erzählt hast, daß du im Freien warst, als du die Schüsse gehört hast, nachdem du gehört hast, wie dein Dad in einem Wagen weggefahren war – warum hast du mir diese Lüge erzählt?«

»Weil ich mich schäme, daß ich meinen Vater genug geliebt habe, um Linda zu erschießen. Ich *schäme* mich dafür. Und ich wollte es nicht zugeben. Oder akzeptieren.«

Cinnamon hatte ihre Mom angerufen. Sie hatte Brenda die Wahrheit erzählt, bevor sie Jay Newell anrief. Und Brenda hatte ihr gesagt, es wäre in Ordnung – es wäre Zeit, daß sie die vollständige Wahrheit sagte.

Cinnamon war jetzt ausgelaugt und zitterte unter dem Schock.

»Weißt du, wie viele von diesen Pillen du geschluckt hast?« fragte Newell.

»Nein ... Er sagte nur, ich sollte so viele nehmen, wie ich schlucken könnte.«

»Hat dir dein Dad einmal gezeigt, wie du die Waffe an deinen Kopf halten mußt, um dich selbst zu erschießen?«

»Nicht in dieser Nacht, aber er hat das schon früher gemacht. Als er davon sprach, daß ich den Abschiedsbrief schreiben sollte. Er hat darüber gesprochen, wie ich es machen müßte, damit es aussieht, als hätte ich versucht, mich selbst umzubringen.«

»... Du hast gewußt, daß das ganz schöne Verletzungen ergeben würde, wenn du eine Waffe an deinen Kopf hältst und schießt, nicht wahr? Ich meine, dein eigener Kopf!«

»Ja ... und ich habe mich gefragt, warum er wollte, daß ich das mache.«

Newell wußte, daß es praktisch unmöglich war, »sich selbst nur zu streifen«, wenn man eine Waffe gegen den eigenen Kopf richtete. Man schoß sich zumindest ein Ohr ab. Ihr Vater hatte ihr gesagt, sie solle eine Pillendosis nehmen, die tödlich sein konnte, *und* sich selbst anschießen. Sie glaubte noch immer, er hätte gewollt, daß es »so aussah«, als habe sie einen Selbstmordversuch unternommen. Ganz eindeutig gehörte ihr Tod mit zu dem Plan. Und dennoch – während Cinnamon jetzt die Schuld für ihre Tat auf sich nehmen konnte, schien sie unfähig zu sein, sich der Möglichkeit zu stellen, daß ihr Vater ihren Tod gewollt hatte.

33

An diesem letzten Samstag im Oktober, als Cinnamon mit Jay Newell sprach, schrieb David Brown einen Brief an Patti Bailey. Es war kein besonders ungewöhnlicher Brief. In seiner Korrespondenz wiederholten sich ständig dieselben Themen. Dieser war nur einer von Dutzenden von Briefen, manchmal zwei oder drei an einem Tag, die David vom Männergefängnis in die Frauenabteilung schickte. Sirupartige, verführerische, manipulierte Briefe und Karten, zusammen mit Artikeln über eheliche Treue – reproduziert aus dem *Catholic Digest* – alles dazu bestimmt, Pattis Zorn über seinen Verrat zu beschwichtigen und ihr Herz zu schmelzen.

David war ein Mann mit austauschbaren Masken. Mit wem er auch in einem bestimmten Moment sprach oder wem er auch schrieb, es war stets derjenige, dem er vertraute, den er liebte. Alle anderen waren Verräter. Er konnte geschickt überreden, sowohl in persona als auch auf Papier. David betonte Patti gegenüber, daß die FAMILIE – Krystal, Heather und David – es nicht ertragen könne, von ihr getrennt zu werden. Auf Cinny dagegen konnten sie verzichten.

> Patti, wir alle lieben Dich – laß nicht zu, daß sie gewinnen! Siehst Du denn nicht, daß sie und Cinny das wollen? Uns trennen und uns dazu bringen, daß wir einander verletzen und uns auseinandertreiben? . . . Ich werde zu Deinem Prozeß kommen und vor Gott und der Welt erklären, was ich für Dich empfinde und warum ich bei Cinny gelogen habe. Es macht mir nichts aus, wenn es Cinny verletzt, meine Familie und deine Familie. Die einzige Familie, auf die es ankommt, ist unsere.

Patti sehnte sich verzweifelt danach, diese Briefe zu glauben, die zu ihr per Gefängnispost kamen. Niemand wußte, daß sie und David Mann und Frau waren. Er wollte Heather nicht als seine Tochter anerkennen.

Cinnamons Halloween-Geständnis Jay Newell gegenüber war detailliert und glaubwürdig. Falls Pattis Erinnerung mit der von Cinnamon übereinstimmte, würde der Fall bei der Staatsanwaltschaft gewaltig an Glaubwürdigkeit gewinnen. Patti *mußte nicht* mit dem Team der Staatsanwaltschaft des Orange County sprechen, und man hatte ihr nichts angeboten. Doch sie war eine Frau in Flammen, über jedes erträgliche Maß hinaus betrogen. Unterstützt von ihrem Anwalt Don Rubright, fand sie sich bereit, noch eine Schicht von dem Kokon abzutragen, der noch immer die vollständige Wahrheit verhüllte.

Jay Newell bat Patti, sich ins Jahr 1985 zurückzuversetzen. »Wie alt waren Sie damals?«

»Ich wurde gerade siebzehn.«

»Manchmal mag es schmerzen, Dinge auszusprechen – wenn das der Fall ist«, sagte Newell, »sagen Sie mir, daß es schmerzt, aber aussprechen müssen Sie alles. Okay?«

»Okay.«

Newell bat Patti, mit ihren eigenen Worten zu erzählen. Sie war keine besonders wortgewandte junge Frau, und die Worte kamen zuerst nur stockend.

»David sagte, daß er Hilfe braucht bei der Arbeit für Randomex, und er hat empfohlen, daß ich die Schule verlasse und daheim bleibe bei ihm und Linda, und daß ich und Linda unseren High-School-Abschluß daheim machen.«

Patti hatte damals schon fünf Jahre mit David und Linda gelebt. Die Situation in diesem Zuhause wirkte wie eine »normale ... recht glückliche Familie«. Doch David hatte angefangen, bei Patti anzudeuten, daß Linda sich »veränderte«, daß sie nicht mehr so lustig war. »Also waren es immer ich, David und Cinnamon ... Und dann hat er gesagt, daß er Angst hat, daß ihm was zustößt. Ich weiß nicht, wie er darauf gekommen ist, aber einmal hat er mir vorgeschlagen ... als wir draußen in Calico waren ... ich hatte den Revolver in meinem Schoß auf dem Rücksitz des Geländewagens – daß wenn der jetzt zufällig losgeht ... Linda wäre tot, und ich könnte mich um alles kümmern.«

David hatte schon früher ähnliche Dinge gesagt, aber Patti hatte stets gedacht, er würde Scherze machen.

»Ich meine, so wie wenn meine Mom scherzhaft gesagt hat: ›Ich bringe dich um, du Rabenbraten!‹« Sie waren oben in Yucca Valley gewesen, als David den »Scherz« wegen des losgehenden Revolvers machte. »Wir waren auf dem Freeway und kamen zurück von Calico . . . er hat sich nicht umgedreht und es gesagt. Ich glaube, Linda ist irgendwo hineingegangen . . . um was zu trinken zu holen, und er . . . hat einfach einen Scherz darüber gemacht. Aber . . . ich hatte ja wirklich den Revolver in meinem Schoß . . . Hmmm, das war die Waffe, mit der, glaube ich, Linda getötet wurde.«

»Hat er den Vorschlag, Linda zufällig zu erschießen oder es wie einen Unfall aussehen zu lassen, mehr als einmal gemacht, oder hat er . . .«

»Ja.«

»Okay«, sagte Newell ruhig. »Wo waren Sie, als diese anderen Vorschläge erfolgten?«

»Überall. Manchmal waren wir im Wagen . . . der letzte kam, bevor sie starb, an dem Tag, an dem sie starb. Wir sollten rausfahren, hm – zum Schießen, da draußen bei Calico, und er hat ein paarmal vorgeschlagen, sie könnte vom Felsen fallen. Ich meine, niemand hätte jemals Verdacht geschöpft, hm, wenn einer von uns einen Angriff im Laufen gemacht hätte . . . daß sie so gestorben war.«

»Einen Angriff im Laufen?«

»Nein. Wenn man auf einem Felsen sitzt, und sie hält Ausschau von diesem Felsen aus, ich meine, wenn einer von uns vorbeikam und lief und sie fiel.«

Patti sprach über den Montag, 18. März, Stunden vor Lindas Tod, über den Tag, an dem sie alle eine Fahrt nach Calico geplant hatten, jedoch wegen des Regens zu Hause geblieben waren.

»Hat er mit Ihnen gesprochen? Oder mit Ihnen und Cinnamon?«

»Ich erinnere mich nicht, ob Cinnamon überhaupt in der Nähe war. Ich meine, es hat immer Zeiten gegeben, da hat er sie eingeweiht, und dann wieder nicht. Weil er gesagt hat ›Also, sie ist zu jung ... die geht hin und sagt was.‹ ... Manchmal hat er einen ganzen Tag mit mir darüber geredet, und dann am nächsten Tag war Cinnamon mit dabei, und er hat mich ihr erzählen lassen, worüber er mit mir geredet hat, damit sie es versteht.«

So lange Newell nun schon an diesem Fall gearbeitet hatte – dreieinhalb Jahre inzwischen – gab es doch immer wieder noch Momente, in denen es ihm fast surrealistisch erschien. Was er hörte, kam nicht unerwartet. Irgendwie hatte er es schon gewußt. Aber die subtile Brutalität von David Browns Mordplänen ließ, laut ausgesprochen, sein Blut gefrieren.

Patti kam auf die Heimfahrt vom Krankenhaus zu sprechen, Monate vor Lindas Tod. »Wir sind hingefahren, um das neugeborene Baby von meinem Bruder anzusehen. Er (David) schlug vor, daß wenn wir sie aus dem Kleinbus warfen, es so aussehen würde, als wäre ihre Tür aufgesprungen ... Ich weiß also nicht, ob eine von uns auf die Idee gekommen ist, oder ob er darauf gekommen ist ... und weder ich noch Cinnamon konnte es machen, weil wir hinten waren ... Nachdem wir daheim waren, sagte er ›Also, gut, daß wir es nicht gemacht haben, denn das Licht wäre angegangen, und die hätten das bemerkt ...‹«

»Was für ein Licht wäre angegangen?«

»Ihr wißt schon, wenn man die Autotür aufmacht, geht das Licht an. Er sagte, die Leute hinter uns hätten sehen können, was da los war.«

»... und er hat es so klingen lassen, als müsse es an diesem Tag gemacht werden?« fragte Newell.

»Er hat es *immer* so klingen lassen, als müsse es an diesem Tag gemacht werden. Er hatte immer Angst, daß ihn jemand umbringen könnte oder so.«

Als Newell sie nach Daten und Zeiten befragte, erinnerte Patti sich daran, daß es lange Perioden gegeben hatte, in denen David seine Mordplanung fallen ließ. Er sprach häufig darüber, Linda umzubringen, als sie in Yucca Valley wohnten, aber dann erwähnte er es sechs oder sieben Monate lang nicht, als sie in

Brea lebten. Die eigentliche Kampagne zur Beseitigung Lindas hatte in Garden Grove Gestalt angenommen, nachdem sie 1983 in das Haus auf dem Ocean Breeze Drive gezogen waren.

David hatte wieder Angst davor bekommen, Linda könnte ihm etwas antun.

»Er hat mit Ihnen besprochen, daß Linda versuchte, ihm etwas anzutun?« fragte Newell.

»Linda oder Alan.«

»Okay. Was sagte er darüber?«

»›Sie werden so komisch. Linda ist nicht mehr derselbe Mensch, der sie mal war.‹ Er hatte Angst, daß seine Familie auseinandergerissen würde. Da war ein großer Baum hinten und Efeu ... Ich glaube, sein Dad hat Ausschau gehalten, wo Linda war, wenn sie heimkam. Wir waren im Garten, und er hat dann gesagt ›Also, jemand könnte sie immer erschießen und ... die Waffe im Efeu verstecken.‹«

Patti war ziemlich sicher, daß Arthur Brown Davids Pläne an diesem Tag gehört hatte. Sie schätzte, daß dieser Plan ungefähr eine Woche vor Lindas Tod besprochen wurde. »Es kam nicht oft vor, daß er längere Zeit nicht darüber gesprochen hat. Ich schätze, er wollte die Idee, daß die Familie zusammenbleiben muß, frisch halten.«

Newell erklärte, Cinnamon habe über Vorschläge gesprochen, die sie bezüglich Lindas Ermordung gemacht hatte. Hatte Patti jemals irgendwelche Ideen gehabt?

Sie schwieg ein paar Momente und dachte nach. Keiner der drei zuhörenden Männer konnte sich diese traurige junge Frau so einfach in der Rolle einer ränkeschmiedenden Mörderin vorstellen – genausowenig, wie Newell und Robinson Cinnamon in diesem Sinne sehen konnten. Sie waren Schachfiguren. Aber warum? Cinnamon liebte ihren Daddy. Patti? Patti war noch immer irgendwie ein Geheimnis. *Warum* sollte sie so sklavisch einem Mann ergeben sein, dem die Mithäftlinge den Spitznamen Hunchy – der Buckelige – gegeben hatten?

»Hmmm. Vorschläge?« Patti überlegte und erinnerte sich. »... Sie wissen, wie die Sache mit dem Zyanid war? Als die Sache mit dem Tylenol aufkam?«

»Oh«, sagte Newell und nickte. »Verstehe, ja.«

»Die Unfälle – oder die Leute, die das Zeug in die Pillen getan haben . . .« Sie verstummte für einen Moment.

»Das Zyanid . . . wer hat den Vorschlag aufgebracht?« fragte Newell.

»Ich glaube, das war in den Nachrichten, und ich glaube, wir beide – oder wir alle – haben einander angesehen und gedacht ›Warum nicht?‹ . . . Ich meine, er hat eine Menge Ideen von den Nachrichten im Fernsehen gekriegt.«

»Und was ist mit Ihnen? Erinnern Sie sich, daß sie irgendwelche besonderen Ideen hatten?« fragte Newell. Seine tiefe Stimme klang noch immer leicht, als würde er sich unterhalten.

»Hmm, einmal hat David mich gefragt. Also, man hat mir gesagt, wenn Sie das so ausdrücken wollen, daß wenn man sie erstickt, daß das ein leichter, schmerzloser Tod wäre. Aber nein, normalerweise hat er mich nachts aufgeweckt und hat mit mir geredet. Eines Nachts wurde mir gesagt, daß wenn ich jetzt in das Schlafzimmer gehe und ein Kissen da hinhalte, während sie mir den Rücken zuwendet . . . und sie einfach erschoß, dann würde niemand was hören, und ich hätte es hinter mir . . . Ich konnte es nicht machen – und bin wieder hinausgegangen.«

Also war *Patti* ursprünglich Davids Kandidatin für den Mord an Linda gewesen.

Jeoff Robinson hatte ein paar Fragen, aber er und Newell versicherten Patti, sie würden sich nicht gegen sie zusammentun. »Patti, Sie sagten, als David diese Dinge vorschlug, da hätten Sie ihn eine Zeitlang nicht ernstgenommen?«

»Nein . . . ich habe ihn nicht ernstgenommen.«

»Na schön«, fuhr Robinson fort, »aber dann kam eindeutig eine Zeit – bis hin zum Mord –, als sich das änderte, als Sie ihn doch ernst nahmen?«

Sie sah Robinson in die Augen und antwortete langsam: »Als ich ihn doch ernst nahm? Als er mich (wirklich) dazu brachte, mit der Waffe ins Schlafzimmer zu gehen. Ich meine, ich hatte die Waffe in der Hand und alles – und ich konnte es einfach nicht machen . . . *damals* habe ich angefangen, ihn ernst zu nehmen.«

»Richtig. Und was hat er Sie machen lassen – physisch?«

Physisch? Patti wirkte plötzlich alarmiert, und dann verstand sie, was Newell fragte, und entspannte sich.

»Er sagte okay, du kannst da hineingehen. Du kannst das Kissen halten, die Waffe mit der anderen Hand halten, und du kannst sie erschießen, und kaum jemand wird das hören. Und dann kannst du einfach behaupten, daß jemand hereingekommen ist und uns ausgeraubt hat.«

Robinson fragte sich, wieso Patti offensichtlich zugestimmt hatte, sich an dem Mord zu beteiligen.

»Ich habe nie zugestimmt. Es ist nur so, daß er einem die Waffe gibt, und da habe ich ihn ernstgenommen, aber ich habe nie wirklich zugestimmt ... ich fühlte mich *verpflichtet*.«

»Patti«, sagte Robinson. »Lassen Sie mich Ihnen eine Frage stellen. Ja oder nein. Okay?«

Sie nickte.

»Ob Sie es nun aus Verpflichtung gemacht haben – Sie haben uns erzählt, daß er Ihnen ständig auferlegt hat, die Familie zusammenzuhalten, dieses Schuldgefühl, er würde weggehen und so weiter.«

Sie nickte wieder.

»Ist das wahr?«

»Ja.«

»Na schön. Nachdem er Ihnen alle diese Schuldgefühle auferlegt hatte, wegen des Zusammenhalts der Familie, haben Sie – zusammen mit Cinnamon und David – zugestimmt und teilgenommen an der Planung von Lindas Ermordung?«

Sie starrte ihn an. Das war die Frage der Fragen. Jetzt gab es kein Zurück mehr.

Robinson und Newell hielten den Atem an.

»Ja.«

Sobald dieses einzelne Wort heraus war, wollte Patti Bailey Brown es zurückholen. Minutenlang verkroch sie sich hinter dem sicheren Schutz, sie habe vielleicht doch geglaubt, David Brown würde nur einen Scherz machen.

Doch sie alle wußten Bescheid.

Und während ihr eigener Anwalt zuhörte und ihr von Zeit zu Zeit ein Glas Wasser reichte, bestätigte Patti schrittweise Cinnamons Geständnis. Es gab sehr kleine Abweichungen. Manche Details waren für Patti schmerzlich zu besprechen. Als sie gefragt wurde, was aus dem braunen Kissen geworden war, das

David Cinnamon als Schalldämpfer gegeben hatte, sah sie einen Moment verständnislos drein. Und dann sagte sie: »Oh – das war von Davids Sessel. Das hat er genommen, um seinen schlimmen Hals zu stützen. Er hat es einfach wieder in den Sessel gelegt, bis es durchgewetzt war.«

Patti begriff, während sie Newells und Robinsons Fragen beantwortete, daß sie eines Tages diese schrecklichen Wahrheiten in einem Gerichtssaal erzählen mußte.

Robinson beugte sich zu Patti herab und sagte ruhig: »Patti ... warum wollten Sie damals, daß Linda stirbt? Was waren Ihre Gründe? War da etwas ... für Ihren eigenen ... Vorteil, oder war es, weil David ...«

»David hat uns glauben lassen, daß die Familie was Wichtiges war, und sie wollte die Familie auseinanderreißen, und wir hätten nie wieder eine Familie sein können ... Und dann sagte er ›Also, sieh mal, *deine* Familie war nie‹, – *meine* Familie war nie eine Familie. Und das war unsere wahre Chance, eine Familie zu sein und alles zu haben, was eine Familie haben sollte. Und sie hätte das zerstört, wenn er weggehen mußte, oder sie würden sich scheiden lassen. Dann wären wir nie wieder eine Familie gewesen ... Ich glaube, ich brauchte *unbedingt* eine Familie ... Er sagte, Cinnamon würde nicht soviel Zeit absitzen müssen. Wir würden von dem Tag an alle vier für immer glücklich sein. Ganz gleich, was auch kommen würde.«

Es war fast wie ein Kult. Ein kleiner Familienkult.

In dem für Linda kein Platz mehr war.

Patti verstand wenig von Versicherungen oder Finanzen. Sie wußte nur von einer Lebensversicherung für Linda.

»Hatten Sie jemals ein gemeinsames (Bank)Konto mit David?« fragte Newell.

»Ja. Nicht freiwillig – aber ja.«

»Sie wissen, wieviel Geld jemals auf diesem Konto war?«

»Das war verschieden. Als ich achtzehn wurde, hatte ich ein Treuhandkonto von der Bank of America mit zwölftausend Dollar darauf. David sagte, sein Name hätte eingetragen werden müssen, weil ich nicht mit Geld umgehen konnte ... Es war meine Art, ihm etwas zurückzuzahlen, und so mußte ich Rechnungen bezahlen. Nachdem dieses Geld fort war, wurde mein Konto gelöscht.«

Aber es hatte andere Konten gegeben. David machte für sie die Anzahlung für ein Auto, aber sie mußte die Raten übernehmen. »Ich mußte die Raten durch Arbeiten im Haushalt verdienen ... Bei einer anderen Gelegenheit hatte ich siebzehntausend Dollar von einem Autounfall – dafür wurde dann wieder ein gemeinsames Konto eröffnet. Um Rechnungen zu bezahlen, Möbel zu kaufen, den Herd zu kaufen, den Kühlschrank. Einmal habe ich Sozialversicherung für meinen Dad erhalten, fünftausend Dollar, und das mußte auf Davids Scheckkonto überwiesen werden.«

David hatte alle finanziellen Fäden in der Familie in Händen gehalten. Immer. Niemand außer David wußte, wieviel Geld er wirklich hatte.

»... Patti«, warf Donald Rubright ein, »erkennen Sie jetzt, daß ... äh, fühlen Sie sich hereingelegt?«

»Zum Teufel, ja ... ich wußte, daß jemand sterben mußte, aber mir war nicht klar, daß es mich so treffen würde.«

»Ihnen war nicht klar, was das hinterher für ein Gefühl sein würde?«

»Ja. Mir war nicht klar, wie es sein würde ... Ich dachte ehrlich, wir vier könnten eine anständige Familie bleiben, und nichts würde uns jemals auseinanderreißen.«

»*Nachdem Linda ermordet worden war?*« fragte Newell ungläubig.

»Ja, wie ein kleines Märchen.«

»Und zusammenfassend«, sagte Rubright, »ich meine – nur damit wir das klären können – was Sie taten – Sie *begreifen*, daß es falsch war?«

»Ja.«

»Also gut«, fuhr Rubright fort. »Rückblickend haben Sie den Eindruck, daß Sie es aus Gründen taten, die Ihnen damals richtig erschienen, von denen Sie aber jetzt wissen, daß sie falsch waren.«

»Ja.«

»Empfinden Sie Reue oder Trauer wegen Ihrer Teilnahme an der Ermordung Ihrer Schwester?« hakte Rubright nach.

»Ja. Nachdem sie tot war, fühlte ich mich so schlecht, so verstört ... Und ich habe sogar versucht, mich umzubringen, weil ich nicht mit der Tatsache leben konnte – zu wissen, daß – ich etwas damit zu tun hatte ... Und ich konnte nicht damit leben. Ich meine, ich habe damit gelebt, offensichtlich, aber bei mehreren Gelegenheiten habe ich versucht, mich umzubringen.«

Unbewußt rieb Patti, während sie sprach, die weißen Narben, die sich um ihre Handgelenke zogen.

Als Robinson und Newell alles noch einmal abspielten – und dann ein zweites und ein drittes Mal das Verhör mit Patti Bailey Brown anhörten – entdeckten sie Pausen an sonderbaren Stellen des Gesprächs und eine gewisse Zurückhaltung und Verschwiegenheit.

Patti hatte nicht alles erzählt. Warum nicht?

David Brown hatte keine Ahnung, wieviel Jeoff Robinson und Jay Newell über ihn wußten. Er erkannte in ihnen Feinde, ganz sicher. Und er haßte sie für das, was sie seinem Leben angetan hatten. Mit jedem Mißerfolg wuchs die Bitterkeit, die er gegenüber dem stellvertretenden Staatsanwalt und dem Ermittler der Staatsanwaltschaft empfand.

Patti war der Schlüssel zu seiner Freiheit. Er wußte das, und er glaubte noch immer, daß Patti nie dazu gebracht werden konnte, sich gegen ihn zu wenden. Patti würde ihn bis zu ihrem letzten Atemzug schützen. Er wußte nicht, warum sie auf seine Briefe und Karten nicht antwortete, aber er wußte, daß sie schon nachgeben würde.

Er schrieb seiner Frau ein selbstverfaßtes Gedicht und schickte es ihr durch das System der Gefängnispost. Er konnte sich ausmalen, wie sie Tränen in den Augen hatte, wenn sie es las. Patti war eine sentimentale Närrin. Ein Auszug lautete:

MEINE LIEBE IST EIN TIEFER HERZSCHMERZ
UND DAS FEUER MEINER SÄLE (SIC) SCHWINDET
WANN IMMER WIR GETRENNT SIND
DIE FASERN MEINES SEINS
WERDEN WIE STAUB.

Patti las das Gedicht und gab es an die Staatsanwaltschaft weiter, zusammen mit allen anderen Briefen von David.

Und jetzt erzählte sie auch einen Teil dessen, was sie zurückgehalten hatte. »Er ist nicht nur wie ein Vater zu mir. Wir haben vor zwei Jahren geheiratet.«

Fred McLean rief einen Freund bei der Polizei von Las Vegas an, der in den Unterlagen nachsah und zurückrief. Es stimmte alles. David Arnold Brown und Patricia Ann Bailey waren seit dem 1. Juli 1986 gesetzlich verheiratet.

Doch noch immer verbarg Patti etwas. Ganz allein im Gefängnis, ohne den Beeper, der sie rief, ohne David, der ihr ständig einhämmerte, was sie glauben sollte, begann sie zu überlegen, ob sie alles erzählen sollte.

34

Als das Orange County Jail zu Thanksgiving ein Truthahnessen servierte, fühlte David Brown endlich, daß er Patti nicht mit seinen Gedichten, Liebesbriefen und Selbstmorddrohungen zurückgewinnen würde. Etwas hatte sich geändert, und irgend jemand hatte sie gegen ihn gekehrt. Patti war das Plappermaul, das ihn unwiderruflich mit Lindas Ermordung verketten konnte. In all den Jahren, die er sie nun kannte, hatte Patti nie irgendwelche Macht besessen, abgesehen von der, die sie von ihm bezog. Jetzt besaß sie Macht. Tatsache war, daß sie mit ihm *zusammen* unterging, wenn sie zuviel redete, doch David vermutete, daß sie zu dumm war, um das zu begreifen.

Es ließ sich nicht abschätzen, wieviel Schaden Patti anrichten konnte, bevor ihr wirkungsvoll der Mund gestopft wurde.

David Arnold Brown war immer ein Mann, den man leicht unterschätzte. Sein Gesicht und seine Gestalt waren nicht anziehend. Er kleidete sich nicht schick. Seine Grammatik war fehlerhaft. Aber nichts davon schien eine Rolle zu spielen. Ein

Blick darauf, was er innerhalb eines Jahrzehnts erreicht hatte, veranschaulichte klar, daß Brown stets bekommen hatte, was er anstrebte. Diejenigen, die unterwegs ausschieden – oder auf der Strecke blieben – spielten für ihn kaum eine Rolle.

Jetzt wollte David frei sein. Das unterschied ihn sicher nicht von seinen Mithäftlingen. Unter ihnen befanden sich jedoch nur wenige Männer, die so weit gehen würden wie David, um ihr Ziel zu erreichen.

Er hatte Besucher, er konnte nach draußen telefonieren – sofern er R-Gespräche führte – und er fand drinnen rasch »Freunde«. Er faßte Tritt, und er kam voran, wenn auch mit einer so geringen Steigerung, daß seine Feinde zuerst keine Ahnung von seiner Gefährlichkeit hatten.

Patti Bailey wußte nur zu gut, wie David Menschen bearbeiten konnte. Einige der Frauen, mit denen sie in Block G-4 zusammenlebte, verschafften ihr auch eine Gänsehaut. Sie kamen von Besuchsterminen zurück und sagten, Davids Anwalt würde nach ihr fragen – daß er wissen wolle, warum Patti gegen David aussagte. Sie schienen Pattis Angst zu genießen. Offenbar wußten alle im Orange County Jail über ihre Angelegenheiten Bescheid und behielten im Auge, was sie tat. Sie wußte, daß David Geld einsetzte, damit die Leute taten, was er wollte. Und sie hatte gelernt, daß man mit Geld im Gefängnis alles kaufen konnte, was man wollte.

Jay Newell sprach mit einer Frau, die von einem Anwalt aus Davids Verteidigerteam angesprochen worden war. Sie bestätigte, daß er Informationen über Patti Bailey suchte, daß er wissen wollte, was Patti in der Vorverhandlung aussagen würde. »Aber ich sagte ihm, er wäre da, um über meinen Fall zu sprechen – *nicht* über den von Patti Bailey – und das war's dann.«

Dennoch wurde Patti am 17. November 1988 in Schutzhaft genommen. Doch trotz ihrer Angst hatte Patti sich ihre Aussage nicht anders überlegt.

Am Montag, dem 28. November, seinem ersten Arbeitstag nach dem Thanksgiving Day, sprach Newell wieder mit Patti. Don Rubright, ihr Anwalt, war anwesend, als er mit Patti über einige der unzähligen Geheimnisse redete, die sie auf Davids

Befehl bewahren sollte, einschließlich der Identität von »Doug«, der übrigens auch in Davids Gefängnis-Briefen an sie auftauchte.

Patti lächelte schwach, als sie Dougs Existenz verfolgte. »Im Juni 1986 fragte David mich, ob ich Krystals Mutter werden wollte«, erklärte sie. Sie hatte begierig zugestimmt und die voreheliche Vereinbarung unterschrieben, ohne sie überhaupt anzusehen.

Es hatte nie einen echten Doug gegeben, eine Enthüllung, die Newell kaum überraschte. »David war sehr besorgt, nachdem ein Ermittler der Staatsanwaltschaft mit Großpapa Brown gesprochen hatte. (Patti hatte keine Ahnung, daß Newell dieser Ermittler war.) Er zerriß unsere Heiratslizenz und die Vereinbarung. Als ich ihm einen Monat später sagte, ich würde glauben, daß ich schwanger bin, wollte er, daß ich eine Abtreibung machen lasse. Ich wollte nicht – und damals hat er ›Doug‹ erfunden. Er hat mir befohlen, ich soll mich an diese Geschichte halten.«

Patti gab zu, daß sie schon »eine körperliche Beziehung« mit David hatte, als Linda ermordet wurde. Newell erkannte, daß dies ein Fragenkomplex war, der sie bedrohte, und er zog sich zurück – für den Moment.

Patti fühlte sich wohler, als sie über Davids Panik sprach, nachdem Cinnamon ihn nach Ventura bestellt hatte. Sie beschrieb ihn als »sehr verstört« über Cinnamons Fragen. Bis dahin hatte David immer wieder Patti gesagt, daß sie alles tun müßten, um »Cinny bei guter Laune zu halten – damit sie nichts der Polizei oder sonst jemandem erzählt«.

In den vierundvierzig Monaten seit dem Mord hatte David ständig bei Patti eine Litanei wiederholt: »Du weißt, daß Alan und Larry in Wirklichkeit diejenigen sind, die Linda getötet haben. Du weißt, ich wollte nicht, daß es passiert.«

Patti sagte: »Er versuchte ständig, mir diese Gedanken einzutrichtern – obwohl ich wußte, daß sie nicht wahr waren.«

Doch sobald Cinnamon Antworten verlangte, geriet David in Panik. Patti erhielt den Befehl, Cinny zu sagen, sie würde ihren Platz einnehmen. »Er sagte mir, daß ich zu den Behörden gehen und eine Geschichte erfinden soll, die ihn in nichts hineinzog.«

»Gibt es noch irgend etwas über die Nacht, in der Linda umgebracht wurde?« fragte Newell. »Irgend etwas, an das Sie sich jetzt erinnern können?«

»Nur daß David mir sagte, wenn die Polizei nach den Pillen fragte, sollte ich sagen, daß sie aus seiner obersten Schublade stammten.«

»Haben Sie diese Pillen oder die Fläschchen gesehen?«

Sie schüttelte den Kopf. »Nein.«

Es gab noch etwas, das Patti Sorgen bereitete. Sie hatte Besuche erhalten von einem Mann namens Wallace DuPree*, einem alten Freund von David. Das waren »offizielle Besuche«. (Im Orange County Jail braucht sich ein »offizieller Besucher« nicht an die Besuchszeiten zu halten und kann so lange sprechen, wie er will. Anwälte und Geistliche genießen diesen Status.)

Patti erinnerte sich an Wallace DuPree. Der Mann hatte David besucht, als sie auf der Summitridge Lane wohnten – als sie mit Heather schwanger war. Sie hatte den Eindruck gehabt, er würde Gebrauchtwagen verkaufen und irgendwie mit der Computerbranche in Verbindung stehen, aber sie war sich nicht sicher. David hatte sie immer aus dem Zimmer geschickt, wenn DuPree zu einer Geschäftsbesprechung kam.

Jetzt fand sie zu ihrer Überraschung heraus, daß Wallace DuPree ein Laienprediger der Mormonen war, der sie – nach seinen eigenen Worten genau wie David – in seiner Eigenschaft als Prediger aufsuchte, um ihnen beiden zu helfen. Patti fand jedoch, daß DuPree sich wie ein Bote von David aufführte.

DuPree hatte durchdringende blaue Augen, ragte über einsachtzig hoch auf und wog 220 Pfund. Mit besorgter und kummervoller Miene sprach er eindringlich zu Patti. »Er sagt mir ständig, daß David wahrscheinlich den elektrischen Stuhl bekommt, wenn er verurteilt wird, und daß David nie gegen mich aussagen würde. Wie könnte ich also auch nur daran denken, gegen ihn auszusagen?«

Bruder Wallace Elmore DuPree war ein Meister darin, aus dem einen Mundwinkel heraus ein schlechtes Gewissen zu erzeugen und aus dem anderen Mundwinkel heraus die wundervollsten Belohnungen zu versprechen. Er zeigte Patti eine dicke Rolle Banknoten und erklärte, David würde ein Auto für Mary Bailey kaufen (die Patti unterstützt hatte, als sie bei der Familie fast keinen Rückhalt fand).

»Er erzählte mir, er wäre von David ermächtigt worden, Geld auf mein Konto (Gefängniskonto) einzuzahlen, falls ich welches brauche.« DuPree erzählte Patti auch, David würde ihm so sehr vertrauen, daß er ihm die Vollmacht eines Anwalts erteilt hatte, um sich um Davids Geschäft zu kümmern.

Newell war fasziniert über das plötzliche Auftauchen von Reverend Mr. DuPree. Soviel er wußte, war David katholisch und hatte kein Interesse an der Religion der Mormonen. Er machte eine Computerüberprüfung von DuPree und fand heraus, daß er zwar keinen Status als Geistlicher, dafür aber ein Vorstrafenregister beim California Bureau of Criminal Identification besaß, das ins Jahr 1958 zurückreichte.

Der fünfzig Jahre alte »Prediger«, der darüber sprach, was für ein Jammer es doch wäre, sollte David auf dem elektrischen Stuhl sterben (obwohl Kalifornien die Todesstrafe durch Zyanidgas vollstreckt), mußte für viele eigene Sünden Buße tun. DuPree war verhaftet worden wegen Einbruchdiebstahls, schweren Diebstahls, illegaler Wetten, Nichterscheinens vor Gericht, tätlichen Angriffs und Mißhandlung, Widerstand bei der Festnahme, Angriffs auf einen Polizeibeamten, Entgegennahme gestohlenen Eigentums, Betrugs, betrügerischer Steuerrückerstattung und drei Fällen von sexueller Belästigung von Kindern.

Newell fragte sich, was für Geschäfte David Brown und Wallace DuPree besprochen hatten, nachdem Patti aus dem Wohnzimmer des Summitridge-Hauses verbannt worden war. Jedenfalls war jetzt klar, daß David jedes Mittel einsetzte, um Druck auf Patti auszuüben, damit sie sich auf seine Seite schlug.

Patti, die im Gefängnis ohnedies schon nervös war, glaubte, daß David, sofern er ihr etwas antun wollte, auch einen Weg finden würde. Die Vorverhandlung war nur noch drei Wochen entfernt. Patti hatte vor, gegen ihren Ehemann auszusagen, doch das hatte sie niemandem im Gefängnis erzählt. Es spielte keine Rolle. Sie hatte den Eindruck, daß David alles wußte, was vor sich ging, daß er sogar ihre Gedanken lesen konnte.

Bruder DuPree kam auf Fakten über Lindas Tod zu sprechen, die nur sie und David kannten. Jetzt versuchte DuPree, ihr die Zustimmung zu einem geschickten Plan einer Anrufvermittlung zu entlocken, der es David erlauben würde, mit ihr am Telefon zu sprechen.

Das wollte sie nicht. David konnte sie mit seinen Worten herumwirbeln. Sie wollte seine Stimme nicht mehr hören.

Sobald DuPree merkte, daß die Polizei seine religiösen Verbindungen überprüfte, hörte er schlagartig auf, Patti zu besuchen.

Doch David Brown war unbesorgt. Es gab noch andere Möglichkeiten.

35

Weihnachten 1988 sollte für Patti und Cinnamon ein trübes, für David ein beunruhigendes Fest werden. Jeoff Robinson für die Staatsanwaltschaft des Orange County und Joel Baruch als David Arnold Browns Verteidiger bereiteten sich auf den Kampf in der Vorverhandlung am 19. Dezember in Richter Floyd Schenks Gerichtssaal am Superior Court vor. Diese Vorverhandlung würde darüber entscheiden, ob David freikam oder ob ihm der Prozeß gemacht wurde.

Robinson hatte Baruch zweimal geschlagen, und Baruch wollte diesmal unbedingt gewinnen. Er war in Hochstimmung und äußerst zuversichtlich. Er hatte gerade einen erfolgreichen Fall als Verteidiger hinter sich, in dem die Geschworenen seinen Argumenten so von ganzem Herzen zugestimmt hatten, daß sie nicht nur seinen Klienten für nicht schuldig befunden, sondern auch zusammen mit Baruch *und* dem Klienten nach dem Prozeß gefeiert hatten. (Der Klient war wegen Mordes angeklagt worden; er hatte den Mann getötet, der seine Verlobte zusammengeschlagen und vergewaltigt hatte. Die Geschworenen stimmten mit Baruch überein, daß diese Gewalttat gerechtfertigt war.)

Robinson andererseits hatte seit Jahren keine Verhandlung über ein Kapitalverbrechen verloren. Wie auch immer, er wollte diesen Fall mehr als jeden anderen gewinnen. Im Januar 1989, wenn diese Sache schon vorüber war, sollte Schenks Gerichtssaal noch von den Argumenten, Anschuldigungen und Beleidigungen widerhallen, die von seinen Wänden abgeprallt waren.

Zu ihrer Zeugenaussage nach Santa Ana zurückgekehrt, erhaschte Cinnamon Brown seit fast vier Jahren den ersten Blick auf die Welt da draußen. Es gab so viele Veränderungen. Sie klammerte sich an Fred McLean und Jay Newell wie ein Kind an seinem ersten Tag in einer neuen Schule.

Es war Montag, der 19. Dezember, als Cinnamon ihre Geschichte vor Gericht erzählte. Sie gab zu, viermal über die Nacht von Linda Browns Tod gelogen zu haben, zuerst um ihren Vater und Patti zu schützen, und dann, weil sie sich schämte. Aber jetzt war nichts gekünstelt. Cinnamon betupfte ihre Augen, während Tränen über ihre Wangen flossen.

David Brown, in einem ordentlichen schwarzen Anzug mit Krawatte, saß teilnahmslos am Tisch der Verteidigung, mit Handschellen an seinen Stuhl gefesselt. Er starrte Cinnamon hart an, doch sie blickte ihm nicht in die Augen.

Cinnamon erzählte die ganze Geschichte, genau wie sie sie Newell und Robinson erzählt hatte, aber sie wurde mehrfach von Baruch unterbrochen, der darüber klagte, sie würde zu leise sprechen und Robinson würde die Zeugin »leiten«. Robinson schlug zurück und warf Baruch vor, er würde versuchen, Cinnamons Aussage zu unterbrechen, und er würde für die Fernsehkameras und die Reporter spielen, die sich in der ersten Reihe drängten.

»Mr. Robinson ist ein Hanswurst!« feuerte Baruch zurück.

Richter Schenk ermahnte Baruch und drohte ihm eine Geldstrafe von 250 Dollar an.

Die Wortwechsel im Gerichtssaal waren blaß, verglichen mit denen draußen auf dem Korridor.

»Sie werden schon noch ihre eigene Grube heimgezahlt bekommen«, fauchte Baruch auf Robinson, wobei er das Sprichwort durcheinander brachte.

Robinson kochte. »Sie sind der schmutzigste, unethischste Anwalt, den ich jemals gesehen habe.«

Die *Los Angeles Times* schilderte pflichtschuldigst die Kampfsituation zwischen Robinson und Baruch. In der Tat wirkte es eine Zeitlang so, als enthalte der Brown-Mordfall weniger Zündstoff als die Beschimpfungen der Anwälte.

Cinnamons erster Tag im Zeugenstand war einschüchternd genug. Am zweiten Tag der Vorverhandlung sah sie sich dem Kreuzverhör durch Baruch ausgesetzt, der ihre geistige Stabilität angriff. Er erinnerte an Cinnamons eingebildete Freude aus längst vergangener Zeit – Oscar, Maynard und Tante Bertha.

Robinson erhob Einspruch, und Richter Schenk gab dem Einspruch statt.

»Wollen Sie mich das erklären lassen! *Wollen Sie mich das erklären lassen?*« rief Baruch dem Richter zu, der gar nicht erfreut war. Vom Gericht ermahnt, sich zu beherrschen, rief Baruch: »Stecken Sie mich doch ins Gefängnis!«

Sie rangen miteinander, der Stellvertretende Staatsanwalt und der Verteidiger. Baruch klagte, er bekäme keine faire Chance, seine Verteidigung aufzubauen, und Robinson warf Baruch vor, er versuche, Richter Schenk einzuschüchtern. »Auf diese Weise versucht Mr. Baruch, einen Spruch in seinem Sinn zu erreichen.«

Joel Baruch ging zu weit, als Robinson an ihm vorbeischritt, um einen Einspruch zu machen. Er drehte sich um und schrie den Ankläger an: »Setzen Sie sich, Robinson!«

Richter Schenk erhob sich in seiner wallenden schwarzen Robe hinter dem Richtertisch und fixierte Baruch mit seinen Augen. Er belegte den Verteidiger mit einer Strafe wegen Mißachtung des Gerichts. »Eines garantiere ich Ihnen – Sie führen hier nicht die Verhandlung, ob Sie das nun denken oder nicht. Ich habe genug von Ihnen!« David Brown wurde blaß. Vielleicht hatte er den falschen Verteidiger gewählt. Er bezahlte genug für seine Verteidigung – geschätzte 250 000 Dollar. Damit hätte er sich einen Anwalt einkaufen müssen, der den Richter nicht dermaßen verärgerte.

Baruchs Verteidigungsstrategie stellte Cinnamon und Patti als alleinige Beteiligte an einem hinterhältigen Komplott zur

Ermordung Lindas dar, und er präsentierte seinen Klienten als einen Mann, der die Teenager gewarnt hatte, daß »nichts geschehen soll«, als er zu seiner Fahrt an den Strand aufbrach. David Brown, so argumentierte er, war der unschuldige Geleimte, ein Mann, der verzweifelt versucht hatte, seine Familie zusammenzuhalten.

Cinnamon ließ sich von Baruchs konzentrierten Versuchen, sie in eine Falle zu locken, nicht erschüttern. Waren seine Fragen undurchsichtig, antwortete sie schlicht »Ich weiß es nicht.« Sie gab zu, sie wäre »nervös im Gerichtssaal«, doch sie schob ihr Unbehagen nicht auf Joel Baruch, sondern auf ihren Vater. »Ich fühle mich davon eingeschüchtert, wie er mich anstarrt.«

Dies sollte eine lange Vorverhandlung mit Unterbrechungen werden. Es war offensichtlich, daß Baruch noch einmal von vorne mit einem anderen Richter anfangen wollte. Er stellte einen Antrag auf Ablehnung gegen Jeoff Robinson. (Ein Ablehnungsantrag oder Ablehnungsverfahren zielt darauf ab, das Team der Anklage zu entfernen und zu ersetzen.) Baruch klagte, Robinson wäre »für mich übereifrig und einschüchternd« und würde es ihm unmöglich machen, seinen Mandanten zu verteidigen.

Und so wurde die Vorverhandlung erneut unterbrochen – diesmal durch ein Ablehnungsverfahren. Robinson, vertreten durch Anwalt Tom Goethals, reagierte auf Baruchs zwölf gegen ihn erhobene Behauptungen. Er antwortete geduldig. Hatte er tatsächlich Baruch den »schmutzigsten, unethischsten Anwalt« genannt, den er je gesehen hatte?

»Ja, das habe ich getan«, erwiderte er gelassen.

Später erklärte er: »Die Wahrheit war meine Verteidigung. Ich meinte es so, als ich es das erste Mal sagte.«

Die Ablehnung wurde verweigert, und sie begannen erneut. Wegen der Pause zu Weihnachten war es schon der 6. Januar 1989, als Patti Bailey in den Zeugenstand trat. Sie hatte durch ihre Aussage nichts zu gewinnen und viel zu verlieren. Es gab keinen »Handel«. Patti war keine Chance angeboten worden

»freizugehen« oder »vermindertes Strafmaß« zu erhalten. Auch sie sah sich einer Mordanklage gegenüber.

Es bestand durchaus die Chance, daß sie nie Gelegenheit haben würde, ihr Baby großzuziehen.

Was würde Patti sagen? David versuchte, die Augen seiner Frau einzufangen, doch sie blickte nicht in seine Richtung. Er war ein wenig besorgt, aber nicht übermäßig. Er hatte erwartet, daß Cinny ihn im Zeugenstand rösten würde. Das war keine große Angelegenheit. Er vermutete, daß Robinson und Newell sie wirklich bekniet hatten, und außerdem hätte sie alles getan, um aus dem Gefängnis zu kommen.

Aber Patti. Patti war eine andere Sache. Patti liebte ihn. Sie *betete ihn an*. Sicher, sie hatte seine Briefe nicht beantwortet und sich auch DuPree nicht geöffnet, aber wenn es darauf ankam, würde Patti ihn nicht verlassen. Was sollte sie ohne ihn machen? Wohin sollte sie gehen?

Das Auffallendste an Patti, als sie den Zeugenstand betrat, war ihr üppiges hellbraunes Haar mit dichten Stirnfransen und einer Fülle langer Locken, die von ihrem Gesicht mit einem Clip zurückgezogen wurden. Sie war eine hübsche Frau mit einem kräftigen Kinn. Sie trug einen Sweater in verschiedenen Farben. Sie zitterte ständig, als wären ihre Nerven über einen Punkt hinaus belastet worden, mit dem sie nicht mehr fertig wurde.

David beschwor sie in Gedanken, ihn anzusehen, aber sie tat es nicht. Er runzelte leicht die Stirn. Das war kein gutes Zeichen. Als Patti auf Robinsons Fragen antwortete, rötete sich Davids Gesicht. Diese Bastarde hatten sie tatsächlich rumgekriegt. Jede Antwort war schlimmer und belastender als die vorangegangene. David starrte seine Frau noch intensiver an und wollte sie dazu bringen, einfach still zu sein.

»Wir haben immer über Möglichkeiten gesprochen, Linda zu töten«, sagte Patti mit zitternder Stimme aus. »Wir beide haben das besprochen.«

Mary Bailey, Pattis und Lindas Schwägerin – die Frau, bei der Linda jahrelang gelebt hatte – saß im Zuschauerraum. Ihr

Gesicht war eine Studie von Gram und Entsetzen. Ihre Augen füllten sich mit Tränen, und sie betupfte sie gedankenverloren.

Patti hielt weiterhin ihre Augen von ihrem Ehemann abgewandt, während sie schilderte, wie David ein Mordkomplott angezettelt und zuerst sie und dann Cinnamon beauftragt hatte, es auszuführen. »Er sagte, es wäre das beste, wenn wir sie zuerst töten, bevor sie ihn tötet . . . Er hatte nicht den Mut, es selbst zu machen.«

Patti sagte, daß sie ihre Schwester nicht hatte töten wollen. Sie hatte David vorgeschlagen, sie könnten doch einen Unfall inszenieren, bei dem Linda »unter einem Wagen zerquetscht« wurde, aber gelähmt überlebte. »Dann hätte sie immer im Bett bleiben müssen«, sagte Patti leise aus. »Sie hätte nicht aufstehen und herumgehen können, aber wir wären zusammengeblieben.«

Und dann öffnete Patti plötzlich eine geheime Tür, die sie ihr halbes Leben lang verschlossen gehalten hatte. Sie erklärte endlich, wieso sie gefühlsmäßig mit David Brown verbunden war. Niemand – außer ihr selbst und David – hatte bis zu diesem Moment eine Ahnung von den Methoden gehabt, mit denen er sie eingefangen und festgehalten hatte.

Ja, Patti hatte ihren Schwager geliebt – »wie einen Vater« – bis sie elf war, aber diese Gefühle wurden bald komplexer. Pattis tonlose Stimme schlug den Gerichtssaal in ihren Bann, ihre Worte waren schockierend und tragisch. Sie erzählte, wie David klagte, Linda habe sich verändert, sie wäre »so launisch und unheimlich« geworden. Patti hatte nichts Ungewöhnliches bemerkt, aber David war überzeugend. Und dann fing er Klein-Patti ein, die nie auf irgend etwas oder irgend jemanden hatte zählen können. Er versprach Patti, daß er *sie* eines Tages heiraten und daß sie immer zusammenbleiben würden, ganz gleich, was auch kommen möge.

»Wann war das?« fragte Robinson.

»Es fing an, als ich elf war, und es dauerte bis zu dem Tag, an dem wir heirateten.«

Davids Manipulationen mit Patti gingen weit über das Versprechen einer zukünftigen Ehe hinaus. Patti schloß die Augen, als sie enthüllte, daß David sie sexuell belästigt hatte – fast von dem Tag an, an dem sie in sein Haus geflohen war, um der Belästigung zu entgehen, die sie im Haus ihrer Mutter erlitten hatte. Nichts hatte sich wirklich verändert. Doch David war sanfter, und Patti begann zu glauben, daß es eben so war. David hatte ihr versichert, daß es genau so war; die meisten erwachsenen Männer halfen jungen Mädchen beim Erwachsenwerden, indem sie ihnen die Liebe beibrachten.

Patti sagte aus, daß David sie zuerst dazu ermutigt hatte, ihn oral zu befriedigen; er hatte ihr versichert, auf diese Weise würde sie sich zur Frau entwickeln. Er streichelte auch ihre flache Brust, um ihr angeblich zu helfen, Brüste zu entwickeln. Als Pattis Brüste tatsächlich zu knospen begannen und ihre Menstruation einsetzte, war das nach ihrer Aussage einfach noch mehr ein Beweis dafür, daß David die Wahrheit gesagt hatte.

Als Patti fünfzehn war, begann sie mit Geschlechtsverkehr mit dem Ehemann ihrer Schwester. Zu diesem Zeitpunkt machte sie bereitwillig mit. Sie rangen um jede Gelegenheit, miteinander allein zu sein. »Jedesmal wenn Linda wegging, kam es für gewöhnlich zu irgendeinem körperlichen Kontakt«, sagte Patti aus. »Wenn sie einkaufen ging oder duschte.«

Cinnamon hatte sich nicht getäuscht, als sie den Vorfall in dem Laden schilderte, bei dem sie ihren Vater und Patti bei einem leidenschaftlichen Kuß überrascht hatte. Sie hatte einen von tausend gestohlenen Momenten gesehen.

»Ich liebte meine Schwester, aber ich liebte David noch mehr.«

David Brown starrte seine Frau an, den Mund leicht geöffnet, die Augen starr, und schüttelte leicht den Kopf. Er wirkte von Pattis Aussage wie betäubt.

Am zweiten Tag ihrer Aussage sprach Patti über die letzten Vorbereitungen, die zu Lindas Ermordung führten. »Wir entschieden, daß Cinnamon es tun sollte, weil sie jung war und nicht lange sitzen mußte. Wir beide haben angenommen, sie würde zu einem Psychiater geschickt und dann wieder nach Hause geschickt ... (David) sagte, er müßte wegfahren, damit wenn er heimkam, der Wagen warm war und er ein Alibi dafür hatte, daß er nicht da war.«

Pattis Aussage erhärtete Cinnamons Angaben. Beide Mädchen hatten nun ausgesagt, daß David nicht der Schütze sein konnte, »weil er sagte, daß er dafür nicht den Mut hat«.

Patti zeigte keine Emotion während ihrer Aussage, auch nicht, als sie davon sprach, wie sie Linda vor Schmerz stöhnen hörte, nachdem sie angeschossen worden war. Doch als Robinson Patti nach Heather fragte, stiegen ihr Tränen in die Augen. Sie sah David herausfordernd an, als sie erklärte, er wäre Heathers Vater. Sie war mit keinem anderen Mann zusammengewesen.

Patti beschrieb ihren Ehemann als einen völlig dominierenden Mann, einen Mann, der ihr Leben so weit kontrollierte, daß er sie nicht ihre Familie besuchen oder Freunde haben ließ. »Ich trug ständig einen Beeper, so daß er mich anfunken konnte. Ich habe ihn getragen, falls David mich braucht.« Wenn sie sich nicht alle fünfzehn Minuten bei ihm meldete, wurde David wütend.

Im Kreuzverhör behauptete Joel Baruch, Patti würde über David lügen, weil sie wütend war. Hatten ihr nicht die Männer der Staatsanwaltschaft gesagt, daß David sie als die Mörderin bezeichnet hatte? Er behauptete, daß Patti durch Einschüchterung seitens der Polizei und die Ankläger zu der Aussage gedrängt worden war. Sagte sie nicht, was alle hören wollten, weil sie aus dem Gefängnis heraus und zurück zu Heather wollte, bevor das Baby sie vergaß?

Nein, das stimmte nicht. Patti starrte auf Baruch zurück. Sie war voll darauf vorbereitet, wegen ihrer Rolle bei Lindas Tod ins Gefängnis zu gehen. »Wenigstens kann ich mit einem reinen Gewissen gehen«, sagte sie ruhig.

Patti Bailey Brown war David Browns kleines, im eigenen Heim herangezogenes Sexobjekt gewesen, seit sie in der sechsten Klasse war. Ihre Teilnahme an der Verschwörung zur Ermordung ihrer eigenen Schwester war verwerflich, jener Schwester, die wirklich eine Muttergestalt für sie war. Und doch – Patti hatte schon längst ihren freien Willen verloren.

Patti hatte ihren leiblichen Vater nicht mehr gesehen, seit sie ein Jahr alt war. Als kleines Mädchen war sie so deprimiert gewesen, daß sie versucht hatte, sich mit einem Kissen zu ersticken. David hatte Patti davon überzeugt, daß ihre Mutter sie ihm für 10 000 Dollar »verkauft« hatte – den »Geschäftsverlust«, den sie erlitt, wenn sie Patti nicht zur Prostitution losschicken konnte. Es gab keinerlei Hinweise – außer David Browns Wort – daß das stimmte. Patti glaubte es.

Von dem Moment an, in dem David sie in sein Haus aufnahm, fühlte sie sich nicht mehr als »schwarzes Schaf«, sondern »als hätte ich eine Familie«.

In einem Interview mit dem Reporter der *L. A. Times*, Eric Lichtblau, versuchte Patti, die Macht zu erklären, die David über sie besaß. »Er ließ mich auf seinem Schoß sitzen und schenkte mir Aufmerksamkeit und sagte mir, daß ich ein gutes Kind war, und ging mit mir los und kaufte mir Kleider und brachte mich dazu, daß ich mich in meiner Haut richtig wohl fühlte.« Sie war ein elf Jahre altes Kind, das allerletzte von elf Kindern, in Armut geboren. »Er kann verteufelt gut reden«, erklärte Patti dem Reporter. »Hätte er mir gesagt, der Himmel ist grün, hätte ich es geglaubt . . . David war alles für mich. Er war meine Familie. Hätte man ihn mir weggenommen, so wäre das gewesen, als hätte man mir den Boden unter den Füßen entzogen.«

Wegen des drohenden Verlustes Davids hatte Patti tatsächlich an den Plänen zu Lindas Ermordung teilgenommen. Sie mußte jetzt noch die zahlreichen Mordpläne enthüllen. Patti erinnerte sich später noch im Gefängnis daran, David habe vorgeschlagen, Linda in der Wüste mit einem ATV zu überfahren; daß Patti und Cinnamon mit ihren Fahrrädern zu einem Einkaufszentrum fahren und Linda beim Einkaufen erschießen sollten; sie könnten Wagenheber lockern, die ein Auto hielten, daß es auf Linda fallen würde; sie mit einem Auto überfahren; sich von hinten mit einer Brechstange an Linda heranschleichen.

Patti hatte sich nie erlaubt, darüber nachzudenken, was Lindas Tod bedeuten würde. Das hatte sie in einem hinteren Winkel ihres Verstandes abgeblockt. Aber sie war so deprimiert gewesen. David hatte nicht zugelassen, daß sie mit einem Psychologen sprach, wenn er nicht im Raum war. Sogar nach einem Selbstmordversuch mit drei Schachteln Aufputschtabletten und Beruhigungsmitteln, als sie sich die Handgelenke aufschnitt, ließ David nicht zu, daß sie ins Krankenhaus kam. Er hatte immer Angst, sie könnte reden. Und so konnte sie ihren Kummer und ihr Entsetzen nie jemandem anvertrauen.

Patti Bailey hatte David Brown ein Jahrzehnt lang mit Körper und Geist und Seele gehört. Er war der einzige Mann, den sie jemals wirklich gekannt hatte. Er war praktisch der einzige Mensch, mit dem sie Kontakt hatte. War es überraschend, daß sie fast alles getan hätte, um Davids Sicherheit zu garantieren? Um ihm zu Gefallen zu sein?

Am 19. Januar 1989 ordnete Richter Schenk an, daß David Brown in Haft gehalten werden sollte, bis ihm der Prozeß gemacht wurde wegen Mordes und Verschwörung. Richter Schenk entschied auch, daß es ausreichend Beweise gab, um die besondere Behauptung zu stützen, Brown habe den Tod seiner Frau aus finanziellen Gründen geplant. Diese spezielle Entscheidung bedeutete, daß David Brown mit der Todesstrafe rechnen mußte.

Am 2. Februar setzte Richter Myron S. Brown vom Superior Court das Verhandlungsdatum für David Arnold Brown für den 29. März 1989 fest. Patti Bailey sollte zuerst vor dem Jugendgericht erscheinen, weil sie erst siebzehn war, als Linda Brown ermordet wurde. Jeoff Robinson sagte jedoch, er würde darum bitten, daß gegen sie als Erwachsene verhandelt wurde. Ihr Alter zum Zeitpunkt des Mordes schloß die Todesstrafe für die Schwester des Opfers aus.

36

Als David Brown ein Verhandlungsdatum bekam, hatte er bereits begonnen, neue Pläne zu entwerfen. Wie er gern sagte: »Ich weiß *immer,* was ich tue.« David hatte in diesem neuen Milieu neue Freunde gefunden. Wie ein Chamäleon paßte er sich rasch jeder Umgebung an. Die Vergangenheit verfolgte ihn nicht.

Weihnachten im Gefängnis ist im besten Fall ein ödes Fest. Richard Steinhart, »Yahtahey« auf der Straße, fünfunddreißig, hatte sich an vergangenen Weihnachtsfesten schon an etlichen ungewöhnlichen Orten befunden – viele davon plüschig und kostspielig, etliche davon gefährlich. Seit Jahren hatte er keinen Weihnachtsabend mehr daheim verbracht. Am 24. Dezember 1988 wurde Steinhart wegen Verstoßes gegen die Bewährungsauflagen verhaftet und im Orange County Jail untergebracht. In Wahrheit wurde er aufgegriffen, weil er der wichtigste Zeuge in einem bevorstehenden Mordprozeß war (der nichts mit dem David-Brown-Prozeß zu tun hatte). In dem Prozeß ging es um Motorradgangs und Falschmünzerei, und die Angeklagten waren mächtige Männer.

Der Stellvertretende Staatsanwalt des Orange County, Rick King, brauchte Steinhart. Er war ein ergiebiger Zeuge. Er hatte Ermittlern freiwillig von Ereignissen in Jahr 1982 erzählt, die den laufenden Fall der Staatsanwaltschaft stärkten. Die Angeklagten hatten allen Grund, Steinhart aus dem Weg räumen zu lassen, und Steinhart hatte allen Grund, in den Straßen einer großen Stadt im südlichen Kalifornien unterzutauchen, um anonym zu werden. Doch Steinhart war im Orange County Jail, Rick King konnte ihn finden, wann immer er ihn brauchte, und Steinhart mußte gegen ein paar große Nummern aussagen.

Eigentlich war Richard Steinhart selbst eine große Nummer. Er war früher schon im Gefängnis gewesen, und er kannte das Protokoll besser als eine Duchess, die zur Queen zum Tee ging. Es war nicht sein Lieblingsaufenthaltsort, aber im Moment war es da wahrscheinlich sicherer als auf den Straßen des Orange County.

Steinhart war weit von zu Hause entfernt, oder wo sein Zuhause einst gewesen war. Geboren am 13. Dezember 1953 in Somerville, New Jersey, erfuhr Steinhart nie, wer sein leiblicher Vater war. Seine Mutter war Organistin in der St. Luke's Methodistenkirche in Somerville. Sie spielte die schwere Orgel, steckte Richard in einen »Kleiner-Lord-Fauntleroy-Anzug« und tat ihr Bestes, um ihren kleinen Sohn im Schoße der Kirche zu erziehen, aber er war so ein wilder Kerl, daß sie manchmal verzweifelte. »Meine Mom hat sich wirklich um uns gekümmert, als wir jung waren«, erinnerte sich Steinhart. »Sie hatte zwei Jobs – und es war wirklich hart für sie.« Sie zogen von New Jersey weg, und Richard wuchs mit seiner Mutter und seinem Stiefvater in Buena Park, Kalifornien, auf. Er war ein kluges Kind, das sich »sehr gut in der Schule machte«, ohne sich wirklich zu bemühen. Er war ein Rebell, ein überaktiver Teenager, der zu Ärger neigte.

Steinhart besuchte das Fullerton Community College, wo er Abwehr und Angriff für ein Team spielte, das kein einziges Spiel während der gesamten Saison verlor. Sein Interesse am College schwand, als er mehr und mehr Geld auf anderen Gebieten verdiente.

Es waren die Kampfsportarten, in denen Steinhart erfolgreich war.

Es war nicht überraschend, daß Steinhart mit siebzehn als Rausschmeißer in Nachtclubs arbeitete. Er wurde nach seinen eigenen Worten »ein moderner Ninja. Ich arbeitete für seriöse Leute im ›professionellen‹ Gebiet; ich war als Bodyguard gefragt. Ich konnte Arme und Beine brechen – wenn es sein mußte . . . Ich hatte keine Gefühle bei meiner Tätigkeit – nicht für das Opfer. Ich war ein Profi.« Steinhart wurde auch in verschiedenen Abschnitten seines Lebens »Chef für innere Angelegenheiten« bei der Hessian Motorradgang, Leibwächter für den Komödianten Jerry Lewis, Waffenschieber, Drogenhändler, Drogensüchtiger und bezahlter Killer.

Steinhart arbeitete, wie er sich erinnerte, für jeden, der ihn bezahlen konnte – Regierung, Berühmtheiten, Unterwelt, Drogenbosse. Viele seiner Kontaktpersonen hatten die Macht, ihn aus dem Gefängnis herauszuhalten, und er ging oft frei, obwohl er wußte, daß er eigentlich hätte eingelocht werden müssen. Ein Nicken und ein Wort von der richtigen Agency oder Organisation genügte. Doch am Ende rieten Steinhart sogar seine »Freunde« an hohen Regierungsstellen, seine Angelegenheiten in Ordnung zu bringen. Sie konnten ihm nicht mehr helfen, ganz gleich, wie wertvoll seine Dienste auch waren.

»Ich habe zwei Jahre lang Drogen verkauft, bevor ich sie selbst ausprobiert habe«, erinnerte er sich bedauernd. »Ich rührte das Zeug nicht an. Einige Kunden, für die ich arbeitete, hatten eine halbe Tonne bis eine Tonne Kokain. Alle haben versucht, mich zum Probieren zu bewegen – aber ich hielt stand. Und dann versuchte ich es. Seit 1978 habe ich mir für eine halbe Million Dollar Kokain in meine eigene Nase gezogen.« Er kaufte auch seiner Mutter ein neues oberes Gebiß und ein Haus in Huntington Beach. »Dieses Gebiß hat sie so glücklich gemacht, wie ich sie noch nie gesehen habe.«

Steinharts Name war den Cops im südlichen Kalifornien bekannt, und nicht, weil sie ihn bewunderten. Steinhart zu verhaften, war eine riskante Angelegenheit. Er war so gut wie nicht zu bändigen, wenn er nicht ruhig mitgehen wollte. »Ich erinnere mich, wie ich einmal verhaftet wurde«, sagte er. »Sie hatten mich auf meinen Händen und Knien, und dieser eine Cop kam zu mir und sagte ›Mr. Steinhart, wir wissen, wer Sie sind – und wenn Sie sich bewegen, jage ich Ihnen eine Kugel in den Kopf.‹ Und ich sagte ›Genau das würde ich an Ihrer Stelle auch tun, weil *ich mich kenne*!‹«

Steinhart konnte es mit sechs oder mehr Gegnern aufnehmen und sie »zerstören«. Er besaß den Respekt der Hessians. Er brachte ihnen den Einsatz von Kampfsport bei, und er fuhr mit ihnen auf seinem riesigen Motorrad, und sein langes Haar wehte hinter ihm her. Er hatte immer eine Frau oder zwei oder drei.

Aber Ende 1987 lief es für Steinhart schief. »Ich wurde wegen dummer Drogengeschichten verhaftet. Ich hatte keine Frau, kein Kind – ich hatte sie verloren. Ich hatte keinen Ort zum Leben. Ich war ausgebrannt. Ich hatte immer Mädchen, die bereit waren, für mein Auskommen zu zahlen, aber ...«

Steinhart wollte noch »ein großes Ding drehen, um für mein Kind zu zahlen«, aber irgendwie hatte er den Tritt verloren oder vielleicht auch nur den Geschmack an dem Spiel.

Im Gefängnis blühen Spitznamen. Steinhart hörte auf »Goldie«, wenn er im Gefängnis war. Andere Häftlinge wurden Maus und Kakerlake und Schatten genannt. Das garantierte eine Art von Anonymität. Außerhalb dieses rauhen Männerclubs lebten sie in einer anderen Welt mit anderen Namen.

Die Untersuchungshäftlinge nannten Brown »Dave«. Hinter seinem Rücken nannten sie ihn Hunchy. Oder »Thurston Howell III« nach dem reichen Schiffsbrüchigen – gespielt von Jim Backus – in der Fernsehserie »Gilligan's Island«. David haßte es, Thurston genannt zu werden. Doch er hatte seine Mithäftlinge sehr schnell wissen lassen, daß er ein ungeheuer wohlhabender Mann war. Sie beugten sich ihm, auch wenn sie ihn verlachten.

»Ich erinnere mich, wie ich das erste Mal mit Dave gesprochen habe«, sagte Steinhart. »Ich saß da und blieb still, aber diese Typen redeten und taten so, als würden sie Karate und Kampfsport kennen. Ich habe versucht, meinen Mund zu halten, aber dann haben sie mich professionell gereizt. Endlich stand ich auf und sagte ›So wird das gemacht‹, und ich machte ka-ba-boom! Der Typ machte ›Arrghh‹ und ging natürlich zu Boden, und Brown blickte hoch und pfeift und sagt ›Hey, das ist der Richtige für mich‹ – und lädt mich zu ihm an den obersten Tisch.«

Steinhart suchte nach einem Huhn, das er rupfen konnte, und in dem Block ging das Wort um, daß Brown Kohle hatte. Er zahlte Geld auf die Konten von vielen Häftlingen ein – für Gefälligkeiten. Einige kauften ihm extra Schokoriegel und Zigaretten. (David verbrauchte seine Ration im Handumdrehen.) Einige deuteten an, sie könnten ihm vielleicht helfen, seinen Prozeß zu gewinnen. Aus welchen Gründen auch immer hatten plötzlich Männer ohne Geld auf ihren Konten 10 oder 50 Dollar von Arthur Brown (der eine Reihe leicht durchschaubarer Falschnamen benutzte). David überzeugte seine Familie, daß sein Leben in Gefahr war und es deshalb nötig war, »Schutz« von anderen Gefangenen zu kaufen. Bis zur Ankunft von Richard Steinhart hatte David allerdings keinen Mann gefunden, in den er sein volles Vertrauen setzte.

»David öffnete sich wirklich für mich«, erinnerte sich Steinhart. »Und zwar für mich von einem professionellen Standpunkt. Sehen Sie, man muß sich selbst der Gelegenheit anpassen und sein, was immer man zu sein hat, um zu kriegen, was man nur herausholen kann – was immer für ein Rollenspiel davor auch erforderlich sein mag. Das hält dich am Leben.«

Ein anderer Gefangener, Irv Cully*, der den »Mantel« einer Petze trug, hielt sich unterwürfig an David Browns Seite. Cully hatte am Weihnachtstag mit David am ersten Tisch gesessen, weil er »das höchste Dienstalter« hatte. Er war schon länger da als alle anderen. Als Steinhart sich zu ihrer exklusiven kleinen Gruppe gesellte, fühlte er, daß er sich in Gegenwart der Gefängnismächtigen befand. »Sie hatten da einen kleinen Plan am Laufen – ich habe mich nicht besonders darum gekümmert«, erinnerte sich Steinhart. »Irgendwas mit Cully und seinem Mädchen Doreena*.«

Steinhart bearbeitete David Brown, lauschte mit vorgetäuschter Faszination seinen Geschichten über seine Geschäftserfolge, seinen großen Reichtum, seine Frauen. Er reagierte genau in der Art, von der er wußte, daß sie Brown gefallen würde. Er spürte, daß David sich danach sehnte, ein richtiger Mann zu sein, ein im Gefängnis respektierter Macho. David umgekehrt bewunderte Steinhart, der seinerseits mit seinen ganzen Kriegsberichten anrückte.

Als Patti Bailey im Januar aussagte und David aufs Trockene setzte mit ihren trüben Eingeständnissen, war David bereit, verzweifelte Maßnahmen zu ergreifen. Vielleicht wurde ihm zum ersten Mal klar, daß er *nicht* freigesprochen werden könnte. Sein eigener Anwalt hatte ihn davor gewarnt, wie gut Jeoff Robinson war, und hatte ihm Robinsons Erfolge aufgezählt.

Es war undenkbar, daß David ins Gefängnis wandern sollte. Er hatte Cinnamon und Patti stets gesagt: »Laßt mich da heraus.« Er hatte nur der Puppenspieler sein wollen, nicht der Mitspieler. Er hatte nicht den Mut für direkte Gewalttätigkeit, und seine Gesundheit war viel zu zerbrechlich, als daß er tatsächlich einsitzen konnte.

David wollte keinen Prozeß, in dem Jeoff Robinson ihn ins Kreuzverhör nehmen würde. Er wollte auch nicht, daß Jay Newell noch länger herumschnüffelte. Newell hatte Dinge über sein Privatleben herausgefunden, von denen David gedacht hatte, sie schon vor Jahren gut verborgen zu haben.

Keine Sorge, David hatte jetzt einen neuen besten Kumpel, der sich um seine Probleme kümmern würde. Richard Steinhart. Steinhart hatte ihn davon überzeugt, daß er *alles* machen konnte – für einen angemessenen Preis – und was er selbst doch nicht konnte, dafür kannte er die richtigen Leute, die das erledigen würden. David und Steinhart planten, wie sie Geld auftreiben, fliehen, Rache üben *und* ein neues Leben weit weg auf einem anderen Kontinent finden konnten. »Das hatte nichts mit Gefühlen zu tun«, erklärte Steinhart. »Ich war nicht sein ›Freund‹. Man könnte sagen, ich war ein Bekannter. Aber er redete vom großen, sehr großen Geld. Wollte ich machen, was er von mir verlangte? Verdammt, ja. Für dreihunderttausend Dollar wollte ich es machen.«

Während Cully wie ein deplazierter Dickens'scher Speichellecker lauschte, unterbreitete David nun Steinhart seine Pläne. Steinhart deutete an, er werde jetzt vielleicht jeden Moment entlassen, und David brauchte einen guten Mann draußen. »David redete über Brandstiftung – nur für den Anfang«, erinnerte sich Steinhart. »Er wollte, daß ich sein Wohnmobil und das Haus anzünde. Ich sollte das zuerst machen.«

Angesichts Steinharts offensichtlicher Zustimmung ging David ein Stück weiter.

»Dann fing er an mit Vorschlägen. ›Wie wäre es mit einem Fluchtplan?‹ Ich habe ihm da irgendwas hingeworfen, nur damit er ruhig ist«, sagte Steinhart. »Aber dann fing er erst richtig an, darüber zu reden, wie er entfliehen könnte, während er in der Praxis seiner Zahnärztin war. Also, ich meine es wirklich ernst, weil so was tatsächlich gemacht werden kann. Ich sagte ihm, fünfzigtausend Dollar, weil meine Kumpel genug Loyalität zu mir haben, um es für mich gratis zu machen – darauf habe ich bei meinem Plan gezählt.«

Jedesmal, wenn Steinhart einem von Davids hinterhältigen Plänen zustimmte, eskalierten diese Pläne. Bald schon hatte David ein Vier-Phasen-Programm: Er wollte, daß sein Wohnmobil und der Besitz in der Chantilly Street wegen des Versicherungsgeldes niedergebrannt wurden – damit er Steinhart bezahlen konnte; er wollte einen fertigen Fluchtplan, wenn er zu seiner Zahnärztin ging; und er wollte, daß drei, vielleicht auch fünf Leute starben, und zwar im Stil einer Hinrichtung. Jeder Polizist, der sich ihm in den Weg stellte, sollte natürlich auch ausgelöscht werden.

Sobald das alles erst einmal erreicht war, wollte David Steinhart an einen Ort in der Wüste schicken, wo er nach seinen Angaben drei Millionen Dollar vergraben hatte, und sie beide würden nach Australien gehen. David sagte, ihm würden dort fünfundzwanzig Morgen Land gehören. Sie würden in die Outbacks fahren, zwei auf einem Motorrad, endlich frei. Sie würden soviel Pizza essen, wie sie wollten, und soviel Bier trinken, wie sie überhaupt schafften.

Der Fluchtplan war durchführbar. Sollte er aber irgendwie scheitern und David tatsächlich vor Gericht kommen, trat die nächste Phase in Kraft. Die beiden Männer und die Frau, die David Brown am meisten haßte und fürchtete, sollten sterben. Jeoff Robinson und Jay Newell sollten nach Davids Plan als erste sterben. Dann wollte er Patti, seine verräterische Ehefrau, tot sehen. Er hatte für sie keine Verwendung. Sie war wie ein Anker, der ihn in die Tiefe zog. David hatte noch ein viertes und fünftes und sogar ein *sechstes* mögliches Opfer in petto. Einer der beiden Auftragsmorde auf Abruf betraf Brenda Brown Sands und ihren zweiten Ehemann. David hatte Brenda gewarnt, er würde ihr nie verzeihen, wenn sie von einem anderen Mann ein Baby bekam. Es spielte keine Rolle, daß *er* fünf Ehefrauen seit Brenda gehabt hatte, zwei Babys und zahllose sexuelle Kontakte. Opfer fünf (und möglicherweise sechs) sollte zumindest einer der Bailey-Brüder sein – Larry und/oder Alan –, die David verabscheute.

»Ich wollte das machen«, erinnerte sich Steinhart. »Das war kein Job für Amateure. Ich habe Amateure immer gehaßt ... Sehen Sie, ein Profi erledigt das so, daß es so aussieht, wie Sie das wollen. Sie können einen Auftragsmord so aussehen lassen, als habe ihn eine Gang ausgeführt – dann macht man es vom fahrenden Auto aus. Man kann es nach schwarzen Tätern aussehen lassen oder nach der Arischen Bruderschaft oder als ob es irgendein Irrer gemacht hätte.«

Richard Steinhart war bereit, alles Nötige zu tun – einschließlich Brandstiftung, Mord und Beihilfe und Begünstigung einer Flucht – um zuerst die 300 000 Dollar in die Finger zu bekommen, die David ihm für den Job versprochen hatte, und dann mit David in die Wüste zu fahren und den Felsblock zu finden, unter dem drei Millionen Dollar versteckt waren. Mit seinem Anteil daran konnte er weit reisen und das Leben hinter sich lassen, das ihn immer schneller zu erdrücken drohte.

Doch Richard Steinhart hatte einen sturen, ärgerlichen Zug von Anständigkeit in sich, ganz gleich, wie sehr er sich auch bemühte, ihn auszulöschen. Es überraschte ihn, aber er fand es schwer, David Brown gegenüber gleichgültig zu bleiben. Der Kerl war Schleim.

»Ich bekam eines Tages eine Zeitung in die Finger – ich las, was David getan hatte, die sexuelle Belästigung und dieses Zeug, und das hat mich ins Herz getroffen – dieses Stück Kacke. Das hat mich wirklich gestört.« Steinhart verzog das Gesicht. »Ich hatte die volle Absicht, wenn wir ihm zur Flucht verholfen hatten – ihn nach Australien zu schaffen, das Flugzeug vorzubereiten, das Geld für Bargeldreserven zu transferieren und das alles – und ihn dann in den Outback zu bringen, und er wäre da draußen gewesen bei Crocodile Dundee und wäre Krokodilsfutter geworden, weil ich mir diese drei Millionen Dollar genommen und ihn da draußen begraben hätte und in die Vereinigten Staaten zurückgekehrt wäre. Mit genug Geld braucht man keine Pässe oder Ausweispapiere oder sonst was, und ich habe mir keine großen Sorgen gemacht, daß ich nicht zurückkommen könnte.«

Je mehr Steinhart über David Brown las und hörte, desto mehr Abscheu empfand er. Er selbst war zugegebenermaßen kein Engel, aber er hatte – wie alle Sträflinge – seine eigenen ethischen Grenzen.

Und David Brown hatte sie weit überschritten.

Doch dann nahmen ihre bizarren Pläne eine unerwartete Wendung. »Ich war auf dem Hof«, erinnerte sich Steinhart, »und ich habe Irv Cully erzählt, wie ich wirklich über Thurston empfand, und er sagt ›Ich bin froh, daß du so empfindest, weil ich dich verpfiffen habe.‹«

»*Du hast was?*« zischte Steinhart. Cully, dieser fette kleine Dreckskerl, hatte ihn verpfiffen? »Ich bin einmal halb um den Hof, um zu verdauen, was Cully mir gerade erzählt hatte. Mein erster Impuls war, ihn zu erwürgen, und ich ging zurück. Dann sagte ich ›Sag das noch einmal!‹«

Irv Cully war tatsächlich zu den Behörden gegangen. Er war eine Petze – jeder, der einige Zeit mit ihm im Orange County Jail verbracht hatte, wußte das. Es war geradezu vorbestimmt, daß er jemandem von David Browns unglaublichen Plänen erzählen würde.

Eine Petze bleibt eine Petze.

Cully hatte einem Wächter eine Nachricht zugesteckt, in der er darum bat, wegen eines Zahnarzttermins »hinausgerufen« zu werden. Sobald er den Block verlassen hatte, erklärte er, er habe eine Information, die für die Staatsanwaltschaft von dringendem Interesse wäre. Jay Newell sprach mit Cully am Freitag, dem 13. Januar 1989.

Selbst wenn man Cullys Neigung in Betracht zog, die Fakten ein wenig auszuschmücken, war die Story, die dabei herauskam, elektrisierend – und erschreckend. »David erzählte mir, er habe große Mengen Bargeld in der Wüste vergraben, nicht deklarierte Einkünfte von der Regierung und anderen Geschäftsabschlüssen. Er sagte, die Regierung hat einen heimlichen Fond für ›Kleinbeträge‹ über 2,1 Milliarden Dollar, aus dem sie ihn bezahlten. Sehen Sie, sie haben ihm weniger als seine zehn Prozent Lohn bezahlt, aber sie haben ihn in *bar* bezahlt.«

Cully hatte keine Zweifel, daß David Brown genug Geld versteckt hatte, um alles zu kaufen, was er nur wollte. Er erzählte Jay Newell, daß David seinem Mädchen, Doreena Pietro, einen Job angeboten hatte. Er hatte versprochen, sie könne in dem

Summitridge-Haus wohnen, wenn sie sich vorher verhaften ließ, so daß sie für ein paar Tage in Patti Baileys Zellentrakt verlegt wurde. »Dann wäre Doreena eine Zeugin für David und könnte Patti schlecht aussehen lassen, Sie wissen schon – indem sie so Sachen sagt wie, daß Patti den Mord gestanden hat und so weiter.«

David ließ außerdem von der Chicagoer Datenwiederbeschaffungsfirma, die seine Verträge abwickelte, während er im Gefängnis war, Doreena Pietro sechshundert Dollar überweisen. Falls sie nicht gewillt war, sich zu Patti ins Gefängnis stecken zu lassen, hatte sie versprochen, eine andere Frau zu suchen, die das tat – für Geld, natürlich. »Ich erzählte ihm, daß es noch fünfhundert mehr im vornherein sein müßten«, erklärte Irv Cully Newell. »Fünftausend insgesamt, wenn das Mädchen aussagte. Ich habe ihm erzählt, Doreena hätte ein Mädchen gefunden, und ihr Name wäre ›Smiley‹.«

David hatte seinem Bruder Tom – der Besorgungen machte, ohne Fragen zu stellen, die Anweisung gegeben, 500 Dollar in einen Umschlag zu stecken, der einfach an »Das Mädchen« adressiert war, und ihn Doreena Pietro zu geben. Das Geld sollte entweder an Doreena Pietro oder an Smiley gehen – welche der Frauen gegen die Bewährungsauflagen verstieß und arrangierte, bei Patti Bailey untergebracht zu werden. Tom bestand auf einer Quittung, und Doreena unterschrieb auf der Rückseite des Umschlags. Sie behielt das Geld. Jay Newell kümmerte sich nicht um das Geld. Er wollte nur den Umschlag als Beweismittel. Er hatte ihn noch nicht, aber er wußte schon einmal, daß er existierte.

Es gab natürlich keine Smiley – noch nicht. Cully und Doreena hatten sie erfunden, um David das Geld zu entlocken.

Kein Problem, dachte Newell. Er würde Smiley liefern. Er mußte Davids Stimme haben, die den Plan bestätigte, den Irv Cully ihm erzählt hatte. Obwohl Gefängnispetzen oft bei Ermittlungen hilfreich sind, ist ihr Wert als Zeugen vor Gericht geringfügig. Jetzt brauchte Newell nur noch eine Frau zu finden, die bereit war, David Brown aufzusuchen und vorzutäuschen, die mythische Smiley zu sein. Sie würde natürlich einen Abhörsender bei sich tragen.

Als Newell das Gespräch abbrechen wollte, holte Cully tief Luft und rief ihn zurück. Da war noch etwas, das er wissen sollte. David hatte sich auch eine erweiterte todsichere Lösung des Problems Patti ausgedacht. »Ich glaube, David hat Richard Steinhart fünfzigtausend Dollar dafür angeboten, Patti umzubringen, wenn sie auf Kaution rauskommt . . . und wenn alles andere versagt, gibt David alles in der Wüste vergrabene Geld Steinhart, damit der ihm bei der Flucht hilft. Er wird wieder einen Gerichtsbeschluß kriegen, damit er zu seiner Zahnärztin kann. Wenn er zu der Zahnärztin fährt – dann soll Richard ihn rausholen – die Deputies und alles umbringen und David bei der Flucht helfen.«

Newell war sich wohl bewußt, daß Irv Cully eine Petze war, genau wie er wußte, was er von Richard Steinhart zu halten hatte. Steinhart spielte keine Spielchen. Wenn er sich mit David Brown eingelassen hatte und Pläne schmiedete, konnte das echte Gefahr bedeuten. Als Cully die Ausmaße von Browns Verschwörung enthüllte, wußte Newell, daß – sollte es nach Davids Willen laufen –, eine Menge Menschen sterben mußten, damit er frei kam.

Als Steinhart von Cully die Neuigkeit erfuhr, daß die Staatsanwaltschaft Bescheid wußte über die Pläne zur Ermordung Pattis und/oder Davids Ausbruch, bedauerte Steinhart, jemals David Brown getroffen zu haben. »Ich stand kurz davor, in einem großen Fall als Zeuge auszusagen, und ich wollte das nicht machen. Ich wollte schon ein paar von meinen Freunden bei der Regierung anrufen, damit sie mich herausholten. Aber wie die Dinge liefen, wußte ich, daß ich möglicherweise im Zeugenschutzprogramm in Akron, Ohio, oder Walla Walla, Washington, landete, und ich wollte an keinen dieser Orte. David ruinierte mir alle meine Pläne. Ich war nicht dumm. Ich wußte, daß meine nächsten Besucher von der Staatsanwaltschaft kommen würden . . . Ich saß fest. Cully war eine Ratte, und er gab es auch noch zu. Trotzdem, irgendwie mochte ich den Kerl. Ich war froh, daß ich ihn nicht auf dem Hof gewürgt hatte, bis er blau wurde.«

Am 18. Januar, während er noch die richtige Polizistin suchte, die Smiley spielen konnte, erhielt Newell eine ziemlich aufregende – aber faszinierende – Nachricht. Richard Steinhart wollte höchstpersönlich mit ihm sprechen.

Steinhart gab zu, daß er auf eine sofortige Entlassung hoffte – wenn der Brown-Fall »groß genug« war. Aber er war realistisch. Höchstwahrscheinlich würden sie ihn jetzt als Zeugen in *zwei* großen Fällen verwahren, anstatt ihn laufen zu lassen.

Am nächsten Tag traf Newell sich mit Steinhart, der ihm die Details von Davids Fluchtplan schilderte. David war sicher, eine gerichtliche Verfügung zu erhalten, die ihm einen Besuch bei seiner Zahnärztin Ecke 17. Straße und Tustin Avenue erlaubte. Er hatte gefragt, ob Steinhart Kontaktpersonen besaß, die ihm bei der Flucht helfen würden. »Er sagte, er würde mir einen Wagen und ein Dach über dem Kopf verschaffen, wenn ich rauskam – sein Haus an der Summitridge Lane in Orange war leer. Er fing an, mich seinen ›Beschützer‹ hier drinnen zu nennen. Er hat Geld auf mein Konto eingezahlt. Es sollten fünfzigtausend Dollar sein, wenn ich ihn aus dem Gefängnis rausbekam. Dann hat er mich gefragt, wie man Patti umbringen könnte – während sie eingesperrt ist – weil sie die einzige ist, deren Aussage ihm wirklich schaden könnte. Er wollte wissen, wieviel das kosten würde.«

Davids andere, an Besessenheit grenzende Angst bezog sich darauf, was der Staatsanwalt mit ihm machte. »Er hat davon gesprochen, Patti Bailey umzubringen ... und *Sie*.« Steinhart deutete mit einem Kopfnicken auf Newell, der ein ausdrucksloses Gesicht beibehielt, während er die Information verdaute. »Und dann auch Jeoff Robinson.«

»Was wollte er für die Morde an uns bezahlen?« fragte Newell.

»Goldschmuck und vielleicht fünfhunderttausend Dollar, die er vergraben hat. Noch dazu hat er eine einzigartige Münzsammlung und eine Briefmarkensammlung.«

Der Fluchtplan gipfelte darin, daß Steinhart und David nach Australien verschwanden.

Als Newell mit Steinhart den Verhörraum verließ, wandte er sich an den großen Mann an seiner Seite und fragte: »Haben Sie es in Betracht gezogen, Patti und mich umzubringen – und Robinson? Irgendwann?«

Es gab eine lange Pause, und dann nickte Steinhart. »Ich hätte Sie nicht *persönlich* erledigt, aber ich hätte es arrangiert. Als Cully mir sagte, er hätte mich verpfiffen, war der Plan schon in Gang gesetzt. Brown hatte dafür gesorgt, daß Geld und ein Wagen bereitgestellt werden, damit die Dinge ins Rollen kommen.«

Anfang Januar hatte David seine Angehörigen angewiesen, seinen Ford Escort auf die Summitridge Lane hinaufzubringen und die Schlüssel hinter dem Haus zurückzulassen. Sie sollten einen Umschlag mit 600 Dollar ins Handschuhfach des Wagens legen. David sagte seinen Angehörigen, sie sollten keine Frage stellen. Als jedoch Tom und Arthur zwei Wochen später zu dem Haus fuhren, um am Tor zum Pool zu arbeiten, entdeckten sie, daß der Wagen gefahren worden war. Die Schlüssel steckten in der Zündung, und der Escort hatte einen Platten. Das Geld war weg. Sie wußten nicht, wer den Wagen gefahren oder die 600 Dollar genommen hatte. Steinhart konnte es unmöglich gewesen sein. Er war noch immer im Gefängnis. Möglicherweise hatte jemand eine Spritztour machen wollen und hatte die Schlüssel *und* das Geld gefunden.

(Es war vom gesetzlichen Standpunkt aus wichtig, daß diese Vorbereitungen stattgefunden hatten – *bevor* die Staatsanwaltschaft von dem Plan für die bezahlten Morde erfuhr. Die 600 Dollar waren für David ein Trinkgeld, und doch war die Hinterlegung dieser 600 Dollar in dem Ford Escort der spezielle objektive Tatbestand, der Davids Schuld an der Verschwörung beweisen konnte. Als Jay Newell später Tom Brown wegen des Geldes befragte, bestätigte er, daß David ihm gesagt hatte, es in dem Auto zu hinterlegen. Und diese erste Zahlung hatte Wochen vor Irv Cullys Gang zur Staatsanwaltschaft stattgefunden.)

Es war schon eine seltsame Sache, den Plan zur eigenen Ermordung zu hören. Von allen riskanten Situationen, in denen Jay Newell sich bisher in den sechzehn Jahren im Dienst des Gesetzes befunden hatte, war diese vielleicht die surrealistischste. Steinhart war so lässig, daß es schwer war, ihm nicht zu glauben oder sonderbarerweise ihn nicht zu mögen. Der Mann mit den tiefliegenden schwarzen Augen und dem Spitzbart war tatsächlich ein Profi. Jay Newell, Jeoff Robinson und Patti Bailey waren für ihn nur »Aufträge« gewesen. Und dennoch fühlte Newell eine gewisse Erleichterung in diesem harten Kerl, fast so, als wäre er froh, verpfiffen worden zu sein.

Dennoch hatte Newell jetzt ein Problem. Wenn Steinhart sich nun von David Brown zurückzog, wußte Newell nicht, wer der nächste Profi war – oder danach wieder der nächste. Er hatte begriffen, wie heimtückisch David Arnold Browns Verstand war.

Es gab niemanden, der nicht entbehrlich war.

Für den Moment war der beste Plan, David weiterhin glauben zu lassen, Steinhart wäre sein Mann. Solange David dachte, er wäre abgesichert, daß seine Mordaufträge am Laufen wären, würde er sich nicht nach weiterer Hilfe umsehen.

Newell sagte Steinhart, er werde sich bei ihm so schnell wie möglich melden. Drei Tage später besuchten Jay Newell, Stellvertretender Staatsanwalt Tom Borris, Deputy Sheriff Dan Vazquez und Richard Steinharts Verteidiger Andy Gale erneut Steinhart. Tom Borris sollte sich mit dem mutmaßlichen Mordkomplott gegen seine Kollegen bei der Staatsanwaltschaft befassen, während Jeoff Robinson mit dem Mordfall Linda Brown weitermachte. Borris *kannte* Richard Steinhart. Sie waren zusammen zur Schule gegangen, und danach war ihr Leben in verschiedenen Richtungen verlaufen. Fünfzehn Jahre später erkannten sie einander im Orange County Jail wieder.

Genau wie Cinnamon Browns Anschuldigungen einer Bestätigung bedurft hatten – aus David Browns eigenem Mund –, so erklärte Borris, daß Steinhart einwilligen müßte, einen Abhörsender zu tragen und ein Gespräch mit David zu führen. »Sie sagten mir, so wäre das – ich müsse mitmachen«, erinnerte sich Steinhart. »Das war das einzige Spiel in der Stadt. Wenn ich einstieg, dann war ich zu hundert Prozent drinnen. Ich dachte, das Schlimmste, was mir passieren könnte, wäre, daß ich im Gefängnis lande – als eine Petze. Ich konnte auf mich selbst aufpassen, und ich war arrogant – ich war ja so arrogant.«

Steinhart stimmte der Zusammenarbeit zu und wollte ein Abhörgerät tragen. Borris erklärte ihm, daß David das Thema der bestellten Morde oder der Flucht ansprechen mußte. Nur dann konnte eine Anklage wegen »Anstiftung zum Mord« erhoben werden, und nur dann würde Steinharts Zeugenaussage akzeptiert werden.

Die Lage verschärfte sich, erzählte Steinhart der Gruppe. »Dave ist jetzt bereit, hunderttausend Dollar im vornherein zu zahlen, damit Patti Bailey umgebracht wird – während sie in Haft ist. Zumindest will er, daß sie weiß, daß er sie jederzeit erwischen kann, wenn er will.« Wenn man Patti keinen körperlichen Schaden zufügen konnte, wollte David, daß ihrer Mutter und ihren Brüdern etwas zustieß – nur damit sie wußte, daß er noch immer da war.

Allerdings, die Lage verschärfte sich. Es wurde Zeit, etwas zu unternehmen.

Der Abhörsender für Steinhart mußte entweder vom Büro des Orange County Sheriffs genehmigt werden, das die Oberaufsicht über das Gefängnis hat, oder vom Büro des Orange County Marshals, das für alle Gefangenen verantwortlich ist, so lange sie sich im Gerichtsgebäude befinden. Das Büro des Sheriffs lehnte es ab, in die Sache hineingezogen zu werden. Zum Glück stimmte das Büro des Marshals zu. Orange County Marshal Michael Carona beauftragte Captain. Don Spears, Steinhart und David zusammenzusperren und Steinhart zu »verdrahten«.

Mit großer Unterstützung von anderen, arrangierten Newell und Borris, daß Steinhart aus dem Orange County Jail entlassen wurde. Er sollte jedoch nicht wirklich freikommen, sondern bloß in ein anderes Gefängnis verlegt werden. Chief Grover Payne aus Huntington Beach war damit einverstanden, Steinhart für eine oder zwei Wochen aufzunehmen. Richter David Carter in Department 47 unterschrieb die Anordnung zur Verlegung.

David Brown betrachtete Richard Steinhart als engsten Freund, den er je hatte. Kein anderer Mann mit solcher Intelligenz und

Stärke hatte ihm Zeit gewidmet, und Steinhart zerriß sich förmlich für ihn. Als David erfuhr, daß Steinhart am 2. Februar 1989 entlassen würde, wußte er, daß er den Kerl verdammt vermissen würde. Alle diese »Kriegsberichte«, all dieser herrliche Quatsch.

Aber sie würden bald wieder zusammensein und quer durch Australien donnern. Zwei Abenteurer . . .

David hielt es nur für einen Zufall, als er sich im »Vogelkäfig«, der Arrestzelle im Keller des Orange County Gerichtsgebäudes am Mittag jenes Donnerstags wiederfand, an dem Steinhart rauskam. David hatte tatsächlich an diesem Tag einen Termin und befand sich über die Mittagszeit in der winzigen Zelle. Steinhart war natürlich absichtlich an den Ort gebracht worden, an dem er mit David sprechen konnte – auf Band.

37

Am Valentinstag, dem 14. Februar 1989, erhielt David schlimme Nachrichten. Goldie hatte überhaupt niemanden erschossen. Sein geliebter Goldie hatte ihn in eine Falle laufen lassen – hatte sogar mit seinen erbittertsten Feinden zusammengearbeitet. Jeoff Robinson und Jay Newell – *und* Patti Bailey – waren alle nach wie vor am Leben. David, der sich als Meister der Ausbeutung betrachtete, war völlig auf Richard Steinharts Redegewandtheit hereingefallen.

Ohne Steinharts Hilfe wären höchstwahrscheinlich alle von David ausgewählten Opfer tot gewesen. Aber Steinhart hatte David lange genug hingehalten, daß Newell und Borris sich solide Beweise verschaffen konnten: Er hatte tatsächlich ein Mordkomplott bestanden.

Als David hektisch versuchte, seinen Anwalt anzurufen, fand er auch dort keinen Trost. Joel Baruch war an diesem Morgen nach Florida abgeflogen, um seinen Hochzeitstag zu feiern.

Am 15. Februar wurde David der Verschwörung zum Mord in drei Fällen angeklagt, der Anstiftung zum Mord in drei Fällen, der Anstiftung zum Meineid, der Verleitung zum Meineid und der Verschwörung zur Brandstiftung. Jack Early, einer von Davids Anwälten, beschrieb ihn als »überrascht, geschockt und verstört«.

Vielleicht eine Untertreibung.

Nicht mehr geschockt als Patti Bailey. Als sie erfuhr, daß ihr Ehemann sehr gründlich daraufhin gearbeitet hatte, daß sie bei Sonnenuntergang des Valentinstages tot war, erzählte sie Reportern, habe sie gesagt: »Ach, nun komm schon.«

Aber am nächsten Tag informierte Jay Newell sie über alle Details. Sie begann zu weinen und unkontrolliert zu zittern. »Das hat mich verletzt«, flüsterte sie endlich. »Aber das war zu erwarten. *Alles* muß man bei ihm erwarten. Ich glaube es. Ich vermute, er wiederholt gern die Geschichte.«

Patti hatte eine neue Sprödigkeit an sich. Sie hatte gesehen, wie alle ihre Träume sich in Dunst auflösten. Sie hatte ihre fünfzig Briefe von David gelesen und festgestellt, daß er es nicht mehr schaffte, sie dazu zu bringen, etwas zu glauben. Die Briefe strotzten von Lügen, die nur dazu bestimmt waren, sie zu überreden, ihn zu schützen. Sie hatte niemanden. Anstatt *irgend etwas* zu erwarten, erwartete Patti gar nichts. Ihre Familie hatte sie ausgeschlossen. »Aber ich verstehe das – meine eigene Schwester umbringen. Ich muß erst damit leben lernen.«

Paradoxerweise erzählte Patti tapfer Reportern, sie würde eine Art Freiheit erleben. Sie war so viele Jahre an David gebunden gewesen. Das Gefängnis ließ sie mehr ihre eigene Persönlichkeit sein. Patti, die gezwungen worden war, die High-School zu verlassen, machte ihren Abschluß, während sie im Orange County Jail war. »Ich fühle mich viel freier. Ich bin im Gefängnis, aber ich kann tun, was ich will.«

Nicht wirklich. Patti versuchte, sich im Gefängnis zu erhängen.

Irv Cully wurde in ein anderes Gefängnis verlegt, desgleichen David Brown. Der Mann ohne Zuhause war Richard Steinhart. Er brauchte eine sichere Unterbringung. Er wartete nicht nur darauf, in einem Prozeß auszusagen, sondern wurde jetzt auch Zeuge in David Browns Prozeß. Seine Feinde brandmarkten ihn als »Knastpetze«, was nicht ganz stimmte. *Er* war verpfiffen worden und hatte dann zugestimmt, mit der Staatsanwaltschaft zusammenzuarbeiten, weil er David Browns moralische Ansichten und Methoden verabscheute.

Steinhart hatte nichts gewonnen, sondern eine ganze Menge verloren. Er hatte keine Unterkunft, und er war auf der Straße nicht sicher. David war wütend, und die Hessians suchten ihn noch immer.

»Ich habe für ihn eine Unterkunft gefunden«, erinnerte Newell sich mit einem trockenen Lächeln. »Was man auf jeden Fall darüber sagen kann, ist, daß sie sicher war. Apartments und Motels waren teuer und angreifbar. Daher mietete ich ihm eine Bankstahlkammer. Es war nicht toll, aber es gab ein Fenster, und es kostete nur sechshundert Dollar im Monat – einschließlich Frühstück.«

Die Stahlkammer befand sich in einer aufgelassenen Bank. Steinhart richtete sie sich ein, wie es ihm gefiel, und nannte sie für den Moment sein Zuhause.

Als der Frühling in der Wüste erste Knospen trieb, fuhr Steinhart eines Tages hinaus und suchte eine bestimmte Markierung, auf der entweder »29 Palms« oder »Joshua Tree« stand. Er nahm einen Kumpel mit, einen geliehenen Pick-up und Werkzeug zum Graben. David hatte ihm wiederholt versichert, dort wäre ein Vermögen vergraben, das meiste davon in kleinen Scheinen, ein Vermögen, das vor dem Finanzamt versteckt worden war. Es konnten lediglich 300 000 Dollar, aber auch fünf Millionen Dollar sein.

Sie fanden die Abzweigung nach links, und sie fanden das Schwemmland, und sie folgten ihrem Kompaß genau nach Norden, wie David gesagt hatte, und sie fanden einen Stein neben einem Yuccabaum.

»Wir gruben und gruben.« Steinhart verzog bei der Erinnerung an diese Plackerei das Gesicht. »Es war heiß. Wir haben an einer Stelle den Boden darunter ausgehöhlt, und mein Kumpel hielt den Stein mit Brechstangen hoch. Ich habe darunter gegraben.«

Die Brechstangen gaben in dem Sand nach, und der Steinblock krachte herunter und erwischte Steinharts Mittelfinger. »Er hat mir den Finger zerquetscht wie eine leere Bananenschale«, sagte er und hielt ihn hoch, um die Narben zu zeigen. »Und dann hat er mir den Finger glatt abgerissen. Mein Kumpel wollte voll Begeisterung weitergraben, während ich versucht habe, meinen Finger an einem letzten Hautfetzen festzuhalten. Ich habe ihm gesagt, wir sollten nicht weitermachen – zumindest nicht jetzt.«

Notfallchirurgen konnten Steinhart den zerquetschten Finger wieder annähen, aber seine Begeisterung für Schatzsuchen hatte wesentlich abgenommen.

Richard Steinhart hatte seine Kokainsucht nie ganz überwunden. Am 14. Mai 1989 war Officer R. Reinhart von der Huntington Beach Police auf dem Commodore Circle im Einsatz, einem bekannten Gebiet für Drogenhandel. Er hatte dort mindestens fünfzig Festnahmen wegen Rauschgiftdelikten durchgeführt. Er entdeckte einen langsam rollenden Pick-up, der von einer jungen Frau gefahren wurde. Während der Officer beobachtete, wie die beiden Insassen um den Commodore Circle kreisten, sah er einen jungen Mann hispanischer Herkunft auf den Lastwagen zugehen und dem männlichen Beifahrer zwei Plastiktüten mit einem weißen Pulver darin zeigen. Der bärtige Beifahrer gab dem Mann Geld und nahm die Tütchen entgegen. Der Officer kannte Richard Steinhart nicht, aber er erkannte einen Drogendeal, wenn er einen ablaufen sah.

Steinhart wurde erneut eingebuchtet.

Er kehrte unter verschärften Bedingungen in das Orange County Jail zurück. »Ich war in totaler Isolation.« Er hatte seinen Ruf als Mann von großer Körperstärke, aber das war alles, was ihm geblieben war. Er wußte, daß »Charles Manson und Massenmörder im Gefängnis Helden sind«. Aber das wollte er nicht sein.

Steinhart fand, was er wollte, beim Kirchgang am Abend des 22. Juni 1989. Es gibt viele Männer hinter Gittern, die »Gott finden«, weil es nützlich ist. Niemand, der jemals mit Richard

Steinhart sprach, glaubte, daß er zu ihnen gehörte. Er wurde zu einem Mann, der sich völlig seiner Religion widmete. »Ich war dreimal die Woche zur Kirche gegangen, als sich einiges davon in mir festzusetzen begann«, sagte er. An diesem Abend erlebte er in der Kirche ein schlagartiges geistiges Erwachen, das er niemals wieder vergessen würde.

Tatsächlich war er nicht einmal aus religiösen Gründen in der Kirche. »Ich wollte nur herausfinden, was in den Zellenblöcken los war – weil ich in totaler Isolation war, und vielleicht wollte ich den Jungs ihre Schokoriegel abjagen, ihre Zigaretten, ihre Erdnüsse und solches Zeug, wollte sie drängen, Geld auf mein Konto zu zahlen. Aber der Heilige Geist kam über mich. Reverend Win Barr fragte, ob jemand Jesus Christus empfangen wollte. Meine Hand schoß einfach hoch, und ich habe nicht einmal begriffen, daß sie oben war. Alle haben gesagt: ›Steinhart führt was im Schild – seht nur!‹ Sie dachten, ich hätte einen Fluchtplan, weil sie mich kannten, und hinterher haben sie mich gefragt, wie ich es denn machen wollte, weil sie sich an meine Rockschöße anhängen wollten ... Ich ging zurück in meine Zelle – drei Betonmauern und eine Glasfront und ein Wächter rund um die Uhr –, und ich suchte die hinterste Ecke meiner Zelle, damit mich der Bulle in dem Glaskasten nicht sehen konnte, und ich sank auf die Hände und Knie und fing zu weinen an und bat Gott um Gnade ... und Vergebung. Ich stand als neuer Mensch auf.«

Beim Frühstück am nächsten Morgen schlug Steinhart vor, seine Mithäftlinge sollten ein Tischgebet sprechen. Verwirrt taten sie es. Und dann führte er sie um den Tisch herum und sang dabei »Amazing Grace«. Die meisten hielten ihn für verrückt, und einige glaubten, dies alles gehöre zu einem Fluchtplan.

Es gab keinen Fluchtplan. Steinhart war für immer ein anderer geworden.

Er machte sich allerdings noch immer Sorgen über seine Kraft, seine Sucht zu kontrollieren, wenn er wieder auf der Straße war. Er bat Jay Newell um Hilfe. Newell fand »Set Free«, ein Drogenrehabilitationsprogramm, das eine lange Warteliste umging, wenn der Patient direkt aus dem Gefängnis kam. Am

Tag von Steinharts Entlassung holte Newell ihn ab und brachte ihn in das Programm. Danach ging er in ein von der Kirche unterstütztes Rehabilitationsprogramm in Lake Elsinore, Kalifornien.

Steinhart kümmerte sich nicht weiter um David Browns schwer auffindbaren Schatz. Es war durchaus möglich, daß die halbe Million Dollar, vielleicht sogar fünf Millionen – falls sie tatsächlich existierten – noch immer unter einem Stein neben einem Yuccabaum auf dem Weg nach Barstow, Kalifornien, warteten.

Patti Bailey glaubte, daß David eine in der Wüste versteckte Geldkassette hatte. Obwohl sie ihn nie begleitet hatte, sah sie ihn doch das Haus oft mit Taschen voller Geld verlassen. Er hatte ihr gesagt, er würde es vergraben, damit es die Leute von der Steuer nicht fanden.

Es gab keine Verhandlung gegen David Brown im März 1989. Die neuen Anklagen verlangten eine Verschiebung. Sein Fall wurde immer komplizierter. Es schien wahrscheinlich zu sein, daß es erst im Herbst zu einer Verhandlung kommen würde.

In der zweiten Märzwoche wurde Patti Bailey gestattet, sich vor einem Jugendgericht des Orange County schuldig des Mordes an ihrer Schwester zu bekennen. Am 2. Juni schluchzte sie, als Richter C. Robert Jameson vom Superior Court sie verurteilte, bis zu ihrem fünfundzwanzigsten Geburtstag im kalifornischen Jugendgefängnis zu verbleiben.

Patti war jetzt eine der Hauptzeugen gegen David. Sie war gerade einundzwanzig geworden. Wäre gegen sie als Erwachsene verhandelt worden, hätte sie eine Strafe von siebenundzwanzig Jahren bis lebenslänglich erwartet. Als Jugendliche dagegen wurde sie wahrscheinlich mit fünfundzwanzig entlassen. Patti verstand das eigentlich nicht. Als sie sich schuldig bekannte und verurteilt wurde, glaubte sie, sie würde für vier Jahre ins Jugendgefängnis gehen und *danach* in eine Haftanstalt für volljährige Strafgefangene verlegt werden, in der sie den Rest ihres Lebens zubringen mußte.

»Ich habe mich schuldig bekannt«, sagte sie, »weil ich weiß, daß es falsch war, was ich getan habe – wirklich falsch ... Es tut mir nur leid, daß es überhaupt passiert ist.«

»Es gab keinen Handel mit Patti Bailey«, erklärte Jeoff Robinson der Presse. Er fuhr fort, der Fall wäre vor dem Jugendgericht verhandelt worden, weil Patti zum Zeitpunkt des Mordes erst siebzehn war, weil sie nicht den Abzug betätigte, und wahrscheinlich hauptsächlich, weil sie in all den Jahren, in denen sie bei David Brown gelebt hatte, sexuell mißhandelt und einer Gehirnwäsche unterzogen worden war.

Joel Baruch schoß eine Spitze gegen Robinson ab. »So agiert die Staatsanwaltschaft. Sie hat sich soeben eine Zeugin gekauft.« Baruch behauptete, er werde vor Gericht beweisen, daß David nie gewollt hatte, daß Linda starb, und daß er gegenwärtig die hilflose Zielscheibe von Lügen war, die von seiner sechsten Frau Patti und seiner Tochter Cinnamon verbreitet wurden.

Ironischerweise würde Patti nun in Ventura eingesperrt werden, der Gefängnisschule, in der Cinnamon bereits vier Jahre verbracht hatte. Die beiden würden in weit auseinanderliegenden Cottages untergebracht sein – aber sie würden gelegentlich miteinander in Kontakt kommen.

Arthur und Manuela, Davids Eltern, sollten Krystal aufziehen. Pattis kleines Mädchen, Heather Nicole Bailey, befand sich in der Obhut von Mary Bailey, Ricks Frau. Selbst wenn Patti in vier Jahren aus dem Gefängnis entlassen werden sollte, würde sie die wichtigen Entwicklungsjahre ihres Babys verpassen.

Als Patti in die Ventura School in Camarillo verlegt wurde, fuhr David fort, ihr zu schreiben. Sein Prozeß lag vor ihm. Er brauchte Pattis Unterstützung. Er fragte sie, ob sie »Frau genug« war, um ihre Geschichte fallenzulassen, und warnte sie, »auf ihren Rücken zu achten«, weil sie »den falschen Leuten vertraute«.

Das stimmte nicht. Patti vertraute niemandem. Ihr Herz schlug zu schnell, sie schwitzte, ihr Kinn zitterte, und manchmal war ihr, als würde sie keine Luft bekommen.

Nein, Patti Ann Bailey Brown hatte keinen »Handel« bekommen.

Cinnamon und Patti waren im Gefängnis, und David saß im Untersuchungsgefängnis und erwartete seinen ursprünglich sehr schnell geplanten Prozeß. Doch die Justiz holperte so träge dahin wie ein überlastetes Maultier. Es war noch kein Ende in Aussicht. Niemand, der mit dem Fall zu tun hatte, konnte Pläne machen.

Am 19. Juni 1989 brachte Joel Baruch im Auftrag seines Mandanten einen zweiten Antrag auf Ausschluß ein. Er versuchte zu erreichen, daß die Staatsanwaltschaft des Orange County von diesem Fall abgezogen wurde. Da David nun angeklagt war der Verschwörung und der Anstiftung zur Ermordung von zwei Mitgliedern dieser Staatsanwaltschaft – Jeoff Robinson und Jay Newell –, meinte Baruch, daß es zu einem Interessenskonflikt kommen würde.

Sollte Baruch Erfolg haben und die Staatsanwaltschaft abgezogen werden – oder auch nur Robinson und Newell –, würde er das Ziel erreichen, das David so plump mit seinen Mordplänen angestrebt hatte. Ein neues Anklägerteam würde auf den Plan treten. Es war unwahrscheinlich, daß *irgendein* Team der Generalstaatsanwaltschaft von Kalifornien so viel über David Brown herausfinden konnte, wie Newell und Robinson wußten, so verworren war sein Leben und so hinterhältig seine Pläne. Die Niederschriften besaßen einen gewaltigen Umfang. Daher war die Erfahrung, die Newell und Robinson gemeinsam hatten, so wichtig für den Fall der Anklage.

Der stellvertretende Staatsanwalt Tom Borris hielt gegen den Antrag auf Ausschluß. »Wir nehmen Baruch genau unter die Lupe.« Nachdem die Staatsanwaltschaft festgestellt hatte, daß das Geld für die geplanten »Auftragsmorde« in zwei Schecks von Baruchs Büro an Tom Brown gegangen war, stellte sich auch die Frage nach Baruchs möglicher Verwicklung in das Mordkomplott. Allerdings sagte Borris, sein Büro könne keinen Beweis dafür finden, daß der Verteidiger *gewußt* hatte, daß das Geld für die Bezahlung von Morden bestimmt war. Ein Scheck über 10 000 Dollar trug den Vermerk, daß er zum Ankauf von »seltenen Münzen« bestimmt war.

»Was macht es für einen Unterschied, woher das Geld kam?« fauchte Baruch. Seine Erklärung in dem Ausschließungsantrag faßte seine Argumente zusammen: »Die Manöver der Staatsanwaltschaft, um den Stellvertretenden Staatsanwalt Robinson an diesem Fall zu belassen, zeigen deutlich, wie dieses Büro alle Objektivität und Unparteilichkeit verloren hat, wenn es um kritische Entscheidungen geht.«

Jim Enright, Oberster Stellvertretender Staatsanwalt, sagte, daß Beweise für den Plan der Morde auf Bestellung vorgebracht werden würden, um ein Todesurteil zu unterstützen, sofern die Todesstrafe überhaupt angestrebt wurde. Da Robinson eines der fraglichen *Opfer* war, sollte er in der Verhandlung an dieser Stelle durch Tom Borris ersetzt werden.

Baruch entgegnete, daß Robinson dann bereits die Sympathie der Geschworenen gewonnen haben würde. Es würde dann für die Geschworenen zu spät sein, um nicht an ihn als mögliches Opfer zu denken. »Kein Geschworener sollte einen Spruch über Leben und Tod in einem Fall fällen, in dem er das Opfer kennt und mag.«

Enright schlug vor, sobald die Geschworenen die Phase der Bestrafung erreichten – sofern sie David Brown in der ersten Phase des Prozesses für schuldig befinden sollten –, eine völlig neue Geschworenenjury zu wählen. Enright erklärte ruhig, daß es gar nicht in Frage kam, Robinson zurückzuziehen. Robinson hatte eine Beziehung zu den Hauptzeugen hergestellt, und er kannte den Fall in- und auswendig.

Baruch kochte vor Wut. »Wir müssen das alles durchmachen, nur damit Robinson an dem Fall dranbleibt. Ich meine – ist Jeoff Robinson der einzige talentierte Ankläger, den sie haben?«

Grundlage dieses ganzen Streits war die Tatsache, daß Fälle, in denen die Todesstrafe verhängt werden konnte, extrem schwierig zu beweisen sind. Die meisten Geschworenen fühlen sich unbehaglich bei der Vorstellung, einen Angeklagten für schuldig zu befinden, wenn das bedeutete, daß er – oder sie – sterben würde. Der Brown-Fall war besonders schwierig zu beweisen. Newell und Robinson glaubten jetzt, daß David Brown nicht tatsächlich den Abzug in der Todesnacht seiner Frau betätigt hatte. Auch wenn er nach dem Gesetz mindestens genauso schuldig war wie der eigentliche Schütze, würden Geschworene sich dem anschließen?

Robinson hatte etliche Mordfälle als Ankläger vertreten, die große Anforderungen stellten. Er vermutete, daß dieser Fall der bemerkenswerteste sein würde, ganz gleich, wie das Urteil lautete. Seine drei Hauptzeugen waren Sträflinge – oder Exsträflinge. Zwei verurteilte Mörderinnen und ein wiedergeborener, zu Gewalttätigkeit neigender Drogenhändler. Der Ankläger war nicht direkt auf Rosen gebettet.

Der Angeklagte andererseits hatte noch keine Vorstrafen und würde von der Verteidigung als gewissenhafter Geschäftsmann präsentiert werden, der mit seinen Fähigkeiten auf dem Feld der Computer Leben gerettet hatte. Die Zeitungen bezeichneten David stets als »Unternehmensleiter«.

Die Verteidigung und die Anklagebehörde kämpften gelegentlich miteinander, als der Hochsommer ins Orange County zog. Die eigentliche Verhandlung rückte nur langsam näher. Das offizielle Datum war der 2. August 1989, aber niemand, der mit der Sache zu tun hatte, glaubte, daß es dann losgehen würde. Manchmal schien es so, als würde David Arnold Brown für immer in der Haft im County Jail festhängen. Dann, am 29. Juli 1989, zog Joel Baruch sich plötzlich als David Browns Verteidiger zurück und gab einen »Interessenskonflikt« an, den er nicht näher diskutieren wollte. Jetzt hatte David keinen zum Prozeß zugelassenen Verteidiger. Alle weiteren Vorgänge wurden bis zum 11. August aufgeschoben. Der Antrag, Jeoffrey Robinson als Ankläger zurückzuziehen, wurde vom Gerichtskalender gestrichen.

Verbale Faustkämpfe setzten sich fort, als David Brown einen neuen Anwalt engagierte: Richard Schwartzberg. Baruch hatte noch eine letzte Auseinandersetzung im Zusammenhang mit dem Brown-Fall. Er erhob eine Zivilklage gegen Schwartzberg und behauptete, David Browns neuer Anwalt habe ihn bei

Gericht verleumdet. Baruch warf Schwartzberg vor, er habe anderen Anwälten bei Gericht gegenüber geäußert, Baruch wäre an der Verschwörung zur Ermordung von Mitgliedern der Staatsanwaltschaft des Orange County beteiligt gewesen.

Schwartzberg, der einen Scherz gemacht hatte, war einverstanden, 500 Dollar für eine wohltätige Stiftung zu spenden, um die Klage aus der Welt zu schaffen. »Es lohnt nicht die Zeit und das Geld, um über diese Sache zu streiten«, erklärte er. Das war eine Möglichkeit für beide Seiten, das Gesicht zu wahren. Schwartzberg war auch einverstanden, sich bei Baruch zu entschuldigen.

Zu Schwartzberg, einem brillanten juristischen Verstand, sollte sich bald Gary M. Pohlson gesellen, einer der drei oder vier Spitzenverteidiger im Orange County. Schwartzberg war eine wandelnde juristische Bibliothek, und Pohlson hatte einen warmen, freundlichen Stil, auf den Geschworene ansprachen. David Brown hatte sich jetzt ein sagenhaftes Verteidigerteam geholt, das nicht billig kam.

Tatsächlich war es nötig, daß Jay Newell das ganze Geld fotokopierte, das als Bezahlung für das Mordkomplott gedacht gewesen war, damit das richtige Geld als Beweismittel nicht mehr nötig war und Browns neuen Anwälten gegeben werden konnte. Das vergrabene Geld wurde offenbar nicht angebrochen, aber David hatte einen Safe in einem Lagerschuppen in Orange. Er gab die Kombination einem Detektiv der Verteidigung. Das Schloß öffnete sich nicht. Als ein Schlosser mit der Einstellscheibe hantierte und die schwere Tür mühelos aufschwang, war nichts drinnen.

Das Geheimnis, zu wieviel Geld David Brown Zugang hatte, blieb ungelöst.

Die neue Mannschaft der Verteidigung machte sich unverzüglich an die Arbeit. David Brown hatte drei Anwälte gehabt, und jetzt hatte er noch zwei mehr. Seine Unkosten für juristischen Beistand näherten sich nach fachkundigen Schätzungen der Grenze von einer halben Million Dollar, und dabei mußte er noch vor Gericht.

Er war ein fordernder Klient, der Gary Pohlson in seinem Büro oder zu Hause mit Vorschlägen und Klagen anrief. Gary Pohlson war noch nicht vierzig, ein stämmiger, muskulöser Mann mit einem offenen, irisch wirkenden Gesicht. Er beschrieb sich selbst Geschworenen gegenüber als »fett und kahlköpfig«, was er beides nicht war, obwohl er auf dem Kopf eine sich ausbreitende schüttere Stelle hatte. Seine Anzüge waren makellos geschneidert, und seine Seidenkrawatten paßten perfekt zu seinen Socken. Allerdings konnte er dafür absolut kein Lob beanspruchen. Seine Frau kaufte seine Kleidung.

Gary Pohlson war ein guter Mann und sah auch danach aus. Er hätte Attila, den Hunnenkönig, vor Gericht vertreten können, und die Geschworenen und die Zuschauer hätten ihn trotzdem um seiner selbst willen gemocht. 1989 vertrat er sechs schwierige Fälle, gewann vier – und verlor zwei. Gary Pohlson »verliebte« sich für gewöhnlich in seinen Mandanten, fand das Positive und stellte es vor Gericht heraus.

Eine Karriere als Strafverteidiger war von Gary Pohlsons ursprünglichem Ziel weit entfernt. Er hatte das St. John's Seminary in Camarillo besucht und sich auf den Priesterstand vorbereitet. Dort lernte er den Bruder seiner zukünftigen Frau kennen, und irgendwann wandten sich die beiden der säkularen Welt zu. Pohlson lernte seine Frau bei einem *blind date* kennen, das ihr Bruder eingefädelt hatte. Inzwischen waren sie achtzehn Jahre verheiratet und hatten drei Kinder.

Pohlson war aktiv in seiner Kirche und Gemeinde, ein eifriger Basketballspieler und ein hingebungsvoller Vater. Jeden Abend spielte er mit seinen Jungs Basketball und fuhr sie dreimal die Woche sechzig Meilen weit herum, damit sie in einem der besten Juniorteams im südlichen Kalifornien Basketball spielen konnten. »Ich will gewinnen«, gab er zu. »Alles. Selbst wenn ich mit meinen Kindern im Garten Basketball spiele, will ich sie schlagen!«

Beim David Brown-Prozeß würde Pohlson zum sechsten Mal gegen Jeoff Robinson antreten. Er hatte die ersten fünf Fälle verloren. Dennoch waren sie Freunde. Nicht enge Freunde – aber sie spielten oft miteinander Basketball in der Mittagszeit, zusammen mit anderen Verteidigern und Stellvertretenden

Staatsanwälten, und sie trafen gelegentlich privat zusammen. Im Gerichtssaal respektierten sie einander absolut, was jedoch in keiner Weise die Möglichkeit explosiver Reaktionen in der bevorstehenden Verhandlung ausschloß.

Nach dem Austausch seiner Anwälte war es klar, daß David Brown erst im Frühjahr 1990 vor Gericht erscheinen würde. Wie auch immer, die Staatsanwaltschaft verkündete, daß sie nicht die Todesstrafe beantragen würde. Sprecher weigerten sich, die Gründe dafür zu nennen, weshalb die Todesstrafe fallengelassen wurde. Doch Bryan Brown, der die Mordabteilung der Staatsanwaltschaft leitete, sagte: »Ich möchte wirklich nicht gern in Details gehen, aber uns sind etliche Faktoren zu Ohren gekommen, deren wir uns nicht bewußt waren. Dies veranlaßte uns, unsere Entscheidung umzustoßen, die Todesstrafe gegen ihn zu beantragen.«

Patti hatte gerade erst ihre Strafe angetreten. Cinnamon blieb im Gefängnis. Es war eine trübe Wendung, daß sie, wäre sie nicht mit der Wahrheit herausgerückt, darauf hätte hoffen können, bei ihrer Anhörung im Winter 1989 vor dem Bewährungsausschuß eine Freilassung auf Bewährung zu bekommen. Jetzt setzte sie ihr Vertrauen in Jay Newell und Jeoff Robinson. Sie wartete.

Sie hatte fast fünf Jahre lang gewartet. Sie war kein Kind mehr, und in sechs Monaten würde sie auch kein Teenager mehr sein. Alle diese Jahre waren von ihrer Strafe verschlungen worden.

David Browns Stimmung stieg. Endlich schien alles wieder zu seinen Gunsten zu verlaufen. Er hatte ein großartiges Anwaltsteam. Der zerschlagene Phönix regte sich.

VIERTER TEIL
Die Verhandlung

38

Es bestand die Möglichkeit, daß David Brown nicht nur eine, sondern zwei Verhandlungen erwarteten: die erste wegen der Mordanklage bezüglich des Todes seiner fünften Frau, und die zweite wegen der Anklage, er habe geplant, das Anklägerteam und seine *sechste* Frau umbringen zu lassen. Doch der Mordprozeß kam zuerst. Er sollte am 20. Februar 1990 am Superior Court im Gerichtssaal von Richter Donald A. McCartin – Department 30, im siebten Stock des Gerichtsgebäudes des Orange County – beginnen.

Die Verteidigung bat um einen Aufschub, der gewährt wurde. Das neue Verhandlungsdatum wurde auf den 28. März festgesetzt. David Brown bat um mehr Zeit. Falls seine Bitte nicht erfüllt wurde, drohte er selbstzufrieden, seine Anwälte zu feuern in der Überzeugung, daß dadurch eine neuerliche lange Wartezeit erzwungen wurde, bevor er vor die Geschworenen treten mußte. Doch McCartin ließ sich auf nichts ein. Brown konnte seine Anwälte feuern, wenn er wollte, aber er bekam nicht mehr als einen Monat Aufschub. Das Gericht bereitete sich auf den Prozeßbeginn am 25. April vor.

Und so sollte es auch sein.

Doch bevor Browns Prozeß begann, wurde neuerlich der Frühling von einem Verbrechen am Ocean Breeze Drive überschattet. In Garden Grove schockierten wiederum vier Tage der Gewalt die Nachbarn, die vor fünf Jahren – fast auf den Tag genau fünf Jahren – durch Linda Browns Ermordung aufgeschreckt worden waren. Am 30. März 1990 brach die Frau, die in dem genau hinter dem ehemaligen Brown-Haus liegenden Haus wohnte – am Jane Drive – in das Heim des Fernsehstars Sharon Gless ein. Joni Leigh Penn, dreißig, war seit vier Jahren von Gless förmlich besessen. Bewaffnet mit einem .22er halbautomatischen Gewehr, verbarrikadierte sie sich in Sharon Gless' Haus in San Fernando Valley und hielt sich die Cops sieben Stunden lang vom Hals, ehe eine Unterhändlerin der Polizei sie zur Aufgabe überredete.

Vier Tage später rückte die Garden-Grove-Feuerwehr an. In dem Haus, das gegenüber jenem Anwesen lag, wo einst Linda Brown gestorben war, war ein Feuer ausgebrochen. Es war das Haus mit dem Brunnen und den farbigen Lichtern, und es war gerade erst umgebaut worden. Als das Feuer gelöscht war, entdeckten die Feuerwehrmänner die Leiche eines Mannes mittleren Alters im Schlafzimmer: Er wurde als der Hausbesitzer identifiziert, schlimm verkohlt, offensichtlich ein Mordopfer. Und wieder umgaben gelbe Polizeibänder ein Haus am Ocean Breeze Drive.

Die Vorfälle von 1990 hatten natürlich keine Verbindung zu dem Brown-Fall, aber die Häuser aller drei Beteiligten lagen auf einer geraden Linie von Ost nach West, fast wie eine Spur des Bösen.

Richter Donald A. McCartin, im Zweiten Weltkrieg Pilot bei der Navy und den Marines, war ein attraktiver, großer, schlanker Mann Anfang Sechzig. Er konnte furchteinflößend wirken, wenn er von seinem Richtertisch auf die Prozeßbeteiligten herabblickte. Er war abwechselnd witzig und schneidend, eine wohlwollende Vaterfigur und ein reizbarer Pedant. Er war völlig unvorhersehbar und brachte junge Anwälte immer ein wenig aus dem Gleichgewicht. Als der David-Brown-Prozeß begann, hatte McCartin mit Rückenschmerzen zu tun, das Ergebnis einer Sportverletzung in jüngster Zeit.

Department 30 war ein äußerst individuell gestalteter Gerichtssaal, der viele von McCartins Stimmungen und Interessen widerspiegelte. Genaugenommen war es ein wilder und verrückter Gerichtssaal, lässig, ja humorvoll dekoriert.

Ein schmales Bord ragte von McCartins Richtertisch hervor, darauf die Statue eines Richters mit Perücke, der sich den Mund mit einer Hand zuhielt. Entweder war ihm von der Justiz schlecht, oder er lachte über die irdische Rechtsprechung.

An der rechten Wand hinter Deputy Marshal »Mitch« Millers Pult befand sich eine Auswahl von Zeichnungen und Fotos. Eine zeigte ein wildes stoppelbärtiges Gesicht, darunter die Worte »Guten Morgen«. Die meisten anderen Bilder zeigten die Hunde der McCartin-Familie – glücklich und gesund. Der Richter war Hundeliebhaber. Er hatte einmal 4000 Dollar ausgegeben , um die Hüften seines geliebten Golden Retrievers durch Prothesen ersetzen zu lassen. McCartin sprach liebevoll über Hunde und wies darauf hin, daß diese Vorliebe ausdrückte, »was ich von der menschlichen Rasse halte«.

Richter Donald McCartin war aber auch der Vater von vier Söhnen (hinzu kamen drei Stieftöchter), der die friedliche Stille einer Hütte am See nördlich des Orange County genoß, wann immer es möglich war.

Miller war seit acht Jahren McCartins Gerichtsdiener. Gail Carpenter, McCartins Schriftführerin, hatte den kleinen Schreibtisch unterhalb des Richtertischs seit fünf Jahren inne. Sie war unfehlbar fröhlich, und nichts konnte sie aus der Fassung bringen. Sandra Wingerd war die hübsche rothaarige Gerichtsstenographin. Der mehrere Jahre dauernde Randy-Craft-Serienmordprozeß hatte in Richter McCartins Gerichtssaal stattgefunden. Seine Mitarbeiter waren an Fernsehkameras und Fernsehreporter, an Autoren und Hollywood-»Produzenten« gewöhnt.

Die Geschworenenbank befand sich auf der linken Seite des Gerichtssaals. Das Wappen Kaliforniens, flankiert von der amerikanischen und der kalifornischen Flagge, hing hinter Richter McCartin. Department 30 war ein sehr großer Gerichtssaal mit bequem gepolsterten Sitzen für zweihundert oder mehr mögliche Geschworene oder Zuhörer. Die Sitze knarrten und quietschten jedoch, wann immer ein Zuhörer einen zu tiefen Atemzug tat oder in seiner Tasche auf dem Fußboden nach einem Stift oder einem Notizblock suchte.

David Arnold Brown sollte aus dem Keller hochgebracht werden – für gewöhnlich von Miller und Deputy Marshal Glenn Hoopingarner –, in Handschellen und Fußketten. In Pausen sollte er in einer Arrestzelle gleich außerhalb des Gerichtssaals warten. Dort konnte er rauchen.

Die Anträge vor Beginn der Verhandlung und McCartins Entscheidungen waren schlecht für die Verteidigung. Gary Pohlson argumentierte, er könnte sich »kein schädlicheres Beweisstück« vorstellen als die Steinhart-Bänder, jene Bänder, die das Komplott zur Ermordung von Jeoff Robinson, Jay Newell und Patti Bailey enthüllten. Er wollte sie raushaben.

McCartin räumte ein, daß die Bänder tatsächlich äußerst schädlich waren, aber er entschied gegen die Verteidigung. »Ich sehe keine Möglichkeit, wie ich die Bänder ausschließen könnte, es sei denn, ich hätte meinen Verstand verloren.«

David Brown selbst trat in den Zeugenstand. Pohlson befragte ihn nach dem Verhör mit Jay Newell und Fred McLean an dem Morgen seiner Verhaftung. Das Verhör war sehr schädlich, und die Verteidigung wollte es aus dem Prozeß verbannt wissen. David erinnerte sich, von Medikamenten müde und benommen gewesen zu sein. »Ich habe erst am Ende des Verhörs begriffen, daß ich verhaftet war. Ich hatte nichts zu verbergen. Das habe ich auch jetzt nicht.«

McCartin hörte sich einen Teil dieses Drei-Stunden-Bandes an. Newell hatte Brown über seine Rechte nach Miranda belehrt und ihm vorab mitgeteilt, daß er unter Arrest stand.

Auch dieses Band wurde zugelassen.

Gary Pohlson und Richard Schwartzberg hatten eine harte Aufgabe vor sich. Ein Prozeß, *jeder* Prozeß ist immer auch Theater. *Dieser* Prozeß versprach ein Drama.

Jay Newell hatte diesen Fall mehr als fünf Jahre mit sich herumgetragen. Jetzt lag er in Jeoff Robinsons Händen, und Newell würde im Hintergrund bleiben, abgesehen von seinem Auftritt im Zeugenstand.

Fred McLean saß hinten im Gerichtssaal. »Wären wir alle drei am Tisch des Anklägers gewesen«, erklärte er, »hätte es so aussehen können, als verbündeten wir uns gegen den Angeklagten. Ich kann von hier aus gut sehen.«

Die Presse saß in vorderster Reihe, gleich hinter dem Tisch des Anklägers und dem Verteidigerteam. Eric Lichtblau von der *Los Angeles Times* hatte Dutzende von Artikeln über den Mordfall Brown geschrieben. Obwohl er vor kurzem von dem Orange County-Büro der *Times* weg versetzt worden war, hatte er darum gebeten, diesen Prozeß bis zum Ende mitmachen zu dürfen. Jeff Collins vom *Orange County Register* war wieder auf heimatlichem Boden, nachdem er für eine Zeitung in Texas gearbeitet hatte. Er mußte sich über einen für ihn völlig neuen Fall informieren. Barney Morris von Channel 7, der ABC angeschlossenen Station in Los Angeles, war mit einem Kameramann anwesend. Dave Lopez von CBS Channel 2 war ebenfalls da. Kalifornische Gerichte gestatten Kameras und Tonbandgeräte in Gerichtssälen – mit Spezialerlaubnis. Die Kameramänner mußten fünfeinhalb Meter von der Schranke entfernt stehen und durften keine Blitzgeräte benutzen.

Bei dem Klirren von Ketten wurde es still im Zuschauerraum. David Arnold Brown sollte zum ersten Mal in seinem Prozeß den Gerichtssaal betreten. Die Zeitungen hatten das Computergenie, den Firmenleiter, den Millionär umworben. Auf Fotos war nur sein Gesicht zu sehen gewesen, und etliche dieser Aufnahmen waren vor sechs Jahren gemacht worden. Dies war also der Mann, der schöne Frauen sammelte. *Fünf* von ihnen hatte er geheiratet, eine davon zweimal.

Der Gerichtssaal war erwartungsvoll still ...

David Brown trat ein. *Er war ein birnenförmiger Mann mit einem Rundrücken.* Es gab ein kaum hörbares Seufzen, als die Zuschauer begriffen, daß der Mann, der zu dem schlichten Holzstuhl schlurfte, der vollendete Herzensbrecher war, von dem sie gelesen hatten. Wie konnte das sein? Der Angeklagte war sehr klein und sehr fett, und sein pockennarbiges Gesicht wies diese graue Gefängnisblässe auf. David Brown hatte dünnes dunkelbraunes Haar ohne eine Spur von Grau. In den anderthalb Jahren seit seiner Verhaftung war sein Haar dünner geworden. Er trug ein weißes Hemd über einem T-Shirt und eine graue Trevirahose ohne Gürtel (verboten). Die Fäden von den Markenschildern der Hose waren noch sichtbar.

David Brown war jetzt siebenunddreißig. Er hätte ohne weiteres fünfzig sein können.

Davids Aussehen schien seinen Ruf Lügen zu strafen. Eine Tochter liebt ihren Vater, ganz gleich, wie er aussieht. Aber all die anderen Frauen, die angeblich David Brown anbeteten? Hätte er wie ein Verführer ausgesehen, ja – aber dieser Mann mußte eine größere Fähigkeit zu Gedankenspielen besitzen, als irgend jemand sich vorgestellt hätte.

Eine gewaltige Gruppe möglicher Geschworener kam herein. Richter McCartin entließ sofort diejenigen, deren Geschworenenpflicht Ende April erlosch, und erklärte, der Fall würde sich vermutlich zumindest bis Mitte Juni hinziehen.

Die Wahl der Juroren wurde von freundlichen Scherzen begleitet. Pohlson verkündete, er bevorzuge »kahlköpfige Männer – besonders pummelige kahlköpfige Männer«. Robinson bemerkte, »mit Richter McCartins Gerichtssaal betritt man ein Niemandsland in einer Art Zeitfalte.«

McCartin scherzte über Robinsons »Kompetenz«, der Stellvertretende Staatsanwalt erhob Einspruch, und Pohlson gab statt. Die Zuschauer lachten.

McCartin sagte: »Wir vertauschen manchmal die Plätze in diesem Gerichtssaal. Ich könnte hinunterkommen und Verteidiger oder Ankläger sein.«

Robinson wies darauf hin, daß die Verteidigung zwei Anwälte hatte, während er ganz allein war.

»Wir erlauben Mr. Robinson, daß seine Mutter neben ihm sitzen darf«, entschied McCartin.

»Seine Mutter mag ihn nicht«, stipulierte Pohlson.

Die Zuschauer schrien erneut vor Lachen. Die meisten Leute sind sehr nervös in Gerichtssälen. Humoreske Einlagen entspannen sie. Sie entspannten allerdings nicht David Brown. Er war offensichtlich besorgt, weil sein Anwalt mit dem Ankläger scherzte.

Männer und Frauen betraten den Geschworenenstand, wo sie befragt wurden. Instinkt und Erfahrungen bestimmen letztlich die Auswahl der Geschworenen. Einen Reinfall kann man dabei immer erleben. Denn manche Geschworenen verschweigen etwas oder lügen, um gewählt zu werden.

Jedesmal, wenn für den unvoreingenommenen Beobachter die Auswahl perfekt zu sein schien, entschlossen sich Verteidigung und Anklage, Stuhlpolonaise zu spielen. Oftmals ziemlich verwirrte Geschworene wurden gebeten, wieder Platz zu nehmen. Vier Stunden. Sechs Stunden, und die meisten waren ausgeschieden. Robinson und Pohlson fingen von vorne an. Das *voir dire* (direkte Befragung möglicher Geschworener) war heiter, und im Gerichtssaal brandete immer wieder Gelächter auf. Es dauerte fast drei Tage, bis zwölf Geschworene und drei Ersatzgeschworene gewählt waren.

Es waren Hausfrauen, eine Chefsekretärin, ein Telefonmonteur, ein Elektroniktechniker, eine Assistentin eines Einkaufsleiters, eine Behindertenlehrerin, Techniker. Sieben Frauen und fünf Männer. Die Ersatzgeschworenen waren zwei Frauen und ein Mann. Fast alle von ihnen hatten Kinder.

Sie kannten David Brown nicht. Wenn sie von ihm gehört hatten, dann nur vor langer Zeit in einem hastig gelesenen Zeitungsartikel, und sie erinnerten sich nicht an Details. Seine Geschichte war bis zu diesem Zeitpunkt immer nur in kurzen Ausbrüchen in die Medien gekommen.

Am 5. Mai 1990, dem Cinco-de-Mayo-Wochenende in Santa Ana, Kalifornien, war das Wetter klar und heiß, und die Stadt war von Festgeräuschen erfüllt: eine Parade auf der Main Street, Knallfrösche und Schüsse bis in die Nacht hinein. In zwei Tagen würde Davids Prozeß endlich beginnen. Die Anklagevertreter hatten ein gutes Gefühl. Das Band mit dem Verhör nach der Verhaftung am 22. September war zugelassen worden, die Bänder der Steinhart-Verschwörung ebenso. Falls die Geschworenen Cinnamon, Patti und Steinhart glaubten, würde es keinen Freispruch geben.

Sofern die Verteidigung keine Überraschung vorbereitet hatte . . .

Am 4. Mai erhielt Jay Newell einen höchst interessanten

Anruf von jemandem, mit dem er etwa ein Jahr nicht gesprochen hatte, Dan Coston*, einem Häftling des Orange County Jail. Intelligent, wortgewandt und erfinderisch, war Coston ein kleiner Gauner, der sich sehr viel auf seine zwanzigjährige Karriere als Zuträger einbildete.

Bei seinem ersten Zusammentreffen mit Coston hatte Newell ihn alles andere als glaubwürdig gefunden. Coston hatte weitschweifig erzählt, wie David Brown von Irv Cully »reingelegt« worden war. Aber auf konkrete Fragen wußte er nichts zu sagen, obwohl Newell drängte, daß »es da etwas gibt, das Sie mir nicht erzählen«.

Zu diesem Zeitpunkt hatte Coston Obstruktion getrieben. Er sagte, er würde »stets seine Möglichkeiten ausforschen«. Er deutete an, er könne für die Staatsanwaltschaft arbeiten, aber Newell biß nicht an. Als er Coston geradeheraus fragte, ob er von einem von Browns Anwälten bezahlt wurde, wollte Coston nicht antworten. Doch sobald er Newell verließ, eilte Coston zu einem Privatdetektiv, der für David Brown arbeitete, mit der Neuigkeit, er könne Jay Newell in eine Falle locken.

Ein Fall von schlechter Urteilsfähigkeit.

In letzter Zeit hatte sich in den Gefängnissen des Orange County eine wahre Heimindustrie für Petzen und Zuträger entwickelt, die sich auf komplizierte Machenschaften spezialisierten, die dazu bestimmt waren, ihnen Vorteile einzubringen, bestenfalls auch wirtschaftliche Gewinne.

Dan Coston hatte Jay Newell nicht einmal zehn Prozent dessen erzählt, was er über David Brown wußte. Coston hatte David Brown eine Zeitlang beobachtet. Er hatte Cully und Steinhart beobachtet. Seiner Einschätzung nach war Cully ein Dummkopf, Steinhart ebenfalls, der absolut nichts aus seinen Geschäften mit »Thurston« bezogen hatte.

Ungefähr im März 1990 war Dan Coston in David Browns Leben getreten. Von Steinharts Betrug enttäuscht, hatte David einen anderen starken Mann gebraucht, der sich um seine Interessen kümmerte. Und Coston betrachtete seine Verbindung mit Brown für sich selbst in vieler Hinsicht als vorteilhaft. Brown war Millionär – angeblich sogar vielfacher –, immer gut für eine Nachricht, und Coston hatte sich selbst schon lange als

Medienunternehmer gesehen. Wenn er Brown erst einmal soweit wie möglich hatte ausbluten lassen, blieb da immer noch die Rolle des »Doppelagenten«: Dan Coston wollte einfach zum Staatsanwalt gehen und David verpfeifen. Auf diese Weise konnte er vielleicht eine Reduzierung seines eigenen Urteils herausschlagen. Darüber hinaus liebte Coston Spiele. Wie er einmal einem Privatdetektiv gegenüber zugab: »Irgendwie putscht es mich auf, wenn ich mit Leuten diese kleinen Spiele abziehe.«

David Brown war eine echte Herausforderung. Sowohl Coston als auch Brown hatte andere Menschen so lange, wie sie sich zurückerinnern konnten, manipuliert. Es war ein Balanceakt. Soweit David wußte, war Coston ihm gegenüber völlig loyal. Er bezahlte ihn schließlich dafür.

Am 12. Juni 1989 schrieb Dan Coston einen Brief, den David Brown diktierte. Später »übermittelte« er den Brief an *Time, Playboy, Penthouse, Esquire, Life, Nesweek, People, U. S. News and World Report, A Current Affair, 60 Minutes, Oprah Winfrey, Donahue* und *Geraldo*, ebenso an alle großen Zeitungen und Fernsehstationen in Los Angeles und San Francisco *und* an nationale und lokale Juristenvereinigungen. Er schickte ihn auch an die Herausgeber von Gefängniszeitungen in ganz Amerika.

David wollte vor allem, daß die Herausgeber der *Los Angeles Times* den Brief sahen. Er verabscheute Eric Lichtblau, den jungen Reporter, der stets für ihn unvorteilhafte Artikel schrieb. Er hatte Lichtblau ein Exklusivinterview gegeben, und dennoch hatte er das Gefühl, daß der Reporter der *L. A. Times* alles falsch ausgelegt hatte, was er gesagt hatte. David war wütend. Er hoffte, sein Brief würde Lichtblau den Job kosten.

David bezahlte die Marken und die Schreibkraft, die nötig waren, um den Brief loszuschicken. Er lautete:

Sehr geehrte Herren,
ich schreibe heute diesen Brief, um Sie über ein Ereignis zu informieren, das demnächst stattfinden wird und von dem ich glaube, daß es Sie und die Leute, die Sie repräsentieren – seien es nun Ihre Organisationen oder einfach die Leser Ihres Magazins oder Ihrer Zeitung – sehr interessieren sollte.

Das Ereignis, von dem ich spreche, ist der Strafprozeß gegen einen Prominenten, den Millionär und Unternehmer Mr. David Brown, der ungerechtfertigterweise angeklagt wird der *Anstiftung zum Mord* aufgrund von Anklagepunkten, die, wie Zeugen beweisen werden, in Wahrheit fabriziert wurden durch ein Zusammenwirken der Staatsanwaltschaft des Orange County, des Büros des Sheriffs des Orange County und Agenten von beiden – zwei Gefängnisinformanten.

Durch den Einsatz dieser Gefängnisinformanten will der Ankläger beweisen, daß Mr. Brown sich verschworen hat in der Absicht, die Ankläger in seinem ursprünglichen Mordprozeß zu töten.

Die Verteidigung wird durch entgegengesetzte Zeugenaussagen beweisen, ebenfalls von Gefängnisinformanten stammend, die bereits früher Kenntnisse erhielten, die direkt mit den Anklagen gegen Mr. Brown in Verbindung stehen, daß nicht nur die Aussage der Zeugen der Anklage falsch und meineidig ist, sondern auch daß diese Aussage fabriziert wurde und zustande kam mit dem vollen Wissen und der Unterstützung durch die Staatsanwaltschaft unter der Anleitung des Büros des Sheriffs ...

Der Grund, aus dem ich glaube, daß dieser Prozeß interessant für die Medien ist ... liegt darin, daß mir bekannt ist, daß die Verteidigung nicht nur eine Verschwörung zur Einführung falscher und meineidiger Aussagen in diesem Prozeß aufdecken wird, sondern daß die Verteidigung auch aufdecken wird, daß dies eine Praxis ist, die bereits in einer Reihe höchst bedeutungsvoller Strafprozesse angewandt wurde ...

Für mich, der ich selbst seit über 18 Jahren ein *Polizeiinformant* bin, mit meinem Wissen aus erster Hand über die unethischen Praktiken von Anklägern und ihren Agenten, ist die Frage, ob Zeugenaussagen von Gefängnisinformanten als zuverlässig angesehen und benützt werden sollten ohne weitere Bestätigung, die wichtigste juristische Frage, die hier erhoben werden muß.

Für mich, einen *Zeugen der Verteidigung* in Mr. Browns

bevorstehendem Prozeß, muß die allerwichtigste Frage sein das mögliche Fehlverhalten der Justiz ... Sollten Sie mehr darüber hören wollen oder sich in der einen oder anderen Form engagieren, sei es nun durch Übermittlung sachbezogener Information oder vielleicht durch den Wunsch eines persönlichen Interviews mit mir und/oder anderen Zeugen ... setzen Sie sich bitte mit meinem Anwalt in Verbindung ...

Offensichtlich machten Costons Referenzen als Gefängnisinformant und David Browns Rhetorik auf die Medien wenig Eindruck. Niemand bat einen von ihnen um ein Interview.

Während des ganzen Herbstes und Winters 1989 erstellte Dan Coston gewissenhaft »juristische« Dokumente, in denen er schrieb, worum David Brown ihn bat – daß das gesamte Komplott gegen die Männer der Staatsanwaltschaft in Irv Cullys Kopf entstanden war und daß er, Dan Coston, vor Gericht aufstehen und dies sagen werde.

Coston quetschte alles, was er nur kriegen konnte, aus David Brown heraus, und als die Quelle versiegte, setzte er ein anderes Gesicht auf. Am 4. Mai 1990, als Dan Coston bei Newell anrief, entschuldigte er sich in seiner unterwürfigsten kumpelhaften Art dafür, daß er bei ihrem letzten Zusammentreffen so vage geblieben war. »Ich wollte Ihnen nicht erzählen, was da vor sich ging, denn hätten Sie es gewußt, wäre ich zu einem Agenten der Staatsanwaltschaft geworden. Ich mußte aber an David herankommen und Beweise beschaffen.«

Während Robinson an einem Zweitapparat mithörte, spielte Newell bravourös den langsam denkenden Detective und bat Coston immer wieder, seine Geschichte zu wiederholen. Je verwirrter er klang, desto mehr Informationen bot Coston an, wobei er sich bemühte, sich als großer und guter Freund der Staatsanwaltschaft zu bestätigen, der lediglich für das Wohl der Menschheit arbeitete.

»Als David in unsere Abteilung kam – er wurde vom Einlieferungstrakt in den Haupttrakt verlegt, weil er der Verschwörung angeklagt worden war, Sie und Robinson und Patricia umzubringen –, bat er mich, seinem Detektiv zu sagen, *ich* hätte schon die ganze Zeit über die Verschwörung Bescheid gewußt. David sagte, er würde mich bezahlen, damit ich sage, was er wollte, und ich müßte für den Rest meines Lebens nie mehr arbeiten ... Ich habe hier bei mir einen Vertrag, den ich und David aufgesetzt haben. Er wird mir eine Million Dollar bezahlen ... Er sagt, daß er verdammt keine Chance ohne mich hat ... Ich dachte, gut, in Ordnung, sehr schön. Das wird gut laufen – er wird weiter betrügen. David sagte: ›Das brauche ich, Dan. Du sagst, daß Irv Cully damit *an dich herangetreten* ist.‹«

Newell spielte weiterhin den Dummen. »Ich bin etwas langsam von Begriff – das müssen Sie mir schon noch einmal erklären. Warum sollten Sie eine Million Dollar ablehnen?«

Coston drückte sich da nur vage aus. Er sagte nur, daß David meinte, wenn man es so hinstelle, als wäre er, David, verführt, gereizt und mit der Idee, seine Feinde zu töten, *in eine Falle gelockt* worden, wäre er nicht der Anstiftung und Verschwörung schuldig. Dan Coston war sein neuer Mann geworden. »Er sagte, das würde den Fall der Anklage in Mißkredit bringen«, erklärte Coston. »Er wollte auch, daß ich sage, Steinhart wäre an *David* herangetreten und hätte ihn angegriffen und seine Familie bedroht, falls David nicht bei diesen bezahlten Morden mitmachte.«

David war offenbar dankbar für Costons Versprechungen, ihm zu helfen. Laut Coston gab David ihm im August 1989 1800 Dollar – in Geldanweisungen, unterschrieben mit K. M. B. (Krystal M. Brown). Kurz darauf veranlaßte David, daß fünf Geldanweisungen über je tausend Dollar an eine weibliche Verwandte von Coston »für zehn Ölgemälde« bezahlt wurden. Es gab tatsächlich Gemälde. Manuela und Arthur hatten sie mit viel Brimborium in ihren Wagen vor dem Orange County Jail geladen, nachdem Costons Verwandte die Geldanweisungen erhalten hatte.

»Sie hat einen Schwamm genommen«, erklärte Coston lachend. »Sie hat ihn in eine Menge Ölfarben getaucht und dann gegen die Leinwand geworfen. Und Davids Eltern gaben ihr eine Quittung über fünftausend Dollar plus der achtzehnhundert Dollar, die schon an mich gegangen waren.« Davids Eltern kannten nie die Gründe für seine Anordnungen, Geld an andere Gefangene zu bezahlen, befolgten seine Anweisungen jedoch buchstabengetreu, ohne jemals Fragen zu stellen.

David versprach Coston auch einen Job in San Diego, ein Apartment und einen 1989er Mustang, sobald er aus dem Gefängnis entlassen wurde. »Aber als ich herauskam, konnte ich den Wagen nirgends finden.«

Coston sagte, es gäbe vielleicht ein halbes Dutzend Häftlinge im Orange County Jail, die von David ein *Geldversprechen* erhalten hatten – sofern sie bezeugten, er wäre zu dem Mordkomplott gegen Robinson und Newell gezwungen worden.

Großartig. Jetzt hatte der Prozeß begonnen. Newell arbeitete zwölf bis achtzehn Stunden täglich, um Robinson den Rücken zu stärken und die Strategie zu planen. Wenn Coston die Wahrheit sagte, fein. Wenn er wieder Spielchen spielte, hatte Newell keine Zeit für ihn. »Sie haben nichts schriftlich von David, nichts in seiner Handschrift?« fragte er Coston.

»Ich habe Quittungen. Ich habe ein Foto von einem Diamantring – Davids handschriftliche Mitteilung, was er mir vorab geben wird – hunderttausend Dollar ... Ich glaube, er hat eine Million Dollar. Er hat einen Haufen Geld versteckt. Ich habe einen Diamantring für neunundvierzigtausend Dollar – ich habe ihn schätzen lassen, es ist ein Diamant mit Smaragdschliff.«

»Den haben Sie? Warum?«

»Er hat ihn mir geschenkt«, sagte Coston aufgeregt. »Er hat ihn mir als Anzahlung dafür gegeben, daß ich aussage. Am Ende meiner Aussage bekomme ich den Rest der Million.«

Dan Coston war tatsächlich als Zeuge in dem laufenden Verfahren angegeben. Gary Pohlson zählte auf ihn. Weder Pohlson noch Schwartzberg hätten eine Ahnung, daß David ihn bestochen hatte, damit er aussagte, versicherte Coston dem Ermittler gegenüber.

Newell lächelte leicht bei dem Gedanken, daß David Brown, der sich so oft die Finger verbrannt hatte, noch immer hektisch Intrigen schmiedete und Vermögen versprach, um seine früheren Intrigen zu vertuschen.

Und jetzt, da sein Prozeß näher rückte, war er auch bereit, mehr zu zahlen. »Und so sieht der Plan aus«, sagte Coston.

»Robinson wird euren Fall eröffnen. Und dann macht Gary Pohlson einen zweiwöchigen Urlaub.«

»Richtig. Ich weiß darüber Bescheid. Wir machen dann eine Vertagung.«

»Und dann rufen sie mich in den Zeugenstand als Hauptzeugen, um den Eindruck zu erwecken, daß es ein raffiniertes Komplott gab von Ihnen und Robinson und Vazquez und dem Büro des Sheriffs . . . daß Sie den zweiten Fall mit einbeziehen, weil Sie nichts im ersten Fall haben – daß die Staatsanwaltschaft tatsächlich so weit gehen würde, um einen Schuldspruch gegen jemanden zu erreichen . . . Ich werde über Gespräche mit Cully reden, und daß ich David vor einem Komplott gewarnt habe, daß Cully dabei war, Brown eine Falle zu stellen . . . Ich habe das natürlich nie getan, aber ich soll es bezeugen.«

Newell warnte Coston, er dürfte von diesem Moment an keine »Ermittlungen« mehr anstellen.

Und dann deutete Coston an, er habe eigennützige Gründe für seinen massiven Betrug an David Brown. Er selbst sollte in wenigen Tagen – am 16. Mai 1990 – verurteilt werden.

Keine Versprechungen. Keine Abmachungen. Newell blieb hart. Er mußte die Informationen verdauen, die Coston ihm soeben im Verlauf von zwei Stunden geliefert hatte. »Unternehmen Sie nichts«, warnte Newell ihn, »was Ihre Pläne verändern würde. Rufen Sie mich morgen um zwei Uhr nachmittags an.«

Robinson und Newell hatten ein höchst wertvolles Geschenk erhalten. Coston hatte soeben den Fall der Verteidigung von der Bühne gefegt.

Dan Coston hatte Kopien von allem. Und aufgrund der zwangsweisen Mitteilung hatte Gary Pohlson ein Recht einzusehen, welche Beweise die Staatsanwaltschaft gegen seinen Klienten David Brown hatte. Coston übergab das Foto von Davids bekanntem Diamantring mit Smaragdschliff und Davids beiliegende Notiz:

Wichtige Fakten

Farbe	Gewicht/Größe	Besonderheiten
F?	4.2 Karat	VS 2
	Smaragdschliff	
	PREMIUM	

David schickte Costons Mittelsfrau schriftliche Anweisungen, was sie sagen sollte, wenn sie den Ring zum Schätzen brachte: »Das ist der Ring von ihrem Dad – sie möchte einen wie diesen oder einen ähnlichen machen lassen. Bitte sagen Sie mir, wieviel er kosten wird?«

Der Ring wurde auf 40 500 Dollar geschätzt. David Browns Anzahlung auf die Freiheit. Ein Vertrag über eine Million Dollar war auf den 4. Mai 1990 datiert und stammte von David Browns eigener Hand.

An Dan Willard Coston,

auf Ihren Wunsch bestätige ich hiermit, was ich zu leisten versprochen habe:

40 500 Dollar – bezahlt mit dem heutigen Datum.

949 500 Dollar – fällig nach Abschluß aller laufenden Strafprozesse. Dieser Rechnungsbetrag ist an Dan Willard Coston oder an den von ihm bestimmten Bevollmächtigten auf sein Verlangen hin auszuzahlen unter der Voraussetzung, daß ich frei von allen Anklagen sein muß, bevor über das Geld verfügt werden kann.

Ich verspreche hiermit, Coston die Summe von 949 500 Dollar zu verschaffen, zahlbar an ihn auf sein Verlangen in U. S.-Währung/Gesetzliches Zahlungsmittel. Mit dieser Zahlung sind keine weiteren gesetzlichen Verpflichtungen für ihn verbunden.

Dies ist kein Geständnis für irgendwelche illegalen Handlungen meinerseits, noch ist es eine Beschuldigung wegen illegaler Handlungen gegen den Begünstigten. Es ist schlicht eine Übereinkunft, den Begünstigten für von ihm geleistete Dienste zu entschädigen

Ich schwöre, das oben Angeführte zu tun,
am heutigen Tag:
4. Mai 1990
DAB

Ein identischer Vertrag, abgesehen von dem Dollarbetrag, war für Billy Calixo, einen weiteren Mithäftling David Browns, ausgeschrieben worden: 2600 Dollar bereits bezahlt, 97 400 Dollar, sobald David frei war.

David Brown hatte zwei sachkundige, ehrenwerte Anwälte engagiert. Er hatte versucht, sie mit seinem eigenen hinterhältigen Plan zu umgehen. Er konnte sein Leben niemandem anvertrauen; er mußte immer die Kontrolle ausüben. Als Pohlson herausfand, was David getan hatte, fiel es ihm gar nicht ein, Dan Coston in den Zeugenstand zu rufen.

Coston konnte den Ring behalten.

39

Die drei Tage der Auswahl der Geschworenen waren fast ein Vergnügen gewesen. Doch der Ton der Verhandlung veränderte sich dramatisch, als Robinson sich erhob, um seine Eröffnungserklärung abzugeben.

Robinson hatte auf diesen Moment fast zwei Jahre gewartet. Er war viele Male jeden winzigen Aspekt des Falles durchgegangen. Es gab so viel, das miteinander verwoben werden mußte, all die losen Enden der traurigen Lebensläufe von vier Menschen: Linda, David, Cinnamon und Patti. Robinson blickte kaum in seine Unterlagen, während er über zwei Stunden lang sprach. Diese Geschichte war in seinem Gedächtnis verhaftet, möglicherweise unauslöschlich.

Auf der Staffelei hinter Robinson befanden sich vier riesige Vergrößerungen – Fotos der Hauptpersonen: David Brown ganz oben, und unter ihm seine Tochter und die Schwestern, die er geheiratet hatte. Die Anklage hatte sorgfältig darauf geachtet, Fotos zu präsentieren, welche Täter und Opfer zeigten, wie sie im Frühling 1985 ausgesehen hatten. Das war wichtig – weil die Geschworenen die letzten fünf Jahre wiedererleben sollten.

Und dann begann Robinson, auf eine bemerkenswert präzise Art Schritt für Schritt den Geschworenen eine schreckliche Abfolge von Ereignissen zu schildern.

»Der erste Polizist reagiert auf eine Meldung ›Frau angeschossen‹, ungefähr um drei Uhr nachts, eine Meldung, die ihn auf den Ocean Breeze Drive in Garden Grove ruft . . .«

Wie oft waren Robinson, Newell und McLean diesen Handlungsablauf durchgegangen? Hatte David Brown selbst überhaupt an die Ungereimtheiten in seinen Geschichten gedacht oder an sein verwerfliches Verhalten? Erkannte er jetzt die schreienden Fehler, als Robinson seine komplizierte, verwickelte Vergangenheit aufrollte? Vielleicht nicht. Er hörte nervös zu, und seine Augen zuckten hin und her, als Robinson ihn enttarnte.

Robinsons Gedächtnis und sein Empfinden für eine Geschichte waren unglaublich. Er durchwanderte 1985, 1986, 1987. »David Brown ist äußerst klug«, sagte er. »Er ist begabt. Er ist kein Dummkopf. Er kann manipulativ und verschlagen sein. Manchmal fehlt ihm gesunder Menschenverstand, aber er besitzt eine unheimliche Fähigkeit, andere Menschen dazu zu bringen, nach seinem Willen zu handeln.«

Robinson gab den Geschworenen zwei einfache Motive, die David Brown gehabt hatte, um seine Frau Linda zu töten:

»Erstens – um Patti anstelle von Linda zu haben. Zweitens – um eine ganze Menge Geld zu bekommen ... David bestreitet, eine sexuelle Beziehung mit Patti zu haben. ›Wir halten einander nur fest, um den Schmerz zu mindern.‹«

Robinson wußte sehr gut, daß Patti und Cinnamon keine großartigen Zeugen waren, und er bereitete die Geschworenen darauf vor.

»Patti hat ... keinen besonders guten Hintergrund. Nicht besonders klug – auch Cinnamon nicht. Patti ist jemand, der anderen folgt – ein schwacher Mensch ... offizielle Stellen fragen sich, ob nicht eine *starke* Person das alles inszeniert hat – und dabei schwache Menschen benutzt hat. Patti zittert, plappert ... Patti hatte eine ganz eigenartige Beziehung zu David Brown. Er sagte ihr mit elf oder zwölf, daß er sie heiraten würde. Er war ihr Alpha und ihr Omega. David war ihr Vater, ihr Versorger, ihr Freund ... David siegte über ihre Schwester, als es zur Wahl kam ... Da ist noch mehr«, sagte Robinson, als er die ungläubigen Mienen der Geschworenen sah. Einige von ihnen hatten im Laufe ihres Lebens nie mit Dingen wie Mord und sexueller Belästigung zu tun gehabt. Ihre Augen weiteten sich, selbst als sie versuchten, ihre Gesichter ruhig zu halten.

»Im Gefängnis, nach der Vorverhandlung – um dem Schwert zu entgehen, das auf ihn niedersausen sollte – war der Plan, Patti töten zu lassen ... er arrangierte es mit einem Mithäftling, daß jemand verhaftet und in Pattis Block gesperrt wurde, um sie zu erstechen.«

Diese Geschworenen wußten nicht, daß der »Ankläger« und der »Ermittler«, die David Brown töten lassen wollte, Jeoff Robinson und Jay Newell waren. Ihre Namen sollten nie als mögliche Opfer in diesem Gerichtssaal genannt werden. Alle Bänder, die abgespielt wurden, waren so bearbeitet worden, daß Robinsons und Newells Namen nie zu hören waren.

»Er wurde in keine Falle gelockt oder unter Druck gesetzt«, erklärte Robinson. Eine ruhige Stimme, die von beunruhigenden Motiven sprach. »Er *wollte*, daß es ausgeführt wurde. Er hatte viel Geld, um diesen Plan zu unterstützen. Steinhart hielt Brown irgendwie für verrückt – aber das Geld war echt.« Robinson zeigte die Ungereimtheiten in David Browns Gründen für die Bestellung dieser Morde auf. »Ich tue das, weil ich *unschuldig* bin ...? Und als David Brown von Steinhart hört, daß der Ankläger und der Ermittler tot sind, sagt er: ›Ich liebe dich, Kumpel. Ich würde mich ja gern mehr freuen, aber hier im Knast sind zu viele Leute.‹«

Die Geschworenen mußten sehr viel in einer Sitzung aufnehmen. Newell, McLean und Robinson hatten diesen Fall aufgebaut wie einen Wolkenkratzer aus Zahnstochern. Und er war auch genau so kompliziert: fünf Jahre von Lügen und Intrigen und Mordspielen.

»Die Quintessenz«, faßte Robinson zusammen. »Dieser Fall straft David Browns Empörung Lügen. Er manipuliert diabolisch. Linda war ohne selbständigen Verstand. Er wollte einen neuen Roboter, und er hat ihn sich für achthundertundfünfunddreißigtausend Dollar gekauft. Er hat es getan, um den Staatsanwalt und den Ermittler zu töten, damit die Anklage gegen ihn geschwächt wird. *Er hat es getan, um mit Mord durchzukommen!*«

Wie konnte ein Verteidiger, selbst ein so talentierter wie Gary Pohlson, jetzt aufstehen und eine glaubwürdige Eröffnungserklärung abgeben? Robinson hatte bewußt alle Schwachpunkte seines eigenen Falles zur Sprache gebracht. Das war eine schlaue – und uralte – Taktik, um die Wirkung der Informationen zu verringern, die ganz sicher von der Verteidigung kommen würden. Robinson hatte sogar die winzige Menge Kokain erwähnt, die in Linda Browns Blut bei den Tests nach ihrer Obduktion gefunden worden war. Pohlson hatte all das erwartet. Die beiden Juristen kannten einander gut. Sie hatten oft Gelegenheit gehabt, den Stil und die Technik des anderen zu studieren.

Pohlson erhob sich und sprach zu den Geschworenen von noch nicht benannten Zeugen, die aussagen würden, um die natürliche Panik eines unschuldigen Mannes zu veranschaulichen. Nur ein Verzweifelter konnte einem Mordkomplott zustimmen, und Pohlson deutete an, David Browns Vernunft sei im Gefängnis ausgeklinkt. Pohlsons einzige andere Möglichkeit einer Verteidigung war der Angriff auf Cinnamon Brown und Patti Bailey.

Wegwerf-Mädchen.

Pohlson erklärte, daß er für gewöhnlich seine Eröffnungserklärung zurückhielt, bis in der Verhandlung die Verteidigung an die Reihe kam. »Ich denke, dieser Fall beginnt mit dem Fall der Anklage.« Er sagte, er würde mit den Fakten übereinstimmen, wie sie dargestellt waren, aber er stimme nicht darin überein, was diese Fakten bedeuteten. Er meinte, die Beweise würden etwas ganz anderes zeigen. »Diese beiden Mädchen hatten ihr eigenes Ziel, ihre eigenen Probleme . . . Cinnamon und Patti werden wieder lügen, wie sie zuvor gelogen haben – immer und immer und immer wieder. Sie haben dafür Motive.«

Pohlson umriß Cinnamon Browns und Patti Baileys Motive, aus denen sie Linda Brown ganz auf eigene Faust getötet hatten.

»Cinnamon Brown tötete Linda. Sie war aus Brendas Haus hinausgeworfen worden – wieder einmal. Die Dinge liefen nicht gut. Sie hat der Medizinstudentin, der Polizei, dem Psychiater von ihren Problemen erzählt. Drei Monate vor dem Mord war sie verstört, hatte sie Probleme mit Linda. Am Vortag sagte Linda, Cinnamon müsse verschwinden. Außerdem sagte Linda angeblich, sie würde Cinnamon umbringen, wenn sie nicht verschwand... Sie ist neunzehn. Ist sie *wirklich* jung und unreif? Wie war sie vor fünf Jahren? Deprimiert. Verstört. Leicht zu beeindrucken. Sie sagte verschiedenen Leuten: ›Linda ist die Ursache all meiner Probleme.‹ Sie dachte: ›Ich könnte meinen Dad verlieren. Sie macht mir und meinem Dad das Leben schwer.‹«

Und Patti. Pohlson ging hier ein Risiko ein. Wie Robinson legte er die schlimmsten Punkte, die gegen ihn arbeiteten, offen. »Patti hat ebenfalls Probleme mit Linda. Patti war schon so lange in David verliebt. Schon im Alter von elf Jahren sexuelle Belästigung. Mit fünfzehn begannen die beiden mit Geschlechtsverkehr. Patti war sehr eifersüchtig auf Linda. Sie will Linda ersetzen. Sie will, was er ihr geben kann. Linda hat viel Schmuck – Autos. Beide Mädchen wollten, was Linda hatte.«

Nacheinander zeigte Pohlson die Lügen auf, die Cinnamon und Patti erzählt hatten. Und es gab wirklich viele Lügen. Weshalb wandten sich jetzt beide jungen Frauen gegen David?

»Cinnamons Motiv ist es, aus dem Gefängnis herauszukommen. Sie will es auf David und Patti schieben. Patti? Patti ist nicht sicher, ob ihre Schwester wirklich tot ist. Ist Linda bei ihr im Auto, wenn sie fährt? Pattis Geisteszustand? Was würde *ihr* helfen am siebten November 1988? Sie hat etwas – sogar *sehr viel* – zu gewinnen. Anstatt siebenundzwanzig Jahre bis lebenslänglich im Gefängnis zu sitzen, kommt sie mit fünfundzwanzig heraus.«

Und nun nahm Pohlson ein äußerst sorgenerregendes Gebiet in Angriff. Bis zu dem Tag vor der Verhandlung hatte Pohlson darum gekämpft, das Mordkomplott von 1989 aus dieser Verhandlung herauszuhalten. Doch Richter McCartin hatte es zugelassen, und Pohlson mußte die Buschfeuer des Zweifels löschen, die es sicher entfachen würde.

Wenn David Brown unschuldig war, warum sollte er eine Verschwörung anzetteln, damit Patti und der »Ankläger« und der »Ermittler« getötet wurden? »Wir werden von Joel Baruch hören«, sagte Pohlson. »Sie werden hören, daß David von

Baruch in Panik versetzt wurde. Baruch ließ sich entschuldigen, weil Jeoff Robinson ihn einschüchtert.«

Pohlsons Punkt war, daß wenn schon Joel Baruch von Robinson eingeschüchtert wurde, dann mußte David Brown, ein erklärter Feigling, total in Panik geraten.

»Ein unschuldiger Mann glaubt, daß er von einem Ankläger auf einer Vendetta überrollt wird. Irgendwie ist er ausgerastet. (Das Mordkomplott) war Irv Cullys Idee, und er ist schon seit langem eine Petze.« Sein Mandant, erklärte Pohlson, war verwirrt. Er zitierte David: »Ich weiß nicht, was mir da durch den Kopf ging. Ich war unschuldig. Ich wußte nicht, wie ich da herauskommen sollte.«

Pohlson sagte: »Der Ankläger hat ihm Angst eingejagt.« Und dann faßte er die Stoßrichtung seines Falls zusammen. »Wir werden in den Fakten nicht unterschiedlicher Meinung sein. Aber wir werden darum kämpfen, was sie zu bedeuten haben. Denken Sie bitte stets an ›vernünftiger Zweifel‹. ›Lügen‹ ist das Wort, um das sich alles dreht.«

Pohlson hatte nur eine Chance, wenn die Geschworenen Cinnamon und Patti als böse, ränkeschmiedende Teenager einschätzten, die töteten, um zu bekommen, was sie wollten. Schmuck und Autos und Geschenke – und für Patti Sex mit David, ohne daß ihre ältere Schwester störte. David Brown entspannte sich. Sein Anwalt hatte die Mädchen als die verräterischen kleinen Lügnerinnen entlarvt, die sie waren.

Robinson und Newell hatten erwartet, daß Gary Pohlson sich auf ihre Hauptzeugen stürzen würde. Insofern hatte es keine Überraschungen gegeben.

Es wurde Zeit, die Geschworenen den Fall durch die Augen derer erleben zu lassen, die vor fünf Jahren dabeigewesen waren.

»Rufen Sie Officer Alan Day!«

40

Eine Parade von Polizeizeugen betrat zuerst den Zeugenstand und befragte die Notizbücher, obwohl bei allen die Erinnerung an die frühen Morgenstunden des 19. März 1985 kristallklar war. Dieser Fall hatte sie von Anfang an irritiert.

»Mr. Brown wirkte hager«, sagte Officer Day aus und beschrieb Davids Verhalten in der Mordnacht. »Er rauchte Kette – seine Hände zitterten, wenn er Zigaretten anzündete. Er wirkte älter, als er war. Er war geistig voll da, aber vage, was bestimmte Zeiten anging, zu denen er an gewissen Orten war. Er brach in Schweiß aus.«

Day wiederholte, was David ihm über seinen Aufenthaltsort zum Zeitpunkt des Mordes gesagt hatte und was er getan hatte, nachdem er heimgekommen war und Patti Bailey am Rand der Hysterie vorgefunden hatte. »Er sagte, er sah Linda in einer ›ungewöhnlichen‹ Haltung – mit ihrem Arm über die Seite des Betts, und sie lag nie so.« Doch David sagte Day, er habe Angst gehabt, das Schlafzimmer zu betreten. Er überzeugte sich davon, daß mit Patti alles in Ordnung war, rief dann seinen Vater an und sagte ihm, Cinnamon habe Linda umgebracht.

Gary Pohlson nahm Day kurz ins Kreuzverhör. »Was dachten Sie, wo Cinnamon sein könnte?« fragte er.

»Der Wohnwagen ist der einzige Ort, der mir einfällt.«

Fred McLean folgte Day in den Zeugenstand und sagte mit seiner lakonischen, schleppenden Kansas-Sprechweise aus. Seine Erinnerung an das grüne, stuckverzierte Haus war fotografisch genau. Er konnte die Augen schließen und den .38er Revolver auf dem hochflorigen gelben Teppich im ehelichen Schlafzimmer liegen sehen.

Robinson bat McLean zu beschreiben, wie er Cinnamon fand.

»Mr. Brown sagte, er glaubte, daß Cinnamon bei ihrer Mutter oder bei einer Freundin wäre. Ich ging nach hinten hinaus in den Garten, obwohl die anderen Polizisten gesucht und niemanden gefunden hatten. Das Gebiet hinter der Garage ist von der Hintertür nicht einsehbar. Man muß schon dorthin gehen.«

Robinson führte Fotos von zwei roten Hundehütten ein. Der Boden der größeren war mit Erbrochenem bedeckt.

»Warum sind Sie da nach hinten gegangen?«

»Es war der einzig mögliche Ort, an dem sich die Verdächtige aufhalten konnte. In dem Zwinger befanden sich drei kleine, aufgeregte Hunde. Ich erkannte, daß sie nicht gefährlich waren. Also ging ich hinein. Ich blickte in den Eingang der größeren Hundehütte und sah eine zusammengekauerte Gestalt. Ich rief ›Cinnamon?‹ Ihre Antwort war unverständlich. Ich streckte meine Hand hinein und sagte: ›Komm heraus.‹«

»Tat sie es?«

»Sie tat es. Sie konnte kaum zusammenhängend sprechen. Sie war benommen und hielt eine Notiz auf einem Stück Karton fest – sie war mit Erbrochenem bedeckt.«

»Wie lautete die Notiz?«

»›Lieber Gott‹« – McLeans Stimme wurde sanfter, als er sich erinnerte – »›Lieber Gott, bitte verzeih mir. Ich wollte sie nicht verletzen.‹«

Im Kreuzverhör fragte Pohlson, ob die leeren Tablettenfläschchen auf Fingerabdrücke untersucht worden waren.

»Nein. Ich hatte sie bereits berührt, als ich sie in das Krankenhaus brachte. Das Glas wurde auf Fingerabdrücke untersucht.«

Doch die Fingerabdrücke hatten keine besondere Bedeutung. Alle Verdächtigen lebten in dem Haus.

»Rufen Sie Cinnamon Brown!«

Das war die Zeugin der Anklage, auf die sämtliche Zuschauer neugierig waren. Ein paar Tage zuvor hatten Jay Newell und Fred McLean Cinnamon und Patti Bailey von Ventura heruntergeholt und in getrennten Flügeln und unter strengen Sicherheitsmaßnahmen im Jugendgefängnis untergebracht. »Wir wollten ihre Sicherheit nicht dadurch aufs Spiel setzen, daß wir sie im County Jail unterbrachten«, erklärte Newell. »David hätte vielleicht eine Möglichkeit gefunden, an sie heranzukommen, bevor sie aussagten.«

Alle Augen richteten sich auf die Tür links von Richter McCartin.

Newell und McLean führten Cinnamon Brown zu dem Zeugenstand. Sie war klein, immer noch wenig über einsfünfzig, eine Kindfrau, die in den Jahren ihrer Gefangenschaft recht schön geworden war. Ihr jetzt blondes Haar war dicht und wellig und fiel in schimmernden Strähnen bis zu ihrer Taille. Sie trug sehr wenig Make-up, ein gelbes Kleid und cremefarbene Pumps mit hohen Absätzen.

Cinnamon sah Jeoff Robinson an und schürzte nervös ihre Lippen. Sie blickte nicht zu dem Tisch der Verteidigung. Ihr Vater starrte auf den Tisch vor ihm. Die Zuschauer lernten rasch, seine emotionalen Reaktionen hauptsächlich an der Rötung abzulesen, die von Zeit zu Zeit an seinem Hals hochkroch, oder – wenn er besonders beunruhigt war – an dem Fehlen jeglicher Farbe. Dann wurden sogar seine Ohren kalkweiß. Robinson stand weit von seiner Zeugin entfernt, aber seine Körpersprache drückte Schutz aus. Er mußte Cinnamon jetzt durch die Hölle schleifen – in der Hoffnung, daß sie das vor schlimmeren Schlägen im Kreuzverhör schützte.

»Cinnamon, haben Sie jemals gelogen, bevor Sie vor Gericht kamen? Haben Sie über Lindas Tod gelogen?«

»Ja.«

»Einspruch!«

»Stattgegeben.«

»Cinnamon, haben Sie mehr als zehn Lügen erzählt?«

»Nein.« Cinnamon Browns Stimme war kindlich und sehr schwach.

»Werden Sie heute lügen?«

»Nein.«

»Einspruch!«

Robinson und Pohlson traten an den Richtertisch, sprachen mit Richter McCartin und schienen zu einer Einigung zu kommen.

»Wo wohnen Sie?«

»Ventura School.«

»Ist das ein Gefängnis?«

»Ja.«

»Wie lange leben Sie schon da?«

»Viereinhalb Jahre.«

»Warum leben Sie in einem Gefängnis?«

»Weil ich Linda getötet habe.«

Da war es. Robinson war genau auf den Punkt gekommen, über den die Geschworenen sich bestimmt Gedanken gemacht hatten. Wenn Cinnamon in der Vergangenheit gelogen hatte, so hatte sie dies zugegeben. Sie hatte die größte aller Lügen zugegeben – die Lüge über die Ermordung Lindas.

»Wer war Linda?«

»Meine Stiefmutter.«

»Cinnamon, gehen wir zurück in den März 1985. Erinnern Sie sich an die Nacht, in der das Verbrechen geschah?«

»Ja.«

»Wer lebte in dem Haus?«

»Ich, Linda, mein Vater, Patti, Krystal – meine kleine Schwester.«

»Wie alt war Krystal?«

»Ich weiß es nicht. Sie war ein Kleinkind. Sehr klein.«

»Cinnamon, wie kam es, daß Patti Bailey in Ihrem Haus lebte?«

»Ich denke, das kam daher, daß ihr Haus nicht passend war – deshalb hat sie bei uns gelebt. Ich bin nicht sicher ...«

»Cinnamon, wenn wir sechs oder sieben Monate davor zurückgehen, lebten da dieselben Leute im Haus?«

»Ja.«

»... Haben Sie etwas zwischen Patti Bailey und Ihrem Dad belauscht?«

Unter Einsprüchen durfte sie nur mit »Ja, das habe ich« antworten.

»Am neunzehnten März 1985, litten Sie da unter geistigen Problemen?«

»Nein.«

»Waren Sie selbstmordgefährdet?«

»Nein.«

»Wissen Sie, was es bedeutet, deprimiert zu sein?«

»Ja.«

»*Waren* Sie deprimiert?«

»Nein.«

Cinnamons Antworten kamen stockend und einsilbig. Es

spielte keine Rolle. Robinson würde ihr schon schrittweise die wahre Geschichte entlocken. Es bestand keine Eile. Gelegentlich benutzte er Wörter, die den meisten geläufig waren, jedoch etwas oberhalb dessen lagen, was Cinnamon vertraut war. Die Technik verstärkte das Bild eines vierzehnjährigen Mädchens, das noch immer in der Zeit gefangen war.

Pohlson studierte die Zeugin sorgfältig. Wenn er seinen Klienten freibekommen wollte, mußte er harten Druck auf Cinnamon und Patti ausüben.

»Cinnamon, wie alt waren Sie 1985?« fuhr Robinson fort.

»Vierzehn.«

»Wie alt sind Sie heute?«

»Neunzehn.«

»Sechs oder sieben Monate vor dem neunzehnten März, kamen Sie da mit Ihrem Dad aus – liebten Sie Ihren Dad?«

»Ja.«

»Liebten Sie Linda?«

»Ja.«

»Hatten Sie Probleme mit ihr?«

»Alltägliche – typische Probleme – wie Geschirrspülen, die Hundehütte saubermachen.«

»Haben Sie sie gehaßt?«

»Nein.«

Als Antwort auf Robinsons Fragen beschrieb Cinnamon den seltsamen Haushalt, der 1985 existierte. Sie kam mit allen gut aus; sie sah in Patti Bailey eine Schwester. Ja, sie stritten, aber sie liebten einander. Sie stritten über so alberne Dinge wie darüber, wer im Auto vorne sitzen sollte. Patti war sechzehn, fast siebzehn. Cinnamon hatte nur mit ihrem Vater über typische Dinge gestritten – »Wie ›Cinny, wasch den Wagen‹, und ich wollte das nicht machen.«

Cinnamons Antworten kamen so leise, daß es schwer war, ihre Emotionen einzuschätzen, aber sie wirkte verzweifelt unbehaglich, als sie darüber sprach, daß sie mit ihrem Vater gut ausgekommen war. Tränen stiegen ihr in die Augen und flossen über ihre Wangen.

»Fühlen Sie sich schlecht, wenn Sie über Ihren Vater sprechen?«

Sie wischte sich über die Augen. »Ja.« Cinnamon senkte ihren Kopf wie eine Büßerin. Sie war eine so kleine Gestalt, die in dem Zeugenstand saß, nicht größer als eine Zwölfjährige.

»Cinnamon«, fragte Robinson sanft. »Lieben Sie Ihren Dad noch immer?«

»*Ja.*«

Ihre Antwort war viel schrecklicher anzuhören, als hätte sie »Nein« gesagt. Cinnamon nahm ein Papiertaschentuch an, lehnte jedoch eine Pause ab. Sie wollte weitermachen.

Robinson wechselte das Thema. Cinnamon sagte, sie mochte das Jugendgefängnis nicht, habe sich jedoch daran gewöhnt. Natürlich würde sie gern eines Tages freikommen.

»Cinnamon, nur weil Sie einfach aus dem Gefängnis heraus wollen, erfinden Sie Dinge über Ihren Dad?«

»Nein – wenn ich das wollte . . .«

Pohlson erhob Einspruch, und Richter McCartin strich alles nach »nein«.

»Cinnamon«, fragte Robinson erneut, »haben Sie den Mord begangen?«

»Ja . . . ja.«

Auf weitere Befragung erzählte Cinnamon den Geschworenen von ihrem Entsetzen, das sie verspürte, als sie in die Pläne zur Ermordung ihrer Stiefmutter hineingezogen wurde. Ihr war wiederholt von David und Patti gesagt worden, daß Linda und Alan planten, Davids Firma – Data Recovery – zu übernehmen, und daß sie ihn töten würden, um das zu erreichen. »Er sagte, wir müßten sie beseitigen. Er könnte wegziehen oder sich selbst umbringen, bevor er sich umbringen ließ. Er würde weggehen. Ich sagte: ›Warum läßt du dich nicht von ihr scheiden?‹ Und er sagte, das würde nicht klappen . . .«

»Was haben Sie gefühlt, als Ihr Dad Ihnen sagte, er müsse Sie beide verlassen?«

»Ich hatte Angst . . . weinte.«

»Haben Sie ihm geglaubt?«

»Ja.«

Sie hatte alles geglaubt. Immer und immer wieder hatte ihr Vater gesagt: »Beseitigt Linda . . . wir müssen sie töten.« Sie hatte es so oft auf so vielen verschiedenen Autofahrten gehört, daß sie sich nicht mehr erinnern konnte, auf wie vielen. Es waren immer ihr Vater, Patti und sie zusammen. Linda war nie in der Nähe, wenn sie die mißliche Lage besprachen, in der sie sich befanden, und wie sie zu lösen wäre.

In diesem kritischen Moment öffnete sich die Tür des Gerichtssaals, und unglaublich, undenkbar – eine Klasse von hundert und mehr Junior-High-School-Schülern marschierte lautstark herein. Sie waren auf einem Klassenausflug. Cinnamon starrte betroffen an Robinson vorbei auf die Flut junger Gesichter.

Robinson und Pohlson traten an den Richtertisch. Die Schüler sollten doch sicher nicht bleiben. Sie waren sehr jung, und dieser Ausflug war für sie nur ein Jux. Ihre Stühle knarrten, und ihre Füße klangen wie Donnern in diesem angespannten Moment.

Trotz Robinsons dringender Bitte schüttelte Richter McCartin den Kopf. Dies war ein öffentlicher Gerichtssaal. Die Schüler durften bleiben. Als sie begriffen, was sie zu hören bekamen, wurden sogar die Vierzehnjährigen in der Gruppe still. Wußten sie, daß sie einer jungen Frau zuhörten, die in *ihrem* Alter gewesen war, als sie das Verbrechen des Mordes begangen hätte?

Die Befragung wurde fortgesetzt, und Cinnamons Stimme war so schwach, daß nicht einmal der Richter neben ihr sie hören konnte. McCartin schreckte sie auf, als er schroff sagte: »Richten Sie das Mikro auf die Zeugin.«

»Cinnamon, erinnern Sie sich an besondere Gelegenheiten ... Diskussionen?«

»Ja ... mehrere ... am Strand, mein Vater sagte mir, ich sollte an den Strand gehen. Als ich zurückkam, fuhren wir weg. Das Thema kam auf, was mit Linda geschehen sollte.«

»Was sollte geschehen?«

»Wege, sie umzubringen ...«

Ja, sie erinnerte sich an einige Wege. Sie konnten Linda erschießen oder mit Strom in der Badewanne töten. Cinnamon dachte, das wäre ihre Idee gewesen.

»Haben Sie es ernst gemeint?«

»Ja.«

»Weshalb haben Sie *ernsthaft* einen Weg vorgeschlagen, um Linda zu töten?«

»Weil ich wollte, daß sie starb. Ich wollte meinen Vater nicht verlieren.«

»... Hat Ihr Vater vorgeschlagen, *wer*, wenn überhaupt jemand, es machen sollte?«

»Ja ... er sagte, eines von uns Mädchen müsse das tun. Er habe dazu nicht den Magen.«

»... Hat er jemals zuvor über einen schwachen Magen geklagt?«

»Er war immer krank.«

Robinson bombardierte seine Zeugin mit Fragen. Er wußte, daß Pohlson morgen das gleiche im Kreuzverhör machen würde. Er mußte *jetzt* die ganze Wahrheit aus Cinnamon herausbekommen. Ja, David sagte ihnen wiederholt, daß sie es tun sollten, daß eines der Mädchen es tun müsse. Cinnamon begann wieder zu schluchzen. »Ich war bereit, es zu tun, weil ich ihn liebte, und ich wollte ihn nicht verlieren.«

Pohlson hörte aufmerksam zu und war auf dem Sprung. Er erhob Einspruch gegen seiner Meinung nach die Zeugin beeinflussende Fragen von Robinson. Robinson versuchte zu zeigen, daß es für Cinnamon durch Lindas Tod nichts zu gewinnen gab, aber er konnte keine Frage formulieren, die Pohlson oder Richter McCartin zufriedenstellte.

Nach drei Einsprüchen wurde McCartin ärgerlich und grollte in Robinsons Richtung: »Wollen Sie vereidigt werden – in den Zeugenstand treten? Keine Argumente mehr. Keine beeinflussenden Fragen mehr!«

Endlich bekam Robinson eine wichtige Frage heraus. »Haben Sie jemals aus eigenem Antrieb geplant, Linda etwas anzutun?«

»Nein.«

Der Todesplan war aus dem ständigen Einhämmern der Prinzipien der Familie entstanden sowie des Zusammenbleibens und vor allem der *Liebe*. Sofern Linda nicht starb, würden alle diese Dinge verlorengehen.

»Er sagte: ›Wenn du mich wirklich liebhast, dann tust du das für mich.‹«

Bei dem ganzen Planen und Reden und Ränkeschmieden und

Überreden lief es immer auf *Liebe* hinaus. Immer. Sobald der Mordplan erst einmal ins Laufen kam, mußte jemand ihn ausführen. Und es war Cinnamon, die ausgewählt wurde.

»Hat Ihr Dad jemals gesagt: ›Cinnamon, mach das nicht‹?«

Sie schüttelte leicht den Kopf. »Er sagte: ›Wenn du mich liebst, tust du es. Wenn du es nicht tust, muß ich weggehen.‹ Ich fühlte mich schuldig.«

»Hatten Sie jemals das Gefühl, daß er manche Dinge sagte, damit Sie sich schuldig fühlten?«

»Ja.«

»*Waren* Sie auf Linda eifersüchtig?«

»Nein.«

»Auf ihren Schmuck?«

»Ich war nicht an ihrem Schmuck interessiert. Ich wollte an den Strand gehen. Er gab mir die Dinge, die ich wollte – mein Radio und meinen Walkman.«

Einige der Geschworenen beobachteten Jeoff Robinson. Andere senkten den Blick auf ihren Schoß. Nur sehr wenige sahen Cinnamon an. Es war, als würden sie sie so zart und so traurig finden, daß es grausam gewesen wäre, sie anzusehen. *Sie* hielt ihre Augen auf den Ankläger gerichtet. Eindeutig war sie dahin gekommen, ihm zu vertrauen.

Cinnamon erinnerte sich ziemlich genau an alle wesentlichen Ereignisse vor fünf oder sechs Jahren. Sie hatte sich im Zeugenstand etwas entspannt. Jetzt führte Robinson sie in bedrückende Details, als würde sie langsam in eisiges Wasser waten.

»Dachten Sie, es wäre richtig, jemanden zu töten?«

»Einspruch!«

»Stattgegeben.«

»*Was* dachten Sie über das, was Sie taten?«

»Ich täte das Richtige . . . weil mein Dad es mir sagte.« Cinnamon weinte wieder. »Warum sollte er mir etwas sagen, das nicht richtig war?« Offenbar hatte sie sich diese Frage viele Male gestellt und war mit der Verworfenheit ihres Vaters nicht klargekommen.

Robinson näherte sich unausweichlich der Mordnacht.

Sie befanden sich auf einer ihrer vielen Autofahrten, als

David sich an Cinnamon wandte. »Er sagte – da ich die Jüngste war –, ich sei zu jung, um dafür Schwierigkeiten zu kriegen. Sie würden mich zu einem Psychiater schicken und dann nach Hause schicken. Er hat nichts von Gefängnis gesagt. Ich sagte, ja, ich würde es tun.«

Cinnamon konnte sich nicht erinnern, ob ihr Vater angedeutet hatte, wie lange sie weg sein würde. Sie hatte offenbar geglaubt, nur ein paar Tage.

»Nach dem Mord, sagte er, sollte ich versuchen, mich umzubringen – mir selbst in den Kopf schießen. Ich könnte mich nur streifen. Ich habe Angst bekommen. Ich sagte, ich wollte das nicht. Ich sagte, ich würde lieber die Medizin nehmen. Ich glaubte, es würde nur so aussehen, als habe ich *versucht*, mich umzubringen.«

Pohlson bat um eine Besprechung am Richtertisch. Robinson wirkte angespannt. Die Anwesenheit dieses Haufens Teenager im Gerichtssaal hatte seine Zeugin verstört und seinen Rhythmus unterbrochen.

Zum ersten Mal warf Cinnamon rasche seitliche Blicke auf ihren Vater. Robinson fragte Cinnamon nach dem Abschiedsbrief. Es hatte viele gegeben.

»Er sagte, ich sollte einen Brief schreiben, daß mir leid tut, was ich getan habe. Ich habe mehrere Briefe geschrieben und meinem Dad gezeigt . . . Er hat einen ausgesucht. Die anderen mußte ich beseitigen.«

Robinson hatte Cinnamon mit sich gezogen – zu der Nacht des 18. März. Jede ihrer Antworten kam, als habe sie gerade den Atem angehalten. Robinson mußte sie mehrmals nach dem nächsten Detail fragen, bevor sie es laut aussprechen konnte.

»Vor dieser Nacht, gab es da Diskussionen, wer was tun sollte?«

»Er sagte, er würde weg sein, damit er nichts damit zu tun hatte. Ich wußte, daß ich in die Hundehütte gehen mußte, nachdem ich Linda erschossen hatte.«

Die Geschworenen hatten noch nichts von dem Uno-Spiel gehört, von dem Streit darüber, wie das Baby zum Schlafen gebracht werden sollte. Cinnamon durchlebte für sie noch einmal den letzten Tag.

»Wir schliefen bereits – ich weiß nicht, wie lange. Ich hörte, wie sich die Tür öffnete. Er kam herein und sagte: ›Mädchen, steht auf. Es muß heute nacht passieren.‹ Mein Dad sagte mir, ich sollte ihm folgen. Ich folgte ihm zu seinem Zimmer und stand an der Tür. Er sagte mir, ich sollte warten und still sein . . .«

Cinnamons Stimme war belegt von Tränen.

»Ich holte ein Glas aus der Küche, und er nahm die Pillenfläschchen in den Abstellraum mit. Er sagte, ich sollte noch mehr nehmen, und ich sagte: ›Ich kann keine mehr schlucken.‹ Aber er sagte wieder, ich sollte mehr nehmen. Wir haben die Fläschchen und das Glas dort gelassen.«

»Hatten Sie jemals das Gefühl, Sie könnten sterben als Folge seiner Vorschläge?«

»Nein.«

Doch plötzlich hatte sie es. Betäubter Schock und dann unbeschreibliche Traurigkeit zeigten sich auf Cinnamons Gesicht. Es war offensichtlich, daß sie endlich in diesem einen erstarrten Moment die Wahrheit erkannt hatte. Ihr Vater hatte sie die Tabletten nehmen lassen – nicht, um ihr ein Alibi zu verschaffen oder damit ihr schlecht wurde –, sondern weil er ihren Tod wollte. Das war das Schlimmste, das Allerletzte, dem Cinnamon sich nicht gestellt hatte, und sie weinte, als sie es begriff. Und dann warf sie rasch einen Blick zu ihrem Vater, mit dem sie zu sagen schien: *Jetzt weiß ich alles. Ich weiß es!*

»Cinnamon.« Robinson holte sie wieder in die Gegenwart zurück. »Was passierte dann?«

»Wir gingen ins Wohnzimmer zu seinem Sessel. Er nahm ein braunes Kissen von dem Sessel und sagte mir, ich sollte das Kissen über die Waffe halten. Ich wußte nicht, warum. Er sagte, Patti würde es mir zeigen. Da war keine Waffe, aber ich wußte, daß ich bald eine sehen würde. Patti stand bei uns. Mein Vater hat sich fertig zum Weggehen gemacht, weil er seine Schlüssel und alles bei sich hatte und direkt bei der Tür stand. Dann sagte er: ›Wir können es ein anderes Mal machen, wenn du willst, aber wenn du mich liebst, laß es uns jetzt machen.‹ Ich ging in unser Zimmer. Patti hat die Waffe, die sie gehabt hat, mit einem Handtuch abgewischt, und sie hat dabei auf dem Bett gesessen. Sie hat sie mir gegeben. Sie hat mir gesagt: ›Du weißt, was du zu tun hast.‹ ... Ich habe gefragt, wie sie funktioniert ... ich hatte viel Angst, war sehr nervös. Ich bin mit der Waffe in das Zimmer von meinem Dad gegangen – es war sehr dunkel. Ich habe die Waffe dahin abgefeuert, wo Linda liegen mußte, weil ich wußte, daß sie auf dieser Seite des Betts schlief ...«

Tränen strömten über Cinnamons Gesicht.

»Linda hat geschlafen. Ich wußte, daß ich mit der Waffe direkt auf sie zielte. Ich wußte, daß ich sie treffen würde. Ich drückte den Abzug. Es gab einen lauten Knall und einen Ruck. Ich bekam Angst, und das Kissen hat sich an der Waffe verfangen, und ich lief in Pattis Zimmer und sagte zu ihr: ›Ich habe die Waffe kaputt gemacht!‹ Ich nahm das Baby und gab Patti die Waffe. Die Waffe ging los ... Und wir hörten Linda weinen ... Patti sagte, ich solle hingehen und es zu Ende bringen, und so habe ich die Waffe genommen.«

Der Gerichtssaal war sehr still, gebannt von der Erinnerung an den Moment der tödlichen Entscheidung. Die Geschworenen sahen endlich alle Cinnamon an, ihre Gesichter leer, während sie zuhörten.

»Ich ging zurück, weil Linda noch immer lebte und mir eingeschärft worden war, daß ich zurückgehen und es zu Ende bringen sollte. Ich wollte auch, daß sie tot ist. Ich ging zurück, um sicher dafür zu sorgen, daß sie tot ist. Ich ging hinein und feuerte die Waffe noch einmal ab. Ich ging einfach hinein und zielte auf sie. Ich wußte, daß sie da war. Ich wollte sie erschießen.«

»Und was haben Sie dann getan?«

»Ich ließ die Waffe fallen. Mir war schwindelig. Ich lief durch die Küche ins Freie und holte den Abschiedsbrief aus dem Wohnwagen. Ich lief zu der Hundehütte, weil ich dorthin gehen sollte. Das sollte ich machen.«

»Wußten Sie, was Sie getan hatten?«

»Ja.«

»Was empfanden Sie?«

»Mir war kalt, und ich hatte Angst. Die Hunde kamen herein. Ich erinnere mich, daß mir in der Hundehütte schlecht wurde. Die Polizei hat mich gefunden und zum Polizeirevier gebracht.«

Cinnamon erinnerte sich an die Fragen des Detectives, und sie erinnerte sich daran, daß sie sich in den Abfalleimer übergab. Sie erinnerte sich, daß sie der Polizei sagen sollte, daß sie Linda nicht mochte und daß sie alles auf eigene Faust getan hatte.

»*Hatten Sie nicht gerade ein menschliches Leben ausgelöscht? Wußten Sie nicht, daß das falsch war?*« fragte Robinson leise, ungläubig.

»Ja – aber mein Dad sagte mir, es wäre in Ordnung.«

»*In Ordnung?*«

»Unter diesen Umständen war es in Ordnung.«

Cinnamon erinnerte sich, daß sie mit Psychologen und Psychiatern gesprochen hatte, aber ihr Vater besuchte sie und sagte, sie müsse *allen* erzählen, daß sie gar keine Erinnerung an den Mord habe. Mehr als drei Jahre hatte sie für ihn gelogen.

»Mein Dad sagte, ich würde da nicht lange sein. Sie würden mich herauslassen. Er wollte einen Anwalt engagieren – daß es nur kurz dauert.«

»Hat Ihr Vater das fortgesetzt gesagt?«

»Sehr lange.«

Jedesmal, wenn sie vor den Bewährungsausschuß trat, log sie.

»Ich sagte ihnen: ›Ich erinnere mich nicht.‹ Und sie sagten, daß ich ihnen nicht die Wahrheit sagte, und ich würde dableiben, bis ich mich erinnere.«

»Warum haben Sie weiterhin diese Lüge erzählt?« fragte Robinson.

Pohlson legte Einspruch ein. »Er disputiert mit seiner eigenen Zeugin, Euer Ehren.«

»Einspruch abgelehnt.«

»Ich dachte, mein Vater würde mich herausholen.«

»Hatten Sie zu einem bestimmten Zeitpunkt den Eindruck, ihr Dad wäre nicht ehrlich zu Ihnen?«

»Ja. Er sagte immer wieder, er würde mich herausholen. Ich rief zu Hause an, und er behauptete, er wäre krank, aber meine Großmama sagte, daß er zum Einkaufen weg war.« Cinnamon beschrieb, wie sie ihren Vater ertappt hatte, als er Patti küßte. Die Saat des Zweifels, die damals gepflanzt worden war, war nie mehr ganz verschwunden. »Als mein Dad ins Jugendgefängnis kam, fragte ich ihn nach Patti, und er sagte, da würde nichts laufen – daß sie nur da ist, um auf Krystal aufzupassen . . .«

»Hat Ihr Dad jemals etwas über Versicherungen gesagt?«

»Nein.«

»Wann haben Sie das erste Mal etwas von Versicherungen gehört?«

»Als der Bewährungsausschuß davon anfing.«

»Warum sind Sie da nicht aus sich herausgegangen? Warum wurden Sie nicht *wütend*?«

»Ich dachte, ich wäre loyal zu meinem Dad, aber ich habe herausgefunden, daß er lügt.«

Robinson stellte die Fragen, von denen er wußte, daß Gary Pohlson sie stellen würde. »Hilft es Ihnen bei Ihrer Chance auf Bewährung, daß Sie die Wahrheit sagen . . .?«

»Ja.«

»Glauben Sie, weil Sie ausgesagt haben, werden Sie herauskommen?«

». . . Nein. Ich muß trotzdem noch vor den Ausschuß, und sie können mich bis 1992 oder 1995 festhalten, wenn sie wollen.«

»Haben Sie etwas gesagt, das unwahr ist?«

»Nein. Ich habe früher gelogen, aber nicht im Zeugenstand.«

»Sie haben Jay Newell belogen?«

»Ja. Ich habe die Wahrheit gesagt, ausgenommen, daß ich Linda erschoß. Ich habe mich geschämt zuzugeben, daß ich diejenige war, die tatsächlich den Abzug gedrückt hat.«

»Warum?«

»Weil ich Linda geliebt habe.«

»Haben Sie Linda jemals richtig *gehaßt*?«

»Nein.«

»Warum sagten Sie die Wahrheit?«

»Weil ich mich noch mehr geschämt habe, nicht die Wahrheit zu sagen.«

»Wissen Sie, was Meineid ist?«

»Ja – wenn man nicht die Wahrheit im Zeugenstand sagt.«

»Macht es Ihnen etwas aus, Ihre Geschichte zu erzählen, während Ihr Dad hier ist?«

Cinnamon blickte zu ihrem Vater, dessen Körper in stummer Spannung auf ihre Antwort vorgeneigt war. Der Ausdruck auf ihrem Gesicht machte ihre Antwort überflüssig.

Ohne sich dessen bewußt zu sein, erschauerte Cinnamon Brown ganz leicht.

41

Es war schon spät an dem zweiten Tag der Verhandlung, aber Cinnamons Qual war noch längst nicht vorbei. Sie mußte sich jetzt dem Kreuzverhör durch die Anwälte ihres Vaters stellen. Richard Schwartzberg, Co-Verteidiger, bat um eine schriftliche Erklärung, ob die Staatsanwaltschaft des Orange County beabsichtige, Cinnamon bei der Erlangung der Bewährung zu helfen.

Robinson war verärgert. Er war ein lebhafter Mann, dessen Emotionen sich in seinem Gesicht und seiner Haltung ausdrückten, genau wie eine Landschaft sich verändert, wenn Wolken darüber hinwegziehen. »Das werde ich keiner Beachtung würdigen«, sagte er knapp, zornig darüber, daß Schwartzberg versuchte, diesen Antrag in den Fall einzubringen.

McCartin sah Schwartzberg an und fauchte: »Nicht im Traum – an die Arbeit.«

Gary Pohlson hatte eine Aufgabe vor sich, um die ihn niemand beneidete. Es gehörte häufig zu den Aufgaben der Verteidigung, alte oder mitleiderregende Menschen und Opfer ins Kreuzverhör zu nehmen. Es war ein schmaler Grat, an dem man entlangwandelte. Ging er mit Cinnamon behutsam um, konnte er keine verräterischen Ausbrüche hervorrufen. Übte er zu harten Druck auf sie aus, würden die Geschworenen seine Argumente ablehnen und sie retten wollen.

Doch Cinnamon und Patti waren die zwei Zeuginnen der Anklage. Pohlson mußte ihrer Glaubwürdigkeit das Fundament entziehen.

Er befragte Cinnamon zuerst nach ihren Gefühlen über ihren Gefängnisaufenthalt, nach ihren Hoffnungen auf Freiheit. Cinnamon sah direkt in Pohlsons Augen. Ihr Blick war fest. Sie hielt ihren Körper ganz reglos, wie ein kleines Tier, das auf eine offene Fläche gestellt worden war. Natürlich sehnte sie sich danach herauszukommen. Anfangs hatte sie ihre Hoffnungen in ihren Vater gesetzt. Endlich hatte sie erkannt, daß er ihr nicht helfen würde.

David fixierte seine Tochter, fast verwirrt, daß sie solche Sachen über ihn sagte. Er erwartete, daß sein Anwalt sie umdrehte.

Pohlson konnte Cinnamons Hoffnungen auf eine baldige Entlassung nicht erschüttern. Sie hatte keine.

»Ich war überrascht, nicht verstört, als ich ins Jugendgefängnis kam. Der Bewährungsausschuß hat mir gesagt, ich würde herauskommen, wenn ich fünfundzwanzig bin. Jedesmal, wenn man vor dem Ausschuß erscheint und man anständig war, bekommt man eine Reduzierung der Haftzeit, aber man muß sich mit seiner Tat auseinandersetzen, um eine Reduzierung zu bekommen... Wenn ich mich mit meiner Tat auseinandersetze, muß ich akzeptieren, was ich Linda angetan habe.«

»Haben Sie akzeptiert, was Sie Linda angetan haben?«

»Ja – in den letzten anderthalb Jahren.«

»War das, bevor oder nachdem Sie mit Jay Newell gesprochen hatten?«

»Danach.«

Pohlson hackte auf Cinnamons Lügen herum. Ja, sie hatte Jay Newell darin belogen, wer geschossen hatte. Nein, sie wollte Patti nicht mit hineinziehen. Sie konnte lediglich nicht laut aussprechen, daß sie geschossen hatte.

Pohlsons Ton war nur ganz leicht spöttisch. Er führte Cinnamon noch einmal durch ihr Leben mit ihrem Vater und Linda. Sie sagte, sie hätte in Linda eine Mutter gesehen. Sie war nicht eifersüchtig auf Linda. Linda war die Frau ihres Vaters.

Der Tag neigte sich dem Ende zu. Morgen standen Cinnamon noch drei Stunden Kreuzverhör bevor...

Am zweiten Tag schien Cinnamon sich etwas wohler zu fühlen. Sie trug ein königsblaues Kleid, das kürzer war, als Robinson lieb war. Pohlson wollte eine böse Stieftochter entlarven, und solche Wesen tragen traditionsgemäß zu viel Make-up und zu verführerische Kleider. Aber Cinnamons kindlich-unschuldige Stimme glich das Kleid wieder aus.

»Haben Sie sich auf Ihre Zeugenaussage vorbereitet ... die Abschrift von Ihrem vorherigen Verhör gelesen ... irgendwelche Videobänder angehört?«

Sie antwortete, ja, natürlich habe sie sich vorbereitet. Jeder würde das tun. Es war ein Lieblingstrick von Verteidigern, die Vorbereitungen von Zeugen verdächtig erscheinen zu lassen.

Pohlsons Aggressivität stieg im Verlauf des Vormittags. »Haben Sie sich 1985 dafür geschämt, daß Sie Linda töteten?«

»Als ich es tat, nein – aber vor zwei Jahren habe ich begriffen, daß ich jemandem das Leben genommen hatte ...«

»Sie dachten, Sie würden damit durchkommen?«

Pohlson wurde rauh, aber Cinnamon behauptete sich. Sie gab jede Lüge zu. Wenn sie sich nicht erinnerte, sagte sie es.

»Sie *liebten* Linda Brown?«

»Ja.«

»Aber Sie wollten sie töten?« Pohlson war voll Unglauben.

»Ich war meinem Vater gegenüber loyaler als ihr gegenüber.«

»... Die Nacht des Mordes – wie viele verschiedene Versionen haben Sie davon gegeben? Gehen wir doch die verschiedenen Versionen durch, Cinnamon. Wir können sie zählen, oder wir können eine Zusammenfassung machen.«

Cinnamon zählte. »Eins, ich selbst habe es getan. Zwei, ich erinnere mich nicht. Drei, ich log, als ich sagte, ich wäre draußen im Freien gewesen. Ich glaube, das macht drei.«

Pohlson kam auf sieben – Cinnamons Geschichten bei Fred McLean, Pam French, Dr. Seawright Anderson, Kim Hicks, verschiedene Versionen bei Jay Newell. Sie widersprach ihm nicht.

Die Absicht des Verteidigers war offensichtlich. Er wollte die Mordpläne und die Besprechungen in den Köpfen der Geschworenen festigen. Für die Anklage kam die schädlichste

Aussage, als Pohlson Cinnamon bat, Zeiten und Methoden des Mordes genauer anzugeben.

Es begann schrittweise, erinnerte sich Cinnamon. Das erste Mal im Wohnzimmer, das zweite Mal auf dem Weg zum Chiropraktiker. »Ich war nicht ganz sicher, ob es ein ernsthafter Plan war ... Ein anderes Mal saßen wir im Kleinbus. Ich denke, Patti sagte, daß Linda meinen Vater töten wollte, und was wir denn dagegen machen wollten ... das war irgendwann in den sieben Monaten vor dem Mord ... Meistens sagten wir ›beseitigen‹ – das bedeutete töten.«

Ja, Cinnamon gab zu, Methoden zu Lindas Ermordung vorgeschlagen zu haben.

»Was?« Pohlson stürzte sich darauf. »Was für Methoden?«

»Mit Strom töten ... in der Badewanne, ein Gerät hineinwerfen. Wir lachten und scherzten herum, und wir sagten: ›Nein, sie duscht nur ...‹«

»Sie *lachten*? Darüber, daß Sie sie umbringen wollten?«

»Nein – wir lachten darüber, wie wir Linda in die Badewanne kriegen sollten.«

»Ich meine«, sagte Pohlson leise, »es ist doch eine große Sache, nicht wahr – jemanden zu töten?«

Die Worte hingen im Gerichtssaal. Worte wie eine Schlagzeile. »Tochter scherzt über Mordplan.«

Es gab keinen Laut im Gerichtssaal. Pohlson wirbelte plötzlich herum und fragte: »Wer ist *Maynard*? Wer ist *Oscar*?« Er stieß diese Worte hervor, als würde er eine heftige Reaktion von Cinnamon erwarten. Die Zuschauer horchten fasziniert auf. Doch Cinnamon entspannte sich sichtlich.

Zum ersten – und einzigen – Mal lächelte Cinnamon, als sie sich an bessere Tage erinnerte. »Ich und mein Dad haben darüber Scherze gemacht. Wenn ich ungeschickt war oder etwas fallen ließ, sagten wir ›Maynard war das.‹ Das war nur ein Scherz.«

Robinson befragte Cinnamon noch einmal kurz.

»Haben Sie eingebildete Freunde?« fragte er.

»Nein. Wir haben nur Scherze über Maynard und Oscar gemacht.«

Als es endlich vorüber war, schimmerte trotz all der Häßlichkeit, die Cinnamon mit ihrer leisen kindlichen Stimme ausgesprochen hatte, eines durch: Sie hatte die ungeschminkte Wahrheit gesagt.

»Ich wollte meinen Dad nicht verlieren«, schluchzte sie. »Indem ich meine Stiefmutter tötete, zeigte ich ihm, daß ich ihn liebte.« Zum ersten Mal drehte Cinnamon bewußt ihren Kopf zu ihrem Vater und sprach darüber, wie sie die Versicherungszahlung und die heimliche Heirat ihres Vaters mit Patti entdeckt hatte. »Ich war wütend, weil sie mir nichts gesagt haben. Und ich fühlte mich verletzt, weil sie mich einfach dagelassen haben. Es hat so ausgesehen, als wäre ich für sie nicht mehr wichtig. Dabei waren sie genau so in die Sache verwickelt wie ich . . . Sie haben Linda genau wie ich getötet!«

Sieben Minuten vor drei am Donnerstag nachmittag, dem 10. Mai, durfte Cinnamon Brown endlich den Zeugenstand verlassen.

Jay Newell betrat den Zeugenstand am nächsten Morgen – um das erste der Bänder einzuführen, die im Sommer 1988 gemacht worden waren. Robinson legte die Überwachungsfotos vor, die von Cinnamon und ihrem ahnungslosen Vater am 13. August gemacht wurden, als sie auf dem Rasen des Jugendgefängnisses saßen.

David Browns eigene Worte kamen auf ihn zurück, um ihn zu verfolgen, wie sie das häufig während des Prozesses tun würden. Die Geschworenen folgten dem langen Band mittels Abschriften. Davids tiefe, rollende Stimme bildete den Gegensatz zu Cinnamons hoher, leichter Stimme. Sie betonte ihre Fragen so, daß sie mit einem hochgezogenen Ton schlossen. Er klang ganz zuversichtlich auf dem Band, als er daran arbeitete, die Lecks zu stopfen, die plötzlich seinen sicheren Damm bedrohten.

»Du kannst ihnen die Wahrheit erzählen, wenn du ihnen nicht die *ganze Wahrheit* erzählst«, sagte David auf dem Band zu seiner Tochter. »Denn wenn es Kenntnis gab . . . im vornherein, was passieren würde, dann würden wir *alle* ins Gefängnis wandern . . . Siehst du einen Grund, warum das Leben von fünf

Menschen ruiniert werden sollte ... warum wir alle ins Gefängnis wandern sollten, weil wir vorher wußten, was passieren würde? Ich kann das Gefängnis nicht überleben ... Ich würde mich selbst umbringen, bevor ich eines langsamen und qualvollen Todes in einer Zelle sterbe.«

Es war schwer zu sagen, was die Geschworenen von den Bändern hielten. Ihre Augen waren fest auf die Abschriften geheftet, als sie versuchten, jedem Wort zu folgen. David Brown benützte Vulgärausdrücke, und eine weibliche Geschworene unterdrückte ein nervöses Kichern bei Wörtern, die sie noch nie ausgesprochen hatte.

Am Montag, dem 14. Mai 1990, war Cinnamon ins Gefängnis zurückgekehrt, und Patti Bailey mußte in den Zeugenstand. Wie Cinnamon, wurde auch sie von Fred McLean und Jay Newell eskortiert.

Sie sah ihrer toten Schwester so ähnlich. Hübsch, weil sie jung war. Patti trug ein fast matronenhaftes gemustertes Kleid. Sie hatte volle Brüste und eine schmale Taille. Ihr Ehemann hatte seinem »bezahlten Killer« ihr Gewicht mit »etwa neunzig Pfund« angegeben. Sie wog 130 Pfund. Ihr blondes Haar war lang und wellig, und sie hatte eine duftige Stirnrolle. Ihr Gesamteindruck war süß und bescheiden.

Sie war sehr nervös. Sie zitterte ständig, ein leichtes Vibrieren, als würde sie jeden Moment zerbrechen und in Stücke zerplatzen. Einige ihrer Schwestern waren im Zuschauerraum, aber die Verteidigung wollte sie draußen haben. Robinson bat darum, daß Mary Bailey, die sich um Pattis Kind kümmerte und Patti emotionale Unterstützung bot, bleiben dürfe, doch alle Baileys wurden auf den Korridor verbannt, und Patti blieb bei ihrer Aussage allein.

Robinson entlockte Patti die Geschichte ihres kurzen, traurigen Lebens.

»Zu Hause waren wir arm. Wir waren schon glücklich, wenn wir Essen auf dem Tisch hatten ... Ich hatte Ärger mit meinen Brüdern, die nachts in meinem Zimmer ›Dinge probiert‹ haben. Meine Mom ist eine Alkoholikerin. Ich kenne meinen Vater nicht. Ich habe David für großartig gehalten. Es hat mir gefallen, bei David und Linda einzuziehen.«

Patti erzählte dem Gericht von ihrer sexuellen Einführung durch David Brown. Mit elf wurde sie »körperlich berührt« sie streichelte den Ehemann/Freund ihrer Schwester und hatte bald auch oralen Sex mit ihm.

»Wo spielten sich diese Dinge ab?«

». . . Auf dem Weg ins Restaurant, im Wagen. Ich wollte seine Aufmerksamkeit. Mir lag etwas an David.« Die sexuellen Kontakte setzten sich fort, nachdem Patti bei ihrer Mutter ausgezogen war. Mit fünfzehn nahm sie Geschlechtsverkehr mit David auf.

Pattis Stimme klang heiser, als sie ihre Jugend wiedererlebte. »Ich habe gern da gewohnt. Ich habe alles bekommen, was ich wollte. Ich mußte mir keine Sorgen machen, wo das Essen herkommen sollte.« Und David hatte versprochen, er würde sie eines Tages heiraten. »Zuerst als er von Heirat sprach, dachte ich, er würde Scherze machen . . . ich liebte ihn. Er war alles für mich. Er war mein *Lebenserhaltungssystem* . . .«

»Patti«, fragte Robinson, »lieben Sie David immer noch?«

»Einspruch!«

»Einspruch abgelehnt – antworten Sie.«

»*Ja.*«

Es war unmöglich, an Patti Baileys Aufrichtigkeit zu zweifeln oder die erschreckende Ähnlichkeit zu Brenda Sands Erinnerung an ihr früheres Leben mit David zu ignorieren. Auch sie war völlig von David abhängig gewesen. Auch sie hatte von dem Wunder gesprochen, endlich genug zu essen zu haben. Sie war das älteste von elf Kindern einer alleinstehenden Mutter gewesen. Patti war das jüngste. Davids Geld war sehr wichtig für Patti. Sie hatte nie welches gehabt.

Aber sie liebte ihn auch. »Er bedeutete mir etwas. Er war warmherzig und liebevoll und empfindsam, als ich jemanden brauchte . . . Ich war über unsern Sex sehr verwirrt.« Da es sexuelle Belästigung im Haus ihrer Mutter ebenso wie bei David gab, glaubte Patti, »so lief das eben in einem Haushalt«.

Patti wirkte alt und sehr erschöpft. Bittere Akzeptanz umgab sie. Sie lächelte nicht.

»In wie vielen Häusern haben Sie mit David gelebt?«
»Fünf oder sechs.«
»Wo?«
»Zwei in Anaheim, Brea, Yorba Linda, Yucca Valley – ich kann mich nicht an alle erinnern.«
»Hat Ihr Leben mit David sich weiterentwickelt?«
»Es gab mehr körperliche Kontakte. Ich war mehr um ihn herum.«
»Wie war ihre Beziehung zu Linda?«
»Die war gut. Sie war wie eine Mutter zu mir. Sie war wie meine beste Freundin. Man konnte ihr alles anvertrauen.«
Offenbar konnte Patti nicht erkennen, was sie damit über ihr eigenes zynisches Handeln sagte. Sie *meinte*, was sie sagte. Robinson fragte sie, was sie denn dabei gefühlt habe, daß sie sexuelle Beziehungen mit dem Ehemann ihrer Schwester hatte.
»Schuld. Ich wußte, es war Linda und David – das sollte nicht ich sein ... aber ich wollte David.«
Robinson fragte, wie sich denn die Liebeskontakte abgespielt hatten, wo sie doch alle im selben Haus wohnten.
»Linda ging einkaufen, oder wir standen mitten in der Nacht auf.«
Und dann begann David 1983 mit diesem ständigen Einhämmern, wie Linda sich geändert und welche Stimmungen sie hatte. Welche »Angst« er vor seiner Frau hatte. Patti fand auch, daß Linda entrückt wirkte, nicht dieselbe, »die sie mal war«.
»Haben Sie irgendwelche Veränderungen gesucht?«
»Ja ... ich habe nach allem gesucht, was ich nur konnte ...«
»Wie lange vor Lindas Tod wußte Cinnamon von dem ›Komplott zur Ermordung Davids‹?«
»Drei bis sechs Monate.« Patti Bailey setzte ihre Brille auf und wurde sofort zu einer schlichten, stumpfen, nichtssagenden Frau, die nicht im geringsten hübsch war. Die Gläser waren so zerkratzt, daß sie kaum hindurchsehen konnte.
»Haben Sie tatsächlich jemals Linda ein Komplott schmieden gehört?«
»Nein.«
Patti erinnerte sich an Davids ständige Warnungen, daß die Familie zerbrechen würde, sollte ihm etwas zustoßen.

»Ich hätte dann nichts gehabt, wo ich hingehen konnte. Ich hatte nie eine Familie. David war meine Familie. Er war alles für mich... Ständig hieß es: ›Sie wird *die Familie* zerstören, wenn wir nicht vorher etwas unternehmen.‹«

»Haben Sie geholfen?«

»Ja.«

»Wollten Sie, daß sie stirbt?«

»... Ja...«

»Haben Sie Ihre Schwester geliebt?«

»Ja – aber ich liebte David mehr. Er gab mir Liebe... materielle Dinge... alles.«

»Zwischen den beiden – wenn sie nur einen von ihnen haben könnten – wer gewinnt?«

»David.«

Warum wurde Cinnamon hineingezogen? Patti erklärte, daß sie selbst Linda nicht töten konnte, und Cinnamon würde wahrscheinlich nur ein paar Monate bekommen.

»Sechs Monate vor Lindas Tod, gab es da aktive Vorschläge?«

»Ja, mehrere...«

»Welche?«

»Erstechen, ersticken, Zyanid in ihre Coca Cola tun. David sagte dann jedesmal, was eine ›gute‹ oder eine ›schlechte‹ Idee war.«

»Haben Sie darüber gesprochen, dafür zu sorgen, daß Linda gelähmt wird?«

»Das war meine Idee. David sollte an einem Wagen arbeiten – aufgebockt – und Linda sollte sich darunterlegen... Er sagte, das würde sie nicht daran hindern, ihm nach dem Leben zu trachten. Er hat mich gebeten, daß ich es tue.«

»Warum Sie?«

»Er konnte es nicht ertragen, einen Mord zu sehen. Er hätte es nicht ausgehalten. Er *wollte* es nicht sehen.«

Robinsons Fragen rissen nicht ab. Eine leitete zur nächsten über. David saß leicht vorgeneigt da, beobachtete seine Frau mit starren Augen, die Lippen leicht geöffnet. Er wirkte wie eine Eidechse auf einem Stein, die darauf wartete, daß ein Insekt vor ihr auftaucht. Patti sah ihn nicht an. Ohne ihre Brille konnte sie ihn nicht über den Gerichtssaal hinweg sehen. *Mit* ihrer Brille konnte sie ihn kaum durch die zerkratzten Gläser hindurch sehen.

»Lagen Sie jemals im Wettstreit mit Cinnamon, um Ihre Liebe zu beweisen?«

»Ja . . .«

»Einspruch!«

»Stattgegeben«, sagte McCartin. »Die Antwort wird gestrichen.«

Robinson formulierte die Frage neu, und Patti durfte antworten. »Wir haben versucht, einander zu übertrumpfen, wer die beste Idee hat, die David dann gefällt.«

»Mußten Sie sich selbst beweisen?«

»Ja.«

»Vor Lindas Tod, wurden Sie da nachts geweckt?«

»Ja. David weckte mich ungefähr einen Monat vorher und sagte, Linda müsse erledigt werden. Wir gingen durch den Korridor zum Schlafzimmer. Ich nahm ein Kissen vom Ende des Betts. Er gab mir die Waffe. Er sagte, ich sollte das Kissen benutzen, um den Lärm zu dämpfen, damit die Nachbarn nichts hörten. Ich war durch nichts gewarnt worden, als ich zu Bett ging. Er sagte immer wieder, daß ich sie umbringen muß, bevor sie ihn umbringt. Es war nach Mitternacht – Linda schlief, als ich in ihr Zimmer ging. Ich richtete die Waffe auf ihren Rücken und stand ein paar Minuten da. Ich konnte es nicht tun.«

»Was sagte er?«

»Er war nicht böse – er sagte ›Ist okay.‹«

Eines wurde ständig klarer, während Patti Bailey aussagte. Obwohl sie seit *fünf* Jahren keine Gelegenheit gehabt hatte, mit Cinnamon Brown allein zu sprechen, bestätigte ihr Gedächtnis absolut Cinnamons Erinnerung.

In dieser kalten Märznacht weckte David nach Mitternacht sie beide und sagte ihnen, was getan werden mußte. Er hatte Cinnamon irgendeine »Medizin gegeben . . . Er ist etwa fünf Minuten später weggefahren. Er sagte: ›Es muß nicht gemacht werden, aber wenn ihr Mädchen mich liebt, tut ihr es.‹«

»Hat er jemals gesagt ›Tut es nicht‹?« fragte Robinson.

»Nein . . .«

Genau wie Cinnamon es getan hatte, begann Patti, mit tränenerstickter Stimme zu sprechen, als sich die Fragen auf den eigentlichen Mord richteten. Erneut stimmte ihre Erinnerung mit der Cinnamons überein.

»Haben Sie Ihre Schwester ermordet?« fragte Robinson ruhig.

»In meinen Gedanken, ja.« Patti Bailey wischte sich über die Augen.

Jeoff Robinson hielt ein Foto der lächelnden Linda Brown hoch und fragte, ob dies Pattis Schwester war.

Sie schluchzte. »Ja . . .«

Patti erklärte, daß sie mit dem Mord fertig geworden war, indem sie ihn mehrere Jahre lang einfach aus ihren Gedanken verbannt hatte. Doch ihre Erinnerung brodelte an die Oberfläche hoch. Sie hatte dreimal versucht, sich umzubringen.

»Wie?«

». . . Pulsadern aufschneiden, Schlaftabletten nehmen – weil ich nicht mit dem leben konnte, was ich getan habe.«

»Haben Sie gelogen?«

»Ja.«

Patti sprach über den Moment, als David von seiner Fahrt an den Strand zurückkam. Er war eindreiviertel Stunden weggewesen. »Ich sagte ihm, daß Cinnamon Linda erschossen hat. Ich sagte ihm, er soll nicht in ihr Zimmer gehen, und er meinte nur: ›Oh, mein Gott‹. Er wirkte irgendwie überrascht, aber erleichtert, daß es vorüber war. Er weinte nicht. Er war ruhig. Er hat mir gesagt, ich soll im Wohnwagen nach Cinnamon sehen . . . Ich hatte Angst und war verstört, und ich habe nicht verstanden, warum er mich in den Wohnwagen schickt, obwohl ich *wußte*, daß sie in der Hundehütte sein sollte.«

Patti erklärte, daß David sich große Sorgen machte, die Polizei könnte ihn verdächtigen. Er beauftragte sie, die Schuld auf sich zu nehmen und ihn aus der Sache herauszuhalten, falls sie beide verhafet werden sollten.

»Er mußte ins Gefängnis fahren. In den ersten dreißig Tagen hatte er immer Angst, jemand könnte ihm folgen, jemand wäre in der Nähe . . . Er hatte Angst davor, zu Cinnamons Prozeß zu gehen. Er hatte Angst, Cinnamon könnte uns beide während der Verhandlung verraten.«

»Haben Sie bei Cinnamons Prozeß gelogen?«

»Er sagte mir, ich sollte sagen, daß Cinnamon verrückt war, und ich sollte kurze Antworten geben. Er sagte, Linda und Cinnamon hätten Gründe gehabt, weshalb sie nicht miteinander ausgekommen waren, und ich sollte Geschichten über Streitigkeiten erfinden und sagen, daß Cinnamon deprimiert war. Mir ist gesagt worden, ich soll Cinnamon ›ein wenig schlecht und halb verrückt‹ darstellen. Ich sollte David während der Verhandlung Bericht erstatten und Anweisungen bekommen.«

David hatte Patti offenbar auch gesagt, sie sollte behaupten, daß Cinnamon versucht hatte, auch sie zu erschießen. Robinson befragte Patti eingehend nach Lügen. Sie hatte bei Cinnamons Prozeß gelogen. Log sie jetzt?

»Nein.«

Als Cinnamon sicher im Gefängnis war, verbot David, daß Patti ihre Familie besuchte, überprüfte sie mit einem Beeper-System und holte seine Eltern ins Haus. Endlich hatte er sie geheiratet, »weil er sagte, daß er starb und Krystal eine gesetzliche Stiefmutter brauchte.«

Nachdem Cinnamon im Sommer 1988 zweimal David in die Ventura School bestellt hatte, war David in Panik geraten. »(Daheim) sprachen wir darüber, verhaftet zu werden... David sagte, ich müßte die Schuld auf mich nehmen. Er würde mir einen Anwalt besorgen, sich um Heather kümmern und dafür sorgen, daß ich alles hatte, was ich brauchte, während ich im Untersuchungsgefängnis oder im Gefängnis war. Wir hatten Angst... David dachte, das Haus würde mit Wanzen abgehört.« In dem Streifenwagen auf dem Weg zum Gerichtsgebäude des Orange County am Morgen ihrer Verhaftung deutete David laut Pattis Aussage auf den Boden und flüsterte ihr zu, daß sie abgehört würden. »Er sagte unwahre Dinge. Er fragte mich: ›Wer ist der Vater des Babys?‹ Und ich habe ihm gesagt, daß er das war.« Im Gerichtsgebäude hatte Patti stundenlang gewartet, während David von Jay Newell und Fred McLean verhört wurde. »Als ich verhört wurde, versuchte ich, alles zu vertuschen.«

»Haben Sie irgendwann an diesem Tag das Tonband von Davids Verhör gehört?«

»Ja.«

»Waren Sie betroffen?«

»Ja.«

»Warum?«

»Weil ich nicht glauben konnte, daß er so was über mich sagt.«

Patti Bailey antwortete auf Fragen, was sie denn gedacht habe, wohin sie kommen würde, nachdem sie sich schuldig bekannt hatte, und wie lange ihr Urteil ausfallen würde. »Ich dachte, ich würde ins Frauengefängnis von Frontera kommen, aber ich kam statt dessen ins Jugendgefängnis.«

Patti war noch immer sichtlich verwirrt. Sie schien zu denken, daß sie lebenslänglich eingesperrt war, daß sie von Ventura nach Frontera verlegt würde, sobald sie fünfundzwanzig war.

Robinson befand sich in einer Klemme. Seine Zeugin war wortkarg, verschreckt und deprimiert. Sie kam ihm nicht entgegen, aber sie antwortete ehrlich. Noch mehr als Cinnamon war Patti eine schwierige Zeugin. Sie brauchte die Fragen als Konzentrationshilfe. Als Robinson eine Erklärung versuchte, entließ McCartin, sichtlich zornig, weil Robinson Suggestivfragen stellte, die Geschworenen.

Der Richter wandte sich an Pohlson. »Wollen Sie einen fehlerhaft geführten Prozeß?«

Zuerst ein wenig aufgeschreckt, sprang Pohlson auf und stellte wegen Robinsons Suggestivfragen einen Antrag auf einen fehlerhaft geführten Prozeß.

McCartin befahl Robinson, seine Zeugen nicht mehr mit ihren Vornamen anzusprechen. Er lehnte den Antrag auf einen fehlerhaft geführten Prozeß ab. »Für jetzt.«

»Keine weiteren Fragen«, sagte Robinson ärgerlich.

Viele im Gerichtssaal verstanden die Notwendigkeit seiner Technik. Die Geschworenen waren, wie alle Geschworenen, undurchschaubar.

Nach einer Verhandlungspause erhob sich Pohlson, um Patti Bailey ins Kreuzverhör zu nehmen. »Mrs. Brown oder Miss Bailey?« fragte er.

»Miss Bailey.«

Erneut schilderte Patti die niederträchtige sexuelle Verbindung, die sie mit David Brown gehabt hatte. 1983, zwei Jahre vor ihrem Tod, hatte Linda angeordnet, daß David Patti nach Hause schaffen sollte.

»David kam wieder zurück und holte mich und sagte, wenn Linda nein sagte, würde er sich scheiden lassen.«

»Wie haben Sie sich gefühlt?«

»Ich war dankbar.«

Patti erinnerte sich, sie habe »normale Teenagerprobleme« mit ihrer Schwester gehabt. »David erzählte mir, Linda würde ständig drohen, mich hinauszuwerfen.«

Pohlson bat sie zu beschreiben, wann sie den Geschlechtsverkehr mit ihrem Schwager aufnahm.

». . . Anfang 1983.«

»Wie oft . . .?«

»Jede Woche einmal, manchmal zweimal, manchmal nur jede zweite Woche.«

Patti wich noch immer der Realität aus. Sie sagte aus, sie wäre sicher, daß Linda nie etwas vermutete. Ja, sie fühlte sich schuldig, und sie hatte David gebeten aufzuhören – aber dann sorgte *er* dafür, daß sie sich schuldig fühlte, weil sie ihn darum gebeten hatte. Sie hatte Sex mit einem ihrer Brüder gehabt, bevor sie bei David und Linda eingezogen war.

»Haben Sie sich deshalb schuldig gefühlt?«

»Nein – mein Bruder hat mich gezwungen.«

»Haben Sie es ihm nachgetragen?«

»Ja, manchmal.«

David war der erste gewesen – vor ihrem Bruder. Selbst bei David fühlte sie sich manchmal zum Sex gezwungen. Sie hatte nie jemandem von David erzählt – erst während der Vorverhandlung zu diesem lange hinausgeschobenen Prozeß.

Während Patti sprach, drehte sie sich rhythmisch auf ihrem Stuhl von einer Seite auf die andere, und ihr Körper zitterte noch mehr.

War sie in David Brown verliebt, als sie in das Haus ihrer Schwester zog?

»Ich war so verliebt, wie eine Elfjährige nur sein kann.«

»Waren Sie auf Linda eifersüchtig?«

»Ja . . . Er schenkte ihr die Aufmerksamkeit, die er mir nicht gab. Er hielt sie, berührte sie, war zärtlich.«

»Waren Sie 1980, 1981 eifersüchtig?«

Patti sagte aus, sie habe Linda um ihre Besitztümer beneidet, um die *Dinge*, die David seiner Frau schenkte. »(Andererseits) versuchte David, zu allen seinen Mädchen gleich zu sein – zu mir und Cinnamon.«

Aber nicht wie zu Linda. Patti behauptete, 1982 habe sie gelernt, die Dinge so zu akzeptieren, wie sie waren. Sie war die kleine Schwester, die mit ihrem Schwager jedesmal oralen Sex ausführte, wenn Linda nicht da war. David zwang sie nie – physisch. Patti war eine phlegmatische junge Frau mit klaffenden Lücken in ihrer Bildung und in ihrer Sozialisierung. Sie war David Browns »Produkt«, das Prunkstück seiner Sammlung. Ihr Tonfall war manchmal sarkastisch, genau wie Davids Tonfall. Er war ihr einziges Modell gewesen. Es mochte einem schwerfallen, Patti *zu mögen* – aber nicht, sie zu bemitleiden. Pohlsons Fragen trieben sie zum Rückzug in eine gewisse Härte.

Sie sprach von Lindas zweiter Hochzeit mit David.

»Hat es Sie gestört?«

»Ja, das hat mich gestört.«

»Sie wünschten sich, ihren Platz einnehmen zu können?«

»Sicher. Ich wollte Davids Ehefrau sein.« Die sexuellen Kontakte setzten sich natürlich fort. »Er war nett zu mir, aber er zeigte nur Zuneigung, wenn Linda aus dem Zimmer ging. Dann blinzelte er mir zu, warf mir einen Kuß zu, umarmte mich. Wir hielten uns an den Händen. Sie hat uns nie erwischt.«

Patti hatte noch immer gehofft, David heiraten zu können. Aber ihre Hoffnungen waren geschwunden, als Linda ein Jahr nach ihrer zweiten Heirat schwanger wurde. Doch als Krystal am 20. Juli 1984 geboren wurde, hatte Patti das Gefühl, daß David Linda gegenüber sehr entrückt wirkte.

»Ich hatte Angst, daß dadurch die Familie zerbrechen könnte.«

»War es nicht das, was Sie wollten?« fragte Pohlson.

»Nein.«

»Es ist Ihnen *nie* in den Sinn gekommen, daß Sie ihren Platz einnehmen könnten?«

»Nein.«

Doch damit ließ er sie nicht davonkommen.

Endlich antwortete Patti: »Nun ja, einmal oder zweimal, aber das war nicht der Grund, aus dem sie getötet wurde. Es war, um David zu retten.«

Pohlson befragte Patti beharrlich nach den in Betracht gezogenen Mordmethoden. Jedesmal, wenn Cinnamon oder Patti darüber sprachen, gab es mehrere Wege. Patti erinnerte sich, als sie in Yucca Valley wohnten, vorgeschlagen zu haben, daß der Fernseher Linda auf den Kopf fallen könnte.

»Und ein weiterer Plan?«

»Das war der ›Lähmungsplan‹.«

»Haben Sie je daran gedacht, daß es falsch war, die Mutter eines neugeborenen Babys zu lähmen?«

»Was meinen Sie damit?« fragte Patti stumpf.

»Haben Sie es jemals für falsch gefunden, die Mutter eines neugeborenen Babys zu lähmen?«

Eindeutig hielt Patti Pohlson für unfähig, sie zu verstehen. Er sprach von Äpfeln, aber das Thema waren Orangen.

»Es gab *immer* eine Diskussion, wie Linda zu töten war – wenn sie nicht in der Nähe war . . . erstechen, ersticken. Am Tag davor sprachen wir davon, sie von einem Felsen zu stoßen – ich oder Cinnamon.«

»Wie . . .?«

»Sie sollte da oben stehen und sich den Ausblick ansehen, und eine von uns sollte hinrennen und sie hinunterstoßen.«

Wer sollte sie erstechen? Pohlsons Fragen hatten Patti scheinbar ziemlich eingelullt.

»Cinnamon.«

»Ersticken?«

»Ich erinnere mich nicht, wer das machen sollte.«

»Waren Sie bereit, sie zu ersticken?«

»Ja.«

Es gab zwei konstante Themen, die darauf hindeuteten, daß

Linda Bailey Brown sterben würde. Cinnamon konnte nicht ertragen, ihren Vater zu verlieren. Und Patti?

»Ich wollte nicht, daß David etwas zustößt. David war alles für mich.«

Niemand im Zuschauerraum bezweifelte, daß das stimmte.

Pohlson wurde gelegentlich bei seinem Kreuzverhör von Patti Bailey brutal. Er beschuldigte sie, die Wahrheit zu sagen, weil sie dachte, es würde ihrem Fall helfen, wenn sie mit dem Ankläger zusammenarbeitete. Dachte sie denn nicht, es würde ihr helfen, als Zeugin gegen David Brown aufzutreten?

»Ich wußte bis Ende Dezember nicht, daß ich als Zeugin auftreten würde ... Ich fragte Mr. Rubright, ob ich mit den Staatsanwälten sprechen könnte. Wir waren uns einig, daß es das beste ist, wenn ich mit ihnen rede ...«

»Sie dachten, sie würden einen besseren Handel bekommen?«

»Nein.«

»Hatten Sie irgendeine Hoffnung, daß es helfen würde?«

»Ja, ich habe gehofft, daß es helfen würde – aber ich wollte mich ohnedies schuldig bekennen.«

»Waren Sie zornig – verstört über David Brown?«

»Ich war verstört.«

»Wann?«

»Irgendwann im Oktober, über eine Aussage, die er bei der Polizei gemacht hat ... daß er *Angst* vor mir gehabt hat ... Ich war zu dem Zeitpunkt über alles zornig und verstört.«

»Wann haben Sie entschieden, ›das Richtige‹ zu tun?« fragte Pohlson voll Verachtung.

»Als ich erkannte, daß ich nicht mit mir selbst leben kann ... ich hatte eine schwierige Zeit. Ich habe es bis zum siebenten November abgeblockt. Ich konnte mich noch immer nicht an Details erinnern. Es ist schwer für mich zu glauben, daß meine Schwester tot ist. Wenn ich in einem Auto fuhr, schien sie noch immer da zu sein. Ich bin zu ihrem Begräbnis gegangen, aber ich glaubte nicht, daß sie tot war.«

Jede Lüge, die Patti gesagt hatte – jede einzelne – wurde in diesem gnadenlosen Kreuzverhör ans Tageslicht gebracht und analysiert. Patti erwiderte, sie habe nicht gelogen; sie wäre

»verwirrt« gewesen. »Ich wollte mich nicht daran erinnern, daß ich in den Mord an meiner Schwester verwickelt war.«

Patti Bailey Brown, die sich auf ihrem Stuhl wand, wie ein Blatt im Wind zitterte und mit ihren Händen nervös ihr Gesicht berührte, wurde noch einmal vom Ankläger befragt, dann erneut ins Kreuzverhör genommen. Sie hatte alles offengelegt, was sie war, alles, was sie dachte.

Es ließ ihr nichts mehr übrig.

42

Joeff Robinson hatte mit Hilfe von Jay Newell und Fred McLean seine Verhandlung so inszeniert, daß den Zeugen Audio- oder Videobänder folgten, die ihre Aussage entweder bestätigten oder widerlegten. Das Audioband, das am 27. August 1988 in der Ventura School gemacht worden war, lief jetzt im Gerichtssaal. David und Cinnamon sprachen darauf zwei Wochen nach Davids erstem abgehörtem Besuch. David bot Cinnamon an, Patti im Austausch für sie ins Gefängnis gehen zu lassen. Davids schlampige Sprechweise, von seiner Herkunft bestimmt, seine derben sexuellen Witze, seine einfache Erklärung, daß Inzest normal wäre, »daß viele Väter Sex mit ihren Töchtern haben«, das alles war im Gerichtssaal zu hören.

Es war ein sehr langes Band, und die Geschworenen und die Zuschauer hörten es erneut am Vormittag des Mittwochs, 16. Mai. Es sollte noch viele Bänder geben, so viele, daß Richter McCartin vorschlug, Popcorn bereitzustellen.

Auch wenn David Brown entschied, nicht auszusagen, waren jetzt seine Stimme und seine Ansichten im Gerichtssaal vertraut. Als die Geschworenen zu Ende angehört hatten, was *tatsächlich* bei Davids Besuchen bei seiner Tochter im Gefängnis gesagt worden war, wurde das *Videoband* des Verhörs gleich nach David Browns und Patti Baileys Verhaftung vorgespielt. Er sprach mit Jay Newell und Fred McLean. Davids Gesicht erschien auf einem großen Fernsehschirm, und den Geschworenen wurde eine Ansicht geboten, die man sich vor diesen technischen Fortschritten niemals vorgestellt hätte. David beugte sich vor, fasziniert von seinem eigenen Bild.

Es war wieder neun Uhr morgens am 22. September 1988, und drei Stunden lang rangen die zwei Ermittler und der Verdächtige in dem kleinen gelben Verhörraum miteinander. Am Anfang nippte David Brown an seinem Mineralwasser und rauchte, war der selbstbewußte Millionär, das Computergenie, und warf mit seinen vertrauten Ansprüchen auf Ruhm um sich: er und Linda – »Mr. und Mrs. Coca Cola« – seine Pentagon-Kontakte, die *Challenger*, der Stealth-Bomber, das MGM Hotel. Er prahlte mit seinem »explosiven« Sexleben mit seiner verstorbenen Frau. Lindas »Einfälle«, ihre Vorlieben, ihn mit den Händen zu befriedigen. Die Beleuchtung in Department 30 war zu schwach, um den Effekt zu erkennen, den diese Enthüllungen auf die Geschworenen hatten.

Als dieses Verhör stattfand, war es erst vier Wochen her, daß die Abhöranlage an Cinnamons Körper jedes Wort ihres Vaters während des Besuchs aufgezeichnet hatte. Dennoch war Davids Erinnerung an diese Besuche vage, Newell mußte ihm sogar helfen, sich daran zu erinnern, *wann* er sie besucht hatte.

Laut Davids Erinnerung hatte Cinnamon ihn ins Jugendgefängnis bestellt, weil sie seinen Segen für eine Schwärmerei haben wollte, die sie für einen asiatischen Jungen hegte. Sie hatte Angst, er könne ein Vorurteil haben wegen der Witze, die er in Garden Grove über Vietnamesen gemacht hatte. Aber, so erzählte David gegenüber Newell und McLean, er hatte keinen Haß gegen »Asiaten. Wäre er allerdings schwarz, wollte ich ihn natürlich kennenlernen.«

Minute um Minute wob David Brown sich mit Worten ein Fangnetz. Er hatte keine Ahnung, daß die Besuche bei Cinnamon auf Band aufgenommen worden waren. Er bastelte eine andere Geschichte zusammen. Ja, er sprach über Cinnamons Verwirrung, über ihr Verlangen, »die Wahrheit« über den Mord zu wissen. Aber er formte die Geschichte so um, daß sie ihm paßte. Newell erlaubte ihm, sich ein noch tieferes Loch zu graben.

»Der Bewährungsausschuß erzählte ihr, *ich* hätte Linda

wegen des Versicherungsgeldes getötet ... Sie sagte: ›Daddy, ich weiß, daß du es nicht getan hast.‹ Und ich sagte: ›Also, sag mir ehrlich —hast du es getan!‹ Und sie sagte: ›Nein, Daddy ich war im Freien ... ich erinnere mich daran, daß ich im Freien war und die Schüsse gehört habe.‹« Er rekonstruierte seinen letzten Besuch in der Ventura School — am 27. August 1988. »Cinnamon sagte: ›Auf die eine oder andere Art, ich will jetzt hier raus!‹ Und ich sagte ihr, ich wollte genau so gern wie sie herausfinden, wer es getan hat.«

Dieser Videofilm war bemerkenswert. Man konnte förmlich sehen, wie sich die Rädchen in David Browns Kopf drehten. Er duckte sich, erfand Geschichten und rannte vor jeder Verbindung zu Lindas Ermordung davon. Seine Stimme war zuversichtlich. Jede Antwort war kompliziert und leitete eine neue Spur ein, weg von Newells Fragen. David präsentierte sich als der vollkommene Vater, der ewig leidende Märtyrer, der nur die Wahrheit herausfinden und den wirklichen Mörder hinter Gitter bringen wollte.

Er deutete immer von sich selbst weg.

Zweiundzwanzig Minuten nach seiner Andeutung, Patti oder Cinnamon *könnten* des Mordes schuldig sein, änderte David seine Meinung. Es hätten sehr gut Pattis und Lindas Brüder gewesen sein können. Vielleicht Alan. Vielleicht Larry. »Es wurde auf mich geschossen, während ich Auto fuhr.«

Newell stellte eine direkte Frage nach den Gesprächen in der Ventura School. »Haben Sie und Cinnamon — bei diesem Zusammentreffen — darüber gesprochen, daß Sie *zusammen mit* Cinnamon und Patti in einen Plan zur Ermordung Lindas verwickelt waren?«

»Darauf möchte ich ja hinaus ...«

»Also, ja oder nein ...?« drängte Newell.

»Ihre Ansicht, daß es da eine Verschwörung gab — ich sagte ihr, ich wüßte nichts von einer solchen Verschwörung, daß mir jemand etwas antun will.«

»Wer hat das aufgebracht?«

»Das ist das Schwierige daran ...«

»Wer hat das aufgebracht?«

»... Cinnamon ...«

»Führten Sie vor Lindas Ermordung Gespräche darüber, wie Linda getötet werden sollte?«

»Die beiden hatten es vorgeschlagen, und ich sagte ihnen ›Nein, lieber würde ich sterben.‹ *Beide, Cinnamon und Patti, sagten, sie wollten Linda töten – bevor sie zuließen, daß mir jemand etwas antut.* Ich sagte ihnen, mein Leben wäre schon so oft bedroht worden, daß es für mich keinen Unterschied mehr machte.«

Weitere fünf Minuten später erklärte David, er hätte Drohungen gegen sein Leben erhalten, die nichts mit Linda und ihrer Familie zu tun hatten. Finstere Mächte würden in den Straßen lauern, um ihn zu erschießen.

»Wieviel Geld haben Sie durch Lindas Tod bekommen?«

»Ich weiß es ehrlich nicht – es ist auf Sparkonten geflossen...«

»Wieviel?«

»Vielleicht fünf- oder sechshunderttausend...«

»Könnte es nicht näher an achthunderttausend sein?« bohrte Newell.

»Ich weiß es ehrlich nicht.«

Genausowenig wußte David Brown, mit wie vielen Gesellschaften er Versicherungen auf Linda abgeschlossen hatte. Oder wie viele bezahlt hatten. Eine Versicherungsgesellschaft wollte nicht zahlen, und es machte ihm gar nichts aus. David dachte, sie hätten sich auf etwa 10 000 Dollar geeinigt. *(In Wahrheit hatte er 75 000 Dollar gefordert – und erhalten.)*

»Hatten Sie jemals eine körperliche Beziehung zu Patti Bailey?« Es klang wie eine beiläufig hingeworfenen Frage, aber jedesmal, wenn David Brown nach Versicherungen oder nach seiner Beziehung zu Patti gefragt wurde, verspannte er sich, und Newell erkannte das offensichtlich.

»Verdammt, nein...« sagte David. Seine Worte kamen ausdruckslos, genau wie seine nachfolgende Frage: »Warum fragen Sie das?«

David wußte nicht einmal, wo Cinnamon in der Mordnacht gefunden wurde. Er dachte »im Garten«.

»Haben Sie Cinnamon in jener Nacht Medikamente verabreicht?« fragte Newell.

»Gott, nein ...« Die gleiche Ausdruckslosigkeit.

»Haben Sie irgendwelche Medikamente vorbereitet, die Cinnamon nehmen sollte, damit es so aussah, als wollte sie Selbstmord begehen?«

»Gott, nein ...«

»Na schön«, sagte Newell eindringlich. »Haben Sie in der Nacht, in der Linda getötet wurde, Cinnamon dazu gebracht, einen Abschiedsbrief vorzubereiten?«

»Nein, an so etwas hätte ich mich nie beteiligt.«

»Haben Sie Cinnamon in jener Nacht dazu gebracht, probeweise ein paar Abschiedsbriefe zu schreiben?«

»Wozu ...? Ich bin kein dummer Mensch ... Hätte ich irgend etwas einfädeln wollen, wäre ich viel geschickter vorgegangen. Ich habe daheim sogar Bücher, die ich zu schreiben angefangen habe – meine Phantasie war äußerst lebhaft ... Deshalb bin ich so gut in dem Beruf, den ich ausübe.«

»Bücher, die ...« setzte Newell zu einer Frage an.

»Science-fiction ... Meine Phantasie war stark genug, um – Gott, sogar vom Fernsehen kriegt man eine Million Ideen, wie man etwas einfädeln kann«, behauptete David. »... Hätte ich sie vorbereitet (für einen Selbstmord), hätte ich ihr große Dosen Tranquilizer und Muskelentspannungsmittel gegeben.«

»Haben Sie jemals mit Cinnamon in der Ventura School darüber gesprochen, daß Sie ihr in jener Nacht Medikamente gaben?«

»Absolut nicht ... ich hätte ihr gesagt, daß sie den Verstand verloren hat.«

»Das *hätten* Sie?« Zweifel schwang deutlich in Newells Stimme mit. »Eine letzte Frage – und ich will ja oder nein als Antwort – sind Sie derjenige, der den Abzug der Waffe betätigt hat, mit der Linda getötet wurde?«

»Absolut nicht.« Wieder die tonlose Antwort. David Brown war weder verärgert noch überrascht.

Und das war an sich belastend.

Nachdem das Verhör eindreiviertel Stunden gedauert hatte, wirkte David leicht zerstreut, aber noch immer zuversichtlich. Seine Stimme klang jetzt hohl, und er zog seine Worte Silbe für Silbe hinaus. Und dann öffnete Newell lässig einen braunen

Umschlag und holte vier Überwachungsfotos heraus. Eines nach dem anderen legte er sie auf den Tisch vor David Brown. Der hielt sich absolut regungslos. Er erstarrte benommen.

»Hey, David«, sagte Newell leichthin, »wir haben Fotos von Ihnen während Ihres Besuchs in der Ventura School, und wir haben Bandaufnahmen von dieser Unterhaltung, und Sie sagen mir jetzt nicht die Wahrheit, weil Sie *alle* diese Dinge mit ihr bis in die kleinsten Details besprochen haben.« Zum ersten Mal in fast zwei Stunden hatte David Brown nichts zu sagen.

Newell wiederholte ein paarmal: »David, ich glaube Ihnen, wenn Sie sagen, daß Sie den Abzug nicht betätigt haben. Ich glaube das. Bis heute hatte ich meine Zweifel – aber ich glaube Ihnen.«

»Ich könnte niemandem etwas antun . . .«

»Ich glaube, daß Sie den Abzug nicht betätigt haben.«

Mit jeder Bestätigung seines »Glaubens« an David Brown öffnete er die Tür weiter dafür, daß David jemand anderen in diesem äußerst hinterhältigen Verbrechen ans Messer lieferte. Wenn er David richtig einschätzte, würde dieser seine Mutter oder seinen Vater oder *Krystal* opfern, um sich selbst zu retten.

Die Geschworenen sahen ein Polizeiverhör, keine Zeugenaussage darüber, was vor sich ging. Sie konnten für sich selbst urteilen, was sie für wahr hielten. David Arnold Brown sagte auf diesem flackernden Bildschirm aus.

Jay Newell fragte ihn nach der Wahrheit. David ging um acht Jahre zurück, gestand illegalen Sex mit der fünfzehnjährigen Linda ein, sprach über den ›Prozeß‹ und schmückte die Mordanschläge auf sein Leben aus.

»Was hat das mit Lindas Tod zu tun?«

»Darauf komme ich gleich.«

McLean, der geschwiegen hatte, erinnerte David schroff daran, daß er und Newell nur nach der Wahrheit suchten. »Wir sind fähig, alle Lügen zu entlarven.«

In die Ecke gedrängt, opferte David erneut Patti Bailey. Sie war fast fünfzehn Jahre lang seine ergebene Sklavin gewesen. Sie würde für ihn sterben oder für ihn morden, ganz egal was.

»Ich muß wissen, ob ich noch immer Angst haben muß –

um Krystal und um mich selbst«, sagte er zitterig. »Ich muß wissen, ob ich Schutz erhalten werde.«

»Schutz vor wem?« fragte McLean.

»Vor Patti.«

Nach zwei Stunden und sechs Minuten Verhör benannte David Patti Bailey als mutmaßliche Mörderin. Er rückte damit heraus, daß er in ständiger Angst vor Patti gelebt hatte, Angst, daß sie ihn oder Krystal umbringen würde. Auf Newells Einwand, er hätte Patti bitten können auszuziehen, erklärte David, dann wäre sie noch gefährlicher gewesen. Man hätte nicht voraussehen können, was sie dann getan hätte. Nein, es war sicherer, sie im Haus wohnen zu lassen, sicherer, sie nicht zu drängen. »Ich habe Todesangst vor diesem Mädchen.«

»Was glauben Sie, wer Linda umgebracht hat?« fragte Newell.

»Da habe ich nicht den geringsten Zweifel – Patti.«

In dieser äußerst faszinierenden Studie von Psychopathie beschrieb David Brown eine totale Kehrtwendung in allem, was er am Beginn des Verhörs mit Nachdruck behauptet hatte. Er hatte den für ihn entstehenden Schaden eingeschätzt und »ausgelöscht«, was er zuvor gesagt hatte.

Jetzt erinnerte er sich daran, Cinnamon geraten zu haben, sie sollte sagen, daß sie es getan hatte, damit sie eine kürzere Haftstrafe bekam.

Jetzt erinnerte er sich daran, Cinnamon gesagt zu haben, sie sollte behaupten, ihr Gedächtnis verloren zu haben.

Jetzt erinnerte er sich daran, daß er zu seiner vierzehn Jahre alten Tochter gegangen war und sie gebeten hatte zu lügen – um Patti zu schützen. *Jetzt* erinnerte er sich daran, daß er Medikamente für Cinnamon vorbereitet hatte, die sie nehmen sollte, damit es so aussah, als habe sie Selbstmord begehen wollen. Aber er wollte nicht, daß ihr etwas zustieß. Er hatte Tylenol, Bayer Aspirin und Backpulver gemischt, »nur etwas, wovon ihr schlecht wird im Magen.« Er gestand nicht ein, daß er Cinnamon irgendwelche Medikamente gegeben hatte, die sie töten oder die ihr auch nur schaden konnten.

Jetzt gab David zu, er habe von einem Komplott zur Ermordung Lindas gewußt, habe es jedoch nicht stoppen können.

Patti trieb es voran. David konnte Cinnamon nicht kontrollieren. Sie war starrsinnig, »genau wie ihre Mutter . . . Das ist die Wahrheit, so Gott mir helfe . . . Ich dachte nicht, daß sie es tun würden. Ich sagte: ›Cinny, ich hoffe, das ist ein Spiel . . .‹ Sie sagte: ›Nein, Daddy, das ist kein Spiel.‹«

Und dann war David von dem Haus weggefahren, in dem seine geliebte Frau schlief, sich voll bewußt, daß die bösen Mädchen planten, sie zu ermorden. Die Mischung, die er für Cinnamon zusammengestellt hatte, war nur etwas, das aufschäumte und »sie dann vielleicht für eine Weile benommen machte.«

Aber er erinnerte die Detectives, daß er den beiden gesagt hatte, es nicht zu tun.

»Wer hat die Waffe herausgeholt, David?« fragte Newell.

»Ich glaube, sie war in Lindas Nachtschränkchen.«

»Wer hat die Waffe herausgeholt?«

»Entweder Patti oder Cinnamon. Ich habe Cinnamon gesagt, wenn sie diese Sache durchzieht, ganz gleich, was ich auch sagte, wollte ich nicht da sein. Wenn sie diese Sache durchzog, sollte sie den Brief irgendwo, zum Beispiel in der Küche lassen, wo ihn jeder sehen würde, und sie sollte sich in ihrem Wohnwagen verstecken.«

David Brown klang tatsächlich erleichtert. Er schien zu glauben, daß er in Sicherheit war. Er hatte Patti aufgegeben. Er hatte Cinnamon aufgegeben. Er schmückte Pattis Schuld noch ein wenig aus. Er glaubte, er habe sie im Schlaf gestehen gehört. Nein, natürlich nicht, weil sie zusammen schliefen, sondern weil Patti »Schlafanfälle« hatte.

Als ob das noch nicht genügte, bot er noch mehr. Er sagte, Ende November 1985 habe er Patti direkt gefragt, ob sie diejenige war, die Linda getötet hatte. »Sie sagte: ›Das willst du nicht wirklich wissen.‹«

»Aber warum«, fragte Newell ungläubig, »warum Ende November 1985 – Sie haben eine Tochter im *Gefängnis* – warum haben Sie das nicht gemeldet?«

»Was konnte ich schon tun?«

». . . Wir haben jetzt September 1988, David.«

»Sie hat nicht wirklich gestanden . . . Ich habe nur gehört, wie sie es wiedererlebt hat. Ist das ein Beweis?«

Nur für einen Moment ließ Newell – der nie während eines Verhörs Gefühle verriet – Verachtung in seine Stimme einfließen. Ihm bedeutete seine eigene Tochter alles.

»Haben Sie eine sexuelle Beziehung mit Patti?«

». . . Gott, nein . . .«

»Hatten Sie *jemals* eine sexuelle Beziehung mit Patti?«

»Wir halten einander fest . . . weil es mir wirklich schwer zusetzt, was geschehen ist. Es zerreißt mich innerlich . . .«

»Warten Sie einen Moment«, fiel McLeans Stimme ein. »Sie erzählen mir und Jay, daß Sie – als Stütze – die Frau umarmen, von der Sie glauben, daß sie Ihre Frau getötet hat, die Sie nach Ihren früheren Worten so tief geliebt haben?«

David fand darauf zunächst keine Antwort.

»Liebt Patti Sie?« fragte Newell.

»Das ist der verwirrendste Teil.«

»Ja oder nein.«

»Ich weiß es nicht.«

David Brown hatte sich selbst wieder und wieder ein Bein gestellt, und jetzt warf er McLean und Newell vor, Wortspiele mit ihm zu spielen. Er konnte nicht erklären, warum er Cinnamon im Gefängnis gelassen und mit der Frau zusammengelebt hatte, von der er soeben gesagt hatte, sie habe seine »geliebte Frau« ermordet. Er konnte nicht erklären, warum er weiterhin mit dieser Frau zusammenlebte, die er eine Mörderin nannte. Er konnte nicht erklären, warum er seine Eltern dazu gebracht hatte, mit einer Mörderin zusammenzuleben. Er wußte nicht einmal, ob er »Liebe« oder »Sex« mit Patti hatte.

Newell und McLean hatten den Fallensteller in seiner eigenen Falle gefangen, und jetzt kam er nicht mehr heraus.

Der Bildschirm wurde dunkel. Das Verhör war vorüber.

43

Das Band, das Gary Pohlson fürchtete, blieb in den Gedanken eines jeden verankert, der es gesehen und gehört hatte. Im Gerichtssaal war es still, abgesehen von David Browns nervösem Füßescharren unter seinem Stuhl.

Die Steinhart-Bänder kamen als nächstes an die Reihe. Den Geschworenen wurden neue Abschriften ausgehändigt. David Brown mußte nun sich selbst und seinem guten Freund »Goldie« zuhören, wie sie den Tod eines nicht genannten Anklägers und eines nicht genannten Ermittlers der Staatsanwaltschaft sowie den Mord an dem »Mädchen da oben« planten.

Von dem »Vogelkäfig«-Band über die Manöver, um an Geld zur Bezahlung der »bestellten Morde« zu kommen, bis zu dem letzten Band, auf dem Steinhart David Brown versicherte, daß seine Feinde tot waren, bewegten sich die Geschworenen und die Zuschauer kaum auf ihren knarrenden Stühlen.

Band 12A und B, 13A und B, 14A und B, 15A und B. Stundenlang verschlagene Pläne.

Von Zeit zu Zeit schüttelte David leicht den Kopf oder schrieb etwas auf den gelben Notizblock vor ihm. Die Geschworenen hörten seinen Fluchtplan, seine Ansicht, daß es keine Rolle spielte, wenn zwei Deputies starben, weil David meinte, mehr wert zu sein als sie. Und als er einen Tag vor dem Valentinstag die Nachricht erhielt, daß die Männer der Staatsanwaltschaft tot waren, hörten die Geschworenen David Brown sagen: »Ihr wart großartig ... Wunderbar. Du bist ein toller Kerl ... Gott, ich liebe dich, Richard.«

Während die Bänder abgespielt wurden, saß Jeoff Robinson mit seinem Rücken zu den Geschworenen, und Jay Newell blickte auf den Tisch vor ihm. Keiner von beiden wußte, ob den Geschworenen klar war, daß sich die von David erkorenen Zielscheiben in diesem Moment im Gerichtssaal befanden. Ihre Namen waren in den Abschriften sorgfältig weiß gemacht worden. Die Männer, deren Tod David wollte, hätten *irgendein* Ankläger und *irgendein* Ermittler sein können.

Die Beschreibungen, die David an Steinhart weitergab, lagen

ohnedies daneben. Und Newell hatte sich für diesen Prozeß den Schnurrbart abrasiert. Er lächelte leicht, als er hörte, wie er beschrieben wurde: »sieht aus wie eine Riesenratte – häßlicher Schnurrbart; ja, wir nennen ihn ›Häßlicher Schnurrbart‹.«

Und im Verlauf dieses langen Nachmittags, an dem die Bänder über Mord auf Bestellung abgespielt wurden, entpuppte Steinhart sich als eine Art Komödiant. David war das nie aufgefallen, aber die Geschworenen und die Zuschauer merkten es. Steinharts flotter Stil und seine geschickte Manipulation des »Bosses« waren manchmal köstlich.

Plötzlich gab es eine große Lücke in dem Prozeßablauf. Vor einem Jahr hatten Gary Pohlson und seine Frau Tickets für einen Urlaub auf Hawaii gekauft, der am 20. Mai 1990 beginnen sollte. David Browns Prozeß war auf sein eigenes Verlangen so oft verschoben worden daß nun der Urlaub seines neuen Anwalts mit den Gerichtsdaten kollidierte. Alle Betroffenen hatten auf den Angeklagten gewartet. Jetzt mußte Brown elf Tage warten, während Pohlson Urlaub machte.

Niemand, der mit kalifornischen Gerichtsverhandlungen vertraut war, wirkte überrascht. Department 30 würde bis nach dem Memorial Day dunkel bleiben.

Der Prozeß begann wieder am 29. Mai mit weiteren Bändern von Steinhart und David Brown. Und endlich verkündete Robinson am 30. Mai: »Es gibt keine Bänder mehr.« Ein Zeuge, der mit Mordprozessen vertrauter war, betrat den Zeugenstand. Martin Harry Breen, ein Kriminalist, machte die toxikologische Untersuchung der Blutprobe, die Cinnamon Brown am 19. März 1985 abgenommen worden war. Er sagte aus, daß ein Bluttest auf Alkohol negativ ausgefallen war – ebenso die Analyse auf Barbiturate, Sedativa, Betäubungsmittel, PCP, Opiate, Kokain oder dessen Abwandlungen. Breen erklärte, er habe Propoxyphen gefunden – »ein schmerzlinderndes Mittel, das in Darvon oder Darvocet benützt wird. Es ist ein schwaches Schmerzmittel.«

»Kann es toxisch sein?« fragte Robinson.
»Es kann tödlich sein.«
»Welche Menge war in Cinnamon Brown?«
»Sechs Zehntel eines Mikrogramms per Milliliter.«
»Ist das eine therapeutische Dosis?«
»Für gewöhnlich nicht. Das liegt oberhalb des therapeutischen Niveaus, das normalerweise ein Hundertstel bis drei Zehntel Mikrogramm per Milliliter wäre.«
»Was würden sechs Zehntel bedeuten?«
». . . Das wäre entweder toxisch oder tödlich.«

»Rufen Sie Richard Steinhart in den Zeugenstand!«
Richard Steinhart, überlebensgroß, erfüllte den Gerichtssaal mit seiner Gegenwart. Er trug ein schwarzes T-Shirt, Jeans und eine schwarze Lederweste, und seine langen Haare, sein Spitzbart und sein Schnurrbart waren schwarz und üppig. Seine Tätowierungen waren der einzige farbige Touch.
Steinhart stand stramm, die Schultern zurückgezogen, als er vereidigt wurde, dann schwang er sich in den Zeugenstuhl. Eine knisternde Spannung ging von ihm aus. Dieser Zeuge war den Anwesenden schon vertraut, weil seine *Stimme* tagelang den Gerichtssaal erfüllt hatte.
»Wie oft waren Sie im Orange County Jail?« fragte Robinson.
»Zwei- oder dreimal.«
»Wie lautete der Haftgrund?«
»Verstoß gegen die Bewährung und Drogenvergehen.«
»Waren Sie am Weihnachtsabend 1988 zum ersten Mal im Gefängnis?«
»Das war das erste Mal.«
Steinhart erklärte, er habe zwölf Jahre lang Kokain genommen, manchmal für tausend Dollar am Tag.
»Sie haben damit aufgehört?«
»Ja, Sir . . . etwa vor einem Jahr. Seit dem 14. Mai 1989 habe ich weder Drogen noch Alkohol zu mir genommen.«
Steinhart erklärte, daß er mit einem »Outlaw«-Motorradclub fuhr und Informationen über einen dreifachen Mord im Jahr 1980 erhielt. Das FBI trat 1983 wegen einer Zeugenaussage an

ihn heran. Er stimmte zu. Er wartete jetzt auf seine Aussage in diesem Prozeß – ebenfalls im Orange County.

»Warum wanderten Sie am Weihnachtsabend 1988 ins Gefängnis?« Robinson versuchte erst gar nicht, Steinhart anders als anrüchig darzustellen.

»Meine Freundin und ich haben ihre Mutter besucht. Sie fand nicht, daß ich passend wäre für eine junge Lady, und rief die Cops.«

»Haben Sie damals so ausgesehen wie jetzt?« fragte Robinson lächelnd.

»Schlimmer – ich habe mich heute hergerichtet.«

Steinhart beschrieb auf Robinsons Drängen, wie er David Brown im Orange County Jail kennenlernte. David war absolut fasziniert. Er zeigte an Steinharts Aussage mehr Interesse als bisher an irgendeiner anderen in diesem Prozeß.

Steinhart erzählte von Davids Bewunderung für seine improvisierte Vorführung von Kampfsporttechniken. »Er sagte: ›Das war wirklich großartig. Wie hast du das gemacht?‹ Wir saßen allein am Tisch beisammen, und wir haben zu reden angefangen – über meine ›Kriegsgeschichten‹, meine Vergangenheit ... Er sagte mir, er würde verschaukelt; er wollte wissen, wie man jemanden aus dem Gefängnis holt ... Er war ganz gut betucht. Er erzählte mir von seiner Münzsammlung, seiner Briefmarkensammlung, seinem Schmuck, seinen Safes, seinen Geldern ... Er sagte: ›Falls es schiefläuft, was würde es kosten, um mich aus dem Gefängnis zu holen ...?‹ Wieviel Morde auf Bestellung kosteten ...« Obwohl das Thema erschreckend war, erzählte Steinhart amüsant. »Ich habe mich nicht wohl gefühlt, wenn wir darüber geredet haben«, sagte er. »Ich brauchte keine Zeugen. Die anderen Häftlinge waren ein Haufen Ratten, die nur nach einer Möglichkeit gesucht haben, um einen Handel zu machen. Außerdem waren wir in einem Schutzhaft-Trakt. Ich sollte gegen die Hessians aussagen ...«

»Sind Sie jemals der Staatsanwaltschaft aus dem Weg gegangen?« fragte Robinson.

»So oft es nur ging.«

»Wollten Sie aussagen?«

»Nein, auf keinen Fall.«

»Warum nicht?«

»Ich atme, oder nicht ...? Ich wurde als wichtiger Zeuge festgehalten, damit ich nicht abhaute. Ich war in diesem Schutzhaft-Trakt zusammen mit Homos, Kindesmißhandlern, Sexualverbrechern und Petzen – der Creme dieses Haufens.«

»Was ist eine Petze?«

»Eine Person, die Informationen sammelt, um sich im eigenen Fall Vorteile zu verschaffen. Sehen Sie, es gibt zwei Sorten von Ratten. Erstens die Leute, die irgendwelches Zeug erfinden, und zweitens Geiertypen, die sich über die schwachen, deprimierten Kerle hermachen, nachdem sie zwei oder drei Tage im Knast waren. Dann willst du zu deiner Mami, und du erzählst, was du angestellt hast.«

Steinhart erklärte, er habe ursprünglich allein bleiben wollen, hätte sich dann aber mit David Brown wegen des Versprechens auf eine halbe Million Dollar eingelassen.

»Was wollten Sie dafür machen?«

»Für fünfzigtausend Dollar sollte ich ihm bei der Flucht helfen. Das wollte ich voll machen. Hätte er mir die halbe Million Dollar im vorhinein gegeben, hätte ich ihn verrotten lassen ... Hätte er sie mir stückchenweise gegeben, hätte ich es getan ... Er hat mich gebeten, die Bailey auszulöschen. Er war sehr besorgt, weil Patti in irgendeiner anderen Verhandlung (der Vorverhandlung) recht belastend ausgesagt hatte ... Er ging recht oft vor Gericht – er erzählte mir, daß die Bailey ihn belastete. Er hatte kein Problem mit Cinnamons Aussage, aber er hatte Angst, die Bailey könnte ihn in die Gaskammer schicken ... die Bailey mußte ausgelöscht werden, und ich sagte ihm, ich könnte das machen lassen.«

Robinson fragte, ob es noch andere Wünsche gegeben habe, und Steinhart nickte.

»Die Ermittler sollten ausgelöscht werden. Davids Fall verschlechterte sich ständig. Er hat mir erzählt, daß der Staatsanwalt ihn wirklich anscheißen und ihn in die Pfanne hauen will. Er dachte ... wenn er den Staatsanwalt los wird und den Ermittler, dann würden ihre Ersatzleute das alles nicht nachholen können, weil diese zwei von Anfang an dabei waren.«

Steinhart genoß seine eigene wilde Show. Er hatte die für

gewöhnlich undurchschaubaren Geschworenen bezaubert. *Er* hätte gedacht, sagte er, er würde aus dem Gefängnis herauskommen, wenn er das Orange County Jail verließ, aber er hatte sich in einem anderen Gefängnis wiedergefunden. »Ich erwartete, rauszukommen und in Browns Haus zu wohnen und einen Wagen mit Geldern darin zu haben – sechshundert Dollar für zwei Wegwerf-Waffen für die Flucht. Ein Haufen großartiger Kerle seid ihr!« Er zog Robinson auf wegen der »feinen Unterbringung, die ihr Leute für mich aufgerissen habt.«

Er sagte darüber aus, wie die Bandaufnahmen mit David gemacht worden waren, angefangen bei der am Körper getragenen Abhöranlage im Vogelkäfig. David wirkte beschämt und verärgert.

Und dann, plötzlich, als Steinhart schon eine Stunde im Zeugenstand war, schien er Schwierigkeiten zu haben, Robinsons Fragen zu folgen. Er riß die Arme hoch und schüttelte den Kopf. Es sah zuerst so aus, als habe ihm die Zeugenaussage Qualen bereitet.

War das wieder eine Show?

Doch Robinson bat um eine Unterbrechung, damit Steinhart seine Medizin nehmen konnte. Eine hübsche blonde Frau, die ein Stirnband aus Federn und eine Jeansjacke trug, kam aus dem Zuschauerraum, um ihm zu helfen. Er war in der Tat sehr krank.

Mit Steinharts Erlaubnis befragte Robinson ihn nach seinem Zustand, als die Verhandlung weiterging. »Ich war oben am Lake Elsinore im Lincoln Christian Fellowship. Ich habe Jesus gepriesen. Am zwanzigsten April habe ich geheiratet, und dann wurde ich kränker und kränker. Vor vier Wochen habe ich erfahren, daß ich HIV-positiv bin. Vor neun Tagen habe ich erfahren, daß ich Vollbild-AIDS habe. Ich nehme AZT – der Arzt hat gerade meine Dosis verdoppelt.«

Im Raum breitete sich ein echtes Verlustgefühl aus. Bis zu diesem Zeitpunkt war in diesem Prozeß der bombastische Motorrad-Rocker der haushohe Favorit. Nach der Mittagspause betrat ein gedrückter Steinhart den Zeugenstand.

Es war schwierig für Pohlson, Steinhart ins Kreuzverhör zu nehmen, weil er liebenswürdig jeder ihm an den Kopf geworfenen negativen Bezeichnung zustimmte. »Ja, David hatte das Gefühl gehabt, der »Staatsanwalt scheißt ihn an«.

»Welcher bezahlte Mord wurde zuerst besprochen?«

»Ich glaube Patti . . . Er sagte, Patti log. Sie legte ihn herein. David war darüber besorgt, wie ihn der Staatsanwalt behandelte. Ich glaube, zuerst die Flucht, dann Patti, dann die zwei – der Staatsanwalt und der Ermittler.«

»War Mr. Brown ängstlich – nervös?« fragte Pohlson.

»Sehr.«

»Er denkt, daß er die Gaskammer für etwas bekommt, was er nicht getan hat?«

»Ja.«

Pohlson wollte zeigen, daß Steinhart von der Staatsanwaltschaft Gefälligkeiten für seine Zusammenarbeit bekam. Er las aus einem Strafregister vor, das zeigte, daß Steinhart 1986 verhaftet und entlassen wurde, dann wieder 1987, als er einige Zeit im Gefängnis saß – beide Male wegen Besitzes von Kokain.

»O ja . . . ich habe mich schuldig eines Vergehens bekannt. Ich bekam drei Jahre auf Bewährung und sieben Tage Gefängnis.«

»Noch weitere Bedingungen?«

»Ich muß in dem anderen Fall aussagen. Ehrlich. Also habe ich sie belogen und gesagt, ich würde es tun. Ich hatte so die Gewohnheit, nicht zu Terminen zu erscheinen. Ich wollte einfach raus. Ich habe an nichts anderes gedacht, als noch mehr Drogen zu bekommen.«

»Haben Sie Gefälligkeiten von den Behörden erhalten oder erwartet?«

». . . Es hat beim ersten Mal funktioniert – ich kam raus. Diesmal hat es nicht geklappt . . .«

Bei einer nochmaligen Befragung stellte Robinson die Frage, ob David Pattis Aussage loswerden wollte, ob er die »zwei Gentlemen« loswerden wollte, damit sein Fall nicht den Bach runterging. »War Mr. Brown verzweifelt?«

»Ja.«

»Besaß er noch die Kontrolle?«

»Er hatte seine Möglichkeiten.«

». . . Sie logen (zuvor), um herauszukommen und Drogen zu beschaffen?«

»Das ist richtig«, stimmte Steinhart von Herzen zu.

»Haben Sie irgendeinen Grund, jetzt zu lügen? Irgendein schwebendes Verfahren?«

»Nein.«

Pohlson versuchte noch eine Attacke auf Steinhart, aber ihn zu befragen war, als würde man mit einem Teddybären ringen. Er widersprach nicht, und er wehrte sich nicht.

Steinhart wurde mehrfach zur nochmaligen Befragung und zum Kreuzverhör hin und her gereicht. Er war selbstkritisch und offen. Als Richter McCartin endlich Steinhart entließ, winkte dieser zum Richtertisch, als er den Zeugenstand verließ, und sagte: »Gott segne Sie!«

Ganz eindeutig sahen die Geschworenen ihn nur sehr ungern gehen.

Dr. Richard Fukomoto sagte über die Obduktion aus, die er vor fünf Jahren an Linda Brown durchgeführt hatte. »Zwei Einschußwunden von einer großkalibrigen Waffe in der Brustwand.«

Die toxikologische Untersuchung hatte nur eine Droge erbracht: Kokain. »Es war kein Kokain im Blut. Es gab eine sehr kleine Menge im Gehirn und in der Leber. Benzolylecgonin – BE, eine Abwandlung von Kokain – wurde ebenfalls gefunden. Diese Mengen liegen im unteren Bereich . . . am unteren Ende des Gebrauchs zur Entspannung.«

Im Kreuzverhör durch Richard Schwartzberg sagte Dr. Fukomoto, er könne nicht erklären, wann die Droge entweder eingenommen oder injiziert wurde. Er konnte auch die Menge nicht angeben. Er konnte nur schätzen, daß das Kokain wenige Stunden vor ihrem Tod in Lindas Körper gelangt war.

Das blieb weiterhin ein Fragezeichen. Niemand würde je erfahren, wie das Kokain in Linda Browns Körper gelangte. An ihrem Todestag spielte sie *Uno*, kochte ein großes Essen, kümmerte sich um ihr Baby und unterhielt ihre Schwiegereltern. *Wann* sollte sie die Zeit gefunden haben, Kokain zu nehmen?«

»Rufen Sie Dillard Veal auf!«

Dillard Veal, der gestandene Versicherungsmann, betrat den Zeugenstand. Es war Veal gewesen, der Fred McLean einen Schnellkursus in Lebensversicherung und Policenerstellung gegeben hatte. Er war ein kleiner netter Mann, der gern lachte.

Mit einem gentlemanhaften Südstaatenakzent erklärte Veal, wieso er die Gelegenheit gehabt hatte, David Browns Versicherungsabschlüsse zu überprüfen. Es war seine Gesellschaft, Liberty Life, die auf eine Police hin ausgezahlt hatte, die noch nicht einmal angenommen worden war. Linda hatte den Antrag am 21. Februar 1985 gestellt. Nur eine Prämie war bezahlt worden – jene Prämie, die ihren Antrag begleitet hatte: 113,34 Dollar. »Eine vorläufige Vereinbarung wurde mit Mr. Brown geschlossen, seinen Anspruch mit fünfzigtausend Dollar abzugelten. Bei meinem nächsten Besuch im Orange County war das nicht mehr annehmbar. Ich wurde an seinen Anwalt verwiesen, Mr. Phillips, und wir einigten uns auf eine Zahlung von dreiundsiebzigtausendsiebenhundertundfünfzig Dollar.«

Davids Versicherungsantrag bei Liberty Life war, wie alle seine anderen Anträge, genau von Versicherungsträgern überprüft worden. Er führte Bluthochdruck und Dickdarmkatarrh unter Gesundheitsproblemen auf. Als er die Zahlung auf Lindas Police einforderte, überprüfte Dillard Veal alle anderen existierenden und beantragten Policen und fand heraus, daß Linda *vier* Policen hatte, alle innerhalb von dreizehn Monaten vor ihrem Tod ausgestellt. David besaß keine einzige.

Sie hatte die drei anderen Policen auf ihrem Antrag bei Liberty nicht erwähnt. »Das hätte für Liberty eine Rolle gespielt«, erklärte Veal. »Man möchte nicht, daß jemand überversichert wird – weit über die zu erwartenden Bedürfnisse hinaus. Wir werden um so mißtrauischer, je höher wir kommen.« Er wies darauf hin, daß eine Hausfrau mit beschränkter Ausbildung und Schulbildung wahrscheinlich keine Versicherungspolice über eine Million Dollar bekommen würde. »Sie wäre überversichert.«

Auf jedem Versicherungsantrag der Browns war Davids Beruf mit »Computerexperte« oder »Computerspezialist« angegeben. Linda war als »Hausfrau« eingetragen. Auf dem Antrag bei Liberty Life hatte sie hinzugefügt: »Helfe Ehemann bei seiner Arbeit.«

Der Standpunkt der Verteidigung war, daß Linda Brown bei Data Recovery eine Schlüsselposition innegehabt hatte und daß ihr Tod vermutlich die Firma geschädigt hätte. Ein Standpunkt, der durch die letzten Jahre widerlegt wurde: Data Recovery hatte ohne die geringste Schwierigkeit weiter funktioniert, nachdem Linda tot war.

Die Geschworenen wußten jetzt, daß David Brown aus Ansprüchen, die er nach Lindas Tod angemeldet hatte, 843.626,68 Dollar kassiert hatte.

Robinson brachte als Beweismittel eine beglaubigte Kopie einer Heiratslizenz bei – ausgestellt auf David A. Brown und Patricia Bailey.

Nach elf Tagen kam die Anklage zum Ende.

Um 11.22 Uhr des letzten Tages im Mai 1990 schloß die Staatsanwaltschaft ihren Fall ab. Es war Donnerstag, und Richter McCartins Gerichtssaal blieb freitags immer »dunkel«. David Browns Verteidigung mußte noch drei Tage warten.

44

Es hatte ein paar Hinweise gegeben, welche Richtung die Verteidigung einschlagen würde. Pohlson und Schwartzberg hatten ihren besten Zeugen verloren. Dan Coston, der jetzt Davids 40 000-Dollar-Diamantring hatte, würde natürlich nicht aussagen, daß David von Irv Cully und Richard Steinhart zu dem Komplott der Morde auf Bestellung verführt und dadurch in eine Falle gelockt worden war. Und es sollte ihm ganz sicher nicht erlaubt werden auszusagen, daß David ihm eine Million Dollar versprochen hatte, wenn er im Zeugenstand log. Der Name dieses Zuträgers und Doppelagenten würde in diesem Gerichtsraum nicht erwähnt werden.

Der Verlust war für den Fall der Verteidigung hart gewesen. David *wollte* aussagen, doch dagegen stand Pohlsons gutes

Urteilsvermögen. David besaß überhaupt nicht die Fähigkeit, sich so zu sehen, wie andere ihn sahen. Er hatte das Verhör nach seiner Verhaftung am 22. September auf dem Bildschirm miterlebt und fand, daß er sich sehr gut gehalten hatte. Er konnte nicht *sehen*, daß er seine Geschichte vom Anfang bis zum Ende völlig verändert hatte. Er konnte nicht *erkennen*, daß die sexuellen Details über seine tote Frau geschmacklos und unpassend waren. Falls David in den Zeugenstand trat, mußte er sich dem Kreuzverhör durch Robinson stellen, und Pohlson wußte, daß Robinson seinen Klienten in Stücke reißen würde.

Es war seit einiger Zeit offensichtlich, daß David nicht damit glücklich war, wie dieser Fall verlief. Er flüsterte ständig mit Pohlson oder zog ihn am Ärmel. Niemand konnte seine Worte hören, aber seine Miene war mürrisch.

Wenn sie ihn doch bloß alles erzählen ließen, könnte er alles klären.

Pamela French, die Garden-Grove-Polizistin, die Cinnamon am Morgen nach Lindas Ermordung zum Krankenhaus begleitet hatte, war die erste Zeugin der Verteidigung. Sie hatte Cinnamon Browns zweites Geständnis gehört, als sie bei ihr in dem Krankenhauszimmer saß. Officer French stimmte nicht mit Robinson überein, Cinnamons Erklärungen hätten »vorprogrammiert« geklungen.

Dr. Seawright Anderson sagte über seine Untersuchung von Cinnamon Brown vor fünf Jahren aus, über ihr Geständnis vor ihm bei seiner ersten Konsultation und über ihren völligen Gedächtnisverlust bei der zweiten. Anderson hatte nie mit David Brown oder Patti Bailey Brown gesprochen. Es war jetzt schwierig für Pohlson, Cinnamons und Pattis Aussage zu unterminieren. Sie hatten die Wahrheit gesagt, und Dr. Anderson sagte über eine weit entfernt zurückliegende, mangelhaft in Erinnerung gebliebene Realität aus.

David Brown sollte nicht aussagen. Zu seinen Zeugen wurden statt dessen eine ganze Reihe von Verteidigern. Zuerst Alex Forgette, Cinnamons Anwalt, dann Joel Baruch. Und am Dienstag, 5. Juni 1990, als letzter Zeuge der Verteidigung: Donald Rubright, der Patti Bailey repräsentierte. Die Verteidigung wollte offensichtlich durchblicken lassen, daß Patti Bailey ein »Handel« angeboten wurde, um gegen ihren Mann auszusagen – daß sie vor ein Jugendgericht kommen würde und nicht vor ein normales Gericht. Der Ankläger war genau so entschlossen zu zeigen, daß dies nicht der Fall war.

»Sagte der ›Staatsanwalt‹ zu Ihnen, er wolle nicht, daß Patti Bailey bei ihrer Aussage das Gefühl habe, es gäbe für sie irgendeinen Handel?« fragte Robinson den Verteidiger Rubright.

»Ja.«

»Mein Rat«, sagte Rubright auf Gary Pohlsons ähnliche Frage, »an sie lautete, auszusagen. Ich glaubte, es würde ihr guttun. Es wäre von Vorteil.«

»Wie oft haben Sie sie gesehen?«

»Vielleicht fünfundsiebzig- bis hundertmal, wenn man die Telefongespräche mitzählt.«

»Hat sie Ihnen vertraut?«

»Zuletzt ja.«

David Browns Steuererklärungen von 1981 bis 1985 wurden als Beweismittel angeboten und angenommen.

Dr. Kim Hicks hätte gegen Cinnamon aussagen sollen. Eine Stipulation wurde angeboten und angenommen. Wie Dr. Anderson hätte sie zu Cinnamons Erklärungen gleich nach Lindas Ermordung ausgesagt.

Doch das hatte Cinnamon den Geschworenen bereits im Gerichtssaal erzählt.

Die Verteidigung schloß elf Minuten nach elf ab. Ein gutes Omen für David Brown, den eingefleischten Las-Vegas-Spieler?

45

Der Mittwoch, 6. Juni, wurde von der schwerfälligen, aber notwendigen Debatte zwischen dem Ankläger, der Verteidigung und Richter McCartin über Belehrungen für die Geschworenen eingenommen. David Brown bat darum, während dieses Teils seines Verfahrens vor Gericht entschuldigt zu werden. Offenbar war er diesen Gerichtssaal leid, seinen unbequemen und weitgehend unverrückbaren Stuhl und die Augen, die sich aus dem Zuschauerraum in seinen Rücken brannten. Die Bailey-Schwestern und -Brüder waren da und beobachteten ihn ständig. Sie wünschten ihm nichts Gutes.

Die Schlußplädoyers sollten erst am Dienstag, dem 12. Juni, vormittags beginnen. Für diejenigen, die emotional in diesem Prozeß gefangen waren, lag die Woche gähnend leer vor ihnen. Wie bei allen Prozessen, die wochenlang dauern, entstand ein Gefühl bevorstehenden Verlusts bei regelmäßigen Zuhörern – und auch bei den Geschworenen. Diese eng gewobene Gruppe würde sich bald auflösen und in alle Richtungen zerstreuen. Eine Anzahl von Freundschaften war entstanden und würde weiter bestehen, aber die Leute würden nie wieder in dieser besonderen Art beisammen sein. Jeder Tag in Department 30 hatte Dramen und Enthüllungen versprochen.

Der Gerichtssaal war während dieses langen Prozesses über weite Strecken zu drei Vierteln leer gewesen, aber an diesem Vormittag, Dienstag, 12. Juni 1990, war er brechend voll mit Zuschauern: Gerichtsangestellte, Verwandte der Anwälte, Neugierige, die von der wachsenden Berichterstattung in den Medien angelockt worden waren, Verwandte des Angeklagten und der Toten.

Manuela Brown, Davids Mutter, saß in der vierten Reihe hinter dem Tisch der Verteidigung. Davids Schwester Susan war bei ihr, und Manuela hatte auch die fünfjährige Krystal mitgebracht. Sie war ein pummeliges kleines Mädchen in einem rüschenverzierten geblümten Kleid und weißen Mary-Jane-Schuhen. Sie wirkte verwirrt, und sie war offensichtlich hier, um aufzuzeigen, was für ein feiner Familienmensch ihr Vater doch war. Das schien ein sehr dürftiger Plan zu sein angesichts der Aussage von Cinnamon, seiner ältesten Tochter und seiner völligen Verleugnung Heathers, seiner jüngsten Tochter.

David Brown trat mit dem vertrauten Kettenklirren ein. Er trug ein rosa Hemd mit Krawatte und eine graue Trevirahose.

Er drehte sich um, entdeckte Krystal, grinste und winkte ihr mit seiner kleinen sternenförmigen Hand zu. Sie winkte zurück. Ganz offensichtlich betete sie ihren Daddy an – genau wie Cinnamon ihn einst angebetet hatte.

Wie immer das Urteil auch ausfallen mochte, es konnte nicht klug und einfühlsam sein, Krystal an diesem Tag hierherzubringen, um die Worte hören zu lassen, die den gewaltsamen Tod ihrer Mutter wieder heraufbeschworen, und Worte, die ihren Vater verdammten. Sie hatte schon genug verloren.

Es war 9 Uhr 20, und alles war bereit – abgesehen von einer Ersatzgeschworenen, deren Sitz leer war. Die Verhandlung war so weit gediehen, und jedermann war nervös, weil die junge Frau fehlte. Gail Carpenter griff nach ihrem Telefon, um die säumige Geschworene anzurufen, als diese um 9 Uhr 23 hereineilte und über den Stau auf dem Freeway klagte. Die Geschworenen, die an heißen Junitagen manchmal Shorts und Sommerkleider getragen hatten, hatten sich heute formell gekleidet.

Richter McCartin erklärte den Geschworenen, wie sie Schlußplädoyers betrachten mußten. »Argumente sind keine Beweise, und die Darstellungen gehören nicht zu den Beweisen, also erwarten Sie auch keine. Behandeln Sie Schlußplädoyers nicht als Beweise ... Wenn die Anwälte zu argumentieren beginnen, verlassen Sie sich auf Ihr eigenes Gedächtnis.«

Im Gerichtssaal war es still, als Jeoff Robinson sich erhob, um zu sprechen. Er trug seinen »ernsten« marineblauen Anzug. »Guten Morgen«, grüßte er die Geschworenen.

»Guten Morgen«, antworteten sie im Chor. Es bestand eine ausgesprochen erwartungsvolle Stimmung.

»Ich werde zweimal sprechen ...« erklärte Robinson. »Weil wir die Last des Beweises haben ... Das Geschwätz muß irgendwo aufhören.« Robinson dankte den Geschworenen für ihre Geduld und Aufmerksamkeit und bat sie nur, ihm ein Urteil zu geben. »Es spielt für mich keine Rolle, ob es fünf Minuten oder fünf Stunden oder fünf Tage dauert – oder *zehn* Tage.« Die Geschworenen waren so ernst und versunken, daß Robinson sie völlig überraschte, als er plötzlich lächelte und sagte: »Ich werde nur so lange sprechen, bis ich Sie davon überzeugt habe, daß ich recht habe. Ich möchte Sie bitten, die Hand zu heben, sobald ich Sie überzeugt habe. Wenn ich Sie alle überzeugt habe, höre ich zu sprechen auf.«

Die Geschworenen und die Zuschauer lachten, wenn auch nervös – das letzte Lachen des Tages. Doch die Spannung hatte nachgelassen.

»Die Hauptfrage ist«, begann Robinson, »*warum* sind wir hier? Die Antwort habe ich Ihnen in meiner Eröffnungserklärung gegeben – ich sagte Ihnen, sie würden eine moderne Tragödie hören, und (während dieser Verhandlung) hätten Sie keine entsetzlicheren Fakten hören können, die beweisen, daß dies tatsächlich eine moderne Tragödie ist ... Dies kann nicht passieren, aber es ist passiert ... Es ist keine Phantasie ... Dieser Mann – am Ende des Tisches der Verteidigung, David Arnold Brown – inszenierte auf eine Art, die das Volk als hinterhältig und verwerflich einstufen wird, die Ermordung seiner dreiundzwanzig Jahre alten Ehefrau – einer Frau, die zu *lieben* er behauptete ... Gibt es eine verwerflichere Tat, als dem Menschen das Leben zu nehmen, den man zumindest deshalb ehelicht, um am meisten für ihn zu sorgen und ihm zu vertrauen ... Die Person zu töten, der man Liebe und Treue geschworen hat ... die Person zu töten, mit der man seine innersten und verborgensten Geheimnisse geteilt hat? Und wahrscheinlich den Menschen, der dies am wenigsten von einem erwarten würde? Es kann wahrscheinlich keinen schlimmeren Vertrauensbruch geben. Wahrscheinlich gibt es eine Hierarchie des Vertrauens. Man tötet einen Fremden – einen Bekannten – vielleicht ein Familienmitglied. Aber die *Ehefrau* – den Menschen, mit dem man alle diese Gemeinsamkeiten hat? Das ist wirklich von großer Bedeutung, und deshalb sind wir hier. Des weiteren erschwerend ... wir haben die Tatsache, daß Mr. Brown sein eigen Fleisch und Blut beauftragte und ermutigte – ein vierzehn Jahre altes Mädchen – Cinnamon. Das war ein vierzehnjähriges Mädchen in jeder Hinsicht, was auch immer Sie in Betracht ziehen wollen ... das verdorben und korrumpiert und von seinem Vater *verdreht* wurde ... Ist es fair gegenüber diesem kleinen Mädchen, daß es in die Situation gestellt wurde, in der es sich befunden hat ...? Nach seinem eigenen Eingeständnis ist Mr. Brown ein Feigling ... Es gibt keine Frage, daß dieser Mann andere hat, die seine Sache erledigen, weil er der extremste Feigling ist. Er ist ein Mensch, der will, will, will, der sich aber selbst nie in die vorderste Linie wagt. Wie er immer wieder sagt: ›Laßt *mich* da heraus.‹ Nach seinen eigenen Worten hatte er nicht den Magen dafür. Ferner haben wir es damit zu tun, daß Mr. Brown bei der Vorbereitung seiner entsetzlichen Tat die Sache ein klein wenig versüßt hat ... indem er seine geliebte Frau überversicherte – jene Frau, von der er immer wieder behauptet hatte, er wäre lieber an ihrer Stelle gestorben. Er überversichert sie so sehr, daß sich die Tat sehr, sehr lohnt. Danach ... erlebt Mr. Brown einen unerwarteten Glücksfall ... Es gibt keine Frage, daß Mr. Brown genau wußte, was er dabei gewinnen würde ... Als wäre das noch nicht genug – nachdem er achthundertundzweiundvierzigtausend Dollar eingestrichen hat, haben wir es mit einer weiteren Tat von Mr. Brown zu tun. Bei der Vorbereitung dieses Mordes – genaugenommen sogar schon sehr lange davor – nutzte Mr. Brown ein junges, verletzbares Mädchen aus alles andere als glücklichen Verhältnissen aus. Ganz egal, was Sie auch von Patti Bailey halten, wir alle sind Produkte unserer Umgebung ... Er nutzte sie aus, indem er ihr ein neues Leben versprach ... Mr. Brown kannte ihre Probleme mit Familienmitgliedern, mit Bekleidung, Geld, Essen. Welches Kind hätte nicht dieser Hölle entrinnen wollen, in der sie sich befand – hätte zu Mr. Brown kommen wollen? Sie ist nicht zu Shirley Temple herangewachsen. Sie haben sie gesehen – fast ›zombiehaft‹, aber kommt das daher, daß sie sich noch nicht weit von dem Klammergriff entfernt hat, in dem sie sich mehrere Jahre befand? Selbst Erwachsene können durch andere Erwachsene einer Gehirnwäsche unterzogen werden. Stellen Sie sich vor, was verletzbare Kinder in der richtigen Situation tun würden – was passieren kann ... Mr. Brown präpariert zu seiner pervertierten und selbstsüchtigen Befriedigung Patti Bailey so weit, daß sie in ihm ihre einzige Stütze sieht ... Sie sagte Ihnen: ›Er war mein Lebenserhaltungssystem.‹ Er war ihre Lösung für alles ... und Mr. Brown war sehr geschickt darin sicherzustellen, daß er dies blieb, indem er dieses Mädchen von allem abschloß. Er bringt sie so weit, daß sie bereit ist, ihrem eigenen Fleisch und Blut das Leben zu nehmen – *ihrer Schwester.*«

Im Gerichtssaal war es still, abgesehen von Jeoff Robinsons Stimme. Es war nicht so, daß er den Geschworenen neue Informationen geliefert hatte; es war eher so, daß sie eine Reihe von »entsetzlichen Taten« zu hören bekamen, die so kurz hintereinander genannt wurden, daß sie noch ungeheuerlicher wurden.

Während dieser langen Monate hatten sie alle Bänder gehört, sie hatten David Browns Stimme locker leugnen, erklären gehört (wenn auch nicht vom Zeugenstand aus), und sie hatten die jungen Mädchen gesehen, von denen der Staatsanwalt sprach. Am Anfang dieses Prozesses war alles wie in einem Fernsehfilm vorbeigerauscht.

Jetzt war es real.

»Nach dem Mord«, fuhr Robinson fort, »hören die entsetzlichen Taten nicht auf. Im Verlauf der Zeit scheinen die Dinge schlechter und schlechter zu werden. Cinnamon Browns Leben wird von ihrem Vater aufs Spiel gesetzt ... Was wäre geschehen, hätte sie sich nicht übergeben? Es gibt keine Frage, was dann geschehen wäre. Es hätte einen perfekten Mord gegeben. Es wäre zu der perfekten von ihm gewollten Tat gekommen – der Ermordung seiner Frau, er hätte ihre Schwester an ihrer Stelle gehabt, die noch jung genug war, um sie zu formen, nicht dreiundzwanzig und unabhängig. Er hätte einen Abschiedsbrief gehabt, der *ihn* reinwusch. Hätte Cinnamons Magen nicht rebelliert, so hätte er keine Zeugen gehabt. Hätte dieser Magen nicht rebelliert« – er nickte den Geschworenen zu –, »würden *Sie* jetzt in Ihrem Wagen fahren oder *Sie* wären (heute) bei der Arbeit, und ich säße unten in meinem Büro. Wir wären nicht hier. Sich vorzustellen, daß ein Vater sein eigen Fleisch und Blut in dieser Weise gefährden kann, ist unheimlich ... Mr. Brown wußte, daß seine Tochter wahrscheinlich nicht überleben und daher auch nichts erzählen würde. Seine Alternative, falls sie doch überleben sollte, war, daß sie mit einer Geschichte präpariert war ... Dieses vierzehnjährige Mädchen – weil es seinen Vater so sehr liebt – ist darauf vorbereitet, die Sache durchzuziehen ... Die Verteidigung wird Ihnen sagen, daß Mr. Brown nichts von all dem gemacht hat – es waren diese Mädchen – diese ›verrückten‹ Mädchen. Sie haben das auf eigene Faust gemacht. Nun, wenn Sie überzeugt sind, daß es so geschehen ist, dann sei es so. Dann lassen Sie ihn von hier weggehen.«

Robinson erinnerte die Geschworenen daran, daß die Stoßrichtung dieses Falles am deutlichsten in dem Dreieinhalb-Stunden-Verhör David Browns durch Jay Newell und Fred McLean am Morgen seiner Verhaftung am 22. September 1988 wurde.

»Nachdem er zwei Stunden gelogen hat, beginnen die Mauern endlich einzustürzen. Er kann nur eine gewisse Anzahl Löcher stopfen, und endlich, wie Wasser, kommt die Wahrheit durch. Er bringt sich selbst um Kopf und Kragen. Dieses Videoband ist sein Ende. Das ist es, worum sich dieser ganze Fall dreht.« Robinson machte darauf aufmerksam, daß Ventura *keine* Schule war; es war ein Gefängnis. »Cinnamon Brown ist eingesperrt, seit sie vierzehn war. Mr. Brown bemüht sich sehr, sie im Gefängnis zu belassen und selbst nicht hineinzukommen. Wie weit kann dieser Mann gehen? Dieser Mann hat kein Gewissen. Gar keines. Dieser Mann ist die typische soziopathische Persönlichkeit. Alles, woran er denkt, ist sein Ego. Jeder andere in seinem Leben ist nur eine Schachfigur. Er kann alles, was er tut, dadurch rechtfertigen, indem er sagt, daß *er es wert ist*.«

Ein Hauptfaktor beim Beweis, daß David Brown schuldig des Mordes war, bestand darin, sein »Bewußtsein der Schuld« nachzuweisen. War er sich tatsächlich dessen bewußt, daß *er* des Mordes an seiner Frau schuldig war, obwohl er meilenweit entfernt war, als die Schüsse fielen? Robinson betonte, daß Browns Taten *nach* dem Verbrechen ein hohes bewußtes Wissen seiner eigenen Schuld zeigten.

»Er plant, die Hindernisse für seine Freiheit zu eliminieren und/oder zu töten – der Ankläger und die Ermittler, die den Fall so gut kennen – die sollen verschwinden, damit neue Leute ins Spiel kommen. Verrät das nicht das Bewußtsein eines Schuldigen? Und das Letzte war – diese Frau zu töten, mit der er verheiratet ist – Patti Bailey –, Sie werden die Heiratsurkunde sehen. Er war *willens, diese* Ehefrau zu töten, weil sie gegen ihn aussagen konnte.«

Robinson sprach als nächstes von Linda Bailey. Linda war die vergessene Frau. Sie war seit mehr als fünf Jahren tot. So lange tot, daß es leicht war zu vergessen, daß mit ihrem Tod dieses lange Abgleiten ins Böse startete. Lindas kleines Mädchen saß im Gerichtssaal und rutschte unruhig hin und her und konnte nicht verstehen, wovon der Mann da vorne sprach. Krystal Brown rieb sich die Augen und lehnte ihren Kopf an die breite Schulter ihrer Großmutter.

Es fiel Robinson zu, die legalen Vorgänge zu erklären, die in Verbindung mit Mord stehen. Anklagepunkt I betraf die Ermordung von Linda Brown. Anklagepunkt II betraf die Verschwörung zum Mord. War es nötig, Mord zu erklären? Vielleicht für das Protokoll. »Jede Person, die ein menschliches Wesen mit böswilligem Vorsatz tötet, ist schuldig des Verstoßes gegen Paragraph 187 des Strafgesetzes . . .«

Robinson sagte, bei dem den Geschworenen vorliegenden Fall ginge es um »alles oder nichts«. (Die Belehrung der Geschworenen, auf die man sich zuvor geeinigt hatte, schloß die Möglichkeit des Mordes zweiten Grades sowie des Totschlags aus.) »Mr. Brown ist entweder des Mordes ersten Grades schuldig, oder er ist nicht schuldig . . . Der Angeklagte hat das Recht, daß eine geringere Straftat in die Anklage eingeschlossen wird. In diesem Fall . . . plädieren wir auf Beihilfe nach der Tat. Mr. Brown hätte es sicher gern, wenn Sie ihn dessen schuldig befinden . . . Er würde Ihnen fünfzigmal die Hand schütteln, sollten Sie ihm das zum Geschenk machen. Und das wäre ein *Geschenk*!« Robinson deutete auf die Schautafel mit der Definition des Mordes ersten Grades. »Die Fakten dieses Falles sind ein *Textbuch* für Mord ersten Grades.«

Sofern die Geschworenen bisher Robinson zustimmten, hatten sie akzeptiert, daß David Brown die Ermordung von Linda Brown geplant hatte, daß er die Ermordung von Linda Brown schon lange – *Jahre* – vorher *überlegt* hatte, bevor sie tatsächlich getötet wurde. Ihr Mord war nicht das Ergebnis eines plötzlichen übereilten Impulses. »Eine kalte, kalkulierte Einschätzung und Entscheidung . . . Das kann nur Mord ersten Grades sein«, sagte Robinson.

Die nächste Erklärung des Gesetzes war noch wichtiger für Laien, von denen die meisten annehmen, daß es nötig ist, den Abzug zu betätigen oder seine Hände um den Hals eines Opfers zu legen, um als Mörder zu gelten. Nicht notwendigerweise. »Wenn zwei oder mehr Personen sich zusammentun, um ein Verbrechen zu planen, ist es wahrscheinlicher, daß dieses Verbrechen auch durchgeführt wird«, erklärte Robinson. »Der Gesetzgeber wollte dieses Problem dadurch bekämpfen, daß er dies – die eigentliche Planung – zu einem separaten Verbrechen machte. Das ist Verschwörung.« Wie konnte jemand, nicht der eigentliche Täter – schuldig sein? Das juristische Konzept lautete *stellvertretende Verantwortlichkeit*. »Das bedeutet«, erklärte Robinson, »daß es viele Spieler in einem bestimmten Verbrechen geben kann. Da gibt es den eigentlichen Ausführenden des Mordes – aber wenn man hilft und Vorschub leistet, kann man genau so schuldig sein wie der eigentliche Täter ... *Mr. Brown ist genau so schuldig, obwohl er nicht der eigentliche Täter ist.*«

Robinson erklärte sehr gut die ziemlich schwierigen, kniffligen juristischen Punkte für die Laienjury. Dieser Mordfall unterschied sich grundlegend von den Mordprozessen im Fernsehen. David Browns Hände waren nicht mit dem Blut eines Opfers befleckt. Aber wenn man Robinson glauben konnte, tropfte es rot von ihnen.

Die Verteidigung hatte darauf hingewiesen – und würde sicher weiterhin darauf hinweisen –, daß ihr Mandant versucht hatte, sich von dem Plan zurückzuziehen, daß David Brown den Mädchen gesagt hatte, sie sollten Linda nicht töten. Und auch das brachte ein heikles juristisches Gebiet zur Sprache. Es gab einfachen »Rückzug«, und dann gab es »effektiven Rückzug«. Hatte David Brown wahrhaftig versucht, seine gesamte Verantwortung in dem angeblichen Komplott zur Ermordung seiner Frau zu beenden? Hatte er denn vorgehabt, sich total aus dieser Situation zurückzuziehen?

»Offenbar ein Lieblingsthema von Mr. Brown – auf seinen Bändern in der Ventura School und bei seinem Verhör mit Mr. Newell«, erinnerte Robinson die Geschworenen. »Er wiederholte und betonte es – selbst wenn es als Antwort überhaupt nicht paßte – er sagte zu Cinnamon (im Jugendgefängnis): ›Aber ich habe dir gesagt, es nicht zu tun!‹«

Robinson wies darauf hin, daß Brown von der Existenz des

Bandes überrascht worden war, das während seiner Besuche in der Ventura School gemacht wurde. Er mußte etwas zugeben – aber er gab nur zu, was Newell schon wußte.

»Als er mit dem Rücken zur Wand steht ... räumt er ein: ›Nun, ich habe ein paar Medikamente zusammengestellt – aber ich habe nicht versucht, sie zu töten.‹ – ›Ja, ich habe ihr bei einigen Abschiedsbriefen geholfen, aber ...‹ Sie haben einen klaren Beweis aus Mr. Browns Mund, daß er half und Vorschub leistete ... Mr. Brown muß jetzt Ihnen beweisen, daß er sich zurückzog ... Und es gibt eine Gesetzesregel, die sich darauf bezieht ... ›Rückzug aus der Verantwortung einer Person, die geholfen und Vorschub geleistet hat – die Person kann ihre Verantwortung dadurch beenden, daß sie die anderen Beteiligten von ihrer Absicht des Rückzugs in Kenntnis setzt *und* alles in ihrer Macht Stehende tut, um die Ausführung des Verbrechens zu verhindern.‹«

Robinsons Stimme hatte nur einen leicht sarkastischen Unterton, als er die Schritte aufführt, von denen David Brown behauptet hatte, er habe sie ergriffen, um den Mord an seiner Frau zu stoppen. Er zitierte Browns widerwillige Eingeständnisse, als er die Geschworenen fragte, ob sie glaubten, daß sich der Angeklagte *effektiv* von den Mordplänen zurückzog.

»›Wenn ihr das gegen meinen Willen macht, muß ich weggehen.‹ – ›Okay, Mädchen, ich habe euch bis zu diesem Punkt gebracht, ich habe euch gesagt, wie es ablaufen soll, ich habe deine Abschiedsbriefe geprüft – ich habe dir den besten Abschiedsbrief gezeigt, ich habe die Medikamente für dich zusammengestellt – ich habe dich vollständig vorbereitet, aber jetzt sage ich: »Ich fahre weg. Macht es nicht.«‹ Ist *das* alles in seiner Macht Stehende, um die Ausführung zu verhindern? Das ist lächerlich. Das ist verrückt. Würden Sie das Haus der Frau, die Sie lieben, verlassen – der Frau, von der er immer wieder sagte, wie sehr er sie liebte und schätzte, für die er lieber selbst gestorben wäre; und dennoch geht er weg und unternimmt nichts und weiß, daß diese Mädchen sie umbringen werden, und er *läßt* sie das tun? ›Hey, Mädchen! Wacht auf, wacht auf, Mädchen – ich fahre jetzt weg – erschießt aber niemanden.‹ Ist das ein effektiver Rückzug? Nein.«

Im Gerichtssaal war es jetzt, falls überhaupt möglich, noch stiller als zuvor. Es war 10 Uhr 10, und Krystal Brown war, Gott sei Dank, fest eingeschlafen.

Robinson ging nun geduldig den Nachweis der »besonderen Umstände« durch. Es mußte sich bei der Tat um vorsätzliche Tötung handeln, und diese mußte um des finanziellen Gewinns willen ausgeführt worden sein. Linda Browns Ermordung erfüllte beide Kriterien. »Es muß nicht das *Hauptmotiv* sein – solange Geld eines der Motive ist«, sagte Robinson. »Worauf waren zur Zeit des Mordes seine Gedanken ausgerichtet . . .? Erwartete er, Versicherungsgelder einzustreichen? Das ist ziemlich klar. Mr. Brown hatte mehrere Kontakte mit Versicherungsagenten. Innerhalb von zwei Jahren vor ihrem (Lindas) Tod gab es vier Policen mit einer *gewaltigen* Überversicherung von insgesamt – mehr als einer Million Dollar . . . aber er hatte schon zuvor Policen für sie, wird die Verteidigung anführen, und er löste sie nicht ein. Warum tat er das? Wir werden es nie erfahren. Aber wir wissen, daß Patti Bailey ausgesagt hat, daß er schon 1983 davon gesprochen hat, Linda zu töten. Dann, in Brea, sagte Patti, hätten sie darüber längere Zeit nicht gesprochen. Vielleicht liefen die Dinge für eine Weile gut . . . Der springende Punkt ist, daß er sie in dem *letzten Monat* vor ihrem Tod, am einundzwanzigsten Februar, dazu gebracht hat, eine Unterschrift für eine *neue* Police zu leisten – über vierhunderttausend Dollar. Man braucht kein Versicherungsagent zu sein, um zu wissen, was das bedeutet. Dies ist ein klassischer Fall eines Ehepartners, der den anderen Ehepartner versichern läßt in der Hoffnung, bald kassieren zu können.«

Die vormittägliche Pause verstrich. Die Geschworenen konnten die Uhr nicht sehen. Sie befand sich hinter ihnen. Die übrigen Zuhörer hatten nicht auf die Uhr geachtet.

Zwanzig Minuten später traf Robinson das Herz der Verschwörung. »In dem Fall von 1985 müssen Sie sich an etwas erinnern. Wenn alle Beteiligten . . . im selben Haus leben, wie wir das am

Ocean Breeze Drive haben, wenn Sie also über objektive Beweise hinausgehen müssen – Fingerabdrücke, Fasern –, die hier nicht zum Zuge kommen, müssen Sie fragen: *Wer ist der wahrscheinlichste Täter ...? Wer hat den stärksten Grund, sich Lindas Tod zu wünschen? Wer besaß die Kontrolle über diese sonderbare Familie ...? Wer traf die letzten Entscheidungen über die Ausführung des Mordes? Wer war klug genug, um das zu bewerkstelligen?* Ich glaube, Sie kennen die Antwort. *Wer hatte letztlich den größten Nutzen?* Ich denke, wenn Sie alle vier Fragen beantworten, haben Sie Ihren Mann ... Mr. Brown hat kein Problem damit, sich jeden zu greifen, den er nur kriegen kann, und ihn als Schutzschild zu benutzen, um die Hitze von ihm selbst fernzuhalten ... Er schiebt die Schuld auf Cinnamon ... Sie haben die Briefe gelesen, die er an Patti schrieb, während er im Gefängnis war. Sie sehen, wie David ständig hin und her springt, von einem zum anderen ... In diesem Gespräch mit Cinnamon sagt er, daß er Todesangst davor hat, mit *Patti* zu leben ... und bei Jay Newell sagt David, er habe sogar Angst davor, Patti hinauszuwerfen ... dann ist er verhaftet, und Patti *muß* seine Freundin sein, und darum sehen Sie in seinen Briefen einen Versuch, Patti einer Gehirnwäsche zu unterziehen. Diese Mädchen sind von ihm abhängig ... Können diese Mädchen David Brown kontrollieren? Es ist so, als würde Edgar Bergen sagen: ›Charlie McCarthy hat mich fest in der Hand. Seht euch diese Marionetten an. Seht euch an, was die mit mir anstellen!‹«

Robinson bat die Geschworenen, sich an alles zu erinnern, was sie über den Angeklagten wußten. Wenn sie dieses Wissen in Betracht zogen, erschien es ihnen dann so von seinem Charakter abzuweichen, daß er zu einem Mord anstiftete?

»Sehen Sie sich an, wie er Frauen herabwürdigt. Er spricht von ihnen, indem er sich auf bestimmte Körperteile bezieht. Sehen Sie sich seine Beschreibung von Patti Bailey an. Das war seine *Ehefrau* ... Er wurde Pattis *Lebenserhaltungssystem*. Sie dachte, er müsse da sein, damit sie leben konnte ... Wenn ein Mann sich mit einem Kind in einem so jungen und zarten Alter immer wieder Freiheiten nimmt, würde ein Mädchen dann nicht für ihn in die Hölle und wieder zurück gehen? Dies war das Königreich von Brown, sein eigenes kleines Fürstentum! Was für ein Königreich! Ihre Familienausflüge – sie sprachen über Lindas Ermordung. Dieser Mann – er hat ein höllisches Regiment geführt. Er ist unreif, und er ist ein Genie.«

Doch, so zeigte Robinson auf, David Brown hatte stets einen »noblen« Grund für das, was er getan haben wollte. Er wollte aus dem Gefängnis heraus, weil »Krystal ihn brauchte... Ich tue das, weil ich unschuldig bin... ich tue das, weil mich der Staatsanwalt in die Pfanne haut... ich tue es, weil Linda mich umbringen wird... ich tue es, weil die Mafia hinter mir her ist.« Robinson steigerte sich zu einem großen Endspurt, während er systematisch David Browns Alibis für die Zeiten all seiner Verbrechen zerpflückte. Er betonte, daß es keine Rolle spielte, wie die Bänder mit Steinhart zustande gekommen waren. Es spielte nur eine Rolle, was David Brown glaubte und auf diesen Bändern über die Morde auf Bestellung sagte. Selbst wenn David Brown wahrhaftig glaubte, hereingelegt zu werden, würde ein *unschuldiger* Mann so reagieren?

David Brown war wütend. Ein tiefes Rot kroch an seinem Nacken hoch, und er flüsterte häufig eindringlich mit Pohlson. Als Robinson ihn als »Liebesgott David Brown« bezeichnete, lächelte er leicht, und erst als die Zuschauer ein Lachen unterdrückten, begriff er, daß er verspottet wurde. Er war ohnedies schon wütend, weil er keine Gelegenheit gehabt hatte, in den Zeugenstand zu gehen.

»Was für ein Mann«, fuhr Robinson fort, »läßt Cinnamon schmachten, während *er* es sich gut gehen läßt? Ein richtiges Scheusal – und das ist noch nett ausgedrückt. Er sagte zu Cinnamon: ›Es ist für erwachsene Männer im Gefängnis viel schwerer.‹ Und er sagte zu Patti: ›Laß mich da bloß heraus. Unterstütze mich und laß mich aus der Sache heraus... wir könnten abwechselnd ins Gefängnis gehen – wenn Krystal alt genug ist, bringen wir sie hierher (nach Ventura).‹ Der Gnadenstoß (war) am 22. September 1988 – Jay Newells Verhör. Das ist über jeden Zweifel erhaben. Da bekommen Sie den wahren Geschmack dessen, was Mr. Brown ist. Das ist der Gipfel der Wahrheit. Dieser *anständige* Mann, der ein Heim für ungeratene Mädchen führt, die sich gegen ihn stellten und ihn bissen ... die Fassade bröckelt ab. Er hat es nicht mehr mit kleinen Mädchen zu tun – jetzt ist er mit erfahrenen Ermittlern zusammen.«

Robinson zeigte auf, wie Brown langsam Jay Newell mehr und mehr Boden überlassen hatte. Er stritt natürlich ab, Cinnamon eine tödliche Dosis verabreicht zu haben, und ersetzte dieselbe in seiner Erinnerung durch eine harmlose Mischung.

David Brown hatte jede belastende Tatsache zugegeben. Robinson erinnerte die Geschworenen, daß David stets mit »Gott, nein« auf Fragen nach seiner sexuellen Beziehung zu Patti antwortete, und wie er sich verplapperte und Newell erzählte, sie habe im Schlaf gesprochen. Er mußte Newell irgendwo diesen Schnitzer erklären, und sprach daher über das »Garfield-Schlafanfall-Syndrom«, zu dem Patti neigte.

»Sie hielten einander nur fest – weil ›es mir wirklich schwer zusetzte, was geschehen ist. Es zerreißt mich innerlich,‹« zitierte Robinson. »Es zerreißt mich innerlich so sehr, daß ... ich diese achthundertfünfzigtausend Dollar bekommen habe, aber es zerreißt mich. Es zerreißt mich so sehr, daß ich sexuelle Beziehungen zu Patti haben muß – aber es zerreißt mich wegen Linda. Mann, wie ich sie vermisse!«

Robinson endete mit einem ätzenden Blick auf Browns Schuldbewußtsein.

»Er ist hemmungslos. Es geht immer um *mich. Ich. Ich. Ich. Geld. Sex. Schutz ...* Das Mordkomplott gegen den Ankläger und den Ermittler und alle in den Prozeß aufgenommenen Bänder zeigten David Browns Schuldbewußtsein. Unschuldige Menschen ziehen nicht los und überlegen mit Vorbedacht, anderen Menschen das Leben zu nehmen. Erzählen Sie mir doch nicht, ein unschuldiger Mann wäre in eine schreckliche Tat, in die Ermordung seiner Frau verwickelt!«

Als David Brown schon vor Zorn und Frustration zu explodieren schien, setzte sich Robinson. Der Angeklagte hatte noch eine Chance bei den Geschworenen. Er hatte bereits auf jedes mögliche Argument geantwortet, das Gary Pohlson seiner Meinung nach für die Verteidigung anbringen konnte. Er betrachtete die Geschworenen und versuchte zu erraten, was sie dachten.

Sie gaben ihm nicht den kleinsten Anhaltspunkt.

46

Kaum einer im Gerichtssaal beneidete Gary Pohlson um die vor ihm liegende Aufgabe. Die Geschworenen hatten seinen Mandanten auf Band *gehört*, wie er seine Teilnahme an einem Mord (an seiner eigenen Frau) zugab und wie er kaltblütig zumindest drei weitere Morde plante. Wie konnte Pohlson das alles »wegerklären«? Dennoch lächelte der Verteidiger strahlend, als er an das Lesepult trat, um sein Plädoyer zu beginnen. Alle im Gerichtssaal – einschließlich Robinson – mochten Pohlson. Konnte er nun einiges von diesen herzlichen Reaktionen auf David Brown abfärben lassen?

Pohlson feuerte seine Argumente wie ein Maschinengewehr in den Gerichtssaal. Die einzelnen Punkte flossen dahin, aber sie kamen nicht notwendigerweise voll bei den Zuhörern an. Es war schwierig, ein Argument aufzugreifen, bevor er schon zu dem nächsten überging und es seinen Zuhörern überließ, mit schattenhaften Andeutungen fertig zu werden.

»Ich bin besorgt, daß *Gefühle* die Wahrheit überwältigen könnten ... Auf der einen Seite haben wir die zwei Mädchen ... auf der anderen Seite haben wir David Brown – der offensichtlich kein so sympathischer Charakter ist«, begann Pohlson ernsthaft. »Deswegen und wegen all der Tränen, die wir hier hatten, und wegen des Lachens, das wir hatten, und des Zorns, den wir hatten, fürchte ich, wir könnten ein klein wenig von der Wahrheit abkommen ... von den Fakten. Vielleicht werden wir von den Emotionen überwältigt, von den Sympathien für diese jungen Mädchen, von ihren Tränen ... Jeder Fall ist wichtig für die Person, die da drüben am Tisch der Verteidigung sitzt. Manchmal verlieren wir den Faden. Wir gehen Punkt für Punkt durch, und wir lachen und machen Scherze. Und ich bin in dieser Hinsicht offenbar der schlimmste Sünder – vielleicht der zweitschlimmste.« Er nickte in Jeoff Robinsons Richtung.

Die Geschworenen lächelten nervös.

»Es geht nicht nur um Cinnamon und Patti Bailey, die sympathische Personen sind«, fuhr Pohlson fort. Er sagte, er habe sich dem Fall von einem »sehr menschlichen Gesichtspunkt« genähert und gefunden, daß er ganz einfach in fünf Bereiche zerfiel: Gefühle, besondere Umstände, Personen (Patti, Cinnamon und David), Lügen und Motive – Motive für Lügen und für Mord. Er schrieb seine umrissenen Gebiete auf die Schautafel. Und aus diesem Gekritzel, versprach er, würde die Wahrheit hervorgehen. »Das Letzte, worüber ich mit Ihnen sprechen möchte, ist die Wahrheit.«

Das war ein unglücklicher Satz, vielleicht sogar ein Freud'scher Versprecher.

Pohlson drängte die Geschworenen, die Beweise zu betrachten und zu begreifen, daß jede Seite sie anders sah. »Irgend jemand wird nicht recht bekommen. Wenn Sie denken, die Taten des Angeklagten fanden statt, weil er sich seiner Schuld bewußt war, dann können Sie das benützen. Zweieinhalb Tage lang diese schrecklichen Bänder – sie sprechen darauf über den Mord an Menschen, über schlimme Dinge. Was ist mit den dahinterstehenden Gründen? Was ist mit dem Bewußtsein der *Unschuld*? Joel Baruch hat den Ankläger beschimpft und (mit ihm) vor Gericht gestritten, gestritten, gestritten. *Ja*, er ging zu David Brown und sagte ihm, der Ankläger und der Ermittler wären unethisch und darauf aus, ihn zu erledigen.«

Erstaunlicherweise drängte Pohlson die Geschworenen, das Band von seiner Verhaftung am 22. September noch einmal laufen zu lassen und *zuzuhören* – zuzuhören, was wirklich gesagt wurde. Die Steinhart-Bänder waren ebenfalls »bedrückend . . .« Mr. Brown versuchte, sich an einer sehr schlimmen Sache zu beteiligen. Aber er war verzweifelt. Er meinte, keine Chance zu haben – weil er dachte: ›Der Ankläger lügt . . .‹ Sehen Sie sich das Band vom 22. September an, dann erkennen Sie, was für ein verängstigter, feiger Kerl er ist. Brown war in Panik . . .! Haben Sie jemals zwei unterschiedlichere Männer gesehen als Richard Steinhart und David Brown? Steinhart ist stark, und David Brown ist schwach. Steinhart? Er spielte mit David Brown wie mit einem Fisch . . . Er nutzte David Browns Schwäche aus . . . Er sah, daß Brown verstört und verängstigt war und fürchtete, durch Pattis Aussage ins Gefängnis zu wandern. Er sagte Richard Steinhart, er wäre ein verzweifelter Mensch – er habe keine Chance ... Das bedeutet nicht, daß er schuldig ist.«

Pohlson mußte auf vernünftigen Zweifel hinaus. Das war alles, was er hatte. Sein eigener Klient hatte ihn belogen, was das Bestechen von Zeugen anging. Pohlson tat das Beste, was irgend jemand unter den erstickenden Beschränkungen machen konnte, gegen die er ankämpfte.

»Hören Sie sich alle Bänder noch einmal an, bis sie ein *Gefühl* bekommen, und dann gehen sie *hinter* dieses Gefühl, und dann verfolgen Sie es (weiter) mit Hinblick auf vernünftigen Zweifel.« Pohlson sagte, er könne nicht einsehen, daß der bloße Abschluß von Versicherungen seinem Mandanten besondere Umstände einbringen sollte. »Gab es zu viele Versicherungen? Mr. Robinson denkt so. Was noch? Ich weiß es nicht – vielleicht ist mir etwas entgangen.«

David Brown sah seinen Anwalt an, als erwartete er ernsthaft, daß Pohlson ihn aus der Klemme befreien konnte, in der er steckte. Diejenigen, die etwas davon verstanden, wußten, daß Pohlson nur wenig Hoffnung auf einen Freispruch haben konnte. Er hatte vorhergesagt, daß das Band nach der Verhaftung »uns überrollen« würde, und das Verhör vom 22. September hatte seinen Fall wie eine Dampfwalze plattgedrückt. Er wollte die besonderen Umstände raushaben. Wenn er das nicht abtrennte, konnte sein Klient nicht nur verurteilt werden, sondern auch lebenslänglich ohne Möglichkeit einer vorzeitigen Entlassung bekommen.

So abstoßend das auch war, aber Pohlson mußte Cinnamon und Patti angreifen und ihre verhängnisvollen Aussagen unterminieren.

»Der Ankläger möchte Sie glauben machen, daß (Mr. Brown) ein Genie ist, das sich einen schlauen Plan zur Ermordung Lindas ausgedacht hat. *Klingt* das nach einem schlauen Plan ... diese emotionalen, jungen, deprimierten, *gierigen* Mädchen ...? Das sind keine zwei kleinen Engel, die von Mr. Brown irregeleitet und manipuliert wurden. Vor allem, Cinnamon Brown hat den Mord ausgeführt, und Patti hat ihr geholfen. Cinnamon ging noch einmal auf Pattis Anweisung hinein und erledigte sie (Linda). Sie feuert aus einer Entfernung von fünfzehn bis vierzig Zentimetern, dann verhakt sich der Revolver in dem Kissen. Sie wollte noch einmal schießen ... wollte die Frau erschießen, von der sie beide *in Tränen* ausgesagt haben, wie sehr sie sie liebten ...« Pohlson wurde sarkastisch. »Wir sprechen über ein verwirrtes, verstörtes vierzehnjähriges Mädchen. *Manipuliert* von David Brown?« Pohlson schüttelte den Kopf. »Der Grund, warum sie verstört ist, liegt darin, daß sie endlich da ist, wo sie sein möchte. Ihr Vater macht eine Menge Geld. Sie bekommt schöne Dinge. *Linda* war die Bedrohung. Cinnamon hat vielen Leuten erzählt, daß Linda sie hinauswerfen wollte. Dann hätte sie alles verloren.«

Rückblickend war es durchaus möglich, daß Gary Pohlson gegen diese Phase seines Schlußplädoyers die größte Abneigung empfand, aber er machte weiter und beschrieb Patti als eine neue Lolita, der es nach dem Ehemann der Schwester gelüstete, als eine Elfjährige, die sich David Brown aufdrängte, als sie in seinem Wagen fuhren.

»Ist das vielleicht ein armes, kleines, manipuliertes Mädchen?«

Für einen Moment verrieten die Augen der weiblichen Geschworenen ihre Ablehnung gegen dieses Argument. Pohlson hatte die Grenze überschritten. Elfjährige drängen nicht siebenundzwanzigjährigen Männern Fellatio auf.

Pohlson kam zu seinem immer wiederkehrenden Thema zurück. »Sehen Sie sich alle diese Lügen an, die diese Mädchen erzählt haben. Sie haben jahrelang gelogen.«

Wahr. Das hatten sie tatsächlich gemacht. Pohlson ging peinlichst genau die Lügenflut durch. Darin gab es keinen Widerspruch von der Anklage. Es wäre unsinnig gewesen, hätte Robinson abgestritten, daß die Mädchen gelogen hatten. Es lag bei den Geschworenen herauszufinden, *warum* sie logen und ob sie *jetzt* logen.

»Denken Sie daran, wie oft Cinnamon Brown und Patti Bailey sagten: ›Wir haben ihn nie ernstgenommen.‹ Ich behaupte, sie nahmen ihn tatsächlich nicht ernst ... Vielleicht hätte er da energischer sein müssen. Es gibt viele Beweise für nicht ernstes Gerede ... bis die Mädchen es wirklich taten ... Wie ist also seine Reaktion darauf – *als Vater?* ›Oh, mein Gott, meine

Tochter hat meine Frau getötet . . .!‹ Er fragte Patti Bailey ›Was ist los?‹ (als er in der Mordnacht heimkam), und sie sagte: ›Etwas ist geschehen.‹ Und er stöhnt: ›Oh, mein Gott . . .!‹ Das spricht Bände . . . *Die Mädchen haben es getan*!«

Die Schlußplädoyers dauerten den ganzen 12. Juni. Robinson begann mit seiner Erwiderung am nächsten Vormittag. Die Persönlichkeiten der Anklage und der Verteidigung waren so stark und so sympathisch in diesem langen Verfahren, daß es – wie Robinson aufzeigte – manchmal schwierig war, die Fakten von den Gefühlen zu befreien.

»Mr. Brown hatte die Mittel dazu, und er zog los und besorgte sich einen großartigen Verteidiger, der eine großartige Argumentation geführt hat . . . Jedesmal, wenn ich Mr. Pohlson höre, finde ich ihn großartig . . . er ist ein *guter* Anwalt – aber gute Anwälte machen die Fakten *nicht* gut. Sie lassen sie nur gut *klingen* . . . Das ist fast wie Zuckerwatte. Sie sieht gut aus, sie schmeckt gut, aber dann löst sie sich auf . . . Der springende Punkt ist, daß die Fakten Fakten bleiben.«

Die Erwiderung war rhetorisch und sollte das Gedächtnis auffrischen. Er steuerte die Geschworenen wieder dahin zurück, wo ihre Gefühle wichtig waren.

»Sie sind nicht einfach ein Computer, in den wir die Zeugenaussagen einfüttern und der *glaubwürdig/nicht glaubwürdig* ausspuckt . . . Das ist es, weshalb wir Geschworene haben – weil Sie auf Ihre Lebenserfahrungen zurückgreifen.« David Brown, so Robinson, hat für Lust und Geld getötet. »Ist das so schwer zu glauben?« Falls überhaupt möglich, war Robinson bei der Erwiderung noch überzeugender als während seines Schlußplädoyers. Er war entspannt und zuversichtlich, ein Marathonläufer, der auf seine Kraftreserven zurückgegriffen hatte.

David Browns Ego hatte sicherlich durch die Worte des Anklägers *und* seines eigenen Anwalts gelitten. Pohlson hatte ihn einen Feigling und einen verängstigten Kerl genannt; Robinson hatte ihm den Spitznamen »Liebesgott« gegeben. Und jetzt lächelte er nur geringschätzig über das Bild von Brown als einem verängstigten, verzweifelten Mann.

»Das ist kein unschuldiger Mann – das ist ein diabolischer

Mann. Dies ist kein Opfer ... nicht die Kinder führen dieses Haus ... Mr. Brown weiß, womit er sich junge Menschen gefügig machen kann.

David Brown starrte Jeoff Robinson an, als würde er eine Schlange beobachten. Sein Körper war starr vor Schock. Er wirkte besorgt – nein, schwer getroffen. Pohlson verlangte eine Besprechung unter vier Augen.

Niemand im Saal wußte, was gesagt wurde. Robinson fuhr fort, als habe es keine Unterbrechung gegeben, und zitierte den Angeklagten von weiteren dieser endlosen Bänder. Zu »Smiley«, der Polizistin, die sich als bezahlte Zuträgerin ausgab: »Niemand kann etwas beweisen ... Versprechen Sie, daß Sie mich nicht hängen lassen. Sie brauchen sich um mich keine Sorgen zu machen – ich glaube an Menschen – ich kümmere mich um Menschen. So habe ich es geschafft, voranzukommen – aber ich habe noch einen langen Weg vor mir.« Zu Richard Steinhart, der gesagt hatte, Patti würde mit einem Messer erledigt werden: »Das ist gut, gut! Genau das will ich!« Robinson zitierte Bob Dylan: »Man braucht keinen Wettermann, um zu wissen, aus welcher Richtung der Wind weht.«

Er endete mit einem triumphierenden Ton. Nach zweistündiger Erwiderung fühlte er sich gut. Das waren die letzten Worte, die die Geschworenen zu hören bekamen, bevor sie sich zurückzogen, um über David Browns Schuld oder Unschuld zu beraten: »Die Gerechtigkeit hat seit März 1985 gewartet. Die Heuchelei hat eine lange und böse Herrschaft ausgeübt – in dem Königreich des David Brown ... Cinnamon und Patti haben bereits ihre gerechte Vergeltung bekommen. Ich bitte Sie, David Brown das gleiche zukommen zu lassen. Danke.«

Und dann wandte sich Richter McCartin unglaublicherweise an Gary Pohlson und fragte ihn, ob die Verteidigung noch eine Gelegenheit zum Argumentieren wünsche. Wollte die Verteidigung noch einmal das Wort ergreifen? Robinson war fassungslos, und Pohlson fühlte sich überrumpelt. McCartin entschied, daß jeder der Anwälte noch einmal fünfzehn Minuten haben könne, da das Gericht fand, Pohlsons Schlußplädoyer könne darunter gelitten haben, daß eine Nacht vergangen war, seit die Geschworenen es gehört hatten.

Es gab zwei Möglichkeiten, McCartins Entscheidung zu sehen. Vieleicht riß er sich ein Bein aus, um sicherzustellen, daß seine Verhandlung fair und gerecht war. Er hatte auch schon davor aus genau diesem Grund umstrittene Entscheidungen getroffen. Oder Richter McCartin führte bewußt einen Schlag gegen Robinson, indem er seine allumfassende Erwiderung entschärfte. McCartin hatte während dieser Verhandlung gegenüber Robinson Ambivalenz zur Schau gestellt – der alte Löwe, der das energiestrotzende Junge knuffte. McCartin war ein undurchschaubarer Mann, ein ernster Jurist – aber gewinnend, wenn er seine schwarze Robe auszog und darunter Bluejeans zum Vorschein kamen.

McCartin hatte jetzt Robinson bis zu einem Punkt frustriert, an dem dieser seinen Zorn nicht mehr verbergen konnte. Pohlson hatte nicht um mehr Zeit gebeten und wirkte so überrascht, wie Robinson wütend war.

Robinson erhob Einspruch.

»Sie haben verloren«, sagte McCartin unbeugsam.

»Was ist daran schon neu?« fragte Robinson respektlos.

»Was ist daran schon neu«, sagte der Richter.

Die beiden abgekürzten Erwiderungen waren gestelzt und wiederholten nur altbekannte Argumente. Um halb zwölf Uhr vormittags am 13. Juni 1990 war es vorüber. An diesem Nachmittag würde Richter McCartin die Belehrung der Geschworenen vorlesen, und dann würden diese über das juristische Schicksal von David Arnold Brown beraten.

47

Die Geschworenen zogen sich am 13. Juni um zwölf Minuten vor drei zurück. McCartin erteilte die Anweisung, daß sie nur zwischen neun Uhr und halb fünf beraten würden. Es sollte in diesem Prozeß keine Nachtwachen geben.

Je länger Geschworene wegbleiben, desto nervöser wird der Ankläger. Nichts ist jemals sicher. Und dieser Fall war mehr als alle anderen auf Gefühlen und persönlicher Anschauung aufgebaut. Sofern die Geschworenen David Browns Fingerabdrücke auf seiner toten Frau oder zumindest auf der Waffe erwartet hatten, waren sie enttäuscht worden. Wenn sie an »einmal ein Lügner, immer ein Lügner« glaubten, würden sie Pattis und Cinnamons Aussagen rauswerfen. Das Kind – und der Fall des Volkes gegen den Angeklagten – würden zusammen mit dem Badewasser ausgeschüttet werden.

Niemand wußte es.

Die Geschworenen wurden nicht eingeschlossen. Richter McCartin hatte seit einem Dutzend Jahren keine Geschworenen mehr eingeschlossen. Es hieß, sie hätten an diesem ersten Nachmittag zwei Stunden lang beraten und wären dann nach Hause gegangen. Der nächste Tag, der 14. Juni, verging ohne Nachricht.

15. Juni, der dritte Tag – es dauerte zu lange. Niemand, dem etwas an diesem Fall lag, entfernte sich weit vom Gerichtsgebäude des Orange County. Es war Freitag. Wenn die Geschworenen heute kein Urteil fanden, würden sie sich erst wieder am Montag zur Beratung treffen. Das wäre ein sehr langes Wochenende gewesen.

Robinson zog seine Joggingsachen an und kreiste durch die umliegenden Straßen.

Newell versuchte zu arbeiten.

McLean arbeitete tatsächlich. »Ich fand, daß meine Rolle ausgespielt war. Ich konnte nichts mehr ändern – ich konnte genausogut an die Arbeit zurückkehren. Sie konnten mich anfunken, wenn irgend etwas passierte.«

Keiner von ihnen genoß ordentliches Essen. Das war die Zeit

der Überlegungen, *was wäre, wenn*. Wenn die Geschworenen David Brown freisprachen, dann fragten sich die Männer, die fünf Jahre lang seine Spur verfolgt hatten, was er gemeint hatte, als er zu »Smiley« sagte: »Ich habe noch einen langen Weg vor mir.« Wenn die Geschworenen ihn freisprachen, würde David von hier weggehen können. Vielleicht ließen die Geschworenen ihn laufen, wie Robinson während seines Schlußplädoyers vorgeschlagen hatte. Vielleicht würde er seine fünf Millionen ausgraben, Krystal nehmen und fröhlich seinen Weg fortsetzen.

Es war ein entmutigendes Bild. »Mitch« Miller und Gail Carpenter machten nur Andeutungen, wann die schwer faßbaren Geschworenen eintrafen und wieder abfuhren. Sie hatten nicht wirklich die ganze Zeit beraten. Etliche von ihnen mußten zu High-School- und College-Abschlüssen gehen, da es jetzt Mitte Juni war. Richter McCartin erlaubte das. Wie viele Stunden hatten sie tatsächlich beraten? Es mochten fünfzehn sein. Es mochten viel weniger sein. Das war für die Leute außerhalb des verschlossenen Gerichtssaals schwer zu ergründen. Je länger die Geschworenen wegblieben, desto mehr halbwegs tröstliche Erklärungen entstanden.

Doch eine Verurteilung schien immer unwahrscheinlicher zu werden.

Kurz vor zwei verließen Jay Newell und Jeoff Robinson widerstrebend das Gerichtsgebäude und gingen in den kleinen Laden, in dem sie gewohnheitsmäßig gefrorenen Joghurt als Mittagessen zu sich nahmen. Joghurt bekamen sie hinunter. Sie waren wie nervöse werdende Väter und schluckten das Zeug so schnell hinunter, daß es sie im Hals schmerzte.

Dann eilten sie zurück ins Gerichtsgebäude. Als sie die Insel aus Wacholderbüschen umrundeten und an dem spiegelnden Teich vorbeigingen, fingen sie eine summende Erregung auf, ein greifbares Gefühl.

»Sie haben ein Urteil«, rief jemand, und Newell und Robinson hielten es für einen Scherz.

Das Summen wurde zu einem Dröhnen. Anwälte, die auf der Rolltreppe aus dem Büro der Staatsanwaltschaft auf dem ersten Stock herunterkamen, grinsten und bestätigten es.

Sie hatten ein Urteil.

Es war 14 Uhr 45 am längsten Freitag des Jahres 1990.

Department 30 war gerammelt voll, das erste Mal seit der Wahl der Geschworenen. Jeder Angestellte der Staatsanwaltschaft des Orange County war da, eine Anzahl von Bailey-Geschwistern, die Presse mit ihren Mikrofonen und Kameras und Notizbüchern. Jeder, der irgendwann einmal während der zweimonatigen Verhandlung hereingeschaut hatte, schien zurückgekehrt zu sein. Fremde Gesichter, die noch nie hier gesichtet worden waren, tauchten auf.

Alle warteten auf den Angeklagten. Um 15 Uhr 16 schüttelte David Brown seine Ketten ab und ging zu seinem Holzstuhl. Er war grünlich blaß und verschwitzt. In seinem ganzen Leben hatte er sich bisher nicht für eine einzige Sünde verantworten müssen.

Mußte er es jetzt?

Als die Geschworenen hereinkamen, lächelten sie leicht. Niemand, der dies beobachtete, hatte die geringste Ahnung, was das bedeuten mochte. Stephen M. Lopez war der Obmann der Geschworenen. Er reichte das Urteil dem Gerichtsdiener Miller, der es an Richter McCartin weitergab.

McCartin, das große Pokergesicht, las es stumm. David Brown wirkte fasziniert, neugierig – als wäre auch er nur ein in Bann geschlagener Zuschauer.

Gail Carpenter, McCartins für gewöhnlich so lebhafte Schriftführerin, stand auf, um das Urteil mit ihrer hohen, klaren Stimme zu verlesen. »Anklagepunkt I . . . C-71791 – Mord ersten Grades, ein Kapitalverbrechen wie folgt: Verstoß gegen Paragraph 187 des Strafgesetzbuchs des Staates Kalifornien, insofern daß der Angeklagte am oder um den 19. März 1985 im County of Orange, Staat Kalifornien, absichtlich, ungesetzlich und mit böser Absicht und mit Vorbedacht Linda Brown, ein menschliches Wesen, tötete . . . Schuldig.«

Niemand atmete. Das Urteil schwebte im Raum.

»Anklagepunkt II – im Orange County, Kalifornien, das Gewaltverbrechen wie folgt: Verstoß gegen Paragraph 182.1/187, Verschwörung zur Begehung eines Mordes . . . Schuldig.«

Flüstern. Noch ein Punkt.

»... Besondere Umstände – daß die oben angeführten Verbrechen in der Hoffnung und Erwartung eines finanziellen Gewinns ausgeführt wurden... Schuldig.«

David Arnold Brown war soeben zu lebenslänglich ohne Möglichkeit einer Freilassung auf Bewährung verurteilt worden.

Richter McCartin setzte das Datum für die Verkündigung des Urteilsspruchs fest: 22. August, neun Uhr vormittags. Nachdem es so lange gedauert hatte, ging es nun um so schneller zu Ende.

David Browns Miene veränderte sich nicht, aber Röte überzog sein Gesicht. Er nahm einen Schluck Wasser und wurde dann von Gerichtsdiener »Mitch« Miller und Deputy Marshal Glenn Hoopingarner abgeführt. Als er das Urteil zu begreifen begann, schüttelte er überrascht den Kopf. So sollte es nicht sein.

Auf dem Korridor vor Department 30 fuhren die Fernseh- und Fotokameras reiche Ernte ein. Die Bailey-Geschwister kamen gefährlich nahe an Hysterie heran, als sie das Urteil feierten und schluchzten und schrien und ihren Sieg in alle Welt riefen.

Alan Bailey regte sich zu sehr auf, sank zu Boden und rief: »Schuldig! Schuldig! Er kommt nie mehr aus dem Gefängnis! Er ist durch und durch schlecht. Einmal dachte ich, er wäre mein bester Freund. Ich bin nur froh, daß er für immer und ewig wegkommt. Er hat zerstört und manipuliert, aber die Gerechtigkeit hat gesiegt!«

Mary Bailey schluchzte in den Armen ihres Mannes, während Terry Blanchard, einer der Geschworenen, wie betäubt auf dieses Chaos starrte.

Brenda Sands blickte scheu in die Fernsehkameras. Ob sie glaubte, das Cinnamon jetzt fähig sein würde, ein normales Leben zu führen? Sie sah verwirrt drein und murmelte: »Ich weiß nicht.«

Jay Newell verschwand wie immer über die Hintertreppe, bevor ihn eine Kameralinse einfangen konnte.

Doch Jeoff Robinson erklärte der Presse: »Ohne Jay Newell wären wir nicht hier. Es war ein bereits abgeschlossener Fall, aber dieser Bursche gab nie auf.«

Traurigerweise war dieser Tag des Triumphs für Jay Newell auch ein Tag der Tragödie. Sein Vater, »J.D.«, war plötzlich schwer erkrankt und lag im Sterben. Der Mann, der auf die Sternstunde seines Sohns am stolzesten gewesen wäre, würde jetzt nicht mehr lange genug leben, um sich mit ihm über das Lob zu freuen.

Robinson hatte eine Aufgabe zu erledigen, die vor allen anderen kam. Er ignorierte die schreienden Reporter, eilte in sein Büro, rief in der Ventura School an und bat darum, Cinnamon Brown möge ihn per R-Gespräch anrufen.

Als der Anruf kam, sagte Robinson ernst: »Cinnamon, es ist vorüber. Die Geschworenen haben ihn für schuldig befunden. Ich möchte, daß Sie an eines denken – mit diesem Moment beginnt der erste Tag des Rests *Ihres* Lebens.«

Die Geschworenen aus dem David-Brown-Prozeß, die nun endlich sprechen duften, erklärten, sie hätten tatsächlich nur eine sehr kurze Zeit beraten. »Am ersten Nachmittag wählten wir unseren Obmann – Steve Lopez«, erinnerte sich ein Geschworener. »Bei unserer ersten Abstimmung gab es achtmal schuldig und viermal unentschlossen. Am zweiten Tag sahen wir uns das Band nach der Verhaftung an. Und am dritten Tag sahen wir uns noch mehr Bänder an. Wir berieten nur sieben Stunden. Dieses Band überzeugte uns – wir sahen, wie David Brown sich völlig abwandte von dem, was er zu Beginn des Verhörs mit Newell gesagt hatte.«

Eine der weiblichen Geschworenen gab zu, schockiert gewesen zu sein von dem Ausmaß der besprochenen sexuellen Perversion: »Ich war noch nie mit einer solchen Sache konfrontiert gewesen.« Eine andere, etwas erfahrenere Geschworene sagte: »Oraler Sex? Ich würde diesem Mann nicht einmal erlauben, meinen Arm zu berühren.«

Mehrere weibliche Geschworene hielten sich an Davids leichtfertiger Erklärung Patti und Cinnamon gegenüber (auf den Bändern aus dem Jugendgefängnis) fest, daß Väter oft Sex mit ihren Töchtern hätten – daß es keine große Affäre wäre. Das machte ihn nicht des Mordes schuldig, betonten sie, aber es zeigte, wie sein Verstand arbeitete, und erleichterte es ihnen zu erkennen, wie er die Teenager manipuliert hatte.

Ihr glaubwürdigster Zeuge? Einstimmig – Richard Steinhart. »Richard Steinhart war wie ein frischer Lufthauch«, rief eine bislang schüchterne Geschworene aus. »Wir hatten keine Schwierigkeiten, ihm zu glauben. Er hatte durch Lügen nichts zu gewinnen – und nichts zu verlieren.«

Befragt, wieso sie beim Betreten des Gerichtssaals an diesem letzten Tag gelächelt hatten, sagten mehrere Geschworene, das hätte nichts mit dem Spruch auf nicht schuldig oder schuldig zu tun gehabt. »Wir waren überrascht, so viele Menschen im Gerichtssaal zu sehen – wir hatten Lampenfieber, und wenn wir lächelten, dann kam das daher, daß wir nervös waren!«

48

Der Phönix verblieb leblos in der Asche seiner Existenz. Am Montag, dem 23. Juli, bekannte David Brown sich schuldig, sich zur Ermordung von Jeoff Robinson, Jay Newell und Patti Bailey verschworen zu haben. Fünf kleinere Anklagen wurden fallen gelassen. In der Hauptsache war es ein Handel. Brown erhielt sechs Jahre, die dem Spruch zugezählt werden sollten, den Richter McCartin am 22. August fällen würde.

Zwei Jahre pro Menschenleben für die Planung von drei Morden. Es reizte diejenigen, denen die auserwählten Opfer etwas bedeuteten, aber die Zeit bedeutete nichts. Es würde nur helfen, David Brown länger innerhalb von Gefängnismauern festzuhalten, sollte er jemals vor einen Bewährungsausschuß kommen.

Am 18. Juli unterbrach Jay Newell die Urlaubsreise seiner Familie, und Jeoff Robinson traf sich mit ihm in Sacramento. In einer ungewöhnlichen Aktion erschienen die beiden vor dem Bewährungsausschuß des Jugendgefängnisses. Sie wollten den Ausschuß wissen lassen, daß *sie* für Cinnamons jüngste Verschwiegenheit über ihre Tat verantwortlich waren. Um David Brown verurteilen zu können, war es notwendig gewesen, daß Cinnamon schwieg. Newell und Robinson baten, sie nicht dafür zu bestrafen.

Cinnamon hatte bereits mehr Zeit abgesessen als die meisten jugendlichen Mörder. Newell und Robinson drängten den Ausschuß, Cinnamons nächstes Erscheinen vor dem Ausschuß – möglicherweise Anfang 1991 – in einem günstigen Licht zu betrachten.

Es hatte überhaupt keinen Handel gegeben. Doch Robinson und Newell fanden, es wäre höchste Zeit, daß Cinnamon jemanden auf ihrer Seite hatte.

Der 22. August kam und ging ohne ein Urteil für Brown wegen der Mordanklagen. Das neue Datum für die Urteilsverkündung war der 17. September. David Brown erklärte, er würde eine Reihe von Briefen zu seinen Gunsten von großen Firmen vorlegen – sogar vom Pentagon. Briefe, die eine Strafe auf Bewährung unterstützten. Kein einziger kam.

Der Stellvertretende Bewährungsbeauftragte Bruce B. Carel erhielt jedoch eine Reihe von Briefen, die den Verurteilten verdammten, Briefe von Lindas und Pattis Geschwistern und deren Mutter. Die Briefe waren voller Trauer und Angst.

»Bitte, machen Sie das Urteil so, daß er nie wieder herauskommt und jemandem anderen etwas antut – denn ich glaube, wenn er herauskommt, wird er das tun.«

»Er hat das Leben von so vielen Menschen zerstört, alles nur aus seinen selbstsüchtigen Gründen . . . Ich finde, er sollte nie wieder das Licht des Tages oder die Nacht sehen.«

»So eine Person gehört nicht unter die menschliche Rasse, wo er das noch einmal einer anderen Familie antun könnte.«

»Was er getan hat, ist schlicht und einfach krank, und ich

finde, daß keine Bestrafung zu hart für ihn ist, und ich hoffe, er muß etwas von dem Leid ertragen, daß die Familie in den letzten fünf Jahren erlebt hat.«

Es gab höchst literarische Briefe und beinahe von Analphabeten stammende Briefe, aber die Botschaft war in allen die gleiche. Sperrt ihn für immer ein, und dann paßt gut auf ihn auf.

Newell fügte seine eigene Warnung hinzu. »Ich finde, David A. Brown sollte nicht nur für den Rest seines Lebens im Gefängnis bleiben, sondern es darf auch nicht vergessen werden, daß er benützen und manipulieren wird, wann immer er jemanden findet, der seine Wünsche ausführt. Er sollte sorgfältigst überwacht werden.«

Am 17. September 1990 versammelten sich die Hauptpersonen zum letzten Mal in Richter Donald McCartins Gerichtssaal. Alles war gleich, nur die Geschworenenbank war leer – wenn auch mehrere der Geschworenen im Zuschauerraum saßen, um David Browns Verurteilung zu beobachten.

Brown trug eine große Nackenstütze. Eine Erklärung besagte, er wäre in der Dusche gestürzt, ein andere, er wäre aus seinem Bett gefallen. Die Nackenstütze war möglicherweise ein letzter Versuch, Sympathie zu erringen. Da Richter McCartin während des Prozesses ständig an ernsthaften Nacken- und Rückenschmerzen gelitten hatte, war Browns Trick so schlecht gewählt, daß es schon an höchste Dummheit grenzte – sofern es ein Trick war.

McCartin blickte auf den Mann hinunter, der vor drei Monaten in seinem Gerichtssaal für schuldig befunden worden war, und die Fernsehkameras fingen sein Bild ein. Er hatte sich geweigert, die besonderen Umstände beiseite zu lassen, da er meinte, daß die überzogene Versicherung auf Linda Browns Leben sicher ein gleichwertiges Motiv bei ihrer Ermordung war.

McCartin holte tief Luft und wandte sich wieder an David Brown.

»Das Problem ist, Mr. Brown – Sie sind ein unheimlicher Mensch... Ich hege eine gewisse Sorge um meine *eigene*

Sicherheit. Sie sehen nicht aus wie Charlie Manson – er ist irgendwie irre anzusehen, aber Sie sehen viel normaler aus als Ihr eigener Verteidiger –, aber sehen Sie sich nur an, was Sie vom Gefängnis aus getan haben. Sehen Sie sich nur an, was Sie Ihren eigenen Kindern, Ihrer eigenen Schwägerin angetan haben. Es ist unheimlich, sich vorzustellen, daß Sie Menschen manipulieren und all das machen können, ohne mit der Wimper zu zucken. Selbst *Charlie Manson* hat keine *Familienmitglieder* benützt ... Sie sind ein Meistermanipulator. Ich finde, die Umstände dieses Falles sind unglaublich ... Sie haben (scheinbar) ein angenehmes Wesen, aber sie brachten keine Fürsorge auf für Ihre Tochter, für Ihre Schwägerin, für Ihre Frau. Wäre Cinnamon umgekommen, wären Sie frei ausgegangen. *Mr. Brown, Sie lassen Charlie Manson wie einen vorsichtigen Spieler dastehen.*«

Damit verurteilte Richter Donald McCartin David Arnold Brown zu lebenslänglich ohne Möglichkeit einer vorzeitigen Entlassung und fügte eine Geldstrafe von 10 000 Dollar hinzu.

»Zuzüglich der sechs Jahre aus dem Fall C–80475.«

Die Stütze verbarg Davids Nacken, aber die Spitzen seiner Ohren waren weiß geworden. Was immer er auch erwartet hatte, es war nicht eingetreten. Er wand sich, während McCartin ihn mit Worten züchtigte.

David Arnold Brown hatte sich seit siebenhundert Tagen in Gewahrsam befunden, und das würde ihm angerechnet werden. Bewährung wurde verweigert. Er hatte sechzig Tage Zeit, um Berufung einzulegen.

»Haben Sie irgendwelche Fragen, Mr. Brown?« fragte McCartin.

Mr. Brown hatte keine, aber er beklagte sich auf dem Weg aus dem Gerichtssaal bei seinen Wächtern, daß der Richter keinen Grund gehabt hatte, so gemein zu sein. »Er mußte das über Manson nun wirklich nicht sagen.«

49

Am 20. September 1990 besuchte ich David Brown. Mit freundlicher Hilfe von Richter Donald McCartin, Gail Carpenter und »Mitch« Miller war ich mit einem Stück Papier bewaffnet, das mich zu einem offiziellen Besuch ermächtigte. Davids Eltern besuchten ihn nach wie vor treusorgend, und er wollte keinen regulären Besuch versäumen – aber mein »offizieller« Status erlaubte es mir, David einmal zu jeder Zeit zu besuchen, der er zustimmte, und so lange zu bleiben, wie ich wollte.

Ich hatte schon so viele Gespräche mit Gefangenen in so vielen Untersuchungsgefängnissen und Haftanstalten hinter mir, aber ich habe nie das klaustrophobische Gefühl abgeschüttelt, das mich auch jetzt packte, als ich tiefer und tiefer in die Eingeweide einer Haftanstalt eindrang.

Man hatte mir Kabine neun gegeben. Die Kabinen eins und neun waren für Anwälte, Geistliche und andere offizielle Besucher reserviert. Sie waren mehr als bloße Kabinen. Sie waren kleine Räume mit Türen, die man schließen konnte, mit blaßgelben Ziegelwänden und einem kleinen Klappsitz aus Stahl vor der Glastrennwand.

Die Luft war heiß und stickig.

David Brown, in einem voluminösen senffarbenen Trainingsanzug, setzte sich auf der anderen Seite der Glaswand und griff nach seinem Telefonhörer. Wie seltsam es doch war, ihn von vorne zu sehen, nachdem ich den Frühling über seinen Hinterkopf betrachtet hatte.

Auf den ersten Blick waren Davids Augen dunkel. Bei genauerem Hinsehen waren sie silbrig, haselnußbraun, grau und doch nichts davon. Sie reflektierten das Licht wie ein Teich, auf dem vielfarbige Blätter treiben. Er schloß die Augen nur selten. Sein aknenarbiges Gesicht war eine Maske. Er nahm sich vor mir in acht und war so vorsichtig, daß er keine Spontaneität zeigte. Offensichtlich hatte er sich von seiner Nackenverletzung erholt. Der Stützkragen, den er vor drei Tagen vor Gericht getragen hatte, war verschwunden.

Ich fragte, ob ich unsere Unterhaltung auf Band aufzeichnen

dürfe, und er lehnte ab. Er war schlimm mit versteckten Bandgeräten hereingefallen. Offenbar begriff er nicht, daß ein Bandgerät, das er voll sehen konnte, nur unterstützen konnte, was er zu mir sagte. Es spielte keine Rolle. Ich hatte mir jahrelang Notizen gemacht. Meine Finger waren schneller als meine Ohren. Woher ich kam, waren keine Recorder in Gerichtsräumen und Gefängnissen erlaubt, und ich hatte ständig Hornhaut an einem Finger vom Halten eines Stifts während zahlreicher Interviews und Verhandlungen.

David Brown hatte viel auf dem Herzen, das er loswerden wollte. Natürlich würde er Berufung einlegen. »Die haben Todesangst vor mir, wissen Sie – fürchten, ich könnte den Richter töten. Ich finde, McCartin hat bei der Urteilsverkündigung bloß eine Show abgezogen. Er hat sich gegen die Brust getrommelt wie Tarzan, damit er daheim bei seiner Frau was erzählen kann. Ich fand ihn völlig unprofessionell.«

Brown wollte wissen, wie ich zu Jeoff Robinson stand – stimmte ich ihm nicht zu, daß er ein »unehrenhafter Mann, ein Manipulator« war, der zu Wutausbrüchen neigte?

Auf die Gefahr hin, mein Gegenüber zu verärgern, schüttelte ich den Kopf.

»Nein«, sagte ich leise. »Ich fand ihn sehr kompetent. Im Gerichtssaal ist er charismatisch.«

Brown widersprach. Er sah Jeoff Robinson – *und* Jay Newell – als Männer mit anmaßenden politischen Ambitionen. »Das sind unehrenhafte Männer. Robinson ist manipulativ. *Ich* habe mich stets bemüht, allen Menschen gegenüber das Richtige zu tun.« Er erwähnte noch andere Interessen – Zeitungsauflagen, zum Beispiel –, die von seinem Unglück profitierten. Er beeilte sich allerdings zu versichern, daß Medienberichterstattung für ihn nicht ungewohnt wäre. »Ich war schon berühmt, *bevor* Linda ermordet wurde.«

Erneut führte er seine Verdienste auf, die Leben, die er gerettet hatte, die Firmen, die ohne ihn zugrunde gegangen wären. Er erzählte mir von seinem Ruhm und seinem Geld, dem MGM-Feuer, der Pentagon-Verbindung, dem »Towering Inferno« beim Brand der Los Angeles Bank. »Ich war in fast jedem Magazin, das Sie nennen können. Robinson macht einen

Millionär fertig und bekommt dafür Beachtung durch die Leute.« David versicherte mir, er hätte diese ganze Bekanntheit nicht gebraucht. Der Ruhm war zu ihm aufgrund seiner eigenen Verdienste gekommen. Er war »Mr. Coca Cola« und der Mann, der die Geheimnisse der *Challenger* aufdeckte.

Er verdammte seine erste Frau Brenda in Grund und Boden und erinnerte sich daran, daß diese Scheidung »mich zerrissen hat«. Er genoß seine Millionen sehr, weil er wußte, daß Brenda bedauerte, ihn verloren zu haben. Er erklärte, daß *er* treu gewesen war. Seine zweite Frau Lori wäre nur eine Freundin gewesen, bis er von seiner »betrügerischen Ehefrau« fallengelassen wurde.

David wollte unbedingt wissen, ob ich mit Brenda gesprochen hatte. Ich nickte. »Ein wenig.«

»Sie hat über mich gelogen, möchte ich wetten.«

»Nein.« Ich sagte ihm die Wahrheit. »Sie erzählte mir, wie gut Sie zu ihr waren, als sie fünfzehn war, wie Sie sich um sie gekümmert haben und wie sehr sie Sie damals geliebt hat.«

David wurde von meinen Antworten verwirrt. Er hatte mich bisher noch nicht einordnen können. Ich fühlte, wie David Brown mich einschätzte. Was würde bei mir funktionieren? Wo lagen meine Schwächen? Meine Eitelkeiten? Dies war ein Mann, der Wortspiele genoß und sein Gegenüber ständig aus dem Gleichgewicht brachte. Er versuchte bei mir eine andere Taktik. »Sie sind eine der klügsten Frauen, der ich seit langem begegnet bin«, bemerkte er. »Die meisten Leute hier drinnen sind taube Nüsse.«

». . . Vielen Dank.«

Dann wollte David Brown über seine Verräter sprechen. Pattis Treuebruch stand in seinen Gedanken an oberster Stelle. »Ich glaubte ihr, als sie sagte, sie hätte es nicht getan.«

»*Wer* hat es getan?« fragte ich.

»Ich weiß es nicht«, sagte er ungeduldig. »Ich bin kein Detective der Polizei. Linda sagte: ›Es tut weh – es tut weh. Helft mir. Helft mir!‹ Wer das tun konnte, muß ganz schön kalt sein.« In David brannte die Erinnerung, wie er Newell und Robinson vor der Vorverhandlung mit Patti reden sah. »Ich schwöre, es war eine sehr bewegte Unterhaltung. Ich konnte nicht hören, was sie sagten, aber sie haben gestikuliert. Ich schwöre, die beiden haben ihr gesagt, was sie tun sollte.« Er bestand sogar darauf, daß beiden Mädchen eingeschärft worden war, welche Aussage sie abliefern sollten.

David hatte überhaupt nichts Gutes über seine eigenen Anwälte zu sagen. »Pohlson hat nicht ein Zehntel der Verteidigung eingesetzt, die ich wollte, nicht ein Zehntel der Zeugen. Er ist ein verwöhntes Miststück, sehr egoistisch. Er hat sich von mir nicht in Frage stellen lassen – er wurde richtig zornig, *richtig zornig.* Ich habe Pohlson gefeuert. McCartin ließ es mich nicht tun. Ich hätte dennoch die Erlaubnis zu einem Marsden-Hearing bekommen, aber wenn man einen Anwalt engagiert, kann man ihn feuern.«

David war überzeugt, daß Jeoff Robinson und Gary Pohlson so enge Freunde waren, daß Pohlson absichtlich seinen Fall verlor. Er wünschte sich jetzt, es wäre ihm gestattet worden, C. Thomas McDonald (Randy Crafts Anwalt) zu engagieren oder Milton Grimes.

Was die Zeugen betraf, fand Brown, alle Baileys hätten von der Verteidigung aufgerufen werden sollen. Seine Ansichten waren völlig falsch. Die Baileys hatten nicht nur ihren Haß gegen ihn ausgedrückt, sondern sie hatten ihn auch den Medien entgegengeschrien und seine Verurteilung genossen, doch darüber ging er hinweg. »Die Baileys haben auf mich geschworen. Wir hatten keine Probleme.« Seine Ansichten von Cinnamon lagen genauso schief. »Cinnamon war ein gewalttätiger Teenager, der andere mißhandelte. Patti war unstabil. Sie war hinter vielen Kerlen her. Ich hatte den Eindruck, daß Patti ein klein wenig in mich verknallt war.«

Er gab mir diese Informationen so vertraulich, als hätte ich nicht Pattis belastende Aussage über seine sexuelle Mißhandlung und die gestohlenen Momente sexueller Aktivität zwischen ihnen, wann immer Linda ihnen den Rücken zuwandte, gehört.

David Brown strengte sich an, um mich von Cinnamons Gewalttätigkeit zu überzeugen. »Cinny hat mich verbal mißhandelt – mehr, als man das bei einem Teenager dulden kann. Brenda rief an und sagte: ›Sie hat mich geschlagen! Mein Mund blutet. Ich will sie nie wiederhaben!‹« Unter eigenen langen Leiden hatte er Brenda gerettet, erklärte er, und den »bösartigen« Teenager in sein Haus aufgenommen. Er räumte ein, daß er nicht der vollen Wucht der Probleme mit Cinnamon ausgesetzt war. »Ich war nicht in ihrer und Pattis Nähe. Linda war mit ihnen den ganzen Tag zu Hause.«

Dann enthüllte mir David einen neuen Ablauf des 19. März 1985.

»Sie sollten beide an diesem Tag zu ihren Müttern heimgehen – Patti und Linda stießen ständig zusammen, Patti gehorchte Linda nicht, wollte sich ihren Schmuck und ihre Kleider ausleihen, versuchte das Haus zu führen ... Cinnamon hatte Gründe dafür, wütend und verwirrt zu sein. Ihre Mutter schrie ständig: ›Raus aus meinem Haus – ich will dich nie wiedersehen!‹« David seufzte, als er sich an seine Entscheidung erinnerte. »Linda sagte: ›Entweder sie geht, oder ich gehe!‹ Das war für mich eine schreckliche Wahl – seit Cinny neun oder zehn war, ist sie mir auch auf die Nerven gegangen – sie war so ein ungewöhnliches Kind. Sie brachte sowohl Brenda als auch Linda dazu, sie zu hassen, und ich habe sie auch gehaßt. Können Sie das verstehen?«

Ich antwortete nicht – weil ich es *nicht* verstehen konnte.

»Die beiden haben sie umgebracht, weil sie an diesem Tag heimgehen sollten. Patti mußte Linda ausschalten, um ihren Platz einzunehmen. Cinnamon wollte ein liebevolles Zuhause haben. Beide hatten Motive. Es mag seltsam klingen, aber ich wünsche bei Gott, Linda wäre hier, um auszusagen.«

Warum sollte das seltsam klingen ...?

Ich fragte: »Wie fühlen Sie jetzt für Cinnamon?«

»Das ist schwer.« Er seufzte und steckte sich eine Zigarette an. »Damit zurechtzukommen. Sie hat meine Frau getötet. Warum war ihr daran gelegen, mich auch zu töten? Sie wußte, daß mir die Todesstrafe drohte, als sie ihre Geschichte änderte. Ihr Vater hätte sterben können, aber es war ihr egal. Sie ist kalt ... und böse.« David schrieb Cinnamons Verrat dem Umstand zu, daß sie sich in der Ventura School in einen Jungen verliebt hatte. »Sie war in einem Wirbelwind der Liebe gefangen ... sie wollte verzweifelt raus. Sie hat bewiesen, was für eine Lügnerin sie ist.«

Ich fragte Brown nach den vier Versicherungspolicen. Genau wie in dem Verhör durch Newell und McLean verspannte er sich bei der Erwähnung von Versicherungen. Ich bemerkte, daß seine Augen, wenn er hart wegen einer Antwort auf eine schwierige Frage bedrängt wurde, nach rechts glitten, während er seine Erwiderung konstruierte. »Ich habe das Versicherungsgeld nie ausgegeben. Ich brauche dieses Geld nicht.«

»Sie haben es nicht ausgegeben?«

»Ich habe die Schecks eingelöst«, antwortete er argwöhnisch.

»Was haben Sie mit dem Geld gemacht?«

»Sagen wir, es wurde investiert.«

»Wo?«

»Das kann ich nicht sagen. Ich möchte nicht, daß Patti und Cinny wissen, wie dieses Geld investiert wurde. Ich möchte nicht, daß die Baileys wissen, wo es investiert ist.«

Vor zehn Minuten hatte David mir erzählt, daß er mit den Baileys gut auskam, und jetzt schwärzte er sie als Kriminelle an und als Drogensüchtige, deren Dekadenz ihn schockierte. Er erinnerte mich an seine vielen Wohltaten für die Baileys, die alle nicht geschätzt wurden. »Ich bin nicht schuldig – diese Familie war es. Ethel war gierig«, sagte David. »Sie wollte Patti an Linda für zweitausendfünfhundert Dollar *verkaufen*, und Linda sagte ihr, sie wäre verrückt! Ich glaube, Ethel wollte Patti auf den Strich schicken, und sie dachte, sie würde Geld verlieren, wenn Patti bei uns wohnte. Wir waren bereit, vor Gericht zu gehen, um Patti zu behalten.«

»Aber Sie haben Patti wieder nach Hause gebracht – auf Lindas Drängen – nicht wahr?« fragte ich.

David erklärte, das wäre wahr, aber *er* wäre derjenige gewesen, der entschieden hatte, daß Patti nicht länger bei ihnen leben konnte. »Offen gesagt, sie hat sich an mich rangemacht, und ich konnte das nicht haben, also habe ich sie nach Hause nach Riverside gebracht. Dann rief sie an und sagte, einer ihrer Brüder hätte sie vergewaltigt. Darum habe ich sie geholt. Wir haben sie im Martin Luther King Hospital untersuchen lassen, und es gab keine Anzeichen von Vergewaltigung. Aber wir haben sie mit uns nach Hause genommen.« Einmal bei dem Thema der Bailey-Familie angelangt, erinnerte David sich an weitere ihrer Laster. »Es stimmt, ich wollte die Baileys nicht besuchen«, sagte er. »Ethel saß da und trank in einer Stunde ein Sechserpack Bier. Sie haben vor unseren Augen Drogen genommen. Ich halte nichts von Trinken oder Drogenmißbrauch oder Kindesmißhandlung«, endete er.

David Brown war ein faszinierender Interviewpartner. Auf Gebieten, die nicht direkt mit seinem Fall in Verbindung standen, war er weitschweifig und großzügig mit Details, und er wurde rätselhaft und knauserig, wenn ich zu dicht an die gefährlichen Aspekte des Falles herankam oder Fragen stellte, auf die er keine vorbereiteten Antworten wußte.

Ich fragte ihn, ob seine Kindheit glücklich gewesen war, und er drehte die Frage rasch herum. »War *Ihre* Kindheit glücklich...? Was ist glücklich?«

Nach drei Stunden bekam ich allmählich David Browns Erklärungen zum zweiten Mal zu hören. Offensichtlich dachte er, mich mit seinen Argumenten für sich gewonnen zu haben. Er drängte mich, sofort mit der Arbeit eines Ermittlers für *ihn* zu beginnen, und schlug vor, ich sollte mit seinen Eltern anfangen. »Die werden Ihnen erzählen, was für ein Mensch ich bin... Ich habe nie jemandem etwas angetan. Ich bin nicht gewalttätig... *Ich lasse mich von Frauen scheiden. Ich bringe sie nicht um.*«

Ich hatte bereits zwanzig Monate lang den Tod Linda Browns und die Verbrechen, für die David Brown schuldig gesprochen worden war, untersucht. Nichts, was er sagte, hatte mich von seiner Unschuld überzeugt.

Aber ich hatte ihm eine Chance zum Sprechen geben wollen. Und so hatte ich also wieder in die erschreckend leeren Augen eines Soziopathen geblickt – die antisoziale Persönlichkeit. Leere Augen, die nichts reflektieren, selbst während das Gehirn, das sie kontrolliert, hektisch nach neuen Entschuldigungen, neuen Plänen, neuen Komplotten sucht. Ich hatte gehofft, David Brown könnte mir einen eindeutigen Schlüssel bieten, um die Gründe hinter seinem gewissenlosen Leben aufzuschließen. Ich war enttäuscht. Vielleicht wußte er selbst nicht, warum er so war.

David Brown hatte gedacht, er könne mich manipulieren,

wie er stets versucht hatte, andere zu manipulieren. Aber ich war durch eine entsprechende Schule gegangen. Und plötzlich konnte ich nicht schnell genug wegkommen – raus aus dieser luftlosen Kabine, den nackten Korridor entlang und in den Warteraum, dessen Barbie-Sessel jetzt von einer ganz anderen Gruppe von Besuchern belegt waren.

Nachwort

Am 28. November 1990 wurde David von der Haftanstalt in Chino, Kalifornien – wo er Tests unterzogen wurde – ins New Folsom Gefängnis in Sacramento verlegt. Jetzt und für den Rest seines Lebens ist er Häftling E-70756. New Folsom hat die modernsten Sicherheitseinrichtungen im kalifornischen Strafsystem. Er wurde zu seinem eigenen Schutz abgesondert.

Data Recovery ist noch immer im Geschäft. Ein Büro in Chicago meldet sich auf Anrufe, und offenbar erhält David Brown noch immer Gewinne.

Patty Bailey ist weiterhin Häftling in der Ventura-Anstalt in Camarillo. Sie wird wahrscheinlich dort bleiben, bis sie fünfundzwanzig Jahre alt ist. Die Tochter, die sie David geboren hat, lebt bei Mary und Rick Bailey.

David hat wieder begonnen, Patti zu schreiben, schlaue, verführerische Briefe – dazu bestimmt, sie zu ihm zurückzuholen. Niemand kann vorhersagen, was Pattis Zukunft für sie bereithält. Ihr einziges Modell war David gewesen – ihre Ethik, ihre Erziehung, ihre sexuelle Orientierung, ihre Moral. Mehr als ein Jahrzehnt hielt er sie in einem Karton mit unsichtbaren Wänden gefangen. Ob sie ihm jemals wirklich entkommen kann, ist fraglich.

Richard Steinhart und seine Frau haben ihren Glauben in Gott gesetzt. Richard nennt sich jetzt Liberty (=Freiheit, Anm. d. Übers.). Ihm ist ein nahezu wundersamer Rückgang von AIDS widerfahren, und er arbeitet an einem Krisentelefon im Melody Lane Center in Anaheim und nimmt Anrufe von Menschen entgegen, deren Leben von Drogen verdorben wurde. Er spricht auch oft in High-Schools und vor Jugendgruppen in seiner

Kampagne, die Jugendlichen vor den Fehlern zu bewahren, die er einst gemacht hat. Er schenkt ihnen Bibeln, die er aus eigener Tasche oder von Spenden bezahlt. Liberty ist ein dynamischer Sprecher voll großer Worte und Humor – und Liebe.

Achtzehn Monate nachdem »Goldie« Steinhart zusammen mit David Brown das Komplott zur Beseitigung von Jeoff Robinson und Jay Newell schmiedete, ging Newells Frau – Betty Jo – mit mir, um Liberty kennenzulernen. Als ich in der Melody Lane nach Richard Steinhart fragte, erhielten wir verständnislose Blicke. Sie kannten nur »Liberty«.

Nachdem sie ungefähr eine Stunde mit Liberty gesprochen hatte, faßte Betty Jo sich ein Herz und fragte: »Sie hätten meinen Mann doch nicht wirklich erschossen, oder?«

»So, wie ich damals war?« fragte er. »Doch . . . genau in den Hinterkopf.«

Es war ein Moment, der sich meinem Gedächtnis unauslöschlich einbrannte. In dem Telefonraum einer Drogenklinik reichten Jay Newells Frau und ich Liberty die Hände und sagten ein Dankgebet für eine nicht stattgefundene Tragödie.

Liberty hatte keine Illusionen über David Brown. »Er wird immer gefährlich sein – er wird immer jemanden finden können, der macht, was er will, sofern er Geld hat oder irgendeinen überzeugen kann, daß er Geld hat.«

Cinnamon Brown befindet sich noch im Gefängnis, während diese Zeilen geschrieben werden. Sie wurde ins »M. C.« verlegt, ein Cottage für Erwachsene, und teilt ihr Zimmer mit einem anderen Mädchen. Sie schläft im oberen Bett. »Ich habe es in all den Jahren geschätzt, mein eigenes Zimmer zu haben – aber ich komme mit einer Zimmergefährtin zurecht.«

»Schützlingen« wird die Gelegenheit geboten zu erlernen, wie man Hunde betreut, und das lockte Cinnamon, aber sie entschied sich statt dessen dafür, weiterhin für TWA am Reservierungstelefon zu arbeiten. Sie ist eine ihrer fünf Spitzenangestellten in Ventura.

Sie hat am College einen Notendurchschnitt von 3.33 (B+). Gegenwärtig studiert sie kulturelle Anthropologie, Amerikanische Demokratie und Kunst. Sie arbeitet sehr fleißig, geht aufs College und ist in Therapiegruppen.

Dennoch ist Cinnamon sich ständig der Tatsache bewußt, daß sie eingesperrt ist. Obwohl sie »freien Zugang« zu den TWA-Büros (auf dem Gelände der Jugendhaftanstalt) hat, passiert es leicht, daß man eine Betragensmeldung bekommt. Es gibt so viele Regeln, an die man sich erinnern muß.

Cinnamon hat sowohl Träume als auch Ängste bezüglich ihrer Zukunft. Sie bereut sehr viel in ihrer Vergangenheit. Sie denkt, daß sie mit zwanzig *reifer* ist, als sie es wäre, hätte man sie nicht eingesperrt. Sie gewann ein großes Maß an Selbstachtung, als sie 1988 die Wahrheit sagte, und sie zeigte Fürsorge für die jüngeren Häftlinge in der Ventura School.

Nach seiner Verurteilung schickte Cinnamon ihrem Vater das Vaterunser und das katholische Reuegebet. Ihr Brief lautete:

> DADDY,
> Ich hoffe, Du wirst beides lesen und daran denken, von wem sie sind. Ich habe mir die Zeit genommen, das für Dich zu tun, weil ich Dich liebe. Und ich denke, sie werden etwas Hoffnung in Dein Leben bringen.
>
> IN EWIGER LIEBE,
> CINNY 1990

Cinnamon und Patti sind einander nicht nahe genug, obwohl sie in demselben Gefängnis eingesperrt sind. »Sie will, daß ich so tue, als wäre nichts geschehen, und von vorne anfangen«, sagte Cinnamon. »Das kann ich nicht. Ich kann nicht den Schmerz vergessen. Hier in Ventura tut sie alles, um ständig in meiner Nähe zu sein. Ich brauche Abstand von ihr. Sie führt sich auf, als brauchte sie meine Anerkennung, spricht aber bei anderen schlecht über mich. Ich verstehe nicht, warum sie mit meinen Gefühlen spielt – redet über ihr Baby Heather und über ihre Ehe mit meinem Dad und über Briefe, die sie von meinem Dad bekommt. Sie verletzt mich, aber sie lächelt mir ins Gesicht und sagt, daß sie mich liebt. Ich komme gut mit mir allein zurecht ... ich mache mit meinem Leben weiter.«

Cinnamon hat gelernt, nicht zuviel zu erwarten. Doch auch

so kann sie nicht diesen Hoffnungsschimmer unterdrücken, daß vielleicht ihre nächste Bewährungsanhörung ihr nach sechs Jahren im Untersuchungsgefängnis und in der Haftanstalt die Freiheit bringen wird. Obwohl man von ihr erwarten könnte, verbittert zu sein, ist sie es nicht. Sie kämpft noch immer mit der Reue, die ihr Vater nicht empfinden kann, aber sie möchte so gern eines Tages in die Welt außerhalb zurückkehren.

Am 15. Januar 1991 trat Cinnamon Brown zum sechsten Mal vor den Bewährungsausschuß des Kalifornischen Jugendstrafvollzugssystems. Sie war bereits länger inhaftiert gewesen als die durchschnittlichen fünfeinhalb Jahre, die in Kalifornien von verurteilten jugendlichen Mördern abgesessen werden. Selbst aufsehenerregende Teenager-Mörder, deren Verbrechen völlig verwerflich waren, wurden schon früher entlassen. Aber nicht Cinnamon. Ihre Mutter und ihre Großmutter und Jeoff Robinson und Jay Newell hatten Grund, optimistisch zu sein, sie wäre endlich der Freiheit nahe. In der Tat waren sie hoffnungsvoller als Cinnamon selbst, die sich schon längst an Enttäuschungen gewöhnt hatte.

Robinson und Newell baten um eine Chance, vor dem Bewährungsausschuß zu sprechen, bevor Cinnamon hereingeführt wurde. Sie erklärten, Cinnamon habe sich seit Ende 1988 nur auf ihre ausdrückliche Bitte hin geweigert, mit dem Ausschuß zu sprechen. Es wäre wichtig gewesen, daß sie schwieg, bis ihr Vater verurteilt war. Robinson bestätigte, sie habe diese Anweisung erhalten, nachdem die Verteidiger ihres Vaters einen privaten psychologischen Bericht in die Hände bekommen hatten, den sie benützten, um ihren Charakter anzugreifen.

Cinnamon Brown hatte sich wahrlich in einer Klemme befunden. Sie hatte ihr Vertrauen in jemanden setzen müssen, und sie hatte Jay Newell und Jeoff Robinson vertraut. Sie hätte liebend gern die ganze Geschichte dem Bewährungsausschuß erzählt, hatte jedoch geschwiegen, obwohl sie wußte, daß es ihre Zeit im Gefängnis bis Ende 1990 oder Anfang 1991 verlängern würde – mindestens. Obwohl sie das Risiko kannte, das sie einging, hatte Cinnamon alle gegebenen Versprechen eingehalten.

Umgekehrt hatte ihr die Staatsanwaltschaft des Orange County keine Versprechen gegeben. Das konnte sie nicht. Doch Jeoff Robinson hatte den Geschworenen im David-Brown-Prozeß erklärt, er glaube, Cinnamon sollte jetzt freikommen. Viele der Geschworenen empfanden genauso, und sie hatten zu Cinnamons Gunsten Briefe an den Bewährungsausschuß geschrieben.

Zwei qualvolle Stunden lang beantwortete Cinnamon die Fragen des Ausschusses und hörte, wie sie charakterisiert wurde. Victor Weishart, Vorsitzender des Bewährungsausschusses, war eindeutig nicht von Cinnamons vorangegangener Weigerung, sich dem Ausschuß zu eröffnen, beeindruckt. Er war Cinnamon schon in früheren Bewährungsanhörungen begegnet, und er fand offensichtlich nicht, daß sie sich in irgendeiner Weise entwickelt hatte.

Der aus drei Mitgliedern bestehende Ausschuß gab nach Schluß der Anhörung eine Erklärung ab. Sie hatten entschieden, Cinnamons »Aussage gegen ihren Vater sollte nicht bei der Entscheidung über Cinnamons Bereitschaft für Bewährung in Betracht gezogen werden.« Mit einer Zwei-zu-eins-Entscheidung bestimmte der Ausschuß, nicht das Datum zu ändern, zu dem sie für eine Freilassung auf Bewährung in Frage kam. Ihr nächstes Bewährungsdatum wurde jetzt für den März 1992 angesetzt. Das dagegen stimmende Ausschußmitglied, Fred Bautista, befürwortete eine Empfehlung der Anstaltsleitung, daß *ein Monat* von ihrer Haftzeit abgezogen werden sollte, »Haftreduzierung für gute Führung«, was erlauben würde, sie im *Februar* 1992 zu entlassen.

»(Cinnamon Brown) muß noch viel größere Fortschritte machen, wenn es um die Besprechung der Gründe geht, aus denen sie in dieses kalkulierte Verbrechen verwickelt wurde«, schloß der Ausschuß. »(Sie) ist manipulativ, und (ihr Psychologe) beschreibt sie als meistens leichtfertig in der Therapie.« Indem er sie mit David Brown verglich, betonte der Ausschuß, »manipulativ« zu sein wäre »ein Charakterzug, der von ihrem Vater zur Perfektion angewendet wurde.«

Cinnamon, die das Gefängnis ein halbes Dutzend Jahre ertragen hatte, während ihr Vater und Patti Bailey im Luxus lebten, hatte nur wenig Hoffnung herauszukommen, bevor sie 25 Jahre alt war. Obwohl sie erst in das Mordkomplott einbezogen worden war, nachdem ihr Vater und Patti schon vor *Jahren* begonnen hatten, darüber zu sprechen, war Cinnamon offensichtlich in den Augen des Ausschusses zu der Hauptanstifterin geworden. Zuerst hatte sie geschwiegen, um ihren Vater zu schützen, und später, um den Fall des Staates zu schützen.

Sie war nicht wütend. Sie war am Boden zerstört. Jeoff Robinson sagte, sie hätte nicht wirklich erwartet, herauszukommen, aber die Weigerung des Ausschusses, ihr auch nur 30 Tage anzurechnen, negierte alles, was sie getan hatte, um sich zu bessern. »Sie erwartet nicht, auf Bewährung freigelassen zu werden«, erklärte Robinson Christopher Pummer von der *Los Angeles Times*. »Aber es hat sie getroffen, als manipulative, kaltblütige Mörderin abgestempelt zu werden ... Sie hat ihre Schuld anerkannt, sie hat zugegeben, den Abzug betätigt zu haben, und sie hat Reue ausgedrückt ...«

Robinson und Jay Newell waren überzeugt, daß Cinnamon sich schon lange von dem Griff ihres Vaters befreit hatte, obwohl der Ausschuß offenbar nicht mit dieser Ansicht übereinstimmte. »Ich finde«, kommentierte Robinson, »daß sie sich an diesem Punkt ihres Lebens befreit hat. Sie liebt ihren Vater, aber sie steht nicht mehr unter dem Einfluß von David Brown.«

Sowohl Robinson, als auch Newell waren von der Einschätzung Cinnamons durch den Bewährungsausschuß betroffen. Newell sagte wenig, aber seine Wangenmuskeln spannten sich von dem *Schweigen*. Robinson erklärte Jeff Collings vom *Orange County Register*: »Als Beobachter und nicht als Jurist glaube ich nicht, daß Cinnamon völlig fair behandelt wurde ... Meiner Meinung nach waren sie sehr schroff und sehr kurzsichtig.«

Das Mädchen, das mit fünfzehn ins Gefängnis gegangen und jetzt fast einundzwanzig war, kehrte mit wenig Hoffnung in ihre Zelle zurück. Ironischerweise wird Patti Bailey möglicherweise vor Cinnamon aus dem Gefängnis entlassen werden. Wenn beide bis zu ihrem fünfundzwanzigsten Geburtstag festgehalten werden – wie es das Gesetz erlaubt – kommt Patti 1993 für eine Entlassung in Frage, während Cinnamon erst 1995 fünfundzwanzig wird. Der Bewährungsausschuß hat es natürlich in der Hand, jederzeit eine Bewährungsanhörung anzusetzen.

In der Zwischenzeit arbeitet Cinnamon weiterhin im Gefängnis und studiert. Obwohl Pattis Gesellschaft äußerst schmerzliche Erinnerungen zurückbringt, wurde Patti zuerst in Cinnamons Cottage und dann in den Nebenraum verlegt.

Cinnamon schreibt ihrem Vater nicht und hört auch nichts von ihm. Patti erhält täglich Post von David Brown.

In Mordfällen gibt es nie ein ordentliches, sauberes Ende. Ganz sicher gibt es nie ein Happy-End, bestenfalls eine gewisse Gerechtigkeit.

Für Cinnamon Brown hat es sich herausgestellt, daß die Gerechtigkeit so schwer zu greifen ist wie ein im Wind dahintreibender Löwenzahnsamen. Sie klammert sich an ihren Glauben an Gott und an die wenigen Freunde, die sie weiterhin unterstützen.

Ihre Geschichte ist noch lange nicht vorbei.

ENDE

Danksagungen

Mehr als andere Autoren sind die Verfasser von True-Crime-Geschichten abhängig von den Erinnerungen, Wahrnehmungen, Einsichten und dem Wissen jener, die die wirkliche Story miterlebt haben. Mehr als die meisten Autoren scheinen True-Crime-Verfasser auch Aufmunterung und freundliche Worte zu brauchen, während sie sich in die schwarzen Verwicklungen des soziopathischen Geists versenken. Ich bin denen dankbar, die die Wahrheit kannten und sie mit mir teilten, und denen, die mir halfen, mit diesen Realitäten fertig zu werden. Mein Dank gilt den Einwohnern des Orange County, Kalifornien, die mir freundlicherweise ihre Zeit widmeten und ihre persönlichen Eindrücke mit mir teilten. Und wie immer danke ich der buntgewürfelten Gruppe von Leuten, die mir bei dem Aufrollen einer tragischen und schockierenden Geschichte geholfen haben. Ein Dankeschön an:

Garden Grove Police Department: Chief John Robertson, Detective Fred McLean, Detective William Morrissey, Detective Ron Shave, Spezialistin für Gerichtsmedizin Marsha McWillie.

Orange County Deputy Coroner Bernice Mazuca.

Staatsanwaltschaft des Orange County: Staatsanwalt Michael Capizzi, Stellvertretender Staatsanwalt Jeoffrey Robinson, Ermittler der Staatsanwaltschaft Jay Newell, Stellvertretender Staatsanwalt Tom Borris (jetzt in einer Privatkanzlei), Chief, Büro der Ermittlung der Staatsanwaltschaft, Loren »Duke« DuChesne, Assistant Chief, Büro der Ermittlung der Staatsanwaltschaft, Vince Vasil und seine Frau, Lou Vasil, Leitender Ermittler der Staatsanwaltschaft Jim Aumond, Leitender Stellvertretender Staatsanwalt Jim Enright, Assistent der Staatsanwaltschaft Ed Freeman, Technischer Berater Greg Gulen. Hilfskräfte: Annabelle Roberts, Anne Leonard, Debbie Jackson, Karen Keyes, LaVonne Campbell, Edna Selleck und Roxanne McDonald.

Orange County Superior Court, Department 30: Richter des Superior Court Donald A. McCartin, Schriftführerin Gail Carpenter, Gerichtsschreiberin Sandra Wingerd, Gerichtsdiener »Mitch« Miller, Deputy Marshal Glenn »Hoop« Hoopingarner.

Verteidiger: Gary M. Pohlson, Richard Schwartzberg.

Eric Lichtblau und Jerry Hicks, *Los Angeles Times*; Jeff Collins, *Orange County Register*; Dave Lopez, CBS-Channel 2, Los Angeles; Barney Morris, ABC, Channel 7, Los Angeles.

Mit besonderem Dank an: Brenda Sands, Doris Smith, Janell Wheeler, Anita Sands, Gary Miller, Otis und Cecil Fox, Betty Jo Newell, Rita und Mark Robinson senior, Derek Johnson, Sandy und Gene Walsh, Katie, Brad, Torrie und Chrissie Walsh, Cheryl Goodman, Teri Blanchard, Rita Nugent, Fred Land, Don Lasseter, Courtney Michelle, Jan E. Elinsky, Larry T. Nakashima, Meghann Shane, Deborah Duke, Virginia Newell, Beatrice Munoz, Ebba »Sunny« Cole, Joey Moscatiello und die ganze Familie in Pepino's Restaurant in El Toro, Jimmy Buffett, Stephen M. Lopez, Rick Watkins, Pamela Starns, David Miller, Donna Nichol, Mary Bailey, Rick Bailey, Alan Bailey, Valerie Bailey, Ethel Bailey, Child Help des Orange County.

Meine Rekonstruktion des Umfeldes, der Details und der Aussagen in dem langen Prozeß in Department 30 wurde unermeßlich durch die Anstrengungen meiner Prozeßassistentinnen Donna Anders und Leslie Rule unterstützt. Leslie arbeitete auch als meine Fotografin und machte Hunderte Fotos, sowohl während des Prozesses, als auch überall im Orange County.

Die Nordwest-Unterstützung umfaßte: Marlene Price, Mike Rule, Jennifer A. Gladwell, Cheri Luxa, Gerry Brittingham, Mike Prezbindowski, Tina Abeel, Laura Harris, Becca Harris, Brian Halquist, David Coughlan, Luke und Nancy Fiorante, Mildred Yoacham, Eilene Schultz, Lars und Debb Larson, Maureen und Bill Woodcock, Ruth und Vernon Cornelius, Dr. Peter J. Modde, Austin und Charlotte Seth, Dr. Carl Berner und Mitarbeiter, Andy Rule, S. Bruce Sherles, Forrest Schultz, Anne und Chris Jaeger *und* Ms. Haleigh Jean Jaeger, die an dem Tag geboren wurde, an dem dieses Buch beendet wurde.

Dank an meine Mutter, Sophie Hansen Stackhouse, die mich

stets erforschen und »ermitteln« ließ und nie meine Flügel stutzte. Und an den Rest des Clans von Michigan-Dänen, die mithalfen, mein Leben zu formen: der verstorbene Montcalm County-Michigan-Sheriff Chris Hansen; die verstorbene Anna Hansen; die verstorbene Amelia Hansen Mills; der verstorbene Montcalm-County-Michigan-Sheriff Elton Sampson; Emma Hansen McKenney; Montcalm-County-Coroner Dr. Carl M. Hansen; Freda Hansen Sampson Grunwald; Donna Hansen Basom; Montcalm-County-Ankläger Bruce Basom; Jan Basom Schubert; Calhoun County-Michigan-Justizangestellte Sara Jane Plushnik; Chris L. McKenney; Karen Hudson; Jim Sampson; Christa Hansen; Terry Hansen. Die Liebe für das Gesetz und vor allem die Suche nach Gerechtigkeit liegt ihnen allen im Blut.

In New York hatte ich das Glück, einen brillanten, geduldigen und scharfen Redakteur zu haben, Frederic W. Hills; seine fröhliche und sachkundige Assistentin, Daphne Bien; und einen Lektor, der nicht mit sich spaßen ließ, Burton Beals. Dieses Buch markiert auch zwei Jahrzehnte mit den besten Agenten, die ein Autor jemals hatte: Joan und Joe Foley.

Zuletzt geht meine tiefe Dankbarkeit an einen sehr praktischen Helfer – Matthew Noel Harris – der Kapitel 24 aus den geheimen Tiefen meines Computers rettete.